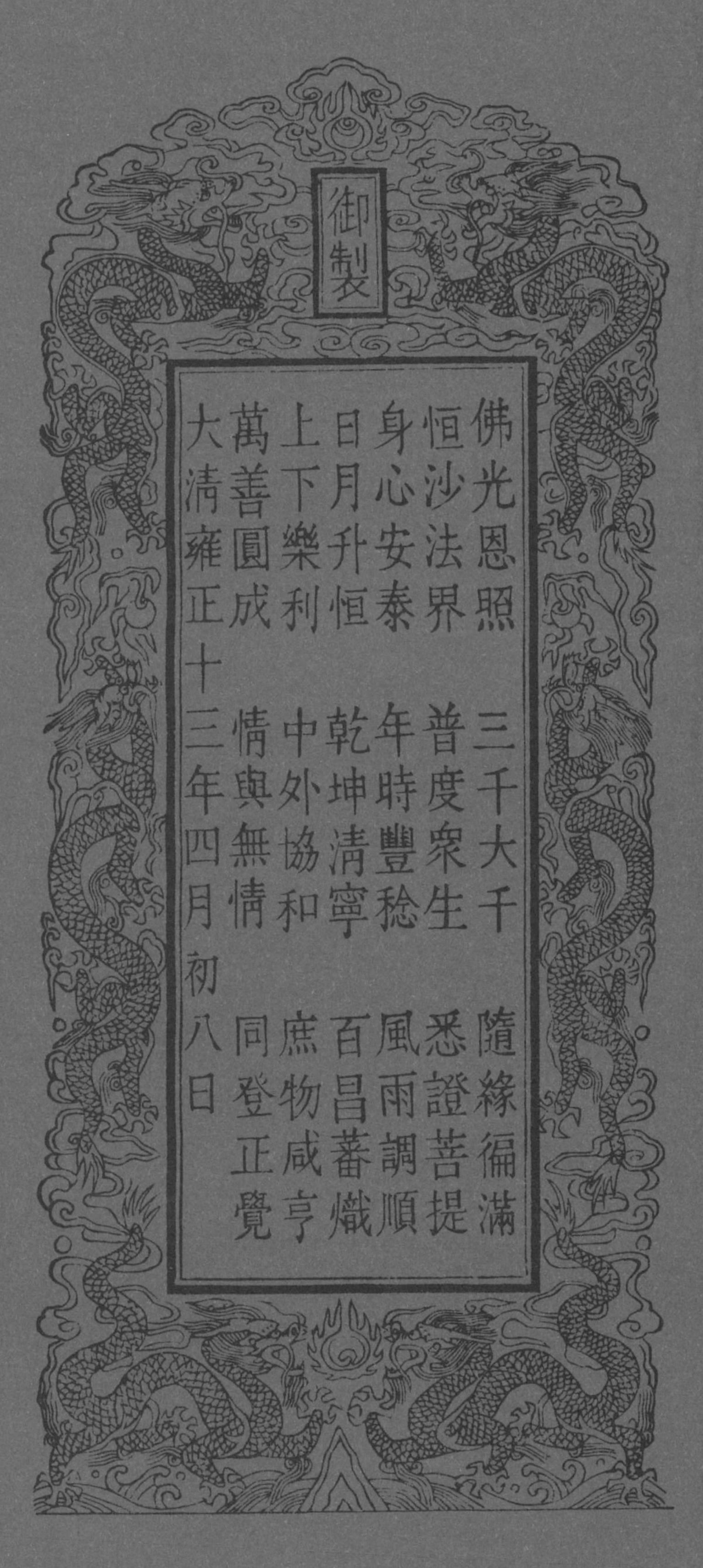

御製

佛光恩照　三千大千　隨緣偏滿
恒沙法界　普度衆生　悉證菩提
身心安泰　年時豐稔　風雨調順
日月升恒　乾坤清寧　百昌蕃熾
上下樂利　中外協和　庶物咸亨
萬善圓成　情與無情　同登正覺
大清雍正十三年四月初八日

第一五五冊　此土著述（四五）

紫柏尊者全集

明憨山德清閱

清刻龍藏佛說法變相圖

紫柏尊者全集卷第二十三

明憨山德清閱

書

復王宇望叔姪

書經之事本老漢私恩豈可累弟子古有僧或荷母而行旁人憐其勞頓欲代荷之其僧拜而辭曰吾母寧敢勞君由是言之弟子圖治經壇設遲速亦奚罪且接歲薦饑人力疲極雖素稱阿堵翁者爲之艱難而況王生家向清寒首出延陵者哉日附仲淳此簡情真而言朴亦老漢見汝叔姪於北園請書經之心情真色悚誠可裂石所以久淹留都未他游者恐負叔姪初心也或者解傳溢言聽復不察比來此流觸處洋洋汩人耳目使聞見倒置爭鬬横起情少弗合視如胡越情少苟

合胡越同心是皆我刺堅固佛手難拔矣可笑老漢不識時務將一片熱心出乎委曲强欲拔之刺不能拔反受刺刺此非人過過在老漢修行無力天猶不佑也自今而後惟圖自治弗敢照人若起照人之念卽我失照失照不照謂之卽昧昧而不反更復尤人罪莫大焉賢叔姪幷痛感吾言日用之中精進學㖞欺覺得㖞欺有歡喜處便是學佛靈効若書經日期俟晤再定

與王宇泰

所受三戒命根金湯凡百行止切切護念如或放逸其畏非言可喻想比箇光景日用宇泰不忘也且凡夫情習濃厚卒難卽除當如螻蟻過須彌力雖微弱必期逾頂而後已須彌之高螻蟻之微以常情觀之過也必難矣據其初志則螻蟻與我何別惟吾宇泰常以螻蟻爲師志必須逾頂可也然衆生情習積刼熏久高厚煩惱之山又過于須彌遠矣

與王後石

驀地相逢雅同舊識非頂門具眼病犯烟霞者寧有此哉顯親别後抱寂芙蓉高誼如雲攸攸在望不遑過我豈暑妬青山耶聞上人來金壇一詢起居知令孫女巳遊九原矣云先生追傷成疾世外野人亦覺愴如雖然死生者造物之蘧廬也死者旣歸嬉笑家山先生皇皇未巳何啻求馬於唐肆哉且有先生而有令郎有令郎而有令孫女先生能善返之則令孫女猶在在而求之所謂頭上尋頭也聞上人風便謹奉解憂散一劑敢乞服之

荅王方麓公

睡眼乍開日高三丈餘睡未盡拭眼讀手偈旨趣清遠滌除睡魔何啻天外長風杯中春茗也但一微涉動起滅萬端喜怒戰酣苟不以一微之前者督之則血流漂杵長刦無巳耳故所諭誠盡善矣然道待器言靜待動言是皆一微待中境界苟不以一微之前者吸之不過能觀者一微萬起萬滅者特一微待也故曰達本忘情知心體合此古人萬古不欺之言也本即一微之前者此尚不可以有無求況可以起滅觀之哉又心不知心如巳眼不見巳眼作麼生知既不可知則古人又道知心體始合貧道辱方老過奬屢矣無以報德敢以諭次直心請餘則披晤再請教不盡

與王方麓公

夫有身必有心有心必有知故搯胸則胸知搯背則背知搯首則首知搯足則足知如離身一紙搯則不知矣今此身從頂至足特不過五尺耳此知即五尺則有知離五尺則無知又爪髮鬚眉皆五尺之分皆搯而不知由是而觀則此知但能周五尺此知果是我心我心何小哉此知非我心則離此知别無有心且自古及今建大勳勞慮周萬物果周五尺之知之能耶或離此知別有所能者耶嗚呼此知甚微孰肯審而究之如究之得其所以然則中庸之未發大學之在明明德一以心言一以性言此聖賢之深慈也若未發可以五尺拘巳發亦可以五尺拘未發非巳發可知何以故巳發之知但周五尺豈周五尺者能知未發哉貧道與方老或披晤或促膝

談笑之間若皆處乎無我人之鄉芍非兩下超情安有此等光景今方老年高貧道鬢毛亦須白矣恐此一别不知再晤何期所以深坐而不忍即去兹以周五尺之知請教方老願方老不負貧道狗馬之心儻一檢之或有小補未可知焉

與陸五臺公病中

昨日見門下頹然抱疾而卧及客至復能强起支應噫門下今日之事可謂急矣安有閒精神周給人情哉直當痛念無常視自身爲罪藪知自心爲惡源苟罪藪未空惡源未竭外則形骸爲桎梏内則識火焦靈根一刻萬刧且念佛持呪并叅機緣既言皆不得力則臨行一着有何憑據貧道雖不敏實爲門下大痛豈門下思此寧弗自痛如果不痛或再來菩薩則非鄙人可思議矣若非菩薩安得不謂之癡憨乎昔龐藴初見石頭便能頓融前境前境既融則何物爲吾敵敵既不立則能有之根曷可獨存根既不存則身尚不有誰爲桎梏藴次見馬祖則命根俱斷聖情氷釋況凡情耶凡情既洗識火潛消則靈根宻固誰爲焦爍若然者則罪藪未始非功德之林惡源未始非菩提之路惟善用其心者逆順皆爲解脱之門貧道誠不作諂語願門下照其迫切之心深自痛焉

復敬郎

夫樹高必招風名高必招忌非但人間世如此即出世法中亦所不免者故明教嵩大慧杲皆見道明白問學淵博行不負解出言成章心光耿潔近則可以照一時遠則可以光

萬古然明教大慧俱不免貶辱況其他乎本朝隆慶間如徧融法界二師操履光耿亦不下古人而皆遭細人之讒至於抵獄既而讒口卷舌心事顇明初雖受誣於一時終大取信於天下無擇智愚聞二師之風者莫不引領願見如肉佛然比勞感亦遭誣陷吾曹有不知大體者亦隨脚跟乘風鼓謗流言充斥扇惑清聽殊不知松栢不歷風霜黃金不經罏冶道人不涉逆境孰辨真僞嗟哉髡奴徒捐髮鬚不諳大體滅華侶胡浮雲散盡明月還孤光徹寰宇汝面泥塗辱書荅此可諦疇晰情中理白邪正皎如古人有語誣人自誣事未定而先見情難辨而理區千載晨昏何疑之有

謝于見素公惠麈尾

結夏曲阿影棲于圃食殘蕭散稍復經行匪涉神奇感投刻會清池白月洞剖禪心沃野嘉禾滋培佛種卷風塵於觀力廓泉石於情根魚躍波鳴蟬啼樹響即喧領寂冥妙闗麤併有無而通幽齊遐邇以開務辰丁賤誕天賜清凉法侶雲臻時逢雨足既除煩暑坐榻生寒主人儼臨高賔翔集惠我麈尾舉揚真風豈惟動識雷驚應使無情夢破顧慚薄劣敢弗銘懷

寄趙定宇

石頭一別南北殊踪心境依然初非損昔想吉人多福動履勝常胸中之天身外之累信莫能翳問音久寂積抱常懸

與丁勺原

滁陽一別嗣後絶音時復逆思宛然一夢果

頭俄白悲境奪歡曰勝曰輸苟不以自重爲主則眩我者多矣奇男子家如知名重而不知身重知身重而不知心重知心重而不知性重是不知類也貧道雖不敏每愛足下倜儻殊衆骨氣清深動止嚴謹惜乎於此道不甚留意比因來慈道者過江西勒此聊叙疏濶來慈於此道操詣清深行履光耿極可與語者南臯近有書見招但貧道病瘧未愈不遑赴耳湯若士尊公近清勝否聞佳郎秀爽特犟圓通大士一幅附贈倘令郎夙昔曾親承大士未可知也春深時序清和教子著書是天下極樂事且得重而遺輕蒼蒼或厚待足下足下當歡喜承接不宣外附法華合論一部此書能啓迪本光譬如長風驅雲天月自顯塵心濃者亦不易讀

荅請主法事

比還果清問訊足下而足下所荅書意況不甚清朗想二郎之毋病重擾之耶大都死生榮辱皆命所定夫命業也業不離心故外心與業而論病本者非也古人有言曰三界塵勞如海濶無古無今鬧聒聒都向自巳心念生一念不生卽解脫此語極真但衆生不知自心是何物在何處所以治心無效耳治心既無效卽古人言上生疑疑生則不信於古人分上且疑而不信况今人哉又百千中誰有治心之志男子尚甘昏昏而待盡况女人輩乎承大令郎見招爲毋作佛事佛事作而無效奚若不作雖然效不效誠不在佛顧其作者發心淺深如何耳如病若有十分非二十分深心作此斷無有效果以深心作之病

苦不消無有是處若令郎發心果如道人意敢弗赴之道人如孤雲野鶴去來凡百現成但慮作之無效反退病者與賢子心耳

答竺生

得書讀之亦甚憮然言實出於赤懷而鬱憤之氣卒不能自勝此所謂志雖有而理不察故也如能察理則得喪榮辱皆我自致雖天地之大造物之神亦不能陶鑄我自致之情此情必須自鑄且道自鑄之方從何鑄起凡向日所不能克者痛當克去所不能全者痛當全去然不耐心而究理則心昏而神濁情豈易鑄哉思之

答于中甫

十二月初四與勤持手書至資福購燈讀之淒然痛人都下風習險詖誠如所言於世間法則公道誰亮於出世間法則得少為足且頭緒不甚清楚道人見此光景亦不喜淹留第以既為佛子當報佛恩如報佛之志方自見定而於禍福死生又生心計較則定志何在所以風波迭經總視覺後之夢行住任緣初不預料也但念汝連年境風浩然於不堪忍處強力支持一切拂逆讒謗翻成受益之地餘喘幸存此又令道人淒然中生歡喜耳法朗尊公臨逝光景斷非此生習氣乃前生夙習也果如是則道人與汝等亦有助不淺卓頭陀胸次灑然未必無根根在見地不虛不審法朗見卓受益何如渠舍宅為寺言不可輕發蓋風不可輕起以風無形而能鼓物故也言如風可聽而不可見所以與風同勢聞之必遠遠則難挽如不言而事成活機在

我言則死巳

二

天厚其人衆患煆之天薄其人衆幸誘之汝連年親涉衆患天實厚汝而煆之儻不能歡喜領受便是薄福種子也直以忍辱爲海割舍爲刀斬我相根株汪洋包納則將來受用未易量矣

三

德卿不意至此殊令人哽噎幸汝周旋其兒子輩此又老人合爪痛感麟郎者也骨藏何所知忍能念之否幸致老人意光公急究相宗勿癡度時陰比見學佛緇白骨節不甚硬稍觸逆境即如野狐變人作怪一聞犬聲故體頓復犬始知其是狐敢恣口咬之儻人形尚存犬決不咬惟卓吾非狐變之人也故不煩犬咬遂爾自刎然卓吾非不知道但不能用道耳知即照用即行老朽更不如卓吾在

四

凡讀汝來書則句意自然可悲可喜以下字不癡故能令人搖中若汝觸不可意事如裁書下字法則不可意事之機即天機之資也儻知而未能却順逆之境風得無增吾憂乎奇男子須割愛愛不割則墮軟暖魔網矣

與李次公

世間人自有法度出世人亦自有法度世間人禮義不可苟出世人照用不可昧禮義但人界照用統九道如忽九道而從人界不免觸不可意自然以平時所見治之終不得力蓋平時所見者不是自家固有但從本子上拾來耳孔聽來非是寒泉湧地明珠萬斛倒

噴潑日之勢安能却迷事無明乎故曰境大般若大如般若威神頓損殊爲笑具

與元鍇

少年爲客以技博供供養父母是須筆筆寫着古人眞處自然卽技入道儻謂技道有别此所謂把髻投衙者也思之

答馮開之

數千里外忽辱手書展讀再四如面玉容何樂如之且云般若緣深天去其疾豈胸中無秋江者而能道哉咄青山白雲一切不放過時光此又貧道萬萬所延頸也

與方幼輿

邇來祖風凋弊法道荒涼無分黑白凡在此門孰不以爲生死爲言及問死生所以十箇到有五雙罔措此皆最初發心不眞實見地不透徹所以一逢逼拶自然手脚忙亂且道眞實心如何發善財初見文殊卽獲根本智然後徧叅知識雖則門頭次第不同要且換他鼻孔不得何以故有本者如是耳今時人雖說發心學佛大都如瞎公鷄相似他也不知天明不明但聽得他鷄鳴亦隨胡叫一上撞着個孟嘗門下會假鷄鳴的賊冷地叫一聲亦卽隨他鳴去學佛的人見地不透徹見人嘴皮動他心上閙知閙解卽搬出許多來殊不知總是意根上的影子此點影子熟睡的人熟睡去了或被跌的人跌悶去了或臨卒然利害關頭意識照管不到處都總用不着這三箇境界較之臨命終時孰險孰夷想其輕重好惡幼輿必定辨得出旣辨得出必知活時此點影子尚支吾不來臨命終時豈

有交涉又有一等人以反聞聞自性做工夫是必不聞聲塵將聞聲塵的機來反照自性積習日久或見個空清境界便謂真得我且問他聲塵畢竟是性內的性外的若在性內則聲塵亦性何必去聲塵而反聞則謂之聞自性若在性外性非有外謂性外有聲塵決無是處又有一等於耳根門頭靈靈應物的謂之真性殊不知此是由塵發知應境影子前境遷謝此亦隨沒以此當本來面目此所謂喚奴作郎皆非佛旨若要真實會得耳根圓通的消息我拈個榜樣你看古德問僧隔壁聞釵釧聲即為破戒且道作麽生持其僧云好個入路紉與會得這僧入路處麽若會得方見善財見文殊的境界方可叅天下善知識若會不得也須猛着精彩向這僧入路處討個分曉無常迅速時不待人珍重

與塗毒居士

我今止有報佛恩一事拚却身命一切利害毀譽非我所知我逆逆順順淺淺深深非汝輩所知

二

俗諦中人入吾法中如人溺大海露髮髻子善知識提擕如援髮髻子相似須是自家盡命掙着不然是自要沉沒千佛出世也難捄取

寄沈德輿

達觀自匡廬下江南二三年往來吳越間初心竊謂宗門寥落法道陵遲假我門庭熾然以魔習爲傳以訛繼訛真僞不辨天下遂謂宗門光景不過如此而不求真悟至于少林

奉朝廷欽依以傳宗爲名而崇尚曹洞臨濟潙仰法眼雲門五家綱宗亦不辨端倪不知設此胡爲則宗風埽地可知矣巖頭簽云但識取綱宗本無實法若然者則綱宗乃宗門之命脉而有志于斯道者豈可忽諸達觀以此未嘗不痛心疾首撫膺流涕然知我此懷者幾人哉所以下匡廬持僧寶傳林間録智證傳三書雖亡者糟粕而五家典刑綱宗係焉以故急爲梓行意在廣傳令天下豈無豪傑挺生遇此書頓斷命根洞豁綱宗荷擔法道不顧危亡必有以宗風中興爲志者出焉則我寂音尊者千古之下若旦暮遇之也達觀于居士中時時舉揚而薦此者希惟汝雖不能始終徹然然亦知好惡承順觸犯奈汝勝習微弱善根雖有實不能如好堅木出地頃刻千尺垂陰如蓋作衆生疲熱避涼處此皆是往因願力輕鮮感報不宏故也自今切不可埋没此生直于逆順關頭利害之際如風過樹如雲行空卽常光時時現前如投夜明珠於金盤之中宛轉横斜莫測方向特不出盤耳從上祖師以綱宗爲盤以見地受用爲珠有珠無盤則非人天眼目有盤無珠則自沉情海虛張綱宗擬欲度人則龍天不祐佛祖所厭福日消而罪日長慧雲散而情風熾一旦業報盡來請隨無常殺鬼受指揮去那時始悔心地未徹妄拈綱宗之所致也悔之何及此等忌諱諒汝必知今書此遺汝雖達觀隔遠展之示有志於宗乘者則達觀未嘗不在也比日舟過吳江汝曾索開示當謹受持不可錯舉若要相應我語不許夜行投

明須到於此不能透徹吾此葛藤何異說夢

與平廓

莊周有言魚相忘于江湖人相忘于道術夫人不以此而稱相知者忘也不佞與座下周旋甚久受座下益甚深今座下行思無以報敢割肝膽吐一言願座下采聽座下素研精教乘而宗乘亦未始不留心不無領會處然命根情窟未能翻空截斷者其過安在古人云一則不透則千則不透千則不透則一則不透座下得無坐此乎哉惟座下於五燈中留神一上或有一機半緣與座下相仇讐卒不能消釋者決不可放過挨排久之而一朝爆然撥破則向所謂仇讐者翻爲骨肉矣

答汪仲淹

辱惠書讀至比來業重災生處達觀亦不覺爲仲淹愴然久之遂亦爲仲淹喜大抵人苦不能自反既不能自反不但達觀救不得直教諸佛亦無下手處仲淹獨能自反則苦根將拔矣惟仲淹一反求覺於愛憎關頭死生境上挺然獨立拚命捱將去了不失脚正當苦時即推苦根爲自心生耶爲從業生耶爲心業共生耶爲離心業生耶若從心生非業則心本無病若從業生非心則業本無主若心業共生初於自他兩者推之既無生處又將何物而共生耶若離心業而無端生更無謂矣仲淹果能觸境諦察深推於四生中何生中生是苦根一旦推功極處苦根披露到此地位仲淹方體得古人道老僧自有安閒法八苦熬煎也不妨仲淹若不能擔當做得去則所問若宗若教何日暮途遠尚有閒工

夫及此耶雖然達觀一則古人葛籐聊爲仲淹病苦中作個消閒的方子一日洞山不安僧問和尚病還有不病者麽山云有僧云不病者還看和尚否山云老僧看他有分僧云和尚看他如何山云則不見有病達觀將此問仲淹病時亦有人看仲淹否仲淹亦能看渠否於此句中若仲淹罔措不薦則病熟命光遷謝之時敢保至愛的代你不得在江山修阻雲月長新南羽康虞信來復此以爲山中音耗耳

與陸太宰

大法丁艱殘燈幾滅僅憑墻塹保障緇林是以安禪無狼虎之驚集講有龍象之慶然則百尺竿頭非進步之階千峯頂上豈窮年之地檀越位高爵厚任重心勞雖則帝渥靡涯懸恐精神有限事繁食簡德茂年尊莫教眼下蹉跎直向胸前便判烏未倦而知返雲將歸而始閒不失早見之明全收自知之譽功留三寶蔭庇諸方此世外野人延頸檀越者也

答李虹霄

讀手疏服筆力雄健辭旨精朗但神迹之論尚墮於常習世謂迹粗神密殊不知迹是何物神又何物苟神迹果殊聖人曷能會萬物歸於己哉是以移舊染擴本光必理行事行如車並輪如鳥雙翅始能運遠騰空今公獨抱理行弗重事行何異鳥之折翅車之廢輪又執事習氣偏用事行則有益偏用理行則無益大都事行難逃於寔迹理行則易濟乎空譚貧道探討此道頗有年矣少見不真决

不敢横斷惟高明思之

與雷雨居士

人有小技誇階自設況吾爾抱出世之道而陵厲塵奴則其不悦自引也又何介哉

二

人若不生病則空談可當修行人若不有好惡境界則真心學好無可辨驗汝生得這點病便覺受他不得根在何處只爲生病日子少無病日子多故耳匆厭此語當味之

與鄒南皋公

燕山無量寺風月不減西江仲淳近當行蹤飄泊之際足下能不忘燕山之舊一旦爲集東道則西江風月乃無量之故物也牢山亦自燕山來縲絏隆冬將有萬里之行究其所自因弘法被讒亦可哀已然觀其眉宇自有一段不可言處使人意消心化令渠道言水足下當一晤之鐵佛菴有佛名而無佛寔如南皋即佛不必别鑄雖然也須大經鑪鞴一上始不負名此貧道犬馬心也聞仲淳堪輿役忙峰頭澗畔葛藤無量倘失脚絆倒足下不垂手扶持之更待阿誰昔溈山勘仰山曰當此境界鐵佛也須汗出夫此汗出境界從上聖賢苟不以了知爲前茅隨順心體爲急務此汗亦未易出

與李君寔節推

易傳有宋刻無一字訛者惜未得也聞屠田叔有之田叔亦曾親老漢瓶錫今在福建如得渠的本證抄本之訛剔蕪没之垢俾列聖不傳之妙即文字而傳傳之者始知無所得也知無所得則一切衆生可以交神之道見

之見之者乃痛民饑卽我饑民寒卽我寒如未見之不過率情之痛非率性之痛情屬生滅性無生滅故以有生滅者痛民終有倦時惟無倦者率性見之不見之在李郎而不在老人也

與湯義仍

浮生幾何而新故代謝年齒兼徃那堪躊躇靜觀前念後念一起一滅如環無端善用其心則麤者漸妙不善用其心則妙者漸麤妙者漸麤麤將不妙於不妙處了不覺知是身存而心死矣所以古德云暫時不在便同死人夫身存而心死則不當存者我反存之不當死者我反死之老氏曰我有大患爲我有身又曰介然有知惟施是畏卽此觀之大患當除而我不能除眞心本妙情生卽癡癡則近死近死而不覺心幾頑矣况復昭廓其癡馳而不返則種種不妙不召而至焉至人知其如此惟施是畏顏子廢肢體得非除大患乎黜聰明得非空癡心乎大患除而癡心空則我固有法身本妙眞心亦不待召而至矣曹溪聞應無所住而生其心則根塵迥脫妙心昭然故溈山曰靈光獨露迥脫根塵體露眞常不拘文字至此則麤者復妙矣遠者習近矣人爲萬物之靈於此不急而他急此所謂不知類者也寸虛受性高明嗜欲淺而天機深眞求道利器第向來於此路頭生踈不熟或言及此未見渴仰此黙消息乃羽毛鱗甲之媒三塗四生之引故曰一微涉動境成此頹山勢此半偈三假全備三假者因成假相續假相待假是也如上根利器纔入因成

覺不隨流謂之不遠復如天機稍淺流入相續慚媿知返謂之流復於相續中尚不驚覺勢必流入於相待矣既流入於相待則以習遠爲重反以習近爲輕夫近者性也遠者情也昧性而恣情謂之輕道如唐德宗不能自反迷而不悟終致大盗以亂天下此遠公所謂成此頹山勢者也又因成是何義蓋妄心不能獨立必因附前境而生故智鑑曰能由境能此能乃妄心之始我相之根我相乃不善之前茅仲尼曰顏氏之子有不善未嘗不知知之未嘗復行果如此謂之不遠復無祇悔不亦宜乎毘舍浮佛此言自在覺其傳法偈曰假借四大以爲身心本無生因境有前境若無心亦無罪福如幻起亦滅昔有貴人以上妙素帛求黄魯直書平時得意之詩魯直曰庭堅亦凡夫耳詩縱得意亦不妙遂書此偈遺之且囑之曰七佛偈乃禪宗之源今天下黑白譁然望流迷源庭堅旁觀不禁書之贈公願公由讀而誦由誦而持由持而入由入而化則自在覺在公日用而不在此偈也山谷楚人寸虚亦楚人兹以楚人引楚人則似易倘吳人引楚人則楚人以謂吳人似不知楚人也若相續假以因成錯過本來面目便將錯就錯不惟不知因成之前心本獨立初非附麗即其照無中邊之光初不夢見彼照而應物偶然忘照流入因成以不知是因成復流入相續相續流入相待相待是何義謂物我對待亢然角立也嗚呼相待不覺則三毒五陰亦不明而迷矣故知能由境能則能非我有能非我有豈境我得有哉此理

皎如日星理明則情消情消則性復性復則奇男子能事畢矣雖死何憾焉仲尼曰朝聞道夕死可矣爲是故也如生死代謝寒暑迭遷有物流動人之常情衆人迷常而不知返道終不聞矣故曰反常合道夫道乃聖人之常情乃衆人之常聖人就衆人而言故曰反常合道耳據實言之衆人之常豈果眞常耶野人追惟往遊㕡山雲峰寺得寸虛於壁上此初遇也至石頭晤於南臯齋中此二遇也辱寸虛冐風雨而枉顧棲霞此三遇也及寸虛上疏後客瘴海野人每有徐聞（時寸虛方謫徐聞尉）之心然有心而未遂至買舟絶錢塘道龍遊訪寸虛於遂昌遂昌唐山寺冠世絶境泉潔峰頭月印波心紅魚誤認爲餌虛白吐吞吐吞既久化而爲丹衆魚得以龍焉故曰龍乃魚中之仙唐山禪月舊宅微寸虛方便接引則達道人此生幾不知有唐山矣然此遇四遇也今臨川之遇大出意外何殊雲水相逢兩皆無心清曠自足此五遇也野人久慕踈山石門並龍象禪窟冐雨犯風直抵石門黎明入寺然寺有名無實故址雖存草萊荊棘狐蛇淵藪四顧不堪故不遑抛瓣香熏圓明而行圓明山谷最敬之每歎東坡不遑一面然圓明敬東坡不在山谷之下今石門狼狽至於此使東坡山谷有靈亦其所不堪者也大都眞人大士之遺跡乃衆生開佛知見之旗鼓也蓋旗能一目鼓能一耳耳目既一目卽耳可也耳卽目可也目可以爲耳則旗非目境耳可以爲目則鼓非耳境旗鼓固非耳目之境而耳目之用不廢此謂六根互用也

然以一精明爲君六和合爲臣臣奉君命無往不一無往不一謂之獨往獨來獨往獨來此卽妙萬物而無累者也此意悼卣兒名序中亦稍泄之嗚呼野人與寸虛必大有宿因故野人不能以最上等人望寸虛謂之瞞心潙山曰但不瞞心心自靈聖且寸虛賦性精奇必自宿植若非宿植則世緣必濃世緣一濃靈根必昧年來世緣逆多順少此造物不忍精奇之物沉霾欲海暗相接引必欲接引寸虛了此大事野人二遇於石頭時曾與寸虛約曰十年後定當打破寸虛舘也楞嚴曰空生大覺中如海一漚發卽此觀之有形最大者天地無形最大者虛空天地生於空中如片雲點太清虛空生於大覺中如一漚生大海往以寸虛謕足下者蓋衆人以六尺爲身方寸爲心方寸爲心則心之狹小可知矣然衆人不能虛重以日夜而實之爲貴寸虛稍能虛之且畏實而常不自安近野人望寸虛以四大觀身則六尺可遺以前塵緣影觀心則寸虛可遺六尺與寸虛旣皆遺之則太虛卽寸虛之身與心也至此以明爲相以勇爲將破其釜而焚其舟示將相於必死拚命與五陰魔血戰一塲忽然報捷此野人深有望於寸虛者也願寸虛不以野人道淺學少略其玄黃而取其神駿神駿者卽野人望寸虛之癡心也又野人今將升寸虛爲廣虛升廣虛爲覺虛願廣虛不當自降吳臨川野人往字以始光蓋取佛放眉間白毫相光照東方萬八千土東爲動方能以眉光照之則不必釋動以求靜動本靜耳蓋方有十舉東一

方則餘九方不待舉而可知矣方有十而知則一知即能由境能之能方即境也境有動靜能無動靜能若是動則不知動能若是靜則不知靜惟能非動非靜所以能知動靜耳肇公曰知有有壞知無無敗野人則曰知動動壞知靜靜敗動靜壞敗有無都遣則始光大而爲圓光矣此圓光在堯不加多在紂不加少然光有邪正善用則謂之妙光不善用則謂之黏妄發光如吳臨川已知野人動靜廣虛當以此書附達之如是則不惟野人不負五遇之緣亦廣虛不負五遇之緣也

二

屢承公不見則已見則必勸僕須披髮入山始妙僕雖感公教愛然謂公知僕則似未盡也大抵僕輩披髮入山易與世浮沉難公以易者愛僕不以難者愛僕此公以姑息愛我不以大德愛我昔二祖與世浮沉或有嘲之者祖曰我自調心非關汝事此等境界卒難與世法中人道者惟公體之幸甚又年來有等闡提忌僕眼明多知凡所作爲彼謂終瞞僕不得殊不知僕眼亦不甚明智亦不甚深此輩窺僕不破徒横生疑忌耳如其一窺破之縱使有人教其疑忌僕彼亦自然不生疑忌矣但彼以未窺破浪作此伎倆也且僕一祝髮後斷髮如斷頭豈有斷頭之人怕人疑忌耶

答吳臨川始光居士

五金八石世以爲寶始光獨不寶之不以剩語爲笑具而復珍之且顧淘其粗存其精此心何心哉然不知粗者既去果復有精者存

乎呵呵

二

喜哥受性靈奇終非火宅種草緣盡長逝當觀往因求嘉曰大千沙界海中漚一切聖賢如電拂況凡夫與喜哥乎此理也非情也道人願始光力以理折情毋以情昧理且喜哥形有聚散有死生不可拘束而去來自由隨業感報者安知今日去速之機非異日來速之機乎但再願始光於世緣牽絆交加處踢倒情椿究徹理海而於理海智願感格佛天於佛天慈嚴光裏流出一兩個有福慧兒子慰汝喜哥之痛亦補喜哥金湯之職又卽喜哥復來未可知也思之道人於此月十九始聞喜哥長往之音亦不覺悲楚難禁時臺泉卓塵與二三法侶亦嗚咽不勝然喜哥以死說法維摩以病說法雖古今老少不同以理推之了無二也不知喜哥老子聞喜哥說法否若聞則悲鳴不廢而情弗傷理當前死生順逆皆吾導師耳道人恐始光父子情重緩以理照或以情延怨天尤人所以先附手字於沸湯釜底急爲抽薪也

三

匡山大佛初生汝心今幸成之當正信堅固勿流異趣且白面郎君驀地爲民父母日用之知人畜所係率性則仁明勇觸處現成率情則牛頭馬面百千畜習亦觸事現成噫清淨光中無故起念危乎岌哉果非虛語吳郎吳郎咄

與李君實

達道人自楞嚴東靜室始識賢父子信知賢

父子與道人有菩提緣者於是即囑君實譔護法疏焚於韋馱之前而君實直下無疑又承賢父子追道人於王江涇值驟雨淋漓而賢父子曾無懈心此非有卓倫之見者斷不能也茲幸奉命出典潯陽潯陽乃古禪窟比來緇曹無論主者客者多飽食横眠遊談無根之徒似不少也嗟乎因時布政之弊生則仁信之治救焉仁信之治弊生則智勇之治救焉智勇之治弊生則莫得而救者若干年矣至漢明兆夢摩竺西來則以一出世之法救莫救之弊此理勢然也蓋世法變極不以出世法救之則變終莫止出世法變極脫不以世法救之則其變亦終不止故迦文老子將涅槃時付囑國王大臣金湯正法即此意也然孔釋之徒世不多憂深慮遠之人所以二氏不得相資而救弊則必相毀而弊愈生焉道人初自吳門來南康止開先而未入潯陽者此意非淺淺以為君實素頗卓倫焚疏之舉斷非常人所能為竊謂臺老之後有趙公定宇繼二公者必君實矣君實自今而後於相傳溢言之際或於書柬之間大須要審察諦觀此書柬言雖粗率然察其心為我真而無他腸者此書柬言雖甘然察其心未必真為我而口為者於此兩者若瞞不過此便是佛心也又人情雖變態百出能以理折情精而衡之則真偽似不可逃焉又真心為人必先以德業為心為人必先以姑息德業順性姑息順情順性則照用齊到所以染習消而不自知順情則照用俱昧所以染習不培而日深矣噫嘻三界之内非情重衆生決不

生之故色界無色界雖勝於鬼獄四空四禪雖勝於無色四王忉利雖勝於四禪據實觀之而勝者必情重於劣者以勝者恒處順境故劣者恒處逆境故逆境則苦極苦極則思本思本則近覺近覺則苦樂之根了而不昧於了而不昧之時忽推苦樂之前苦樂之根畢竟根於何處推久誠積誠積心開則知向來極苦極樂斷非此外有耳自是便解將苦樂之前者於境緣逆順之衝橫拈竪弄弄得熟了則入地獄也是好事生天堂亦不作希奇想也然後痛念我同體之流苦海日深火宅烟濃燒然三界流蕩七趣强發四弘誓願願克方休四弘誓願不難發惟强之一字最難荷擔耳若能直下荷擔得這箇强字牢靠則世出世間法縱不憂深遠慮亦無往而不克矣道人於這强字着實勉力荷擔每滑肩不少矣此蓋衆生習熟佛祖習生衆生習熟則我根難拔我根難拔則此肩便不是金剛肩矣所以被利害得失轉却了苟能衆生習生佛祖習熟不但肩是金剛肩卽戲駡譏訶皆金剛雷也此雷出地何蟄夢之不破何擔之不可肩耶此等言句說易行難故溈山訶仰山曰寂子汝莫口解脫又佛法不以禪定爲要惟以智進爲本故曰智進全名餘度皆字見徹不疑是智用不疑者而能治惡習是進又近日世態於至親骨肉中倘觸了他毫不顧惜直欲陷死我便快此言不信佛法者卽信佛法人偶有無心之失觸了他情所護處他且把佛法抛在一邊百種生計害人我有日在我佛所謂末法鬭爭堅固是也夫鬭

爭巳是不好了更加堅固之力持鬭爭之心則此鬭爭不入阿鼻不巳此亦理勢然也道人願君實將智進兩者強於此等境界大昭鄗王江淫遭雨時心韋馱前焚疏時心更以護法爲巳任則報君報親靡不盡矣君實勉之餘不盡

紫柏尊者全集卷第二十三

音釋

鬢（必慎切音擯） 鑪（龍都切音盧） 粼（離珍切音鄰） 讎（除留切音酬） 瞞（謨官切滿平聲）

紫柏尊者全集卷第二十四

明　憨　山　德　清　閱

與黃慎軒

近得王宇泰書知慎軒已出長安想還家有日茲有臺泉上人保持華梵諸祖道影安置峨眉普賢光中永遠供養道影乃新安丁南羽雲鵬手寫而精神慈注風致靜深實希有勝事也欲作一記此必出公手方愜道人意徐彥文遂作九原之客令人心痛碧雲無恙燕山如昔死者不知何往生者不知何事每念至此悲喜交集不知慎軒會道人意否中甫尊公忠厚邁俗斷息時初無昏亂其平生雖不能作清淨行想得忠厚之力有此效驗夫忠厚則不欺不欺則自無偷心偷心少則日用瞞心處不必提撕自少矣故曰但不瞞心心自靈聖忠厚之力尚如此况開佛知見以知見治習者乎慎軒前書來以爲佛知解作障於日用中不得力果如此則臨濟曰但得知見正當便可橫行天下若臨濟是則慎軒非矣若慎軒是則臨濟却成不是又有一喻慎軒當熟思之有一武人與賊戰不勝退而私忿曰我武藝太多所以不能勝賊如我無武藝則不受武藝障礙可勝賊矣道人知公讀至此必捧腹絶倒也宋大慧禪師每謂士大夫曰聰明固是好事亦是不好事聰明非佛知見則八難中一大難也良以聰明屬非量非量者於理不相應之謂也佛知見上則屬現量次則屬比量現量者不思而得不勉而中之謂也比量者雖出思惟比度而知於佛祖聖斷量中相昇不妄以之治習終入

現量古人謂之流注真如此非宗教精深者不能辨之道人往往見士大夫語及流注真如便掉頭不顧殊不知流注真如即臨濟洞山俱不敢忽故曰以有言顯箇無言的又曰動容揚古路不墮悄然機又曰但了綱宗本無實法近見董思白拶及此事渠於不知不覺中佛法習氣漸覺生疎橫口褒貶古德機緣判寂音決非悟道之僧道人從容謂渠曰汝信大慧杲禪師悟道否渠曰是一定大悟徹的又問曰寂音乃大慧平生所最仰者脫寂音果見地不真大慧難道作人情仰畏他耶思白俛首無語又有一種人見地萬不如藕長公握一根毛錐子東刺西撾謂東坡這裏又說道理便撾一撾這裡却不涉理路便圈幾圈殊不知東坡於普賢毛孔中鼻笑如雷曰我不恁麼汝却恁麼我恁麼汝却不恁麼長公是慎軒鄉老慎軒肯爲此老一雪否即流注真如也不甚惡所刻大智度論必大放般若光在道人念公忠厚無大偷心所以因囑護持諸祖道影切怛至此倘公不以道人癡野見笑爲法自重幸甚

與于中甫

謝孝還家當發心作喫臭醋郎游方僧習痛須漸消去老漢教汝兩者汝若不能勉强力行汝便當除却于字始憑汝可也汝頂着于字又不能喫臭醋不能消游方僧習支持得于家門裡事要家門妥帖無有是處且古人處順境時長便謂佛菩薩不來護念我矣即此觀之良以不可意事重疊加來使當事者苦楚之極不得不憂深慮遠耳憂深慮遠所

應之事必有義者多恣情忽略感激中出來所應之事必無義者多凡有義事自然不覺不知屬醒悟門收凡無義事則屬散亂門收南嶽思大師於一佛性中開違順二門順門即醒悟門也違門即散亂門也又違順二門非南嶽新設實本馬鳴起信論中眞如生滅二門來今天下學禪習講求生淨土兼所謂講道學者此四種人難道無有一人眞心學好者但俱不肯憂深慮遠所以禪非達磨之禪講非如來之義求生淨土以爲愛根不拔泛然亦可生者講道學初不究仲尼之本懷蹈襲程朱爛餿氣話以爲旗鼓欲一天下人之耳目見學老學佛者如仇讐相似殊不知孔老與佛果三人耶果一人耶此等斷案孔老俱通而未精深佛典者且謾度量於三家頭腦俱不曾一摸便談儒談老談佛這一隊瞎驢隨處鼓揚醋臭倘然狹路相逢若生不耐煩心應酬他便是不能喫酸臭醋樣子即游方僧習氣終不會消老漢受性纔聞酸臭之名魂驚萬里即游方僧習氣老漢初出家時較汝更甚年來痛念佛恩難報痛恨自巳受性剛烈徐以佛祖知見治之不免酸臭醋也緩緩喫將去剛烈習也痛克將去汝若如此兩者不能痛行則汝結果可知也老漢吐此語時方口痛又在行促之中而忍痛不得不喋喋者不知汝讀老漢此語時動甚念頭這裡倘忽略了則狗馬不若矣麟郎麟郎痛念吾囑

與王宇泰

所天皆在高年而令兄與令弟並受性疎曠

不能奉湯藥光公苟不任此孰能任之此事理然也老漢但念光公晚得一子則事有繼倘事親而無繼不惟家門之光無有傳者卽心燈之光後裔難續矣此苦不獨人間有之天上亦有之故曰人間有絕嗣之痛天上有無子之悲或光公若能準之因果直下不疑反以無累爲作觀之資則無子之苦乃光公大師也若何有哉但恐識得破忍不過終被習繩所牽觸世態炎凉處又不知不覺忽生無量感慨矣正當感慨時拭回鼻孔向父母未生前尋此水草喫則感慨之情又光公無生之紹介也此五轉汝能次第置於日用中橫來豎去恒作是念曰此我本師不遠數千里之外重疊風波遣人持來者於我求名耶求利耶要我好耶不要我好耶眞心爲我耶假心爲我耶此六耶字汝能不忽仔細咀嚼之或於汝憎愛關頭作個道場亦是本色不爲分外光公勉之

答于潤甫

十林詰燕得手書徐讀次掩卷思之方覺渡江五易寒暑矣汝自覺悠悠送日於正法中不殊聾盲人無可舉似此果出誠痛惕然不歇憤然勇進則惡無大小罪無重輕皆導師與不請友也若志稍懈力稍緩則暫時洗然有清凉處未必非三障嚆矢耳三炬眞能頓豁情塵心味老朽剩語將往日無可舉似者審誰使之於無可舉似中一旦無明障心於不知不覺時恬然造惡惡既造成終難省報無明障心卽煩惱障恬然造惡卽業障終難省報卽報障此三障造就如源與流流與波

名雖有三而濕則一矣老人問三炬一是恁麽若識得渠卽徐察渠之前所造三障是苦耶樂耶於苦樂根源果徹底不疑則三障便是三炬本來面目老朽不惜切怛追究汝一之前者倘不知重輕直下翻身不得怎生是好要於三寶中擽身捨命護法如過楞嚴頂禮聖像見朽草破席覆之不覺徧體芒刺汗發淫額者此片念力能消十惡五逆之罪雖千萬金之施不若此念力功德不可情智測度也但此念力能始而終之則本郎與開郎雖死生有先後而其心事亦了矣刻藏事體終有荷之者勿慮卽康直指踈乃三伏天松風潭月能不清凉老朽肝肺乎爲仲淳致聲無縈懷老朽年在耳順未能聲入心通愈自扼腕奚頓遠念惟念汝兄弟中我相勝負如攖金人只見其金不見其主大須恕之寫至此老朽固乃解空之凍膿亦於不知不覺中思汝等父母在時光景淚欲迸流强止不能蓋父母汝等之本也俱肯念本則分别之情忘情忘則無我之天不煩舉目而昭然在上也卽汝三兄雖向稱于氏之賢者渠失照較汝更多老朽旣爲汝提明白此後牢持恕字若逆境順境憤力挨熟得則向後受用不淺炬郎炬郎毋以老朽之言爲迂濶痛力勗之

二

大丈夫處於大塊間本分事元無多端不過經世出世而已若於經世無心縱得富貴亦何用之若用之於飲食男女乃造罪也非用之也若於出世留心苟不能檢攝身心究竟性命之學則大道終不聞矣噫人爲萬物靈

果於經世出世兩無所就又甘與愚痴人競無明更錯矣思之思之有省則宜收拾世故自別有受用地幸莫忽

與陸太宰

去歲聞門下一切屏置唯勤念佛此暮年本色然得勝淨之緣資之則念頭易得綿密而勝淨之緣莫過乎佛緣法緣僧緣也佛像在前經卷列之更得僧徒一二人朝夕親炙自然勝淨之緣殊勝矣但僧徒之中求人卒未易得即貧道亦東西南北之人曷能恒為淨助故請丹青丁生寫此䟦陀羅尊者道影意在代貧道助門下念佛也願門下以眼根聽其說法當下萬緣坐斷念頭現前此貧道所深望門下者也年光飄忽剎那不住況頭白老翁乎永嘉曰日夜精勤恐緣差故況不精勤乎噫緣之差別惑亂正念雖有見透者每遭其埋沒況見未透者乎願門下莫為鄙人語不近情而忽之幸甚

復董玄宰

緣起無生之旨祖佛骨髓而像季黑白千萬人中求一二信者不可得今足下於此獨能信入非夙具靈種緣因熏發那來現行暫露何快如之來書謂初頗暢快茲又不活潑若將失去病在何處此既現行暫露熏力稍微自然隱沒不必生疑惟宗門語句不可草草若以足下信入者擬通其關棙所謂魯君以已養養鳥也昔兜率悅問張無盡宗門葛藤有少疑否無盡曰惟德山托鉢因緣未了兜率厲聲曰此既有疑其餘安得無疑遲入方丈不顧無盡由是發憤參究然後大徹今足

下十有二三不透則去無盡尚遠極當發憤此生决了不得自留疑情遺悞來世來示又謂念念起處索頭在手敢問足下爲念起處本卽無生爲了念本空乃契無生若念起本卽無生則知無生者念耶非念耶若了念乃契無生則了者謂有念了耶謂無念了耶有念則早乖無生無念則無生誰契於此透脫無疑庶幾草菴借宿猶非實所第來示所謂如何踐履如何保持待力之充及涉境試驗云云自知時節矣豈待貧道饒舌貧道不惜口業如此總是鉢盂添柄惟足下或宗乘中或教乘中大着精神作個仇讐務必摟破其窠窟擣其棲泊再共商量未晚

與丁勺原

凡榮辱得喪皆念後事也向煩潯陽邢來慈持八行詣足下良欲足下緣得喪而求念緣念而求念之未始念之未始旣得然後可以謂念念起處索頭在手敢問足下爲念起處駕未始之航來往於榮辱得喪死生之津博運覃有安置彼岸不意足下報章未久則聖天子之椎輪又至矣此實天以厚足下非薄足下也惟足下力承之且雲外散人於世寔泊然一無所求而拳拳爲足下如此者寧無微意願足下以瘴鄉爲苑囿刁斗爲遊觀加攝自重散人脫有曹溪之遊再詢起止不悉

答陳五岳

辱問無垢之義鄙人魯鈍寧足以酬然無垢之說多矣不審居士所問者何種也夫夷齊以不食周粟爲無垢魯仲連以解人危周人急而不愛爵禄爲無垢顏氏子以簞瓢陋巷

超然自樂爲無垢此皆世中之無垢也至於聲聞以有身爲患觀空爲無垢緣覺則以達患初無爲無垢菩薩則見患卽心萬境皆眞爲無垢一切如來則以不可得爲無垢惟我初祖達磨而下諸禪老以乾屎橛爲無垢此又世外之無垢也如以世中無垢爲得意則足下自能發揮無煩貧道若以出世無垢爲悅心則是菴以聲聞居之菴卽乖空以緣覺居之菴初非有以菩薩居之菴卽自心以如來居之菴不可得或曰如來之不可得得非與聲聞緣覺之空同乎對曰如來之不可得雖一切大菩薩莫能窺其涯際卽如來自亦不可知豈聲聞緣覺所能測哉以如來所到境界一切聖凡莫有容心之地故以不可得名之耳乃遂以小乘之空濫兹雖三尺驅烏聞之莫不捧腹者也此無垢大意敢麤陳之至菴之巔末在高明自定倘披晤有期再容請教

與雷雨居士

病體稍愈卽當默誦八識頌此頌乃相宗綱骨相宗乃性宗五臟如五臟 相克不明則一身便調養不來至轉識成智之旨若相宗恍惚斷不能精了此旣不精了旣高論玄微剗眞剔秘苦觸境鬭機照用便提不出來矣且吾此到巢陵非是小緣但衆生泛常之見觀之竟不生大奇特想世故非堅人情飜覆橫計無常染習難滌宜須痛迸心魂志凌金石少有出頭分暫爾因循知苦未有盡日時在

與于中甫

大都學道人能未窮知變則變不能驚窮不

能困噫此三昧非見幾而作者孰能用之

與趙乾所

禍福莫烈乎死生故至貧賤之人聞得生則喜若登天聞得死則悲若入淵然皆情也如能率性觀死生榮辱之境不惟死生榮辱之境不得奪我之志且彼境寧爲我不請友也故大丈夫平居無大苦迫楚之時理不可不窮性不可不盡耳如此一着子忽略放過於平居時猛涉不可意事交錯在前則我之志畧取全被境奪矣即李卓吾雖不能從容脫去而以速死爲快竟舉刀自刎權應怒者之忿亦奇矣今直心之事終不至喪身失命極處不過放歸田里而已又造物以逆境成就我未可知也由是而觀則竭計酷謀排陷我之輩恐造物使之然此等意思若以衆人之心領會便錯過矣直以佛祖聖賢之心虛懷平氣勉強領會一有肯首處則無我而靈者頭面露焉如此際不信聖賢而信衆人則我終莫聞道也人忝物靈道不聞可乎願熟思之

適得手示讀之亦不覺傷心然立意擺布人者第恐氣力不猛計謀不深一味欲直心生無隙地死有餘波此自古至今衆人之常態如是故君子涉此境界倘感激心生弗堪受之痛當自訟者以君子見過之生於自心故訟極得力時方見過不生於人心再乞痛思之

二

古今禍福皆初無常直以天理與人情折斷臧否無不驗者若以天理折斷人情則公道

明設以人情折斷天理則私忿重方私忿重時則中外防閑布置彼之用心未必不周密於私忿周密之中而忿者且衆決死生之機何如此非人力可以陰挽也然直心必無傷命之理自然老蒼亦不忍事後或徵耳

三

凡禍福人我之根根於已發若以未發照察之則禍福人我之根本無有地也已發情也未發性也故以情觀禍福人我之事則有我而昧者愈重矣重則厚厚則深深則畜畜則決難輕泄故報復人我百千萬劫卒不能了此必然之事而愚人不曉此理於人我禍福之根不但不能拔反着力栽種之根未能深殊可痛也故佛祖聖賢要人聞道見性別無他意不過要拔斷衆人之情根而已情根一拔則向之禍福人我之事皆漸漸化爲妙用矣以妙用慧眼觀衆人禍福人我爭競殊不足怪也直心於今日人我傷中若不能開心洞肺受野朽之教則汝墜墮但可流涕也思之思之又功名富貴根於身此身極壽長不過百年而百年中享富貴快樂又被愁多喜少占大半去了故百年中享富貴快樂亦不多時何苦爲不多時禍福人我之情便甘把本性昧却至人以本性觀是非榮辱不異太虛中微雲散聚耳奚暇介懷哉汝於今日多故之際野朽不惜口業種種開解直心情抱如於野朽口業中錯過這些慈悲熱腸則直心受苦時劫正方長在咄大丈夫情性關頭若認得眞了則今日與直心爭競害直心者皆我善知識也苟有此見何妨惡衣惡食了

我生死大事去豈弗樂乎汝名法復正爲今日耳

四

天力地力佛力法力僧力皆外力也惟自心之力乃內力外力是助內力是正如正力不猛助力雖多終不能化凶爲吉故曰先天而天不違又曰自心之力可以顛倒天地設信此不過別尋外助斷無是處野朽凡遇禍害更無他術但直信自心之外安有禍害一涉禍害皆自心所造還須自心受毒此理甚平法復思之思之

五

別來甚久思念甚深不知近來一切境界或有意或無心種種交衝能以觀音大士大悲大智鑄逆順爲自受用三昧否此三昧初貴知得透次貴行得堅再次必期證而後已又再次證而能忘忘而用始全矣大丈夫何暇論儒論釋論老是皆古人已用過了不殊已陳芻狗耳豈有閑精神理會他雖然若自家本有無生之心倘未知得透則儒釋老白文要緊經書又不可不痛留神會之貧道每於好山水行坐時未始不觸勝思廣虛也又思初與南皋勺原寸虛聚首石頭光景邈不可得比趙乾所亦嘗披晤但渠氣勝於理則不免逆順境風搖蕩亦可憫然忠直不減古人也

六

持忠而遭黜命也惟知命故恬黜而無悶如黜而懷悶則向之所謂忠者果忠乎若人之不忠我必知之此智也非明也惟我之不忠

於自心了了不昧此明也非智也今直心之忠與不忠惟天知之亦惟直心自知之耳且人將欲置直心於死地幸得爲白衣郎此莫大之福也又何悶之有大丈夫屢遭黜辱不必爲介顧直心以大丈夫自任終必相見有期去年有書寄海若書中已言直心終必遭黜倘晤海若取書徵之由是而觀爲白衣郎不在今日也直心直心休再沉吟萬緣歇却樂最甚深以此送行大地黃金

七

自正月二十日得手書揺心頓歇未得手書前以傳溢紛然雖有定見亦不覺稍受揺眩此人情之常也但直心向後於筆札不必與人極力辯清濁是非辯則失其大大失則局量便小了且清濁是非自直心離長安後未嘗不漸皎然明白也比來亦有人爲直心扼腕者惟直心直置身心於無何有之鄉饑來喫飯困來眠便了倘豪逸習病發作一味看得自大了則我相不異乎無何有鄉矣且道這個時節豪逸習病置之何地幸無忽此此是奇男子家常茶飯外此别求皆即外道直心果能見此透徹觸境用得則向之與直心爲怨府者皆直心入道之資也何怨府之有哉湯若士近有音耗否渠比來亦有思之者老子曰寵辱若驚以者子之意觀寵辱驚則等也然此等字非隳體黜聰者斷未易知也直心如知之再出頭來於世出世法中方許橫衝竪撞做得去也西風正高空林落葉更深夜静故人之思何如哉

莫懀人海風波惡心外何曾有浪頭豪習登

時消不去禪書飯飽細鑽求

八

大都人情時事於可意不可意之間必有業使之然業卽命也倘信情而不信命則感激百出矣故至人知人情時事變幻奪人之志所以必先於窮理理窮則見定見定則人情時事之變幻不能奪其志矣志既有定所謂生死榮辱交錯於前雖未能無心應之而持吾志順理制情力用不怯則情自消而理日開理日開性必徹徹盡也故曰窮理盡性此一路話頭向曾數提直心直心以爲别有口訣不傳將此澹話塞人全置之而弗究及觸不可意事卽不堪人作賤便欲拚命與人決個雌雄豈大君子之所爲哉故曰有我我在天地中無我天地在我中直心若不能諦信無我而靈之理力制有我而昧者則昧終不旦矣思之至此際野朽猶提此澹話恐澹中有不澹者存焉

與周金吾

居士三請謁矣可謂勤至然覩吾相不若得吾心且道如何是吾心馬嘶楊柳春風暖人對曇花慧月涼能薦此再晤不暮

寄繆仲淳

男子出世一番畢竟何事要緊卽拜懺一節若任情識支吾不若不拜既拜拚窮性命剜心剖膽哀號像前惡習偏處直下挽回既回片刻不可間斷纔間斷卽如水銀詐死復活要在順逆火中横煆豎煆死到眞處方可

與沈及菴

佛祖有言一切衆生因想念而度生死亦因

想念而受生死今人未登極果即謂想念當屏絶是乃不明想念即賊即子之故譬利劍握之刼人即賊用握之救人即道用即此想念用之籌筭佛法想來想去念去念來莫知其然衆生想念化成佛知見矣到此地位方可説自在現成話或未到此當堅固想念不可少懈教法

答某司寇

辱手示知愛女新亡榮還多擾適當炎暑情緒難堪雲外鄙人無能一代勞痛徒爲長歎而已雖然貧道又竊爲門下賀夫萬苦所集皆從愛生愛者既亡則苦本已拔且死者不愛生者而長逝矣而生者猶愛而哭之哭之能使其復生則宜哭哭之未必能復生者哭之奚益昔有士人子死痛傷不止因自疑傷痛妨道乃問妙喜曰子死而痛傷太過不妨道乎妙喜曰子死不痛豺狼也以妙喜言較貧道今日之語吾語似近不情若寔究竟或有理焉惟門下體之比轉行止想自有定衡然貧道又有説焉官當司寇者握死生之柄能忍哀一行拚一條老性命救得幾人不當死者亦不可思議功德也且能治獄以情則神人悦服神人悦服則陰陽和順陰陽和順則年穀豐年穀豐則民樂生之心重民樂生之心重則刑教易施苟刑教可行則於治道有補大矣奚必濡滯哉其久託道中敢以此奉勸或當與不當亦其曝背心也

答某居士

得手書讀之兩過而居士所疑所見無不了了所謂我若無心餘者俱了嘻此心豈易無

哉縱能當下卽無亦非此中正事又云了得煩惱卽菩提決乃疑此復爲居士生大恐怖昔法眼益公事長慶久甚次見地藏老深始徹頭耳長慶高弟昭公昉公皆不平法眼率衆徵之曰公燒誰家香益公曰地藏汝何辜負先師眼曰吾不會長慶萬象之中獨露身句昭曰汝問我我爲汝決破眼問曰獨露身是撥萬象不撥萬象昉曰不撥益公申兩指曰兩個我問居士旣是不撥恁麽却成兩個若曰生心於不撥上墮情了故成兩個如此見識要摸法眼鼻孔所謂冠章甫而化越矣安得恰好昉公不撥一場懡儸則居士煩惱卽菩提與不撥便攘矣不知居士又作何出身之計跳過懡儸場去若人果眞知生死極大此事必須了當且把尋常大家到得的解會一坐坐斷吞一個無味丸子不嘗味不味悟不悟曰嚼不破加之月嚼月嚼不破加之年嚼年嚼不破使拚此生不了他生難道不破則此中可來入得保社若無個等志氣個等耐煩切不要提起雖然是裏旣不能措脚亦當於精要內典中着精神捜索一上則解路自精粗浮習氣自然蕩也粗習旣蕩則靈根藉般若津之澆漑自然茂秀始可於作家手裡討個實果子終須不難筆舌卒難盡意倘披晤有期重新拈起亦不爲纏擾蓋做了此等蟲豸我也須耐煩也若不耐煩不惟堂前草深一丈嘗取達觀窮性命了在汝等業鬼手中

與馮開之

云何忽生之前初無生佛寧有人我柰何忽

生之後凡夫根識庸常纔染人天小樂便移多生本願本願既移豈惟小樂難長享用只恐牛頭阿旁操鑊湯爐炭之俱俟渠久矣夫本願者既稱佛子苟不以開佛知見爲已任則莫若深雲重壑悠悠自得也何煩投足風塵惹黃頭鑾子恣白眼也耶此言吾曹出處之分蓋如此若在家菩薩則不然有親則以親爲事有君則以君爲重倘其本願不忘即假君親爲金湯篙矢委曲多方護持眞乘置得失於情波之外化利害於願海之中心如虛空骨等金剛千磨萬折堅強不摧如是則增一倍護法之心消無量罪長無量福何以故本願不傾善根寔長故也故以六凡較之惡多善少於善少之世不幸不逢正像又值末法稍有靈根者徐而察之管取身毛皆豎在降是更有何言客歲初晤先生於吉祥再晤靜海別後道人抱病潯陽百餘日再閱歲之曹溪禮六祖復買舟東還忽勞盛事生義當北上爲白其寃上諸公書已仍復南返適又值先生至此似乎彼此本願因緣力故於無期會中宛如期會道人不以開佛知見爲家務便是忘本願自斷善根榜樣先生不以金湯大法爲椎輪便是牛頭阿旁作戲具的樣子吾言不妄先生當痛念本願毋忽

二

前狀因文字冗鄙敘事揚塵不惟不能發先德之幽光反足掩亂本色如得其菩薩心者於冗處淸之鄙處文之敘事揚塵處直吹之以天風洒之以靈雨發幽光於掩亂之中全本色於散漫之後使我龍首尊者重現色身

三昧於千古再覆廣長舌相於十虛則大明無乏高僧之談而覺苑有傳心燈之光矣貧道徃復思惟雖能言者代不缺人至於剔冗化鄙善鼓天風海濤清洒朽骨全本色剖幽光非先生之筆將文則失實實則無文而理事軌遜矣惟先生念我戒壇佛祖慧命所係即爲我抖擻根塵堅智願力大舞筆頭三昧成就孚翁普現色身利旱無方幸甚

與阮三城

老漢向來不解生病忽爾病生遇一切熱時若火輪洞刦寒時無異寒氷地獄寒熱交作時其苦復烈於單寒單熱時使老漢一片情識卒支持不下始返病不無端而生生必有自大都推病由業推業由心推心由不心者既推至於斯則能推之者觸不心而歇所寒寒熱熱者隨歇而歇惟初不寒熱者固自若也此等言句向不曾受病者漏之何異木札鐵丁辱汝遠訊從實復此

與王宇泰

中甫人來得手書甚慰懸想但書中云叅禪不易若只將心等悟縱任貪嗔癡漸修之功豈不兩成躭悞只得隨緣制伏蓋言前薦得屈我宗風是教將心等悟縱任習氣貧道曩與宇泰舉揚時未始有此不知宇泰何處得此知見若眞心要出生死與人商量不得須要自家討個分曉貧道雖宗門種草若論見地未始不以教乘爲據證釋迦因中未值然燈苦修多刦終非佛因值然燈後一稱南無佛皆已成佛道此理顯白易了見地一端諸佛稱之爲大事因緣令人隨情起見或專求

生淨土或持咒課經謂之借緣熏煉消融習氣殊不知見地不透徹淨土豈能親切持咒課經何異澆水增冰總皆結業毫無所益古德云悟明後方修行然悟明之說種種不同有解悟有修悟有證悟解悟者從經教熏聞力久心漸開通又謂之依通識解修悟者宿有聞熏曾少開解但未得實受用今生出頭來或假修習忽然疑情頓斷受用現前證悟者根器猛利不移刹那習隨悟消立地成佛今宇泰即未能修悟證悟亦當閱熟一部教乘以求解悟其間習氣以熏力故不求損減而自損減然此亦必以證悟爲心柰功不勇猛流至於此取法乎上僅得乎中可也使但只隨緣制伏而絕無求悟之心則習氣終不可除而佛道終不可成矣何以故種麻端的不生禾故取法乎下非其因故

答樂子晉

辱手書讀之何志大而憂深哉使吾神愴不已法道凋衰吾曹妄庸誠如所言顧惟魯鈍道不勝習才識亦復不甚遠濫混緇林無補其教人患不自知能自知則餘想自歇矣魯鈍雖不敏年來亦頗自知短有餘而長不足世好諛而我好直誰能容我人不容我而我不自知持方投圓寧不倒置哉且粗豪如舊憨放不移知我者以爲渠胷中無他不足較不知我者以爲狂傲無稽恨不即阽之死亡爲快以故魯鈍只宜佯狂詐風不拘山林城市飽食横眠苟延此生耳但有負高誼慚愧何如尊慈齒長而子晉爲客有年甘旨不能遂而相知中亦不能及時周旋多口抱餓於

故山之墟而一身羈紲數千里之外凡相知者豈有聞之而不急見之而不痛哉由是觀之則向所稱相知於子晉者果相知乎故曰相知不易易不相知耳雖然有深知子晉者而力又不給而力給者未必相知信乎子晉命之窮也容藏間於禪誦之隙爲老漢舉似之青山白雲亦爲之變色況有情者乎又子晉慨世法出世法交喪不堪憤欲剃染然剃染一事如見不徹持不固亦非易者痛思之孫武有言曰少筭不如多筭況無筭乎想子晉言必不苟發預非多筭安能便爾耶昔崔趙公問徑山欽禪師弟子出得家否欽止色曰出家乃大丈夫事非將相所能爲予初讀此以爲老欽恃高尚而忽榮名及親驗之乃知此老以眞實心吐眞實語果不我欺夫情根積固豈崑崙須彌之可並識浪奔騰豈滄海岷江之可齊將相雖非人傑不可爲然夾情做事而少有才識者人可爲之惟出家一路秉短生而欲拔長刼之情根倚螳螂之臂而欲犀竭滄岷之水靜而思之始知可否矣顧子晉直以我言爲贅疣大笑而劄之我亦無憾清涼大雅非他名山可並倘能稍撥塵事一登何快如之且有法門一兩事急欲面商之潭柘機緣具堅默書中不備

與吳臨川始光居士

性宗不精則不免墮事障裷襀相宗不精則不免墮理障裷襀禪宗不了則不免墮葉公畫龍裷襀近世黑白並乏憂深慮遠之心所以性不性相不相禪不禪且性相禪三宗各有網宗如天台八教賢首五教皆毫不可紊

者也豈禪宗獨無綱宗乎禪宗若無綱宗則岩頭巖但了綱宗本無實法之語得非孟浪耶巖公宗門龍象寧肯草草特後人心識粗浮根器薄劣了不知古德之典刑作家之大全耳如知之脫不面熱余知其心死而不復活者也

二

到家果能打屏人事專力淨業乃第一義第恐淨業理未徹必受多生染種現行困折行終難副言也大抵有志淨業切勿厭煩厭煩則性相見地終不高明率此不高明見地專力淨業而能困折染種現行資發淨種功能無有是處往蘇秦欲恃口辯得官及裘敝金盡抱餓還家方悟始以厭煩出終以厭煩歸蓋厭煩則不能憂深慮遠不能憂深慮遠則讀書必不能得立言人之意立言人之意旣不得雖詩書滿腹口若懸河終糟粕耳糟粕可以得官官果能治世哉不過循時具位而已故秦憤餓復還探家所藏之書至於懸梁刺股輟睡忘食稍得書意再出方遂其欲彼功名尚如此況求出世法乎以此言之則見地不高明淨業亦未易修也思之又淨業一途近時僧俗逋逃藪也三猊當大痛省老朽忉怛如此非無見耳

三

臨汝別來奄忽近歲舟中光景獨影昭然信乎一微包界十世若必然者達與臨川未始睽違也雖然兩順一逆之關未能掉臂則性變爲情情復成性所以然之說斷不可不痛究之且黑白親近知識賴有此段瓜葛耳否

則方外之賓絕物則高染物乃卑此亦自然之勢也

四

此方眞教體清淨在音聞音聞卽文字三昧也此三昧又名文字般若又名緣因佛性如刻藏之舉正所謂緣因佛性耳蓋衆生所習無常以緣因衆生性熏之則衆生知見發現以緣因佛性熏之則佛知見發現能熏如風所熏如谷此娑婆世界非以文字三昧鼓舞佛法法安可行

五

臨行匆遽中而事無不周用情可知此非夙植靈根兼有深心視名聞爲唾涕者不能也弟勞累始光於小善細緣亦心所不忍耳意在小善不忽爲大於其細也法華云以衆生有種種欲佛以種種因緣譬喻利導之亦此意耳由是言之但患衆生無種種欲心如有欲心則氷外無水之義立矣此義一立又患氷少水不多也幸深思之近來黑白或有不知此義者善雖不擇勤而行之乃人天果報及魔外因緣耳小乘則視衆善爲勞累棄之若火灰恐其燒手故也是以善無大小直以唯心觀之則德行未嘗不神矣果如此則勞累亦何獨不神哉

別汪居士

林下野人受性猶介嗇於希世行止疎慵徒益英俊之笑談蔑補聖流之玄化雖托於孤清之館寧忘乎寂寞之濱暫謝白雲終慚丹嶂將回瓶錫敢報軒車乞惟遂其猿猱之情亮其犬馬之暗得還初地永祝遐齡

與妻生

别後寒暑屢遷去者不可追矣每一念此則妻生未始不在眼中妻生妻生娑婆缺陷世界耳缺則終難如意陷則終難出離難得如意何往而非苦難得出離何往而非牽墜哉故衆人於缺陷之坑作得意想作得離觀譬如執捉虛空秖益自勞也惟達者知身非我有心逐境生於是死生不排而空好惡不遣而化所謂缺陷之坑頓成極樂之邦然明而不能勇則身心二執亦不易排遣者古人於氷稜上走劒刃上行亦爲死生之關未易打破愛憎之坑未易出離故有此喻也於此兩者未能解脫則談玄說妙溈山謂之口解脫苟非入水長人難見妻生能痛不負道人慈念管取缺陷坑中如意珠放光有日在道人乞食江陵邂逅貴縣某上人空谷足音也上人東歸附此鞭後

寄顧汝平

大凡百工技藝有志成其術苟自心不死而能詣其精處無有是理何以故蓋心死則一切舊染失其檮杌而本心自全精神不勝用矣然可死之心必因前塵而有既因前塵而有如能達塵無地則心不死未之有也又達塵無地者關子有似達塵有真達塵凡似達塵之知見謂之藥汞銀見火即飛去矣曷能終吾事汝自今去必要到真達塵境界則功名性命當必克願汝痛無負達道人慈念

與馬君侯

夫雨有天雨人雨不禱而雨者天雨也禱而雨者人雨也此古人成訓而人之禱天在德

不在爵又非奇術可能也誠而已矣大藏之中有請雨經三帙乃大覺聖人慈悲眞誠濟旱之良方也明公旣以蒼生爲念誠發於中則精徹天地雨可必致然須擇請戒行高僧設壇淨地依科奉行請雨之法必得雨以爲期隆興寺僧能課頗亦眞誠行著鄉黨當敦請主壇加以僧官能錫輔弼奔走建壇之後再得一禪僧夜夜放焰口斛食一筵亦得雨爲限良以亢旱所自必由乎所屈屈而不伸則抱鬱而怨生怨生則悖戾之氣作下有所感上必應之若不仰仗大覺慈光實力神呪并守土諸侯畀躬虔禱則屈不可伸怨不可解雨烏可得哉怨有多種難卒備言即人情而推之可以意悉惟明公大虛已靈臺照野人之衷曲凡壇中一切費用資具項件但憑主壇者所須在處公所當供養大悲雲生如來聖位至於命各州縣禁屠又皆明公指揮之下也且禁屠大都有名無實童蒙孺子尚不可欺以不實況上天之高明哉此又當榜以哀懨告示徧曉州邑至緊至緊

紫柏尊者全集卷第二十四

音釋

旗渠宜切音奇　擺補買切拜上聲開也　紲先結切音屑繫也又長繩　疣于求切音由　屢良據切音慮

紫柏尊者全集卷第二十五

明　憨山德清　閱

詩 五言古

宿洪福寺懷古

浮生若電露豈有山河壽磨笄高入雲還同天地久其誰張麗筵夜半操銅斗逐鹿不畏險攖金甯顧醜滹沱鎮長流覆宿千峰首骨肉靡暇念俢心若淵藪霸功高幾許直道難箝口野寺秋風清塔鈴解獅吼燈前聞草蟲更復悲蒲柳

山居

鳥道曲復直迢遞通幽寂枯松學龍舞怪石疑僧立香雲襯足柔清磬聲歷歷老衲笑相迎有意非言說

宿可休堂

野人無心來寧復有心去來去總無心白雲知所趣幽篁一徑通落葉四簷聚念此夜露寒草蟲鳴不住

紺園即事 二首

無風水自定水定涵太虛四岸交清陰竹槐何翳如游鱗戲樹杪天影看却倒去者亦幽人有情難盡道夕陽澄紺園淺港動蘭棹

卜居在野曠寂無塵俗想踈鐘深夜聞六根瀉清響晝讀天竺書幽窓思恍惚犬吠桃花陰麥浪人來往最愛晚雨晴空林反照爽

芙蓉寺跨雲梁

白雲不知卹折竹爲輕帚幾度掃復合流泉觸石吼望中峰巒奇欲往未敢走老衲駕津梁去來恐怖否患媒以有身墮體無堅朽達者旣知此死生何好醜經殘磬亦歇豈更聞

鷄狗

龍潭靜室

睡起帶微昏拭眼出禪戶碧天紅日高雲山光可睹倚闌聽流泉橋上孰爲伍岩側立奇石向我石欲舞衲僧傍弗禁於石生忌妬汝本無心物如何解立路生公昔教汝吾今擬椎破一憎一愛之且道誰福禍了此得佛心未會大莽鹵

舍下邳弔留侯

子房椎秦氣豈止萬丈虹一旦能自下進履圯橋翁翁怒竟弗納復進心如初茍非天地量報韓計即踈佐漢功已成超然掉臂行青山去不返爲答赤松盟月夜泊下邳忽聞流水聲尚疑先生在感激無盡情

山居

潭柘溪山深那聞空谷音凍雲雷忽鳴日月其誰心塔前解放光此照無古今老人不負渠影響渠有餘渠能不負老在處皆迢如

白仁岩

誰云山路險我覺山路幽空林鳴落木斷壁瀉寒流徑曲難可記雲閒時復留樓臺斜礙石松柏老成虬拭蘚讀殘碣遠公豈凡儔五篇悟今古六事羞王侯危峯代主人玉雪泛磁甌蓮漏滴弗涸棋枰局未收悲歌曳杖去日暮不勝秋

夜坐上方山即事

頭戴古人笠夜禪松露泣怡然醉遐曠想是多生習雲鎻兜率門人來撥雲入瑶梯知幾層攀援鐵繩急舉眸見樓臺重叠峯巒吸磬韻瀉空翠清泉道者汲水竆路亦盡相見惟

合十茶罷揮麈尾雄談匪暇給中岩月未沈
謝法且長揖貪睡但畏曉那復顧衣濕
　潭柘山一音堂寄懷靜光滑居士
世路多崎嶇悠悠寄巖谷去來惟白雲天地
亦茆屋渴有泉可飲慰饑松克禄明月上東
峯貝葉聊披讀會旨忽喪我虛心而寔腹愛
生死媒進忘所能豈獨辟若古寶鏡無塵光
自復松邊坐良久介爾一成六天水本不遠
亦寧非五竺行蹤顧難留薦茗誰擊筑邂逅
雖可期江山阻人目搖搖莫盡思卷來托茲
幅
　晨起蕭岡納涼
煩暑不可滌扶笻傍溪光偶然值幽陰輕風
發林芳新荷浮湛露閒雲停蕭岡遠山旣以
淨遠水亦以長眠鷗鷺復定吾與我亦忘寂

寂花暫落浪浪溜鳴廊雖有合塵心其如法
中王爲問西來意倒影泛虛堂
　日暮歸自龍潭
利名非烟霞牽人不辭遠泉石非美酒醉我
不知返狂笑出重幽殘陽没松坂
　長松館夜坐
禪庭就樹縛草徑遠塵寰有時鳥相語無人
來叩關江聲雜松響飯訖聽潺湲染習漸將
洗靈臺似近閒許詢解設難支遁答非慳莫
問城樓月濤陽照碧灣
　山居即懷
峰泉本嚴好何必修飾之疏食飲水外白雲
可悅怡放言懲末德危行竊與期麋鹿散還
聚詩書忘復思相知嫌地遠誰共嚼紫芝
　仲夏携覺生受食芙蓉山中

閒將飯袋子共爾納涼此雲鶴棲高松池魚玩清水有心豈得妙無念墮寂止前識古不貴朴哉智之始歸鵶點暮烟杖屨懷故里

覺生訝講絳二韻險絕難賡和予應聲賦此　二首

明珠藏老蚌蕩漾吳門港一旦誰剖之圓光照佛項談經不須舌直示但用棒高枕臥頽巖松濤代晝講

松窓匪貴絳常以雲爲巷雨歇千山寒流泉隨勢降林鵶噪夕陽碧漢浮彩虹村落牛羊歸晚鐘何處撞人生特寄耳埋骨無賢愚

題骨香庵隆公靜室畫梅

萬木凍欲死枯槎銜春色禪房午夜寒明月挂枝側彷彿暗香浮鼻根不可識支郎定初冋瘦影橫癯肋此意向誰言氷魂自相得鹽梅非所望投老終佛國

悼無相容公

是身如卯井聊以命爲綆汲久終必斷世中有誰省輸他達道人念起恒自儆生滅本一條見形即知影去來有異同諠寂靡炎冷刀斗聲弗停沙門觀力猛未死恣昏動含識豈超穎遠公之清塵師歿孰爲整

悼如超

往曾見吾影寔未得吾心見影雖植因得心道可尋死生非細事神寂昏不侵苟非得道骨安能無浮沈難消是五障易失惟一音新塚遍芳草松風多悲吟誰有堅固經鳴此無生琴

哭素菴師

棲霞久岑寂泉石漸光霽願力洒心血禪宮

始壯麗青山色不老碧水流無滯舌相與德容見聞安可契師來春着物師去猿亦涕愧我徒識師弗堪支傾替東南法梁折苦海浩難濟小子瞻白雲幾回淚沾毳

長松館西風吟

朝來坐庭除木葉墮不歇未是西風高千林如脫髮林林成比丘遠近坐兀兀無口舌豈勞妙音從手發門人聚白雲聽法誰敢忽以眼爲耳根聲塵迥超越長松强出頭夜靜挂明月萬籟寂不喧月明滿禪窟開中度朝暮所見何賞罰

燕山送無言道公住持少林寺

青山不易老白日何其短葉落黃金臺誰人行急緩四泉清且深五乳秋雲滿取汲豈有心爲霖濟枯旱苟非善用之雖正亦復反鉢樹旣成抱帝座香未散椎輪久失主賞罰貴明斷祖令試全提波旬應左袒焦螟泊火聚燕雀秋鵲卵直下不生心聖凡俱納款

芭蕉菴偶成

誰謂城市諠我居若空谷晨昏雞犬聲誤聽作岩瀑庭際羅雲石微風撼疎竹故人家務忙誰共法海沐

石門寺

我愛石門寺臨川清曠處業當水月深道益魚龍助帆影亂幽窓櫓聲搖靜慮南山及峨嵋併換終不與

讀法華經

一室住峰深樵夫猶莫尋日永閒不徹獨轉蓮花經自誦還自聽問渠誰賞音反復細推窮本來非二一心如何根塵識三者各有因使

我疑難解取决白雲本 白雲亦弗荅隨時變晴陰

梵川

水曲午風清輕舟浪花淺主人遊未歸碧草坐來軟有茗向誰啜有心向誰展青春感逝波白日應共勉何必觀滄溟乃稱雲濤緬崑崙與培塿會理非隱顯島嶼壘塊成池塘貴折轉水澄見樹影隔岸雲舒卷中流構精藍荆棘試初剪魚鳥識香燈兒童慣習善輞川王右丞泉石寄軒冕今有曲阿生梵川託幽選道人偶飯兹細雨濕蒼蘚理棹向何處北園少鷄犬

過石鐘寺

長江水不淺湖口山不深雲石多奇巧疑生丹青心予偕二三子取次望春林何異畫圖上歡笑發空音假山與真山象始可相尋

過匡廬棲賢橋

我昔遊峨嵋峨嵋青雲間巴江瀉天上千里一日還今來匡廬陽峰巒潛復翔玉淵溢必泛三峽何鏗鏘行倦坐橋側鳴珮聲琅琅聞遺心獨清觀音舌相長幾人度流水即影見慈光

風塵通觀

風塵齊水月染淨但唯心試看匣中鏡澹然光靜深一朝縣高臺萬像等照臨好醜纖不昧未嘗煩沘吟予心得如此寧畏風塵侵

葉杖

榔栗何所生托根峨嵋石偶然棄此山尊者何得失且以四塵觀推之本無質寧惟此杖哉萬物同一職

贈馬子善

堤上垂垂柳堤下青青草等閒清遊時文章皆極妙不假彫琢工天然而自巧借問此何來胸中無煩惱

贈明月寺皎如

古寺負靈岩湖山最深處微塵固難近心遠本非預流水解清談白雲好來去經殘坐松下調息澄俗慮明月懸高天空床任箕踞莫憎青白眼身世等飛絮

山中即事

粥殘無所事策杖尋幽去岩下聽流水冷然爲誰語天寒茗弗熱霧重書匪曙此本龍蛇鄉廓然忘怖慮談笑殊未休日暮難久據月上還再來何必生猶豫

過天寧寺有序

余讀唐李長者決疑論是知無爲而成者天也應物而不亂者寧也故古人有以攖寧自號者亦此早春携二三法侶謁李長者於方山既而還清涼以滹沱冰將泮徘徊未渡少憇天寧遠公禪房賦此

年華不可留齒髮豈堪倚既少終必老逝波力難止無生則無死有末必窮始听柳夢欲醒桃花尚含恥同誰遊寶地歡茗談莊子一嘯出門去千峰與方起

方山金剛泉

丈大患軟暖任事不耐長一歃金剛泉形骸頓堅强視生與死等視苦爲樂場此觀久成熟身心俱清涼

送得心開士遊五臺

牢山去五臺相近亦相遠近則在剎那遠則

靡涯岸生心禮文殊何啻太虛電轉眼光已
沈掌紋不可見秋高風色寒落葉情無限望
望孤雲邃令人增眷戀讀經曾數蓮陸地清
馨遍今昔俛仰中千里寧隔線大士笑相迎
茗貯玻璃碗鼻風生浪華香光搓臺殿無錯
箭鋒機掉頭空絕巘

月下讀書

天高秋露寒玄侶皆寢歇油濁燈頗昏讀書
借明月得朋古始初會理心自愜釋卷夜已
深清光滿岩穴

過龍門靜室

羊腸路高低深林秘禪宫既到坐門次重疊
皆雲峰剡木三百尺閣石架虛空寒泉委曲
瀉點滴落廚中昨見僧頭上水聲來匆匆相
看拍手笑王維難形容惟有無心者會旨超

塵封

春日登清涼

昨來進幽谷草木時雨足欣欣向人笑紅黄
間紫綠揮戈日難返流泉去甚速正思東家
卯川上嗟不復

蚤春謁李長者著論處

高人李長者風致久欽尚問法蒲衣子從茲
乃西往青山不改色白足遥酬唱人代付流
水雲巖獻奇狀芙蓉繞禪室貝葉生佛想春
雪被四野玄津滌五障華嚴佛始談大論誠
快暢恨我生何晚不逮奉巾杖猶欣侍尊者
龍象共趍蹡夜寒山路幽再宿解悽愴

尚朴崖

子非太古人君是太古石今昔甚懸遠一朝
此相識因悲世道衰尚友千古客奈有峨嵋

遊匪遑久侍側雲邊言別離杯茗瀉慘惻敢企明月心常相照行識

飾鳳林寺有感

昔人依寒巖虎豹常爲伍片心委寂寥頹然混沌父古木不知春鳥不驚樵斧一旦陽光回臼雲化丹圃我老欲投杖巳生峨嵋羽

食菜

莫嫌菜味淡淡中趣甚長長者可以久久則耐歲霜人謂梁肉美我愛菜根香東坡曾有言大丈夫須嘗淡泊滋高明奢侈汨心光節儉可成家費則近淫荒聽我冷舌言天下亦可康

山堂夜坐

空堂澄佛火寒月照僧笠俯仰天地間氷壺喻不及微雲淡欲斷野鳥雪枝集迴嶺互明滅流泉凍弗泣相將坐達旦行者頻乞入所樂既難齊滄浪豈牛習

秋夜宿積善庵洪上人禪房　號大宗

微雲散空碧片月當天縞獨聽草蛩鳴遺塵契深與緣粗而得精精化合常道目擊猶千峰語言豈可到虛窓凉初高擁毳坐來好黃葉飄秋風夜中誰復掃

潭柘一音堂即事

三界如旅泊比丘寧敢着去來類孤雲足跡難可摸樹下只一宿遲回恐生縛雕梁與畫棋眷顧詎非錯末世風俗澆鬚毛徒剃削酣然醉大欲男女飲食樂雖復着袈裟諸方亦行脚研窮本色事癡黙熱惱灼一旦死魔至惶惶何所托

吳江聖壽寺

吾愛吳江山浮杯恣幽尋又愛吳江水臨流閒照心城中有古寺銘碣何埋沈偶讀高僧傳赤烏到於今佛燈斷復續棒喝振雷音禪虎瞎堂老昔曾踞此林殘碑陷新壁每動騷人吟近世微某公幾遭荆棘侵何其棄而去令我彌愴襟山豈貴必高水安貴在深寸虛苟無欲朝市即雲岑曠然離苦地誰解投簪纓

名二泉詩 有序

余遊廣慧寺見一泉湛然明瑩歡喜心生熱惱自消因名之曰歡喜泉復見一泉淙淙然瀉諸龍吻若枯禪大龍神遊覺海慧濤洶湧之中而不撓乎澄潔之性有即動而靜彷彿乎禪定之象名之曰禪悅泉後之高人勝士過廣慧者皆生歡喜入禪悅庶無負名二泉之心乎

歡喜泉

千峰有流水一見何皎皎歡喜油然生相將山月曉掬之開妙觸直下無不了夜靜鐘磬歇清音瀉叢篠更聞洗鉢殘惹得游鱗遶

禪悅泉

商者見利喜農人得雨悅空山萬籟寂老衲默無說所樂雖不同適懷寧優劣寒飈吹微雲凡聖情波徹

過某公禪房

鑿破千尺氷雲邊結方丈漁樵絕往來天地同俯仰不見喧笑聲但聞流水響山深遊子稀夜靜明月上把袂論素心忘機冥大象爲烹虎邱茗已接鶴膝杖何處動疎鐘此時誰撫掌人生若漚泡莫使煩惱長高竪精進幢

共超無明網

寶珠泉 有序

嘉靖間有禪者不知何許人雲行鳥飛足跡滿天下而愛杭之徑山山有凌霄峰高出羣巘石少土多可以樹藝然以乏水棲者不能久此禪禱於龍神一旦泉湧成掬更三日泓然厭沃龍象矣萬曆壬辰仲春自杭來五臺言其始末如此遂賦之

寒流迸絶頂清冷遠泥滓午夜微雲空氷輪印滄洞誰披破衲頭分王注爐咒熾炭三沸初浪花明珠並試傾磁甌中一啜禪夢醒

芙蓉寺

千峰有流水碧沼有明月承坐香雲柔此心何所闕美人秋思深肯向岩隈歇麋鹿去復返孤鴻天際没滿城夜露寒燈火照佛國鏡裡浮幢新山河壯禪窟

重過樓煩寺

至人將欲誕寶地湧靈脉飲者無賢愚俱然消諸厄一朝産金芝佛日生大夕千古鳴法雷舌根等堅石樓煩師之里爾我悲陳迹廬嶽秋風高東林正蕭索聰明泉未枯勝井塵土積搔首共躊躕哀鴻催白髮敢承聖者光分餧照蠻貊况復中華生自來霑法澤慚余道力衰匪及爲輝赫

玄岡山店別寧武諸法侶

偶然飯山店法侶勤正念反視身與心豈殊速閃電百年喻朝露日出花即歛寵辱鏡上塵本光謾相染秋風催馬蹄去去情無厭

過清涼義塚園示其禪人

艶姫遊花林過者誰不讃白骨亂荒草見之

誰不嘆從來百年中好醜隨時判嘆者未死時容儀何粲粲讚者埋黄土白骨同一貫佛說女三昧即身成境觀比丘住尸林攝念厭分段如觀一枝花洞悉春無畔

過華嚴菴

流水青山曲誅茅拭心鏡法界雖四重了之凡可聖風高鐵磬寒月上松窗淨莫謂故紙厚鑽研力須勁一塵忽剖破大藏頓究竟且說春光深杏花正當令浮生能幾何誰悟身爲病

驅旱魃有序

予道興善寺覩麥苗枯槁知魃鬼爲祟遂賦詩驅之期雨足爲驗

苗麥仰甘泉赤子饑念乳我自清涼來久離熱惱伍行中覩枯槁魃鬼握炭斧喜旱暢淫

習羣生失所父民以食爲天麥枯將誰怙聖哉大悲覺雲澍滋朽腐遐邇聞雷音妖熳墜幽苦

偶成

長年只蕭洒靡事可牽掛山河喻蒼狗生死齊野馬曹劉無幾豪榮枯轉頭罷輸與世外人金剛虛空畫

五言律

開化寺有感

建勝自隋唐燈傳不計霜幢高文字古碑卧蘚苔蒼雨過金容泣花開鐵釜香登臨曾感慨槐冷鎖斜陽

散髮受食芙蓉山中

散髮長材下清歌傍碧渠水流天影在風靜竹聲虛路出雲松杪心遊象帝初上方誰送

供香飯及池魚

客多勝閣

寡欲地終偏忘機趣自玄帆檣爭碧浪日月走青天耳寄江聲外心遊象帝先人間通覺路登眺石門邊

日暮二首

風落春時葉堦生雨後苔門前雙樹老竹外片帆開高塔啣沈日祇林隱鏡臺遥看情不盡宿鳥促歸來

日莫泊灘頭隣船燈火浮地高疑傍斗天暗自停舟春煖衣初減江清興更投殊方皆逆旅鄉語信蘇州

雪中有懷

寂寞空山裡連陰雨雪重鶴愁巢樹折猿慮洞門封草木應難辨山川彷彿同誰能明此意夕霽上方鐘

潭柘元日聽泉

一年今日始寒谷煖初生松下浮天色雲邊領磬聲翻然辭絶壑此去向滄溟吾道秋風冷波光浴日明

山居

住在萬峰深遊人何處尋斷崖能障路流水自成吟白髮生空想青山冷世心那知城市裡正晝攫黃金

過報恩寺

一棹到禪居溪山春雨初宿雲横古砌遺像臥荒墟斷碣迷唐額空梁得宋書同游皆法侶誰可振門閭

明月池

老衲閒消遣雲邊斫此泉淺深不可測今古

但澄然照影渠看我涵虛地壓天夜寒羣籟寂明月幾虧圓

秋夜宿本侍者禪房

儂家所住處長日少人踪水月四時有雲山幾萬重黃猴偷紫芋白鶴立青松夜靜成孤坐燈前孰所從

遊張公洞 有序

暮春與二三子遊張公洞王女潭舟中披閱支公小品序倦而舒目忽見舟前碧翠浮空波光映几時高論者清難雲搆虛懷者瓶瀉而酬次復舍舟策杖尋樵徑而入既至蒼松夾道修篁點黛怪石亂出清泉滴響仙源幽勝應接不暇時有小作雜記其事雖無鷄園鹿苑法咏之倡和亦一時之良遇也

微波搖樹影風好片帆輕望裏千峰秀行邊一水清高言消永日搜閟托幽情相去桃源近時因法伴登

北園雜咏

閒來無所事觀化適幽情鳥路生明月魚程混太清蒼山常問寺濁世不留名雲外存知已前峰鐘磬聲

泊湘中

日暮停舟處蒼茫古渡西雲霾江上月雨濕客中衣行侶鄉音異隣船燈火微故山千里隔迢遞不勝悲

巖居即事

潛壑堆雲處寒泉不斷流千峰長鎖翠六月只如秋蟻鬬驚天地人空恣馬牛山林與城市心歇便相投

留别憨公

大道久荒涼離歌東海旁行踪將萬里津濟正微茫白日肝腸苦青山骨肉香相逢即相别揮淚欲沾裳

示于潤父

寂寞英雄地浮華計不深好花開萬品古木獨千尋路盡生奇智言窮得自心封侯西海上白骨博黄金

過邢匡石居士

朝來居士家一路踏烟霞會理花非待開池水有涯石橋當户險山郭帶江斜飯罷無餘事空窓轉法華

同開侍者繆仲淳宿洪福寺有序

昔思大禪師登南嶽恍若舊遊因掘地得髑髏及瓦鉢道具遂創招提以三生名之貧衲與二三子過洪福寺四顧躊躕亦若舊遊第不知前生髑髏何在雖然即非髑髏瓦鉢思大前身爲南嶽風月主人猶信也洪福由唐迄我明廢興不知凡幾其寺僧慈峰朝公今復力舉廢墜而貧衲與二三子阻雨得假信宿朝公索詩題石遂賦此以結三生之緣時萬曆丙戌夏六月十有一日也

信宿中流寺行藏支許從禪居開水月佛火照魚龍石吊英雄跡雲埋今古踪廢興無限意問取舊栽松

牢山海印寺

珠林完舊物天子錫靈文鳥道懸丹嶂僧堂起白雲魚龍階下宿塵世海邊分佛火誰相續心香朝暮熏

梵川偶作

情縱頭頭礙心空事事如死生雖復大來去總由吾貯水傾滄海關風役太虛諸般皆便用何物可能愚

石門舟次

石門前代寺澤國隔塵氛四面皆流水孤峰獨出雲寂音陳世界長者列經文舟到黄昏裡鐘聲鼓後聞

偶成 四首

折葦來初地漁人枕浪眠塔鈴閒自語僧夢醒忘緣井竈魚龍窟風塵水月天雖非親眼見澄照尚依然

住山無甚巧一味朴頭來雨後開新地燈昏剪舊煤照心翻貝葉襯足護蒼苔火斷風塵路何人問大梅

草坐白雲寺閒中自較量利名非我事歲月讓人忙飯飽松花粉烟浮栢子香流芳如可待公道屬侯王

我自别人間空山擬投老松風六月涼潭月千古皎黄獨雨後肥白雲不煩掃來時路正忘欲出問誰好

少林晤高竹川襄陽復晤却贈

一别幾經霜相逢鬓共蒼行蹤雲聚散此道路低昂多病知禪觀無才損世忙少林今夜月應復照東廊

秋日與黒白諸法侶遊衍恩寺

秋日來金鼠西風落葉聲堤楊猶帶綠池草尚含青斷碣迷前代空山慨世情同行皆法侶誰解説無生

咏風

乾坤全賴爾萬物恣翻騰撼樹惟聞響排雲不見形吐吞真有力來去本無情一種呈奇處空山送磬聲

臥龍菴

寺藏青樹密路轉白雲深山帶前朝色人多上古心浮塵不可見流水自知音滿目東西意題詩期再尋

秋夜宿水月庵

黄昏泊釣臺坐聽草蟲哀水濶天無辨堂成月自來已醒蕉鹿夢肯使海鷗猜對岸人如粟登臨念自灰

登那羅延窟

菩薩僧常住皈依上翠微山高疑日近海濶覺天低島嶼屏中國波濤限外夷重來防失路拂石一留題

金輪靜室即事

縛屋依金剎時聞鐘磬聲種苗非博飯鋤草代經行春水涵天碧雲山當戶青斬蛇誰取性拭眼證無生

新秋念開郎

客裡逢秋早林間宿雨涼小鮮猶聚樂侍者却甘忘莫謂千山隔須知一脉長狂心終自歇含淚禮香床

題張公洞

清曉探靈蹟行歌入翠微山光開眼界泉響淡塵機去路非難進浮生不可期洞門雲不鎖出處未成迷

題玉女潭

長松夾道陰幽勝許吾尋樹老寧知歲潭清喻此心同遊俱法侶消歇聽鳴禽杳藹天將

酉時聞簫管聲

　溧陽莊結夏念開侍者

閒中無箇事鐵鉢貯清泉鏡面浮天色禪心空世緣人生旣不久幻影豈常堅相見難相悉開卽尚未旋

　過多寶寺弔玄庵穆居士

塵中開覺路訪勝夜登臨貝葉依然在蓮花誰復尋行踪寄軒冕名姓落珠林一片青天月先生萬古心

　出佛兒門別潭柘山嘉福住持佐公兼諸法侶

靈脉來何遠溪深知幾回雲山常忽斷天日頓重開道大終難隱名高不可埋行當尊貴下空翠湧樓臺

　贈王太古

旅底逢王子風標逈不羣身家流水葉心事遠山雲任俠猶存劍陶情但屬文何如俱屏却世外一期君

　慰徐覺非

暫息還鄉思同來聚雪峯雲山常在目妻子不牽心月下搜禪觀閒中學梵音更憐豪縱習鑄作大悲鍼

　國山寺訪了虛不遇

迢遞來烟寺松門夾道生青山太古色流水自然聲石上癡龍跡林間怖鴿鳴西江相去遠誰慰客中情

　登天目山頂

歷盡巉巖路中峰地忽平捫蘿重陟險坐石看雲生有欲人方忌無心道自成相將登絕頂更覺此身輕

馮元甫書室

逃塵寧是隱養素在蒼生湖水硯池碧秋山筆架青烟雲通藻思風浪雜書聲永日人稀到惟聞幽鳥鳴

舟次石門吊古

筠溪任黑風折葦石門通一水中浮玉孤林兩抱峰津梁勞佛臂舟楫濟禪宮歲莫探陳蹟悲歌寒霧濃

梵川設居二首

水國嚴禪庭微舟不可輕波光搖閣影松吹學潮聲魚小知常恐龍癡睡未醒莫言城市近隔岸遠山青

閒來坐池館乘月弄潺湲鷲嶺浮天上漁舟放樹間鳥喧因論法龍出夫歸彎已少尋幽者柴荆不用關

螺髻山送傳廣居

窈窕不知深誰同此一尋聽雲天地耳抱寂聖賢心漢室青山在韓祠白日陰那堪離別泪春酒海螺岑

偕諸居士登墨光亭

地僻無隣並同來日已曛穿雲驚宿鳥帶月到幽亭近水堪資觀虛窗可寫經漁舟催早渡風冷夜波腥

喜于中甫再入潭柘

喜爾到山中雲門一破封聽泉身世盡坐石意言空明月東生海焚香禮大雄來朝今日路杖屨出千峰

秋日登玄墓

覽勝携高侶捫蘿謁梵宮千山飛片雨數載寄孤踪空翠鳴疎磬波光照遠峰烟霞誰愛

客相送有支公

過莒父寶願寺有感

新秋遊寶地落日照城隈馬跡侵蒼蘚蟬聲泣古槐短碑師子吼高世鳳毛才此日扶消歇還須玄度來

同勉講主過洪山寺

舉刀無可欲斷足是何心法雨千山洞慈雲萬里陰清泉還似昔白血到於今古碣迷荒草同誰杖屨尋

暮秋宿龍興寺

入寺烟霞古金繩鎖梵宮譯經人不見呪水鉢成空漂母河邊草韓侯墓上松夜深誰共坐難聽是秋風

示吳康虞

此生卽曉夢寵辱兩俱非三棹何時息千峰早晚離乾坤鏡裡象身世鼻端泥去去春程遠烟花示密機

圓常寺次松窓宗室韻

欲濟况無舟名林亦可留樓臺片雨歇河漢淡雲浮水靜月方定心空境自幽慧燈明徹夜日暮不須愁

夜讀楞嚴有感

軒冕增人相松泉冷世情微官五嶽重大道一毛輕石淨雲生倦窓空月愈明殘經翻未了何處曉鐘聲

訪鹿野坪徹空禪師

林叟持高節幽居淡世情閒朝觀鶴色靜夜聽泉聲行道一身健翻經兩眼明自慚投社晚乞地結松陰

清涼有感

幽谷深雲裡樓臺知幾重茜裙歌夜月緇衲醉秋風鷄犬聲將遍猿猱跡豈同因思張相國一怒淨龍宫

燈下懷憨山

支郎昔住此水雪記流年已就屠龍技猶𥘉伏虎禪法雷鳴十地花雨散諸天信宿空心累焦桐擬徹絃

山居喜雪霽

一室萬山中何人問遠公雪迷樵子路凍合蟻王宫照性知非染無思始契同朝來饘粥罷海日上東峯

一微泉懷法侶

路斷千峯際雲門忽破封好山知幾疊幽草自成叢石徑通林杪寒泉出壁中下方諸法侶誰得此相從

仲夏偕諸法侶游上方喜雨二首

路向平田始蒼崖似削成有天當絶頂無地可兼程避世雲非淡忘機水自清同來逢好雨鐘磬報新晴

結屋近青天居高地自偏鳥鳴階下樹龍出洞中泉山月通宵白松風拂暑炎遥知城市裡枕簟不成眠

五言排律

過知郎瀞然齋

地僻資心靜池空悟世忙迴觀兩未有强謂是常光樓閣窓中影松泉鏡裏香雲山終不老水月爲誰涼天破魚吹浪書抛客卧床去來情不染喧寂路俱忘莫厭茆齋小風塵别道場

紫栢尊者全集卷第二十五

音釋

滹沱上荒胡切下唐何切滹沱水名　飈音標同飆　饘諸延切音旃厚粥也　筑之六切　賡音耕續也　戇直降切音撞愚也　邂逅上下戒切下胡茂切邂逅不期而會　癯求於切音渠瘠也　巘語蹇切年上聲　虹音降螮蝀　笄古兮切音雞

紫栢尊者全集卷二十六

明　憨　山　德　清　閱

七言古

釣竿峰

漢家失鹿爭相逐江上一絲山水足夢裡龍蛇戰正酣羊裘之外何所欲釣竿偶擲化危峰掛月撐雲曾不曲君不見渭水垂綸一釣間享年八百賫亭毒先生一釣成何事萬古令人仰高躅

夜宿盱江太平橋南

昨夜太平橋北宿今宵太平橋南眠橋南橋北只一水一水何曾有兩船若得詰朝天氣好從姑山上訪神仙神仙初亦是凡女欲海情枯斷愛纏一斷愛纏蛇爲龍飛行自在獨超然

野鶴

千峰道人天邊鶴三年狀頭籠中雀天邊野鶴自在飛籠中飽雀甘束約松雲軒冕病不同幾人知病能服藥自笑少學屠龍術伎成無用渾棄却瓶錫袈裟到處遊楊枝漱口朝自嚼苦中有味頗清涼龍肝鳳肺輸寂寞

梵川問月攜麟郎覺生

吾問天邊月可曾有離別燕山與吳門幾見月圓缺或復海上生有時林間沒光輝在隱顯肯爲迷雲汨君不見長安道傍蕭寺中焚香露坐月當空胙宵十八高人聚風月無邊爾復從又不見不傳之妙亂抛擲滿地珍珠誰拾得此情難借空虛喻摧破空虛須着力

送栗庵居士之南閩

道人自慚情未空憐君遠行心忡忡漳州一

去四千里崎嶇不知經幾重分水嶺頭縣鳥道僮僕相呼晚與早何處寒雲猿狖啼日月不摧雙鬢老梁山見説多霜松松根抱石苔色濃幽期無負有如河爲予掃髮千岩中嗚咽聲噫噫名藍未復心豈忘心不忘今道在塲最憐秋風苦雨歇汝師來往山之岡

趙州栢林寺壁間畫水

畫水何曾有水相有相焉能畫水狀靈臺無物湛然清信手風生掃成浪視之滚滚聽無聲日日波濤千萬丈此中未必無魚龍頭角潛藏待雷響君不明畫水之時念不生念生畫之終不成譬如陽春回大地紅白枝枝豈有情

送鶴林寺海祥禪人還南

千年常住一朝僧汝師獨爲常住死蚊蠓雖微尚貪生人而安能不愛此吾悲死者賦此詩莫言朽骨無所知幾回竹院月明夜幽魂

靈峰觀泉

山水無心衒靈奇遊人分别生幽思幽思之初未分别山水靈奇誰得知就裡亦自有佳處有心不是無心時我遊靈峰峰不語淵默雷聲耳欲遺鰲頭戴我欲飛去拄杖挑雲何所之

七言律

山居

莫謂雲林是化城相逢幾箇世緣輕青山不解隨人老白髮偏知逐歲生萬境本空心作障一眞無待道方成長安若問開先勝飯罷閒聽瀑布聲

仲夏同諸法侶禮多寶寺五百羅漢適

有禪人跪讀法華經於像前靜而聽之若流泉寒瀉聲聲入耳靈臺澄徹樂而賦此

白日來叅伏虎禪衲衣誰共染香烟風塵有路通心地水月無人問性天空想玄庵翻貝葉遙知雷雨護金田冷冷松下聽寒泿萬刦情根一洒然

咏懷

少小狂歌混狗屠翻然一旦醉醍醐胸中日月光無盡身外風塵愚已祛虎豹由來山寺犬王侯誰悟利名奴閒朝何事堪消遣飯罷看雲獨倚梧

天啟禪房

石磴盤迴不記重亂峰深處隱禪宮泉從剉木雲間落僧住高岩眼界空欲了殘經還待月偶成半偈暫吟風歸來不覺烟霞晚谷口初聞定夜鐘

感懷二首

山重重兮水重重迷悟須知路不同寞寂場中蟻似虎長安道上馬如龍白雲自解歸青嶂明月誰將掛碧空若使貴人能不死從教桃李笑春風

風塵那得此中幽萬壑千岩鎖一卭白髮不栽偏易長紅顏欲駐却難留飛禽有跡空中覔老衲無心物外遊試問故人槐國夢五更霜冷解惺不

瑠璃燈

誰把氷輪擲下方老禪拈取掛虛堂升沈雖復憑他力內外從來本自光未點金容猶冷淡纔燃寶座愈輝煌莫將龍燭堪相比不照

人王照法王

過楞伽州遺麟卽

孤巖面面生雲烟無限魚龍鬧水天欲遣百非煩問答那消一句蕩中邊不須設險人難到但若無求地自偏大慧日長何所事經殘抱膝看鷗眠

詠開先寺瀑布遺仲堅行脚作探竿影草

隱隱隆隆天上來白雲重疊不能霾剪裁無地容刀尺慣便乘風作雨雷到海終須涵日月出山豈肯染塵埃杖頭挑向諸方去席卷魚龍擔取回

聽松

水光山色世情空偶聽松風更不同無夢却遊天地外有身豈落死生中名高自古生心累道在何妨徹骨窮顛上棄瓢嫌聒耳寧知聲是大悲翁

舟次石門東岸訪寂音靈蹟兼懷廬山歸宗常禪師

行盡溪山興未窮扁舟聊繫石門東金輪雨露承千古玉曆春風自九重鬓髮不愁連夜白身心已悟本來空何妨城市山林處瓶錫飄飄訪臥龍

山水縈廻妙莫窮烟濤空翠着禪宮石門有路憑舟楫金地無人候飯鐘雨助溪聲吞寂寞雲拖海色淬虛空重來一上楞伽閣徙倚長歌望祝融

偶成

閱世歸來隱半峰茅茨小結虎溪東了知我相無安處直得緣心當下空花落花開成敗

夢漚生漚滅是非蹤相逢若問平生事坦腹高歌大塊中

墨光亭

選得幽居傍餓龍竹牀苔徑少人蹤閒朝有鶴松梢立靜夜無雲月正中夢裡山河乘想起眼前榮辱即緣空名香自爇書經罷猶見陶泓墨氣濃

遺聞堂夜坐

來往風塵老客顏揭來高臥萬峰間從教世路千重樂那得禪心一片閒空翠有情留白足炎蒸無夢到青山蕨漿一任能驅暑石上聽泉未可攀

登岳陽樓懷呂仙翁

見說先生醉此樓任教呼馬亦呼牛無緣濁世誰青眼得意滄波有白鷗一劒寒光天闕冷半瓢明月洞庭秋君山笑我登臨晚知爾還同旦暮遊

早渡嘉陵江登錦屏山

日上長巒渡彩虹隔江烟樹古蠶叢危峰欲墮松根抱浩露初殘花影空山水不殊前代色衣冠猶帶野人風白鷗訝我登臨晚來去飛鳴錦浪中

冬夜墨香庵懷方麓先生

卜宅江村遠市塵相尋朝暮但耕人水邊習坐鏡中影月下經行夢裡身黃葉不須童子掃白鷗偏與野僧親著書日久知成癖好到禪房一養神

新秋

行蹤誰料去還留洞壑俄驚夏已秋佛性喜隨雲自在禪心懶與水爭流身貧方外吾常

分病少閒中福最優桐葉儘教飛萬片道人無事可生愁

過慈壽寺有感

惱亂禪心魔是詩怪將歲月廢浮辭念頭未起光無量情識生時苦不知抱甕灌園休道拙攻城雲棧謾爲奇何如石室披衣坐方寸澄來別有機

紺園即事

柴門不遣白雲封來去何須問主翁方寸高明千古鏡萬緣空寂一聲鐘涼生肝肺蓮花漏香泛簾櫳貝葉風鐵鉢願傾三昧水散成甘露洒寰中

聞秋聲有感

住住行行鳥莫猜因貪幽勝重徘徊烟霞自古非人世石瀨偏能洗客懷階下雲峰知幾疊岩頭秋色怪先來舟藏石壑誰相覓靜夜深觀念是媒

季春過竹院訪見素居士

萬竿竹影掃波光野曠風微麥浪香我輩自來多懶癖主人疎朗更相忘閒中棋局敲殘月池上峰巒接半堂鷗鳥不知塵世事飛來飛去看人忙

過陽羨蜀山弔蘓長公

來自黃州老此身青山流水隔風塵心同日月難逃謗名滿乾坤不救貧遷謫幾番生似夢文章終古氣如春清秋何處堪悲弔蜀阜荒祠一愴神

山居

相逢多勸罷仙遊行脚終難可到頭片月在天光不斷千峰當戶翠常浮消閒石上題黃

葉解渴雲邊飲碧流潦倒那堪聞此語感懷方目暫淹留

往曹溪暫憩長松舘

幽居卜得在城中竹浪松雲草徑通習靜何須違萬化隨緣應不昧雙空燈前誰是青衫客月下時聞白社鍾路債今猶償未了曹溪禮鉢看降龍

過陶居士精舍不遇

高卧青山絕世埃柴門終日閉蒼苔雲連樹色室中暗竹引泉聲空裏來凡鳥不題遴佛地主人何處醉仙臺相逢未及探高論閒對玄猿一悵懷

初冬有感

炎威未已又寒來催得頭毛雪作堆樂事盡從忙裏錯憂懷應向靜中開死生若使饒尊貴道德應看等土埃情理皎然如黑白窮通壽夭不須猜

石門夜泛

撥草瞻風豈偶然百城迢遞舊因緣中流水月深還淺兩岸雲山斷復連諸子競誇天上坐片帆疑在鏡中懸石門鍾鼓相將動耳聽何如眼聽玄

示王宇望

壯志稜稜鬢未蒼男兒莫負好時光清晨一念埋靈種白晝諸塵化德香世樂從來刀上蜜浮生迅速草頭霜超凡有路非天外日用明明不覆藏

夜坐聞于繆二生論友道

殺命仇讐恨未深相知辜負最難禁堅持刼外精勤願常省燈前感慨心世諦業緣非骨

肉慈門靈種是眞因此畨失却菩提子苦海茫茫不易尋

唐奉常凝菴見訪次及楞嚴予喝之以爲禪者多不遜不揖而去賦此嘲之

雲林何事遠相尋破我蒼苔豈賞音蕉鹿夜來非好夢火牛古始救重侵多緣薄世尊危爵未必高言止衆心既見不煩增傲想王生一叱直千金

謝劉司丞

但當淨意等虛空何必頻來訪遠公王事若將家事做世心便與道心同須知一死難高下自古浮雲易始終每笑閒身無所用縱觀山水走西東

宿方山昭化寺 有序

夫靈而最良者人也毒而最猛者虎也人遇至人大笑之虎見長者而馴伏人乎虎乎虎乎人乎必有知言者予聞長者之風有年矣快瞻遺像賦此

千峰寂歷路迢遙長者菴龕乳虎號背嶺霜崖雲尚湅向陽林壑雪初消齒光法海澄松月舌相天風吼夜濤一自妙嚴投筆後雜華誰復繼揮毫

同傳侍御汪將軍禮方山大像

從來天地是岩龕妙相巍巍獨面南萬古燈傳憑日月一毛散影徧江山獻花野鳥飛空下出水蒼龍聽法酣回首白雲封絕頂證明功德共誰叅

述懷

江湖浪跡幾經霜不學禪狂學楚狂白髮有譬催我老青山無事笑人忙情消豈是將空

遺習斷還須作觀忘杖屨飄然隨所住攀緣
澹處即家鄉

偶成

遠來水面覓遺踪逍學西天龍樹同揮斥古
今眠坐外雌黄凡聖笑談中書成紙價一時
重理徹文章萬世雄更有一般蕭洒處死生
無夢入心中

山中偶感

往來曾不見風塵野鹿常容伴法身碧海徧
閒雲外客青山冷笑世中人六龍朽索終難
遠二鼠枯藤斷易鄰若使王侯知此事掛冠
未必待清晨

秋日同澄公閒侍者宿南臺

丹梯宛轉路迢遥輿亟寧知杖屨勞明月滿
臺淆雪色白雲横谷誤江濤金壜端許藏眞
骨寶偈能將化毒蛟吾道只今寥落甚爲誰
流涕濕緇袍

睡起讀圓覺經

儵然草榻伴雲眠夢覺簷頭月正圓起念除
嗔嗔轉熾生心捐妄妄尤添有無不立非爲
妙人法雙忘亦未玄至道空虛誰敢擬思量
已墮二三邊

奉答萬思默學憲

潦倒無心作解嘲乾坤誰復可論交澄潭信
是蒼龍窟華屋終非野鶴巢飯罷祇堪閒坐
臥詩成何必苦推敲遥知大范觥光景靜裏
清虛恐未拋

墨香庵即事示元廣二首

雨過何人策短笻道生擁毳自從容碧空無
際雲初斷明月常來水不窮問法應須超意

路尋香終是落行蹤吾家別有通玄處牢繫泥牛嶺上松

迺在隨緣可遣情呼牛呼馬總閒名梅須遇雪方爭白竹爲當風始見清鏡上無塵光自滿雲邊有路鹿常行相逢若問山前寺流水冷冷雜磬聲

墨香庵示廣郎二首

村前村後盡烟波年去年來足稻禾苔徑寂寥人不到霜天清曠月先過三茅遙隔長相憶半偈初成獨自哦最愛無生琴調別顱龍山上磬聲多

野外蕭蕭風雨天支郎入夜未成眠人生若使還無老月闕何須惡不圓業在好山甘作客道成隨事斷攀緣窮靈未必非狂慧寧及香床未到禪

閒中感懷示廣郎

火宅炎炎唇吻乾蔗漿滿鉢有誰飡隨流得妙從今入對鏡無心自古難水底搖紅花兩岸風前舞翠竹千竿年光若使常留在北闕何人肯掛冠

日暮瀟湘舟中

萬里歸來杖屨輕附舟又得坐經行櫓聲帆影供詩料水色山光副客情弔古烟波殊有恨忘機鷗鳥自無驚黃昏停泊知何處雲外遙天月正明

結夏金壇之北園兼懷侯鐵菴

納涼何必獨夫容水木清幽趣亦同世上共高肥馬價林間單放病僧慵苔痕鶴過偶成字月影魚吞不解空更憶澹虛亭上夢寒雲片片嶺頭逢

吉安舟中望白鷺書院

樓臺一片水中央白鷺蕭蕭知幾霜兩岸青山雖不語千秋黃髮仰遺芳烟騰梵宇燒龍腦波撼書燈過客航莫道登臨終有日芒鞋踏遍使君腸

詠懷

少年屠狗混春秋誰料披緇作比丘俠習自慚忘未盡眞脩方喜進無休安禪雲石爲床坐說法松風代舌頭唯剩閒身何所事山川重疊恣遨遊

喜王生元廣問法

四圍松竹護禪關　布衲蕭蕭遠市闤清磬一聲塵夢斷白雲幾片道心閒天邊高鳥應須慕堦下蒼苔不可删金地夜來誰問法共分燈火照癡山

仲冬懷覺休

暑往寒來老易驚乾坤誰復慰衷情花非得露終無色松必因風始有聲任道自來千古重離家常若一毛輕相逢欲問黃河水少小曾經幾度清

大覺寺訪桂峰禪師

行盡溪山到梵居空林落葉遍階除閒消歲月燒龍腦功盖吾曹賞髻珠鴻信梁間懸貝葉鴉籌水上看芙蕖尋常飯訖無餘事自掬寒泉洗鉢盂

訪袁坤儀有感

擬採蘋花屢此遊桃源忽爾又清秋空巖蕭瑟松杉老澤國蒼茫蘭杜幽紫塞斷鴻雲外夢青山片雨客中愁維舟欲覓無風樹黃葉飛飛卒未休

喜于中甫過龍泉

瓶錫聊將寄此山千峰迢遞問巖龕長松影裡塵喧寂流水聲中月色寒靈骨不從身外覔神珠共向掌中看相逢有日休相負自古朝花露易殘

山中偶成

因厭風塵此閉關寸心清冷喻寒潭芰松放月墻頭上引水移天屋角間惟有禪書消白日更無人跡到青山相知莫笑謀生拙浩蕩乾坤幾箇閒

瀑布二首

誰家千尺素絲抽高掛雲端永不收已悟源頭來處遠肯將根脚混常流從他妙手應難剪許我閒心分自投此去定當歸大海待看波浪潑天浮

欲投滄海作波瀾豈憚千重鳥道難响奪磬聲雙劍冷光吞月色一罏寒銀河倒瀉青天外玉樹孤懸碧嶂間幾度天風吹不斷爲留雲壑伴僧閒

秋日禮清涼塔

人代風烟知幾霜石函靈骨自珍藏珠林倒影天垂盖寶塔鳴空地擁幢澤被乾坤歸夢杳春迴岩谷煉泥香重來盡敬增悲慨落木秋高舊影堂

山中雜咏二首

大乘何必斷攀緣小隱還須遠市廛習定水邊觀皓月消閒樹裡看青天心中有欲山非靜世上無求地自偏恠底相知歸計緩巢陵寂寞鎖重烟

野曠風高一壯觀爲誰談笑斗牛間憑欄自

覺青天近下界寧知白日閒岳色橫空簾外墮海濤喧閣坐中寒登臨未盡狂奴興茗碗悲歌行路難

山居詠懷二首

補衲閒中拾斷麻肯將泉石易浮華光生甕牖東山月香散經壇上界花夢裡英雄勞白起古來驕主笑夫差隆冬富貴欺高國自鑿池氷自煮茶

茫茫苦海正波濤莫若逃禪計最高世路已驚心不死功名猶夢鬢先凋因甘白粥忘枯淡却恠蒼苔分寂寥樂極只緣貧到骨巢由未許讓前茅

贈永慶寺秀峰法師

塵機少小便知休瓶鉢蕭然隱伏牛明月有光難自晦白雲無累易相留狂猿不可驚禪虎攫獸何曾異海鷗說法年來煩水石斷崖瀑布爲誰流

招隱

死生兩字事非輕恠底癡人不自驚萬里黃金窮口腹滿頭白髮戰功名閻公豈貴屠龍技田子何須學狗鳴早晚歸來雲外寺夜深松火閱傳燈

雪中登蘆芽有序

予寓吳中楞嚴忽夢登一山疊嶂重巒萬松映雪覺而舉似開侍者且曰吾今號松雪矣開曰願以雪松字開毉而請甚堅遂許之兹登蘆芽訪妙師適逢大雪宛然當年夢境也感而賦此

數年杖錫走江湖一旦遙蒿化淨居虎踞岩頭闞世路泉飛樹杪入天厨每因煑茗煩燒

葉猶愛看山嬾讀書夢境曾來同鉢食只今松雪竟何如

與蘆芽主人談世故有感

雲屋寥寥氷雪重燈前盃茗論英雄情闌未破寧無失世路相遭豈易公共飲每憐愁不共同床未必夢相同年來多少傷心事總付瞿曇妙觀中

寄袁了凡居士水齋

華嶽山人辟穀方先生獨得巳休糧懸知天上增仙籍豈戀人間轉燭光玉液常吞肝肺潤金丹能轉鬓毛蒼青山不遠終相見知巳新添一少郎

龍嘴 有序

日光之前有嶺稜稜垂於磵旁勢若虬然曰龍嘴嘴上茅庵初結喜其清曠且有二禪者轉經於此一雜華一蓮華予由梵仙而下適聞音響冷冷賦此

鳥道盤廻不易登此中清曠愜幽情陰籠翠嶺春雲度影落空潭海月生山菜儘堪供庖鉢道人偏喜聽蓮經冷冷滴向焦腸裡寶所休將喻化城

曲阿書經即事

敝廬故有不誅茅况隔青山遠市朝野衲披雲常自到主人護法豈知勞孤燈花落搓紅影萬竹風生涌翠濤若使貴人能駐景巢由豈肯臥蓬蒿

秋夜石經山禮琬公靈骨 有序

凡血氣必有知有知則有欲有欲則有生有生則有死唯至人能以無生治人欲欲空則知不縻而妙用無方矣隋琬公閱南

嶽思大師發願文知末法運窮三災倏起一切法藏皆當盡滅喟然嘆曰有天地不可無日月有作息不可無衣食有人生不可無佛法然日能照晝不能照夜月能照夜不能照晝衣能遮人之寒不能使時不寒食能濟人之饑不能使年不饑惟佛法之妙不惟使天地終古長旦羣有生死無患以至鑄凡爲聖即暗爲明達生無生以大願力兼萬有而普濟之則廣大殊勝豈可思議者哉乃刊石爲經續佛法壽延及慈氏行恐古今代謝巖壑變遷以佛舍利弁已骸骨藏諸石窟塡撫茲山矢大法藏汞刦無毀予感公之憂深而慮遠也含涕賦此

月夜青山謁琬公石堂無語對千峰蓮花片片皆心血貝葉行行奪化工靈骨可埋名不朽法身非相用常通那堪更向蒼崖上鑿空藏經示不窮

問竹亭即事

策杖深林問此君空亭誰復謝塵紛青山不禁長年住流水何須獨自聞鬓髮如霜難遣黒利名非酒大家昏輸他定起千峰裡倒握琅玕掃白雲

五言絶

蕭崗望方茅諸山

有濤可傾耳何必千尺松偶此藉芳草春山當遠空

咏雪

出谷幽雲細成花大地陰盡翻桃李夢潔白本來心

禮拜石

幔幢高須彌能折必自重安得離欲尊頻來此獻供

洗衣泉

松邊剪碧霞偶爾成袈裟披久亦何染閒將飄浪花

觀流石

路在層峰外扶筇向深壑跏趺水聲中靜看飛寒瀑

同遊法侶散坐松岡叔宗忽浮小舟入柳陰宛然有孤鴈没空之致賦此

春水望無際乘舟向何處杳然花柳陰日暮忘歸去

樹禪

空山木上座坐石不知年歲月無心記風柯舌相全

鐵袈裟

天造福田衣何年施禪伯厭重拋雲邊風吹與日炙

爾庵雜咏

竹靜雨初歇風和鳥健鳴書殘成獨睡無夢繞江城

芭蕉菴

月臺疑近壑鱗石欲生雲誰謂塵囂裡幽居讀梵文

楞伽洲

斷澗蒼山裂飛梁老樹眠朝來扶杖處雲度水中天

題畫

水曲山頻合春寒花倦開盱江來復去人在

畫圖回

題竹塢石室

何處無青山片心灰冷難片心灰冷易智拔萬重關

講經臺

尊者身相空舌根何所寄松風與流水說盡無生義

初祖亭

面壁不說法此心誰復傳神光三拜後震旦五燈懸

錢資蕩三首

青山點樹杪斜日照溪灣試問錢資蕩滄波長夜寒

望裏水高船却疑空墮天既到平如掌人聲鏡裏傳

見水心即了逢山眼便開生平窮伎倆此外復何懷

利刀

利刀日切泥鋒芒漸鈍置若向沙石礪斬鐵如斫水

夜坐

夜坐空階寂清言絕妄梯回看雲樹杪不覺月沈西

雲墮石

飛回因閱世墮此不知春擬欲挑將去恐驚林下人

望玉臺即懷

一峯秀雲外玉立望不厭坐此未須臾六虛方寸瞻

題萬玉庵

誰將崑崙峯一斧千百塊散洒天目間古今無謝代

說法石

清清澗水邊冷冷奇石下大哉衆中尊爲說無生話

單傳崖

少林曾斷臂五乳血腥高末後誰三拜中雲雪並腰

示匡石居士

拈書相示處石火電光遲纔擬生心荅松風知未知

山中咏松

絕頂凌峯寂長年不改青幾回良月夜倚杖聽濤聲

天啓石

行到深雲裏沉寘孰可識不見太古人只見太古石

崑石

崑崙太崔巍飛劍斬其頂置之几席間烟雲朝夕暝

過嚴灘

帆飽客舟輕由來飲德名難逢今夜月見月見先生

獅吼臺

飛者不敢飛走者不敢走箕踞寥廓中靜聽獅子吼

歡喜泉

愛爲煩惱根愛盡煩惱空方寸同此水誰無歡喜容

清深崖

萬物始乎水六情始乎動一心苟不生清深
在日用

甘露泉

寒流我慣枕消渴非口飲雖弗愛長生心地
清涼甚

朗公石

朗公礿不死謂死不知朗試看朗公岩頹然
誰觀想

托鉢峰

誰伸黃金手笑托碧玉鉢歡喜施將來福源
求無竭

本湛泉

石縫瀉流水見之心湛然是誰掬嗽齒吸盡
空中天

韋陀峰

我笑乂頭石爭如韋馱峰儼然大悲側草木
增威風

重遊黃花洞

棄馬陟危峰盤廻知幾重蒼岩開石室共聽
雜華鐘

贈龍泉關劉善友之峨眉

五峰與三峨相去路無多想念纔生處蒲衣
笑薜蘿

爾庵雜咏

鶴解聽僧語魚爭侯梵音海門明月上何處
讀書聲

冷巖

源從雲外來豈止千萬折憨臥冷巖上一嘯
驚天闕

緣邊

行倦逢緑𤨏欣然欲一坐縱横紫翠乱噴薄晴雲破

湖心寺懷堅光趙居士

海上明月生大空浮雲横清光照衡門須待天風鳴

辭澹然居士齋

白雲本無心有期則有跡何如無期好隨風靡不適

登虎丘

我愛虎丘雲去來初無心遊人嘆覇業削壁多微唫

其二

我愛虎丘月清光鎮瀲灔悲欣幾萬重普照無分别

其三

我愛虎丘石談經解點頭生公去不返長抱白雲幽

偶成

胸次千竿竹眉邊萬頃梧清音常染耳遺聽即鳶魚

其二

願留犬馬骨努力報慈恩猶若湘江水滋乹更潤坤

贈海通居士

殘臈逢高閣溪山烟霧深當勤持半偈終出海通心

玄帝閣望石門寺懷湯遂昌

紅魚飛碧嶺白鳥點青林楚越皆初地相逢孰賞音

開先龍潭

地裂潭初就天開瀑始懸老龍如不在何物起雲烟

元素庵坐栢

酒客窺簾下雲禪坐栢根不因摩詰手誰復寫元眞

貯碧軒

萬竹疑空翠方池貯碧流小橋通別圃抱石白雲幽

讀茅山志

夜讀茅山傳無生有幾人都來長視者花落年春

佛香子曰觀此詩意若使無生則不有死如既生矣欲鑄生不死恐無此理若欲長生先須忘生良以生忘則死媒絶矣如能無生則忘生之説又在下風耳或萬年爲一年或萬年爲一日或三百六十日爲一年或以頃刻爲長刦此皆念後事也如能泝而上之則念且不有所謂年月日刦豈非計龜之生毛乎

紫栢尊者全集卷第二十六

音釋

鰲牛刀切音敖魚名　霾謨皆切音埋　壜徒含切音罈　琬於遠切淵上聲　虬渠尤切音求龍無角

紫栢尊者全集卷第二十七

明　憨山德清閱

詩七言絶

龍華坐雪呈瑞菴貞公

地從朝市入空山玉屑霏霏萬井寒茗碗爐香圍磨坐六龍無首臥澄潭

曉過天然老禪别室老禪睡未足恬然憨臥賦此贈之

海天紅日照東窓床枕高眠一切忘客到是誰魂夢裡蓮邦遊賞興偏長

真州别丁南羽吳康虞

世夢由來水上漚顛毛誰解鏡中秋相逢相别休相負門外長江日夜流

贈潭栢龍泉寺栢林藏主

布衲蕭蕭抱寂寥遍探龍藏答清朝山深自是桃花晚紅白枝枝祖意饒

贈正菴静主誦蓮華經

昔日匡廬曾見來黄龍潭上暫徘徊于今又遇燕山裏車大蓮華舌底開

擬登峨嵋

丹霄高入翠峰孤聞道從來偏吉居萬里翩翩追白象平羌曉渡浪花踈

贈静淵秀公

孤鸞寂寂久棲桐凡鳥雄雌閙棘叢羊角風高三萬里等閒清韻徹丹空

龍泉念仲淳

曉露風高便結霜氷凌入夏襲衣裳人間暑氣渾無有五頂經行少繆郎

示白侶

六月耘田水似湯農人肩背盡生瘡僧倫飯

訖無情思揮塵雲間倚竹窓

西臺掛月峰

地入寒空天倒垂芙蓉萬朶麗招提君王翠輦曾留此松下千官月正西

清涼有感

因悲熱惱入清涼白髮頭陀粉黛香應是秋深霜露冷白雲明月共繩床

其二

翠卷輕烟紫陌中東風一夜掃殘紅相逢盡道春歸去誰料寒巖春更濃

開侍者自清涼迎至彭城以此示之

白日青天爾到來翻疑是夢復驚猜須知人世如朝露曼室光中住一回

其二

寒雲重疊萬峰深誰把明珠慰遠心只恐支郎情未瞥夢中拔劍是知音

題蘆芽山萬佛崖

一片蒼崖古佛胎殷勤鑿出萬如來寒泉晝夜無休歇鼻口同聲喚蚤回

寄陸太宰

黃塵未已復青山階下流泉去不還到海縱教爲巨浪輸他幽石抱雲閒

陸太宰以寶帶施清涼賦此贈之

一語參差寶帶輸等閒笑倒老文殊金湯吾道山河舊入覺耶將抵鉢盂

雙峰寺

古殿蕭蕭門徑開雙峰如劍列香臺夜深流水酬孤調雲外禪人一愴懷

龍泉寺毀茶

一帶秋泉斷復流向陽迴壑厰珠樓是誰小

歇雲邊石刦外龍團啜七甌

懐諸法侶

望裏雲山知幾重更聞流水與松風那堪人代攀縁苦南北車塵夢未空

示大道禪人

大道阿誰行不得那知障礙自身心若將兩者推無地到處白雲流水聲

同朱彥吉登玄墓法堂口占

翠微縹緲紫雲樓萬里湖山一目收攜手偶經禪誦處範峰落葉不勝愁

訪湛堂禪丈五臺銅瓦殿

方丈蕭蕭倚鷲峰顯通久寂講經鐘更憐銅瓦風霜老秖恐重來不易逢

過抱雲堂懐印卽

搗雪敲氷不怯寒凍雲深處幾盤桓夜來獨對前峰月試問華亭可一般

清涼山懐陸太宰

重疊寒雲住底人世間無路可相親期君不至長嘯去楊柳桃花處處春

弔無邊師

紛紛桃李鎖寒雲桂折秋風不忍聞莫使餘香飄澗底暗隨流水出前村

臥病長松館有懐

白雲端老有宋僧中龍也觀其圓通座上一喝包腰而去人天百萬追之不返耿光照映千古臥病潯陽去能仁不遠未皇參禮靈踪先賦此以舒積懐

城市何人問白雲長松月夜獨思君五陵公子機鋒別接得貧儒自絕羣

萬杉寺

爲訪趙公入遠峰慶雲散盡萬杉空曾聞
聖主親題墨一片樓臺紫翠中

過萬壽龍巖

卜宅重巖計不踈象先有路莫躊躇泉聲岳
色是何物纔復生心蚤失虛

寓皖太平寺示濯凡居士

科頭三拜是何心不見翻成見更深山色江
聲君舌相隔垣猶復領清音

詠畫水

望裏滄溟湧火珠驚濤何處覔龍魚玉樓但
覺寒生粟却喚兒童燒地鑪

雙劒峰

雌雄誰把插冊霄時有光芒拂斗梢若使老
僧拈起用世情斬斷沒絲毫

辭賜紫以讓憨公

三十年來江海遊尋常片衲度春秋自慚貧
骨難披紫轉施高人福更優

過天花傅母塚

鳳凰城畔問仙居水遶天花十里餘生氣若
教乘鎖骨海鷗亦復解詩書

于峰

聞道于峰有深處于峰行盡更難尋桃花片
片隨流水只是不聞幽鳥音

送孫仲來赴館新安

夫士之爲龍爲蛇何常顧其志如何耳所
志在道德則必先以悟心爲主所志在功
名則必先以精藝爲梯兩者見定神識内
凝放心自住何往而不可哉今子當溽暑
涉崎嶇赴新安而不能一日千里一夕十
年則其志安在子其勉之

夏日蒸泉處處湯千峰夾道暑偏藏憐君此去魚投沸但念無生當處涼

觀北園假山

樹高山矮世間希抑樹扶山癡上癡高者自高矮者矮就中亦自有天機

過梅圃訪見素居士不遇

主人不遇竹先逢曲徑微風響自空若使有心聽此調耳根瞎却眼根聾

偶成

美酒醉人醒不貪利名人醉死猶甘浮生果使如春夢桃上歸來肯自慚

冬夜泊漏澤寺寄梅禪人

黃昏停棹問尸林月滿寒空秀水深說法不須煩舌相耳根豈解領玄音

重遊漏澤寺

重來豈是倣仙遊最愛春波浴白鷗自笑黑衣非宰相却從覺苑覓封侯

漏澤寺聞鐘

何處烟霞鳴曉鐘道人行色又匆匆片帆風飽吳江近歌吹樓船調不同

于圃偶感

波臣曾不着袈裟解乞園亭作歌家直得主人窮計較蘧篨千片代籬笆

唐山寺禮禪月大師

天台深處覓高人幾度登臨無一身却上唐山寺裡看池清影現妙通神

其二

浙江靜夜月中峰總是吾師管子龍書出如來無量相人間無水不遺蹤

還度赤津嶺懷湯義仍

踏入千峰去復來唐山古道足莓苔紅魚早晚遲龍藏須信湯休願不灰

夜坐偶成

每憐世上少人閒笑口頻開復更難臙起披衣誰共坐蝨琴蛙鼓月明閒

悼如印

昔年共看雲閒月今夜月明照曲阿誰道此回竟長別燕山月色滿松蘿

曲阿夜坐懷休郎

道成無事業青山誰復憐君去不還湖口江頭月明夜炎蒸迫遢苦應難

過斷崖塔院

行到山窮水盡頭斷崖壁立使人愁誰知別有通天路任爾猿猱不可遊

禮高峰塔

三十餘年抱死關那來魂夢落青山臨行白骨無藏處擲向金毛舌上安

示某居士

不向君心覓我心茫茫滄海定難尋魚龍若使聞消息無限風波總陸沉

池上觀荷三首

紅白蓮花知幾多應齋尊者弄清波臨風欲語誰相委茂叔當年愛長哥

樹密無心遮日色風徵有意緩花香當波更許科頭坐不盡蕭疎孰主張

六月樹陰坐一息更有荷風水面來試問長安陌上客蕨漿未必冷人懷

感夢

苦海寬深浮復沉所天淪溺最傷心幾回欲拯愁無力躑躅灘頭淚滿襟

曇華峰

此華不開聖人隱一旦復開聖人出拂拂天
風生大虛香光無際奉佛日

弔吳江某禪師

孤城一片太湖東誰料吳江出此雄坐斷聖
凡無走路兒孫千古泣途窮

懶去巖

走遍天下不肯住竭來此巖懶復去禪餘拳
枕臥蒼苔就裏有心向誰語

最勝泉

從來大旱了無竭爲雨爲雲散自歇山下爭
如山上泉出處孤高難勝越

謁五臺大賢村蘇子廟

古廟蕭蕭鎖萬峰寒雲踏遍覔遺蹤殷勤再
拜不忍別自笑叅寥是舊容

日暮龍潭即事

巖端待月一天靜石上聽泉萬慮空笑問同
來二三子是誰行樂有無中

飛雲泉

蒼巖一隙瀉寒流欲究根源志未酬莫使天
風飄出去混同大海作潮頭

過楞嚴廢寺三首

萬花叢裏畫樓新玉女憑闌天上春明月一
輪簾外冷夜深曾照坐禪人

曾見名園全盛時春遊公子醉芳菲於今鹿
苑花無主惟有杜鵑枝上啼

當年遊此花無限今日重來不見花想是支
郎厭華麗不教留住在煙霞

楚江舟中感度門講主舉楞伽大綱

荆南喜見度門公字字談心不放空試問楞

伽在何處頭頭物物是孤峰

因麟郎說七里灘景物偶成

布帆風急碧溪遥兩岸泉聲聽不勞試問此時人在否青山迴合一鴻毛

季夏從清涼山過練陽登望湖亭

山下湖光山上松是誰高枕卧虛空大風拂拂來何處䰟夢還疑冰壑中

梵川螺館

天地分明是一螺何殊此館在烟波閒來折葦登臨者獨立蒼茫自詠歌

過奔牛弔蘇長公

懐中日月隱何方聞道奔牛坐化塲剩語殘言誰檢得江山千古藉輝光

長松館遇雪

樹樹有花皆一色枝枝無葉但多光朝來莫道人踪絶亦有東隣送炭忙

有感二首

滚滚雲濤不轉頭使君因建鎖江樓緋衣未必長為主塔頂何人一啓眸

香城開士舊名林流水松濤演梵音端為此山形勝好等閒昧却大夫心

弔妙峰覺講主

金翅盤空萬里風有門入妙古人同朱陵止觀橋頭月不挂天台挂别峰

雜吟

鬓毛種種日維新逝水滔滔更愴神獨有月明流不去蓬窻此夜照幽人

勸大川李善友求生淨土

熱惱清涼本不差何妨荆棘與蓮花相逢幾箇知歸者薄暮鐘聲送落霞

悼鵬郎

瘦骨稜層上五臺頓除須髮斷塵埃出山不見入山去惱殺文殊淚滿腮

潭柘山一音堂謝諸法侶

夢裏青山夢裏身那堪去住別疎親何須醒後觀憎愛始信龜毛第七塵

遺聞堂喜晴

夜來風雨滿巖阿樹杪泉聲百道多無限好山雲蔽盡那知今夕更嵯峨

過弘恩寺

門外千峰寺裏燈一光三世照金繩老禪飯訖無餘事靜聽松濤没愛憎

過昭慶寺

迴合青山鎖梵宮階前階後象王踪懸知超世非無本法雨香雲不記重

大悲閣別陸太宰

馳驛還家聖主光憑虛一嘯萬機忘手中有眼應知響耳處聞聲豈妙常

其二

金身七尺有餘高柱石乾坤不計勞自是君王憐朽骨放歸雲外聽松濤

過潼關

黄驟初不異青牛關吏何須作路訾西向秦關同此去神珠大夜向誰投

彭城洪福寺月下懷仲淳

盤馬山前月正明烟波渺渺片帆輕清光不减金臺夜禪室南冠少繆生

登戲馬臺

掀髯一笑火咸陽衣錦長歌歸故鄉莫問當年横槊地蕭蕭秋草帶寒霜

送仲淳奔喪南還

風樹蕭蕭千里歸兩行血淚染麻衣送君有意難爲語那可燕山聞子規

夏日遊清泉寺

寺裏清泉户外山波光空翠盡生寒獨憐大士翻經館狐兎黄昏自往還

彭城題蘇公黄樓

一片孤城捍怒濤幾回隍壑舞黿蛟祖龍曾此求周鼎不及黄樓意自高

題福巖師子峰

千日萬日爾不吼我來便作無畏聲風雷夜半震巖谷深林百獸無不驚

同諸法子金山看月

青山兩岸鎖金鰲石上觀濤月正高雲外片帆飛不住分明鏡裏渡鴻毛

同諸法子過廣陵宿上方寺叙別

月下尋幽叩梵宫老禪猶在夢魂中溪山莫問來朝路夾岸桃花色不同

題上方寺觀音池

大士無端錯用心不觀色相却觀音寒流若使離聲入千尺雲濤覓一針

讀桃源記

夾岸桃花知幾深漁郎何事解相尋此回出去輕饒舌負殺丁寧一片心

晉王羲之曬書堂

竹帛古人心血在肯教魚蠹更生塵自知南渡無歸日獻與如來轉法輪

示徐符卿孺東予告還山

滄浪辛苦幾經秋一片丹衷竟未酬偶向雙林尋白足談空猶自夢春疇

夜泊義興城下

烟濤空翠雨濛濛一片孤城山水中我欲尋幽向深處黃昏停棹但聞鐘

哀路南塘先生示路抱赤貧寒徹骨更連夜開士聞之亦感傷江上麥舟誰肯棄兒孫絡絡牽南塘

聞秦直指禁令

野禪若使是妖僧敢惜殘年瀆聖明便請一刀彰國憲何妨痛處了無生

中秋泊蘇長公祠下

維舟祠下露沾巾雪漲銅棺月色新歌笑不須刀布換閒中開口許何人

壽雙山先生

軒冕松雲路不同雙山高出大夫松天風一陣來何處吹走雲濤響碧空

過漏澤園

髑髏此地莫言多法界都來毘富羅更看陌頭誰氏塚幾回歡笑幾悲歌

題金沙寺岳武穆王碑陰碑中有陪僧寮謁金仙之句

將軍何事謁金仙弘忍精忠本一源不具殺人真手段安能截斷世間纏

長者庵定起

徹雲淨盡天如洗定起經行月色中無限風光向誰道庵前庵後碧山重

長者庵讀決疑論

善財童子不辭勞五十三条粉寂寥不是當年李長者瞿曇安得有皮毛

示大賢村諸善友

世人都愁日閒忙夢裡波波醒後忘何者真

今何者僞大家爲我細推詳

早春謁方山李長者還清涼招陸太宰特賦此二絶

飯罷黄精衣着麻長松七碗勝芽茶相知若問山中事定起巖前掃落花

其二

五峰氷雪古來深春滿乾坤冷莫禁曼室老人廬别室遥知端不負登臨

謁方山李長者還定襄道中 有序

余慕唐李長者有年數矣而以叅學未暇一訪遺踪萬曆壬辰發春三日自清涼山攜開江彩三子特禮覲之旣而揮鞭還清涼春雪繽紛千山裹玉逆思長者音容笑貌恨不與之同生得事巾拂感而賦此

十年如渴仰高風神福山原訪道踪春雪紛紛遍南北杖藜何處倚寒松

過聖壽寺三首

郭外青山兩岸斜禪房寂寂鎖烟霞佛前燈火誰相剔分得清光照萬家

看花若使待花紅無限春光逐晚風着眼直須天地外持竿雲海辨魚龍

柳條何事漏春光蜂蝶紛紛過短墻只恐東風妬花笑馬蹄千里踏紅香

送魏覺㝢

富陽江畔别君時此别蘭谿月尚微明月無心能兩照錢塘渡口使人思

過七里灘

富春山水杳無窮誰着羊裘隱此中若使劉郎不相喚後人何處覔遺踪

北園見紫薇花有感

未見花時已落花雨前雨後雨無差紛紛蜂蝶來還去一段春光被眼遮

秋夜半室崖聞法雲庵居士讀經

片雨初收生夜涼半峰趺坐石爲床忽聞松下讀經響清磬敲殘斜月光

題廟壁 師遊衡山過此廟遇廟傾邪人伐廟樹脩葺因題此邑侯見詩遂止不伐且勒詩於石

修廟還災廟裏松廟成松去鶴巢空無如留却青松在逮得長生老化龍

夜坐

後夜空山坐入禪那知明月照寒泉無端失伴猿相喚瞥地身心又宛然

示覺迷居士

鬓毛如雪骨如蒿若問長生路轉遥淫殺且將根蒂斷蟠桃只在自心苗

慰傅居士

重疊青山古樹多一庵高結在松蘿通幽别有池邊路居士空床獨抱痾

禮香山卧如來

兩脚長伸只管眠那知苦海浪滔天相忩莫問雙林夢幾度春深啼杜鵑

來隱標

當年三士隱脩禪鶴在松梢龍在淵我老一來尋勝跡莫愁破竈不生烟

登説法臺

鳳頭老漢一登臺萬壑千巖笑面開説法若教煩舌相雨花惹得帝天來

題戒壇九松

五岳三山曾遍遊此中松樹更無儔馬鞍雲盡戒壇出風月龍蛇舞不休

大賢村長者庵懷江南諸法侶

階前屋後盡青山苔徑蕭蕭遠市寰來往風塵頭共白爭如雲外聽潺湲

燕京別文卿中甫之峨嵋

三義廟前楊柳青垂垂無語不勝情從來木帝難爲主莫厭閒中風雨聲

夢端師子

夢中曾見端師子瀟洒風流自不羣一片皮兒蒙却首等閒哮吼萬重雲

潭柘懷繆仲淳

谷水龍泉一片雲去來誰復見離羣夜深惟有滄溟月無限清光不可分

燒爆竹 有序

魏中光居士於萬曆十四年冬叅予於潭柘山嘉福寺明年仲春仍送別於此中光好燒爆竹聞予不喜遂止予謂中光曰潭柘陰氣久積法輪弗轉正當以爆竹聲震散之中光大喜燒竹達旦日輪重轉和氣翕集中光其有所助歟因感而賦此

爆竹聲中一別來桃花谷口幾回開堯天佛日重光處莫把浮生送酒杯

碧雲寺禪房見迎春花

一段風情自不同道人瞥見萬緣空最是松泉明月夜清香浮遍梵王宮

長松館

君家幾個長松樹引得天風作海濤熱惱從敎千萬斛此中一坐自然消

懷弁山居士

太室歸來事事幽散花天女豈全牛雲邊水木同誰賞隱几無心對海鷗

悼無盡禪伯

坐破蒲團知幾枚世緣見說久成灰春深巖畔花狼籍百鳥空啼喚不回

上方别守愚座主紹宗天恩開士之蛾省

大家都是異鄉人相送殷勤骨肉親回首白雲重疊處巴江行色洞中春

梵川西爽樓雨中即事

屈曲池塘楊柳風浮空漚閣雨烟中誰將半偈拴心馬夜聚魚龍水月宮

曲阿梵川即懷

流金爍石雪漫漫豈但危峰與峻巒泰道巴江千萬曲蘆芽雲樹帶氷看

示王中貴

江南江北盡叢林惟有龍神願最深身命肯將拋此地盲龜值木芥投針

與大光禪人

缾錫飄然歷萬山境風逆順片心閒若將水月同行跡刻畫虛空作道顏

舟行即事

兩岸好山青不了一溪流水碧無窮布帆風急浪花白飛入千峰與萬峰

寄嘉禾李培秀才

武塘一别幾經秋萬里雲山兩地愁惟有吳門江上月清光不逐水東流

洗硯池

洗硯池頭試問津波光瀲灧墨花春一心清白居雲屋人世于今有幾人

法華寮玩月有感

寂寞空山夜氣澄長天那得片雲生不知身

在清光裏猶乞傍人指月明

遊太湖

平生那得此遊奇夾岸風高落木稀一水征帆千萬片青天鏡裏浪花飛

贈一光趙居士

驀路相逢喚喫茶杖頭有眼辨龍蛇誰知邂逅秋風後南國疎梅又着花

登牛首文殊樓

高樓憶昔撫長松塔勢稜稜雲壑中間笑一聲天地外行踪髣髴在虛空

偕魏李沈三子登釣臺

雲外釣臺高若許桐江萬古一絲垂水寒夜靜魚龍睡誰聽先生歌紫芝

華嚴嶺

丹楹畫棟鎖凡峰絕巘盤廻有路通一部襍花垂古調龍蛇會此領眞風

悼石頭洪濟寺守心禪伯

夕陽歸鳥向江濱猛浪聲中共息身大樹無何風折倒一回過此一沾巾

識禪客

寶塔凌空衆鳥喧那來英物解飛翻一雙鐵翮天生就夢裡曾驚燕雀魂

靈巖過傅居士舊遊處

嗜酒狂歌問狗屠禪房白日醉呼盧溪山不改前來路香飯空庭讀佛書

題用師靜室龍供泉

把茅誰縛萬峰頭絕壑寒泉日夜流一自用師歸去後老龍王髓竟還收

登伏虎崖

豈是來尋伏虎踪爲看巖底列羣峰笑將四

大分千影處處山頭有凍膿

歡喜泉

鳥道盤廻知幾重寒泉潤吻想龍宮呼童試斫雲邊石止渴梅林亦有功

過活埋庵十首

山林清淨本無塵那得泥灰埋此身莫如老死娘胎裏省却寰中觸惱人

試看父母未生前可有形骸倚樹邊自是堂頭無出豁腥臊炙地更薰天

髑髏究竟本來空空可埋藏空有蹤未審吾師作何見無端捕影與闞風

逼塞虛空不厭高何須掘土墊山腰應知世眼無多大肯把皮囊刺爾曹

大患從來爲有身不如埋却免生塵青山白石爲棺槨作箇閒中活死人

生死何曾是兩條活埋未必掩腥臊從教逼塞虛空去萬户千門處處高

鼻孔撩天不可藏被人牽拽轉慌忙何如未死先埋却也勝林梢掛角羊

埋身未必勝埋心直下無生絕古今巖谷市朝皆大隱吾師何事遁雲深

埋身何必在青山但自無心萬境閒恠底老禪太多事白雲深處立重關

自古名高累不輕飲牛終是上流清吾師未死先埋却又向巢由頂上行

弔月公杉

經殘手自植雲邊摩拂風霜知幾年毫末眼看成合抱越王慢道破吳賢

過曇陽館

聞道曇陽巳得仙盡看白日上雲天是誰却

恨相從晚華髮蕭蕭讀老篇

有感

二十年來勘此心無分淨穢任浮沈相逢謾道輕繩墨除却青松孰賞音

簡魁禪客師事曇陽

一從別後感同袍少室論真爾獨高不謂年來愛猕舉却將解脫博逍遥

荅禪客

藜杖春風入閣來此中心事謾相猜誰家樓上如花女倦倚欄杆手托腮

貽南竺僧　葛鏹

聞道慈心及昆蟲降龍曾不假神通相逢莫問途中事蔥嶺春深雪未融

佛手崖

茫茫三界總成迷孔老雖能力尚微不是瞿曇舒大手衆生淪墜孰提携

趙州關

蜀道雖難尚可行趙州關險不堪登分明舉目真如院多少英靈度未能

過懸珠塔

清谿委曲抱樓臺金地空間絕點埃聞道當湖舊林鳥無枝可宿亦飛來

龍光寺諸文學開講見招有荅

雨過空林生午涼衣冠高論洗心堂遥知此道今收住不屬禪家棒喝旁

擬偕聞公之匡廬度夏

千尋絕整夾龍潭旁有長松片石寒避暑開先誰是伴卧看飛瀑瀉雲端

供花

誰把金刀費剪裁殷勤雙手獻如來雖然不

藉春風力紅白枝枝次第開

偶成二首

野牛鼻孔本撩天去住從來不受穿水草鮮明隨分足行期早晚漫相憐

松毛着火燄初騰逐逐趨光競北行未及更深烟盡散歸來都怨筮無靈

贈某禪人斷指

利斧輕將斷指頭百花林裡萬緣休只今舉似湘江上鮮血翻成碧水流

宿文殊寺懐鳳林禪伯別諸法侶

覆宿風高白草萋孤桐空在鳳先飛月光如水清人夢杯茗相看動所思

感懐

鬓毛歷歷幾經霜越鳥燕鴻倍感傷行盡江湖三十載買船無限客如常

欲過麟郎別墅先此示之

連日天陰今日晴杖藜躍躍南園行主人池上笑相待茗碗相看香浪生

同王方老過子成別業因悼子成

夕陽煙水對荒墳亦有人來掃白雲今日倚欄同啜茗蕭蕭落木不堪聞

別如曉

莫道來朝各一天溪山雖異月無偏若能心水常如鏡處處清光在眼前

訪萬延老禪

三箇柴頭品字燒支郎擁毳暖偏饒千巖雪覆人蹤絕惟有梅花慰寂寥

華亭願浩寺微笑堂

澤畔桃花歲歲紅幾回帶醉笑春風年來莫問靈山會夜半吟殘曉寺鐘

僧買蟹供檀越聞而有感

汝輩横行已積年成羣白日海沙田今朝捉去爲媒妁百沸湯中謾叫天

喜遇王居士

見説終南幾萬峰春來一雨瀑千重茆茨欲結最深處可有陽坡着凍膿

偶成

故山初不改蒼茫萬隴縈迴得氣麗自笑草萊埋不盡空中頭角尚昂藏

冬日上歌風臺

峨嵋應拄萬重天歷盡氷霜到絶巔憎愛當頭風過樹象王行處自超然

難勝泉

脩羅愛酒海爲器釀乃不成遂大怒豈若此泉清且甘一歃令人忘衆苦

太古峰前懷許使君

相對頹然幽思生鹿泉此去隔雲層更聞白佛山中事蒼石誰留不朽名

蕭岡納凉二首

納凉觸處藕花風望裏青山知幾重恠底蕭岡秋色早炎蒸不到緑陰濃

五老峰頭結夏難日間無暑夜愁寒城居六月心遊此鑠石流金總是閒

懐楊慈湖先生三首

曾讀先生所著書明星朗月照禪居夜來頭characters

其二

那個男兒不丈夫念頭纔起便糢糊試看白日青天上雲翳從來一點無

其三

慈湖今日尚長清誰謂先生有死生何處風來波浪起依然不斷講經聲

秋日偶成

少年走馬過邯鄲俠客聞風毛骨寒飯罷日長無個事斷雲自剪補衣殘

春遊

隔岸桃花血染紅誰家犬吠水聲中不因雨過春江濶一扣柴扉問小空

開先瀑布

黄巖老衲經行倦瞌睡觸翻淨瓶水化作長虹千萬丈潺湲今古鳴不止

送懷慈之南海

每聞南海風波濶未得身心空莫遊浪翫小舟如芥子財童雲裡爲擔憂

過趙州柏林寺

花木蕭蕭春色微庭前柏子舊來機只今誰復重拈出無限人天領旨歸

題畫

千松斷磵絕飛梁松下何人問老龐花落不隨流水出那知深處有春光

廬山夜坐

雲吞瀑布有無間錦閣歸來日已闌法侶二三談坐穩磬聲流水共潺湲

月下偶成

靜夜無雲月正中清光何處不相同江南江北閒臺殿幾箇心聞曉寺鐘

宿靈隱山房有感

長松九里接飛來碧岫雲濤吼法雷猨鳥無端驚斧鑿一回登此一傷懷

登丹陽玄覽亭

松矮看山松色蒙待成千尺目疎通南湖西嶺清秋夜月下看來更不同

示吳元石

孤光一片本圓明纔復心生便隔程紙上相尋尤可笑畫龍安得觧通靈

醒夢

夢裡悲歡知是虛醒中境界豈真平常將醒夢細推勘逆順關頭便自如

示密藏

潛行密用道階梯纔露聰明早自欺醒處未能違現行夢中安得不昏迷

咏懷

年來心事隨流水一到滄溟不復還剩得靈臺無所着境風順逆鎮常閒

憶孫仲來隨余過祖堂尋懶融尊者策杖同誰問竹房千山空翠染衣裳獻花鳥去無消息却使延陵道更香

玉板橋留度門

一片寒瓊跨碧流行人到此忽驚秋莫教飛出人間去爲雨爲雲不轉頭

承天寺懷古

風壓何處問羅家入德池頭見覺花庭下叢蘭今寂寞更生留得破迷邪

峨眉送人遊清涼

水雪風壓路不同出門拄杖便成龍朝來何處桃花浪片片香雲接五峰

過十八灘二首

孤蓬終日翠微間纔過前灘復一灘直入深山更深處曹溪猶在嶺西南

兩岸青山月滿川篙師貪睡不行船此時意

味清如許法句難將口吻宣

草寺別顧南宮

馬嘶楊柳春風煖人對曇花慧月涼此別不知何處見片帆縹緲渡滄浪

住山

厚篾三條束肚皮住山誰飽復誰饑幾回獨自隨荒隴不學曹溪滾是非

吳城舟中

黄梅未已復紅梅滇水歌殘吉水來若使東林堪卓錫聰明泉冷滌紛埃

過關

挑雲横雪嶺南來流水青山幾日回關吏何須扣疲馬囊中無物惹塵埃

偶成

長松之下坐片刻直抵紅塵三百日豈知一念未生前空虛懸塊著苔石

題楞伽山海圖

陜代峰泉曽見來這回所見更奇哉雲濤空翠皆無盡一任人間辨刦灰

夜泊星子朱堤

浪剗南康城脚時往來舟檝命如絲新安不產朱夫子誰向湖邊築此堤

過南雄遺貴善人

南來豈止千重嶺終日烟霞伴客行滇水西流誰解道廣長舌相説無生

登二祖説法臺

鼻祖當年此説經尋常花雨慧風清只今臺殿蕭蕭裏惟有封龍不改青

挽守心禪人

十年辛苦在叢林六月葵花一片心雲過龍

泉秋雨歇寒流多是斷腸音

秋夜宿本侍者禪房

秋初久雨忽新晴雲屋寥寥片月明爽氣逼人眠不去經行誰共聽泉聲

夢覺偶成

夢歷峰泉與正濃萬松失在一聲鐘覺來空翠循堪掬纔復生心趣便窮

題好堅木圖壽王司寇

牛羊不敢臥其陰出地高升壓衆林堅直不隨秋氣改無情豈肯負初心

秋日過多寶寺懷陳平江侯穆文簡公

魚龍不改舊波濤多寶撑雲壯寂寥陳穆遺踪何處覓斷碑殘碣草蕭蕭

哀福聖寺古栢

香葉玲瓏翠作陰幾回風度瀉清音虛簷前實地依然在無復朝來報曉禽

夜登中臺

師子峰頭縱大觀翻身直上碧雲端一聲長嘯乾坤外五頂風生月影寒

喜姚侍御問法

烏臺白足笑會登柱史焚香問大乘佛性自來無貴賤有心男子即通靈

過鶴林古竹院二首

深雲徧種碧琅玕小結茆茨亦可安一任流金并鑠石老禪擁毳尚憎寒

其二

青山有竹千萬竿聽雨時來一倚闌驀地耳根尋不見主人喝下破癡頑

入湘陰

自古巴江學字流湘潭水出更深幽三十六

彎來似去不知誰是共行舟

咏懷

蓋世功名豈足談時人所貴我如閒誰知別有登科處不在文章紙墨間

陽羨舟中即事

來往風塵兩鬢彫青山冷笑世人勞平生碌碌成何事一片年光夢裡消

示僧

衣中難着是袈裟龍衮貂裘未必佳若使爲僧心不了何須祝髮住烟霞

過大庾嶺二首

空拳出嶺一樵夫得鉢歸來上祖圖鼻孔大頭還向下支那翻作葛藤窠

紅梅林下黃梅鉢夜半誰持過嶺南無限好山青不語箇中一句若爲參

贈本來和尚

前後千峰去復來幾回蠟屐破蒼苔只今頓向諸方走飯罷和雲臥石臺

過張文學茂木

竹林流水讀書堂更愛清風送午凉喜怒未萌誰是主香雲片片度長廊

哭千松座主

茫茫宇宙總他鄉像季驚摧正法幢南望江梅愁不盡千松深處落寒香

望鞋山

無勞針線自成鞋萬古驚濤不可埋世上有人能着得輪他没量道人來

悼穆玄菴

恠底玄菴老覺翁春光漏盡樹頭空慚余一片紅蓮舌無地輕搖此辯鋒

九江舟行

春風楊柳問前途南北關山萬里孤一片月

明照江水此時心事有中無

紫柏尊者全集卷第二十七

音釋

揭丘傑切音揭歸也　緋芳微切音非絳色服也　赧難上聲面慚而赤也

瀆杜谷切音牘垢濁之意也　湞知盈切音貞水名出桂陽郡湞陽縣是也

紫栢尊者全集卷第二十八

明 憨山 德清 閱

登吳江華嚴寺塔

漢武何須問刦灰只今滄海舊塵埃塔燈誰照吳江上直得魚龍睡眼開

空堂夜坐

趺坐空堂如水清靈機歷歷自超情百年三萬六千日安得須臾此地行

詠于三公觀察十郎竹

秋風踈影搖窻冷夜月清香引坐深更愛諸君能抱節不因霜露失初心

弔鶴林寺松

從來說法有松濤老衲無煩舌相勞誰料一朝都伐盡幾回歸鶴夜尋巢

寄吳江諸法侶

吳江明月舊時同萬里迢迢向蜀中寄語長橋流水道莫催塵世白毛翁

寄仲淳

去去峨眉萬里餘掉頭東海意何如但將親骨埋平地到處青山好著書

贈姚國賓

柱史歸來一篋霜其誰問疾到東昌汾河片影巢陵月千里關山不盡光

悼大千老師

八功德水最清涼飲者能消熱惱狂不二樓高雲散盡十千龍象益悲傷

靈巖喜汪將軍傳侍御至

却掃風塵進白雲空山流水靜中聞九重天上人多少遍數那能及二君

佛香院

佛香院裏過清明門外垂垂柳正青慳底曉鶯啼不斷廣長舌相蕩風輕

宿東臺

絕頂風高白日寒雲山重疊檻前看夜深徙倚南樓柱喜見滄溟湧玉團

題玉女潭

仙肌香潔本無塵未必臨潭浴此身自是山公嫌寂寞裝成幽勝引遊人

吊玄晏

桃紅李白春光好誰料東風夜半狂玄晏先生非寂寞菜根滋味古今長

過玄晏草堂

春鳥啼來花已深草堂可得靜居心逝川既去不復返幾度臨風淚滿襟

示姜士華

火宅焦煩豈久居鬢毛成雪費驅除故山相去無多遠車大蓮花衣裡珠

示端雍

花落花開幾度春此身如夢亦如塵曉來聚散東風急紅點蒼苔色不新

示傅公肅 四首

江上芙蓉向曉風霧華初染色偏濃人間樂事眞堪笑歌管樓臺寫鏡中

白髮從來不怕人侯王頭上曉霜新還家莫道關山遠一念回光束地春

日月升沈不解停鬢毛鏡裡雪花明何如掉臂風塵外閒伴樵漁過此生

逝水滔滔日夜鳴浮生誰復解心驚青山常在人頻老紫陌絃歌不可聽

示韓生

螺髻山中雪色寒綉衣雲外有彈冠韓生也
解聞鐘磬消盡聲塵領八還

寄鐵庵居士

天椎山色武夷同負約尋來入夢中慳底維
摩常抱疾八行無鴈有誰通

遊海門二首

嶽宗朝會古來聞此日尋源到海門寄語行
邊碣石上圖南還有北溟鯤
青山結伴好忘機春水桃花一色緋鵬翼自
憐風力細毆魚先向海東歸

避暑蕭園

利名不識有何親累殺世間多少人在處松
泉堪避暑肯將白足走風塵

偶成八首

烟波堆裏道場開車馬終難踐碧苔清梵竹
蘿關不住磬聲飛出水雲來
山頭百畝鉢盂田聞道英檀據有年此日雲
居得新主彫胡食盡好垂憐
裏江一水曲何多兩岸桃花色未酡莫道春
寒楊柳怯乘風也解弄烟波
建昌山水勝臨川縱使王維畫不全風大觀
成君試看直將吹放小西天
祖庭秋晚覺花空祇樹蕭條鎖梵宮幽鳥似
憐無縫荅幾回腸斷叫西風
四顧乾坤一洞然長江萬里片帆懸潯陽此
去無多路五老雲開翠潑天
野水去來六七里小舟黑白兩三人兩餘自
是烟波濶歸去清歌月色新
朝來金鳳賣紅香朶朶含羞挹露光色更空
生空更色謾誇飛燕體輕揚

聞磬

長堤短岸絶烟波彷彿龍宫隱薜蘿風煖磬聲飛欲斷遺聞誰解聽漁歌

夏日曲阿梵川偶成

三伏乾坤一甑同静思水壑駕寒松凍雲便覺生毛孔不若長齋繡佛容

泛舟梵川二首

緑楊堤畔微風起紅掌爭驚碧玉盤誰棹小舟横水口清香拂拂帶輕寒

不抹胭脂趣已幽自憐顔色照池頭須知此外無空相蜀錦何妨隅水浮

春日重遊光德庵

流水桃花大士家道人曾此泛星槎白牛塘上間吹笛歸去兒童日已斜

慈壽訪勞盛主人不遇

千巖披月到風塵一訪那羅洞裡人莫道過門余不入香雲騰處示全身

過玉河觀音寺

一徑秋雲到薜蘿隋唐陳迹問烟波重來誰起祥公定馬上行吟五噫歌

客東雲居寺即事

軒冕松雲調不同那堪簫鼓雜疎鐘一聲長嘯出山去野鶴從來無定蹤

顯靈宫聞邢煉師語有感

仙源窈邈蕋珠宫雲盡天壇月正中松露鶴翻會濕袖相逢莫笑野烟濃

過西雲居寺有感

萬里峨嵋去復來古碑無字洗蒼苔琬公慧命誰將續淚洒青山染刦灰

南嶽觀音沼

流泉豈是世中聲妄想紛飛聽不成試把耳根暫拈却雲邊别有路通明

鏡虚

鏡裡虚空花上春未生心處却投眞若教蜂蝶紛紛集只恐東風解作嗔

望普說殿

廣長舌相覆虚空佛與衆生呑吐中隅壁釧聲生殺柄清凉熱惱辨雌雄

尊者堂

雙松盤據萬峰腰靜夜微風學怒濤龍象百千相次禮捲簾喜見鳳頭高

戒壇偶成

黃金不記築爲臺死馬能牽樂毅來絕壑築壇傳佛戒大椎家具凍雲雷

結冬永慈寺贈蘆芽主人妙公

莫測深林虎豹居道高何事費驅除危峰環列聽禪觀流水潛洄學梵書

悼壽禅堂師

宿草平與共度關只今靈骨葬空山瓣香飛莫秋風裡流水聲中塔影寒

芙蓉閣偶成

白犢溪頭過小舟布帆風急浪花浮煙深不識歸何處時聽歌聲到畫樓

約王泰宇登茅山因未返賦此

處處東風弄柳條行蹤猶未上二茅華陽洞口春將老愁殺遊人歸路遥

吳中夜泊

凉生蘋藻動秋風萬里無雲一鏡空今夜孤舟繫何處吳江清淺月明中

吳氏廢園二首

汾陽門第晉風流縹緲湖山感勝遊今日松蘿誰是主斷雲殘月鎖江樓
築成金屋貯嬋娟草魘花迷知幾年愁見向來歌舞地古槐疎栁起寒烟

寓匡山黃龍潭寄賓陽老禪

一菴高結翠微間千尺飛泉萬仞山月夜爲誰歌白雪遥聞清響落松關

山中老人

青山面合路紆盤流水松風六月寒九十老翁忘晝夜醒時只把夢時看

葛洪山訪澤上人

路當斷澗倚寒松重疊峰巒擁梵宫未過竹橋清磬歇老禪扶杖笑相逢

西沼晚泊

扁舟日暮泊孤村何物吹空天上雲卧看月明照清淺是誰遥指水晶紋

憶山居

勞勞白足走風塵繞别青山秋復春重疊雲深巖畔屋寂寥空鎖久無人

訪鄭春寰不遇

湖州城裡風光別一半人家烟浪中惆悵仙翁醉何處柴門岑寂水雲封

贈天竺僧

十萬程途數載通沙頭彈舌授降龍五天到日頭應白月落斜西半夜鐘

大方禪伯上堂

白雲一片解深藏家醜雖多慎播揚松谷老禪眞面目太行山色自蒼蒼

與鄒南臯居士

孤松高倚大江頭日夕波濤蕩去舟野鶴幾

回翔欲下風枝縹緲未能留

過向城廣福寺

萬簇雲山擁佛宮璇題藻井草萊封夕陽墟落向城北幾度鐘聲送晚風

潭柘懷繆仲淳

谷口龍泉一片雲去來誰復見離羣夜深唯有滄溟月無限清光不可分

懷燕京諸居士

羣籟消沈片月西阿誰寫出未生時長安不在春光外夢裡浮華幾箇知

别開侍者

日光寺前日已西空山揺落語離違行塵埻埻兩條路頭上青天不可移

咏石乳泉

石乳高懸不記秋半空珞珞瀉寒流遥 知此去歸滄海大作雲濤浴巨舟

志夢

獨惜無人萬斛舟風波恍惚卒難留誰知岸上持竿者幾度斜陽淚濕裘

示諸沙彌

赤心片片爲諸人痛棒難禁滿腹嗔只恐出門三十里恨心竟作水中塵

囑蘆溝橋資福寺住持本公

十年拚命死挨排逆順相逢莫動懷待過嶐冬春自到千紅萬紫一齊開

山居二首

獨自經行未欲眠夜涼明月照松泉好茶一碗昏方歇踏破虛空别有天

白雲無心道人心流水無迹道人迹 心迹兩忘齊有無白雲流水誰復識

別陸太宰 有序

余童時知太宰名既脫白始識於嘉善之大勝寺今逆推之凡易二十二寒暑矣余嘗見太宰出處無常得失參互不可以凡情測也如維摩以臥疾爲廣長舌說不二法門夫疾與不疾爲二死與生爲二榮與辱爲二老與少爲二凡與聖爲二了知疾即不疾死即不死榮即不榮老即不老凡即不凡是謂不二法門苟能入之雖火聚刀山皆清涼慈忍地惟太宰久入是法門故能於生死榮辱出處之際縱橫自在耳余少太宰二十二年辱太宰不以齒少貧病託於道義之分今將別而之晉陽披晤未期感而賦此

春過丈室維摩疾夏到維摩丈室安此別不知何處去浮生開口笑多難

謝太初靜主惠楞嚴集註

萬疊寒雲抱寂寥日高猶自懶伸腰楞嚴十軸誰相送一炷名香笑裡刀

自肯寮自訟

莫嫌奇特障靈泉大用臨機不現前媿我毒心行未徹賺他男女落廉纖

般若泉

獨坐苔龕萬慮空瀘然一脉瀉層峰從教龍象如雲集供佛澆花用不窮

月夜登海藏樓懷江南諸法侶

頭上青天四面山一樓高聳翠微間空窓最愛無雲夜溢目清光只獨看

睡起示道開

粥罷正憐方夢醒日高猶自打鼾眠開即已

解隨慵懶伸脚無端裩布穿

自肯寮

年來足跡遍江山五頂清涼未欲還却笑今朝心自肯河沙龍象任躋攀

爲新剃可禪人字止臺有序

昔人有言曰知人者智自知者明馬大師住山時獵人石鞏逐鹿過其前問曰鹿何之大師曰汝一箭射幾鹿鞏曰一鹿大師曰吾則不然鞏曰師射幾鹿曰一羣鞏聞而駭之大師乘其駭而啓廸之曰汝能射鹿何不自射鞏遂反弓自射曰直無下手處大師曰這漢千刼無明當下氷消去也若然者信知人易而自知難人能自知如已眼見眼苟非就中人則石鞏之無下手處寧易言哉禪人名常可余字之曰止臺以渠剃染清涼誠無忘文殊老漢并其受業和尚之德耳雖然止臺能自知則臺可止臺可止斯恩不負人壽幾何老而知反脫不能於空閑寂寞之濱氷枯雪老之地以終其志非夫也止臺勉之

世上稀逢七十人羨君老大出風塵慧刀舉處情根斷去住無忘五頂春

再遊潭柘寺

峨嵋萬里去重來法雨香雲遍九垓誰料昔年荆棘地空山已復湧樓臺

雲畫見石門山

此中山水如西子手抱琵琶面半遮若使風流渾看見今朝雲畫孰驚嗟

悼栗庵居士

武夷不改舊山青十卷楞嚴講未成慚媿自

言還自食但將一頌寄延陵

悼王方麓先生

前生曾道是華嚴習氣臨終果現前釋尾儒頭難辨別還同竹篦勘癡禪

盱江舟中望從姑山

學得長生固是奇身存影逐有誰知何如只學無生好我既無生死自離

曾爲紫栢巢中鷇和好音聲總不如今日一編重舉似血痕沾洒透珊瑚

滿腹春工着處栽含毫聊當一枝開是誰管領無絃曲雙經迢迢庾嶺梅

丁卯秋日閱刻紫栢集弟子元廣分預其役每見當時拈似處失聲而泣因成二絶句漫綴於末不自計其詞之工拙也

歌

頹僧歌

君不見大塊內大塊外凡屬有形皆聚沫風卷滄溟徹底枯皮既不存毛奚賴今與古知幾代搜剔興亡多感慨鏡裏豪華草上霜日出浮光竟安在大道喪仁義起愚智遑遑分彼此七雄五伯殺氣驕楚狂悲鳳譏孔子李伯陽爾胡爲去華取實亦支離欲返眞淳盤古心時人未必解相隨窮百家討衆論傍門駢户增迷悶精閑文武戰功名究竟空餘千載恨自秦來不可說力并山河流杵血雖然美惡不同觀到頭名分尠先列千算計萬思量古往今來夢一場寒暑相推毛易白爭如削髮禮空王空王業貴人紹生死中流施櫓棹有緣拍手便登船一念不生等龘妙苑井

水豈藏龍巨靈一撥泥沙通百千三昧總心源橫拈豎弄振家風有等人眼睜睜欲心如火覓長生誰知生是死之媒媒在終難藥物成縱成得必有壞有壞修之非所解少年自笑學飛昇一段風騷幾爲賣多算勝少算敗算來算去爲僧快五蘊身心水即波聖凡坐斷無罣礙一瓶一鉢海山寬雲行鳥飛恣歌唄願爲僧願爲僧世世生生繼祖燈四弘爲轂法爲輪碾斷衆生愛與憎杜鴻漸王欽若生願爲僧死負約不榮國相貴爲僧達者自知解與縛青山曲碧水灣松竹風來益道顏相逢若問爲僧事須信爲僧非等閒

喚鳥歌

道人天放度浮生城市山林信脚行除却着衣并喫飯眼前無事可留情雲邊松松下石枕錫橫眠消白日從他花鳥報年光鼻息如雷睡正濃忽醒來持鉄鉢狂詞出谷真快活望烟乞食向前村一飽那分精與糲風塵中境界別憎愛紛紛難了絕輸與心空及第人遇緣好醜何煩熱知不知漫自癡蕭梁陳迹草萋萋兩輪日月如丸擲竹馬兒童鬓已絲貧與賤富與貴冷眼看來無面背狂奴自是賣高名平等光中生忌諱簑衣不着着羊裘七里灘頭成浪費這段光見不見日用堂堂同掣電直饒師曠與離婁竭盡聽明隔一線訪道易悟道難相逢幾個委心肝些兒拂意便生嗔神珠肯把與君看得此珠大事了我本不生誰復老流水聲中唱哩囉斜陽影裡喚歸鳥罷罷罷及早休千峰古木足清幽莫待飛高勸始下羽毛零落道難修

弔開先湖月鑑公種樹歌

君不見開先老僧號湖月羅公見之不敢忽贈之湖月非無取清明在躬體外拙湖上山月邊窟朝暮往來行不歇見人斫樹即哀號跪拜其前求莫伐毫末全抱霄壤然損我一枝拔我髮君欲伐者便一時老僧視之如斫骨顏君頓發菩提心留與禪林壯門闕夏月遊人夾道涼冬來風雪難埋沒更有神飈天外來樹響泉聲當面咄男兒咄面解翻身凡聖情塵彈指剔

示覺牖居士歌

去年花落開今年今年花落開明年花開花落知幾回有誰能究未生前未生前痛究竟死生憎愛登時淨覺花開遍菩提樹香滿十虛耳根領

病病歌

五行四大是何物解寒熱兮解生克風寒水濕互交馳情根未拔遭渠惑遭渠惑幾度尋渠渾不得一片虛明礙口門千言萬語吐不出馬駒兒日面佛月面佛洞山暗裏同軌則看他有分有誰知拈轉頑心赤骨立赤骨立從教五眼難窺識却許狸奴白牯流寒熱鑪中間跳躑君不見桃花紅李花白纔得春光便增色昨夜東風過短牆朝來滿地空狼藉眼前榮能有幾二鼠侵藤墜復起等閒鏡裏鬓毛斑報道當人死消息死消息我若無生媒不入這些病痛向誰言多少男兒甘自忽甘自忽鐵面閻君解羅織三途一報刼五千出得頭來終費力又不見高張富貴震天地頭白黃金買不去南山北嶺塚纍纍見說蓬

蒿穿眼裡憨憨子能病病夢中拾箇破沙盆醒來却是談禪柄曲折松枝隨手應天風偏向手中吹霹靂一聲頭却聳

桃花歌

君不見桃花開桃花落開時何芳穠落時何寂寞誰知本無殊人情有豐約南青阡東紫陌無限桃紅與李白玉樓人醉喚不醒夢裡南柯郡政積不知何處曉鶯啼醒來紅日懸天碧追思枕上榮辱事兔角龜毛爭仲伯古與今休與戚動靜一條橫喧寂堯舜巢由鏡裡花春深風雨聞吹笛牧童豈有悲歡心有心聽之心如摘桃花開桃花落開落恣無常道人卧巖壑壑之上巖之東偏多翠栢與蒼松長風忽然遊太虛雲濤滚滚鳴千峰耳根無何聲洗脫我乃喪我我無踪無踪是我我是誰斜陽西去自鳴鐘鐘中鼓聲如可雜曉來何以破昏蒙桃花落桃花紅分別情空代謝同我是如來眞骨肉肯將妄語誑寰中

示如印觀身歌

君不見如花女子誰不戀只緣面嫩怕風吹幾田躲避桃花畔又不見吳王樓船載西施蕩樣中流衒顔色一朝越兵過行春等閒笑裡姑蘇失這肉塊害殺人古今無限没風塵老僧有箇降魔術不是英雄不解識常將此心觀此身此身畢竟是何物今日觀明日察內外搜求没搭殺皮裹肉肉包骨横筋竪絡互相織三焦五臟細復推蟯蛔以爲極樂國膿爲漿糞爲食終日醺醺自爲得一朝報盡幻軀燒總隨烟焰風飄失能觀者是我心所觀者是我身能所何曾有疏親譬如吳越各

江山癡人無智認爲一觀之久觀力漸熟成抖擻一道神光照厠坑蛆蟲滚滚希延壽臭穢中不堪處爭名奪利誰思止萬兩黃金買粉頭直謂風流長不死悲哉業鬼與婬妖不道東風夜半生猶謂春光常若此

紙襖歌

君不見天上六銖衣人間宫錦袍纖柔交錯固無比爭若溪藤道味高西風起誰不怕凜凜侵人如箭射寂寞千巖披坐時恣爾寒雲覆身尾夜將半憁月白侍者莫能辨青赤誤認霜猨擾余禪驀地當頭打一策曲兮曲直兮直凡聖情忘難可測化毋機梭織不成那堪羅綺較顏色行着輕坐着煗坐卧相應便舒卷八風一任作風濤道人豈攺菩薩面挂松枝晒屋角穿窬見之亦不捉隆冬獨壯老僧懷一片虛明謾描邈又不見紙衣道者亦奇特生死去來何自在却被曹山痛斥之念異便與玄體昧中峰老亦紙襖橫拈竪弄無不好即衣說法聲如雷自是聾人耳昏耗比年來俗愈薄狐兔成羣亂穿鑿栁絮蘆花翳眼睛解脱光明甘束縛紫栢生見弗忍逆即逆兮順即順夜义菩薩面無常刲化癡郎悟心印也不管你青州衫重七斤也不管你溪籐襖無四兩一條性命等微塵賞即罰兮罰即賞

悼徐文卿太僕

避暑何須萬峰去虛堂寂寂多山趣飄風驟雨須臾過屋脊瓦溝流泉注萬壑千巖孰卷來等閒却向城中鬧秋雷轟轟鳴法鼓無限勞生夢裡回君不見鬧門緑自到望處紅如

妝即色知非相風塵蓮萼香不數日徐彥文匆匆束裝朝聖君訃音一旦聞意外空解未深淚繽紛前船便是後船眼莫道他死我不管驀地臨到我頭上電光石火徒悲歎隨順無明起諸有英雄百戰爭好醜若不隨順諸有離佛手何曾異我手

觀牡丹念來慈

未花主人何處去正花猶自不歸來倘然一夜風雨生可憐艷冶點蒼苔君不見富貴貧賤本一條花開花落徒嘈嘈槎芽未發試着眼搖落孤根煖獨饒

鞭鏡歌

君不見桃李華鮮且軟紅白枝枝風未捲公子停鞭勒馬看等閒一片飄清淺河邉水去不返可惜朱顏日漸損從教把鏡玩髑髏笑殺凝心生纏綣又不見潘安宋玉貌最美一息不來成棄委青銅知道落誰家不照兒即照婆子

山居歌

達觀顛達觀顛衆人所愛渠弗憐鬧裏抽身委躁君疎狂一味樂林泉撩起行未甚錯鼻孔孤危不受索世路崎嶇行道難算來肥遁是高着大率進莫若退行藏慎容終無累糞衣懷寶寧負癡人不知我我則貴住深山敢偷安火種刀耕度歲寒飯訖虛窓禮佛書幾回明月借光看置殘卷雙足歛水韻松聲耳不攪一塊圓明忽現前瞥爾生心即不見眼中釘腦後楔不是輪扁難出脫相應約莫徐疾閒放過依然成兩橛無手人解行拳輕輕擊破趙州關五家祖印落掌握生殺縱橫豈

等閒羅緱嶺石孤硬鳥道懸空常寂靜萬壑千巖一線通龍泉幽邃多潭洞可棲身可滌心覺路蕭蕭鈌嗣音狐兔成羣白日嗥夕陽碧殿下秋陰君不見屈步蟲即屈即伸難大用蒼虬一蟄邁三冬出水雲雷自相送烟霞趣莫謾舉古往今來抱巢許衡山懶瓚枕流眠丹詔連徵不解起這家風勿外通若將此意透王公管取當頭失高貴㳫唾功名學苦空

梵川問月擕麟郎覺生

吾問天邊月可曾有離別燕山與吳門幾見月圓鈌或復海上生有時林間没光輝在隱顯肯爲迷雲汩君不見長安道傍蕭寺中焚香露坐月當空昨宵十八高人聚風月無邊爾復從又不見不傳之妙亂拋擲滿地珍珠誰拾得此情難借虛空喻摧破虛空須着力

清涼寺雙栢歌

君不見古清涼伯仲干霄知幾霜窓前倏忽神飈生翠濤吼奐寒焦腸此時趣誰領略積刦情塵俱廓落堂堂一片舊靈臺塞破虛空無處着好家風謾從聲浮生如夢夢如空今昔豪華鏡裏狂勸君莫負主人公淮陰功留侯策究竟都來閒費力三月桃花雨後看殘紅滿地悲狼籍大將軍五大夫榮名無故落江湖爭似清源堤下栢難兄難弟世中無又不見鸞鳳高去去來來愛此巢香葉玲瓏韻獨奇靜聽流水滌心苗俗漸薄真可哀幾人癡想製棺材金郭玉廓終須壞木板安能保久埋勿短見取勢便呼奴喝隷逞好漢直謂青天亦可欺青天較汝更會算大張羅任他

鑽到頭一一結公案何如當年即回光留取清陰後人感

示張春堂

丹衷雲外尋知已赤脚塵中見信心二十年來霜雪苦寸腸愁絕爲誰吟爲誰吟吳門風月最知音知音不在念生後一道神光貫古今聞我行惠雙履萬里烟雲生足底烟雲總是相知心去去懷君寧有已寧有已誓爾生情早不親頗君護念常如死死人坐斷攀緣時槁木寒灰未足比猛然大地回春光頭頭處處皆芳紫信手拈來總藥經問君何處留經註唯願龍神常護持普與衆生作良劑

姜節婦歌

項羽强猛誰敢並恣暴縱火燒咸陽烟燄亘天三百日視之談笑畧不傷想必肚腸生鐵鑄又同木石無情思及別虞姬便動情歌罷傷心淚如雨又不見漢高大度天下聞抱病呻吟欲斷魂戚姬難舍死不顧撫床相視淚紛紛這兩漢氣吞當世真罕見羅絡英雄如小兒使貴即貴賤即賤觸着虞姬與戚姬不殊生鐵遭火煆方圓曲直任鉗鎚又如蘆篨任舒卷楚霸王漢高祖大度强猛何足數愛欲關頭皆受降臨死戀戀猶相顧反不如嘉禾城東姜氏女亡夫節抱金石固彈指高樓五十年不異覊旅寓旦暮又如枯木倚寒巖春光荏苒心如死唯有清貞不變常遺風永永鎮頹世

遊善卷洞

性僻平生愛泉石天下山川遍曾歷搜奇討異幾經秋佛窟仙源靡不識靡不識善卷幽

靈更殊特香藹崆峒別一天雕巖刻岫綴雲煙石田丹竈尚依然仙人一去不復還人物森森儼若生遊人把翫何多情造物變幻固難測以道究之亦可明自是遊人不悟心却于心外生情執生情執隨境遷流何日息此心明曠本無涯昧之無故生欣戚臨泉坐石便歡然把酒高歌自比仙須臾興盡復塵勞一段幽懷變縈纏何如直悟本有心信手握土總成金大地都來一隻眼不知何處可安針若有一針可容得此心之外必有物有物安能無愛憎愛憎既起迷真識吾之愛山水從來不斷此踏遍名山不着塵看盡江山又何色撩天鼻孔任昂藏去住無非無有鄉不知誰薦此中旨國山寺裏禮空王空王禮畢出法堂千峰迴合已殘陽扁舟縹緲向何處夜泊烟波萬里長

汝堅歌贈項子

有形堅久惟天地水火風災終飄沒此乃如來真實言不是等閒相誑惑天地間事雖多升沉光景暗消磨一一已過不復計榮辱牽人情不枯情不枯逢春歡喜遇秋悲古往今來皆若斯不思天地不長久但見所欲皆可守天地數窮尚傾頹須臾榮辱我何有春花雖媚終必凋容顏雖好終必憔君不見偷桃曼倩頭解白寒暑催年不可逃可逃惟有一着子天地有壞他不死不在深雲遠壑求不離現前日用處穿衣喫飯莫放過生心早是路頭錯一路光明變識情敀頭換面由渠作暫然悟識情即是金剛座一切萬物屬生滅惟有此座常堅固不是英靈大丈夫阿誰占

之得安妥得安妥汝字汝堅不虛度我歌信口不思量傍人讀之笑我狂惟有汝堅信不疑晨昏吟咏遣時光遣時光春花爛熳香何處不用鼻嘗用口嘗

白衲歌爲馮開之作

此色不異奔茶棃來往風塵不染泥願君此心如此色一點孤明常歷歷又同日月破幽宵昇沈宇宙無踪蹟此衣披之不顛倒願君此身常皎皎朔風吹雪天不寒又作蒼生黃綿襖此衣又同青山雲卷舒自在爲甘霖一切枯槁被恩澤無情亦生懽喜心與君聚首不甚久知君心地少塵垢臨別遺君此衲頭願君精神常抖擻耳根如鐵捲不轉相逢依舊春風臉黑白叢中標格奇魔外望之心膽戰我去矣君須記雲影大光總我情閒朝靜夜休相憶休相憶絕情識一點孤明常歷歷此色不異奔茶棃願君此心如此色呵呵呵咄咄咄到頭光景何消息白白黑黑君之脉

懶瓚歌贈曾金簡

我聞君家住衡嶽出入常隨猿與鶴消閒更解弄潺湲絕勝風塵爭奕博又聞衡嶽有懶瓚只會穿衣并喫飯衆生苦海正浮沉偎藏巖畔渾不管丈夫兒既出世不爲衆生作何事焦芽敗種非大根唯堪打殺餧狗子普天之下皆王土汝獨潛必恣懶惰假使天下都學汝衆生淪墜復誰度懶病不除害非淺此風從今不可扇君不見天子懶惰社稷亡丈夫懶惰家不昌農夫懶惰致餓死蠶婦懶惰蠶必僵汝這漢没思算專以習懶爲慣便懶

病既成無藥醫平生一事無所辨汝不聞如來呵懶爲毒蛇昬蔽靈臺苦無涯頭出頭沒生死中幾能得覩優曇花君既歸懶瓚想必舊相知爲我殷勤致此說從今勿以懶爲辭聞此說仍不改猶復松蘿貪自在與我一拳打殺伊敢保長刼無罪債只恐君力量小反被懶瓚到打倒一場敗闕天下聞惹得兒孫聚口笑

子房山歌

彭城山上雲彭城山下水聚散及浮沉人代迭終始君不見人生大塊能幾何黄河東逝無回波豪華過眼曉天霜誰能百戰爭山河楚漢雌雄一夢勞其餘跡涔安足多世謂先生見幾蚤侯印棄之如腐草超然故托赤松遊到頭那得韓彭惱此據先生跡安知先生心先生在報韓功名非所忻秦亡心事了不去何況吟又不見功名長生不相遠棄彼取此識亦淺我知先生天機深刀圭羽翰都非戀因登古寺賦此歌偶將墨跡灑烟蘿先生莫笑太多事男兒志氣情難磨難磨若是蒼蒼嵎河遷谷變無定軌惟有先生一片心恒與玆山增秀美

龍蛇歌

君不見龍與蛇本無常龍若有欲即爲蛇蛇能無欲鱗蟲王世人所欲固雖多飲食男女爲六病若以飲食較男女男女又爲欲之戈漢高祖之大度楚霸王之强悍一火咸陽心不悲虞姬别時情何軟淮陰功高尚忍誅戚姬臨决苦躊躕能將欲海輕掀倒自古人間幾丈夫西施不知是何物傾城傾國無多力

當時若使留于越越覇諸侯亦未必又不見五百仙人善馭雲去來空際盡超羣纔聽宮女一聲曲神力俱遭欲火焚蘇子卿持漢節吞氊噉雪命欲絶死生朝夕不可保胡婦生兒猶所悦欲之難斷有若是難斷能斷須男子男子斷欲尚多難婦人失節何足耻言雖反意甚切字字分明心吐血是男是女能斷欲誠爲世上眞豪傑扶人倫整世道苟非豪傑寧堪造饒有周公伊尹才未能斷欲終顛倒大可笑犬可笑好漢多迷尿屎竅臭皮袋上巧莊嚴相看莫不稱爲妙殊不知四大合成身四蘊攢爲心若以四四觀身心何處尋煩惱海豈有邊龍蛇出没足雲烟人欲關頭雷雨深等閒換骨阿誰先

舊路嶺龍泉寺普同塔歌

君不見隆興東龍泉西稜層窣堵倚雲霓山高靈骨鱗蟲長地發琳瑯鸞鳳棲老別傳額行堅峨嵋補怛咸周旋戒珠圓潔光飲日興福十萬并八千了此心非一生十方三世時精誠誰料髑髏無着處清涼山裏伴緇英金閣嶺亦曾住再來矢願立標幟可憐一片好心腸深即徒剖驢肝肺照法師涅槃義皮肉相連無斷際生公盡道是前身來往白雲知幾祀臨終時顯大機講堂端坐稱阿彌十氣未殘神獨逝蓮花國裡誕嬰兒義禪客實難得天生一段混沌質無論早晚話頭勤採藥林間忽禪寂紅日暮不知歸虎豹羣中身正遺兒孫滿望阿爹還燈燭相尋鳥道迷古澗邊定松烟癡兒一見叫蒼天如何連日不歸家却向深林伴虎眠既喚醒忘所證猶道須

史無片頊爾曹無故惱老僧好場瞌睡多破靜這三老誰解表輸與皮毬閙炒閙家醜斵騰無剩留浩浩聲光千古調齊一變至於魯魯一變至於道從粗至精成風教花落花開不記春年年黒白來祭掃此道場初起難數番血戰清寒巖鎗疤刀口誰知痛會首當年命幾拚助戰者老與少僧俗橫死真可悼而今大衆得安然饑餐渴飲皆溫飽如是恩莫忘却舉首虛空有菩薩行藏好歹渠盡知勸君莫爲没倘儓我作歌意甚美但恐吾曹忘所始始忘本折枝葉衰前人辛苦成何事話到此肝膽裂知恩報恩須豪傑春來寺外桃花開前後殘紅亡者血

弔子陵嚴先生 并序

自洗飲風微至馬上得天下之雄而功利智勇波震塵飛君臣交猜朝富貴夕誅夷然趨之者猶如夜蛾之投燄哀哉及先生足加帝腹恥纓紼而激清飈延至李膺范滂之徒不以死生易義槩桐江一絲之餘烈也今幸過祠下因寄短章一弔先生吟曰

三召兮不能榮先生一退兮不能高先生榮高既外兮則先生不可得而名唯山高水長兮一瞻先生之眉宇悵然而行

銅犢歌 憨公遺在龍門者

扶桑之西墨水之東勞盛凌厲海色朦朧奇巖異壑曲澗巨峰煙雲深處驚濤振空中有美人寂默禪宫予曽扣關如桴擊鐘不慮而酬即問而通見斯蒼犢背負仙翁展卷勿收意托冲融神遊混茫之初跡符既判之後長

者緒言久承下風覩物思人眞懷忡忡

上方山夜坐懷孫仲來

明月在青天流泉在碧山素輝與寒響靜聽有無間我有所思兮美人紛未還時陰固難待奄忽鬓毛斑結屋松蘿深况連清溪灣輕舟飄白波漁父多欵顔既去仍復來華鱗得非艱欣然換濁酒一醉忘萬般拍手喚不醒遊魂江海間風濤未可測彼岸宜早攀

警世

嗟哉世間人所計何其短但欲遂目前終古竟不管形骸有敗壞眞光常自在不滅必受生生必酬業債今生弗如意前因所招待貴賤雖有殊業鏡寧假借形端影必佳面惡形必恠少年如春花既鮮豈不萎常將萎事看安侯零落悟

哀靈巖寺僧歌

莫謂出家好山居絶聞擾年來苦更多開口向誰道山地枯山田瘦枯瘦豐收能幾斗往來賓客强支持分外徵求何所有况復三年兩度荒每日呑饑如餓狗説到此淚如雨莫若離山托鉢去翻思佛祖舊叢林難將一旦委荒蕪君不見靈巖寺大小禪房皆廢棄老僧乞食未歸來白骨不知葬何地流泉聲難可聽誰謂靈巖四絶英松風今作斷腸吟木偶聞之亦淚零

悼棲霞素庵節公　并引

師之所得以無得爲得所以處失而未始失也以其未始失故凡莊嚴淨土崇麗緇林者觸願而成雖雲山可磨岷江可竭師之德容充如也一旦棄我而逝寧無悲乎

故以辭悼之辭曰

師來兮以慈悲爲鈎師逝兮而性命合妙青山兮師骨流水兮師笑余痛哀兮垂照法梁折兮孰肖鄙詞辦香兮一弔

登方山歌

君不見晉陽方山李長者愛虎馱經不用馬大賢村頭高山奴一見至人便能下嗟哉世道衰斯文竟成假空聞冠盖名已乏舊風雅馬家古佛堂土室久荒涼長者去不返佛日誰洗光慚小子生何晚雙林那堪紹緇衣見賢思齊非憚勞尋山問水叩玄關我曾聞華嚴經十方如來之典刑四重法界難思議孰能揮毫無留停譬百川爭赴海萬里雲濤煥文彩又如春光在萬物洪纖濃淡皆自在理法界喻夫水水結爲氷事相似互成互奪等屈伸千舒萬卷不離指最難悟後一種事事無拘非襍毦輸與文殊阿逸多當陽頌出價增重懷州牛嘉州象張三吃草李四脹更兼空手把鋤頭明暗相叅呈伎倆日用中露形容含毫臨紙何匆匆星霜五易論告成世傳天女俱騰空又聞長者初來時囊挈經書歷險危風霜一夕震林谷老松拔去泉如飴至今巖僧仰饑渴聖師厚德寧忘之達觀憨出苫龕蚤春結伴下寒嵐芒鞵踏破幾層雪神福山原試一叅廣眉朗目躡上峰丹唇紫臉鬚不同身長七尺有二寸天開法海眞英雄殷勤再拜不忍別行行回首煙雲重

式廬歌 有序

我聞太極老人作夢之後而兩儀始行自是特立環立於大塊間者惟山焉耳震旦

中祖崐崘高三峨尊五嶽奇傑牢盛神異蓬萊今有易崐崘退三峨隱五嶽進匡盧而獨式焉者盖匡盧之山清深憨秀故也清則離垢獨立深則幽討莫測憨則近厚秀則遠媚若人取之有以哉憨憨子聞而爲之歌曰

清兮本無染兮深兮難討測兮憨兮且有容兮秀兮遠媚兮奚獨全此四德兮予其望之厚兮

澄公泉歌

君不見高山巖曲有流水煙鎖雲藏人不覗白足窮幽偶識之倚杖徘徊不忍去泉泉泉何其玄儼若欲語聲弗全又不見伯夷清巢父潔若喻此泉難我憾澄公講餘來彈舌蒼虬作雨潤枯渴令人長憶胥靡君泥塗板築

龍蛇穴

江水歌

江水忽起兮江水忽伏兮起兮伏兮是誰所使兮心水本澄忽然怒生怒既爲媒兮所謂喜者不煩介紹自然而相賡是事甚易知兮奈何觸事而迷起伏無媒風哥作戲蓬蓬然而來寂寂然而去來兮去兮其誰之命說者曰有陰陽而後有動靜風兮風兮陰陽未判兮廓然昭徹兮此爲渾沌之老敢問此老之先曰太極無極耳嘻無極之先孰名無極或曰無極之後名德始與憨憨子抱膝而歌曰名兮寔兮相互而窮兮所謂無極也者太虛塗彩耳喜兮怒兮一心未生兮果異果同兮喜怒既發兮有待無待兮知有無者果然眞兮果然妄兮有能析兮則江水之起伏富兮

貴兮貧兮賤兮皆春風中小兒騎竹馬耳知此則風之所始在我而不在物矣昔人有偈曰大地山河是阿誰了無一法可思惟燈前喜怒自起倒敢問西隣知不知咄夜來處處鳴鐘皷敲破髑髏人不知

燕山送雷雨居士奉使入楚

君不見湘水湘山天下希煙濤空翠交相輝片帆杳然向深處掉首方悲人世非賈傅韓生曾去來滿前幽勝成思歸好山好水不解賞此道遥知未入微又不見懶瓚憨眠石枕頭禪心如水清無休千峰但覺芋火暖那知世上有王侯君承王命辭燕山拂拂秋風兩鬢斑岷江洞庭遠更濶虎兕魚龍日夕環覺有心見有身無端明鏡忽生塵騰今耀古光自在相逢幾箇用天眞莫道此言淡無味無味之中無限春朱陵高久寂寥回鴈峰前荆棘饒狐兔成羣笑復哀驅除剪拂金湯勞瞎行更勸一杯茗兩行熱淚沾緇袍

再過澹庵居士園有感

勺水何必滄海水愛石何必太山石此石此水意甚深白雲碧草誰復識誰復識誰復識見說先生手自壘一花一木皆自植吾雖無心來此中恍若先生共相揖

紫栢尊者全集卷第二十八

音釋

藻 子皓切音早水中草也　澪 郎丁切音靈水出也　蟯蛔 上如招切音饒腹中短蟲下胡隈切音回腹中長蟲

紫栢尊者全集卷第二十九

明　憨山　德清　閱

皮囊歌

這皮囊無好醜空色從來莫能牖自是當人情未消千零百碎分淨垢君不見玄沙老髑髏面前金剛倒費書精神扶不起使人常夜徒悲惋岑大蟲逞家風快言業障本來空一朝撥着難伸訴業障依然障不通兩禪伯心路直血血刀刀無愧色公案分明請試觀吟灰豆爆知恩德透此關便不難掉臂縱横恣軟頑但得胸中無夙食從教藥病自般般聖凡情頓坐斷不住中流豈兩岸須知死水不藏龍雷電光中看胡亂看胡亂看胡亂末上通身出臭汗生殺交加意氣間大底輸他本色漢

送靜庵知客之燕京造佛像歌 有引

靜庵上人將鑄銅爲像一旦辭予出山予問此行奚爲曰造佛去予曰佛如可造空可青黄若知泥佛不度水金佛不度爐乎莫若鑄心爲佛大水稽天弗能漂刦火洞然弗能燒顧不偉哉焉用範銅爲乎上人曰我聞氷可以爲水色可以爲空土木銅鐵皆可以目得之色乎非乎若然者心無形段空無邊際即空即心即心即空空兮心兮孰得而思議之範銅爲佛有何不可古德有言曰若人識得心大地無寸土寸土尚無指何爲銅予曰善哉子行矣乃作歌以壯之歌曰

刦火洞然天地灰毘嵐吼擊三禪隤鑄銅爲佛不可壞常光千古破昏埃此行秋深時漸

寒歸來應是桃花殘文殊老人頻相喚夢裏春光與易闌君不見鴈塔稜層高入雲龍藏稀奇難可聞等閒莫把年光玩老病休將口舌分呵呵會得歷剥皮刺血苦何多豈是古人無所見行邊早晚細思他

悼無塵開士

沁水諧觀兮不遷遥入潭柘兮獨還白雲忽散兮寧堪不遠悼爾兮義完生爲死媒兮奚歡死爲生母兮奚難了此而超然兮即羣動而固閒公若有知兮懸解於去來之間

紅禪衣歌與開侍者

宛然一片大火聚觸着當下誰不死惟有命根久斷者披之處處爲標幟又如初八天上月黑白相參難辨别朽枯髏內解龍吟烏雲重疊清光發莫謂穿舊不復美華林曾示裴相國再來非仗觀世音老僧端取直壁立君不見鳥窠拈起等閒吹侍者當陽便知歸陽天和暖披此坐一切回互不回互曹谿少室有來由不是知音不點頭或五位或三墮總是衆生寒之服殺豬屠户念彌陀聖凡覿面謾分訴謾分訴銀盆盛雪月藏鷺阿誰於此辨端倪木兒石女堪分付堪分付不是綾不是布燦爛光明處處露披之安坐風雪中不異周圍設爐火設爐火點雪投之可見麼若還不見總顢頇見之無事討事做

寄弔陳内翰良軸

我登廬山時東林訪君子别後不幾年君子取高第黃粱夢未全忽聞已棄世花開終必落人生終必死花落還復開人死竟不起此情向誰言耒陽有名士以人還自驚無常無

彼此縱活一百年不過先後耳君子君子兮
望雲空相思聽明泉不枯聲咽何時巳

觀放花炮歌

君不見富貴人所喜貧賤世所厭古往及今
來升沉寧有限惟有達道人榮辱俱如幻漢
高祖楚霸王爭鋒氣勢何昂藏正眼看來總
是空長安彭城俱荒涼亞夫塚蕭何墓荆棘
深深眠狐兎山河不改勛業盡奚必從前多
勞苦大不若林間叟寵辱胸中曾不有白雲
去住本無心泉石城隍恣遊走或愛靜或任
喧超然直下了非關萬籟寥寥夜月寒何妨
花炮共相看聲恍耳色供目聲色叢中誰解
悟常光生滅兩俱遺千峰寂歷心如谷又不
見張相國馮司禮光燄輝輝貴無極一朝禍
盡草頭霜日出何曾睹涓滴古如此今如此
相逢誰是奇男子聽炮觀花洞世情掛冠岩
穴尋高士薦大機聞塗毒彈指根塵成石火
羽化還同氷夾魚陽回大地俱熔爍學無生
即無死生死從來互相起生若無生死亦無
孤明歷歷照千古要會得須豪傑一切情頭
都斷絕譬如香象脫覊鎖縱横不受人牽拽
人聽炮我亦聽人觀花我亦觀就中別自有
玄端妍醜交加慧鑑前片心湛湛踰寒潭寒
潭水清徹底富貴貧賤如泡翳碌碌珞珞有
何期輸吾枕石和雲睡

病中歌有序

皮毬道人以四國王相勝負而未調或以
火攻或以土遏水風二帥復激而鼓之大
戰不休是以陰陽弗和結爲寒涎病求醫
於盧扁賈術於華陀皆爲之縮手且曰此

病根於混沌之初發於太極之後證自而相須有識而致之非我曹可以療也皮毬道人側聞而笑之遂發而爲歌

皮毬道人抱痰火咳嗽寒涎朝暮吐四大相湊未易調一呼一吸無常主達此理真快活謾言天地爲棺槨此是莊周夢裡談無生路上渠難摸既無生寧有死一切屈伸皆幻耳乾坤亦是臭皮囊囊中濃滴奚相惜千萬刦如一瞬南嶽關門何太鈍由心造業業生灾勞頓儂家失本分君不見一念不生佛亦幻既生有覺覺生情常寂光中受磨難離圓覺無六道廢六道無三乘增減關頭理不明醫王設藥聊蕩洗皮毬道人一身輕一身輕徤如狗衛主譊譊不歇口相逢誰悉片肝腸濕草功勛亦曾有罷罷罷變毛骨曼殊大士騎未足於今只上峨嵋山象王隊裡超拳拳又不見遺二道人最相愛燈前爲我償筆債一行雨行寫病單皮毬道人常不壞常不壞太自在房山深處覓春光巨桃易杏誰偷賣孫郎藥貴近來風飄零鮮薓無人曬身既爾物亦同痰火機關萬法通造化莫嗔漏真訣誰家園裡杏非紅

憨郎挑柴歌

挑柴好挑柴强古人標格誰敢忘無分老少與賢愚一聲梆響下禪床下禪床看轉變欻忽更頭并換臉人人圍片破簟肩翩翩隨衆出門遠一步高一步低孤懸鳥道路蹺蹊風團冷氣攻心腹日照氷凌滑似泥到雲深稍停息天寒地凍難久立揀得枯株竊喜輕誰知雨打中心濕撞着了重也罷安上肩頭逐

步下高坡峻嶺轉折煩幾廻蹉脚心驚怕不做過寧知苦徃徃偷安恣懶惰直待親身經一番從今去後知回互喫熱飯睡暖炕也要回光暗自想大家若不共勤勞安能有此清福享撓柴强撓柴好居山莫要閒炒鬧衲僧既欲煉昏沉撓塊柴見分生惱

與開侍者

龍泉侍者名道開白雲飛去又飛回山深迢遞勞去來蕭蕭祖道生塵埃羊蹄馬跡遍蒼苔優曇枯悴不復開幾番搔首憶黃梅輪椎斲出梁棟材竭力晚季支傾頹犒汝特賜茶七杯

弔虛白師

我正生兮五蘊本空師方滅兮一真無待本空則生而無生無待則滅而非滅生而無生師不異我滅而非滅我不異師師我窮極炎爐雪飛此中有旨誰復提撕我今哭師非悲之悲師其有靈鑑我寸思

燕遷壘避佛歌

余寓傳侍御之紺園以時事多感又見其俗尚强害誇詐殺伐故淹留日深輿以化之一日禮佛聞嗚嗚聲視之則見梁燕巢佛頂者遷壘于偏掖矣余不覺泫然盖余挂錫幾三月此方疑信朝暮無常燕乃知罪福避佛遷巢則佐我化多矣豈羽蟲之欲累輕而靈隙猶存不若人心凶昧本心蔽盡歟因悲慨作歌

誰謂羽蟲愚羽蟲人不如年年壘巢當正梁今歲自遷偏掖居大爲主人供聖像竊恐糞穢罪難除細思想誠可悲飛鳴之類何知機

人乃最靈萬物首腥臊唐突入禪期我重此燕異常鳥形雖昧略信三寶倘爾聞經悟自心羽蟲可作慈悲棹慈悲棹紅日落幾回渡頭待行客無明浪裡作津梁始信羽蟲人不若來紺園讀此歌歌中滋味苦心多莫謂喃喃口海濤急要人人出愛河這段緣非無端只因燕子成此篇由是觀之鳥我師師恩師德敢不傳

蘆芽山閱法華論懷開侍者

君不見北帝震怒寒飈生蒼雲彤霧馳太清木榻林扉曬起時出門一片瓊瑤明懷美人欝幽思策杖孤遊飄泊子地凍山氷草木強獸踪鳥跡渾莫覩明窓下法華論焚香坐閱陶所悶紙勞字故念初澄非思量處牛眠穩寂滅體光明腰三周九喻皆皮毛相逢若問渠頭角萬壑千岩雪徑遥饒貶眼即不見行步如風又如電惱發揚鞭喚不回熊窩豹窟多坑塹荆棘林煩惱域憎愛交加埋自己蘆芽清勝異風塵早晚歸來眠露地歸來兮勿帯伴火宅衆生心路險同床合被尚相猜何況烟霞沒量漢沒量漢兮閒不徹冷看侯王營黒業至死不聞知見香茫茫苦海何時竭又不見生天上猶有墜人間富貴能幾日春花雖好豈常鮮到頭零落風雨急夫差驕句踐辱卧薪嘗膽勤報復只今呉越舊山河年年惟見芳草緑爭如七軸妙蓮花深雲淨室頻翻讀頻翻讀兮塵習斷靈山一會曽不散凡聖交參趁鬧塲拈華微笑頭陀慣如是相無委曲和盤托出甯掩覆自是衆生情見深醍醐上味翻成毒開侍者頗可惱杖屨翩翩

何處倒齊魯風高落木寒長更那得黃綿襖好歸來聽此經簷前共看天花落

湛緑亭歌 有序

昔人有以利爲病者則重名以藥之病名則藥以重生病生則藥以重忘殊不知利不自利名不自名生不自生忘不自忘皆相待而有也故白黒紅緑初非有色而或者色之豈非忘湛醉緑歟紫栢先生偕二三子問狄生疾於湛緑亭覺非子進曰大師來不一發藥乎先生舍然大笑曰紅緑白黒聲聲色色乃至飲食男女萬物精粗如寘湛而不昧緑孰非良藥覺非曰若然者奚不曰湛六而曰湛緑先生曰書不盡言言不盡意聖人設象以盡意耶夫象者似也故緑即六也九方皐之相馬畧其玄黃取其神駿今子膠之乎玄黃則所謂神駿者隱矣歌曰

湛兮緑兮雄兮雌兮苟非其人兮豈易同歸介然有知兮則屬妄想槁然無知兮則倫木石復揣摩兮愈得愈失非開郎兮孰能辨析

茅山歌送思燈還松陵 有序

吳江丁生幼業儒屢試不第遂棄去問津無生既而將祝髮其子求父得之雲陽號咷白父曰兒雖家貧饘粥可供何忍棄故土去異鄉丁生舍然大笑曰三界以名言爲體名言以因緣變而有浮生於因緣變中變態萬狀子也父也親也疎也榮也辱也死也生也辟如龜毛繩兎角杖繫風挑月豈可以沉哉小子行矣無悞乃翁大事紫栢先生壯丁生之言哀其子之誠孝贈

之以茅山吟

吳江江上月此夕照茅山茅山山上雲送汝吳江還人生乃小夢逆順徒悲歡試觀心未生何缺復何完茅山雲吳江月父子恩情卒難割卒難割到頭恩愛終有歇君不見五世後慶不賀喪不弔使汝由之不爲道霜毛頂剃隨刀空昨夜頭痛長五峰得道歸來撐渡船兼載究親無我中

佛香庵夜坐

今夜佛香庵前坐明朝瀨陽江上別今夜月明照坐客來宵月明照行役行踪去來故無定月明在處常相識常相識犬吠雞鳴報消息月明若使堪把翫海上神仙肯蜕骨

壽仲堅尋李生佛歌

人事卒難遂年光不可留是非横刦掠使我莫自由豈惟今如此往古恐相侔但若得聞道死生付波流何況榮與辱不殊雲空浮君不見豬指金山金愈光小人君子各有長小人懷惡則忘善君子懷善惡必忘終來善惡不到處自是君子快活堂一夫快活天下安一夫愁戚天下難丹山碧水益道心金釵換酒王公寒又不見李彌遜李生佛崇學祠前虎渡橋行踪月明猶髣髴山僧本是方外賓竹杖芒鞵何所親却言遠尋李生佛七閩寧復畏嶙峋

鳳頭歌并序

道人往年乞食京師諸中貴紛然爭飯道人中有年少未冠者諺呼爲鳳頭邇來抱病房山而鳳頭者又不遠來飯道人則已冠矣嗚呼梵志白首而歸隣人謂昔人猶

在梵志曉之曰吾猶昔人非昔人也憐人皆驚愕其言道人感鳳頭不畏巖谷崎嶮敬持主命飯道人於深山遂賦此

昔鳳頭今鳳頭誰云今鳳頭是昔鳳頭來者且未至去者不可留來去既非有眼中見鳳頭嗟哉世上人當面昧鳳頭鳳頭復鳳頭橫計如奔流滔滔正莫返無風爭覆舟大覺不忍看出手援癡牛夜光暗投人按劍誰非讐嗟哉世上人何人識鳳頭

題淨業堂徹天師卷

經殘老衲無餘事手自窻前拂竹几一卷橫鋪非等閒烟濤空翠何窮止君不見斷岸孤村富花卉容顏零落妬山鬼又不見一片閒雲度碧空舳艫千里疑銜尾浪巨風高帆互飛鼃鼉出没如螻蟻看來性命微塵輕弄險收成能有幾半峰上石磊磊春去幽枝含蓓蕾彷彿吳姬擬笑時貪觀日暮不知悔前王塚後王墳秋雨蕭蕭欲斷魂相逢莫問雌雄事得失還同谷口雲今與古柳生肘富貴功名非我有任他造物亂翻騰殷懃抱住無生帚鴟與梟鸞與鳳麒麟香象同一龕長松雪重鶴巢傾誰知打破漁人夢烟霞曲隱龍宮鐘梵喧喧震太空聞聲幾箇解入流萬刧根塵當處融運筆端憑覺觀念未生時誰所判和盤托出與人看始是英雄豪傑漢咄咄咄勿漏洩落霞孤鶩兩俱絕水色山光一鏡懸通天別有超情訣

靜樂縣萬花山清涼寺歌

君不見萬花深處清涼寺山迴水遶清佳處昔有幽人此練心藜羹藿食知幾祀一旦荆

蘇化樓臺青蓮寶座踞如來等閒忽作師子
吼魔外妖獸腦裂開哲人既出成草莽狐狼
野干鳴如雷琳宮金砌卧牛馬其誰見之弗
生哀我慇徃者心血枯蒿萊力盡成精廬相
去未有五百世寧能忍之不扶持又不見布
金太子芳名久給孤長者隨方有讀我歌信
我語便是祇園賢檀那慨然出手爲之整兒
孫管取多魁渠呵呵智者誰清涼一念未
生時萬花開處六門香若人聞之領大機領
大機勿生疑業重終難味厭離厭離二字聖
賢命常人聞之等糠粃唯有英雄調不同相
逢一見便相期畜生無有厭離心安得爲人
秉彝倫爲人無有厭離心安得聞道出苦津
不厭財被財殺不離色被色縛殺縛由來厭
離缺諸君欲邁風塵路洗心厭離是真訣

眉山歌

君不見眉山高入雲霄際翠靄氤氳三萬里
其誰度夏清涼深雪飛六月寒侵肌銀鉤掛
懶能拭一任垂垂壯風骨南衡老漢調不同
時可入兮時可出顯與晦豈有常譬如一手
握復張癡人見之有開合了得寰中總不妨
巴江水龍翻石夢裡徒勞分遠邇何處青林
鳥忽鳴醒來白象仍師子山中樂聲聞縛大
隱何須生執着去住閒雲恣卷舒從人笑我
無圭角五羊皮一釣竿無底盤中弄彈丸浮
空落地謾留碍宛轉橫斜着眼看秋風高暑
氣消棧閣岩巒道路遥翩翩瓶錫漢關險二
三法侶俱腰包一箇下一箇上松畔田頭渾
畫樣足倦團圞坐樹間滿前黄葉扶清曠坐
復起過幽曲流水泠泠絶塵俗却憶淮陰算

計多陳倉刁斗喧空谷出不意備不及席卷中原無許力英雄不見空聞名玄猿月下啼山色今即古古即今行人怕聽斷腸音輸我胸中無所悳萍蹤江海儘浮沉

過樓煩寺有感

君不見五胡亂華綱紀裂君臣相啖如蛇蝎晉室翻成累卵危奸雄竊保逞豪傑老與少弗忍道骨肉流離委荒草中國瓜分屬犬羊腥羶滿地將誰告仁與義咸廢棄七經二篇成故紙佳兵尚武殺氣驕直謂山河馬上治佛菩薩閔此輩鑄頑爲良慈雨沛谷隱龍飛紹佛圖樓煩豹變昭羣類隨方設化順機宜貴賤從風啟蒙昧姚秦石勒悟初心蒼生塗炭承玆濟又不見勝井金枝秀異常揚光將表醍醐瑞三草二木均受霑鼓聲那入闡提耳投鞭斷流狹長江强梁狠顧恣吞噬出師安公諫再三符堅伏軾佯瞌睡一朝兵散霸業空取笑千古真成戲飄風驟雨刁斗鳴生民無奈樵蘇計廬山高五峰峻翠靄氤氳趺座穩五篇六事邁巢由天子潯陽詔不准貪夫懦夫聞此風孰不剛明消鄙吝利世從來功績高昌黎吉水猶猜忿烏紗巾天在上雌黃人品休鹵莽休鹵莽人禍天刑指諸掌我勸爾慢弄文凋淳損朴文爲君是非顛倒誠堪惜鸞鳳驅入鴟梟羣引後生祖輕薄短什豐章播唇舌大方君子自有見肯逐兒童營黑業習鑿齒劉遺民襄陽匡阜挹清芬片言一偈相酬唱流光足啟萬世昬邊風勁侵骨冷杖履翩翩尋勝井白草黃雲古殿寒遠公芳躅蕭條盡蓮華漏石棋枰東林白社空留

名自慚小子道業疎坐觀成敗難支撑悲歌涕泗拽杖去滹沱滚滚愁堪聽

長歌送廬山黄龍潭湛上人遊學 并序

古人之志於學也學則必成今人雖志於學迄未有成者豈古今人知覺不同耶盖古人之學也專專而勤勤而恒恒而思思而明明而行於是六者斯須不敢怠也而其學成矣今子將遊學四方亦能於此六者持之有常則古人不遠耶贈以歌作長途拄杖子

决戰從來貴拚死决學從來貴自强拚死臨敵心慷慨慷慨之者敵必亡自强不息學必成寧慮中途無主張所以古人志於學尋常臉上生氷霜美惡境界付虚空不留方寸蔽心光心光不蔽慧自生慧生觸理無不明理明覽教自相契自然吐語佛智寘佛智既寘天有梯知君到此不生迷歸來高隱黄龍潭白足蹈遍萬峰西相逢月下論疇昔始證予言無不寔無不寔也是無端太狼藉不是鎗旗惑亂人要街儇家没巴鼻

登天目徑山作

天上富貴人間慕人間富貴天上唾從來惜有達道人天上人間都覷破榔栗一條横瘦肩窮山探水不知年兩丸日月誰拋擲滄海桑田幾變遷君不見崑崙腹飛來淅江號天目一枝揺擺向東溟怒馬方馳忽頓伏雙徑縈迴雲霧深五峰盤踞星辰簇天所作地所藏待人而與名始揚欽師一受龍神施深湫漲爲行道塲道成德厚動天子王侯奔走爲金湯須信開池莫待月池成水滿月自光又

不見幽岩樹歷盡嚴霜春未遇一旦陽和驀地㘞嬌花嫩蘂紛相附自唐來至於今烟霞朝市幾浮沉何事東風撼塔鈴殘紅流水澹人心龍與蛇無常居山頭老漢八十餘夜乂佛面振家聲正令當陽肯讓渠白兔踪靈雞冢暖足功高報曉勇豈可人爲萬物靈逢緣不布菩提種放生池金蓮開異香時復染樓臺微風閒吹石上松定裡初驚聲若雷聲與色休妄測眼聞耳見不可即兩者既然法法同凡夫作佛無多力恠底猷即業垢昏青天白日生疑惑石觧喝螺觧活情與無情一機括試將輕線石下牽橫來竪去皆通達螺既死仍復生百沸鍋中別路行若人於此知消息刼火毘嵐一任烹且拈小喻其大了得頭頭本非昧前朝後代祖師禪善解施爲何利

害趙州狗無佛性相逢舉着誰不病一朝徹底忽掀翻救却瞿曇窮性命一大事饒將相管取懸知弄不上非是欽師惑亂人情斷輸他本色匠子房謀淮陰功楚漢爭雄春夢中飛沙何處鳴刁斗醒來自笑兩成空遮空相元清淨無邊刹海虛明鏡一微涉動太山崩今古紛紛憎愛柄莫若早直下休千頭萬緒付溪流明月溪邊趺坐時雲空臺殿自清秋嗟祖道轉荒涼狐兔成羣白日狂三衣尾鉢是何物淫坊酒肆較低昂水山勝無過此絕頂纔登收眾美浙江濤接海門潮觀音舌相拖牀被大慧老慈悲好白雲却許紅裙掃遊人若恠烟花迷敢保先生未聞道迷在我不在人境緣順逆陷根塵逈脫根塵光獨露閒花野草大家春聊暫遊未能留阿誰追我雙

溪頭孤燈達旦話疇昔臨别𦈢罋情更綢丈夫脚肯閒踏蓮花藏板期永納分付山靈善護持萬古蒼生無畏塔

奴歌并序

予聞萬物浮沉於生死者情爲其累耳故未超情者解奴人而不自奴何殊東施醜嫫母哉因而信口歌此

君不見蕭梁求爲佛家奴五體投地拜泥塗至今天下聚口笑誰知就裡存遠圖又不見張子房圯橋進履人呼狂少年不恥拜白頭强秦一旦爲之亡死生於人亦大矣若比强秦難此彼不笑留侯笑梁武西施貌惡嫫母美嗟世眼見何短是近非遠徒毀讚塵刼不憂憂頊刻緩者反急急者緩子房亡秦爲報韓秦亡心事都已完超然且托赤松遊流水青山天地寬人生大患莫若身老子立言寧不真既悟此身爲大患忘身事佛豈凡民勸君夜氣清明時細將兩者較疎親蕭張所存志遠近何殊青天與黄塵衆人見小不見大蟻垤龍峰等一巾又不見眼爲色之奴耳爲聲之奴鼻爲香臭奴舌爲鹹酸奴身爲觸之奴意爲攀緣奴巢許爲名高之奴堯舜爲天下之奴老子爲三寶之奴孔氏爲仁義之奴釋迦爲衆生之奴達觀老漢爲没巴鼻之奴長亦奴短亦奴美亦奴惡亦奴古亦奴今亦奴大道未判何爾汝凡落朕兆皆爲奴嗟哉濁世顛復倒不奴於汝謂我奴辟如魚龍在水中分疆割界嚴異同殊不知離水覓魚龍魚龍何所從又如大地上培塿與崑崙離地辨高低瞎子笑盲人呵呵呵會也麽若知此

可來同度苦海波

漯陽結夏歌

漯陽莊漯陽莊地廣天低野色蒼碧樹塵希畫作陰翠籐月上夜生光凭淨几對明窓飯罷喃喃讀竺章慧風颯爾卷迭雲一輪靈鑑照無方喜長夏荒林僻游子那能覓踪跡鉢水鑪香魂夢凉共誰箕踞恣幽適君不見寵辱陌患得患失驚俗骨華髮蕭蕭孰解休等閒氣斷空悲泣兒與孫縱滿眼黃泉路上苦無限自家造罪自家當悔恨生前欠營善慈陰槐翠蛟軒培植構來知幾年從闉闍覆垂玉堂飛紅一片浮青天朝與暮勤功課鐵磬聲中亡者㕠右丞別墅改招提輞川千載王氏做嘆古今錯用心懶積白業積黃金滿頭雪色買難消歌舞樓臺變荊榛吳王墓齊王陵年年歲歲記空名金棺銀槨屬豪客行人弔古枉車停爭似聊城傳居士爲爺生子續傳燈

房山歌

房山竒勝天下寡羣峰梁棟青天瓦四圍翠壁鎖空明就中幽邃難圖寫行鳥路多恐怖挾策捫蘿防失悞禪流欲透死生關百尺竿頭須進步挤跌殺危機竭虎穴龍宮皆寂滅對境無心方寸閒懸崖跳躑須豪傑閻老子見此華業鏡分明罪難配從來不落朕兆中鄧公碾折馬駒腿據尊卑明彼此丹霞燒佛亦合死誰知禍着熱心人院主眉須甘墮耳寃不寃屈不屈生殺那論祖與佛驢糞相逢換眼睛夜光翻作路旁物君不見雲深處㟁率鐘聲等刀鋸白拈老子解留互明暗相參

向誰語言不言知不知雲邊老樹礙人枝月
夜幾回横瘦影驅烏錯解作蛇兒行未里頻
滴瀝點點有聲何處覓一聲既爾萬聲同眼
聽清音太古笛禪家樂調自朴不屬宫商辨
清濁去聖遠兮邪見深紛紛魔子寧知覺笛
既爾琴亦然子期千古卧黄泉料難拍手與
得起伯牙安忍再整絃高山上有流水一斗
之名何代始曾聞大旱爲雲霓三草二木生
悲喜一六合水可見未合已前浪更險若言
龍去水即枯性空真水成虛謡如是觀名正
觀魔外從教心膽寒一大既然三大等事事
同條莫自瞞頓悟了識轉智六七因中分等
地觀門逆順痛自强年光宜惜莫虛棄補處
尊相宗祖知足天中施法雨上方臺殿信玲
瓏龍象當年成隊伍寒岩下異草青纔説與

亡不可聽空門尚復有消歇人代安能無朽
榮漢高祖楚覇王山河百戰爭雌黄請看而
今安在哉龍樓鳳閣草萊荒笑淮陰輸留侯
自成自敗誰之由只爲當頭一着差滿盤棋
子未央收奇男兒不見快開眼却教婦人賣
相逢多少稱英雄事到頭來皆納敗春夢曉
聞啼鳥古往今來事多少昨夜東風過短墻
殘紅滿地誰相眺初立表華嚴老法界精深
試尋討前三可以學解知後一從來没頭腦
殃及兒孫卒未休天開林叟分青皂皮毬道
人强證明也是自起還自倒房山好任行坐
峰巒面面如花朶石磴蒼苔笑馬蹄冷看遊
人攀鐵鎖上者上下者下流芳自古不可把
老病不與人相期莫待臨時淚空洒因有身
招寵辱因有心生好惡苦海茫茫難濟度直

將兩者等乾城那怕房山路頭錯

兄伯歌

羊生虎犬生牛指鹿爲馬誰所尤大抵人情反復間波瀾未必喻能周勢所臨利所在血口論交心尚昧況復相酬杯酒中伊能便肯傾肝肺君不見有形大者惟天地包羅萬有織不棄暑往寒來興與亡未嘗有心爲軌則孔方兄勢耀伯威福年來甚輝赫骨肉相逢狹路中死生榮辱恣所役孔夫子李老君釋迦文乾坤三老最超羣直得於今伎倆窮相看品坐淚紛紛青者黃白者黑直者枉兮枉者直禮樂詩書過耳風五千十二乾蘆菔孔方伯勢耀兄英雄彼此互崢嶸證今作古古作今仰憑神力無不成自笑從來不安分淡視二兄如土糞同儕盡道且狗時賦受剛褊情不近窮性命直甚錢東抛西擲信前緣寸衷苟有真機在頭上安能無青天雲山中風塵裏出處何曾有定軌士庶公侯一道看境緣逆順何悲喜言之易行之難好惡關頭戰歲寒自心未了强磨礱到底情根未易拚破鉢盂折拄杖一息不來都棄放單單剩得臭尸骸從他蛆出爛如醬爛如醬銀椁金棺無兩樣南北山頭多墓田未死誰非勢利匠吾所言大似正歌之恐犯伯兄病伯兄從此肯回光迷雲鑠破呈心鏡心鏡明便自信向來勢利真罪孽即將此念擴充之伯兄直下俱堯舜又不見君子小人豈有常魔佛還同雪與湯雪消湯內重尋雪何殊石女覓爺娘這般話甚易曉未解爲緣人欲擾試看一念未生時日用身心奚大小忽頓悟子得毋騰騰

天性自相厚死生顛沛只如閒一段恩情無
左右千古始千古末如我所説理方達若非
我説別尋條從教佛也奉一喝

道吉水懷鄒郎

隔吉水兮望吉山吉山之下誰結庵庵前古
道蒼苔滿獨許白雲閒往還

山居歌遺兜率寺隆禪人

山居春花木氤氲氣象新幽鳥一聲啼曉夢
等閒喚醒本來人
山居夏雷雨龍蛇爭變化戶外階前雲水深
禪人憨臥長松下
山居秋石上裁雲補衲頭一任西風頻落葉
園林芋栗已全收
山居冬雪覆千峰與萬峰茅屋夜深成獨坐
地鑪達旦暖烘烘

寄憨師觀音歌

石頭船艙大幾多我與公坐寬如何一別三
年不相見幾曾離得上新河然無船主爲把
柁普門尋得觀音哥觀音老哥我不異今寄
觀音到廣城廣城亦不異船艙我公朝莫富
歡情此情情在象帝先千磨萬折觀音憐故
特分身作三老長年爲公撑此船此船撑到
安穩處何怕風波浪潑天浪潑天浪潑天寶
船廠裏結因緣我聞南海寶最眾公載眾寶
船滿乎船若不滿重相見觀音老哥意何如
意何如意何如巨峰海月明如鏡照破支郎
不丈夫

龎德公歌

襄陽龎公少檢束白髮不髡亦不俗世所奔
趨我獨棄我已有餘彼不足鹿門有月樹下

行虎溪無風舟上宿不識當時捕魚客但愛長康畫金粟杜口如今不復言龎公為人不曲局東西有人問老翁為道明燈照華屋五言七言正見戲三行五行亦偶耳我性不飲只解醉正如春風弄羣卉四十年來同所事老去何須別愚智古人不住亦不滅我今不作亦不止寄與悠悠世上人浪生浪死一埃塵洗墨無池筆無塜聊以作戲悅吾爾

岷江歌

藍袍不服服緇袍身處塵諠慕寂寥山水移來杖藤上閙消那得白頭毛頭毛白雪覆層峰趣難得從教熱惱化清涼娑婆不異蓮華國但將憎愛付岷江龍堂寺裏龍初出龍初出千山萬山雲墨黑火星撞見老比丘伎倆難施空自泣

古澗歌

直下千峰與萬峰山中一雨瀑千里流來深處湛然滿分出池平映遠空君不見源遠流長出處高終歸大海作波濤此言雖復尋常句得意忘言理水遙又不見言說法身無精麤忘言得意皆真如白雲重疊流水聲側耳聽來有若無自太宰與諸君麤言細語如蟲食木偶爾成文有心無心路既窮流水冷冷出白雲達觀道人健行脚海北天南遍摸索青山飽飯卧松下泉聲咽石催夢覺夢覺眼開天地寬寒暄何處不安樂偶然乞食來荊楚淨業禪房竹几角禪人笑而示此卷兩耳泉聲洗煩濁橫疑身在烟霞中禪房何日誅茅縛溪聲果是廣長舌說法何勞口聒聒

髡丁歌

恣歟頑恣歟頑去聖遠兮無羞顏髡丁六羣與七羣飽食遊談胡亂攀或攀佛或攀祖佛祖吾曹當踵武羊質虎皮徧諸方爲非往往煩官府官不知橫生疑玉石俱焚一同看遂謂緇林無靈芝三家村七里店善惡賢愚皆可驗檢名當實情難瞞善者賜香惡賜劍賞罰明奸莫逃難將黑白昧絲毫空門廣濶人炯衆荊棘梧桐各有條鳳棲棘鴟聚梧鳳鴟自然精神殊莫因棲止眩毛色鴟豈能作鳳鳴乎佛知見貴戒律背則凶兮奉則吉爲僧若不斷葷羶如來呼爲髡頭卒城市裏山林間名藍真宇指可須相將十九廢七八踈山石門徒悲潸推所自廢寺由不因黃冠因髡頭髡頭若使守戒珠福田自然多秋收實相米飯如雪嚼破一顆狂心歇狂心歇處本菩提光還自照無圓缺僧如此孰不敬敬僧檀那心亦正僧俗心光照不窮踈山石門行正令正令行兮神鬼泣當機佛祖難攙柄陳瑩中人中龍天台教觀有門融上藍長老世英勘宗教精深覺範翁

登那羅窟有感

君不見太樸未鑿混沌始情與無情無彼此瞥然一念是誰生骨肉山河成礙窒那羅窟甚深密底裏空明不可測見說神僧向入中雲遏千古遺包笠聞其風我亦來幽岩感慨增徘徊自慚身見仍還在菩薩有門不爲開一直上莫分別凡聖都盧乾屎橛當頭若許着思量石人腦後重加楔由是覿休外衒眼聲耳色髑髏寒常光一片色非色乾坤攝取一毛端又不見維摩丈室十笏許百千師座

皆容處若言老漢弄神通分明瞌睡成錯去這妙用孰不有吃飯穿衣記得否自是男兒不丈夫超踔金毛變癡狗風吹草本非賊望影狺狺吠不已及乎大盜刼主人煩惱刀鳴遂竄匿業酒醉何日醒碌碌浮華俱酩酊輕裘肥馬送時光愁殺相知多此病且由他各昏自沐猴性躁方痛治好惡關頭林木深上下何曾有定止鞭其後即回首叱去呼來不敢扭掌中繩索尚相持禪翁謾笑狂奴醜明道易履道難習水情潭豈易乾不是一番拚命做說時似悟用時瞞話到此淚如雨滴滴皆從肝肺出相逢罕遇箇中人愁人莫向愁人語既有苦必有甜陰盡陽回峒口乾間來暴背解麻衲寧知身在重巒間夜來趣忘人情萬里烟波海月生設使侯王知此境便教敝屣視功名

皮囊歌

恠哉四大誠吾患害孜孜給其所需念念從其所愛未嘗少頃而哀矜胡迺忘恩之莫大正欲策進于清虛反招增損於勤怠正欲忘彼於無何有之鄉不覺遷移於愛憎之態幻而累父母匡扶長以藉師資教誡晝則後我如馬牛夜則昏我如蟲蠆登山兮氣喘神疲涉水兮足寒腰瘵動時纔覺得其所宜轉眼以成無能靜時方欲憇其幾微倏爾千條萬泒我之恩德日隆汝之過德日敗從今識破這寃家任我縱横俱自在或赴火或投崖終不爲汝生驚恠或中矢或罹矛豈復還爲汝罣碍但願人人出此情何分九蓮及三界若還一念被他迷昏取來生償業債

石門多勝閣啜茗問月歌

連宵明月在何處明月今宵始見汝我問明月月佯聾清光湛湛嬌不語誰知不語意更深明月無心解相與海角天涯在在逢根塵逈脫月爲侶月明若使有盈虧拾得寒山肯輕許李白把酒問月明月明石門翻問予予無所荅指溪山溪山明月常所處我心即月月即我我兮月兮謾寒暑盧仝七碗生清風予啜三甌問吳楚吳王楚子安在哉章臺餘艎夢空舉雪消巴蜀春水來羅岕龍團試重羨甩爐湯沸學雷鳴凍壑一聲忘我所

臨川文昌橋水月歌

君不見文昌橋上月幾回圓兮幾回缺月缺月圓非無心要知黑髮成白髮髮白若使不復黑無拘貴賤終埋骨金棺銀槨與籧篨骨朽到頭總俱沒又不見文昌橋下水逝波一去不復返花開花落知幾遭流水送花無近遠近送前川花自沉遠送東溟花始損雖分遠近皆殘紅樹底悲歌何太晚月兮花兮是何物盈虧榮落信還屈扣其兩端情自枯情枯自然智亦訖智訖情枯着眼覷月明流水如湯沸如湯沸文昌橋斷應斷斷斷文昌功最高津梁萬古何崎嶇何崎嶇利害關頭情貴拂情拂理通津梁成頭顱水底休悲鬱文昌橋上月明時法食徧抛無煩乞書教一飽忘百饑髑髏夢覺心非佛

遊飛鰲峰悼羅近溪先生

雲峰如花公如春春歸花自少精神高山流水初不異風月無邊欠主人主人一去不復返笑予何事來遊晚梅花落盡浪花浮片帆

風飽來亦遠舟停山脚望山頭橋横半空跨絕巘見説羅公橋上行仰看青天橋上偃身心已視等虛空虛空豈復有增損翻身橋上東復西下方人見驚不穩羅公浩歌行雲停聲滿乾坤誰復隱歌聲全落麻姑泉泉化爲酒解愁本愁本莫過利與名利名又以身爲鍵身忘患忘神始全神全風塵即閬苑何必雲深覓從姑却被麻姑笑凡混羅公心曲歌中剖摩利支天司北斗一身多臂手縱横各執法物心豈有有心兩手勞不勝無心千手妙自偶羅公此妙孰能傳能傳問君有受否有受心外則有法根塵亢然神復走身心翻作是非巢利名鳥雀爭好醜鴟鴞一枝身以安肯學烏鴉開惡口惡口不開善口開開言終與理不垂横説豎説萬竅號天風寧出有心哉無心根塵何彼此如去如來莫亂猜羅公此意得無得暗將無得化春雷春雷出地羣蟄醒醒後三家夢自囬君不見儒釋老三家兒孫横煩惱羅公一笑如春風無明樁子都吹倒盱江三月放桃花兩岸紅顔知多少莫道羅公去不歸雲峰古路無人掃

悟道歌 并序

古人謂悟道難予甚不然特作歌聊泄微意

君不見牛與馬只愛憨眠不愛打草肥水美情更歡蹄角饑焦難可惹水中魚樹上鳥一様飛潛無大小慕羶擇木最難瞞駭弩驚鉤太分曉又不見上達輕軒冕雲壑松泉苦躭湎空谷幽蘭獨自香終須不逐清風卷惟中人甘縉紳聲色遊觀意氣新瓊林宴罷唱如

雷帶酒歸來燭已陳田家苦田家樂苦樂浮沉在豐約最是西風晚稻香濁醪肥鴨對斟酌南枝鵲瀚海羊蘇武當年冷獨嘗馬市開來三十年破虜將軍齒盡黄人與物殊階級喜則揚聲悲則泣莫言人貴物賤微一念未生皆獨立性所變乃爲情憎愛交加理不清須知想念即本智覓水離氷佛豈成臨濟棒德山喝馬面牛頭手段辣士庶公侯隻眼看是凡是聖從宰割這些子真妙術掃却迷雲懸慧日大家都在清光中盲者依然黑漆漆再方便開覺路内外推尋心無住無住之心物我同織然成異因喜怒喜怒起初無性離却前塵没把柄智者頓達能所空迸出軒轅太古鏡等閒用處辨妍媸斷送瞿曇窮性命悟道易難在人人而果敢冬可春孟宗哭竹笋爲抽蛇奴雖鈍亦登真滿天下老和尚一片舌頭横贊謗一千七百葛藤窩都將截斷隨風颺喫飯穿衣誰不能死生榮辱奚欣慘荒墳見鬼不生疑便是金毛師子樣

棕履歌

破棕履聊相贐蹈遍千崖與萬仞試看脚尖未舉時聖凡側耳雷電迅勤警策勿懈困好把年光惜分寸塞北邊南往返勞不明大事千生恨又不見老達磨手持隻履過寒崦嶺頭相見果是真熊耳開棺事更訛何如老漢這棕鞋浪跡雲山與薜蘿直饒大悲千手眼管教摸索火中波又一事謾再卜來去如毬轉轆轆東村大伯最相知幾回正笑翻成哭妄念起不須覺信步蒞蒞最真朴若離大地覓脚根何殊離石求其璞誠實語若斟酌失

却木梳問鋤钁向上程途有路行賺煞呆郎
自擔閣

登徑山歌

紫栢老紫栢老一枝笻杖探奇輿但除中國未經封勝水佳山無不到惟此山未嘗攀春來絕頂叩禪關五峰盤踞諸天上雙徑縈迴萬壑間唐國一號初祖芟茅剪棘開兹土燈傳終古慧光寒龍象繩繩爭步武這擔板不可縮是聖是凡一切剗直饒劍刄解翻身早被儂家笑杜撰法王孫喻鸞鳳豈逐山雞閒打開羊角風高十萬里世間榮辱誰能控朝出將暮入相一息不來皆莫仗拆天勳業目前雲罪過閻羅肯輕放君不見留侯揮臂入千峰不事君王事赤松不是好花開未遍等閒臺殿起秋風

虎邱圖

海湧崔嵬高入雲青松白石遠塵紛烟蘿深處前朝寺鐘磬風清時忽聞我曾投策禮大覺殿堂金璧光輝發誰將龍腦焚寶爐香雲繚繞沾摩衲今日君家見此圖當年勝事宛如昨人生韶華能幾何常年行樂不爲多君不見吴王盛時强已極觀兵中國誰敢逆黄池敗闕歸來遲吳門山川帶羞色英雄夢在瞬息平地宫花變荆棘劍池今已屬遊人惟有魚腸伴枯骨又不見勾踐得意渡錢塘如花吳女滿舟航蛟龍欲得不敢奪越王載之還故鄉只今會稽仍復在竹箭蕭蕭變人代吳王盛越王衰越王盛時吳王敗吳越雌雄夢一場業魂千古償寃債前車既覆後車鑒一念回光復不遠雖然大小不同倫由來有

理不隔線我作此歌有深意順逆關頭君却記吳越爭鋒尚已非儂家那復爭閒氣澹泊勤勞是本行精深内典明心志從他面面鼓風波一炷清香答天地消遣春光展此圖虎卯移入書堂裏

題某公禪房歌

美公所居兮高曠而遠塵機重巖閒寂兮麋鹿同棲遲白雲抱幽石兮未可以有無知明月留清泉兮豈可以去來期雪竇撫髀兮薦此機者稀余拽杖出山兮孤松芳蘭牽所思牽所思兮在離微離則不可言說求微則不可心想推既不可求推兮天地一指萬物一馬渠即是我我即伊我即伊兮何所思

看花歌

看花來看花來花開花落幾多迴人間富貴亦如此看花幾箇心花開心花開色本空從來富貴花在風風中艷冶與馨色兎角龜毛豈不同眼見色耳聞聲聲色場頭多愛憎榮即喜兮辱即悲茫茫苦海岸難登看花好看花好寒暑相催人易老從今熱惱化清涼莫使清涼來熱惱花即心意最深相逢幾箇是知音文殊隊裏解翻身塵塵剎剎皆黃金花障眼眼生花分明本是却成差境緣好醜心外無天上人間一朶花看花去看花去凡聖有無切莫住從來花相權最奇既解放開又揑聚問君把柄憑誰力看花歌意休輕舉

贈戴升之

君不見戴卯短小膽氣豪不畏岷江濤不畏廬山高傲然駕孤蓬意思何飄飄輕載蛟龍窟閒尋虎豹巢長松之下拜老衲老衲無印

佩瘦腰戴卽所爲爲何事敢挹玄津滋靈苗靈苗一抽千萬丈天風忽起摩重霄見説稻花香十處金湯大法安辭勞又不見戴卽裘敝黄金盡衆人相逢無不哂誰知屈乃伸之機頭角崢嶸待雷震泥蟠設無冲天志丈夫雖生何異死又不見勾踐報吳痛嘗膽孟明拜賜心不反破釜焚舟決一戰晋人堅守出不敢戴卽別我將十年鬢毛相見驚蒼然精神不似觀河時負車猶困羊腸嶺自慚本是解空叟不覺欷泣獨良久青春古道不再來戴卽此去莫甘朽廬山山色鎮長青岷江江濤鎮長吼焰光一朝燒杏花三尺烏紗也不醜再來五老望鄱湖莫言心事今朝剖

紫柏尊者全集卷第二十九

音釋

獃魚開切音皚懛獃癡也　墅承與切音署田廬圃也　狺疑申切音銀猛犬迎吠也　酊都領切音頂醉也

紫栢尊者全集卷第三十

明 憨 山 德 清 閱

園中語録序

園中語録録紫栢道人居園語也録語者浙西吳生彦先也彦先儒者何慕爲此耶吾儒宗孔孟輙云闢佛老非惡其道之盡非也惡溺於非者相率而至於滅倫畔道也茍可以裨性靈廓聞識補吾聖教所不及者即伶人婺婦之辭昆蟲草木之變無往而非道稗官愽士往往不棄至采之聲歌以備覽觀矧吾儒與二氏分馳咢立於當代哉昔韓昌黎稱一世大儒力排異說原道一篇凛凛乎與日月爭烈及居潮時貽大顛書累幅至留題留衣又何兩截也彼其所以非之者非其流於邪者也所以是之者是其近於正者也故曰通於儒者始可與談佛老矣紫栢道人字達觀早失恃怙廿歲出家不識文字立禪三年苦行持戒一旦頓悟藏典羣書了然領會雲遊遍天下脇不至席者三十年像若彌勒心若寒潭聲若洪鐘口若懸河靜慧玄朗名傾海内薦紳貴倨每折節下之道人内大慈悲外嚴戒律世擬爲臨濟尊宿復出云於人無貴賤大小持平等心待之故賤者小者喜其容貴者大者目爲傲得其門而入者靡不皈依不得其門而入者間爲排詆道人故以此得名亦以此賈禍道人自謂有義命存焉吾不知有名實也吾不知有禍福也此可以槩其生平矣歲庚子玉芝子與南康子同槃福堂閒談名理南康子喜誦佛經予獨不喜誦佛經每朝云即心是佛耶即口是佛耶南康

子未與道人面而心嚴事道人筆札相往來嘗出其觀音贊示予兩人相賡和道人有當於心也因了戒子寄予茶貽予半偈予酬和之又爲予作石佛渡海記語語皆明心見性又贈茶扇香花四偈各有唱和恨不一見以償夙心無何訛言搆大獄興蔓延善類中外震悚道人亦以罣悞下於理兩人幸相見之晚也道人拷訊時神色自如持議甚正以衰老殘軀備嘗笞楚抵死不屈有烈士風時嚴寒道人且凍餒予施一盂飯一蒲團一衲衣道人晝夜跏趺不寐環匣纍繫者扣之隨人啟迪無非接引向善不勦空談幻語惑人宜當代賢豪樂與之遊甚廣也癸卯十二月初五日入獄十七日無疾坐化壽止六十一先是道人授彥先偈若預知其將化者又與予論朝聞道章甚有解脫處化之日說偈若干首至五鼓語人以圓寂人莫解天明戶啟呼薑湯淨口作念佛聲出門就地坐衆驚扶坐榻上閉目不語衆走報道人逝矣予往視之大呼道人去得好記着麼道人復張目視予自啟手扶兩足跏坐而逝舁出開地經六晝夜旋風曝日陰翳嚴霜飛沙落垢摧折備至儼然端坐神采煥發現光明狀予與園中人靡不目擊嘆異焚香頂禮佛聲浩浩及埋瘞土穴中七越月啟骸南還幻身如生不毀世未曾有此平湖陸西源親歷其事者吁異哉豈其巨靈呵護抑道人自護有神歟江南士人某等嘉其神異治龕藏魄歸葬初修山寺中道人逮繫彥先始終周旋曲至復手錄園中問答語偈以授舊遊者自謂於道人有夙

緣乞予一言敘之予惟佛氏不立文字此録不足爲道人有無生死一大事乃前知其故至滅不亂性留不壞身蹤跡昭然靈異如此此非修持於一世者可得而驟至也又豈末世緇流所能彷彿其萬一也哉

玉芝子湘源曹學程撰

圜中語録

示潭柘寺僧衆

水緑濕燥山以高崩此有因所致爲福致殃爲惡致祥此何因耶因自多生凡夫不覺耳老朽出山山門無恙欲不待請主先往馬彼必以餘事累汝等姑待之汝輩遇境慎勿驚以因不屬汝輩故也雪寒蔀屋亦不惡鑊湯爐炭苦痛呻吟總是意樂三昧不信請於老朽瞑目地驗之

被逮答檀越

逮朽既被逮已有世智辨聰輩憤然謂余曰和尚厭離塵界宜脩然無累何載遭白簡猶戀戀京師致今日之苦耶曰檀越以何物爲塵界何物爲苦乎深山大澤虎豹龍蛇居焉虵虎未嘗不苦人也然探淵者則得珠鑿山者則獲璧是見珠璧之爲利未嘗知有龍蛇虎豹也吾諸大乘沙門以利濟爲事方冒難以救援安知塵勞之可出無上大寶失之於窮子方矢浩劫以追求烏知分段之可惜特患衣珠之喻未喻耳不患衣之頻易也朽乘此解脫其軀殼豈但解脫鶻臭弊衣乎内衣之珠不假外得夫何苦哉檀越言苦異乎朽之爲苦矣

與曹直指夜談

曹直指舉蘊長公羅漢贊曰右手持杖左手拊右爲手持杖爲杖持手晏坐石上安用杖爲無用之用世人莫知尊者曰入道之機機則透微微透則手杖皆離故曰離微入道之真機直指曰東坡東坡手杖如何有時用也有時捨作甚麽尊者曰撐天拄地

先以欲鈎牽後令入佛智此維摩詰所說也圖難於其易爲大於其細此老氏所說也皮毬子以二氏之說觀其所以然不過至人照圓衆人照偏偏則泥圓則通既謂之通矣則事無大小理無淺深聲入而心通矣奚疑之有哉雖然理通始於檢名故名不檢則實不得實不得則義不精義不精則理不易窮理不窮則性命之學安從而入歟故有志於性命之學者倘不知自重而飲食男女之欲亂其真即世間功名事業尚了不來況大於此者乎

萬曆庚子師寄圜中南康子吳中石佛贊云獄室名福堂檢名實自詳因苦生覺照覺則物我忘今所說似重拈此義也弟子李麟記

示吳彦先

觀夫名利之來非無所本也若以四大觀身前境觀心則身與心何殊焦穀芽石女兒哉以衆人不知此觀不醉乎名則醉乎利矣殊不知緣名利而逆觀乎身心緣身心而逆觀乎身心之前者名耶利耶身耶心耶吾不得而知也

示郢中仇文學

咄咄胡爲睡螺螄蚌蛤類一睡一千年不聞佛名字此偈釋迦老子爲弟子阿郁律陀正聞經時貪睡交眼警其昏惰而說也嗚呼五欲之重莫重於睡故睡重者雖西施喫其唇春雷奮乎地不知聲色爲何物夫聲之與色此衆人之常習也及乎睡而聲色當其前有眼不見有耳不聞由是觀之則睡酒之醉人較其餘醉其茈大矣故曰昏魔不斬散魔不召而集蓋昏之與散必根乎念念必根乎感

知念根感念本無我我既無我則受感者誰知屬觀無受屬止觀足以鑄昏止足以汰散昏鑄則明散汰則靜明與靜固有之性德也以性變而爲情昏散生焉若然者明非固有昏則無源靜非固有散亦無地衆人不知以昏散明靜爲兩物所以情之復性卒不易也

警大衆

皮毬子曰時不可忽一忽時則昧心心昧則何事不昧哉由忽生怠怠習一長則氣爲主心爲奴矣故卧薪嘗膽非虛設也謂勾踐能之我不能此不知自重耳若知自重則天地萬物皆末也我本也雖然性既變情則自無待而爲有待有待則物我亢然順習則喜逆習則瞋此情爲政而性隱矣性則智周萬物而不勞形充八極而無累故能會萬物爲一已一已則已外無物物外無已以物外無已故我用即物用也以已外無物故物用即已用也知周不勞形充無累復何疑耶經又曰若能轉物即同如來由是論之我能轉物謂之如來則我被物轉謂之如去如去即衆人也如來即聖人也聖則無我而靈凡則有我而昧昧則忽時忽時之人憂不深慮不遠不知自重耳人爲萬物之靈而不知自重皮毬又何言哉（師別號皮毬）

十一月二十九日被遠別潭柘寺偈

寒潭古柘映青蓮野老經行三十年留偈別來衝雪去欲乘爽氣破重玄

出潭柘示僧衆偈

達觀老漢出山去堂內禪和但放心頭上有天開正眼當機禍福總前因

臘月初五日從錦衣衛過刑部偈

大賈闖入福堂來多少魚龍換骨胎恐怖海中重甦穩翻身驀地一聲雷

聞柝

匿王問法忽齊年自謂觀河見不遷我有眼根聽夜柝却沈豐部更冷然

柝聲未斷鈴聲續誰是聲兮誰是聞却憶法堂鐘鼓候古來魂夢更紛紜

同曹侍御諸文學集吳彥先夜談

白法剖微塵翠濤生噤嘻何妨真與俗兩釆夜深睹一見原來是故人同心何必在同身者條擔子誰輕重兩道眉毛綽有神

傾蓋白頭匪兩人秖緑岐念總同身兩間擔子誰堪任箇有生來一點神 曹和

示吳彥先

江南知識隔風塵獨影郵從暗地親長嘯一聲空界裂誰知針芥在羇人

羇人敢必全無罪要識生機即死機覷破死生原一貫羽還走也足還飛

相逢不必問前因藻鏡離塵萬象新花菓故園應自好溪聲山色總宜人

日高三丈尚憨眠絕勝雲林鼻觀禪却被頭陀閒擾醒夢魂無地更留連

寄示法容

閻羅可是執金吾火鑊水山事有無試問容即何所解區區六尺等交蘆

色空偈示楊中涓

閒居徒自伴花眠誰謂花神解說禪空色兩關留不住春風幽鳥領三玄

添數珠偈

一線穿珠百八偶然一珠墮落何須物外追尋即把覺迷添着

臘月十一日司審被杖偈

三十竹篦償宿債罪名輕重又何如痛爲法界誰能篤一笑相酬有太虛

坐來嘗苦虱侵膚支解當年事有無可道竹篦能致痛試將殘胜送迦趺

十四日聞擬罪偈

夙業今緣信有機南中蓮社北園扉別峰倘有人相問師子當年正解衣

憶介公

誰能念爾衝寒去傀儡提撕豈有神長別莫談身後願好從當下剖微塵

憶卓老

去年曾哭焚書者今日談經一字空死去不須論好惡寂光三昧許相同

十五日法司定罪說偈

一笑由來別有因那知大塊不容塵從茲收拾娘生足鐵樹花開不待春

十六日臨化說偈

事來方見英雄骨達老吳生豈夙緣我自西歸君自北多生晤語更泠然

南北經行三十年鈍機仍落箭鋒前此行莫謂無消息雪夜先開火內蓮

晝稱達老鼓風波今日風波事若何試向明年看老達風波湍地自哆和

潭柘雙青謾說龍相依狴犴更從容主人歸去香雲冷好臥千峰與萬峰

幻骨吾知無佛性從來稱石總虛浮夜深寒照吳門月翻笑生公暗點頭

幽關寂寂鎖難開那道沙門破雪來饑鼠何妨霑法喜凍膿早許委黃埃

夙願平生未易論大千經卷屬重昏恠來雙徑爲雙樹貝葉如雲日白屯

啟龕須記合龕時痛癢存亡爾即伊不必燕雲重眷戀此身許石肯支離

山鬼不必賽水神胡可解枯木冷重雲獨見田侍者人生那忽死死者生之府法門何所聞付諸塗毒皷知所識

手字致江南諸法屬等各各自宜堅持信心老杤休矣不得載見特此爲別付與小道人持執示覽護持三寶楞嚴徑山刻藏事可行則行不可則止癸卯年十二月十六日

不佞少事鉛槧從諸名賢遊即聞紫栢尊者德風籍籍以爲肉身大士竟媿火馳方內無從快覩劫外青蓮也壬寅歲彥罹白簡逮繫比部獄明年癸卯冬聖天子以奸書震怒大索國中而尊者以弘法來忌亦掛彈章比聞難一衆股栗而師從容笑語如平時乃以佛法開譬僧衆夷然出山赴詔獄無何入西曹彥幸獲皈依焉初聞師嚴冷不易親及見則深慈等悲沁人心髓彥因炷香求心要師爲拈毘舍浮佛半偈云假借四大以爲身心本無生因境有令久久持誦且爲決了其旨曰是身無從合由四大是心無從起因前境試推四大及境更何所從乎凡夫不知性變爲情之旨隨情起執生死浩然聖人以理折情性斯復矣性復情空何生死之有哉彥惟時如後夜聞雷顧念古人求法至於立雪斷臂

而彥罪累凡愚沉迷牢戶乃忽聞萬劫出苦之因法乳恩深即損頂踵不足明報也師既居圜久之彥時時從間同曹直指沉令尹郢中諸文學闡抉儒釋性命之淵奥如河決川委隨宜說偈衝口而成及被訊以衰殘歷諸刑苦凡侍者皆心欲落而師雲閒水止了無一事甫入圜輙又渠渠以佛法勸發一衆盖其定慧精嚴壁立萬仞如此臘月望合爪說偈徐語彥曰道人將去彥愕然曰師不念法道不念衆生耶殷勤啟請而師顧笑曰去得快來得快旋即爲吾浙何君說轉生歌而彥以倉卒未之録也越二日既曙圜扉啟師遽出戶仰視曰辰刻矣因呼薑湯淨口遂地坐連稱毘盧遮那佛數聲衆驚扶坐榻上遂瞑直指君聞之倉茫及榻前大呼去得好記着麽師乃更微睇直指君啟手斂足輙然而逝即十七日辰刻也隨舁坐露地霜風塵沙種種摧蝕經六晝夜而神采溢發如未度世既出獄以師遺言毋斂僅周以藁梩而土掩於西郊會甲辰京師大水城闕皆崩四郊如海諸弟子念師在巨浸中命田侍者鳴諸當事得歸龕瘞比部西源於孟秋十三日躬往視事七尺之土未乾疑師目水化及破封而端坐如生不動不變一衆號呼嘆未曾有嗟乎此豈非光明碩大超格越量不可思議之肉身大士乎彥遇師晚即於宗乘教理未有證入終日戴天履地而其高厚非所能知然其恬禍患如遊戲等生死於往來其滅度也則併幻身而

不壞其一息之存也則困頓刑楚了不入意而勤勤懇懇逢人勸誘必欲出之苦海有如拯溺救焚目不及瞬而手不及援者如是而曰非大修行人非真聖賢則凡古之聖賢皆不足信也師入圜中隨地隨時隨人橫口法施若決藏海滔滔滾滾香象鼹鼠無不滿腹隨人手録各各攜去而彥所見聞者則盡此帙中先以致江南法屬授諸梓而後徐致其餘所恨獨少轉生歌耳嗚呼微言未絕靈光妙音豈違咫尺哉

萬曆甲辰中秋朔竺靈居士吳中彥彥先甫和南記

紫栢大師像贊

法界網裂其維不張適生大師力振其網踞獅子窟斫栴檀樹奮迅未伸爪牙已露擊塗毒鼓釃甘露漿飲之者醉耳之者狂寂滅性空轟霹靂舌奔雷捲電觸者褫魄以大地心豎金剛骨眼裏有筋胸中無物臨濟不死黃檗猶生誰知大師不受其名大方濶步不存軌則翻身擲過須彌峰一拳槌碎無生國

憨山德清贊

山陰錢伯子持達觀大師小影索予爲贊時予正病劇抽思未能信口作禪語貽之

呵呵呵這就是達觀昔日鬚鬢猶存今日眉毛不換相對依然慈容悲願人傳此老示寂圜中却在這上頭舒來卷去一從方便欲識師真於此窺他顏面雖然也衹得一半若欲全彰連這焚却方得相見何以故大明國內著不得這漢

予晤師在癸巳歲金陵賀氏園中爲駕部

即時乃予請見固有年矣憶先於此部瞿洞觀太常傅太恒二君共介其徒以往到而復却凡幾度策馬空歸二君遂不復言求見而予意未已至是晤馬師鬚鬢不剪頂著樵巾體幹豐偉坐立如山晦翁所謂其人皆魁岸雄傑者是已相見慈容滿面懽然如故室中有數輩儒衣冠者握筆沈思肅如試舉予坐定侍者設席予前具筆伸紙予問故曰請與諸子同作楞嚴經中某四句講義或偈亦可予唯然受之不爲異隨與大師論他義一二轉未竟師輙呼侍者曰周老先生面前紙筆徹過又論一二轉師曰硬掙也硬掙項之侍者持客刺來報乃鴻臚覺齋徐公一徒起曰老師今日體倦徐公見可俟他時某請囬之便欲

趨出師曰不可到即請見徐公向日與予求見師知不可得每偵予所至則尾之故今刺得入以予有人在門刺得至師前以予有人在室其徒請命以予在座不然恐師皆無由知矣是日與徐公共午齋而散明日天始辨色街鮮人行乃余衙有叩門者詢之爲師二徒余出迓言大師且來謁少選手持拄杖闊步長趨數徒擁掖而至盤桓至暮始別時從行有周叔宗賀知忍餘名氏已忘從行者曰大師從未謁人以是施君異數也余竊嘆是時胸中尚未盡穩商量不得徹底嗣後欲載證無緣可恨人言師奇恠余具覩如此奇耶易耶凡初見作難意皆諸徒所爲予以目擊徐公一節可推雖然即師何病世界不寬時人眼

孔不大竟莫容此老或以其入都門爲病而悲願深遠殆不可測余爲錢子題贊詞更爲叙相見始末且更嘘唏及此云

丙午臘八日剡城周汝登伏塊敬書

開脫空口東語西話以慈悲法盲拳瞎罵冷面熱腸蓮花一社冷債熱還竹篦廿下鳥去遺音香飛落灺真箇達師僧錄難書

余久向紫栢師辛丑入都而師住西山忻然欲以瓣香見之會同學數友皆短師心疑而止後讀其遺言審其生平真證密行深慈高節一時叢林踞師席者誠罕其比然猶惜師不早去終以及禍非明明喆之道及見吳咸熈氏所寄示遺像味其自贊語類識者豈師固夙知若二祖師子尊者耶常不輕菩薩見人禮拜稱汝等皆當作佛人乃相趂打擲呵詈之袁景倩言一國中有狂泉人飲皆狂獨國王汲井以免而通國狂者覆以王爲狂也相與捽縛燒灼不勝苦趍飲其泉狂作國人喜謂王病已也始捨之紫栢視衆人爲佛不得不度衆人視紫栢爲狂不得不死於乎何足恨哉

丁未正月上澣日會稽陶望齡敬題

飛揚鬢眉頭顱禿豎眼控拳坦胸腹顛翻神妙智具足天龍人鬼俱降伏聲摇山嶽納空谷拔劒虎郎埋天目八面威風畫一軸六六原來三十六

寓生黄汝亨贊

高挂兩眸頽然雙頬河漢爲口風雷爲舌汲汲波波濟度人大扣小扣俱不竭忒慈悲忒豪傑賢愚終古無休歇那辨侯王與宰官少

不省時加棒喝恁般熱腸難打疊這打疊不可說休問紙上人試看徑山碣

長水弟子李培敬題

存日門庭峻厲没時棒喝交加一念常觀自在天堂地獄無差人説因緣果報我説本分作家祇有逆來順受從他幻影空花

長水姚士慎敬題

昔先莊簡法門金湯博求龍象爲法津梁既遇吾師曰真法王皈依忝請篤老皇皇忠得夤緣巾瓶侍旁昏衢智燈苦海慈航世間父執出世導師近之則畏遠之又思創見則詫即之轉慈揭示道要能覺我迷我於彈指悟昔之非舍海謳漚乃今始知因師知佛因佛知儒靈明廓徹乃有階梯師曰咄咄階梯非是脚下承當舉足便至每惟深慈感激涕泗法乳難酬有死無貳豈期緣深躬承師逝嗟乎哲人不可思議戒慧之光遇緣益熾遊於福堂作大法施歷諸苦惱意地寂然既展王法曰了夙緣合掌跏趺隻履翩翩六日牢户露地風塵屹峙如山光溢於巔西原夏麥淫滂成川傾城漂舍激蕩靡堅意此土封雨豁風穿南遷啟龕載覿師顔相好莊嚴儼若生前聞古賢聖去來如意定慧力故結成舍利入火入水色身不壞不圖愚蒙覩此奇異允若師言驗瞑目地非肉身佛豈能若是

陸基忠敬贊

紫栢尊者達觀可大師像贊

有大醫王治癡暗病入泥入水拍拍成令喚醒夢宅接續慧命爲法忘身高提祖印

香光居士董其昌贊

不妄視眼不壞不妄聽耳不壞不妄言舌不壞不妄動身不壞不弄精魂不捏怪這田方驗真持戒要與人天揰箇標何妨地獄還些債咄債巳還有甚待端端坐待老憨來打破從前舊皮袋一道神光火電飛風流鋏漢今疎快

聞聞居士陳繼儒贊

達觀大師塔銘

夫大地死生顛瞑長夜以情關固閉識鎖難開有能蹶起一擊而碎之掉臂而獨往者自非雄猛丈夫具超世之量者未易及也歷觀傳燈諸老咸其人哉乂不復作頃於達觀禪師見之矣師諱真可字達觀晚號紫栢門人稱尊者重法故也其先句曲人父沈連季子世居吳江太湖之攤缺母夢異人授以附葉大鮮桃寤而香滿室遂有娠師生五歲不語時有異僧過其門摩頂而謂其父曰此兒出家當爲天人師言訖忽不見師遂能語先時見巨人跡下於庭自是不復見師髫年性雄猛慷慨激烈貌偉不羣弱不好弄生不喜見婦人浴不許先一日姊誤前就浴師大怒自後至親戚婦女無敢近者長志日益大父母不能拘嘗有詩曰屠狗雄心未易消年十七方仗劒遠遊塞上行至蘇州閶門天大雨不前偶值虎邱僧明覺相顧盼覺壯其貌知少年不羣心異之因以傘蔽之遂同歸寺具晚飧驩甚相得聞僧夜誦八十八佛名師心大快悅侵晨入覺室曰吾兩人有大寶何以汚在此中耶即解腰纒十餘金授覺令設齋請剃髮遂禮覺爲師是夜即兀坐達旦每私語

三歎曰視之無肉喫之有味時覺欲化鐵萬斤造大鐘師曰吾助之遂往平湖巨室門外趺坐主人見進食師不食主問何所須師曰化鐵萬斤造大鐘有即受食主人立出鐵萬斤於門外師笑食畢徑載回虎邱歸即閉户讀書年半不越閫嘗見僧有飲酒茹葷者師曰出家兒如此可殺也時僧甚憚之年二十從講師受具戒嘗至常熟遇養齋翁識爲奇器留月餘之嘉興東塔寺見僧書華嚴經乃跪看良久歎曰吾輩能此足矣遂之武塘景德寺掩關三年復回吳門一日辭覺曰吾當去行脚諸方歷叅知識究明大事也遂杖策去一日聞僧誦張拙見道偈至斷除妄想重增病趍向真如亦是邪師曰錯也當云方無病不是邪僧云你錯他不錯師大疑之每至處書二語於壁間疑至頭面俱腫一日齋次忽悟頭面立消自是凌躒諸方嘗曰使我在臨濟德山座下一掌便醒安用如何如何過匡山窮相宗奥義一日行二十里足痛師以石砥脚底至日行二百里乃止師遊五臺至峭壁空巖有老宿孤坐師作禮因問一念未生時如何宿豎一指又問既生後如何宿展兩手師於言下領旨尋跡之失其處師至京師叅徧融大老融問從何來曰江南來又問來此作麽曰習講又問習講作麽曰貫通經旨代佛揚化融曰你須清淨説法師曰只今不染一屑融命褫師直裰施傍僧顧謂師曰脱了一塵還一層師笑領之遂留挂搭時知識嘯巖法主暹理諸大老師皆及門去九年復歸虎邱省覺乃之淞江掩關百日之吳縣

適聊城傅君光宅爲縣令其子利根命禮師子不懌子一日掫二花問師云是一是二師曰是一子開手曰此花是二師何言一師曰我言其本汝言其末子遂作禮之天池遇管公東溟聞其語深器之師因拈薔薇一蒂二花問公公曰此花同本生也師分爲二復問公公無語因罰齋一供遂相與莫逆時上御極之三年大千潤公開堂於少林師結友巢林戒如葦往叅叩及至見上堂講公案以口耳爲心印以帕子爲真傳師恥之嘆曰西來意固如是邪遂不入衆尋即南還至嘉禾見太宰陸五臺翁心大相契先是有密藏道開者南昌人棄青衿出家披剃於南海聞師風往歸之師知爲法器留爲侍者凡百委悉之郡城有楞嚴寺爲長水䟽經處久廢有力者

侵爲園亭師有詩吊之曰明月一輪簾外冷夜深曾照坐禪人志欲恢復乃屬太宰爲護法開公力主其間太宰公弟雲臺公施建禪堂五楹既成請師命一聯師曰若不究心坐禪徒增業苦如能護念罵佛猶益真修謂當以血書之遂引錐刺臂流血盈碗書之自是接納往來衆者力拒未完局後二十餘年適太守槐亭蔡公竟修復盖師願力所持也師見象季法道陵遲惟以弘法利生爲家務念大藏卷帙重多致遐方僻陬有終不聞法名字者欲刻方册易爲流通普使見聞作金剛種子即有謗者罪當自代遂倡緣時與太宰光祖陸公司成夢禎馮公廷尉同亨曾公冏卿汝稷瞿公等議各驩然願贊佐命弟子密藏開公董其事以萬曆己丑創刻於五臺屬

弟子如奇綱維之居四年以氷雪苦寒復移於徑山寂照庵工既行開公以病隱去其事仍屬奇協弟子幻予本公本尋化復請澹居鎧公終其役始司成具區馮公意復化城爲貯板所未克初桐城用先吴公爲儀曹郎叅師入室從容及刻藏事師遽曰君與此法有大因緣師化後吴公出叅浙藩進至方伯竟復化城且蠲俸散刻藏數百卷固吴公言力亦師預識云師先於嘉禾刻藏有成議乃迓吴門省前得度師覺公時覺已還俗以醫名師聞之意行度脱時夜覺飯盂忽墮地裂其精誠所感如此乃詐病於小舟中命請覺胗視覺至見師大驚懼師涕泣曰爾何迷至此耶今且奈何覺曰唯命是聽師即命剃髪竟載去覺慚服願執弟子禮親近之師初過吴

江沈周二氏聚族而歸之時至曲阿賀孫二氏率族而禮至敬之至金沙于王二氏合族歸禮愈益重師於于園書法華經以報二親顔書經處曰墨光亭今在焉師以刻藏因緣議既成聞妙峰師建鐵塔於蘆芽乃送經安置於塔中且與計藏事未偕復之都門乃訪予於東海時萬曆丙戌秋七月也是時予以五臺因緣有聞於内因避名於東海那羅延窟適遇慈聖皇太后爲保聖躬延國祚印施大藏十五部皇上頒降海内名山勅僧諷誦首及東海予以謝恩入長安時師正㩗開公走海上至膠西值秋水泛漲衆度必不能渡師解衣先涉疾呼衆水已及肩師躍然而前既渡顧謂弟子曰死生關頭須直過爲得耳衆心服師時予在長安適師弟子于君玉立

來訪言師已東行計其程旦夕乃入山期也予聞之亟促裝歸日夜兼程亦犯橫流趕至即墨時師已出山在脚院詰朝將長發是夜一見大歡笑明發請還山留旬日心相印契師即以予爲知言許生平矣師返都門復潭柘古刹乃決策西遊峨嵋由二晉歷關中跨棧道至蜀禮普賢大士順流下瞿塘過荆襄登大和至匡廬尋歸宗故址唯古松一株爲寺僧售米五斗匠石將伐之適丐者憐而乞米贖之以存寺蹟師聞而興感其樹根底爲樵者剥斷過半勢將折師砌石填土呪願復生以卜寺重興兆後樹日長寺竟復其願力固如此時江州孝廉邢懋學禮師延居長松館執侍最勤師爲說法語集名長松茹退先是郍給諫爾瞻丁大恭勺原素雅重師意留駐錫匡山未果遂行過安慶時有江陰居士趙我聞謁見不可適阮君自華歸心於師因爲居士先求得度未許阮君請遊皖公山馬祖庵師喜其境超絕即屬阮宜建梵刹居士懇乞出家遂薙髮於山中詺名曰法鎧是爲澹居其庵今蒙勅賜佛光寺師復北遊至石經山乃晉琬公慮三災壞劫正法浸滅乃石刻藏經安於巖穴師見而感之時琬公塔院被力者侵師志復之啟石室佛座下得函貯佛舍利若干出時光燭巖壑適慈聖聖母聞師至命近侍陳儒致齋供特賜紫伽黎師讓之謝曰自慚貧骨難披紫施與高人福更增因請舍利入内供三日出帑金重藏於石窟師重二事思得予作記適予聞師西遊回即馳至京候於上方兜率院師拉予遊觀石經

遂記之予回寓慈壽師感遇亦出山見訪同居於西郊園中對談四十晝夜目不交睫信爲生平至快事時徧融老已入滅因吊之有嗣德不嗣法之語師在潭柘居常禮佛後方食一日客至喜甚誤先舉一食乃對知事曰今日有犯戒者命爾痛責三十棒輕則陪之知事驚不知爲誰頃師授杖知事自伏地於佛前受責如數兩股如墨乃云衆生無始習氣如油入麵牢不可破苟折情不痛未易調伏也師與予計修我朝傳燈録予與師約往濬曹溪以開法脉師先至匡山以待時癸巳秋七月也越三年乙未予初以供奉聖母賜大藏經建海印寺成適以別緣觸聖怒詔逮淸下獄鞫無他辭送法司擬罪蒙恩免死遣戍雷陽毀其寺師時在匡山聞報爲予許誦法華經百部冀祐不死即往探曹溪回將赴都下救予聞予將南放遂待於江滸是年十一月方會師於下關旅泊庵師執予手嘆曰公以死荷負大法古人爲法有程嬰公孫杵臼之心我何人哉公不生還吾不有生日予慰之再三瀕行師囑曰吾他日即先公死後事屬公遂長別予度嶺之五年庚子上以三殿工下礦税令中使者駐湖口以南康太守吳寶秀不奉令劾奏被逮其夫人哀憤以繯死師時在匡山聞之曰時事至此倘閹人殺良二千石及其妻其如世道何遂策杖越都門吳入獄師至多方調護授吳公毘舍浮佛半偈囑誦滿十萬當出獄吳持至八萬蒙上意解得末減吳公歸每念師輒爲涕下師以予未歸初服每歎曰法門無人矣若坐視法

幢之摧則紹隆三寶者當於何處用心耶老憨不歸則我出世一大負礦稅不止則我救世一大負傳燈未續則我慧命一大負若釋此三負當不復走王舍城矣癸卯秋予在曹溪飛書屬門人之計偕者招師入山中報書直云捨此一具貧骨居無何忽妖書發震動中外時忌者乘白簡劾師師竟以是罹難先是聖上以輪王乘願力敬重大法手書金剛般若偶汗下漬紙疑更當易亟遣近侍曹公質於師師以偈進曰御汗一滴萬世津梁無窮法藏從此放光上覽之大悅由是注意適見章奏意甚憐之在法不能免因逮及旨下云著審而已及金吾訊鞫但以三負事對絕無他辭送司寇先是侍御曹公學程以建言逮久在獄與師問道有圜中語錄時執政欲死師師聞之曰世法如此久住何爲乃索浴罷囑侍者小道人性田曰吾去矣幸謝江南諸護法道人哭師叱之曰爾侍予二十年仍作這般去就耶乃說偈語在錄中言訖端坐安然而逝曹公聞之急趨至撫之曰師去得好師復開目微笑而別時癸卯十二月十七日也師生於癸卯六月十二日世壽六十有一法臘四十有奇噫師生平行履疑信相半即此末後快便一着上下聞之無不歎服於戲師於死生視四大如脫敝屣何法所致哉師常以毘舍浮佛偈示人予問曰師亦持否師曰吾持二十餘年已熟句半若熟兩句吾於死生無慮矣豈其驗耶師化後待命六日顏色不改及出徙身浮厝於慈慧寺外次春夏霖雨及秋陸長公西源欲致師肉身南還

啓之安然不動適予弟子大義即奉師龕至經潞河馬侍御經綸以感師與李卓吾事心最慟因啟龕拂面痛哭之至京口金沙曲阿諸弟子乃奉歸徑山供寂照庵以刻藏因緣且推沈中丞重建大殿乃師遺命以師臨終有偈云怪來雙徑爲雙樹貝葉如雲日自屯以是故耳時甲辰秋九月也越十一年乙卯弟子先葬師全身於雙徑山後適朱司成文寧公禮師塔知有水函囑弟子法鎧啓之果如言復移龕至開山乃與俗弟子繆希雍謀得五峯內大慧塔後開山第二代之左曰文殊臺卜於丙辰十一月十九日茶毘廿三日歸靈骨塔於此予始在行間聞師訃即欲親往弔因循一紀未遂本懷頃從南嶽數千里來無意與期會而預定祭日盖精神感孚亦奇矣師後事予幸目擊得以少盡心焉於戲師生平行履豈易及哉始自出家即脇不至席四十餘年性剛猛精進律身至嚴近者不寒而慄常露坐不避風霜幼奉母訓不坐閫則盡命立不近閫秉金剛心獨以荷負大法爲懷每見古刹荒廢必志恢復始從楞嚴終至歸宗雲居等重興梵刹一十五所除刻大藏凡古名尊宿語錄若寂音尊者所著諸經論文集皆世所不聞者盡搜出刻行於世晚得蘇長公易解大喜之室中每示弟子必令自叅以發其悟直至疑根盡拔而後已然義重君親忠孝之大節入佛殿見萬歲牌必至敬閱曆書必加額而後覽師於陽羨偶讀長沙志見忠臣李貢以城垂陷不欲死於賊授部將一劍令斬其全家部將慟哭奉命既推

刃因復自殺師至此淚直迸灑弟子有傍侍者不哭師呵曰當推墮汝於崖下其忠義感激類如此師氣雄體豐而面嚴冷其心最慈接人不以常情爲法求人如蒼鷹攫兔一見即欲生擒故凡入室不契者心愈慈而恨愈深一棒之下只欲頓斷命根故親近者希凄然暖然師實有焉師性耽山水生平雲行鳥飛一衲無餘無住足地居常悲禪宗凋敝欲求國初以來諸尊宿機緣續爲傳燈未遂本願賫志而徃於戲師豈常人哉即其見地直捷穩密當上追古人其悲願利生弘護三寳是名應身大士予嘗有書答故人問師何如人予曰正法可無臨濟德山末法不可無此老也師每慨五家綱宗不振常提此示人予嘗嘆曰綱宗之不振其如慧命何原其曹洞則專主少林溈仰圓相久隱雲門自韓大伯後則難見其人法眼大盛於宋明後則流入高麗獨臨濟一派流布寰區至宋大慧中興其道及自國初楚石無念諸大老後傳至弘正末有濟關主其門人先師雲谷和尚而典則尚存頃五十年來獅絃絶響近則蒲團未穩正眼未明則妄自尊稱臨濟幾十幾代於戲邪魔亂法可不悲乎予以師之見地足可遠追臨濟上接大慧之風以前無師派未敢妄推若據堯舜之道傳至孔子孟軻軻死不得其傳至宋二程直續其脉以此證之則師之不忝爲轉輪真子矣姑録大畧以俟後之明眼宗匠續傳燈者采焉以師未出世故無上堂普說示衆諸語但就叅請機緣開示門人緝之有集若干卷梓行於世入室緇白弟

子甚多而宰官居士尤衆師生平行履不能具載別有傳乃爲之銘銘曰

佛未出世祖未西來擊塗毒鼓誰其人哉鷲嶺拈花少室面壁只道快便翻成狼籍黄梅夜半老盧竊逃誰料嶺南有此獦獠南嶽青原擦膿涕漢多少癡人被他誆賺五家手快如撫舜琴南熏條至辨者知音兒孫惡辣觸者先亡但放一線其家求昌門户孤單命存一縷有救之者定是嫡兒如漢張良爲韓報仇縱然國破宗祧可求是生吾師如石迸笋出則凌霄孰知其本爲法力戰通身汗血大似李陵空拳不怯身雖陷虜其心不亡千秋之下畢竟歸王師金剛心盡化爲骨遍塞虛空豈在山麓師不知我誰當知師一死一生春在花枝時大明萬曆四十四年嘉月朔旦前海印住山沙門辱教德清稽首譔

祭文

維萬曆四十四年歲次丙辰十一月庚子朔越十有九日丙戌前海印沙門辱教德清謹陳香積之供致祭於紫栢尊者達觀大師之靈曰嗚呼惟師之生也不生乘願力而來師之死也不死順解脫而去去來不落常情生死豈同世諦以師之住世也秉金剛心踞堅固地三十餘年家常茶飯脊骨純鋼千七百則陳爛葛藤鼻孔䠶涕推倒彌勒釋迦不讓德山臨濟爲人極盡慈悲臨機絶無忌諱誓護法若惜眼睛求大事如喪考妣不與世情和合便是真實行履晏坐水月光中獨步空華影裏初訪予於東海也頓脫形骸既再晤於西山也搜窮骨髓當予禍之未形也備告

之以隱微及予難之既發也將爲我以雪洗且酬夙約於曹溪將扣閽於帝里冒炎蒸於道路兮望影響而進止乃設法以多方冀出予於九死嗚呼師之爲法門也實抱程嬰杵臼之心師之爲知己也殆非管鮑陳雷之比予荷皇仁之薄罰兮在師心之猶未已予被放於嶺表兮師佇候於江沚一見歡若更生兮如九原之復起予與師作永訣兮甘爲炎方之厲鬼師囑予以寧志兮冀幽扃之再啟予揮涕以臨長路兮師執手含悲而不語維時關山一別兮日月若矢心知師之不我忘兮每叮嚀其無以師以願力所持兮誓不負其本始乃斂太阿之光焰兮不顧放身於塵滓冀和璧之必信兮不惜隋珠之輕抵將扣君門兮九重倏遇颷風兮四起陸海波騰龍蛇披靡玉石俱焚法幢傾圮師登八道之康衢兮忽遇長蛇與封豕皇天實鑒其衷腸兮唯見逞於庸鄙幸此心之一白兮聊以發其蘊底師實曠然何憂何喜逆順隨宜死生遊戲何夙負之相尋兮信前緣之固爾師悲五濁之不堪直一行之可恃乃盥漱以趺坐兮遂寂然而長往矣嗚呼痛哉師既不以禍患攖寧又何以去來爲事故撒手便行全無擬議惟師以金剛爲心故留不壞之體有予弟子奉師以南旋兮就雙徑以歸止予聞訃以摧心兮望長空而殞涕欲親禮於龕室兮奈業繫之羈縻擬生還以慰師靈兮忽星霜之踰紀匪此心之暫安兮第因緣之不我與頃幸遂其本懷兮始得陳辭而致誄嗚呼痛哉師何死兮我何生我不來兮師不寧形骸異

兮共此心幽冥隔兮終合并誓同歸兮踐深盟寂光朗兮師安住我頂禮兮展哀慕陳香積兮灑甘露師臨機兮願來赴光明兮照曜翹勤兮延佇哀哉尚饗

舉火

性火真空性空真火狹路相逢定沒處躲恭唯紫栢尊者達觀大和尚偶來人世誤落塵寰赤力力脫盡娘生布衫光爍爍露出本來面目荷擔正法純鋼煉就肩頭徹底為人生鐵鑄成肝膽死生路上直往直來今事門頭半開半掩六十餘年松風水月襟懷千七百則兔角龜毛柱杖鐃他末後風流未免藏頭露尾撒下贓私誰料落在憨山道人手中今日特為人天衆前當陽拈出大衆還見麽以火把畫○相云柱杖挑開雙徑雲通身涌出光明藏

珍重諸人着眼看這回始信無遮障

紫栢大師全身舍利塔頌有序

一切宗教不離七佛偈以為根本最初毘舍浮佛偈云假借四大以為身心本無生因境有只這半偈已將三藏十二部五千四十八卷千七百則葛藤滿口道出更無覆藏悟之者號祖師禪證之者即如來果紫栢大師持此半偈普印衆生若干種心四十年脇不至席手不停揮為初學人談法相義為久習輩開般若門為利智根指涅槃心顯法界藏有時雷轟電掣截斷衆流有時帶水拖泥四輪著地隨機赴感未曾一鍼鋒許出得半偈道場謂法友憨山師道吾持此偈已得句半現前更得半句了了常知自許一生叅學事畢後十餘年師以佛知見力慈善根力向刀山

翱嶺任運遊戲自在神通戒定餘熏生身不壞可謂空假泯合心境一如用四大分解之塵根演半偈重玄之妙旨毘浮舌相徧覆三千持與持者同時寂滅誰謂師非七佛所遺化人廣論靚面緣慳聞名種熟清淨明誨私淑有年甲寅秋仲卒業遺教增上聞思雖漩澓驚濤目不得暇而王印在手斗柄當天行布圓融莫不消歸半偈獨恨未能將此半偈枯禪消歸自己長爲窮子辜負婆心聊作頌辭克窣堵波最下劣供七金山下羽毛有同色之奇兩足舌端毒藥化醍醐之味以此善根自熏成種或者他生後世不煩半偈阿師眉毛墮地矣頌曰

四大是假亦是真　心境不二亦不一

兼二爲一一亦亡　即假悟真真乃徧

髮毛爪齒及涕唾　暖氣動轉諸浮根

我說即是金剛王　幻化空身皆實相

地水火風和合聚　明闇色空相待搖

識心吸攬鏡上痕　若虧其一必無兩

十方三際本虛玄　無相無名無有邊

一切時處入一塵　半偈重重羅帝網

紫栢得此三昧門　從大涅槃示生死

來以口光說半偈　風林墻壁皆雷音

瓴瀉雲興文字禪　一一衆生毛孔吼

去以身光說半偈　常與無常俱戲論

了知假合即堅固　皮囊劫火恒宴然

於去來中逆順行　夢入他心令覺夢

悲智交參禪教律　發揮半偈無有餘

巍巍雙徑窣堵波　師坐其中熾然說

佛偈即師師即偈　徧在衆生心想中

我從遺編獲髻珠　不歷百城持供養

傳師半偈即傳衣　一切如來同鼻孔

萬曆丙辰季秋七日皖舒私淑小子廣瀹優婆塞吳應賓和南謹述

紫柏尊者全集卷第三十

音釋

臚凌如切音閭皮也　蠲圭淵切音消明也　濬須晉切音峻深也濬哲文明也　繯胡畎切鉉環也　攫立縛切匡入聲　羇堅溪切雖寄也　擢鄰溪切音遺也

憨山大師夢遊全集
侍者福善日録　門人通炯編輯

清刻龍藏佛說法變相圖

憨山大師夢遊全集卷第一

憨山大師夢遊全集序

憨山大師夢遊全集嘉興藏函止刻法語五卷丙申歲龔孝升入粤海幢華首和尚得余書棲椎告衆訪求鼎湖棲壑禪師藏本曹秋岳諸公繕寫歸吳謙益手自讐勘撰次爲四十卷大師著述援筆立就文不加點字句不免繁芿段落間有失次東遊時曾以左氏心法序下委刋定見而色喜遂削前藁令茲讐勘僭有行墨改竄實稟承大師墜言非敢僭踰犯是不韙也旣徹簡乃爲之序曰佛祖闡教以文說法慈氏之演瑜伽龍樹之釋般若千門萬戶羅網交光郁郁乎爍爍乎千古之至文也大教東流人文漸啓遁遠濬發於南什肇弘演於北椎輪大輅實惟其始隋唐以

來天台清凉永明之文如日麗天如水行地大矣哉義理之津涉文字之淵海也逮及有宋教廣而文煩其最著者三家鐔津以孤亢崇教其文裁而辨石門以遹敏扶宗其文粵而麗徑山以弘廣應機其文明而肆夫文而至於辨也麗也肆也其城塹日以堅其枝葉日以富其撈籠引接日以博浩浩乎巵言之日出而岌岌乎津梁之日疲也繫辭有之易之作也其於中古乎作易者其有憂患乎豈不信哉我大師廣智深慈眞參實悟惟心識智夢授於慈氏華嚴法界悟徹於清凉被根應病橫說竪說千言萬偈一一從如來文字海中流出以鐔津之崇教者固其城塹以石門之扶宗者沃其枝葉以徑山之應機者暢其撈籠引接務欲使末法衆生霑被其一言半句皆將飲河滿腹同歸於智海而後已雜華言金翅鳥王以清淨眼觀察諸龍命應盡者以左右翅鼓揚海水悉令兩闢取而食之大師說法爲人欲搏生死大海水取善根衆生置佛法中亦復如是日者廣南繕寫書生陳方侯觸語悲悟放筆薙髮大師摶取深心光芒昱曜凌紙恠發善根衆生應機吸受如方侯者歷河沙劫猶未艾也嗚呼褘矣哉大師與紫柏尊者皆以英雄不世出之資當獅絃絕響之候捨身爲法一車兩輪紫柏之文雄健而斬截大師之文紆餘而悲婉其爲昏塗之炬火則一也昔人嘆中峰輟席不知道隱何方又言楚石季潭而后拈花一枝幾熄由今觀之不歸於紫柏憨山而誰歸乎後五百年魔外鋒起篤生二匠爲如來使佩大法

印然大法燈殆亦儒家所謂名世間出者裨販剽賊之徒往往篡統系附師承竊竊然爲蚍蜉之撼樹大師之集行如日輪當陽魑魅斂影而魘寐者猶懵懵而未寤也然則大師同體大悲如作易之有憂患者其何時而止乎斯可爲痛哭已矣夢遊集初傳武林天界覺浪和尚見而嘆曰人天眼目幸不墜矣亟艸一疏唱導流通毛子子晉請獨任鏤版以伸其私淑之願子晉歿三子褒表扆聿追先志遂告成事其在嶺表其事搜葺者孝廉萬泰諸生何雲族孫朝鼎也其佽助華首網羅散失者曹溪法融海幢月池及華首侍者今種今照今光也皆與有法乳之勞法當附書上章困敦之歲仲冬長至日海印白衣弟子虞山錢謙益焚香稽首謹序

録夢遊全集小紀

丁酉人日中丞龔公孝升過海幢出宗伯錢公牧齋書其干大師遺稿流通之心眞切無比華首和尚觀之亦讚歎無比旣以海幢所藏者簡附龔公矣復刋布諸刹爲博訪全收之計又以八行致端州棲壑禪師索其全集禪師慮失原稿未發也二月之望前孝廉萬公履安來以錢公曽有專囑爲謀之方伯曹公秋岳作書重請于是再奉華首書遣喻如筏知客往稿乃發而曹公與學憲錢公忝谷各捐資爲繕寫費適會城方有試事諸士子之皈依華首者聞之皆至舐筆落墨數日而畢其司較對則一靈種侍者也時一儒生陳方侯于作字頃有所感觸便求出家卽日剃度法名古値字曰瞿湣余爲書助縁偈曰憨山一部遺稿能使陳郎出家時節因縁相値將鍼引綫無差現前同學大衆幫他搭起袈裟且看曹谿一滴水硏池裏面涌蓮華此不獨見大師心光攝受無量亦見諸護法一片心光與無情筆墨同向花首堂前推出者僧作大佛事而此僧承是心光爲一切人作發起導師又未可量則是書流通功德豈可量耶因記之以博數千里外一聲彈指三月初六日比丘今釋書

夢遊全集目録編輯重較諸名幸各存之通炯號寄菴爲大師首座今海幢諸僧皆其諸孫也劉起相號中雷起家乙榜任撫州司李大師靈龕還曹谿及收藏遺稿皆與有力耳今釋再白

夢遊全集目録

卷之一

序

目録

卷之二

法語

卷之三

卷之四

卷之七

卷之八

卷之十五

卷之十六

卷之二十二

記

卷之二十三

卷之二十四

卷之二十五

卷之二十六

卷之三十

傳

卷之三十一

題跋

卷之三十二

卷之三十三

贊

卷之三十四

卷之三十五

卷之四十

疏文

憨山大師夢遊全集卷第一

音釋

𧿰于鬼切音偉　顒魚容切音喁　𥧌于際切音藝　輓烏綰切音晚

憨山大師夢遊全集卷第二

侍者福善日録 門人通炯編輯

法語

答鄭崐巖中丞

若論此段大事因緣雖是人人本具各各現成不欠毫髪爭奈無始刼來愛根種子妄想情慮習染深厚障蔽妙明不得眞實受用一向只在身心世界妄想影子裏作活計所以流浪生死佛祖出世千言萬語種種方便說禪說教無非隨順機宜破執之具元無實法與人所言脩者只是隨順自心淨除妄想習氣影子於此用力故謂之修若一念妄想頓歇徹見自心本來圓滿光明廣大清淨本然了無一物名之曰悟非除此心之外别有可修可悟者以心體如鏡妄想攀緣影子乃眞心之塵垢耳故曰想相爲塵識情爲垢若妄念消融本體自現譬如磨鏡垢淨明現法爾如此但吾人積刼習染堅固我愛根深難拔今生幸托本具般若内熏爲因外藉善知識引發爲緣自知本有發心趣向志願了脫生死要把無量刼來生死根株一時頓拔豈是細事若非大力量人赤身擔荷单刀直入者誠難之難古人道如一人與萬人敵非虛語也大約末法修行人多得眞實受用者少費力者多得力者少此何以故葢因不得直捷下手處只在從前聞見知解言語上以識情摶量過猕妄想光影門頭做工夫先將古人玄言妙語蘊在胸中當作實法把作自巳知見殊不知此中一點用不著此正謂依他作解塞自悟門如今做工夫先要剗去知解的

的只在一念上做諦信自心本來乾乾淨淨寸絲不掛圓圓明明充滿法界本無身心世界亦無妄想情慮卽此一念本自無生現前種種境界都是幻妄不實唯是眞心中所現影子如此勘破就于妄念起滅處一覷覷定看他起向何處起滅向何處滅如此著力一撥任他何等妄念一撥粉碎當下氷消瓦解切不可隨他流轉亦不可相續永嘉謂要斷相續心者此也葢虛妄浮心本無根緒切不可當作實事橫在胸中起時便咄一咄便消切不可遏捺則隨他使作如水上葫蘆只要把身心世界撇向一邊单单的的提此一念如橫空寶劒任他是佛是魔一齊斬絕如斬亂絲赤力力挨撥將去所謂直心正念眞如正念者無念也能觀無念可謂向佛智矣修行最初發心要諦信唯心法門佛說三界唯心萬法唯識多少佛法只是解說得此八個字分明使人人信得及大段聖凡二途只是唯自心中迷悟兩路一切善惡因果除此心外無片事可得葢吾人妙性天然本不屬悟又何可迷如今說迷只是不了自心本無一物不達身心世界本空被他障礙故說爲迷一向專以妄想生滅心當以爲眞故於六塵境緣種種幻化認以爲實如今發心趣向乃返流向上一着全要將從前知解盡情脫去一點知見巧法用不著只是將自已現前身心世界一眼看透全是自心中所現浮光幻影如鏡中像如水中月觀一切音聲如風過樹觀一切境界似雲浮空都是變幻不實的事不獨從外如此卽自心妄想情慮一切愛

根種子習氣煩惱都是虚浮幻化不實的如此深觀凡一念起決定就要勘他個下落切不可輕易放過亦不可被他瞞昧如此做工夫稍近真切除此之外別扯玄妙知見巧法來逗凑全没交涉就是說做工夫也是不得已譬如用兵兵者不祥之器不得已而用之古人說叅禪提話頭都是不得已公案雖多唯獨念佛審實的話頭塵勞中極易得力雖是易得力不過如敲門瓦子一般終是要抛却只是少不得用一番如今用此做工夫須要信得及靠得定咬得住決不可猶豫不得今日如此明日又如彼又恐不得悟又嫌不玄妙者些思算都是障礙先要說破臨時不生疑慮至若工夫做得力處外境不入唯有心内煩惱無狀横起或慾念横發或心生煩悶或起種種障礙以致心疲力倦無可柰何此乃八識中含藏無量刼來習氣種子今日被工夫逼急都現出來此處最要分曉先要識得破透得過決不可被他籠罩決不可隨他調弄決不可當作實事但只抖擻精神奮發勇猛提起本叅話頭就在此等念頭起處一直捱追將去我者裏元無此事問渠向何處來畢竟是甚麽決定要見個下落如此一拶將去只教神鬼皆泣滅跡潛踪務要赶盡殺絶不留寸絲如此著力自然得見好消息若一念拶得破則一切妄念一時脱謝如空華影落陽燄波澄過此一番便得無量輕安無量自在此乃初心得力處不爲玄妙及乎輕安自在又不可生歡喜心若生歡喜心則歡喜魔附心又多一種障矣至若藏識中習

氣愛根種子堅固深潛話頭用力不得處觀心照不及處自己下手不得須禮佛誦經懺悔又要密持咒心仗佛密印以消除之以諸密咒皆佛之金剛心印吾人用之如執金剛寶杵摧碎一切物物遇如微塵從上佛祖心印秘訣皆不出此故曰十方如來持此咒心得成無上正等正覺然佛則明言祖師門下恐落常情故秘而不言非不用也此須日有定課久久純熟得力甚多但不可希求神應耳

凡修行人有先悟後修者有先修後悟者然悟有解證之不同若依佛祖言教明心者解悟也多落知見於一切境緣多不得力以心境角立不得混融觸途成滯多作障礙此名相似般若非眞參也若證悟者從自己心中樸實做將去逼拶到水窮山盡處忽然一念頓歇徹了自心如十字街頭見親爺一般更無可疑如人飲水冷暖自知亦不能吐露向人此乃眞參實悟然後即以悟處融會心境淨除現業流識妄想情慮皆鎔成一味眞心此證悟也此之證悟亦有深淺不同若從根本上做工夫打破八識窠臼頓翻無明窟穴一超直入更無剩法此乃上上利根所證者深其餘漸修所證者淺最怕得少爲足切忌墮在光影門頭何者以八識根本未破縱有作爲皆是識神邊事若以此爲眞大似認賊爲子古人云學道之人不識眞只爲從前認識神無量刼來生死本癡人認作本來人於此一關最要透過所言頓悟漸修者乃先悟已徹但有習氣未能頓淨就于一切境緣上

以所悟之理起觀照之力歷境驗心融得一分境界證得一分法身消得一分妄想顯得一分本智是又全在綿密工夫於境界上做出更爲得力

凡利根信心勇猛的人修行肯做工夫事障易除理障難遣此中病痛略舉一二

第一不得貪求玄妙以此事本來平平貼貼實實落落一味平常更無玄妙所以古人道悟了還同未悟時依然只是舊時人不是舊時行履處更無玄妙工夫若到自然平實葢由吾人知解習氣未淨内熏般若般若爲習氣所熏起諸幻化多生巧見綿著其心將謂玄妙深入不捨此正識神影明分别妄見之根亦名見刺比前麤浮妄想不同斯乃微細流注生滅亦名智障正是礙正知見者若人認以爲眞則起種種狂見最在所忌

其次不得將心待悟以吾人妙圓眞心本來絶待向因妄想凝結心境根塵對待角立故起惑造業今修行人但只一念放下身心世界單單提此一念向前切莫管他悟與不悟只管念念步步做將去若工夫到處自然得見本來面目何須早計若將心待悟即此待心便是生死根株待至窮刼亦不能悟以不了絶待眞心將謂别有故耳若待心不除易生疲厭多成退墮譬如尋物不見便起休歇想耳

其次不得希求妙果葢衆生生死妄心元是如來果體今在迷中將諸佛神通妙用變作妄想情慮分别知見將眞淨法身變作生死業質將清淨妙土變作六塵境界如今做工

夫若一念頓悟自心則如大冶紅鑪陶鎔萬象卽此身心世界元是如來果體卽此妄想情慮元是神通妙用換名不換體也永嘉云無明實性卽佛性幻化空身卽法身若能悟此法門則取捨情忘欣厭心歇步步華藏淨土心心彌勒下生若安心先求妙果卽希求之心便是生死根本礙正知見轉求轉遠求之力疲則生厭倦矣

其次不可自生疑慮凡做工夫一向放下身心屏絕見聞知覺脫去故步望前眇冥無安身立命處進無新證退失故居若前後籌慮則生疑心起無量思算較計得失或別生臆見動發邪思礙正知見此須勘破則決定直入無復顧慮大槩工夫做到做不得正是得力處更加精采則不退屈不然則墮憂愁魔矣

其次不得生恐怖心謂工夫念力急切逼拶妄想一念頓歇忽然身心脫空便見大地無寸土深至無極則生大恐怖於此若不勘破則不敢向前或以此豁達空當作勝妙若認此空則起大邪見撥無因果此中最險

其次決定信自心是佛然佛無別佛唯心卽是以佛眞法身猶若虛空若達妄元虛則本有法身自現光明寂照圓滿周徧無欠無餘更莫將心向外馳求若捨此心別求則心中變起種種無量夢想境界此正識神變現切不可作奇特想也然吾清淨心中本無一物更無一念凡起心動念卽乖法體今之做工夫人總不知自心妄想元是虛妄將此妄想誤爲眞實專只與作對頭如小兒戲燈影相

似轉戲轉没交涉弄久則自生怕怖又有一等怕妄想的恨不得一把捉了抛向一邊此如捕風捉影終日與之打交滚費盡力氣再無一念休歇時纏綿日久信心日疲只説叅禪無靈驗便生毀謗之心或生怕怖之心或生退墮之心此乃初心之通病也此無他葢由不達常住眞心不生滅性只將妄想認作實法耳者裏切須透過若要透得此關自有向上一路只須離心意識叅離妄想境界求但有一念起處不管是善是惡當下撇過切莫與之作對諦信自心中本無此事但將本叅話頭着力提起如金剛寶劒魔佛皆揮此處最要大勇猛力大精進力大忍力決不得思前算後決不得怯弱但得直心正念挺身向前自然巍巍堂堂不被此等妄想纏繞如脱鞲之鷹二六時中於一切境緣自然不干絆自然得大輕安得大自在此乃初心第一步工夫得力處也

巳上數則大似畫蛇添足乃一期方便語耳本非究竟亦非實法葢在路途邊出門一步恐落差别岐徑枉費心力虛喪光陰必須要眞正一門超出妙莊嚴路所謂行步平正其疾如風其所行履可以日刼相倍矣要之佛祖向上一路不涉程途其在初心方便也須從者裏透過始得

示無生禄禪人　乙未夏日在圜中説

古人最初發心眞正爲生死大事決志出離故割愛辭親叅師訪友歷盡艱辛心心念念只爲巳躬下事未明憂悲痛切如喪考妣若一見知識如嬰兒得毋儻得一言半句開導

心地如病得藥若一念相當胸中了悟如貧得寶拌身捨命陸沉賤役未嘗憚勞若二祖之安心斷臂六祖之墜腰負石百丈之執勞楊岐之供衆凡名載傳燈光照千古者無不從刻苦中來乃至過去諸佛求無上菩提捨身命如微塵數無一類而不受身無一身而不苦行百刧脩因故感天上人間無量供養乃至末法兒孫猶受用白毫光中一分功德不盡豈有天生彌勒自然釋迦者哉痛念末法去聖時遥法門典刑已至掃地吾輩出家兒不知竟爲何事生來秖知懼飢寒圖飽煖一入空門因循宿習浮談終日捧腹縱情徒騁六根備造衆惡不耕而美食不蠶而好衣虛消信施唐喪光陰竟不知生從何來死從何去豈復知因果難逃罪福無爽一朝大限臨頭如石投水三途劇苦一報五千再得出頭知更何日興言及此痛可悲酸目擊時流滔滔皆是望吾人之修者如披沙揀金非曰絕無葢亦鮮矣嗟乎三界牢獄四生桎梏大火所燒生死險宅何由能濕猛焰離衆苦至無畏處耶非丈夫兒具靈根含夙骨者不能奮發猛勇一超直入汝等幸爾生逢佛法形寓袈裟早值明師六根完具若不痛念無常深思大事思地獄苦發菩提心改往修來晝夜精勤早求出離因循度日縱放身心大限到頭悔之何及嗟乎行矣其無忘我臨岐叮嚀之言以負吾自負也

將之雷陽舟中示奇侍者

佛祖教人於生死中頓證無生法忍且每怪其於無生中妄見生滅此語如對市人說夢

事聞者非不明目張膽但未證眞耳要之所說非所聞所聞非所見也古人貴實證者直欲於生死法中親切勘破而已非別有奇特處也嘗見小兒怕鬼者每於夜中行恍然一物隨之大生驚怖雖慈母善諭本無亦未之信必待其自信不疑而後止苟自至不疑之地縱假鬼怖之將一笑而釋矣余昔遊塞上同徒兒乘馬夜行道傍一石馬忽見而大驚幾墮地爾乃頓轡奮力鞭策遶石周行數十帀仍引熟視良久方縱逸而去馬自是遇物皆不驚余因是知道人遊生死險道歷境驗心必如是而後已是故華嚴以善財表證其所歷百城叅多知識至於刀山火聚亦遲回待勸而後入及入之果得淸涼大解脫門此其策馬繞石令其熟視之謂耶由是觀之佛祖殊無他長葢能熟視世間相者耳世人所驚怖者非生死禍患乎佛祖乃欲令人於中證無生忍且又明言於無生中妄見生滅噫此果何謂哉苟非熟視自到不疑之地吾意雖慈尊善諭殆亦難免驚怖也余此以弘法罹難上干聖怒如白日雷霆聞者掩耳自被逮以至出離二百餘日備歷苦事不可言從始至終自視一念歡喜心竟未減於平昔觀者莫不驚異爲非常然而生死禍患他人故爲余驚矣及視余不減歡喜心乃又驚余不驚其所驚而人驚其所不驚是或有道焉奇侍者不遠三千里赴難問余於幽獄已而荷蒙聖恩貶竄嶺南奇乃伴行舟中遂書此爲別嗟乎生死險道正在所驚其無聞我歡喜心如夢事耶異時驗子於寂滅場中無以今

日之言爲夢語

示無隱桂禪人

明桂西蜀李氏子年十七出家叅伏牛法光和尚禮清涼感文殊光相燒一指供養如京謁徧融禪師從古梅座主聽講復從大方宗師請益機緣訪余於東海海印道場受金剛寶戒余觀其骨氣孤硬可爲法門標幟第以名言厚習不能洞發性眞初聞余言猶河漢而無極也因字之曰無隱每爲曲唱傍通方便調伏者期年一日聞唯心宗旨恍然自信遂誓歸依三閱寒暑相從於患難又期年丙申十月來五羊依栖於壘壁者數月余方觀楞伽擬令入室奧入第一義心忽有歸省之思余以爲忠於法門孝於師親其志一也因示之曰惟佛性之在纏如神光之在目雖明暗去來而照體獨立以障翳厚薄故智用淺深是故從上佛祖必經多刼事多知識入多法門然後得見性眞所以然者如人被縛自不能解必假手於他至若釋然解脫自在縱橫受用處又非解者所可與也卽稱上根利智有能一念頓悟自心不從人得者未必不由積累辛苦中來如萬里還家入門一步慶快平生廻視向之跋涉艱難間關險阻依稀彷彿如夢中事然且大通十刼猶不現前身子發心中道退沮在聖尚爾況其他乎是知信向此段大事因緣能操久遠之志持畢竟之懷者從古爲難得歷觀前修拌捨身命親師擇友動則三二十年乃至盡形畢壽不以窮達改心易慮以極願力所持窮刦而不化千載如一日者所以光明廣大一發則爲人

天師表非苟然也禪人以夙習般若聞熏之力不忘所先今幸爲佛子歷事法門殷勤若是苟能執金剛心盡此形壽乃至周徧恒沙以極究竟菩提不退初心將布法雲於火宅圓智種於覺園未必不以今日爲因地也子行矣即歸峨嵋親見普賢黨問諸變化人報言瘴海炎方不減白銀世界無恙無恙

促小師大義歸家山侍養

余少讀史竊慕程嬰公孫杵臼之爲人念曰持此心爲人臣子者可謂不忝所生矣及長出家乃曰吾佛爲三界法王四生慈父苟能持二子之心爲弟子者可謂不負己靈矣及讀傳燈諸祖機緣見神光之斷臂船子之覆舟百丈之於馬祖楊岐之於慈明歎曰苟忘身爲法若諸老之爲心者何患祖道之不昌法門之不振乎嗟夫丈夫處世既不能盡命竭力以事人主榮名顯親即當爲法王忠臣慈父孝子易地皆然又何屑屑以事齷齪乎故予自知有向上事以來此心翩翩負超世之思即處樊籠遊塵市未嘗不置身冰雪千巖萬壑中也隆慶初予居龍河講肆識妙峰師於稠人中覩其貌悴骨剛知爲法器雖未語而心許之矣萬曆癸亥余北遊上都適遇於長安市共坐龍華樹下一語而決生死乃結件同衆共遊方外過河中山陰檀越延之道院數月是時宗尚童年爲沙彌明年余同妙師入清涼置身萬年冰雪中嚴寒徹骨幾死者數矣時予幸有自信之地越丁丑山陰檀越以書抵清涼屬宗從事法門因著入槽廠宗躍然負米採薪履水蹈雪百務惟先日

夜無隙衆皆推其精勤然殊無短長越辛巳冬奉慈旨求皇儲薦先帝建大會於臺山日集萬指宗獨任點茶湯晝則周旋不失一人夜則以餘力課誦余始心知其力能荷負第未察其信根耳明年壬午春臺山會罷余與妙師訣師曰某即不能荷錫相從奈何吊影長途乎乃目宗謂此子可代執役因命宗曰古人從師爲法誓死爲期爾其盡形竭力儻中道志沮當此生不面爾其志之明發即理策東西余同龍華老人養痾於大行之障石巖宗隻身以從百務惟勤凡操食時必侍立輟飡而後已察意之可否以爲憂喜予飽亦飽予偶不欲食則涕泗交頤亦終日不粒也余每每私察久之如一日因謂龍華老人此子天性純孝人也子夏問孝孔子曰色難其是之謂乎明年癸未余即東蹈海上藏修於牢山深處人跡所不能至神鬼之鄉也余因入那羅窟而居之披荆榛臥草莽犯風濤涉險阻艱難辛苦不可殫述人不堪其憂而宗實甘心焉余亦將謂老死丘壑無復人世矣居三年丙戌蒙聖天子詔爲慈聖聖母頒大藏經布天下名山及二牢焉余乃喟然歎曰因緣障道徃哲痛心福始禍先前修明誡意欲避之宗與同伴安桂二侍者進曰師即無意人世豈不上念聖心所以隆重法門爲斯民之福利乎余乃翻然念曰惟我聖天子仁孝聖母慈恩以法爲社稷蒼生福某敢不竭躬盡瘁以敷揚法化上報聖恩法王忠臣慈父孝子實予所圖第此海嶠遐陬故稱蔑戾茍不等心死誓何以轉魔界而成佛土爾輩

試揣其衷果能以法爲心畢命從事則止之否則去之無使異日作世諦流布眛人天眼目也安等唯唯進曰師唯何人此惟何事願師安意以道自任爲法忘情我輩敢不視師爲行止余於是拜受慈命尅意建立經營事務無論巨細一切委宗而以安桂二人爲知事予但總其綱要耳上賴聖慈寵靈不三年叢林告成法道聿興四方衲子日益至時則東海洋洋佛國之風焉天人冥會轉化之機蓋亦神且速矣山門供衆法物畢備秋毫皆出宗心建立規模居然不滅在昔觀者以爲天降地湧將爲東鄙法幢盛世永永福田也豎立未幾狂魔競作已丑歲即遭侵撓余所經涉無論汚辱即祁寒溽暑奔走於風塵道路冒生死之際者不可指陳而此心一念孤光未甞少易宗輩之志愈益堅三年如一日也或謂余曰古人言到處家山以師高致道眼視此不啻輕塵聚沫奈何惓惓於此余曰甞聞世之君子以身殉國則死國以身殉法則死法今蒙慈恩以法見托而且表揚聖孝其事雖異其命實均避難不義棄命不終不義不忠何以爲法假而以此即有封疆尺寸之寄苟臨難而去之又何以自處寧效死而弗去不爲苟生以失經或者唯唯頃亦魔風頓息矣又四年乙未春二月釁從中起以魔事爲借資致聖天子震怒詔下金吾逮及者衆是時安已先去宗與桂共嬰此難余則以一死肩之荷蒙聖恩詔遣雷陽於是冬十月出長安與宗別余觀往事如夢遊亦未甞一語及世諦常情也宗送余河梁余乃謂之曰

丈夫處世固不戀戀爲兒女態況吾釋子學出情法者乎第爾從老人幾二十年矣老人固未嘗以一語佛法累汝不知汝於何處見老人乎宗稽首曰宗自事師以來自知愚鈍不敢外求上不見有佛祖下不見有禪道唯知作務供衆至於動靜閒忙疾病禍患死生之際止此一念直觀師心而已是故師生則生師死則死余曰我心無相汝作麽觀宗曰師心若有相弟子則無今日也余乃大悦而別獨攜善侍者而南明春三月抵雷陽頻歲饑荒瘴癘大作余坐尸陀林中毒氣炎蒸交攻而至殆者亦數矣秋八月奉檄來五羊昔之在門者亦接踵而至余見則詬罵曰爾等各有出生死路脚跟誰無一尺土見我何爲皆痛斥而去頃之宗亦自蒲中萬里相尋躬事爨煑無間在昔粤省會亦遭疫癘骸骼蔽野余命宗率人親撿埋瘞不下萬餘作津濟道場以拔之會罷促宗歸曰爾何戀戀於此耶余生平志在忘生以學出情法者今雖荷戈行伍何莫非佛事萬里比隣太虚咫尺以法界海慧觀之了無去來生死之跡又何嗟嗟作夢中顛倒耶但冀爾識心達本以金剛錟爍破歷刼情塵務使愛根習氣緣影蕩盡毫無自欺如此可謂不負佛恩不辜本有方是老人不負汝處也否則抱佛而眠猶不免爲魔伴況復守此幻身而增空華障翳究竟何爲且爾父母師長今皆老矣若棄彼取此亦爲法中之愚也豈正信哉爾其行矣幸爲謝諸故人生當重相逢死則長別離異日常寂光中回視今日猶作夢中事也爾其識之

無忘所囑丁酉仲春二十五日書于壘壁之旅泊齋

示洞聞乘禪人

洞聞法乘夙負上根初脫塵緣遇水潦鶴頂覺其非遂棄去入天目山與性融首座輩結庵居之切磋巳躬下事堅忍數載復叅達觀禪師親近有日以厭喧求寂之念未忘遂辭去隱於羅溪茲特謁老人於瘴鄉求心地法門老人遵梵網經爲授金剛寶戒乘五體投地如泰山崩爲法之勤一至於此老人以久飲瘴烟四大違損乃閉關却跡習靜以休乘亦禮拜歸山請授戒法因示之曰三世諸佛歷代祖師與一切衆生鱗介羽毛乃至地獄三途以極空散銷沉靡不眉毛厮結不隔纖毫其所同者金剛心地所異者情想愛憎耳由佛祖善用其心故轉穢邦成淨土化刀山爲寶林卽劇苦辛酸皆爲極樂眞境此無他術葢於此心中情想不生愛憎無寄譬如淨目徹見晴空又何顚倒幻華自生起滅哉衆生返此無怪乎種種顚倒自取其咎耳佛祖憐愍此輩特特出世一番並無剩法與人不過直指此心令一切衆生當下知歸故毗盧老子初坐菩提場亦不過宣明過去十方三世諸佛此戒法耳千華臺上葉葉釋迦亦不過稟明諸佛此心宣傳此戒法卽四十九年搖唇鼓舌波波挈挈爲人委曲周旋者亦不過普令衆生信受此戒法及至末後拈花天人瞪目而不知者亦只迷此心戒耳金色頭陀破顏微笑乃至二十八傳遞代授手達磨西來神光立雪無言無說葢亦分明直指此心戒耳展轉六傳至老盧俗漢子柴擔下聞

金剛經云應無所住而生其心益乃頓悟此戒不從人得不因師授性自具足者也又更有何奇特哉及至黄梅印正卽解道本來無一物何處惹塵埃因此黄梅老人亦不柰伊何只得無語歸方丈卽三更密付大似烏豆換人眼睛豈此外更有奇特哉從此兒孫滿目遍滿寰中得之者死失之者生千七百人鼓簧播弄亦不過遞相發明此心地法門豈此心外别求妙悟耶若離此外别求卽墮外道邪徑故梵網經云盧舍那佛心地初發心中所誦一名戒光明金剛寶戒是一切佛本源一切菩薩本源佛性種子一切衆生皆有佛性一切意識色心是情是心皆入佛性戒中又云衆生受佛戒卽入諸佛位位同大覺已眞是諸佛子故五十五位進修未見佛性皆墮塗程及至末後等覺位中乃云是人始獲金剛心中初乾慧地到此直入佛性海中由是觀之從凡入聖成佛作祖之要捨此金剛心外豈復更有剩法耶是知此戒不易悟悟則名爲住位不易行行則名爲行位不易通通則名爲向位不易淨淨則名爲登地位不易忘忘則名爲入佛位矣法乘今日誠當自揣以何心爲出家以何心爲參師訪友以何心爲樂求佛法以何心而願受此戒苟得其心則三世諸佛歷代祖師普及一切衆生一齊向老人一毛端頭放光動地則汝二六時中與諸聖凡眉毛厮結也此則是名眞持戒者否則險險則墮叅叅叅(洞聞初禮鐵嘴蘭風爲師此云水潦鶴者指蘭風也)

示優婆塞結念佛社

惟吾佛住世說法利生四衆人等各皆得度隨機教化各有方便普令獲益譬若時雨三草二木無不蒙潤隨分充足各得生長是故法有千差源無二致然以佛性而觀衆生則無一生而不可度以自心而觀佛性則無一人而不可脩但衆生自迷而不知又無眞正善知識開導故甘墮沉淪枉受辛苦耳所以盧祖初至黃梅問何處人荅曰嶺南人黃梅道獦獠亦有佛性耶祖曰人有南北佛性豈有二耶自此一語如雷驚羣蟄流布人間知之者希悟之者鮮是則嶺南爲禪道佛法之源頭爰自盧祖演化道被中原而門庭之前竟埋荒草寥寥幾千載矣談者皆謂非善根地是不達佛性之旨耳余蒙恩遣雷陽以丙申春至秋來五羊壘壁間注楞伽經完戊戌夏即爲諸來弟子演說每一座中見諸善男子輩亹亹而來余深嘉之未幾有善士十餘人作禮願乞教授優婆塞五戒法余欣然應請即爲羯磨自是歸心日誠聽法彌篤余哀其未悟愍其不達進修自度工夫因授以念佛三昧教以專心淨業痛厭苦緣歸向極樂月會以期立有規制以三時稱名禮誦懺悔爲行欲令信心日誠罪障日消必以往生爲願果能此道雖在塵勞可謂生不虛生死不浪死豈非眞實功行哉然佛者覺也即衆生之佛性以迷之而爲衆生悟之即名爲佛今所念之佛即自性彌陀所求淨土即唯心極樂諸人苟能念念不忘心心彌陀出現步步極樂家鄉又何必遠企於十萬億國之外別有淨土可歸耶所以道心淨則土亦淨心穢

則土亦穢是則一念惡心起刀林劍樹縱然一念善心生寶地華池宛爾天堂地獄又豈外於此心哉諸善男子各諦思惟應當痛念生死事大無常迅速一失人身萬劫難復日月如流時不可待儻負此緣當面錯過大限臨頭悔之何及各宜努力珍重珍重

示眞遇禪人

禪人眞遇生長盧陵棄妻子出家樂遠離行志向名山叅訪知識幻人以幻業遷訛至嶺海禪人因得來叅頃辭往普陀禮達觀師授以毗舍浮佛偈復持來五羊幻人於幻化場中作如幻佛事開諸幻衆說如幻法門禪人作禮請益幻人乃依如幻三昧爲說一切諸法皆如幻夢境界而開示之曰善哉佛子當善思惟一切諸佛依幻力而示現一切菩薩依幻力而脩持一切二乘依幻力而趣寂一切外道依幻力而昏迷一切衆生依幻力而生死若夫天宮淨土依幻力而建立瓊林寶樹依幻力而敷榮鐵牀銅柱依幻力而施設鑊湯鑪炭依幻力而沸騰鱗甲羽毛依幻力而飛潛蠢蝡蜎翹依幻力而動息以極三世諸佛之所證六代祖師之所傳總不出此幻網三昧禪人安得而逃之耶汝試諦思何因而落生死何因而入母胎何因而汨沒愛纏何因而願出沉淪何因而發足超方何因而叅訪知識何因而履名山登福地穿叢林入保社今年而南海明年而五臺後年而峩眉汝將遍歷寰中縱經塵劫窮盡十方微塵國土承事十方諸大知識總皆不出幻化門頭非究竟眞實處也然雖如是喚作迷頭認影

不訪就路還家苟能一步踏斷幻結則無邊幻網一時頓裂無涯幻海一時頓枯無量幻業一時頓消無邊幻行一時頓得無量幻生一時頓度此則是名以幻脩幻所謂衆生幻心還依幻滅者也其或未然則縱經三生六十刼以文殊爲父觀音爲母普賢爲師而欲恃此親因以求出生死事遠之遠矣汝諦思惟其無謂我爲幻化人非真實語也叅叅

示優婆塞易真潭

佛性善根如草種在地但有土處莫不有之若遇時雨靡不發生第雨有早晩故生有遲速耳人人皆有善根種子若遇大善知識開導如時雨降則勃然生芽抽條長幹開花結實觧不成就所謂有情來下種因地果還生未有無因而招果者此從上佛祖教化門頭貴在觀根逗機善爲開導使其自性成熟非有別法以誇誕衆生也善士易真潭生在邊地長於塵勞汩汩口體不暇安有留心出世切念生死事大乎自非夙種善根深厚油然於中而不容已者何乃遇緣卽發不待教而能若是耶余初貶雷陽未度嶺時談者謂邊俗好鬼而啗血食絕無善人且據佛言邊地下賤篾戾車種以爲六難以其斷絕佛種破滅善根不聞三寶名字故余以爲實然頃過電白見潭攜善士數輩頭面作禮余甚異之及過苦藤嶺誅茅荚施茶結緣葢潭創爲佛事集衆信而爲之者此則不因開導而自爲之豈非善根純熟時節因緣巳至有不能自止觸事而現遇緣而成者耶由是觀之佛性未必盡善魔性未必盡惡隨其所習故有異

耳佛說邊地惡種葢言其重者欲人生正信生中國聞正法故也余見潭純誠篤信創建善緣足見佛法廣大不難行於邊地乃作疏命潭與二三善友同心一力果期年而功成三年而化行卽今海外路人皆作佛事將轉魔界而成佛界未必不從此一人一事倡始也一陰以至堅冰一陽而炎赫日造化之機如此道化之機亦然佛言無佛法處建立三寶非菩薩人不能克成梵語菩薩此云大心衆生潭豈非大心衆生耶若從此增進信心不退善根轉深勇猛精進頓悟本心卽永斷生死一超直入菩提彼岸未必不從今日出門一步爲初地也但辦肯心決不相賺勉之

示本淨貴禪人

禪人寶貴以守護佛法爲心初書金字法華諸經募造旃檀釋迦彌陀二聖像成居端州之鼎湖時往來五羊稽首請益予示之曰吾佛有言諸法從緣生諸法從緣滅是知一切諸法緣會而生緣會而生則未生無有未生無有則雖有而性常自空性空則諸法本無自性矣故曰知法常無性佛種從緣起能達緣起無性者則爲成佛眞種矣善哉佛子汝之所書諸經者法也所造旃檀如來者佛也以汝之信力爲因托諸所化爲緣是則佛從緣起而法亦從緣起於法性中法卽佛而佛卽法也第不審果了此法性空乎性不空乎若言其性空則現見佛之相好莊嚴畢竟光明熾盛赩如寶山而華嚴八十一卷靈文三十九品之次第五周因果之行布四十二位之森嚴不欠一字法華之三周授記懺法之

諸佛洪名不少一人燦然滿目煥乎全彰謂之性空無物可乎若言其性不空方其緣之聚也則紙自紙墨自墨金自金而香自香如是紙墨皆爲世諦流布如是金香皆爲惡業莊嚴如是佛法之名又何從而有耶求其本無則性自空矣方其今之緣聚也卽以世諦之金香而爲佛卽以世諦之紙墨而爲經然紙墨之相不異當時體不增於昔日而佛法之名既彰則敬慢之心懸隔其助成之人雖不改於故武而善惡之機天淵矣由是觀之則一切諸法本無自性從緣會而生者明矣斯則能達此佛此法本無自性則爲成佛眞種矣而汝所作種種諸勝緣不審達無性而作耶不達無性而作耶由作而後得無性耶若達無性而作則佛法在已而不在物若不達無性而作則佛法在物而不在已若由作而後達無性者則已與物皆無性矣達已無性則無能作之人達法無性則無所作之法人法雙空是非齊泯則已與物皆無跡矣又從何而分别耶如是則功德不可思議菩提亦不可思議佛子知是而知則爲眞知如是而作則爲妙行否則以思惟心而作難思之佛事譬如手把螢火而燒須彌秪益自勞又何從而究竟耶善哉佛子諦觀法王法法王法如是應如是作應如是持可謂善超諸有矣

示法錦禪人

法錦自言性多瞋習老人因以方便調伏而示之以忍辱法門更爲開導之曰永嘉大師有言我師得見然燈佛多刼曾爲忍辱仙是

知忍之一行爲成佛之第一妙行也故我師釋迦老子生生世世爲提婆達多之所謗害至於今生出世種種破法無所不至甚而殺害其命者非一及法華會上爲其授記作佛且曰我之三十二相八十種好勝妙功德皆由提婆達多善知識故之所成就豈非以忍之一行爲成佛之要行耶又云昔我於歌利王割截身體我於爾時無我相無人相無衆生相無壽者相若有我相人相衆生相壽者相然燈佛卽不與我授記由是觀之一切衆生生死苦具皆以有我而成無上菩提福慧莊嚴皆以無我而至以我與物敵故是非生是非生則愛憎立愛憎立則喜怒滋自性濁而心地昏心地昏則諸惡長諸惡長則衆苦集衆苦集而生死長矣是皆從我之所致甚矣我之爲害譬如嚴城堅兵豈易破哉老氏有言曰柔勝剛弱勝强此蓋忍行之初地也衆生恃其我見堅牢難破所以一言之逆不能受一事之違不能安一飢一寒之不能耐一念之欲不能淨斯皆不知忍之之方徒增我見之執耳所以佛教諸弟子脩和合行又曰苦法忍苦法智又曰無生法忍八地乃得是知從生法忍忍至無生則妙行圓佛果成矣忍之一行豈淺淺哉故曰凡有所作皆當忍之是則舉心動念處以忍試之舉足動步處以忍先之折旋動容處以忍持之喜怒哀樂處以忍驗之如斯則心有不敢妄動身有不敢妄作事有不敢妄爲情有不敢妄發故老氏曰不敢爲天下先不敢卽忍之異名由不敢爲天下先故忍爲成佛第一行如此則

忍大而我小故忍能衣被於我亦能衣被於物自利利他之德無出此者故曰柔和忍辱衣謂是故也禪人求法語故余題之曰忍辱爲衣禪人勉而行之其無以爲口頭話且又無以此爲博飯具也

憨山大師夢遊全集卷第二

音釋

韝（恪侯切音彄）齷（於角切音渥）齪（測角切音娖）骼（古伯切音格）

獦（古昌切音葛）獠（力照切音潦）

憨山大師夢遊全集卷第三

侍者福善日錄　門人通炯編輯

示性淳禪人

若論此事如青天白日十字街頭長安路上徃徃來來誰不覿面相呈何曾瞞昧絲毫又如杲日麗天山河大地草木昆蟲鱗甲羽毛飛潛動植誰不通同受用至若生盲雖從來不見亦未嘗不蒙利益也何獨于汝分上有所欠缺隱昧又勞汝費草鞋錢登山渉水遠遠迢迢尋師覓友偏向深山窮谷中求之而後得耶汝但自巳不解向脚跟下一步勦絶命根被他無量刼來種種戲論習氣所弄恰似白日被鬼迷之相兩眼睜睜開口向人胡言亂語竟不知從何處發來亦不知誰之所使終日竟夜渰渰纒纒隨波逐浪波波刦刦更不知所作何事亦不知自巳本來是甚麽人及至忽然夢省亦自大生慚愧甚至扼腕頓足切齒椎心恨不能団地跳向佛祖頂顊上行及乎遇境逢緣眨眼之間不覺墮入黑山鬼窟去也此乃天下有志學道之人通病豈獨禪人爲然然其病根直在不了自心但爲習氣所弄耳老人生平有志此一大事恨般若緣淺習氣偏厚又無如古之眞正明眼知識鑪鞴且自發志出家操方學道以來以至入山氷雪寒巖一至萬死一生之地于中種種伎倆知解向者裏一毫用不著唯獨于冷地納被蒙頭時忽然覷得父母未生前一點消息便回視昔之種種顛倒皆夢中事耳且復自恨爲他業緣牽引墮入種種幻化境界至瀕萬死而獲一生所賴凍餓中博得一

點孤光處處受用種種逆順境界以此爲鑪冶鉗鎚煆煉習氣麤重緣影塵垢耳卽今生死關頭未知何如禪道佛法未必能會至若的信自心不向他求一著以此爲消磨歲月之具其他復何容啟齒哉禪人今且行矣卽求老人法語一似含元殿裏覓長安若向自己脚跟未動步一著解提得起放得下乃至日用見色聞聲未開眼時未入耳時早能耳親眼辨決不向生死窠中習氣隊裏頭出頭没此所謂不涉途程一步早已超過則佛祖亦無挨身處鬧老子豈奈伊何如此方不負雪浪開導之恩亦不負自己百刧千生帶來者一點種子不被三毒習氣熏蒸爛亦不負老人今日向戈戟場中爲汝出氣其或未然縱使學得三藏十二部更有何益如昔爲人縱能穿衣吃飯更喚作甚麽人卽老人今日之語大似木人穿鞾石女戴帽耳古人云初秋行脚汝等諸人只須向萬里無寸草處去且道如何是無寸草處叅叅叅

示妙湛座主

從上古人出家本爲生死大事卽佛祖出世亦特爲開示此事而已非於生死外别有佛法非於佛法外别有生死所謂迷之則生死始悟之則輪廻息是知古人叅求只在生死路頭討端的求究竟非離此外别於紙墨文字三乘十二教中當作奇特事也所以達磨西來不立文字只在了悟自心以此心爲一切聖凡十界依正之根本也全悟此心則爲至聖大乘少悟卽爲二乘不悟卽爲凡夫若悟而不存證而無得卽爲超聖凡出生死之

向上一路矣近代學人去聖逾遠不見古人眞實行履向日用現前境界生死岸頭一一透過卽此日用不離一法不住一法處處不輕放過便是眞切工夫卽此目前一切聲色逆順愛憎境界一一透得過處便是眞實悟門卽此悟處頭頭法法便是眞實佛法非是聽座主撞鐘擊鼓登華座開大口學野干鳴側耳低頭閉目披衣時方爲佛法也所以善財童子南歷百城叅禮佛刹微塵數諸善知識故得開悟塵塵刹刹諸解脫法門然法門固無論卽善知識安得有刹塵之多多耶殊不知刹刹塵塵者乃吾人日用妄想念慮情塵也苟能于日用起心動念處情根固結處愛憎交錯難解處貪瞋癡慢種種習氣難消磨處就於根本痛處劄錐一一勘破一一透過如此便是眞實知識當下卽登無礙自在大解脫無上法門捨此外更有何知識可叅更有甚奇特法門可入耶

示靈洲鏡上人

余昔遊海門登妙高峰入無際三昧入楞伽室覩東坡老人代張方平手書楞伽經與佛印禪師留作金山常住是時舉身毛孔熙怡悅豫如春生百艸不自知其所以然也及後覽敎乘印證乃知爲習氣橫發于中熏然不自覺耳自爾行脚雲水間此海濶天空虛明昭曠之境時時如大圓鏡懸於眉睫間也頃爲幻業所弄直走瘴鄉舟行過曹溪口下湞陽峽經小金山而抵羊城未暇登眺戊戌秋日始得覽其勝與鏡心上人過東坡堂讀悟前身詩又爽然自失恍然若覩舊遊是知天

地一幻具萬法一幻叢出没一幻蹟死生一幻場江山一幻境鱗甲羽毛一幻物聖凡一幻衆爾我一幻遇耳上人降心白法日誦金剛經以爲定課舊染頓袪心光漸朗益肯於刮垢磨光非氿氿波流業海者比也頃持卷索法語爲進修之資老人猛思昔遊海門故事今此地見東坡如前身因歎人生生死幻化去來夢事若以法界海慧照之則三際十方當下平等天宮淨土一道齊平心佛衆生了無差別鑊湯鑪炭實際清涼草樹庭莎風帆沙鳥烟雲變狀日月升沉舉目對揚無非普現色身三昧也吾學道人所貴金剛正眼爍破無明癡暗煥發本有智慧光明拈向現前日用欬唾掉臂揚眉瞬目之際拈匙舉筯之間頓顯自性無垢法身是稱爲得解脱人即如空生悟般若時涕淚悲泣對佛自謂實無有得名阿羅漢也一切世間所有諸法豈有過此般若者哉然般若非他即吾人心鏡之光耳永嘉云比來塵鏡未曾磨今日分明方剖析上人號曰鏡心是以心爲鏡耶是以鏡照心耶若以心爲鏡則老盧道明鏡亦非臺非臺則無鏡可寄若以鏡照心心本無相又何從而照之耶如此非心則非鏡非鏡則非心心鏡兩非名從何立如此則上人名是假名名假則眞亦非眞是則所讀之般若又豈有文言字句寄於齒頰之端耶上人苟能悟此法門則江光水色鳥語潮音皆演般若實相晨鐘暮鼓送往迎來皆空生晏坐石室見法身時也如此則東坡之所書楞伽佛印之殺青災木與老人今日荷三生之緣重過

此山上人偶拈此卷以請益莫道又是前身夢語也經云一切有爲法如夢幻泡影如露亦如電應作如是觀上人苟能不昧本因當習氣橫發試取此卷讀之不覺妄想顛倒情塵自然氷消瓦解矣

示歐生伯羽

嘗謂一切聖凡靡不皆以志願成就世出世業是知吾人有志於性命者志出生死有志於功名富貴者志入生死也吾師有言廣大智海變而爲生死業海寶明妙性昧而爲貪瞋癡慢生死之業性由是觀之吾人之性眞妄之源旣已不二苟知由貪瞋癡而入生死卽可用貪瞋癡而出生死矣諺語有之恨小非君子無毒不丈夫余居常每念勾踐因會稽之耻志復吳仇乃卧薪嘗膽二十餘年衣不重綵食不重味竟滅吳以覇吾學道人視歷刼生死幽囚困辱於三界牢獄豈直會稽之耻貪瞋癡慢奪吾妙性之光破我涅槃之宅豈直吳仇吾人怡然如飴而與之嬉戲遊宴於其間略無慚耻奮恨之心可謂大不知本矣其自視也可稱大丈夫哉伯羽有志於此當爲切齒

示馮生文孺 庚子

學道人第一要發決定長遠之志乃至盡此形壽以極三生五生十生百生千生萬生以至刼刼生生直是一定以悟爲期若不悟此心決定不休縱然墮落地獄三途或經驢胎馬腹誓願不捨此決定成佛之志亦不以苦故退失今日之信心譬如有人發心有萬里之行決定以所至之處爲的從今日出門發

足一步直至入彼所至之門親彼所求之人以至升堂入室與之交歡浹洽以極忘形而後已如此方稱有決定志也苟無此判然決定之志只說出門要去迴顧目前種種所愛放不下或因循延挨口去心不去或者幸有親朋大力之人促發出門及乎上了路頭悠悠蕩蕩或遇歌管隊裏富貴塲中貪戀耳目近玩忘却未出門的念頭邈然不知所向往或中道緣差撞遇惡友惡緣弄得囊空資竭加之疾病纏綿進退囘惶生無量苦或身體疲頓久沐風霜不奈勞苦便生退還之念或將近及門遇見一機一境一事之差或訛言誤聽以爲實使其將見而不及見其人臨門而不得入其室如此者舉皆枉費辛勤終無實到究竟之地葢緣初發心時無決定志耳苟如此欲作世間小小功名事業亦不能成何況無上佛道了死生證菩提乎故曰佛道長遠久受勤苦乃可得成豈可取近效求速就哉雖然如是有決定之志更須要真實之見若知見不真志其所不當志行其所不當行亦更枉用工矣吾人求道既有此志須要的信自心當體是佛本來清淨無物本來光明廣大如此所以日用現前不得受用者只爲彼此幻妄四大拘蔽介爾妄想浮心遮障難得透徹過此生死關捩子不啻若千生萬刧之遠也吾人既知此心諦信不疑今日發心定要以悟爲期卽從今日發心做工夫便是出門第一步今日親承善知識開導便是促發之者至其促發上路途中種種境界種種辛勤種種遲回留連不留連退惰不退惰

皆在學人自己脚跟底本分上忖量皆非善知識所可與也馮生文孺有志於此剔起眉毛且看脚跟下最初出門一步

示曾生六符壬寅

聖人用心如鏡不將不迎來無所粘去無踪跡以其至虛而應萬有也故老子有言不出戶知天下豈妄想思慮機變智巧揣摩所能及哉所謂廓然大公聖人之心也古今聖巧機變之士自謂思無不致智不可及故飾智自愚是心光未透本體未明墮於無明妄想網中而將以爲智大若持螢火而與赫日爭光也曾生志道當以此自勉

示贊侍者

侍者眞賛寫余小像焚香作禮請說法語老人驀拈柱杖趂之曰爾朝夕執侍尚不自知生尊重想又何以紙墨畫像爲師範乎每親聞法教如春風度耳又何以紙上陳言爲準則乎爾自發心出家求出離相而不決志修遠離行果眞出家實爲生死乎爾自心癡迷向外馳求不知頓歇狂心爲成佛秘要區區執幻妄爲眞實迷頭認影了無出期卽老人坐向汝胸中爾亦作熱病想耳佛言狂心不歇歇卽菩提勝淨明心本非外得果能如此可稱坐參不勞徧禮知識自入無量法門也是則名爲隨順覺性又何以包裹老人爲爾自思惟二六時中除劫穿衣喫飯迎賓待客折旋俯仰咳唾掉臂雜談戲論處如何是自己本來面目者裏參透許汝覷見老人一莖眉其或未然對面千里

示明哲禪人

余被放之四年己亥夏講楞伽新疏於五羊之毒門旅泊庵禪人不遠數千里叅余於瘴鄉余視其謹愨命典齋食且將令知三德而調六和攝一心而修萬行也禪人唯命是聽勤力半載餘矣適飲瘴烟浸染成疾自視四大不支難堪衆務乃乞度嶺北尋樂地以休養辭行老人因而勉之曰爾豈以苦樂爲異地死生有彼此哉殊不知四大爲假借苦樂爲幻塲死生爲夜旦亦不知心乃衆惡之源身爲衆苦之本也原自迷心爲識執妄爲身顛倒死生出没苦道曾不知幾千萬刧譬如夢馳險道怖畏張惶求脫而不能欲離而不得憂愁悲楚望捄無門疲頓精神暫息無術自謂終墮沉淪爾乃甘心汨没矣又安知極力而呼猛然勃跳而大覺之則向之悲楚辛酸皆成笑具以今旣覺與向之求脫何異天壤哉卽爾而觀今之病苦呻吟作去就求脫之想正若夢中事耳不能自呼而覺余爲大呼而汝猶不知是藹然長夜終無惺眼之時矣奈何以幻妄而甘苦辛認夢想而爲眞宅今旣遇呼而不覺捨此而誰又呼之耶嗟嗟蒙冥顛倒長夜欲求覩慧日之光如今日之緣者難之難矣爾試思之忽然猛省回頭轉腦生死情關頓然迸裂便是破夢宅出險道之時也

示舒中安禪人住山

舒中禪人將誅茆南嶽請益山居法要老人因示之曰夫道不在山而居山必先見道見山忘道山卽障根見道忘山觸目隨緣無非是道此古德名言永嘉之諦訓也子今志欲

居山是見道而後居耶是居之而後見道耶若見道而後居居則有住住則道非眞道若欲居山而後見道道本無住住則道不在山也子將以何爲道而又何所居也子徒以山爲山殊不知日用現前身心境界皆山也教云生老病死四山所逼又云五蘊山又云人我山又云涅槃山然涅槃心也人我境也五蘊身心乃生老病死之窟穴也梵語涅槃此云寂滅幻妄身心境界總屬動亂原其本致則眞妄不二動靜皆如但以迷悟之分故有聖凡之別迷之則涅槃而成生死悟之則生死而證涅槃是知五蘊人我之山元是涅槃安宅也斯則一切聖凡出生入死未嘗不居此山而子之寢處長夜於此久矣夫何今欲居之耶若以欣厭取捨爲入道之資是猶避溺而投火也故曰我欲逃之逃不得大方之外皆充塞又曰狂心不歇歇卽菩提入道之要唯在歇狂心泯見聞絕知解忘能所息是非寂滅此心政不在逃形山谷飽食横眠恣嬾怠長我慢爲道妙也梵語頭陀此云抖擻以其能抖擻客塵煩惱耳但淨其心是諸佛道子其勉之

示極禪人辛丑

佛祖出世但以本法示人元無剩法亦無實法葢欲令人人自知本有而已卽三藏十二部歷代祖師所指無非欲人頓識本有元不令向外馳求以世人不知本分具足將謂别有乃於一切言教中求公案上去貎紙墨文字上覓以至種種伎倆思惟計較當作學佛法把作叅禪了生死又作種種塵勞事業當

作出世功行今日正眼看來都沒交涉何也皆是以思惟妄想造作如夢中事耳以未離心識故古人云損法財滅功德莫不由茲心意識然無量劫來生死根株栽向識情窠窟且又滋之以愛水培之以欲泥熏之以無明之火增長諸苦之芽卽有佛法知見皆墮外道戲論但增苦本非出苦之要也末法弟子去聖時遙不掌明眼眞正知識開示往往自恃聰明大生邪慢不但以佛法知見凌人傲物當作超佛越祖之秘且復以世諦文言外道經書惡見議論以口舌辯利馳騁機警當作撥天關的手段將謂闇老子定管束不得亦不復知有世出世間因果事此蓋由不識自心不知本法於己躬脚跟下一步了不干涉徒恃癡狂增長夢中顚倒耳禪人自出頭來便解恁麼親師擇友恁麼苦行種種因緣而求佛道是知本有而後發心耶是不知本有因發心後由師友指示而求之耶若知有而後發心則不是恁麼行脚若從師友指教而後知則又不必如此依然癡狂外邊走也卽今掩關書經的事又作麼生且雜華乃入法界之經也且道以何爲法界又作麼生入若能提起生鐵心腸睜開金剛眼睛一脚踢翻生死牢籠如脫鎖獅子自在遊行看他善財初發心時作見文殊打破此關棙子便解搖搖擺擺南歷一百一十餘城參見剎塵知識然後毗盧老子亦不柰見便得與法界等與虛空等與毗盧等與普賢行願等若使渠最初不遇恁般人說破恁般事將恐至今埋在一微塵中牢牢緊閉猶如大鐵圍山又不

止禪人今日之死關也安能一生成辦歷劫因果了却從前冤債哉禪人不信老夫之言試向一毛端頭拈起放下橫來豎去時親切著眼覷看若果一眼覷透方信老夫不欺汝亦信毗盧老子不欺汝歷代祖師亦不欺汝即汝自信本心亦不自欺也其或未然試聽末後句看

示宗遠禪人住山

余竄海外之五年庚子春宗遠紹禪人同慶堂福自南嶽來時悟心融佛嶺乾二子皆在伴老人以食息相與結夏壘壁將半復移居東華解制後各辭去宗遠稽首乞一語爲住山法要老人揮汗以示之曰夫入深山住蘭若此從上佛祖第一入道因緣也惟我本師釋迦老子棄捨金輪辭親割愛走入雪山萬丈寒巖埋身千尺以至鵲巢其頂蘆穿其膝猶不知六年凍餓皮骨支持苦空寂寞之狀又何如也一旦覩明星而悟道朗長夜而獨明便見天龍拱衛神鬼欽崇爲天人師作世間眼至今光照四天道流百億聞名者喜見相者皈王臣敬仰有識傾心梵宇琳宮莊嚴殊麗無分遐邇百代如生如此澤流而無窮功垂而不朽者皆從雪山六年凍餓中博來只今後輩兒孫四事受用不盡此乃開天闢地一個住山樣子也自斯已降法道東垂若遠公之蓮社僧遠之胡牀五祖之破頭老盧之獵隊西江之隱山石霜之枯木凡載傳燈列名僧史者未有一人不向深山窮谷苦空寂寞中出嗚呼世衰道微人心不古凡托跡空門寄形袈裟者靡不假我偷安因然不知

出家竟爲何事將謂四事供養應當受用更不思生死大事爲出家兒第一要務也古人出家專爲生死一著叅師訪友發明己事然後向深山窮谷草衣木食支折脚鐺煮脫粟飯盡將從前業識影子掃除蕩淨不留一絲单单的的提持向上一路身如枯木心似寒灰直至大徹而後已如此方稱佛之真子方能報佛深恩禪人今發大勇猛心以住山爲志只須放下諸緣心如牆壁单提一念直欲上齊古人必以發明生死大事爲期不明不已切不可效時輩作偷安計爲養嬾資也行矣爲我前驅誅茅岳麓待老人酬償債畢以送餘年也其念之哉

示念松通禪人

昔中峰禪師居天目久叅高峰大事未明乃立懸崖撫孤松七日遂大徹卽今崖松獨峙而追跡中峰者幾希通禪人往于松下誅茅結屋居之三年日誦華嚴爲業其精苦固有之其期則過中峰遠之遠矣若夫發明個事則猶未也達觀禪師字之曰念松欲其不忘本耳今禪人遠問余於瘴鄉且別余去將東遊過支提北入五臺尋文殊萬眷屬中得一侶傍金剛窟誦華嚴滿百部以畢餘生臨行乞一語爲法要余乃撚鬚而笑曰子作此見解是猶涉海而求河洛也以狹陋之習而入廣大法界此其難矣古德云盡大地是一卷經盡大地是沙門一隻眼以如是眼讀如是經盡未來際曾無間歇又何去來之相彼此之見哉華嚴以平等法界爲宗以無障礙爲門苟能悟此宗入此門無一物不播遮那之

體無一聲不闡圓妙之音無一時不修普賢之行無一人不是刹塵知識是則光綱三昧舉目昭然普眼眞經隨念具足舉足下步不離寂滅之場居塵出塵頓到般若之岸子將何處覓五臺以何法爲大經乎故曰我欲逃之逃不得大方之外皆充塞子如當念了却又何必登山涉水尋伴侶誦文言以了餘生乎若了生本無生則住無所住能悟無住之旨自不作去來動靜生滅之想六祖大師於無所住而生其心一語打落從前百千萬刼顛倒知見子當于此剔起眉毛高著眼看切不得錯落出門一步全身入却荒草也

示佛嶺乾首座剌血書華嚴經

余昔居東海那羅延窟禪人自五臺來謁及余度嶺之五羊復從匡山來慰余於瘴鄉余作見如隔世親因觀人間夢幻如此乃於諸來弟子輩結夏壘壁間及解制日乾作禮白云某將歸東林尋遠公之芳躅效蓮社之清修且願刺血手書華嚴大經以爲莊嚴佛土之淨業願乞一言開示余曰佛子諦聽爾以何爲大經以何爲淨業爾以書寫紙墨爲經乎語言文字爲經乎以運動折旋爲淨業乎以點畫分布爲淨業乎若以書寫紙墨爲經則市肆案牘無非大經若以語言文字爲經則談呼戲笑世俗文字無非妙理斯則本無欠缺又何庸書若以運動折旋爲淨業則日用尋常咳唾掉臂無非觀音入理之圓通若以點畫分布爲淨業則迎賓待客舉筯拈匙無非普賢之妙行如是則本自具足又何別求捨此而言法行是猶知二五而不知十也

雖然盡十方是常寂光元無明昧極法界是清淨土本沒精麤森羅萬象皆海印之靈文鱗甲羽毛盡法身之真體猿吟鳥噪皆談不二之圓音雨施雲行盡顯神通之妙用如是則無背向無去來無取捨無始終三際爲之不遷十世圓成一念此法界無盡藏也爾欲於無盡藏中徒以區區生滅心行指色相莊嚴爲法行求淨土之真因者是以牛糞爲旃檀魚目爲意珠也況一字法門海墨書而不盡爾欲以有限之四大涓滴之身血刹那之光陰而欲寫無盡之真經作難思之佛事是猶點染虛空捫摸電影也爾其參之如其未然試向五老峰頭諦觀山色湖光聽鳥語溪聲與毗盧老子坐普光明殿與十方無盡身雲刹塵海會說法界普照修多羅時有何差別參參

示懷愚修禪人

學人圖修自吳中一鉢走瘴鄉侍余二載餘余於戈戟塲中而作佛事修精持一念作務爲衆先晝夜無倦始終如一日余時時冷眼覷之頗有納子氣息念末法向袈裟下提持此事者難得其人心甚愛之頃辭余欲參諸方知識臨行乃問四大本空五蘊非有病在甚麽處老人曰病在沒有處因說此偈以助行脚四大本空空是病五蘊非有有成非兩頭坐斷無消息始信家山到處歸

示西樵居士吉水人

圓覺經云居一切時不起妄念於諸妄心亦不息滅住妄想境不加了知於無了知不辨真實此語古德每每拈示學者多落思惟窠

臼獨中峰各註一不字此金剛圈也

示陳生資甫 吉水人

孔子曰知幾其神乎說者謂幾者動之微學者當於未動時著眼方乃得力

喜怒哀樂之未發謂之中正好於六祖不思善不思惡如何是上座本來面目同參

文者心之章也學者不達心體強以陳言逗湊是可爲文乎須向自己胸中流出方始葢天葢地

孟軻云食色性也此言似千七百則註脚殊非章句家可知

古人云工夫在日用處此死句也今日坐在此語窠臼中縱是有志之士亦皆賣弄識神影子非言者之過執言之過耳

宗鏡云聲處全聞見外無法此語非透出毗盧頂顊上行者定不知話頭落處

儒生有志於道者獨向禪中求做工夫却不知念茲在茲便是上乘初地

夜氣清明攝心端坐返觀內照寂然不昧處自見本來面目毋自欺也孔子云吾未見好德如好色者也足知天下不欺者鮮矣

飄風驟雨颯然而至試觀風從何來雨從何至此觀識得分明萬物在己

譬如嘉苗望其秀實賊蟊不除難其成矣不獨世間叢林學道亦然

示離際肇禪人

若論此事本無向上向下纔涉思惟便成剩法何況以有所得心入離言之實際乎禪人果能決定以生死爲大事試將從前厭俗心念乃至出家已來所有一切聞見知識及發

叅求本分事上日用工夫著衣喫飯折旋俯仰動靜閙忙凡所經歷目前種種境界微細推求畢竟以何為向上事再將推求的心諦實觀察畢竟落在甚麼處凡有落處便成窠臼即是生死窟穴皆妄想邊事非實際也經云縱滅一切見聞覺知内守幽閒猶爲法塵分別影事古人目爲黑山鬼窟正是叅禪大忌諱處何况以生滅心麤浮想像入究竟際遠之遠矣所謂舉心即錯動念即乖若將不舉心不動念當作玄妙又落玄妙窠臼有僧問趙州如何是玄中玄州云汝玄來多少時僧云玄之久矣州云若不是老僧幾乎玄殺你看古人一語如金剛王寶劒斷盡凡聖知見如是觀之此事豈唇吻能道紙墨文字可能形容只在學人日用舉心動念處諦實觀察但有絲毫情見乃至玄妙見解粘滯處便是妄想影子都落生死邊際非離際也離際之際名爲實際實際無際無際則不落聖凡邊際聖凡不落生死情亡古人所謂一念不生前後際斷斷則無事矣方名無事道人事既無又向甚麼處求玄求妙所謂但盡凡情別無聖解到此如人飲水冷暖自知大似啞子喫黄栢難以吐露向人禪人但辦一片生鐵心腸如此一直行將去不必將心待悟亦不必計其歲月日時只須將前後無量刼數直下拈在目前任他生死去來起滅即此現前一念決定不爲他浮光幻影遷移縱是刀山火聚淨土天宫亦任他頭出頭没此一念孤光畢竟不被他搖奪如此可稱大力量人方纔是真正出家兒不被生死籠罩不被聖

凡埋没不被三際遷訛如此始得名實相應乃是真實離際也禪人持此語請正諸方明眼知識切不可作禪道佛法會

示懷愚修堂主

古德云盡十方世界通是衲僧一隻眼虛空萬象鱗介羽毛洪纖巨細通是大毗盧藏一卷經以如是眼讀如是經盡未來際不休不息此普賢大士一毛孔中最微最細少分佛事一毛如此況一一毛孔乎正報毛孔如此況依報世界微塵乎一塵如此況塵塵乎且塵含巨刹況塵塵之刹刹刹之塵乎以此深觀則無邊刹海自他不隔於毫端十世古今始終不離于當念此普賢之真經能見此經則爲文殊之智眼卽以此眼觀塵中之衆生一一衆生盡説此經使之一一聽者當下了知一切聖凡本來無二無别吾人卽具此眼轉此經度此衆生雖云使盡大悲行盡大願經刹塵刧了無疲厭縱然如是亦非衲僧本分事何以故以淨法界中本無動揺去來凡聖諸影像故此殊勝影像尚無況諸妄想知見佛法禪道種種取捨諸顛倒相虛妄影耶是知從上佛祖示人只教歇却狂心不從他覔所謂但自懷中解垢衣何勞向外誇精進又云但盡凡情别無聖解若作聖解卽墮群邪以上神通妙用皆本分事無奇特故卽此一味平常何用别求佛法

示了際禪人丙午

予中興曹溪重修寶林禪堂以接納四來時量禪人發願行乞以供大衆當結制初禪人拈香請益予因示之曰諸佛利生妙行原非

一種菩薩成佛妙門本非一路昔維摩大士以一鉢飯而爲佛事三萬二千有量之衆食其食者皆入律行且道至今鉢盂仍舊香飯如常食之者律行何居持米者神通何在若于此透得正所謂於食等者於法亦等若透不得更須叅訪知識決擇疑情直至不疑之地始與本地少分相應其或未然未免隨波逐浪所以僧叅趙州乃云學人乍入叢林乞師指示州云喫粥也未僧云喫也州云洗鉢盂去其僧有省禪人若于趙州說處者僧省處會得便與維摩方丈中諸上善人把臂共行去也

憨山大師夢遊全集卷第三

音釋

囮户卧切音和　鞾許茄切批　慤苦角切音慤　蟊莫浮切音侔

憨山大師夢遊全集卷第四

侍者福善日録　門人道炯編輯

示容玉居士

子居雷陽之三一庵化州王居士容玉請曰弟子歸心於道久矣第志未專一念生爲名教以忠孝爲先愧未能挂功名以忠人主博儋石以孝慈親心有未安故難定志余曰然哉夫忠孝之實大道之本人心之良也安有捨忠孝而言道背心性而言行哉世儒槩以吾佛氏之教去人倫捨忠孝以爲背馳殊不知所背者跡所向者心也傳曰思事親不可以不知人思知人不可以不知天人者仁也性之德也由是觀之論事親而不知人不名爲孝論知人而不知天不名知人言知天而不見性則天亦茫然無據矣是則心性在我則爲本然之天眞也能知天性之眞則爲眞人以天眞之孝則爲眞孝子能以見性之功自修則爲眞修以性眞之樂娛親則爲妙行以是爲孝孝之至矣猥云以敬爲重而口體爲輕者抑又末矣玉曰弟子服膺明誨見性之功誠大矣以此娛親固所願也第望洋若海渺無指歸捷徑之功乞師指示余曰古德有言唯有徑路修行但念阿彌陀佛梵語阿彌陀此云無量壽佛者覺也乃吾人本然天眞之覺性尤見性之第一妙門也原夫此性先天地不爲老後天地不爲終生死之所不變代謝之所不遷直超萬物無所終窮故稱無量壽此壽非屬于形骸修短歲月延促也吾人能見此性即名爲佛且佛非西方聖人之稱即吾人自性之眞而堯舜禹湯蓋天民

之先覺者斯則天民有待而能覺聖人生之而先覺此覺豈非佛性之覺耶孟子所謂堯舜與人同耳所同者此也能覺此性則人皆可以爲堯舜人既皆可以爲堯舜則人人皆可以作佛明矣嗟嗟世人拘拘一曲之見未遇眞人之教而束於俗學以耳食爲至當無怪乎茫然而不知歸宿矣玉曰弟子蒙開示信知自心是佛自心作佛不假外求但不知作佛之旨下手工夫願求示誨余曰吾人苟知自心是佛當審因何而作衆生蓋衆生與佛如水與冰心迷則佛作衆生心悟則衆生是佛如水成冰冰融成水換名不換體也迷則不覺不覺即衆生不迷則覺覺即衆生是佛子欲求佛但求自心心若有迷但須念佛佛起即覺覺則自性光明挺然獨露從前妄想貪瞋癡等當下冰消業垢既消則自心清淨脫然無累無則苦去樂存禍去而福存矣眞樂既存則無性而不樂天福斯現則所遇無不安惟此眞安至樂豈口體之能致富貴之可及哉此所謂心淨則佛土淨事心之功無外乎此淨土之資亦不外於是玉曰弟子聞教心目開朗如見歸家道路了無疑滯第以念佛爲孝何以致此孝耶是所未安願師指示余曰昔有孝子遠出其母有客至望子不歸口囓其指子即心痛知母憶念遂即旋歸且母囓指而子心痛以體同而心一也子能了見自心恍然覺悟自心即母心也以已之覺以覺其母以已之念願母念之母既愛子之形豈不愛子之心耶母若愛子之形則形累而心苦母若愛子之心則形忘而心樂

矣且母子之心體一也昔母念子嚙指而子心痛今子念母忘形而母心豈不安且樂耶第恐子事心之功不篤忘形之學不至不能如母念子之切感悅其母之心耳故古之孝子不以五鼎三牲之養而易斑衣戲彩之樂孝之大者在樂親之心非養親之形也世孝乃爾儻能令母之餘年從此歸心於淨土致享一日之樂猶勝百年富貴使母時懷戚戚之憂也是則彼雖富貴而親不樂即樂而有所以不樂者存今子以念佛而能令母心安且樂樂且久豈非無量壽耶母壽無量子壽亦無量是淨土在我而不在人佛在心而不在跡矣子其志之

示自庵有禪人住山

佛言一切衆生流浪生死皆是妄想顛倒以爲根本顛倒想滅肯心自許便是了生死出苦海的時節也妄想不休生死難出故云狂心不歇歇即菩提吾人果能頓歇狂心便是出三界破魔軍露地而坐稱爲無事道人鐵面閻羅老子縱有狠心毒手亦無打算摸索處往來縱橫自由自在一大解脫人恁麽時節即喚成佛作祖亦不耐聽又肯向厠溷中與癡蠅作隊偷腥撲臭耶十方世界皆成淨土以大圓覺爲我伽藍身心充滿其中與十方諸佛把臂共遊得大自在此則庵即是自自即是庵庵即是山山即是人無内無外無彼無此恁麽則住無所住行無所行修無所修方稱自庵若養嬾癡睡三生六十劫秖爲他人作奴郎耳思之思之

示慶雲禪人

出家兒要明大事第一要眞實爲生死心切第二要發決定出生死志第三要拌一生至死不變之節第四要眞知世間是苦極生厭離第五要親近絶勝知識具正知見時時恭請承順教誨如教而行精勤弗懈不爲五欲煩惱遮障不爲惡習所使不爲惡友所移不爲惡緣所奪不以根鈍自生退屈如是發心如是趨造久久純熟自然與本所願求函蓋相合縱令生不能了悟明見自心即百劫千生亦以今日爲最初因地也若不如是但以狹劣知見軟暖習氣因循宴安而欲以口頭禪狂妄心穢濁氣邪見根將爲出家正業以此望出苦海是猶適越而之燕却步而求前也嗟嗟末法正信者稀禪人既知所向當審知本心以眞實決定爲第一義也勉之勉之

示如常禪人

佛言辭親出家識心達本解無爲法名曰沙門常行二百五十戒又曰斷欲去愛識自心源達佛深理悟無爲法又曰剃除鬚髮而作沙門受佛法者去世資財乞求取足日中一食樹下一宿愼不再矣使人愚蔽者愛與欲也如是之法種種叮嚀苦語無非要爲佛弟子者最初出家便以離欲爲第一行耳後世兒孫身雖出家心醉五欲不知何患是遠離法何道是出苦道纏綿昏迷而不自覺且又矯飾威儀詐現有德外欺其人内欺其心包藏瑕疵而不自覺欲求眞心正念者難其人也淨名云直心爲道場如常有志求出離法當以直心爲第一義珍重

示小師德宗

爾自從老人遊二十餘年不獨執事辛勤即罹患難走瘴鄉已三度矣前已遣爾歸家山事師長爾狂心不歇復爲予來今聞爾師已作故物爾竟不能生執巾瓶死啟手足是可以稱弟子乎爾今即歸不思何以報師恩於冥冥乎古人叅師訪友端爲成辦道業爾今從師二十餘年道業何在古人羞見父母師友爾道業無成幸爾無父母師友無寄羞地矣祖師云衆生與佛無別但衆生多習氣佛祖清淨無垢耳爾事善知識親聞訓誨年亦老矣尚然悠悠如此竟不知此去他時後日又何面目見老僧乎萬一老僧如爾父母恐爾此生亦無寄羞地也念爾忠肝義膽不滅古人昨讀達觀大師語以田光比爾如此則老僧何以報平生乎所謂諸供養中以法爲最今別復以此作供養以酬生平爾其再無忘今日重別之言臨岐執手叮嚀珍重

示慧侍者

佛以一大事因緣故出現於世欲令衆生開示悟入佛之知見然佛之知見即衆生之知見衆生知見即生死知見故曰知見立知即無明本知見無見斯即涅槃斯則聖凡知見無二而有迷悟不同者過在立不立耳祖師道若立一塵國破家亡以其知見本無凡聖但有立即有我有我則諸障頓起無我則萬法平沉是知我爲生死之本也豈特凡夫造貪瞋癡而爲我障即一切聖人諸修行者知見未忘盡屬我障尤爲生死難拔之根故二種障中麤細不同麤則易遣細則難除以其知見深潛根于心者難拔故經云存我覺我

俱名障礙此正知見立知幽潛如命不能自斷者所以古人三二十年苦心叅學縱然悟得自性具足如寒潭皎月靜夜鐘聲隨扣擊以無虧觸波瀾而不散猶是生死岸頭事此古人大不自欺處儻欺已欺人是自壞壞他也侍者福慧早從老人出家初見老人時一蠢蠢物耳別去一十年玆來更蠢蠢也獨嘗喜其蠢蠢中有惺惺不蠢處此侍者以此蠢不蠢爲命根今來又五年其蠢日增其不蠢者亦潛滋暗長也由是人視侍者蠢侍者亦自視蠢更蠢而人人不自知其爲蠢也今年夏老人從西粤回山侍者忽出蠢狀老人大笑其蠢無出頭時私謂此蠢人立蠢爲已過也茍能以此蠢自爲受用地亦頗自足亦可了生死亦不負出家行脚事若以此更立其蠢則病不止知見立知也侍者若能推倒此蠢不患不與老人眉毛廝結

示鄧司直

佛祖出世說般若之法教人修行必以般若爲本般若梵語華言智慧以此智慧乃吾人本有之佛性又云自心又云自性此體本來無染故曰清淨本來不昧故曰光明本來廣大包容故曰虛空本來無妄故曰一眞本來不動不變故曰眞如又曰如如本來圓滿無所不照故曰圓覺本來寂滅故曰涅槃此在諸佛圓證故稱爲大覺又曰菩提諸佛用之故爲神通妙用菩薩修之名爲妙行二乘得之名爲解脫凡夫迷之則爲妄想業識發而用之則爲貪瞋癡愛驕諂欺詐造之爲業則爲淫爲殺爲盜爲妄所取之果則爲刀爲鋸

爲鐵爲磨乃至鑊湯爐炭種種苦具皆從此心之所變現正若醒人無事種種樂境皆在目前少時昏睡沉著忽然夢在地獄種種苦具事一時備受辛酸楚毒難堪難忍正當求捄而不可得時堂前坐客喧譁未息隨有驚覺呻吟而起視其歡娛之境居然在目而酒尚溫餚尚熱也枕席之地未離苦樂之境頓別要之樂向外來苦從中出由是觀之天堂地獄之說宛然出現于自心又豈爲幻怪哉是皆迷自心之所至耳經云自心取自心非幻成幻法又曰三界上下法唯是一心作以此觀之豈獨佛法說一心從上聖賢乃至一切九流異術極而言之至於有情無情無不從此一心之所建立但有大小多寡善惡邪正明昧之不同所用之各異耳故曰山河大地全露法王身鱗甲羽毛普現色身三昧此皆般若之眞光吾人自心之影事也吾人本有之心體本來廣大包容清淨光明之若此目前交錯雜沓陳列於四圍者種種境界色相又皆吾心所現之若彼吾人有此而不知固可哀矣而且誤取自心以爲貪愛之樂地目悅之於美色耳悅之於淫聲鼻悅之香舌悅之味身悅之觸心悅之法又皆自心所出又取之而爲歡爲樂爲貪瞋癡爲淫殺盜妄而造作種種幻業又招未來三途之劇苦如人夢遊而不覺可不大哀歟以其此心與諸佛同體無二歷代祖師悟明而不異者獨吾人具足而不知如幻子逃逝而忘歸父母思而搜討之所以釋迦出世達磨西來乃至曹溪所說三十餘年諸方流衍千七百則指示

於人者盡此事也豈獨老盧即老人今日爲司直所說者亦此事也司直與諸現前共聞見者亦此事也經云唯此一事實餘二則非真是知此一事外皆成魔說爲戲論耳是則諸佛全證若不出世則辜負衆生諸祖悟之而不說法則辜負諸佛凡有聞者而不信不解不受不行則辜負自己負衆生者慢負諸佛者墮負自己者癡斯則佛祖可負而自己不可負以其本有而不求具足而不善用譬如持珠作丐可不謂之大哀歟司直今者身嬰塵海心墮迷途忽然猛省回頭尋求此事是猶持珠之子恥與丐者爲伍心心向人求自足之方老人頓以此法直指向渠儼若指示衣底神珠原是司直固有亦非老人把似以當人情世態也然此如意寶珠隨求而應種種事業受用境界無不取足至若求其隨應之方又在司直自心善巧精勤尅苦之力耳若果能自肯極力自求一旦豁然了悟則將山河大地鱗介羽毛與夫三世諸佛歷代祖師及堯舜周孔事業一口吸盡不假他力否則依然一夢想顛倒衆生耳又何以稱爲大丈夫哉司直司直寧可上負佛祖下負老人萬萬不可自負負君負親也老人今日所說般若皆從上佛祖心地法門即與六祖大師最初所說不差一字第最初聞者唯爾一人既以一人而當昔日千二百衆老人歡喜不禁故亦爲說般若之法如吾佛祖所云如爲一人衆多亦然鄧生持此自利利他未必不爲廣長舌也

示妙光玄禪人

入道因緣門路各別但隨夙習般若種性淺深不一有先頓棄文字單提古德機緣話頭而悟入者有先從教中親習種種修行妙門而後抛却雜毒專依觀行而悟入者如永嘉大師於天台止觀頓見自心如觀掌果及見曹溪如脫索獅子老盧極盡神力剛道得箇如是如是而已此即從上知識第一個樣子也近禪人歷徧諸方久依講肆於佛乘教眼已窺一班若即其所窺苟能剗去一切知見文字習氣於離文字外佛祖向上一路單提力究日夜叅求叅到佛未出世祖未西來一著冷地向自己胸中忽然迸出如冷灰豆爆是時方信一切諸法不出自心轉一切山河大地草芥塵毛皆爲自己如此任運隨宜作法施因緣是則名爲開甘露門向佛祖頂𩕳上行也若心志狹劣將口頭殘茶剩飯當作無上妙味如此自救不了又安敢言佛法知見乎

示寛兩行人

昔人爲生死行脚今人但行脚而不知生死可哀之甚也所謂日用而不知者此耳其過在不知本有若人知有便知自重知自重則不隨物轉而能轉物矣詩有之曰我心匪石不可轉也要知非金剛心地靡不爲物所轉者旣爲物轉則隨他去也可稱行脚衲子乎寛兩自北而南來慰余數矣不爲艱難道路饑寒困苦所轉老人但知其脚跟勁故稱爲鐵脚今見其心不移故復以鐵腸二字美之然鐵腸乃老人所知其行脚事定非爾所知若稍知行脚便不恁麽驀直去也老人愍其

愚而恐其所不知故復以此書發付再行脚去若此後摸索鼻孔不著他時異日定難似今日相見也

示如良禪人

佛言剃除鬚髮而作沙彌離欲寂靜最爲第一是知欲乃生死路頭第一大事也故切呵之戒之離此便得安隱快樂衆生所以沉淪苦海不得速登彼岸者獨欲爲過患耳佛言諸苦所因貪欲爲本若滅貪欲無所依止且三界爲一切衆生所依止之宅而以欲爲基址塵勞聒聒皆此爲喧閙耳今欲一離依止便無所謂破三毒出三界破魔網爾時如來一大歡喜是知五欲不離三界難破我如來悲愍可知要求寂靜解脱難矣如良少小出家多方行脚今遇老人發菩提心授沙彌戒志修離慾行此則願出生死第一妙行也第恐志不堅行不力耳佛言久受勤苦乃可得成當決定志直至成佛而後已此乃眞志離欲行也

示周暘孺

周子請益法相宗旨老人因揭六祖識智頌曰大圓鏡智性清淨平等性智心無病妙觀察智見非功成所作智同圓鏡五八六七果因轉但轉名言無實性若於轉處不留情繁興永處那伽定此八句發盡佛祖心髓揭露性相根源往往數寶算沙之徒貪多嚼不爛槩視此爲閒家具曾無正眼覷之者大可惘也咸謂六祖不識字不通教何以道此殊不知佛祖慧命只有八個字包括無餘所謂三界唯心萬法唯識以唯心故三界寂然了無

一物以唯識故萬法縱然蓋萬法從唯識變現耳求之自心自性了不可得所以佛祖教人但言心外無片事可得即黃梅夜半露出本來無一物即此一語十方三世諸佛歷代祖師盡在裏許擘不破故衣鉢止之即二派五宗都從此一語衍出何曾有性相之分耶及觀識智頌畧爲注破若約三界唯心則無下口處因迷此心變而爲識則失眞如之名但名阿賴耶識亦名藏識此識乃全體眞如所變者斯正所謂生滅與不生滅和合而成乃眞妄迷悟之根生死凡聖之本楞伽云藏識海常住境界風所動洪波鼓冥壑無有斷絶時既云藏識即阿賴耶而又云常住則本不動也然所動者非藏識特境界風耳偈云前境若無心亦無是則取境界者非藏識乃生滅心耳此生滅心强名七識其實是八識之動念所謂生機若此機一息前境頓空而六識縱能分別亦無可寄矣若前五識原無別體但是藏識應緣之用獨能照境不能分別故曰同圓鏡其分別五塵者非五識乃同時意識耳故居有功若不起分別則見非功矣由是觀之藏識本眞故曰性清淨其過在一念生心是爲心病有生則有滅惟此生滅如水之流非水外別有流也但水不住之性見有流相有流則非湛淵之水明矣故楞伽二種生住滅謂相生住滅流注生住滅此二種生滅總屬藏識生滅不滅則前七識生生滅若滅則唯一精眞其眞如之性自茲復矣復則識不名識而名智故曰心無病六祖大師所頌約轉八識而成四智大圓鏡智藏識

所轉平等性智七識所轉妙觀察智六識所轉成所作智前五識轉以妄屬藏識之用故眞亦同圓鏡然六七二識因中先轉五八一體至果乃圓如此觀之識本非實而妄有二用故曰但轉名言而已換名不換體也且此體不在禪定修行唯在日用一切聖凡同時轉之唯在留情不留情之間故有聖凡迷悟之別周子有志於此諦向日用轉處著眼試定當看

示舒伯損

舒生伯損有志於道請益因示之曰老氏有言爲學日益爲道日損損之又損以至於無爲學者增長知見以當進益殊不知知見增而我見勝我見勝則氣益驕氣益驕則情愈蕩情蕩則慾熾而性昏矣性昏而道轉遠是故爲道者以損爲益也吾人性本清淨了無一物所謂纖塵不立性之體也由是習染濃厚發而爲貪爲瞋爲癡爲慢故縱情物欲物欲厚而性日昏所謂有餘之害也今之爲道者但損其有餘以復性之所不足性體若足則道日光由是發之而爲忠爲孝爲仁爲義推而廣之以治天下國家則其利溥而德大以致功名於不朽者皆損之之益也故在易卦損上益下曰益損下益上曰損苟不自知所損徒以增長知見爲學則損益倒置又何能以盡性哉是故志道者損之爲貴

示文軫

仲尼有言曰富而可求也雖執鞭之士吾亦爲之如不可求從吾所好又曰不義而富且貴於我如浮雲且曰富若可求不羞執鞭既

曰可求而又曰富貴如浮雲果有求耶果不求耶盖曰不義之富貴如浮雲甚言必不可求也此君子有固窮之訓小人有斯濫之譏吾聖人教人以安命定志之本也嗟嗟世人不達大命之本而岌岌窮達之場未了性命之源徒懷得失之念得失驚心則取捨異趣而紛飛之念交錯於胸中欲求志定而理明德新而業進其可得乎

示劉平子

向道不難而難於發心道不難學而難於外求道不難會而難於揀擇道不難入而難於自足道不難悟而難於求玄學道之士於此一一勘破不被人瞞心曠神怡翛然獨步此之謂玄通之士也

性相近習相遠此語直示千古修行捷徑吾人苟知自性本近唯因習而遠頓能把斷要津內習不容出外習不容入兩頭坐斷中間自孤自孤處正謂如有所立卓爾若到卓爾獨存之地則性自復

子輿有言學問之道無他求其放心而已矣雖然亦有心未嘗不求而問學不明者何也病在不放之放求而不求依稀彷彿視之爲匹似閒耳苟知不放之放則自不放求之無求則爲眞求子輿氏見性明心單傳直指處唯此而已有志向道以此爲準

道在日用而不知道在目前而不見以知日用而不知道見目前而不見道非道遠人人自遠耳故曰道在目前不是目前法亦不離目前非耳目之所到苟能透過目前逆順關頭毀譽境上不被牽絆橫身直過如此用心

則聖人不在三代今古不離一念矣有志向道初發心時便從此入

示歐嘉範

世以忠臣孝子爲第一義且曰忠出於孝而始于事親語曰思事親不可以不知人思知人不可以不知天夫天即吾人本然之天性也人之于世百凡可假獨事親之念最眞以出乎天性故也吾人旣禀此性而爲人不知天性之本然則不知人之所當貴也誠能知人之可貴則于一切虚浮雜染垢濁之事自不敢留滯於胸中以障本有之虚明一復本明則聖賢在我故曰道不遠人此之謂也

示李子晉

人生本明爲物欲情塵之所昏蔽故於日用而不自知故曰性相近習相遠也吾人苟有志於復性工夫不必外求但於日用見聞知覺習染物欲偏重處念念克去克之旣久物徹塵消本明自露譬如磨鏡垢淨明現然鏡體本明非待磨而有也凡有志向道工夫當以克磨惡習爲入門初地

示李子融

昔人云割髮宜及膚剪爪宜侵體言其切也故學道之士先須辦長遠不退之志下一分篤實苦切工夫如登萬仞高山不至極頂不已步步努力心心不退不爲毀譽傾動不爲是非揺奪不爲困横抑挫如一人與萬人敵小有退怯前功盡棄又豈可以不堅固心而至不退安樂之境界耶

示歐嘉可

語曰人莫不飮食也鮮能知味也此言道在

日用至近而知之者希古人謂除却著衣喫飯更無別事是則古今兩間之内被穿衣喫飯瞞昧者多矣儻不爲其所瞞則稱豪傑之士矣學道之士不必向外别求玄妙苟於日用一切境界不被所瞞從著衣喫飯處一眼看破便是眞實向上工夫有志於道者當從日用中做

示梁騰霄

士君子處世當其未遇靡不志願匡主庇民建不朽之事業至一登仕籍但務立名爲心忘其所以爲功久則漸染時俗心神渾濁不覺流入富貴之途甚則名亦無所顧忌究其初心不可得矣何也以最初志願不從根本實際中來第爲浮慕妄想而已原非堅固不拔之志安能立不朽之業哉梁生騰霄骨剛氣逸大非風塵中人每從予遊聞一字一句未嘗不驚心惕慮間嘗請益予謂學者固當求志於道德凡志於道德者必先究吾人根本實際要從眞性流出此眞性至廣至大光明清淨蕩絶纖塵此吾性之體所謂仁也此體之中一塵不立但有一念妄想即屬有我有我則與物對物我既分人我兩立人我既立則大同之體昏塞不得爲仁矣體本昏塞則諸妄皆作縱有功名之志皆從妄想發揮凡有作爲皆非眞實根本既妄則脚跟不穩由是一入世緣頓染流俗宜矣梁生從今當做自性工夫從實際叅究儻於自性未能的究根本但將六祖不思善不思惡正與麽時如何是上座本來面目話頭藴在胸中二六時中切切叅究叅到一念不生處忽然識得

本來面目方見老盧不吾欺也

示游覺之

般若體性人人具足但以習氣厚薄故障有輕重之分則人有智愚之别是知貪瞋癡愛現前皆全體獨露之時第爲濁智流轉不自覺察所謂日用而不知也嗟乎聖人不異凡民獨其日用現前境界紛拏交錯之時一眼覷透不爲所瞞昧揆奪耳由是觀之平等性智念念現前如大火聚自一切境界洞然矣

示優婆塞王伯選

古人多稱塵勞中人有志向上求出生死謂之火裏生蓮以其眞難得也以一切衆生無量劫來躭湎五欲爲煩惱火燒日夜熾然未曾一念迴光暫得清涼直至如今能於烈焰叢中猛地回頭頓思出路豈非蓮花生於火內也伯選閩人來賈於粵叅禮老人求出離法老人憐之爲授五戒開示念佛法門專心淨土經云心淨則佛土淨以吾人自心是佛唯心是土淨穢不二心佛一如如是觀察作如是念念念熏修一心清淨光明暎發十方蓮華佛土皎然在前何但火宅生蓮而已哉

示寂覺禪人禮普陀

寂覺禪人將東禮普陀乞一語爲行脚重老人示之曰古人出家特爲生死大事故操方行脚叅訪善知識登山涉水必至發明徹悟而後已今出家者空負行脚之名今年五臺峩嵋明年普陀伏牛口口爲朝名山隨喜道場其實不知名山爲何物道場爲何事且不知何人爲善知識秖記山水之高深叢林粥飯之精麤而已走遍天下更無一語歸家山

可不悲哉南海無涯乃生死苦海之波流也普陀山色乃大士法身常住也海振潮音乃大士普門説法也禪人果能渡生死海覩大士於普門聽法音於海崖返聞自性不須出門一步何必待至普陀而後見其或未然悠悠道路虛往虛來即大士現在頂門亦不能爲汝拔生死業根也禪人自定當看若大士有何言句歸來當爲舉似老人愼勿虛費草鞋錢也

示梁仲遷 甲寅

梁子四相字仲遷從老人遊有年老人愛其心質直而氣慷慨每見事不平無論可否或義有可爲即放捨身命以當之老人每責其麤浮以有道體而欠涵養操存之功若駿馬而無銜轡終不免其蹶也老人將行相送韶陽舟中請法語以書紳乃書此寄之予謂梁子有道者心質直而不曲此道之本也慷慨近勇猛赴緩急近慈悲忘身以赴之是不量力不審權不探本而事末皆麤浮氣之所使非由道力發也古之聖人涉世有體用全彰故應不失時若明鏡之照妍醜權衡之定輕重銖非漫任血氣者梁子自今已往當先洗除習氣潛心向道將六祖本來無一物話頭横在胸中時時刻刻照管念起處無論善惡即將話頭一拶當下消亡綿綿密密將此本叅話頭作本命元辰久久純熟自然心境虛閒動靜云爲凡有所遇則話頭現前即是照用分明不亂定力所持自不墮麤浮鹵莽界中不隨他脚跟轉矣即讀書做文字亦不妨本叅讀了做了放下就還他個本來無一物

自然胸中平平貼貼久之一旦忽見本無心體如在光明藏中通身毛孔皆是利生事業又何有身命可捨哉如此用心操存涵養心精現前看書即與聖人心心相照作文自性流出此是眞慷慨丈夫之能事所謂樞得環中以應無窮即建功立業皆成不朽槩子既有其本又何憚而不爲哉

示劉仲安 癸丑冬

予居五羊一時從遊者衆覩劉子骨剛氣渾謂夙具般若緣種器近於道予將有南嶽之行劉子送予舟中特請益曰弟子道心甚切但爲宿習濃厚妄想纏繞不能直逃向上望師指示老人謂曰子知妄想則妄想自不能纏繞矣既稱妄想則本無實體譬如空花安能結空果耶由子不達妄想本無認作實法與作對待念念與之打交滾絶無一念休歇之時斯則但以妄想爲主而當人本體爲之埋没所以見造道之難耳豈不見僧問古德云妄想不停時如何德云忘想不惡六祖于黃梅會下剛只道得個本來無一物子從今日用做工夫只將本來無一句作話頭二六時中切切叅究但看妄想起處切莫隨他流轉當下一拶自然埽踪滅跡矣

憨山大師夢遊全集卷第四

音釋

攡 隣知切音離　丐 古太切音蓋　擘 博厄切音蘗　翛 先彫切音蕭

憨山大師夢遊全集卷第五

侍者福善日録　門人通炯編輯

示觀智雲禪人

學道人第一要看破世間一切境界不隨妄縁所轉第二要辨一片爲生死大事決定鐵石心腸不被妄想攀縁以奪其志第三要將從前夙習惡覺知見一切洗盡不存一毫第四要眞眞放捨身命不爲死生病患惡縁所障第五要發正信正見不可聽邪師謬誤第六要識得古人用心眞切處把作參究話頭第七要日用一切處正念現前不被幻化所惑心心無間動靜如一第八要直念向前不可將心待悟第九要久遠志不到古人田地決不甘休不可得少爲足第十做工夫中念念要捨要休捨之又捨休之又休捨到無可捨休到無可休處自然得見好消息學人如此用心庶與本分事少分相應有志向上當以此自勉

示了心海禪人

吾人出家单爲生死大事操方行脚參師訪友只爲決擇已躬下向上一路不明不已故善知識单以此事示人近來法門寥落諸方罕聞此風行脚到處但鼓粥飯氣息而已老人寓靈湖蘭若了心禪人來參入門見其有衲僧巴鼻似非尋常粥飯者今將返伏牛拈香請益老人示之曰方今海內禪林第一賴有牛山苦行非諸方可及學道之士苟能拚捨身命一生定不空過但日用工夫单提一念話頭最爲綿密所以不得超脱得大自在者以一向死守話頭念念不捨不知參禪最

先要內脫身心外遺世界離念一著所以繫念反爲念縛不得超脫大自在地耳禪人此番入山幸仗規繩大衆夾持正好隨場下手着力但於念念中看覷念未起處用在離念一著久久忽然念頭迸斷心境兩忘如脫索獅子自在遊行他時再見老人決不似今日眉目動定也

示湘潭諸優婆塞

佛住世說法有常隨四衆出家二衆曰比丘比丘尼在家二衆曰優婆塞此云近事男優婆夷云近事女以其在家能持五戒可以近事三寶堪受法利故及佛法東來隨時受化代不乏人至有明心見性入祖師之室者近來法道久湮師承無眼妄禮三拜例得一名卽自稱爲弟子其實腥膻未吐素行未改致生譏謗全無利益大爲壞法之端故老人生平未敢輕許今觀湘潭諸弟子信心篤厚非泛泛波流故强允其請但念汝等素未聞法雖云善人不知如何是善今按唯識論說心所五十一而善法唯有十一餘皆惡心所也十一法者謂信精進慚愧不貪不瞋不癡輕安不放逸行捨不害此十一法全具爲純善人但少一法卽爲缺德汝等但能依敎持此善法各各究明時時觀察提撕於何法上有未純熟更加切磋之功務要全美而後已如此用心是爲眞實善人所言善心者卽清淨眞心也以一切衆生各各本具如來清淨眞心但爲惡念染污故隨情造業而不自知今能觀察善心則一切惡法自不現前心自清淨矣苟能有志漸漸深觀只參六祖大師開

示慧明不思善不思惡正與麼時那箇是明上座本來面目公案時時叅究是謂向上一路汝等脚跟下誰無一尺土努力前行必不相賺若肯歸心淨土卽依此法一心念佛則現生可斷生死永絕沉淪但恐偷心自欺不能作眞實行耳老人强爲汝等作如是說爲憐三歲子不惜兩莖眉切不可作世諦流布話會也

示方覺之 乙卯

覺之方子支離其形而天機妙發叅老人於南岳老人見其心光烱烱是於般若有夙種者每以向上示之方子心領如飲氷焉今將別拈香請益乃示之曰方子無以天全其性而殘其形以爲闕也予知天不以形累子以眞厚其德耳世之形全者衆而以形傷生者多矣孰能離形釋智以全其性耶聖人謂形爲生累故曰大患爲吾有身故滅身以歸無以其形銷而苦息矣吾佛教化衆生但以破我爲第一義入禪之要不依形骸不依氣息一切皆離其心自寂心寂而樂莫踰焉圓覺經云當觀此身四大假合堅硬歸地潤濕歸水煖氣歸火動轉歸風四大各離今者妄身當在何處方子從此二六時中但當作如是觀觀至一念不生處則外不見身內不見心身心寂然了無一法是時始知天奪子之假實全子之眞則子之至樂不待忘形而造乎極矣子但精進作如是觀一旦洞然始信老人此語不妄

示智海岸書記 乙卯

老人至五羊說法一時法性弟子與緇素皈

依者衆翕然可觀亦時節因緣也未幾時故多事法會難集老人入曹谿向在會者亦多退席唯智海岸修六逸若惺炯三人不離執侍及投老南嶽則岸逸二子相隨不捨是感法乳情深義至高也老人隱居湖東不覺三載居常極其淡薄二子恬然想陳蔡之從不是過耳頃岸以師老歸省拈香請益願乞一語終身奉持老人自念老矣出世法緣會合良難經云如大海中一眼之龜值浮木孔豈易易哉嗟子行矣應諦聽之佛言一切衆生皆證圓覺是知佛性在人各各具足不欠一毫然諸衆生所以流浪生死長劫輪迴而不返者直以背覺合塵順生死流隨逐魔網而不自知也以不自知自覺故枉受沉淪正似持珠乞丐不知懷中本有如意之寶棄之而甘受竛竮以是之故如來説爲可憐愍者老人居常觀子天性率直忘機近道但習氣深厚不能自持往往苦被宿習所牽一入魔罥則渾身墮落苦不自知及猛然想起卽恨不能跳出生死忙忙打疊修行道緣未集熟境現前習氣又發不覺隨波逐浪及至回頭照管已經多時如此起起倒倒依傍老人二十年來畢竟巳躬下生死大事茫無歸宿此何以故葢有入道之資而無堅忍不拔決定之志故脚跟下站立不住胸中多生惡覺惡習不肯痛下毒手洗刷一番耳學道如此任情不但今生不辦卽千生萬劫終無成辦之時也佛言佛法難聞知識難遇今幸遇知識聞正法若當面錯過再出頭來知是幾時求如今日未可得也子今生幸遇老人一向動定

無恒唯今相伴二年喜子能忍苦可謂堅志今又告別恐離老人未必如今日也嗟子老矣求再侍老人如今日亦未可得也茍終身無成豈不辜負此生一大事因緣耶子今行矣所叮嚀者切勿再墮魔網當堅持特操不可久住王城若以二載忍苦之心侍六祖如侍老人信自心是佛一語如信老人將從前習氣忍而不發心心指磨念念省察单提一句話頭咬定牙關不可輕易放過如此拌盡此生決志不改是則不但不離老人一步卽與佛祖周旋坐臥經行不出道場之外也不唯不負老人抑且不負自己

示劉存赤 乙卯

頃予投老南嶽甲寅冬暮茶陵劉季子遠來叅叩雪夜圍爐寒燈相照因問予一向如何用心對曰昔蒙和尚開示偈云蓮華火裏生世人謂希有不是火生蓮惟在心離垢每看此話於末句頗得受用老人深喜因示之曰子於心離垢一句得力此語不虛亦不易到經云凡夫賢聖人平等無高下唯在心垢滅取證如反掌繇是觀之衆生與佛本來無二所謂心佛與衆生是三無差別但心淨卽佛心垢卽衆生生佛之辨不遠只在心垢滅與不滅耳以此心本來清淨但以貪瞋癡慢五欲煩惱種種業幻垢濁障蔽故名衆生此垢若淨卽名爲佛豈假他力哉無奈一切衆生無始業障深厚煩惱堅固難得清淨必假磨煉之功故有叅禪念佛看話頭種種方便皆治心之藥耳譬如鏡光本明以垢故昏必假磨煉之藥然藥亦垢也以取能去其垢故鏡

明而藥不存矣又如眞金在礦沙石垢穢必須烹煉之法金精而無用其煉矣衆生心垢難離必須工夫精勤調治垢去心明故說衆生本來是佛非一向在煩惱垢濁之中妄自稱爲佛也㕘禪看話頭一路最爲明心切要但近世下手者稀一以根鈍又無古人死心一以無眞善知識決擇多落邪見是故念佛㕘禪兼修之行極爲穩當法門若以念佛一聲蘊在胸中念念追求審實起處落處定要見箇的當下落久久忽然垢淨明現心地開通此與看公案話頭無異是須着力挨排始得若以妄想浮沉悠悠度日把作不喫緊勾當此到窮年亦不得受用若以悠悠任妄想爲受用此則自誤不但一生即從今已去乃至窮劫無有不誤之時也子向於念佛法門有緣試看實究審果在煩惱垢濁之中一聲佛號如水清珠以此受用但非徹底窮源耳經云如澄濁水沙土自沉清水現前名爲初伏客塵煩惱去泥純水名爲永斷根本無明子只將此佛語默默自驗萬無一失若得到眞離垢處如經云明相精純不爲客塵煩惱留礙如此不惟彌陀接引即十方諸佛亦皆同聲稱讚矣幸與子窮年雪夜此段冷淡家風世所希有苟不負此嘉會但從此去念念不離冷淡中便是離垢一條徑路步步着力必有到家眞解脫時也

示鍾衡嶽

茶陵鍾生明性詩禮世家往因患難走粤㕘予於曹溪老人曉之以善惡報應因果之說安其心以歸其難竟解所以解者皆非憶想

可到機緣偶會無心自至生由是故物無恙蹈安恬無事之境煞竟茫煞不知其故猶煞以生平未愜心快意事將用心力以圖之若探囊拾芥也甲寅除日同存赤劉子遠來相慰伴予度歲老人意戲而歎曰子所志是將涉海渡河而求飲甘泉泉未必得而渴愈熾且若跋涉之勞也向以因果報應之理諭子豈忘之耶夫善惡感應捷如影響聲和響順形直影端故聖人不言因果但言爲善降之百祥爲不善降之百殃是以安命定志爲誠故曰不知命無以爲君子聖人教人以安命佛教人以隨緣其道一也安命則一毫不必强爲隨緣則一念不容妄想故佛法教人一以斷妄想爲本妄想乃貪瞋癡種種惡業之本也卽菩薩修行以至成佛報得天上人間最勝莊嚴廣大福田皆從斷妄想始以妄想斷則惡業消惡業消則百福集此所謂自求多福也故示之以偈曰世事皆從妄想生妄心消處業緣輕不須更覓菩提路只要當人退步行退步者乃休心斷妄之最上工夫也以人心本來光明廣大爲萬福之源但由妄想惡業遮障故禍日生而福日減今苟妄消業斷則一性圓明受用無邊得受用處是爲眞福是知福由已作者政非智巧機詐可致耳且佛以斷妄心則感人天之福鍾生本有功名富貴之鎡基若能直下休心將前生平所作之業從頭仔細一一檢點但有虧心傷理一念不合大道處盡是苦根一齊吐却從新別立根本另作一番工夫只在休心斷妄聽命俟時一件把作標準潛心自已固有之

事業不必別求一念妄想之事如此以補前行之失一旦災消福至則功名富貴逼拶將來亦無迴避處又何用種種妄想攀緣而他求哉鍾生果能諦信不疑執而行之則佛果可期況世緣乎勉之勉之

示袁大塗

世之士紳有志向上留心學佛者往往深思高舉遠棄世故效枯木頭陀以爲妙行殊不知佛已痛呵此輩謂之焦芽敗種言其不能涉俗利生此政先儒所指虛無寂滅者吾佛早已不容矣佛教所貴在乎自利利他乃名菩薩梵語菩薩此云大心衆生以其能入衆生界能斷煩惱故得此名菩薩捨世間無可修之行捨衆生無斷煩惱之具所以菩薩資藉衆生以斷自性之煩惱如他山之石可以攻玉耳煩惱者乃貪瞋我愛見慢種種惡習而爲自性光明之障蔽非世間衆生一切逆緣境界不能磨礪以治斷之如詩所云切磋琢磨者此也且佛制五戒卽儒之五常不殺仁也不盜義也不邪淫禮也不飲酒智也不妄語信也但從佛口所說言別而義同今人每發心願持佛戒乃自脫略其五常是知二五而不知十也又推禪定爲上乘以其能明心見性而不知儒亦有之顏淵問仁子曰克已復禮爲仁已者我執也豈非先破我執爲修禪之要一日克已天下歸仁豈非頓悟之妙以天下皆物與已作對待障礙若我執一破則萬物皆已豈非歸仁乃頓悟之效耶及直請其目乃曰非禮勿視聽言動以所視聽言動者皆物而非禮則我障也今言勿者謂

不被聲色所轉也於一切處不墮非禮豈非入禪以戒爲首耶但佛多就出世說至其所行原不離於世間卽菩薩住世所行亦不外此佛者覺也能覺此心卽名爲佛非離此淨心之外別求一佛也良由衆生惡習障重心難清淨故設念佛方便求生淨土法門且曰心淨則佛土淨是知念佛固淨心之妙行也然念佛本爲淨心苟念佛而其心不淨何取於念持戒而背五常何取爲戒袁生有志向道結友同修淨業葢夙習善根所發叅見老人堅請授戒老人示之曰戒本自性具足若諦信老人之言自淨其心則戒已受禪已修淨土已入菩薩妙行世出世法二利具足槩不出此生其勉之

示雙輪照禪人

雙輪照禪人來叅且云將隱居山中单究向上事乞老人住山之法因示之曰古人住山乃大捨身命處殊非細事專要善用其心用心之法单提向上一念直須向佛祖不容處一着立定脚跟次則要將胸中一切知見玄言妙語雜毒一齊吐却次則識得本體了無一法不可被妄想習氣影子發生種種境界惑亂正念次則要看本叅話頭如六祖不思善不思惡如何是本來面目公案極力提撕但有一切惡習現前卽將本來無一語看破切不可隨他相續流轉咬定牙關此處定要把得住方不被他搖奪如此用心乃是惺惺時着力處若用心着力太過則懈怠心生便起昏隨此時只須快著精彩不可落在昏沉窠窟中急須持咒仗此咒力足敵此魔以藏

識中多劫惡習令被話頭逼出變化無窮境界一切魔境從妄想生一切昏沉從散亂生正恰用心之時忽一念散亂卽落昏沉是須善知永嘉寂寂惺惺四料揀語最爲切要古人用心但只將一句本叅話頭靠定如鐵壁銀山相似若到一念不生處亦是得力不可作究竟會直到工夫任運不假思惟一念豁然身心如脫空方是工夫入手處亦未是究竟但能至此自然輕安自在便生歡喜然此乃是本分事未是奇特若生奇特想便墮歡喜魔便起無端狂知狂解此關最險此皆老人有所試者古云枯木巖前錯路多行人到此盡蹉跎非細事也縱使有力打過種種境界正好修行正好保護未是到家若以此爲足便起世間種種五欲因緣之念此關難過

過者百無一二所以不到古人田地正是得少爲足之過患也饒你學人苦心一生得到此地若被此等惡習所牽仍是墮落生死坑中前功盡棄可不哀哉如此說話古人語中所載不少老人畧爲拈出以末法中難得眞正學道之人蓋亦曾爲浪子偏憐客耳大叚古人住山不是養嬾圖快活单爲自巳生死大事所以走向萬重寒巖作沒伎倆活計若在此因循度日虛喪光陰豈不更可悲哉雖然用心差别既巳知之其山中目前變幻境緣卽水流風動猿吟鳥噪雲騰霧擁樅然在前更爲喧雜永嘉見道忘山之語切須看破老人初住五臺龍門時萬丈寒巖之下氷雪堆裏如埋死人徹骨嚴寒五内俱透唯有微微一息視從氷中出入至此返觀覓自心一

念起處了不可得此境正是助道之緣又大風時作萬竅怒號日夜不休及雪消澗流響若奔雷又如千軍萬馬奔騰之狀如此雜亂境界初最難當因思古人有言聽水聲三十年不轉意根可許入道老人遂卽發憤於獨木橋上坐立終日聽水聲始則聒聒難消久則果爾忽然寂滅自此一切境界皆寂滅矣所謂萬境本閒惟人自鬧此又是道人住山第一着工夫也禪人記取毋忽

示顓愚衡禪人 丙辰

向上一路乃出家人本分事古人發足超方只要究明此事近代以來槩不知出家爲何事安可望爲古人乎顓愚衡禪人初依五臺空印大師聽習經論久之遂盡屏去单提一念切究本分事萬里南詢過曹谿謁老人請益老人謂此事若不放下身心苦切根究到水窮山盡處終無下落縱到水窮山盡處古人謂之靜沉死水又謂之玄妙窠窟若不回頭轉腦則面前如鐵壁銀山相似衹是得力時不是受用處古人用心不是死到底須是死中發活始得要在回機轉位所以道百尺竿頭坐的人雖然得入未爲真百尺竿頭重進步大千世界現全身學人到此只索轉身別行一路方不被他作障礙禪人唯唯作禮而別乃就誅茆南嶽未幾老人亦曳杖而至詢禪人則爲病魔所撓業經寶慶就醫老人聞之歎曰禪門下衰真實爲生死的學人最爲難得今斯人而有斯疾豈龍天厭薄法門乎丙辰春三月朔風雨夜半忽禪人冒雨衝泥而至老人相見大喜曰此豈病夫所能耶

覩其眉宇津津爽氣是知其疾已瘳八九因再拈香請益老人特示之曰子之病魔乃子之大善知識爲助道因緣子知之乎切以衆生之病病在有我以執我故一切煩惱衆病以之而生病生則苦必隨之自古及今無有一人不病是者唯知病病之人不爲病耳且四大假合聚必有散縱使不病何嘗不病哉若了病不病者則病不能病之矣子知今日之病不知多生劫劫病病至今日矣子若不了今日病則從此已去不知病之底止也子知生死之病而不知要出生死之病大有過於生死之病也夫何故古人以叅禪不出陰界墮於識情窠臼縱有妙悟皆成我見以執四大爲我病尚可醫今離四大復執有我此病則醫王束手最難調治諸佛諸祖特特出世尊爲治此一種膏肓之病費盡多少心力求肯服藥而瘥者幾何人哉禪人身病已瘳切不可被禪病侵也雲門謂法身有兩般病其言透過法身若法執不忘已見猶存亦是病極言認執之病也禪人將前所蘊一切玄言妙語及叅禪執守功勛一齊唾却只到一㸃惡覺惡習不留定不被他養成病根直使佛祖無立脚處豈不見善財童子南詢百城叅五十三大善知識各授一種法門到頭只落箇與法界等與虛空等何曾有實法繫著耶又不見毘盧遮那法身非身而托普賢妙行爲身普賢無行但以衆生之行爲行故曰菩提所緣緣苦衆生若無衆生則無菩提此從上佛祖出世之眞榜樣老人因謂禪人四大病身非病魔不能治禪病刺心非衆生不

能治從今日去只將身如大地等則病魔潛蹤心與衆生等則我見不立我見不立則禪病自消以心不自心則本不生不生則一法不立苟一法不立又有何法而作知見障礙哉古人云捨情易捨法難禪人捨身即捨情捨見即捨法情法兩忘豈不爲大無礙解脫之人哉嗟予老矣再晤爲難禪人勉之

示李福淨

零陵李生應禎請益心性之旨因示之曰夫心性者何乃一切聖凡生靈之大本也以體同而用異因有迷悟之差故有眞妄之别所謂三界惟心萬法唯識以迷一心而爲識識則純妄用事逐境攀緣不復知本有眞心矣若知眞本有達妄元無則可返妄歸眞從衆生界即可頓入佛界矣達磨西來单傳心印頓悟法門正是頓悟此心此禪宗心性眞妄之旨也若夫吾儒所宗堯舜禹湯文武周公孔子所傳之心性則曰唯精惟一以精一爲宗極而有人心道心之别此亦眞妄之分也但世教所原不出乎此其曰道心則不迷不妄之性也其曰人心則迷性而爲情世人但知用情而不知用性但知波而不知波原水也故孔子曰性相近也習相遠也性近則水原無波習遠則逐波忘水水尚不知而況了達濕性無二乎且如本一水也而以鹹酸苦辣和之則淡性亡矣其濕性則本無二也是知衆味乃妄之變也其濕性不可變也不可變者眞可變者妄若達濕性無二則衆味不可得而有也所謂堯舜與人同耳同者性也不同者妄也又曰人皆可以爲堯舜其可爲

者性也不可爲者習也人之所習苟捨汙下而就高明則日遠所習而近於性是可與爲堯舜者亦此習耳習近於性卽禪家漸修之行也以世儒之學未離凡近去聖尚遠非漸趨無以致其極故聖人立教但曰習曰致曰克其入道工夫在漸復不言頓悟若夫禪門則遠妻子之愛去富貴之欲諸累已釋切近於道故復性工夫易爲力故曰頓悟以所處地之不同故造修有難易其實心性之在人本無頓漸之差但論習染之厚薄此入道要也若究心性之精微推其本源禪之所本在不生滅儒之所本在生滅故曰生生之謂易此儒釋宗本之辨也心性之説葢在於此若宗門向上一著則超乎言語之外又不襌心性爲實法也

示叚幻然給諫請益

諸佛出世無法可説祖師西來亦無實法與人但爲衆生種種顛倒執著之情隨宜擊破令捨執著頓悟本有而已以衆生癡迷執著之心堅固難破加以歷劫無明煩惱業障根深難得頓悟故費吾佛四十九年無量方便爲設斷惑證眞之法從凡至聖設有五十五位之階差非是世尊好作恁般去就費婆心也以衆生心病無量故設對症之方亦無量耳及至究竟實際直到知見盡泯一法不立始是到家田地若有纖毫知見不忘猶在門外止宿草菴遣之又遣至無可遣縱然如是猶是法身邊事未是法身向上事止是教家極則處未是宗門極則處由是觀之修行一事豈是草草便以一知半解爲得哉且如宗

門自六祖巳前不說叅究功夫只貴當下頓悟自南嶽青原巳下根機不一多在叅求保養及至五家建立門庭施設不同就裏宗旨元無差別其於應機接物如秦鏡當臺照徹肝膽至若與人解粘去縛直指法身向上一路勦絕佛法知見不到窮源徹底斷斷不肯輕易放過其在禪道大盛之時天下明眼知識甚多學道衲子處處叅請印證故悟者不落邪見及宋而元知識雖多學人邪見不少不墮生滅則落空見有體無用如二乗偏空甚至撥無因果墮落外道豁達斷空或悟心未徹才見影響便得少爲足自稱菩薩口口談空心心着有竟造生死之業而不自覺如是皆未得明眼知識勘驗提撕故致禪門凋弊古德云不是無禪只是無師謂是故耳大

段末法叅禪得少爲足者多縱有眞正學人肯下死手做工夫十年五年不變其志亦有了悟自心一切皆空因無明師印證遂落空見或識神未破墮在光影門頭或習氣未淨被工夫逼撥變現種種境界將爲神通妙用或見諸佛菩薩現身說法或使知他心宿命能見未來之事或起種種異見此皆習氣變現若認作奇特便落魔道可惜一往工夫爲害非細此皆不遇明師又不知佛敎中修心方便故誤墮耳亦有眞叅實悟明見自心了無一法不能開頂門正眼便坐在淨裸裸赤灑灑純清絕點處此名抱守竿頭靜沉死水故云百尺竿頭坐的人雖然得入未爲眞百尺竿頭重進步大千世界現全身又云有佛處不可住無佛處急走過正是敎人不可坐

在無事甲裏便說無佛可成無衆生可度此正墮在斷見不能離此空見耳縱然到此亦是法身邊事未是法身向上事豈不聞雲門道得到法身邊隱隱的似有箇物相似亦是光不透脫直饒透過放過卽不可此語實是修心照膽鏡也故古德云悟之一字直須吐却應知佛祖說法一味遣衆生執情所謂但盡凡情別無聖解若作聖解卽受羣邪楞嚴經中五十種陰魔非漫語也今時修行旣無明師指點若不遵佛祖言教印證將何以爲憑據耶始因衆生着有故佛破其有見二乘外道着空故佛破其空見菩薩着空有二邊故佛說非空非有破二邊見及至入佛法中又遣其佛見法見所以遣至無遣正謂不見一法卽如來豈不見善財童子叅五十三大善知識已入五十三位法門入佛境界不說成佛之事但云與虛空等與法界等與毘盧遮那等及見普賢菩薩乃爲說十種行願此便是修行學佛之大榜樣不以悟後爲無事也今人修行從能悟徹法界若不學善財修習普賢大行終是不免墮落空見外道可不懼哉此上葛藤特爲修行無多聞慧錯誤用心不能入佛知見故不免饒舌若視爲泛泛語言不唯有負老僧且自誤不少

示玉覺禪人

蘄陽慧玉慧覺二禪人叅老人於黃梅紫雲山自云心中生滅念念不停猶如野馬特求開示云何降伏其心老人示之曰學人修行爲生死大事也以心中念念不停故生死不斷欲實爲了生死必要把一切萬緣盡情放

下放得乾乾淨淨然有無始習氣種子不得乾淨必須叅一話頭紙上都有但不知下手工夫難易訣法必須叅善知識開示方便是他行過的曉得易入處如六祖昔聞應無所住而生其心當下開悟世人不知當了玄妙道理會元不是玄妙因昔有住今聞無住故當時放下而得開悟有何玄妙如永明大師昔以念佛用心不能造入後於韋馱前拈鬮得念佛叅禪世人以禪當作道理講殊不知禪乃是自心經云不生不滅是也欲明生死大事知戒律尊崇決不敢犯先要信力肯心堅志把玄言妙理世事人情都要放下此叅禪一着元無有玄妙奇特此事極拙汝肯信否若果肯信但把從前妄想一齊放下不容潛生緩緩專提一聲阿彌陀佛着實靠定要觀此念從何處起如垂綸釣於深潭相似若妄念又生此因無始習氣太重又要放下切不要將心斷妄想只把脊梁竪起不可東想西想直於妄念起處覻定放下又放下緩緩又提起一聲佛定觀這一聲佛畢竟從何處起至五七聲則妄念不起又下疑情審這念佛的畢竟是誰世人把此當作一句說話殊不知此下疑情方纔是得力處如妄念又起卽咄一聲只問是誰妄念當下掃蹤滅跡矣佛云除睡常攝心睡時不能攝心一醒就提起話頭如此不但坐如是行住茶飯動靜亦如是在稠人廣衆中不見有人在諸動中不見有動如此漸有入處七識到此不行如此日夜靠定不計工夫一旦八識忽然迸裂露出本來面目便是了生死的時節方不負出

家之志但叅禪之時不要求悟任他佛來祖來魔來只是不動念念單提行將去中間再無疑難如是綿綿密密心心無間日用着力做去自有下落

示明益禪人

學人不知向上一路但求增益知見殊不知知見立知卽無明本此不知本有而向外馳求更欲增益其明矣苟明其明則明亦不立何益之有故曰爲學日益凡言學者則向他家屋裏求安樂窩縱然求得畢竟非屬已有既非已有則樂非眞樂樂既非眞又何從而安之耶向外求安自古學人之通病非特今也明益禪人請益將謂無益而欲明之耶有益而欲明之耶若言無益無益則不必矣若言有益既有益矣又何必明之耶試看明從何明益從何益若求明其明則失本明若更求多益則返成無益凡求益者如人食已飽而更貪其味則傷食而病成矣若能隨食而吐可勿藥而愈若護病忌醫終成痞滯凡病此者雖盧扁不能治何也以貪食不吐一病也養病諱疾二病也病成忌醫三病也或從而惡藥四病也或求速效不信治本之方卽疑醫棄藥五病也或更從庸醫誤服毒藥而至損生者此不治之科也學人自棄本明而向外馳求增益知見大都若此傷哉吾少每讀醫師踰未嘗不三復聖訓竊見近世學者初爲沙彌卽能誦此老不知宗竟致虛生浪死者無限此不明之過也亦有求明而誤以不明强自爲明者誠不達本之咎耳佛言息心達本源故號爲沙門學人苟能息心達本

明不必外求益不必多增自性具足曾何虧欠明益禪人果能知此頓將從前所求多處一齊吐却如傷食人中無宿滯則元氣自復學人剗却知見可稱無事道人矣試子細檢點從前滿腹餿酸作何氣味叅叅

示慧楞禪人

禪人生長休邑少賈於江湖因厭塵俗至匡山禮續芳和尚薙髮老人自南嶽來休夏金竹禪人拈香請益因示之曰汝已能捨世間恩愛身雖出家而心未明出家之事昔吾佛世尊捨金輪棄王宮入雪山六年苦行覩明星悟道成等正覺爲三界師六道尊仰人天供養普度衆生同出生死此是最初第一箇出家之樣子也如此看來豈是偷安養嬾貪圖現成受用便爲出家者乎定有一段本分事也從上諸祖特爲生死大事出家至於操方行脚叅訪知識特爲發明心地將無量劫來生死根株一拔頓盡超脫三界永離苦趣方爲自利後聽龍天推出建立三寶是爲利他二利具足始是出家本分事禪人今日出家曾知有此事否曾知有生死大事否如何是生死卽今現前五蘊身心集下無量劫來種種貪瞋癡慢憎愛習氣種子日用心心起惑造業之心元是如來佛性光明種子今被無明煩惱葢覆日用而不自知者是以迷此佛性便是生死悟此佛性頓斷煩惱脫離生死是眞出家皃如此看來出家乃大丈夫了生死事非享安逸貪圖自在而已也不肯修行不求明心見性是爲虛消信施返招來世酬賞之苦何出家之有禪人何生何緣何幸

得遇明師度脱安居名山道場法侶和合又何幸遇善知識指引開導若不深生慶幸大生慚愧決志修行求出生死是爲自棄如到寶山空手而回豈不哀哉禪人若肯發志修行最先要將從前一切煩惱憎愛習氣一齊頓斷单单志求了生死一着单將一句阿彌陀佛藴在胸中如已命根心心不斷念到花開見佛便是了生死眞正出家之時節也若不以老人之言發起眞實信心是爲避溺投火此生錯過豈有出頭時節汝切自思自勉毋忽

示半偈闇禪人

禪人少習舉子業有出世志四十棄妻子禮紫栢老人之弟子果清湛公祝髮于歸宗歸宗乃昔諸尊宿建法幢之禪窟有如來舍利在焉是知禪人出家之緣勝所居之地勝第未發勝心耳歸宗久廢紫栢大師過其地憮然悲酸見枯松半折斤斧大師愍而咒土壅之冀其重榮以卜道場之再建不數年皮骨皆完于是湛公毅然而興遐邇聞之莫不仰冀景從居士邢來慈矢心唱導又數年感今上賜御藏以光名山由是殿閣遂成而堅音長老募造毘盧大像以奠安之自此三寶已具其二獨僧寶未集不足以揚法道耳禪人出家之八年老人自南嶽來遊禮舍利于金輪峰頂覩其山川秀拔詢恢復之艱難殿閣雖成禪居未就猶然荒寂中也來慈固苦心護法其力行乃吾徒事若僧徒不勇往爲之則負建立之意恐紫栢寂光有靈定不瞑

目也因是致懇勸發大衆而堅音與禪人爲之綱領禪人聞說頓發勝心普化大檀莊嚴佛土卽荷錫出山濵行請益老人欲堅其願力乃歡喜而示之曰

汝雖出家然猶未聞出世之行昔吾釋迦本師捨金輪王位匿影雪山六年苦行以成正覺爲人天師其實从遠劫來廣修福慧故曰三千大千世界無有如芥子許不是菩薩捨身命爲衆生處至若施頭目腦髓如棄涕唾非一劫二劫乃至無量劫來世世生生如此苦行方纔博得相好身土微妙莊嚴卽今末法弟子一鉢盂飯皆是如來身命骨血換來留與兒孫受用由是觀之吾徒出家衣食現成安居受用豈易消受哉苟不思報佛恩體佛心行佛行理佛家事則名雖出家實資三途之苦具耳所謂體佛心者大慈悲心是行佛行者忍辱心是佛家事者廣行六度成就二嚴建立三寶弘揚法化是若不如此非佛弟子是爲賊人盜佛袈裟自滋苦本如此出家有何利益所言福慧二嚴者以志悟般若種子了達自心妙契佛心此名爲慧廣修檀度莊嚴成就衆生此名爲福故曰福慧兩足稱二足尊故今勸禪人第一要志求般若了悟自心以出生死之苦海次要廣行衆行普化十方莊嚴佛土以成淨土之淨業除此二行無可修者然佛言教化衆生卽是莊嚴佛土以大地衆生没溺貪欲苦海畢造生死苦業長劫沉淪無由自出故感三界三途之苦具所賴三寶爲福田以種般若之種子以爲他世自受用之因緣然須必假僧寶以開導

故吾徒佛子能化一人發勝心破慳貪則一人淨自心嚴一人之佛土化多人則嚴多人之佛土苟能化大地使人人發心則圓成人人之佛土是則轉鐵土成淨土變苦具爲樂具豈不爲最上殊勝之妙行哉禪人行矣孰老人片言以往便是豪傑之士頓發廣大之心如廣額屠兒放下屠刀便作佛事亦如八歲龍女獻珠之頃卽證菩提自有能破慳囊如揮糞土成汝願力者禪人勉旃萬無怠惰

憨山大師夢遊全集卷第五

音釋

瘥楚懈切音蠆　瘳敕州切音抽　殢大計切音替

憨山大師夢遊全集卷第六

侍者福善日錄　門人通炯編輯

示歸宗堅音慈長老行乞莊嚴佛土

匡山金輪峯頂有釋迦如來舍利乃法身常住之地從昔諸祖建大法幢先後三十七人其間發明心地超脫生死不知其幾是知茲山之靈誠震旦之祇桓西江之鷲嶺也法運遷訛與時升降以致琳宮梵宇委墮荒蓁往紫栢大師遊履其地志興復之精誠冥感枯樹迴榮兆亦奇矣于是有弟子法湛果公志存紹述誓圖鼎新堅強不拔之願如康會之求舍利于建初也未幾果感今上賜御藏以鎮山門時則舍利出現大放光明山川震吼草樹呈祥誠末法希有勝事老人于丙辰秋自南嶽來禮如來舍利瞻依奇絕俯仰興懷但見殿閣莊嚴大有未備若中道而餒無異昔在荒蓁也豈龍神呵護之意乎以本發心檀越邢來慈者願大而力弱是在吾徒沙門釋子之責故勸堅音慈公發廣大心作難遭想當布五體捨四大以作莊嚴況有十方昔在靈山受囑之宰官居士願王在何不普請羣集以成就勝事庶不負慈父之以家業託也慈公聞說大生勇猛乞老人一語以為前茅老人笑曰無庸此也法界海會蓮華藏中無邊佛剎微妙莊嚴盡在大心菩薩一念中現圓滿具足無欠無餘全在一念感發之力正如彌勒樓中舍攝無量佛剎所以善財至前而不見者要假大士彈指之力耳是則老人之言如向閣前一輕彈指其莊嚴佛土但肯開門一時頓現又何假余力哉公往矣幸

無怠

示王自安居士捨子出家

新都王自安居士有子應辰幼業儒一日思生死事大發心出家遂自剪髮走匡廬禮雲中敬堂和尚丙辰夏予自南岳來茲山居士訪予至以天屬至情有難割愛者予因而示之曰舉世父母所望於子者欲其榮名顯親也故以三牲五鼎之養爲盡孝殊不知養愈厚苦益深是累其親非真孝也故吾佛世尊薄金輪而不爲捨父母棄王宮苦行於雪山六年成道爲三界尊人天之所宗仰苟不捨至貴割大愛何以博長劫不朽之業乎故稱之曰大孝釋迦尊累劫報親恩此非以了悟無生普度衆生爲報地乎佛說大戒首曰孝名爲戒謂孝順父母孝順師僧三寶孝順至道孝順一切衆生故真學佛行者將視一切衆生爲已多生父母豈一生之親而不報乎第恐出家不知其本也今若子以志悟無生爲根地若果決其志不唯報有餘即養亦有餘也世之所謂孝者將以功名博牲鼎養以娛親也功名見制於造物牲鼎有待於所遇無論得之而資苦且舉世求之而未必盡得得之而未必能享抑有功名而不祿者亦有父母不能待者亦有待之而不樂者以其聽命而不由己也今有志於大道者求之在我享之亦在我操必得之策懷至樂之養此難與世俗比也居士能捨其子聽其志自今已往若子既潛形於山谷居士亦謝塵緣從子於山中既能割愛又能超塵有所樂地即草衣木食而錦繡甘旨不易也其父子日夜惟

道是念朝叅慕叩即斑衣戲彩無加也水流風動經聲佛號非繁絃急管可厭也明燈清香昏曉不斷非腥羶臭穢可比也千丈寒巖三間茅屋視高堂廣厦卑卑也父子相度共成無上之道享不世之榮名此必得之事也其視一官之封一言之褒而不能必者又如雲泥天壤矣居士所捨者小而所博者大若子所逆者薄而所順者厚矣豈不爲世之大孝乎居士欣然奉教請諮名願執爲弟子老人命之曰福至言其福自今而至也字曰大來謂所捨者小所來者大矣故書此以爲若子法門券

示靈源覺禪人

禪人住廬山歸宗有年謂自知根器下劣不能一超直入但發願願此生盡命誦妙法蓮華經萬部請乞證盟未審此行與叅究工夫同異何如願聞示誨老人因示之曰諸佛說法譬如食蜜中邊皆甜本無取捨差別但由學人欣厭不同故有異耳所以吾佛出世特爲開示衆生一大事因緣祖師西來直指單傳亦秖令人了悟此一大事因緣所言一大事者即指衆生本有之自心名爲佛性種子耳是知經乃佛所開示之路禪乃欲人循路而行持經而不悟心與叅禪而不見性者總非眞行六祖云心迷法華轉心悟轉法華持經與叅禪豈有二耶是在學人堅持久長不拔之志持經即叅究叅究即持經所以經中佛意苦求末世持經之人斯豈求循行數墨者耶古人叅究必拌三十年苦心今經萬部非三十年不足禪人苟能持此一念三十年

住山不異佛祖定爲摩頂安慰矣但辦肯心必不相賺切不可作二法會也

示蘄陽宗遠庵歸宗常公

常公有志向上事專持法華經聞老人至匡山匍匐而來相見於東林自陳誦法華經於十方佛土中唯有一乘法除佛方便説但以假名字引導於衆生於此懷疑不知如何是一乘如何是方便假名願垂開示老人謂之曰所云一乘者乃一切衆生之本心吾人日用現前知覺之自性也以此心性是一切聖凡之大本故説爲乘乘者是運載義故曰三界上下法唯是一心作除此心外無片事可得即吾人日用六根門頭見聞不昧了了常知不被塵勞妄想之所遮障光明普照靈覺昭然即此一心是佛境界則運至於佛若以此心廣行六度攝化衆生不見有生可度亦不見有佛可成如是一心即菩薩境界則運至菩薩即以此心觀諸四諦能斷愛染煩惱苦因高超三界證寂滅樂如此便是二乘境界則運至二乘若以此心精修梵行四禪八定則是四聖四禪境界則運至梵天能修十善斷上品惡則感六欲諸天境界則運至諸天若迷此一心恣殺盗婬斷佛種性則感三途劇報則運至三惡道中是故佛説三界唯心除此一心無片事可得唯此一事更無餘事故説一乘非此心外别有一法可説也若心外有法是爲外道邪見非正法也若了此心則知三賢十聖及一切衆生皆一心之影響道是假名則知佛所説三乘十二分教隨機施設皆是假名引導衆生元無實法與人

也種種方便皆爲開示此心不是更有異法爲衆生說也不唯佛是方便即末後拈華迦葉微笑及達磨西來單傳心印亦是方便所言直指人心見性成佛若言直指早是曲矣末法學人不達自心專向外求到底絕無眞實受用及有志叅究向上事不知本來無法不了自心一味眞實更要別求玄妙如此用心不唯正眼不明抑且墮落外道邪見名雖學道不知翻成地獄種子豈不哀哉老人嘗謂學人直貴眞實用心自淨煩惱習氣業識種子破得一分業識便露一分佛知見達一分佛境界斷得十分業識便是十分佛境界豈有心外別將巧法逗湊將來可爲佛境界乎禪人更莫孤疑但只了知自心即是一乘若悟請法但有假名便是眞實工夫直須一切處不迷如此著力做工夫不必更作一種思量較計都是邪見種子也

示古愚拙禪人

古愚禪人自浮梁來叅金輪請益做工夫老人因問汝日用如何用心答云作唯心觀又問汝作觀時還見有境否答曰到這裏總不見有境老人曰既不見有境將什麽唯心禪人曰某甲只是不忘能老人曰汝說唯心是以知見做工夫其實未達唯心境界古德云未達境唯心起種種分別達境唯心已分別即不生汝於現前境界還生分別否若作觀時似乎忘境逢緣依然分別逐境生心如此捺硬說唯心終是不得實證縱是忘得前境若執着唯心則是不能忘心乃忘所未忘能故心境不得混融是名智礙況未得忘境強

說唯心以作實法者乎古德云絲毫未透如隔千山直饒做到心境兩忘一法不立猶知見邊事況以思惟心作究竟想豈不爲自瞞者乎禪人今去南嶽萬峰深處諦觀水流風動鳥語山光觸目盈耳了無身心世界之相打成一片只這唯心二字亦須抛向十方世界外更有事在若墮唯心窠臼依然無出頭分

示表公寥

佛言蠢動含靈皆有佛性傳曰人可以爲堯舜由是而知靈覺之性物之本也人莫不具竊觀古今生人豪傑不少而聖賢不槩見者何哉蓋以習染之偏隨情逐逐而不返也所謂百姓日用而不知苟能自求知則聖不難矣故曰自知者明以不自知故迷日厚而心日昏苟有豪傑之士塞情而復性則聖可期而事業當垂不朽矣佛之十戒孔之四毋禪之一心皆復性之要有志之士可不勉哉表子道生今素亮者往通問予于曹溪知爲上根利器及予過匡山生遠候予見其所賦骨奇性敏但習重而氣高故但任習而不見性苟能奮力遠情復性則不驕不背不逆寡不雄成則器廣而不溢志堅而不移心冷氣消則可坐進此道矣聖賢可期況事功乎老人愛之示究心之法大似圯上之儌履耳因字之曰公寥異其日淡于爽口也

示叅禪切要 徑山禪堂小叅

禪門一宗爲傳佛心印本非細事始自達磨西來立單傳之旨以楞伽四卷印心是則禪雖教外別傳其實以教應證方見佛祖無二

之道也其叅究工夫亦從教出楞伽經云靜坐山林上中下修能見自心妄想流注此實世尊的示做工夫之訣法也又云彼心意識自心所現自性境界虛妄之相生死有海業愛無知如是等因悉以超度此是如來的示悟心之妙旨也又云從上諸聖轉相傳受妄想無性此又的示秘密心印也此黃面老子教人叅究之切要處及達磨示二祖云汝但外息諸緣內心無喘心如墻壁可以入道此達磨最初示人叅究之要法也傳至黃梅求法嗣時六祖剛道得本來無一物便得衣鉢此相傳心印之的旨也及六祖南還示道明云不思善不思惡正恁麼時阿那箇是明上座本來面目此是六祖第一示人叅究之的訣也是知從上佛祖只是教人了悟自心識得自已而已尚未有公案話頭之說及南嶽青原而下諸祖隨宜開示多就疑處敲擊令人回頭轉腦便休即有不會者雖下鉗錘也只任他時節因緣至黃蘗始教人看話頭直到大慧禪師方纔極力主張教學人叅一則古人公案以爲巴鼻謂之話頭要人切切提撕此何以故只爲學人八識田中無量劫來惡習種子念念內熏相續流注妄想不斷無可奈何故將一則無義味話與你咬定先將一切內外心境妄想一齊放下因放不下故教提此話頭如斬亂絲一斷齊斷更不相續把斷意識再不放行此正是達磨外息諸緣內心無喘心如牆壁的規則也不如此下手決不見自已本來面目不是教你在公案語句上尋思當作疑情望他討分曉也即如大

慧專教看話頭下毒手只是要你死偷心耳如示衆云叅禪惟要虛却心把生死二字貼在額頭上如欠人萬貫錢債相似晝三夜三茶裏飯裏行時住時坐時臥時與朋友相酬酢時靜時鬧時舉個話頭狗子還有佛性也無州云無只管向個裏看來看去沒滋味時如撞牆壁相似到結交頭如老鼠入牛角便見倒斷也要汝辦一片長遠身心與之撕挨驀然心華發明照十方刹一悟便徹底去也此一上是大慧老人尋常慣用的鉗錘其意只是要你將話頭堵截意根下妄想流注不行就在不行處看取本來面目不是教你向公案上尋思當疑情討分曉也如云心華發明豈從他得耶如上佛祖一一指示要你叅究自已不是向他玄妙言句取覔今人叅禪做工夫人人都說看話頭下疑情不知向根底究只管在話頭上求求來求去忽然想出一段光景就說悟了便說偈呈頌就當作奇貨便以爲得了正不知全墮在妄想知見網中如此叅禪豈不瞎却天下後世人眼睛今之少年蒲團未穩就稱悟道便逞口嘴弄精魂當作機鋒迅捷想著幾句沒下落胡言亂語稱作頌古是你自已妄想中來的幾曾夢見古人在若是如今人悟道這等容易則古人操履如長慶坐破七箇蒲團趙州三十年不雜用心似這般比來那古人是最鈍根人與你今人提草鞋也沒用處增上慢人未得謂得可不懼哉其叅禪看話頭下疑情決不可少所謂小疑小悟大疑大悟不疑不悟只是要善用疑情若疑情破了則佛祖鼻孔自

然一串穿却只如看念佛的公案但審實念佛的是誰不是疑佛是誰若是疑佛是誰只消聽座主講阿彌陀佛名無量光如此便當悟了作無量光的偈子幾首來如此喚作悟道則悟心者如麻似粟矣苦哉苦哉古人說話頭如敲門瓦子只是敲開門要見屋裏人不是在門外做活計以此足見依話頭起疑其疑不在話頭要在根底也只如夾山參船子問云垂絲千尺意在深潭離鉤三寸子何不道山擬開口師便一橈打落水中山纔上船師又云道道山擬開口師又打山大悟乃點頭三下師曰竿頭絲線從君弄不犯清波意自殊若是夾山在鈎線上作活計船子如何捨命為得他此便是古人快便善出身路也在昔禪道盛時處處有明眼知識天下衲子參究者多到處有開發況云不是無禪只是無師今禪家寂寥久矣何幸一時發心參究者多雖有知識或量機權進隨情印證學人心淺便以為得又不信如來聖教不求真正路頭只管懵董做即便以冬瓜印子為的決不但自誤又且誤人可不懼哉且如古之宰官居士載傳燈者有數人而已今之塵勞中人粗戒不修濁亂妄想仗己聰明看了幾則古德機緣箇箇都以上上根自負見僧便鬬機鋒亦以自己為悟道此雖時弊良由吾徒一盲引衆盲耳老人今遵佛祖真正工夫切要處大家商量高明達士自有以正之

示董智光

董生斯張生長富貴之室早發求出生死之心蓋夙習般若勝緣內薰之力也先參雲棲

大師授淨土法門頂叅老人於雙徑願受優婆塞戒且自發露罪業深重願求出苦之要用何修習以滅罪愆老人因示之曰學人即知罪根深重古德教人隨時消舊業切莫造新殃佛爲業重衆生開懺悔一門最是出苦方便偈曰衆罪如霜露慧日能消除若欲懺悔者端坐念實相是爲正行此外皆助方便也衆生自性與佛平等本來無染亦無生死去來之相但以最初不覺迷本自性故號無明因無明故起諸妄想種種顛倒造種種業妄取三界生死之苦是皆無明不了自心隨妄想轉如人熟睡作諸惡夢種種境界種種怖畏衆苦難堪及至醒來求夢中事了不可得是故衆生墮在無明夢中隨妄想顛倒造種種業自取諸苦醒眼看來諸顛倒狀豈可得耶即今現在無明夢中如何能得消舊業須是以智慧光照破無明的信自心本來清淨不被妄想顛倒所使則諸業無因以妄想乃諸業之因也此何以故由無始來迷自本心生生世世以妄想心造種種業業習内積八識田中以無明水而灌漑之令此惡種發現業芽是爲罪根一切惡業從此而生今欲舊業消除先要發起大智慧光照破無明不許妄想萌芽潛滋暗長若能於妄想起處一念斬斷則舊積業根當下消除所謂不怕念起只怕覺遲覺照稍遲則被他轉矣若能於日用起心動念處念念覺察念念消滅此所謂衆罪如霜露慧日能消除以無明黑暗唯智慧能破是謂智慧能消除也若晝夜不捨勤勤觀察不可放行但就妄想生處窮究了

無生起之相看來看去畢竟不可得久久純熟則自心清淨無物無物之心是爲實相若常觀此心又何妄想可容積業可寄耶如此用心是名觀照三昧若自心煩惱麤重無明障處不自覺知如此則古德有教學人叅究即將念佛審實公案正當著力提起一聲佛號橫在胸中即便審究這念佛的畢竟是誰如是隨提隨審並不放空將此疑團橫在胸中如巳命根更不放捨一切動靜閑忙去來坐立唯此一事更無餘事如此用心纔見妄想起時就將此話頭一撥則當下粉碎一切妄想自然掃踪滅跡矣以此話頭如日輪當空無幽不照只恐心力懈怠不肯著實提撕故不能敵妄想耳若敵得妄想消處便是舊業消滅時也捨此一著更向心外別求則諸佛出世亦無懺悔處此在自力非他力可代也若惡習強勝力不能敵者在昔佛有明誨若修行人習氣不除應當一心誦我無爲心佛所說心呪此實格外方便也以各人藏識潛流習氣深厚智力不到不到之地必須仗佛心印以密破之譬如難破之賊必請上方之劒此須早晚二時自取方便唯以叅究工夫爲第一義耳老人以此指示大似與盲人拄杖子其實行在巳躬非師友可代也以居士志歸法門故名之曰福覺要以覺照爲行本也字之曰智光非智慧光又何以破癡暗耶但須覺照不昧智光現前便是了業障出生死之時節也

示聞汝東

維摩居士住毗耶離城家居盡屏所有獨寢

一室以示疾說法即文殊等三十二大士窮其舌辯不能當杜口一默此從古在俗第一善作佛事者也老龐盡散家貲從馬祖得西來大意乃云但願空諸所有切勿實諸所無此又善學維摩者也汝東居士其以二老作知識乎

示徑山堂主幻有海禪人

佛祖一心教禪一致宗門教外別傳非離心外別有一法可傳秪是要人離却語言文字單悟言外之旨耳今叅禪人動即呵教不知教詮一心乃禪之本也但佛說一心就迷悟兩路說透宗門直指一心不屬迷悟要人悟透其實究竟無二如來藏中求於去來迷悟生死了不可得此豈屬迷悟耶二祖云覓心了不可得六祖云本來無一物即般若無五蘊根塵識界及出世三乘之法也以無所得故得菩提與覓心了不可得豈二法耶是知教說一心所多者凡情聖解耳叅禪頓破無明是絕凡情也悟亦吐却是絕聖解也斯則禪呵知解而教未嘗不呵也今叅禪人從教廻心者不能忘知絕解提話頭不能忘情絕跡皆在所呵何其毀教謂不足取耶今棄教叅禪者果能先解本無凡聖不屬迷悟是爲見地依此叅究當人一念若存絲毫情見及玄妙知解總是未透皆生死邊事豈可便以爲得耶今無明眼知識印證若不以教印心終落邪魔外道但不可把佛說的語言文字及祖師玄妙語句當作自已知見必要叅究做到相應處如經云一切煩惱應念化成無上知覺如此便是頓悟的樣子不是將煩惱

習氣夾雜知見當作妙悟也亦不是別有只是消盡煩惱習氣露出本來面目耳故云悟了還同未悟時依然只是舊時人不改舊時行履處豈不見夾山未見船子時上堂有僧問如何是法身山云法身無相又問如何是法眼山云法眼無瑕是道吾在座不覺失笑既見船子後道吾遣僧往問如何是法身山仍曰法身無相又問如何是法眼山仍曰法眼無瑕僧回舉似道吾吾云這漢此回方徹此便是伶俐座主棄教參禪的樣子也海堂主久親教乘今棄所習單求向上一路且看夾山前後兩轉語一般道吾爲甚肯後不肯前試看不肯在甚處肯在甚處這裏定當得出管取教意祖意一齊吐却他日便可把一大藏教一口吸盡字字化成光明藏也葛藤不少珍重珍重

示徑山西堂靈鑒智禪人

承教有言一切法不生我說刹那義初生即有滅不爲愚者說古德云悟無生者方見刹那然既悟無生又何有刹那之可見若見有刹那則非悟無生今何云悟無生者方見刹那是則無生刹那一耶異耶佛依不生說刹那則非異矣祖師云悟無生者方見刹那則無生刹那又非一矣若離一異求之則無生意亦繫驢橛矣溈山云今人一念頓了自心名之爲悟即以所悟淨除現業流識是名爲修然流識者謂微細生滅即刹那心也言悟後而修則是悟而後見也且悟後方見刹那則前悟者非真無生明矣今參禪提話頭雖云著力而微細生滅流注潛行如石壓草黯

然不見若不斷生滅如何得悟無生若非無生又何以敵生死若悟而後見則世尊依剎那而說無生又爲剩法矣西堂飽飡教義今棄所習單提向上一路於此試定當看但不可作義理和會亦不可向意解中求能於一念剎那中頓見無生則佛祖鼻孔一串穿却

示知希先山主

山主久棲講肆從少林叅諸祖機緣今盡屏所習單提向上一路弔影雙徑適老人來因拈香請益老人示之曰此事人人本無欠缺圓滿具足所以日用不知不得受用者直爲無始惡習種子積劫熏染根深已是難拔今又新熏言教文字祖師公案種種知見更增一重障礙雖要求明自己轉求轉遠此何以故只爲昧却自己向他取覔耳以積生煩惱習氣名煩惱障玄妙知見名所知障若二障消除本體自現今叅究向上事先要將從前所學一切文字語言玄妙道理名爲雜毒盡情吐却單提本叅話頭重下疑情斬斷妄想煩惱根源使内不得出外不得入前後際斷中間自孤只有一箇疑團作自己命根疑到疑不去用力不得處一覷覷定看他畢竟是個甚麽看來看去撥來撥去自有倒斷時也但存絲毫知見於中便隔千里萬里但看初祖云心如牆壁可以入道便是歸家第一條路也若心不肯死疑不切當則千生百劫終在途路耳山主但將精神收向此中管取他日得處定不是之乎者也可到萬萬勉之

示嵩璞恩山主

古德教人叅禪做工夫先要内脱身心外遺

世界一切放下絲毫不存單提一則公案話頭如趙州狗子還有佛性也無州云無或萬法歸一一歸何處或審實念佛的是誰隨舉一則橫在胸中如金剛王寶劒將一切思慮妄想一齊斬斷如斬亂絲內不容出外不容入把斷要津築塞咽喉不容吐氣如此著力一眼覷著這提話頭的畢竟是個甚麼如此下疑疑來疑去疑到心如牆壁一般再不容起第二念纔有妄想潛流一覷覷見便又極力提起話頭再下疑情又審又疑將此疑團扼塞之心念不起妄想不行時正是得力處如此靠定一切行住坐臥動靜閒忙中咬定牙關決不放捨乃至睡夢中亦不放捨唯有一念話頭是當人命根如有氣死人相似如此下毒手撕挨方是個叅禪用工之人用力極處不計日月忽然冷灰豆爆便是大歡喜的時節若悠悠任意一暴十寒恐終無得力時也山主有志向上事當以此自勉

示乘密顯禪人

學人日用觀四大如影觀目前如夢事觀心如急流觀動作如機關木人觀聲音如谷響觀境界如空華作是觀時無我我所無動我者無作爲者去來坐立無起無止應念無生是名入無諍三昧

示曇衍宗禪人

宗禪人少遊講肆習性相義久之以不見自性起疑叅究有日未有所入遇老人至雙徑拈香請益因示之曰古人云不貴子行履只貴子見地所言行履者趣進工夫也見地者了達自心爲行本也行本不明則趣操失旨

故叅學之士以見地爲先所言見地者乃的信自心本來清淨了無一物不獨凡情聖亦不立但因無始無明自蔽妙明故起種種顛倒妄想分别造種種業譬如醒人無事而忽于睡中作種種夢夢中苦樂等事宛然現前及至覺來求之了不可得是謂無中生有豈實法耶但癡人顛倒執爲實有此乃見不徹也及佛出世説種種法乃破夢之具耳亦無本也而學佛法者又執爲已實有之法此乃夢中增夢耳今叅禪之法無别妙訣直是打破夢想顛倒若了知本無的信自心清淨無物則達妄想非有了妄不有則知佛法破妄想者亦本非有佛法是藥妄想是病若藥病不立則本體安然如此則知藥病皆病今叅究所提古人無字公案乃攻藥病之藥也是謂以毒去毒若知本無物則叅之一字又下一毒也豈可將此作玄妙會耶若不信自心縱叅亦是誤服毒藥禪人能信之乎當於一法不立處叅

示顩山子

予居雙徑之寂照居士顩山子來叅扣其業曰事形家次至化城因指點山水談造化之精妙超乎形氣蓋得其精而遺其麤者因詰之謂嘗見悟一篇是篇乃予門生周子所述予嘗序之曰一乃萬物之本造化之蘊也故曰天得一以清地得一以寧聖人得一以爲天下正正則不滑於邪而固其本也然人與物理與氣心與形均一也一得而衆理歸之語云識得一萬事畢故吾徒叅玄之士必曰萬物歸一一歸何處斯則歸一可知一之所

歸則不可知也今夫人者萬務交固萬慮攻心紛紛擾擾竟莫之寧乃不識一之過也居士既能觀天地造化之歸一而不識身心性命之歸一是知二五而不知爲十也苟知性命之歸一則萬化備在於我矣可不務哉

示譚梁生

譚生根器最利蓋從夙習般若中來然般若乃衆生佛性各各具足而根有利鈍之不同者良由五慾習氣有厚薄之不等耳其利根者因久習般若淨除染污習氣及至今生聰慧明利而人不知返將利根聰明作染污惡習之資是名顛倒也以般若內熏故時時有出塵志且曰我至某時待世事了畢即去學道此等見識舉世皆然以有將來之念故目前種種應緣境界由抱未來高尚之志視爲不足爲亦不屑爲以此虛想返增貢高我慢之心謂他人無此心皆庸品耳而自已將目前放過世出世間二者俱失虛送光陰及至將來未必可如初志也且又心不檢細行情存鹵莽以我見作高明此尤誤之甚也如此喚作有志氣返不若三家村裏田舍翁他無別想歲歲生涯不缺可不愧哉聖人教人不躐等故曰素位而行老子曰跨者不行惟今既有此向道之志就從今日切切仔細就規矩上做將去將一片真實心學道不染污的現前行將去若目前時時刻刻不放過則將來不脫空若目前以虛想空頭且待將來是涉河求井而止渴也豈不愚哉譚生請直看目前不虛放過一著便見平生下落

示曹士居

凡民日用不離見聞覺知而聖人亦然其用既同而有聖凡之別者在知與不知之間耳故曰百姓日用而不知學人復聖工夫只在日用不知處求其固有之知若見本有之知則一切聲色貨利了然不被所惑如是遇境逢緣如鏡現像無一物可動於中矣此入道之要門也

示馮延齡

學人向道第一要怕生死次要知生死根生死根者即日用現前種種憎愛取捨我慢貪瞋癡業是既此是生死苦根發心要斷更無他術只是起時就照見定不容他起當不起處則當處消滅消滅時更不相續如此用心念念不放過心心不昧其知自靈知若靈則觸境境不牽心觀心心不附境心境不到則生死無容寄矣如此用心不必別求玄妙

示寒灰奇小師住山　丙辰

奇先禮達大師求出世法師許可令叅老人爲之薙染依老人數載以刻大藏因緣復歸本師執勞此大役非一日矣今以老病覓大休歇塲意卜之無當也老人來雙徑見奇氣雖弱而心力更强以向十餘年來得單提向上一路少有巴鼻但欠囫地一聲耳談及歸休地老人示之曰盡大地是寂滅塲唯在學人肯放下處便是休歇地耳又何從他覓哉古德云不離眞有立處立處即眞良由自心生滅一向循情種種取捨故頭頭障礙三祖大師云至道無難唯嫌揀擇又云良由取捨所以不如若不如則窮盡十方無可休之地矣老人觀雙徑乃八十八祖說法地大慧禪

師亦歸宿於此即汝本師和尚脚跟遍海内立足無卓錐畢竟以刻大藏因緣故得埋骨與大慧同坑況汝隨本師願輪刻經於寂照開山皆汝用命之地即汝放捨身命處也老人知汝不能放捨者乃我見未忘非嬾病也以淨法界中佛祖衆生大家有分獨我見者不能入若見有我則視佛祖皆是人相人與我相對如此則終無可避之人亦無可休之地矣汝自不休則無地可休汝若肯休則當下便休一切放下方爲大休休則佛與衆生皆即避影亦無地可容渠矣汝求向上一路雖云奇特不若放下平貼耳古人云家邦平貼到人稀若到平貼地則佛亦不做更何向上可求耶

示石鏡一禪人

古人爲生死大事不明走向山中弔影單棲專爲究明己躬下事故云大事未明如喪考妣不是養嬾圖安閒任意度時也必欲究此大事只可運糞出不可運糞入直須將妄想惡習文字知見一齊吐却放得胸中乾乾淨淨了無一法當情只是一個話頭作自己命根古人三十年不雜用心正是此耳若今住山任意悠悠隨情放曠妄想起來又要逗湊幾句詩作兩首偈當悟的道理消遣日子如此只是一個養嬾的癡漢如何喚作住山道人不唯唐喪光陰抑且虛消信施挨到臘月三十日將什麼見閻老子不是將一首詩一首偈便可抵得他過也禪人當思爲甚住山畢竟要討個下落方不負百劫千生一遇之勝緣古德云三途地獄受苦者未是苦也向

袈裟下失却人身誠爲苦也可不念哉

憨山大師夢遊全集卷第六

音釋

驀莫白切　覷音娶

憨山大師夢遊全集卷第七

侍者福善日錄　門人通炯編輯

示太素元禪人

凡學人先習教乘廻心向上一路雖是有志無奈藏識中有新熏文字雜毒習氣舊熏貪瞋癡愛煩惱習氣內外交攻最難打疊要放放不下要斷斷不得要止止不住因此要提話頭如水上葫蘆遏捺不下只管與之打交滚最是難下手及下手不得便打退鼓了也如此乃是沒志氣無力量人說甚參禪如今初心只管將心內外一切道理知見及妄想思慮一齊放下放了又放放到無可放處方纔提起一則公案話頭如趙州無字橫在胸中因甚道無重下疑情若疑情得力則妄想不起若纔見起時切不可與之作對將心要斷他亦不得將心止他亦不可相續他但只覷見便撇過一撇便消急急提起話頭深深看覷則彼妄想自然掃踪絶跡矣此是初心下手做工夫的訣若話頭純熟妄想自稀不作障礙久久疑情得力妄想暫歇時便得一念歡喜也得些歡喜處不可當奇特但從此好用功耳禪人棄教從禪初心最難故以此示之切不可視作小事

示恒河智禪人持法華經

禪人出家浮渡久執侍澹公得任持法門居化城有年化城乃刻大藏地爲海內法窟禪人力任常住綱維百務老人適來雙徑禪人作禮請益願持法華經老人因示之曰佛爲一大事因緣故出現於世所謂開示一切衆生佛之知見令其悟入所言佛知見者乃衆

生本有之佛性也今被無明封蔀而爲妄想知見故日用見聞知覺隨情造業以取生死之苦不自覺知我釋迦大師特特出世一番單爲開示此事使之悟其本有不假外求若悟此本有則日用六根門頭應緣作用者皆佛智現前名佛知見非衆生妄想知見也若悟此知見則頭頭法法皆眞實用心凡一切動用諸行皆眞實妙行都爲成佛眞因矣故經云乃至舉一手或復小低頭乃至一香一華以此供養佛皆已成佛道微因小善皆成佛眞因況身任衆務捨命爲法豈非成佛之眞種乎吾佛教人持法華經者入如來室着如來衣坐如來座如來室者大慈悲心是如來衣者柔和忍辱心是如來座者一切法空是禪人能奉如來三者之教乃名眞持經人若不能入此三法門則單持安樂行品念念思惟心心願入晝夜不忘如此則六萬餘言字字光明現於六根門頭矣若不入此法門縱能持百千萬部但是與義作讐家豈眞持經者耶若不信老人更當請問文殊彌勒

示王鹿年 丁巳元旦六日

王生鹿年生長淮西來禮徑山謁老人乞語老人見其負義氣而有慈心因謂之曰子聞之古有大力之人乎敵人者愚敵巳者智愚者常弱智者常勝之道也聖人教人以不用爲用故曰柔勝剛弱勝強易曰剛而能柔吉之道也項羽拔山舉鼎力雄千古及敗別虞姬嘘唏泣數行下是能敵人而不能敵巳者也聖示人直顏子曰克巳復禮爲仁古今學者皆知克巳之語而不能作勝巳之業豈智

也哉王生有力于此當不墮凡夫數可耳

示在顒侍者

顒侍者生於西蜀少沉賤役幸般若之因不昧少小卽知叅妙峰大師發出世心亦夙種內熏而使之然適遇澹居和尚入蜀時顒執侍直指徐公素喜其信心遂命禮澹和尚求出苦法薙髮爲沙彌老人來雙徑顒充侍者日夜精勤無怠老人初憐其蠢蠢時時激發顒時聞老人開示衲子亦眉間津津動色是知衆生佛性種子待時而發也因請益老人乃開示以念佛審諦字公案教其叅究顒亦能領荷第恐無決定爲生死心不能拚命到底又恐宿習惡知惡見中道遮障流入邪網除此二病則單一念晝夜六時緊抱疑團卽二三十年不悟不休縱今生不悟將作勝因來世出頭便知此事雖經多劫終不失正因種子若立志不堅用心不切別起邪思不但辜負此生卽千生萬劫亦無出頭分也

示在介侍者

紫栢老人全身荷負大法欲建法門中興之業故刻方冊大藏經此一斷大事因緣非小小也末後全付擔于澹公一肩荷之經旣刻而貯不得其宜則復化城之功又非小小化城復非一手一足之力侍者在介事事賈勇先登不避艱險其功居多此又衆中之尤難也嘗謂世人未有無所爲而樂用者卽古豪傑皆然況其他乎漢高帝天下旣定功臣未封忽見沙中偶語問子房子房曰此從兵戈中冒矢石經萬死一生者皆欲得尺寸之封今未見封故偶語耳於是卽封之此古昔用

人之格也今觀介侍者初心無他圖圖出家耳今奔走七年化城定矣大法已得所矣其居功者寧無偶語乎老人謂今當可以如來之賞而賞之也介侍者卽以老人得如來之大賞若不能奉如來法持如來戒行如來事萬一破戒壞法如來亦有三尺在也愼之哉

示在淨沙彌

佛說二十難中云得人身難生中國難得遇佛法難親近善知識難生正信難此五乃難之難者淨沙彌已具其四所欠者唯生正信耳今幸出家得遇大善知識爲依歸又渾身跳在佛法大海此何修而得何緣而至若不奮發勇猛生大正信將此一片幻妄身心洗得乾乾淨淨拚一條性命志出生死廣修萬行結成佛無上之大緣豈不當面錯過失多生善根種子耶古德云三途地獄受苦者未是苦向袈裟下失却人身爲誠苦耳佛言心如絃直可以入道所言絃直者謂無委曲相也如何是委曲相謂機械巧心偷心乖心覆過心無慚愧心嬾墮偷安心見人過失心貢高我慢心自是非他心不生孝順心慈愍心總之一切不善心皆是自心之委曲相也今要發心只須將前一切心盡行掃除時時撿點念念照管不許放行恐不能頓斷將古人一則公案橫在胸中習氣發時便提此話頭與之撕捱久久純熟則心自條直而道念日增行門日進心地日明如此一生始謂不虛度也不然待生死到將何抵對沙彌當自思之切不可作等閒輕意放過

示性田徒海耕行者

歷觀古之豪傑涉艱難困苦操長遠不退之志者槩不多見其人若晉五臣從重耳亡在外十九年無怠心者葢亦日夜望咫尺之封垂不朽于竹帛耳此乃名利牽心故忘身從事古今世人之常情也若田道人者從達大師二十餘年寢食俱廢一息未嘗少怠小有過差痛責重杖居常兩腿如墨竟不起一怨心出一怨言以至觸犯大難以死從事在寂寞苦空門中竟何所圖乃能精進堅強不拔如此哉由是觀之較古忠臣義士所絕少者今於道人見之矣及死得從葬大師於雙徑予謂此一坏土不但俗人即僧徒亦不易得是於法國土中巳得茅土之封也非亡身血戰何以有此臨終以此卷付其徒朱道人令澹公爲名曰海耕亦法門功臣世業之券也豈小緣哉

示朱素臣

士人學道多以讀書爲妨礙老人曰讀書何礙道但不讀書時多被無端妄想擾亂若就閑時能攝心一處把斷妄想不行心心在道念念不忘如此則學道時多讀書時少也老人嘗示學人當要念頭起處即看破事未至時莫妄生果能如此用心則妄想自斷外事自然無擾道力自強工夫必易就耳

示沈止止

道不欲雜雜則多多則擾擾則憂憂則不入古云學道志當歸一吾所謂一者一其志耳今既知參究功夫即將所參公案橫在胸中不論閑忙動靜迎賔待客日用云爲一切處提撕不得放過放過則被境擾擾則生厭厭

則但有求間之心無念道之心矣心志歸一則百事可做凡用心處只在念頭起處着力起卽看破看破卽當下潛消更不相續被他掉弄是叅究訣法故曰圖難於易爲大於細此正易處細處下手便覺省力若捨此更待閑時静時方做工夫如此則盡此生無入道之時也沈生但就一念上做不必向外馳求卽禮佛持呪也只在一念信力上做總之種種方便皆是攝心之法耳

示澹居鎧公

古之忠義之士非有大力不足以任大事力有心力有氣力語云志至焉氣次焉又曰持其志無暴其氣以形太勞則枯精太勞則竭神太勞則歇莊周言以有涯隨無涯殆已已而爲知者殆而已矣此言過用而不知所養也故老氏曰治人事天莫若嗇嗇者有而不盡用也養形謂治人養性謂事天吾佛所謂六根奔於六塵之境久而遂勞謂是故也是知古人任大事者未有不以有餘而從事於物也如漢高帝以力取天下百戰百不勝及一勝卽成大事豈非善守有餘以治不足者哉先大師以法門大事付公一肩荷之不遺餘力當百折之衝秋毫皆窮神極力以應之以其志有餘而不暇顧其形之易瘁也今也有形易化時往難復當及時休養以全其天和所謂本立而道生也以公生平所學以明心爲格若心廣而形聄則力全而任有餘未盡之業猶千里之行以躄息而至公必有以自處也何如

示念佛切要 在雲棲爲閩子將子與母氏說

念佛求生淨土一門元是要了生死大事故云念佛了生死令人發心因要了生死方纔肯念佛只說佛可以了生死若不知生死根株畢竟向何處念若念佛的心斷不得生死根株如何了得生死如何是生死根株古人云業不重不生娑婆愛不斷不生淨土是知愛根乃生死之根株以一切衆生受生死之苦皆愛慾之過也推此愛根不是今生有的也不是一二三四生有的乃自從無始最初有生死以來生生世世捨身受身皆是愛欲流轉直至今日翻思從前何曾有一念暫離此愛根耶如此愛根種子積劫深厚故生死無窮今日方纔發心念佛只望空求生西方連愛是生死之根的名字也不知何曾有一念斷着既不知生死之根則念佛一邊念生死根只聽長如此念佛與生死兩不相關這等任你如何念念到臨命終時只見生死愛根現前那時方知佛全不得力却怨念佛無靈驗悔之遲矣故勸今念佛的人先要知愛是生死根本而今念佛念念要斷這愛根卽日用現前在家念佛眼中見得兒女子孫家緣財產無一件不是愛的則無一事無一念不是生死活計如全身在火坑中一般不知正念佛時心中愛根未曾一念放得下直如正念佛時只說念不切不知愛是主宰念佛是皮面如此佛只聽念愛只聽長且如兒女之情現前時回光看看這一聲佛果能敵得這愛麽果然斷得這愛麽若斷不得這愛畢竟如何了得生死以愛緣多生習熟念佛纔發心甚生疎又不切實因此不得力若目前

愛境主張不得則臨命終時畢竟主張不得故勸念佛人第一要知爲生死心切要斷生死心切要在生死根株上念念斬斷則念念是了生死之時也何必待到臘月三十日方纔了得晚之晚矣所謂目前都是生死事目前了得生死空如此念念真切刀刀見血這般用心若不出生死則諸佛墮妄語矣故在家出家但知生死心便是出生死的時節也豈更有别妙法哉

示雲棲侍者

大師未入滅時前十九年起居食息侍者日夜周旋凡一切密行無不覩一切微言無不聞一切應機無不達一切心事無不知是則大師之全身色相音聲無不昭昭於心目之間即親近數千萬衆皆不如侍者之真知實見者也即今大衆人人見大師滅度只侍者獨不作滅度想耳末法修行淨土都要說想彌陀妙相以未得親見面目即想亦不真要聞彌陀說法則思亦不真我觀大師則彌陀之化身侍者執侍已久豈可忘却大師又向他家求佛法開示我謂侍者更不必作别想只想大師如生前一一規模法範音聲語言作事威儀修行觀念利生慈悲細細從頭至足終日竟夜一一通想一過如此則念念想時就是彌陀出現時也纔有一念忘却便是負恩德入生死之時老人無法可說但以大師全身安向汝心中不可吐却便是我老漢隱身三昧也汝諦思之

示等愚侍者

自心念佛念佛念心心佛無二念念不住能

念不立所念性空性空寂滅能所兩忘是名卽心成自性佛一念遺失便墮魔業

示玄津壑公

公受業淨慈乃永明禪師唱道地初薙髮禮永明塔于荒榛凡事一遵遺範手自行錄爲師承卜遷師塔于宗鏡堂後誓不募化唯行法華懺儀堅持其願而集者如雲塔工既成修宗鏡堂築三潭放生池皆永明本願也余弔雲棲大師將往淨慈公料理宗鏡堂爲駐錫所予入門禮永明大師塔觀其精妙細密經畫如法纖悉毫末咸中規矩予留旬日繞千百衆人人充足法喜內外不遺諸凡井井頤指適可如不經意予以是見公才堪經世慈足利生不獨有深心實具無方妙行非乘宿願未易能也予既行公送別請益予因示之曰爲佛弟子人有眞僞行有理事才有體用心有廣狹均名僧也而就中不同如霄壤故菩薩利生之門有其多種佛呵聲聞爲名字羅漢斥非眞也佛所最重者唯末世中護慧命者爲極難其人以處剛強濁世自救不暇安能爲法門乎周身不給安肯愛護衆生乎諸大乘教中皆稱能護法者爲眞佛弟子以能克荷其家業耳佛憂滅度之後求持經者爲難然經卽佛之法身慧命非紙墨文字也且法身流轉五道而爲衆生是知能護衆生卽護佛慧命故般若教菩薩法以度衆生爲第一以不住衆生相爲妙行所謂滅度無量無數衆生實無一衆生可度是了衆生相空也然我卽衆生之衆生也衆生既空我亦何有我人皆空中間事業誰作誰受物我兩

忘中間自寂三輪若空則實相如如平等一照菩提涅槃皆如幻夢又何有佛法之可説禪道之可脩萬行之可作哉所以法華會上讚持經者曰舉手低頭皆已成佛是乃以已成之佛心作現前之衆行故一一行皆是佛行行之妙者無踰於此如此是名眞佛弟子矣佛言慈悲所緣緣苦衆生若無衆生則無菩提所以菩薩如大地心荷負衆生故如橋梁心濟渡衆生故毗盧以普賢爲身普賢以衆生爲身若以衆生爲心是爲荷擔如來矣公試觀予言以印證其心若見自心果於法合則法外無法如空外無空若有草芥塵毛而不舉體全歸法性者則是心外有法法外有心人我縱然是非未泯捨此法門更於何處求向上一路乎佛元無法與人祖師亦願自度若存一法之見即是自心未度自不能度求甚佛祖作擔糞奴郎耶公自此以往更須高着眼睛自點撿看莫道老僧饒舌

示了無深禪人

佛言比丘心如絃直可以入道淨名云直心是道場聖人亦云人之生也直是知佛心無別妙處只是衆生中直心人耳直則無委曲相所言直者乃一塵不立方謂之直譬如弓絃之直能容何物哉纔有一念不直便是過錯能念念直則念念不容一物物不立處則本體自現故六祖大師云常自見已過即此一語便是成祖作祖之要訣所言過者非作事之差乃自心之妄耳以此心本無一物平平貼貼纔有一念則爲過矣一念爲過況種種惡習念念發現不自覺知豈能免過學人

用心不在一念上着力則終身条學不能得真實受用以用浮想緣影爲功故錯到底耳禪人初条老人於徑山老人卽字之曰了無欲要着力於本來無一物耳送別舟中貽此勉之

示雪嶺峻禪人

學道人第一要骨氣剛次要識量大次要生死心切骨氣識量乃夙習種性苟爲生死心現前立志三事具足是爲向道至若用心条究古人教人最初下手便要離心意識条出凡聖路學此語學者皆知及至用心纔舉一念便落意識窠臼如何離得以多生習氣一向在身心世界裏做活計墮在五藴區宇被他籠罩超脫不得至做工夫現出種種怪事皆此過也是須要識量廣大見處超卓先將身心世界撇過舉起本条話頭如虛空中橛子相似久久忽然虛空迸碎便是大人眼界定不是尋常默照邪禪可比也此段力量須是一塊剛骨方纔立得脚跟穩當若是輭暖柔懦粥飯氣習者何敢傍其萬一至於看話頭最怕落在玄妙知見窠臼是爲黑山鬼窟纔有絲毫玄妙知見挂在胸中或將古人言句藴之不捨便墮外道邪見以此中纖塵着不得着不得處便是得力時也只須徹底打破漆桶方是真實又不可將心待悟作欄頭板也禪人只麼用力去他日自信老僧不欺

示劉道人

汝爲生死出家獨坐孤峰頂上十年於此何等真切聞被魔害數十次其心不動衆皆勸往他處避之畢竟不去何等忍力此必於本

分事上大有得力處既能一念如此當視四大如空花水月視死生如夢幻若果得解脱便坐脱立亡去如其不能就當一念不動任他刀割香塗節節肢解畢竟不動一念方是正見正行今聞欲絶粒而死此是魔所攝持即當看破此念決不可如此認着不唯可惜自巳爲生死苦心抑恐令他入邪見網也

示非石玉禪人

末法學人多尚浮習不詣真實故於佛法教道但執名言不達究竟之旨增益知見生大我慢是又以佛法結生死根良由最初發心不從生死上着脚亦不知生死爲何物將謂與巳無干瞢然夜行故不得正修行路且佛教人言言句句乃出生死法豈意今人反墮耶此非佛咎咎在學人無正信正見向未親近真善知識指點説破耳學人方玉昔叅老人於嶺外真實樸素老人東遊吳越刻楞嚴法華新疏命玉校讐叅詳斟酌得老人言外之旨老人今歸匡廬休老異日玉能相伴於空閒寂寞之中叅究向上事當不被宿習文字作所知障也老人行矣七賢峰頭有牛糞火煨芋以待子其念之

示吳江沈居士

一切衆生皆以我執而爲生死根本以有我則有物物與我對則形敵生以我招敵則衆忤皆歸忤則爲其所惑矣故眼爲色惑耳爲聲惑鼻爲香惑舌爲味惑身爲觸惑意爲法惑惑則擾擾則亂亂則失其正既失其正則被所傷者多矣世之人皆爲其惑而不自知爲其所傷而不知痛愚之甚矣且將以爲資

我也而又愛而執之取之又愚之愚者也惟有智者知其不我益也故遠而避之苟避之不若忘我誠能忘我則於衆敵猶夫衆箭攢空則無可寄矣有志道者試從此始

示王子顒

世人一向在幻妄身心境界上作活計從生至死未曾一念返覺自心本來面目由其不覺故不知其病根所在以水火相違四大交攻是爲身病妄想攀緣愛憎取捨是爲心病然身病藥石可治而心病則無藥可治佛爲世醫王及調治衆生心病種種方便究竟單以覺破妄想無性爲囘生妙藥學人要求安樂法門先須識破身非我有但看父母未生前何曾有此血肉之軀及四大分離卽今此身更向何處安立如此時時觀察久則忽然一念覺破卽不爲此身所苦是爲治身病之妙藥一切病元皆從妄想心生只須日用念念觀察凡一切善惡念頭起處卽是病根發現直須當念着力就在起處觀察看他畢竟從何處起畢竟是誰起滅及至妄想滅時定要追察畢竟滅向何處去如此追究到起無起處滅無滅處是謂起滅無從則心體安然得大自在如此把斷要關則前後不續中間一念自孤卽此一念獨立處久久純熟則妄想病根自拔一切心垢亦無地可寄矣是爲治心病之妙藥也子顒切志向上事但差在言語文字中求不知向自巳心地上求以自心妄想巳是病根又將他人言語把作實法是謂重增一重障礙耳從今但直覺破自心妄想不被牽轉但看妄想起處決不可相續

佛言狂心若歇歇卽菩提勝淨明心本無外得如此用心不退卽此現前自心便是大安樂解脫法門老人因請益詺其名曰福覺以其覺乃第一無量之福也其勉之哉

示旅泊居士沈豫昌

居士生十善之家居富貴之室以菩薩人爲父母以善知識爲眷屬以同行同願爲奴僕以慈力示現爲兒女而身處其中如青蓮出水挺挺淤泥旣發信心脩諸福德事事如意遶宅湖池約數里許所養之魚稱湖沙數初請藏經過蘆洲滿蕩之魚夜乘紅光而盡生天其所遇福緣勝廣如是但以行道不力爲愧請益老人老人因示之曰是誠可愧者矣何也以外施爲易内施不足是捨心不若捨物之易耳雖然亦丈夫所難也由歷刼生死情根深固難拔非發大勇猛決烈之志求其如法修行實非易易若老人正眼視之固不難耳居士諦信誠能以物觀身則身易輕以身觀心則心易忘以心觀情則情易折以情觀性則性易明以性觀念則念不生念不生則道在我而不在物矣如是則與池魚之望法影而頓脫生死何以異哉居士能信不疑則居家而入非家卽世而能離世一切資財眷屬皆入如幻三昧又何道之難行情根之難拔乎居士欲入毗耶不二法門當從此入

示顔福堅

佛說世間無一法可堅固者謂無常苦空無我等法如夢幻泡影速起速滅無常生死敗壞之法皆如是也唯有佛性種子雖在生死之中歷刼不壞是眞堅固世人錯認無常爲

常是以不堅爲堅名顛倒見然顛倒之根乃罪惡之性也何福之有今一念返醒於無常生死法中發心願求佛性種子則能捨不堅之財易堅固之法財捨不堅之身命求堅固之慧命此乃出世之福福之大者是故就汝歸依之信心諾其名曰福堅只欲發其堅固之心所謂自求多福耳豈虛名足尚哉

示顧汝平

汝平侍紫栢老人最久昔予被難縶圜中以書覆紫栢汝平侍側即以書付之囑曰執此他日必有見面之時以此爲左劵越二十二年丙辰長至月予自南嶽來雙徑赴紫栢入塔之期汝平迓予松陵至陋巷顏生生宅因禮請益出此卷見紫栢手澤及予昔日書嗟乎法性海中聖凡出沒如大海之漚起滅無從去來無所即死生夢幻於湛寂中了不可得且予昔之死也不死故今之生也非生不死不生湛然不際是知紫栢今之死也豈眞死哉手澤宛然法身常住昔紫栢視今日如眉睫予今見紫栢當日之寸心耿耿孤光昭揭如日月既生不以形骸隔又安可以幽明間哉佛言觀彼久遠猶若今日不但予與紫栢如巨海之漚即一切凡聖若空中電影耳汝平久入紫栢之室於此一際平等法門必若入大海浴使百川之水浸透遍身毛孔耳紫栢老人或未拈及此故予特爲點破令其自信此法得大受用其或未然試向父母未生前着眼看覷久久當知見予與未見時無前後際也

示顏仲先持準提呪

在家居士五欲濃厚煩惱根深日逐現行交錯於前如沸湯滚滚安得一念清凉縱發心修行難下手做工夫有聰明看教不過學些知見資談柄絶無實用念佛又把作尋常看不肯下死心縱肯亦不得力以但在浮想上念其實藏識中習氣潛流全不看見故念佛從來不見一念下落若念佛得力豈可别求玄妙耶今有一等好高慕異聞叅禪頓悟就以上根自負不要修行恐落漸次在古德機緣上記幾則合頭語稱口亂談只圖快便爲機鋒此等最可憐愍者看來若是真實發心怕生死的不若持呪入門以先用一片肯切心故易得耳顔生福持問在家修行之要故示之以此觀者切莫作沒道理會以道理悞人太多故此法門尤勝叅栢樹子乾屎橛也

示嘉禾楞嚴堂主

經云佛種從緣起所謂欲識佛性義當觀時節因緣是知法界以緣起爲宗諦觀世出世間未有一法不從因緣而起者楞嚴古刹創自唐朝長水疏楞嚴于此其來久矣以當王城闤闠之中向爲力者所侵五臺陸翁於此土受靈山付屬生以護法爲心達觀禪師乘時而出與翁有大因緣一見心相印契卽議欲復之而荷擔者難得其人密藏開公棄青衿出家依達師爲入室弟子聞有復楞嚴議全身荷之禪堂告成議刻方册大藏以廣法運復蒙聖慈頒賜大藏而大殿未有成也不幸開公隱去未克卒業五臺翁復下世郡守蔡槐亭先生至則一旦興起得包心絃居士爲領袖一時人心翕聚如響不期年紺殿巍

峩金像晃耀何其偉哉揆之重興之議幾二十年時節因緣故有不思議者存焉予來雙徑爲作達師荼毗佛事回過楞嚴觀其規模弘敞眞塵中淨土其禪堂精潔誠幻海梵宮及見主者林公其人端莊循雅忍辱慈和可謂叢林之領袖也嘗竊悲夫五濁惡世佛事付囑菩薩尚不敢涉此利生而况博地凡夫乎以林子之端雅故見者無不敬以林子之慈忍故歸者無不悅以人皆敬皆悅之心成未圓未就之事如順風揚帆而行安流其到彼岸也何難哉予謂獅絃將絕響矣而幸有子繼之亦因緣所屬耳唯在子堅忍不拔之願力以守難成不易之道場將爲無窮不朽之佛事大法流通卽子之心光所遍也又何以不堅血肉之軀而爲三寶所惜乎

示東禪浪崖耀禪人

金沙東禪寺太史念西王公之所建也以浪崖耀公主之適聞老人有雙徑之行特專嗣南容公來請經營安居將爲老人休歇地九月既望老人適至見其精誠嚴整大衆清肅專以背誦法華爲業期方七年而成誦者三十餘人此希有之事也居無幾何卽往徑山緣畢將歸匡廬長揖人世公懇留老人意未能已臨別貽此示之曰法界性中安有去來之相耶智眼未開情塵斯隔離合之見關心聚散之緣繫念非夫達三際不遷十方靡間者未易臻無二之境也且法華以實相爲宗過去之多寶現存卽今之釋迦不滅常住一心永劫不昧大通王子之因直至于今燈明授記之緣法爾現證由是觀之安有纖毫遷

訛之相耶試觀白毫一光洞照無礙一切聖凡始終因果居然目前老人之去來猶長江之皎月東西各行而本月湛然苟一念純眞則心光交徹其無以世諦恒情作生死常見也願公以法華三昧究竟未來則與老人眉毛厮結同歸實際長劫相依久遠不離又何區區于幻化空身水月鏡像妄生彼此之念耶老人行矣公其勉之

示王聖沖元深二生

佛性之在人如水在高原有穿鑿者無不得之良以吾人煩惱根深愛憎情固不啻高原之土也苟能力鑿深求施工不已務在拔煩惱之根裂愛憎之網則法性淵泉源源不竭漑靈根而沃智慧之芽不唯道果可期且將滲潛流而潤焦枯普益人天同歸法海涓滴而與渤澥同波此豈外求之耶聖沖元深昆季久入紫栢之室哲人往矣恐性水清流不無壅閼老人適來而爲疏之今則開發源頭從此永無枯竭其無以煩惱乾土投而濁之也

示孫詵白

無明生死根株只在現前一念如人周行十方盡生盡力而不已者將謂已涉千萬途程殊不知未離脚跟一步也是知歷劫妄想遷流生死輪轉實未離當人一念耳若能日用現前見聞覺知念念生處着力覷破生處不生則歷劫生死情根當下頓斷其實不假他力也佛說狂心不歇歇卽菩提豈虛語哉老人指示父母未生前一句着力叅看他日當有自信之時也

示姜養晦

姜生少年英發骨氣不凡非靈根夙植般若種子深厚未易得此美質也幼稚曾見紫栢大師卽命之曰信光意謂性具般若之光也適參老人請益因字之曰養晦吾人日用見聞知覺皆智光煥發第被無明蒙蔽變爲情識故暗而不彰苟能自信本有眞光不昧於現前境界愛惡關頭昏闇之中靈光獨耀不被情根之所蒙蔽是於晦而能養則光體愈明而眞元可復矣用其光無遺身殃姜生體此則廣大光明當發現於動作云爲之間功名建立皆不朽之盛業豈可自昧而不信耶但在我慢幢摧則光明自露耳

示衆

近來諸方少年有志參禪者多及乎相見都是顛倒漢以固守妄想爲話頭以養嬾惰爲苦功以長我慢爲孤高以弄唇舌爲機鋒以執愚癡爲向上以背佛祖爲自是以恃黠慧爲妙悟故每到叢林身業不能入衆口意不能和衆縱情任意三業不修以禮誦爲下劣以行門爲賤役以佛法爲冤家以套語爲巳見縱有能看話頭做工夫者先要將心覓悟故蒲團未穩瞌睡未醒夢也未夢見在卽自負貢高走見善知識說玄說妙呈悟呈解便將幾句沒下落胡說求印正若是有緣遇明眼善知識卽爲打破窠臼可謂大幸若是不幸撞見拍盲禪將冬瓜印子一印便斷送入外道邪坑墮落百千萬劫無有出頭之時豈非可憐愍者哉此等愚癡之輩自失正因又遭邪毒縱見臨濟德山亦不能解其迷執豈

不爲大可憐愍者哉禪門之弊一至於此諦觀從上古人決不是這等但看百丈侍馬祖每在田中作活如揷鍬子野鴨子公案便是真實勘驗工夫處以此故有一日不作一日不食之誡楊岐之事慈明二十餘年行門親操執事百千辛苦未嘗憚勞故得光明碩大照耀今古若嬾融之負米黃梅之碓房歷觀古人無一不從辛苦中來何其今之少年纔入叢林便以叅禪爲向上只圖端坐現成受用袖手不展一草不拈如此薄福絕無慚愧之心縱有妙悟只成孤調絕無人天供養況無真實修行虛消信施甘墮沉淪者乎若是真實爲生死漢子當觀本師釋迦文佛於三千大千世界無有如芥子許不是爲求菩提捨頭目髓腦處如此當發勇猛拚捨一條窮性命將這一具臭骨頭布施十方供養大衆一切行門苦心操持難行能行難忍能忍若於日用六根門頭頭頭透過便得法法解脫古人云從緣入者相應疾如此用心三十年不改縱不悟道再出頭來定是頂天立地漢子也老人以此示之遍告同叅

憨山大師夢遊全集卷第七

音釋

蔀（薄口切音剖）　顒（魚容切音庸）　渤（蒲沒切音孛）　澥（下楷切音械）

憨山大師夢遊全集卷第八

侍者福善日録 門人通炯編輯

示歸宗智監寺

歸宗爲古尊宿說法地達觀師倡緣興復既而湛公竭身盡力竟還故物今廿餘年湛公化去弟子修慈荷之予丙辰夏來禮金輪舍利塔覩其寺規模甲匡山之勝因思輔弼者誠難其人衆中見禪人在智眉宇秀拔卓有骨氣因屬主者命爲監寺禪人善密行凡衆人盡日所務有不及者視其當務必通夕不寐一一親爲料理明發則事無不辦者予嘻噓而嘆曰有是哉予嘗見叢林年少率無慚愧一味養嬾三業不攝禮誦不修甚至白晝安眠安肯終夜不寐身任其勞以備大衆之務乎昔佛弟子千二百人獨稱羅睺爲密行第一故爲佛長子此土前輩諸祖唯百丈一日不作一日不食遂爲叢林千古典刑永明每日行一百八事行故閻羅殿上圖像供養佛說三千大千世界無有如芥子許不是菩薩捨身命爲衆生處故感爲天中天是知從上佛祖無有不從行門建立世間福田功德也禪人能以此心放捨身命荷負叢林即是建立三寶三寶常住即是續佛慧命慧命不斷即是報佛深恩知恩報恩即是慈父之孝子矣既秉如是行願二六時中念念諦思我自無始生死以來捨此身骨如須彌山所飲母乳如四海水如此捨身受身皆造生死苦業何曾一日以此身命修出世行乎若果有之則吾今生定不如此在凡夫地矣今幸有此身發難得之志一生盡命不捨本行則是

一生超過百刼千生矣如此乃謂不虛生耳禪人從此更發精進居一切時但將趙州狗子佛性話頭蘊在胸中隨就作處心心參究畢竟因甚道無一旦搕着抹着一念疑團迸裂從前生死頓然了却是可謂福慧二嚴一生取辦古人云移花兼蝶至買石得雲饒前三十六代祖師一齊在禪人眉毛上轉大法輪也

示自宗念禪人

佛教弟子修出世法唯自利利他二種妙行利他謂之修福自利謂之修慧菩薩發心勤求無上菩提菩薩雖知法性空寂而不捨有爲諸行知法性空是謂自利不捨諸行是謂利他從上佛祖未有不由二行得出生死者是以釋迦世尊歷刼勤修難行苦行我等曠大刼來於生死海頭出頭沒捨身受身不可思議皆是虛生浪死何有一毛真實行門若有實行則定不似今生這頭面也回光返照猛自思惟豈不痛哉禪人今幸仗夙緣早得脫俗永離苦海又得安居名山諸祖說法勝道場地此萬刼難遇之緣正是飢逢王膳病遇醫王自當慶幸無量即盡此形壽拌捨一生作此功德已勝百刼千生空過無益也禪人當信老人言自今之後發堅固不退之心持勇猛剛强之志盡自巳色力量自巳才能辦一片肯心任緣隨願耐心耐煩忍苦忍勞即一日成就一種功德已勝一生空過矣禪人自說身弱神疲不能任事古人貴在心力强願力大不在色力健不健也今雖小恙不爲大苦若造惡業墮在三途即求今日以小

病小惱之身心求作福田之利益不可得也佛令衆生思地獄苦發菩提心正是今日策發精進幢也古德云寧有法死不無法生縱捨此身命作此妙行猶爲般若舟航可到彼岸苟不勉力强志可謂虛負此生旣到寶山空手而歸豈不惜哉若能安心於無事則心空心空則神不竭神不竭則身不勞如此是爲無作妙行遇緣即宗定不爲日用所轉頭頭成就大解脫門矣當諦思之

示陸將軍 名世顯號鎮湖

將軍爲濠梁世胄天性英傑其殺機固所賦也中年知向道入海門周先生室先生拈古人勸君識取主人公之語示之老人歸隱匡山謁老人金輪峰下自知殺業大重願求懺悔老人喜其性直無僞同古豪傑忠肝義膽之儔第古今賦此天性者多盡錯用其心故以佛種子翻作地獄苦具耳佛性無二衆生與佛不隔一毫達性衆生即佛不達性佛即衆生如清冷之水以之獻佛則清淨以之洗穢則汚濁故佛之慈悲即衆生之殺機古德云護生須用殺殺盡始安居又云梵語阿羅漢此云殺賊經云與五陰魔煩惱魔死魔共戰有大功勳滅三毒出三界破魔網爾時如來一大歡喜此釋迦老子勸人殺生之榜樣也以佛能如此殺生故號大雄猛世尊世人愚癡賦有雄猛之佛性而不自殺其賊翻以殺人刼刼生生酬償地獄之苦而自以爲功多豈不爲至愚至癡倒用其佛性者哉語云一將功成萬骨枯自古罪之大者莫大於殺生其殺人以爲功殺生食肉恣口腹以爲快

其愚等也將軍能回心向上自求多福從今日去以殺生之勇自殺其慾佛言貪慾瞋恚過於怨賊能自斷之是爲殺賊能破煩惱出生死苦是爲大雄以此直求無上佛果是爲大賞其殺之利有如此者而自棄不謀可謂智乎雖然殺人則易自殺則難故云出家大丈夫事非將相所能爲老人葛藤至此是謂法施慈悲將軍信此是眞懺悔

示慧成信首座

首座慧成中年棄妻孥子出家曾叅達觀蓮池兩大師乃之南嶽湖東掩關老人將卜居南嶽成破關相迎遂侍巾舃一日作禮白言某幸末法爲佛弟子志出生死親見三大師現身五濁惡世衛護法門行其難行忍其難忍調其難調每見如來教中教菩薩法將謂空言今親承三大師之行履典刑現在便可盡形壽依皈誠難捨此別求怙恃矣乃寫三大師之眞終身佩奉且生生世世執此願輪即往來人天周流六趣曾無厭倦乞師爲我證明之老人聞而笑曰此固子之深心本願雖然似矣猶未探其本也請試觀夫本師和尚毘盧遮那法身非身以文殊觀音普賢三大士之行以成其身文殊智也觀音悲也普賢行也捨此三者則法身寂寥亦無寄矣故如來法身若言其智則徹法界理事因果乃至草芥塵毛無不盡其源底盡衆生界心念頭數莫不徹其根源若言其悲則盡衆生數皆爲巳身凡衆生之飢寒困苦疾病痛癢乃至三途劇苦皆菩薩全身一體共受故能不捨於一衆生若言其行則盡虛空徹法界無

一草芥塵毛不是菩薩捨身命處故普賢十願一一皆言虛空界盡衆生界盡衆生業盡衆生煩惱盡我此行願無有窮盡是故本師毘盧遮那以此三法成就一身少一法而法身不成即一衆生而非自巳則法身不遍乃至塵毛草芥一有不徹則未盡無明以至虛空盡處而行願亦盡則法身斷滅雖然於法界性中觀此三者如首羅三目即一即三非三非一於寂滅海中猶似漚滅漚生耳若有挺特没量大人能於毘盧頂頟上行回視此三行者大似喚奴作郎矣以彼區區介爾之行較三大士者又不啻奴兒婢子豈能盡佛法身之量哉苟能從此發堅固心放捨身命建立三寶凡有纖毫裨法門益衆生事皆法界全體之德用如由一塵以遍諸塵始一毛而融多毛從今生以極未來刼刼生生不退此心亦如普賢之虛空界盡而行願無盡生生世世食息起居行住坐卧未離本師一毛孔外三大老者乃於法性海中同出同没不出如幻三昧逢場作戲竿木隨身說幻法以開幻衆是則有之何足以爲師哉其無以限量心自隘如來法身境界可也

示自覺智禪人

佛言汝等比丘每于晨朝當自摩頭此語最爲親切老人每每思之吾佛慈悲痛徹骨髓常謂末法比丘多所受用安居四事種種供養各各自謂所應得者更不思我是何人物從何來爲何而受所以知恩者希而報恩者少特未一摩其頭耳苟回光一摩其頭則不覺自驚曰吾爲何剃除鬚髮不與俗人爲伍

耶苟知形與俗異則居不敢近俗身不敢入俗心不敢念俗如此則樂遠離行不待知識之教而自發勇猛入山惟恐不深矣又安忍混從市俗縱浪身心爲無慚人作無益行耶自覺禪人向住人間來匡山禮老人願枯心住山修出世行老人因示之以福慧雙修之行修慧在乎觀心修福在乎萬行觀心以念佛爲最萬行以供養爲先是二者乃爲總持吾人日用一切起心動念皆是妄想爲生死本故招苦果今以妄想之心轉爲念佛則念念成淨土因是爲樂果若念佛心心不斷妄想消滅心光發露智慧現前則成佛法身然衆生所以貧窮無福慧者由生生世世未嘗一念供養三寶以求福德直爲生死苦身念念貪求五欲之樂以資苦本今以貪求一巳之心轉而供養三寶以有限之身命隨心量力供養十方乃至一香一華粒米莖菜則如滴水入滄溟一塵落大地縱海有枯而地有盡其福無窮故感佛果華藏莊嚴爲巳將來自受用地捨此則無成佛妙行矣禪人如生疲厭當自摩頭則自發無量勇猛也

示龍華泰禪人

余往乞食長安時過龍華樹下主人瑞菴師物色余甚驩視猶多世親因也余覲王舍城中諸住刹者率多浮習獨師孤硬潔介遇物不假辭色心知其非塵中人也遂相與莫逆數數往來諸弟子輩亦莫不以余爲親故無間然及師化去其孫潭公視余猶視師余被放嶺外愧生平竟無以報德者頃余出嶺之南嶽法孫泰禪人遠來相訊余見之不覺五

内酸痛昔之與師音聲相貌居然在目及余之雙徑了達大師因緣禪人相侍既而余歸匡山則携禪人與之同歸意念爾祖之德與成就禪人出世之業爲報地耳居期年以開荒之勞身心未及放下頃政爲禪人指示發覺初心方有趨向乃翁以書招之屬以他緣余剌意留之不可得禪人將别請益因示之曰吾出家兒先須急其大者畧其小者何謂大生死是也何謂小世緣是也古德云除却死生眞大事其餘都是可商量以衆生沉淪苦海汩没世緣積刧以來以至今日未嘗一念返省今幸爲佛弟子身着袈裟且又遇知識有入道之緣而不拌捨世緣苦心參究巳躬下事切恐今生錯過縱出頭來未審可能如今日諸緣畢具否也禪人今以乃翁之命不敢遠去則固爾當以死生之念爲急辦道之緣不可失事畢旋歸老人幸得活埋空山但存殘喘一日則與禪人切磋大事有一日之功老人以畢命爲期禪人以死心相侍但得禪人當人一念光明煥發不獨禪人以了積刧生死大事亦是老人所以報乃祖之地不負此世際會因緣也禪人行矣其無久滯他鄉重增生死業累耳

示翠林禪人

佛祖教人唯在眞心實行爲出生死之要心眞則凡所動作言行舉措無一事而不眞行實則凡所云爲無一行而不實故眞實如好種子其餘作爲立行種種皆發生之緣以是之故抽芽發幹開花結實究竟不虛故佛説發心修行如布種子成就菩提以爲結果果

者實也以始終皆眞實故故佛呵二乘爲焦芽敗種者以其心行不眞實故也從上諸祖教人叅須眞叅悟須實悟是知一切衆生虚生浪死者以其妄想顛倒用事刼刼生生未曾一念眞實故於生死海中漂流難到彼岸所謂業識茫茫無本可據耳況爲佛弟子身在袈裟之下豈可流浪一生念念妄想業識流轉曾無一念返省而求眞實履踐之行此乃向袈裟下失却人身最爲可憐愍者禪人既不遠千里來叅老人必發一片眞實信心以此空山寂寞之中非掠虚之地何所爲而來耶既發眞實信心不是一見便了不求一段眞實之行亦徒然耳若求眞實之行即從眞實心中發現果有眞眞實實爲生死之心必須將從前有生以來及出家以來從頭一一細思檢點何曾有一念一行是眞實事從前已是空過即從今日已去發一片出世之心將一切世間情根妄想攀緣一齊放下將此一把骨頭一齊抛却將此一條性命納向空山大澤之中任他日炙風吹一切安逸飽煖思慮盡情撇却單單直以死生一念挂在眉毛上將一則古人公案蘊在胸中日夜叅究看他一念世間心起便是墮在生死處定要把斷不容毫髮如此叅究不悟不休即此一着便是爲生死眞實心即以此心向二六時中一切動作云爲種種行門至禮拜三寶供養十方調和大衆看侍老病一切行門無不親身竭力承事不生一念厭倦心不生一念人我是非得失心不起一念休歇止足想如永明大師每日行一百八件方便行盡形

不改即此便是眞實之行如此操心立行透出本地光明則將積劫所染一切貪瞋癡愛習氣種子一一消融化爲成佛眞實種子矣如是用心可謂不虛此生不負出家不枉遠犯風波叅訪知識若仍前涉虛止作嘗情業垢罪垢種子但隨妄想而行不唯辜負此生實取窮劫三途之苦耳

示順則易禪人

沙門釋子乃出塵之人親近佛法乃出情之法實破我之具方今學者廣學多聞但增我見少能飡采法味滋養法身慧命者豈非顛倒之甚也易禪人以多聞無益志在淸修固已遠矣然徒以淸修爲行而不剌意究竟生死根株不深窮佛祖不到之地此其創志不遠是以一日之價爲得也可不負其本有哉吾徒所難得者厭世俗最難得者厭生死禪人今知其厭而不知究其所以厭是猶然以五十步笑百步也嗟予老矣餘日無多生死大患橫在眉睫恐厭之不極禪人年亦長矣能以老人之厭自厭倘不厭老人相與千嵒萬壑之間絕影忘言修厭離行從此長揖五濁永離四生同遊廣大極樂之鄉豈不爲最上因緣哉又奚止于裹粮千里之適視彼榆枋莽蒼者固未足與道也

示玄機叅禪人

禪人以持明爲專行從事者三十年心地未有發明乞老人指示老人因示之曰佛說修行之路方便多門歸源無二即叅禪提話頭與念佛持明皆無二法第不善用心者不知借以磨煉習氣破除妄想返以執着之心資

助無明故用力多而收功少耳此事如用尾子敲門只是要門開不必計手中尾子何如也以吾人無量刼來積集貪瞋癡愛雜染種子潛於藏識之中深固幽遠無人能破聖人權設方便敎人提一則公案爲話頭重下疑情把斷妄想關頭絲毫不放久久得力如逼狗跳墻忽然藏識迸裂露出本來面目謂之悟道若是單單逼拶妄想不行何必話頭即婆子數炭團專心不二亦能發悟況念佛持呪有二法哉禪人持明三十年不見効者不是呪無靈驗只是持呪之心未曾得力尋常如推空車下坡相似只管滚將去何曾着力來如此用心不獨今生無驗即窮刼亦只如此及至陰境現前生死到來依然眼花撩亂却怪修行無下落豈非自誤自錯耶禪人從今不必改轉就將持呪的心作話頭字字心心着力挨磨如推重車上坡相似渾身氣力使盡不敢放鬆絲毫寸寸步步脚跟不空如此用力時只逼得妄想流注塞斷命根更不放行到此之時就在正着力處重下疑情深深覷看審問只者用力持呪的畢竟是个甚麽覷來覷去疑來疑去如老鼠入牛角直到轉身吐氣不得處如此正是得力時節切不可作休息想亦不得以此爲難生退息想及逼到一念開豁處乃是電光三昧切不可作玄妙歡喜想從此更著精彩拌命做去不到忽然藏識迸裂虛空粉碎時決不放手若能如此持呪與叅禪豈有二法耶所以道俱胝只念三行呪便得名超一切人便可證明即親見佛祖亦不易老人之說也

示智沙彌

方今出家兒於末法鬬諍堅固之時有能決志爲生死大事單提向上一着以了悟爲期此上上根人誠不易見今亦有叅究此事又惡覺惡習濃厚蒲團未穩邪見横生多落魔道此其難也古德云未能叅究向上且於教法留心時光亦不空過其留心於教亦有兩般一則根器稍利力窮性相宗旨深徹其源以多聞熏習之功從聞思修入三摩地是則不獨自了心性抑且爲人師此亦報佛深恩不負出家之志至若根器稍鈍不能廣親教乘即持誦一門尤爲要行故天台大師以讀誦受持爲五品觀行之首即法華所說持經法師現在父母所生肉身即得六根清淨此持經之功豈劣行哉沙彌既知厭生死苦投佛出家苟無專心一行豈不辜負此生即持經一行能專心一志如古人潛心理觀一旦忘心契會得佛心宗是由文字而得總持此所謂旋陀羅尼門由此證入歷劫生死根株仗此法門一時頓斷豈不爲無上菩提之徑路乎若悠悠歲月唐喪光陰墮於粥飯常流豈不虛消信施重增業累又何取於出家爲哉

示性覺禪人

出家本爲生死大事今出家兒不知生死爲何物但知隨波逐流業識茫茫無本可據古人叅方行脚訪尋知識單爲究明己躬下事今人行盡天下歷徧叢林唯鼓粥飯習氣竟不知善知識爲人處可惜奔波一生到底了無下落是爲可憐愍者至有一念爲生死心

的不知修行之要或以禮誦念佛爲修行一生辛苦到底於己躬下事如黑漆桶相似於生死分上了没干涉禪人發心眞實爲生死大事唯有叅究向上一着爲眞實工夫先要辦一片長遠決定不退之志古人二三十年單提一念不悟不休第一不得指望速成就釋迦老子三大阿僧祇刼磨煉身心豈是鈍根耶古德叅究機緣儘多唯有念佛的是誰一則審實話頭最易得力禪人今日發心叅究但將此一則公案時時提撕先將身心內外一切妄想雜亂念頭一齊放下放到没可放處即深深提起一聲阿彌陀佛四字歷歷分明急着眼看看得少不得力又提一聲佛有力便下疑情審問者念佛的是誰審之又審畢竟是誰看得纔有昏散現前即便快着精彩又提又看又審又疑疑到疑不得處胸中如銀山鐵壁立在心目之間如此便是話頭得力時也若到此得力處正好重下疑情於日用一切時一切處念念不移乃至久久夢中一似醒時一般若用力到此決不可退墮忽然疑團迸裂自然頓見本來面目若肯發此決定之志操不退之心但只一念直直行將去切不可求速効切不得將心待悟若工夫綿密自有打破時節也如上所説叅究一節最是易爲省力是要放得下提得起靠得定疑得切不拘行住坐卧動靜閙忙都是用心的時節六祖云若論此事輪刀上陣亦可做得此之謂也禪人有志眞爲生死便從此一路下脚

示寶藏相禪人禮普陀

觀音大士證圓通本根以法界身隨緣應現豈定居於普陀耶海喻生死山喻涅槃大士以法身普應生死海中即衆生日用尋常皆大士威神顯現湛然寂滅猶如寶山故以海中普陀象之由在衆生煩惱海中衆生有苦即大士之苦故一稱其名即得解脫乃衆生喚醒自心大士大士現前則寂滅現前寂滅則苦不能到故山在海中波濤不能撼動是故名爲大士常居普陀非局指海中拳石爲大士棲託也衆生迷妄不禮自心大士親踞寂滅道場巍巍不動如海中山爾乃跋涉山川必數千里外跉跰辛苦而向外求之迷之甚矣雖然如是經云歸元無二方便多門今大地衆生皆信大士於南海合就其機而引進之令其涉海登山一呼大士猛省自心則觸目波濤皆入圓通之門必使自信而後已同此行者但有一人能信老人此言則不負一翻行脚不然則空費草鞋錢也

示明輝禪人少林禮祖

若論此事佛未出世祖未西來照天照地無欠無餘即黃面老子出世胡亂四十九年終日搖唇鼓舌亦未道着一字及末後拈花迦葉破顏微笑乃曰吾有正法眼藏涅槃妙心今付與汝大似空拳誑小兒自是喚作教外別傳之道一似鉢盂安柄一人傳虛十人傳實達磨西來又說作單傳直指少室九年賺得神光癡種立雪斷臂將謂有甚奇特究竟到底直是箇覓心了不可得從此承虛接響大家都架空中樓閣各立門庭二派五宗畢竟不曾爲人拈出直至如今大地黑如漆致

使癡狂之輩向鬼窟裏弄精魂自謂傳少林禪是某家兒孫如此誑惑愚人豈不痛哉禪人今日叅老僧老僧此間無佛法禪道與人說甚麼乾矢橛禪人又要走向少林禮鼻祖求佛法禪道捨却自巳脚跟下一尺土更向千山萬水之外向他家屋裏覔豈智也哉禪人試將巳躬下理會看未出門一步與到匡山時是同是別即今離匡山一步到少林往返歸來時是同是別若是別則未出門一步早巳錯却了也況千里萬里乎禪人如不信老人試到少室問取單傳堂前露柱看是箇什麼

示法界約禪人

禪人生長建昌自離塵以來久走方外曾禮紫柏及老人於大都巳三十餘年復覲老人於匡山因示之曰從上出家兒皆爲生死大事登山涉水求善知識決擇於一言一句之下勦絕命根將百千萬劫塵勞惡習當下頓斷如脫韝之鷹自此不復受人拘縶即能掉臂生死路頭絕無顧盼諦觀傳燈諸祖爲人抽釘拔楔處有甚玄妙秘密耶只是學人一向單爲生死一着蘊在胸中吞不入吐不出扼塞不通如喪考妣相似偶因緣時熟忽遇善知識拄杖頭一撥便轉更有何疑慮耶唯的信自心本有而巳今人行脚走徧天涯入徧叢林眼中到處熱烘烘便是好道場見粥飯精潔一頓飽齁齁的便是好知識縱遇明眼知識都被熱瞞當面錯過如此行脚叅方不爲本分事便是流浪生死一生空過時光枉費草鞋錢豈不大可歎息耶禪人爲生死

出家行脚叅知識住名山行苦行種種法行一一經歷且道即今生死事畢竟如何且道前見紫柏老人今見老人與未見時有何差别且道今在匡廬萬仞峰頭白雲深處與王舍城中萬丈紅塵裏境界是同是别若道是同且隔三千里外没交涉若道是别衲僧行脚眼在甚處若向者裡定當得出三十年即今日今日即三十年前紅塵即白雲白雲即紅塵一切生死煩惱業行及種種差别境界無不觸目寂滅矣其或未然今日再行脚從頭起重到五臺峨嵋叅見文殊普賢試問何等是平等一際寂滅法門待有話會再來與老僧相見

示崇觀禪人

觀禪人往來吴楚不遠數千里來叅一見則知其有志而未能也老人愍其遠來且無可指示但因其名乃字之曰見微以衆生生死根株微細流注妄想昏迷而不自知故吾佛大師設觀以照之良以微非觀照無以見生死之力大觀不洞微無以顯照用之功力能破幽微則生死可出此特教家之極則若是衲僧分上自有格外鉗鎚但能一念如鐵壁銀山塞斷咽喉無吐氣處直得死而復甦方有少分相應耳禪人方且波流識海未能勦絶命根他時後日苟能吐却雜毒放下身心再來叅請有分

示六如坤公

從上諸祖教人叅禪雖有超佛越祖之談其實要人成佛作祖耳未有欲求作佛祖而不遵佛祖之言教者捨教而言修行是捨規矩

而求方圓也且佛教阿難開口便道應當直心淨名云直心是道場馬鳴大師開示修行切要須發三種心謂直心正念真如法故深心要集一切諸善行故大悲心願救一切衆生苦故從上諸祖未有不發此三種心者學人秖知瞢瞢的去參話頭只要妄想貪求玄妙却不知是直心正念真如祖師方便法門若說真如二字學人早作道理會取去誰肯下死工夫做若只教去看話頭看到話頭逼拶歷刼情根忽然斷處從來一切妄想情慮當下消滅求一念生心了不可得到此便是離念境界正所謂正念者無念也若到無念則不求與真如合自然覿體相應如此便是佛祖教人直心的樣子也是知參禪更無別樣巧法只是要人實實死做做到恁般田地豈有甚秘密巧妙哉此乃第一直心修行也第二深心要集一切諸善功德此諸善功德不是外邊有爲的事如達磨大師對武帝云淨智妙圓體自空寂是真實功德是知達磨所說淨智妙圓正是馬鳴直心正念真如馬鳴所說諸功德就是將直心正念去做以真如徧成一切有爲事法今日要求證真如不是在死眉死眼鬼窟裡求要在一切日用有爲萬行上求所以行上求者不是在事上別討出一個玄妙真如來只是就將直心正念在一切事上驗看可與直心正念相應不相應若事事法法都與直心正念相應則目前無一法一事不是真如境界矣所以馬祖與百丈諸弟子日用中搬柴運水鋤田插禾燒火煮飯事事上覿面勘驗尋常一言一句冷

言熱語都是要弟子入證眞如之門若勘到果然一切處不昧方許有爲人分若胸中絲毫未透未到無念境界起心動念即被業轉墮在生死窟中故未輕許印正此傳燈千七百則葛藤皆眞實印正語非玄妙機鋒語如今學人都把作玄妙奇特言句蘊在胸中當作已解日用頭頭未曾一毫看破豈不誤哉第三大悲心願拔一切衆生苦如今學人見拔衆生苦是菩薩事待他日成了菩薩纔度衆生却不知能度衆生方是菩薩度衆生苦不是有了神通妙用纔去度衆生却就是直心正念集諸功德處就是度生事業且如世尊敎須菩提度盡衆生實無衆生可度乃至廣行六度更無一法可行乃至上求菩提佛果亦無所得且度衆生豈不是集諸功德實無一法可得豈不是直心正念眞如如此妙用乃自己日用神通取之無禁用之不竭則何法而非功德事哉以衆生日用種種事法皆是煩惱現行今以眞如一念事事法法上印破都轉作眞如妙用便是度自心之衆生如此叅學是名眞叅實究者不是現成端坐養懶過了三年五載便誇大口說我叅禪幾多時悟了多少妙處如此見識都閻老子前喫鐵棒漢反不如三家村田舍郎他倒免酬信心檀越宿債老漢看來佛祖敎人原是分分明明只是後人錯會所以誤耳禪人既歸心老人須信老人言從今將抱守琉璃瓶子一撥粉碎將從前叅的都移在一片身心上向成就衆生門頭拌却性命去一一着實體驗過發廣大心能引一衆生發菩提心便是

拔一衆生之苦自破一分我執損一分煩惱消得一分我見煩惱便是證一分眞如境界若從此以去更發長遠心即三生十刼刼刼生生行到煩惱消盡處便是度盡衆生處若衆生煩惱一時都盡更要成甚麼佛祖

示西印淨公專修淨土

近世士大夫多尚口耳恣談柄都尊叅禪爲向上事薄淨土而不修以致吾徒好名之輩多習古德現成語句以資口舌便利以此相尚遂致法門日衰不但實行全無且謗大乘經典爲文字不許親近世無明眼知識卒莫能廻其狂瀾大可懼也大都不深于敎乘不知吾佛度生方便多門歸源無二之旨耳世人但知祖師門下以悟爲上悟心本意要出生死念佛豈不是出生死法耶叅禪者多未必出而念佛者出生死無疑所以然者叅禪要離想念佛專在想以衆生久沉妄想離之實難若即染想而變淨想是以毒攻毒博換之法耳故叅究難悟念佛易成若果爲生死心切以叅究心念佛又何患一生不了生死乎惟此淨土法門世人以權目之殊不知最是眞實法門諦觀普賢以法界爲身修十大願必指歸淨土馬鳴傳心祖師宗百部大乘作起信論究竟結歸西方東土傳燈諸祖雖不明言淨土但悟心既出生死不歸淨土豈成斷滅耶永明會一大藏指歸一心亦攝歸淨土禪玊中峰時在季世而極力讚揚西方況此法門乃本師無問自說十方諸佛共讚豈諸佛菩薩諸大祖師反不如今之業垢衆生而妄談耶淨公中年棄愛出家初叅紫栢

大師授叅禪之指令于淨土一門願修而未決老人因謂之曰此事不必問人只看自家爲生死心何如若爲生死心如救頭然志要一生取辦譬若人患必死之病有人覓還丹可救一人授以海上單方足以起死回生只在病者有決定心信此可服更不必待覓還丹只服此單方頓令通身汗出絕後方甦是時始知其妙但諦信此法專心一志至臨命終時方自知其効耳又何必問取他人勉矣行之決不相賺

示沙彌性鎧

沙彌性鎧來叅請益老人字之曰堅忍惟佛示弟子曰着忍辱衣名堅固鎧以鎧爲禦患之具譬夫大將臨敵不遭矢石之患而能全身保命有必勝之功者鎧之力也且吾沙門釋子蹈生死之場遇五欲諸魔之大敵非忍力堅固不足以勝之故曰忍色忍欲難忍能忍方能保全法身慧命以臻極樂之場即吾佛亦曰種種諸難皆當能忍況末法險道多諸患難苟無堅忍之力又何以克全出世之業乎

憨山大師夢遊全集卷第八

音釋

喦（魚咸切 音巖）　賺（丈陷切 音湛）　齁（呼侯切 音呴）

憨山大師夢遊全集卷第九

侍者福善日録　門人通炯編輯

示夜臺禪人

文殊菩薩住清涼山與一萬眷屬常演說法故西域沙門遥禮此山爲金色世界華嚴經云一切處文殊師利從一切處金色世界而來由是觀之文殊果常住於此山耶葢衆生界中煩惱所集爲熱惱地若行人能開智眼達本情忘知心體合則當下清涼如是則觸目無非文殊化境步步不離清涼道場此所謂一切處文殊金色世界也夜臺禪人久住臺山夜遊故得此名今來南方行脚叅禮知識是必親從文殊指點而來如善財之南詢雖經百一十城未動脚跟一步如前周行十方世界未離金色界中在在知識逆順法門無非文殊智眼今見老人於五乳峰頭與金色世界是同是别者裏辨得許你親見文殊其或未然再買草鞋行脚去叅叅

示省然覺禪人

性覺禪人中歳出家遠來匡山求授具戒以有隱疾不能久侍辭歸請益老人因示之曰身爲大患之本衆苦所聚六道生死先要識此生死苦因所謂諸苦所因貪欲爲本若滅貪欲無所依止是故佛說金剛戒心地法門乃斷欲之利具出苦之舟筏也汝今幸聞此法念念不忘心心不懈即此便是修行之要如圓覺經云當觀此身四大合成我今觀此堅硬歸地潤濕歸水煖氣歸火動轉歸風諦觀四大各有所歸今此妄身當在何處如是觀察念念不忘心心不昧久之純熟當見此

身忽然脱空四大若空諸苦頓脱即此工夫便是出生死之第一妙訣也從上諸祖未有一人不從叅究中來得了悟心性者未有不修而能得利益者汝當更念此身雖苦幸存一息尚可求能出之方若一失此身枉着袈裟則將來三途之苦動經長劫雖欲求出不可得也故云思地獄苦發菩提心勉之毋怠

示離名道禪人

道學人往叅老人於曹溪特爲發明金剛般若宗旨以吾人修行不仗般若根本智生死難出然此般若非向外别求即是吾人自心之本體本自具足故今修行但求自心更不别尋枝葉佛祖教人只是返求自心故云識心達本源故號爲沙門又云若人識得心大地無寸土以我自心元是般若光明本來無物但因一念之迷故日用而不知但知有此幻妄之假我即不知有本來常住法身即今要悟本來法身即就日用現前六根門頭起心動念執着我處當下照破本來無我無我則無人無人則了無衆生衆生既空則生死根絶生死既脱則無壽命是則四相既除一心無寄豈非無住之妙行乎若不能當下了悟只將六祖本來無物一語置在目前但見一切境緣對待生心之時便是我執就此執處一照照破則當下情忘對待心絶即是無我無我則無人人我既空則日用身心了無罣礙以日用逆順境界皆是生死路徑若境界看破了無罣礙則生死根株亦從此倒斷矣如是豈非善修般若無住之妙行乎禪人有志要出生死必以此爲第一義此外别求

即落外道邪徑矣

示魏聖期

聖期居士頃以書來請益云某邇來雖惕然於生死大事欲隨處解脱惟横逆忽來不能當下消受雖旋能覺知主人已被牽纏矣觀此來意乃眞切有志於生死大事者第未遇善知識指點心地工夫故無把柄耳葢吾人從來只認妄想爲心不知本有佛性一向只在世情逆順境界上起好惡憎愛種種分别知見殊不知此等憎愛喜怒之情全是生死根株舉世之人未有不在此中一生交滚者古德教人叅禪了生死不是離此别有玄妙只是在此等境界上憎愛之心看破便是了生死以此憎愛妄想從來習染純熟深厚若無方便法門豈能敵得所以叅禪看話頭之說正是破煩惱之利具耳所以被他牽纏者直爲無此話頭作主宰耳只如僧問趙州狗子還有佛性也無州曰無即將此一無字懷在胸中作話頭下疑情念念不忘心心不昧一切閙忙動靜應酬忽遽中只提此一語重下疑情審問疑來疑去只有一个話頭現前縱是看書纔放下書本回頭一看便下疑情此疑堅固切不可作道理思量解會只要一个疑念眞切久久純熟但見心中妄念起時如此一問當下氷消心中所起喜怒只是一妄想耳先有此話頭作主宰及境界至時一到即看破當下水消全不用力如此做工夫不但敵破境界抑有了悟之時但切不可作玄妙道理思量恐反誤也

示福敦禪人

新安禪人遠叅匡山求授戒法名曰福敦字曰篤如篤者敦篤純一無僞精誠之至也然吾沙門佛子欲超生死證眞常求無上涅槃之福樂苟非精誠一念純眞無妄力破煩惱之魔頓拔愛憎之根而欲頓享無爲之福難矣千里之行在於初步從此戒爲基本乃趣菩提之初步即此念念向前心心不退單求一念生死情根搜拔起處竟不可得然不可得處便是生死無着處矣第恐志不堅行不力耳若恐不力但以阿彌陀佛四字横於胸中以爲利斧久久根株自斷矣如是着力是名篤如勉之勉之

示福厚禪人

新安禪人來叅匡山求授戒法名曰福厚字曰積如葢出世人福由漸積而厚至佛乃足猶如積微塵以成大地厚之至也吾佛世尊從無量劫來捨頭目髓腦積功累行乃得菩提菩提爲涅槃之安宅福樂之極地也苟不積何以至此哉然如者乃如如佛性吾人本有良由積劫煩惱侵蝕故煩惱情塵日厚而如如佛性薄矣今既知佛性本有不假他求從此日用念念知歸但見情塵起處以智光照之久久純熟則佛性厚而煩惱薄煩惱薄而業障輕業障輕而生死斷是由積眞如以斷生死求證菩提享常樂我淨之厚福豈非由積而至耶故曰水之積也不厚則負大舟也無力禪人勉之

示同塵睿禪人

滇南同塵睿禪人遠至大都親歷講肆既而盡棄所習南叅知識遊新安之黄山愛其幽

勝遂隱約其間一鉢往來無定棲止然以華嚴大經爲課誦壬戌仲夏來衆匡山求授大戒拈香請益老人因示之曰子以華嚴大經爲常課能知此經之綱宗乎惟我毘盧遮那曠劫因中稱法界心修普賢行證窮法界名爲報身號盧舍那具有佛刹塵數相好是爲正報所感二十重華藏世界無盡莊嚴以爲依報安住海印三昧稱普光明智爲地上菩薩演說此經名曰普照法界修多羅爲稱性法門種種微妙不可思議如此法門乃諸佛自證境界具在衆生日用妄想心中念念現前經云譬如一微塵中具有大千經卷書寫三千大千世界中事有一智人明見此經剖破微塵出此大經利益無窮然一微塵者衆生妄想心也大千經卷衆生本具性德也隱

而不現謂衆生日用而不知也明眼智人破塵出經即諸佛證窮此法開示衆生爲大利樂也是知此經所說乃說衆生日用妄想心耳大哉衆生之心具有廣大不思議力智用無邊而爲介爾妄想所蔽可不悲哉吾佛特爲此事出現世間故曰爲一大事因緣故出現於世以諸佛證此大事因此緣此特出世間爲衆生說更無別事以衆生迷此大事而爲生死故以生死爲大事也由是觀之即八十卷之雄文所開示者乃吾人一念之妄想心耳故曰我今於一切衆生心中成等正覺所謂諸佛心内衆生時時成道衆生心内諸佛念念證眞故般若多羅尊者曰入息不居陰界出息不涉衆緣常轉如是經百千萬億卷苟能以如是眼轉如是經盡未來際無間

斷時所謂塵說剎說熾然說無間歇此乃華嚴法界眞經之大旨也禪人若悟此法則於未展卷前徹見無邊法界於撥火拈香謦欬彈指之間也雖然如是也要牛皮鑽透始得

示修淨土法門

海陽禪人遠叅匡山求授戒法命名曰深愚拈香請益云弟子某發願求生西方淨土結法侶若干人同會一處專修淨業願乞慈悲指示法要老人因示之曰佛說修行出生死法方便多門唯有念佛求生淨土最爲捷要如華嚴法華圓妙法門普賢妙行究竟指歸淨土如馬鳴龍樹及此方永明中峰諸大祖師皆極力主張淨土一門此之法門乃佛無問自說三根普被四衆齊收非是權爲下根設也經云若淨佛土當淨自心惟今修行淨業必以淨心爲本要淨自心第一先要戒根清淨以身三口四意三此十惡業乃三途苦因今持戒之要先須三業清淨則心自淨若身不殺不盜不婬則身業清淨不妄言綺語兩舌惡口則口業清淨意不貪不瞋不癡則意業清淨如此十惡永斷三業氷清是爲淨心之要於此清淨心中厭娑婆苦發願往生安養立念佛正行然念佛必要爲生死心切先斷外緣單提一念以一句阿彌陀佛以爲命根念念不忘心心不斷二六時中行住坐卧拈匙舉筯折旋俯仰動靜閒忙於一切時不愚不昧並無異緣如此用心久久純熟乃至夢中亦不忘失寤寐一如則工夫綿密打成一片是爲得力時也若念至一心不亂則臨命終時淨土境界現前自然不被生死拘

留則感阿彌陀佛放光接引此必定往生之効驗也然一心專念固是正行又必資以觀想更見穩密佛爲韋提希說十六妙觀故得一生取辦今觀經現存若結淨侶同修任各志願於十六觀中隨取一觀或單觀佛及菩薩妙相或觀淨土境界如彌陀經說蓮花寶地等隨意觀想若觀想分明則二六時中現前如在淨土坐卧經行開眼閉眼如在目前若此觀想成就臨命終時一念頓生所謂生則決定生去則實不去此唯心淨土之妙指也如此用心精持戒行則六根清淨永斷惡業煩惱則心地清淨觀念相繼則妙行易成淨土眞因無外此者若但口說念佛求生淨土若淨戒不持煩惱不斷心地汚穢佛說是人永不成就是故行人第一要持戒爲基本發願爲助因念佛觀想爲正行如是修行若不往生則佛墮妄語矣

示念佛參禪切要

念佛審實公案者單提一聲阿彌陀佛作話頭就於提處即下疑情審問者念佛的是誰再提再審審之又審見者念佛的畢竟是誰如此靠定話頭一切妄想雜念當下頓斷如斬亂絲更不容起起處即消唯有一念歷歷孤明如白日當空妄念不生昏迷自退寂寂惺惺永嘉大師云寂寂惺惺是寂寂無記非惺惺寂寂是惺惺亂想非謂寂寂不落昏沉無記惺惺不落妄想惺寂雙流沉浮兩捨看到一念不生處則前後際斷中間自孤忽然打破漆桶頓見本來面目則身心世界當下平沉如空華影落十方圓明成一大光明藏

如此方是到家時節日用現前朗朗圓明更無可疑始信自心本來如此從上佛祖自受用地無二無別到此境界不可取作空見若取空見便墮外道惡見亦不可作有見亦不可作玄妙知見但凡有見即墮邪見若在工夫中現出種種境界切不可認着一咄便消惡境不必怕善境不必喜此是習氣魔若生憂喜便墮魔中當觀惟自心所現不從外來應知本來清淨心中了無一物本無迷悟不屬聖凡又安得種種境界耶今爲迷此本心故要做工夫消磨無明習氣耳若悟本心本來無物本來光明廣大清淨湛然如此任運過時又豈有甚麼工夫可做耶今人但信此心本來無物如今做工夫只爲未見本來面目故不得不下死工夫一番方有到家時節從此一直做將去自然有時頓見本來面目是出生死永無疑矣

示海澗禪人刺血書經

禪人發心書華嚴五大部經特禮匡山請益老人因示之曰毘盧遮那安住海印三昧現十法界無盡身雲説華嚴經名普照法界修多羅若正報身諸毛孔中放光明説若依報世界草芥微塵則塵説刹説如是演説盡未來際無間無歇如是之經充滿法界所謂一字法門海墨書而不盡今子以有限之身心涓滴之身血若爲而盡書之耶雖然此經果不能書則一切衆生絶分矣且白法界之經則凡在法界無非此經若悟毘盧以法界爲身則自己身心亦同法界此則日用現前動靜語默拈匙舉筯欬唾掉臂皆法界之大用

是則何莫而非書寫此經之時耶若身同法界則一一毛孔皆悉周遍如是則舉一滴之血當與性海同枯矣所以普賢大士剥皮爲紙析骨爲筆刺血爲墨量等法界是則全經不出一字即書一字亦同全經何況百軸之文禪人苟能作如是觀則自書者與見聞者及禮拜讃歎一香一華而作供養乃至執勞運力者無不同歸法界如是功德豈可得而思議禪人若無如是眼作如是行亦不免揑目見空華豈不重增顛倒想耶

示曹溪沙彌能化書華嚴經

佛云佛種從緣起是故衆生正因佛性本具但以無明堅固不遇善緣終不能發如種子在地要假雨露陽和之緣方能抽芽發幹乃至開花結實耳老人未至曹溪諸沙彌所習世俗之業且不知有佛有僧安知佛法哉自老人開化種種方便誘引教導始則知爲僧矣既而以佛性難明先教書寫華嚴大經使知親近隨順佛法信心若發方可引入佛慧初則二三其人自是人人相望發心不十年間書此大經者已成十餘部六祖入滅已來千年今日之事從前所未有也佛性人人本有恒沙功德人人本具以無知識開導皆以性德而造惡業招三途之苦報若悟此佛性則轉惡業而爲無量淨土莊嚴今沙彌能化能以造業之心轉爲淨土莊嚴作成佛眞因所謂智種含於心地遇法雨慧日之緣故能發菩提芽生長善根抽功德枝開萬行花將來必成菩提妙果此正所謂佛種從緣起也老人往往開示曹溪諸弟子等若從此人人

勇猛發無上心有志佛法究明已躬大事即如六祖住世時發明自心者千人之中豈止三十餘人而已耶是在遞相轉教之功耳

示惺初元禪人書經

性元禪人來叅匡山老人字之曰惺初發願書寫大經老人因示之曰出家修行佛說方便多門固在各各發心何如耳第一向上叅禪求明自心志了生死次則深窮教海志願弘通護持正法續佛慧命又次則深厭生死專心淨業願生西方此皆理行爲最上者若夫事行種種至於書寫經典乃六種法師之一是佛稱讚者故法華說持經法師現世肉身得六根清淨此豈事行可擬哉且云舉手低頭皆已成佛此稱性之行又豈可以描抹點畫致耶老人昔住五臺曾刺血泥金書寫華嚴大經每於書寫之中不拘字之點畫大小長短但下一筆則念佛一聲如是點點畫畫心光流溢念念不斷不忘不錯不落久之不在書與不書乃至夢寐之中總成一片由是一切境界動亂喧擾其心湛然得一切境界自在無礙解脫門乃至一切見聞無非真經現前以此證之則書經之行妙在一心不亂又豈若童蒙抹硃便以書經求功德耶禪人試以此行如是書寫如是受持似有少分相應若以描寫爲妙行博名高爲求供養之資則又不若尋常粥飯爲無事僧也勉之

示昭凡庸禪人

庸禪人往叅老人於五羊嘗示以無生之旨頃來謁匡山見其爲道之志彌篤而叅究工夫未純以未把作一件真實大事耳老人因

示之曰古人學道第一要爲生死心切不是要求玄妙道理也所言生死者何即吾人日用現前種種塵勞境界中遇境逢緣若逆若順内心習氣引發現行起愛憎取捨等種種妄想分別心也以念念攀緣起善惡等種種業行都作未來生死根株以妄想無涯故生死無際所以衆生長劫流轉生死苦海無出頭時良由不知自心之過也故云若不了自心云何知正道古今學道人有志出生死者單要求明自心耳以此心一向麤浮如沸湯烈燄未常一念清冷故古人權設方便將一則公案教學人念念提持叅究如僧問趙州狗子還有佛性也無如永明教人審實念佛的是誰即此一無字誰字便是斷生死命根之利劍也然此叅究審實只是覷此無字誰字起從何處起落向何處去只看者一念起落處要見起滅根源若叅到極則處將一念生滅妄想迸斷打破漆桶頓見本來面目到此便將佛祖向上鼻孔一時盡在自巳手中從此識得本來人更不疑張三李四恰元來是自巳本命元辰如是有何玄妙可求又何必向他家屋裏求耶然此一着若不是最初發心爲生死切任你做盡伎倆都是鬼家活計縱有一知半見都是魔說凡有所作皆是魔業可惜百千萬劫難遇一段大事因緣也禪人果有志此事亶須將自巳胸中從前世諦伶俐聰明知見及種種妄想一齊折合歸向到一念上做將一句話頭作横空寶劍斬斷從前妄想如斬亂絲果能如是下毒手做苦切工夫若無眞實悟處則從上佛祖皆墮

妄語矣所最忌者唯是無眞實心只將叅禪做面皮説好看話耳

示履初崇禪人

禪人生長豫章素有向上志聞老人逸老匡山遂棄世諦緣潔心來叅因留入衆隨時入室久之察其多軟暖之習而骨氣不剛故入道之心不猛居常策其不遠一日拈香請益老人因示之曰子有向道之志而無振拔之氣者以心力不純故骨不勁骨不勁故無剛毅勇猛之志所謂中無主不立耳所以中無主者以第一無眞實爲生死心故無決定久遠不退之志既無決定之志則一切趨操無特達之行所以因循舊習悠悠日月但守閒散任意以爲自在無拘於心既不知撿而於四大幻身亦無支持之力故日用現前全無眞實工夫亦無眞實受用耳從今日去先要發一片眞實爲生死心立一定久遠不退之志盡此形壽決定要究明已躬下一段大事畢竟要齊古人方不負此生平要如古人必以一則公案爲叅究話頭如永明大師念佛審實的公案最爲穩當即將心中從前一切凡習知見妄想思筭一齊放下放到無可放處單單提起一聲阿彌陀佛即看此念起處審實者念佛的是誰且念且審又審又念靠定一念審實得力處便覺心如墻壁究到究不得處便是得力時節如此久久叅究叅到心無用處如老鼠入牛角時忽然一念迸裂便是了生死的時節也子能如是用心如此着力自然骨剛氣猛名爲挺特丈夫視前軟暖之狀眞日劫相倍矣子其勉之

示慧鏡心禪人

吾佛説法以一心爲宗無論百千法門無非了悟一心之行其最要者爲叅禪念佛而已而叅禪乃此方從前諸祖創立悟心之法其念佛一門乃吾佛開示三賢十地菩薩總以念佛爲成佛之要十地菩薩已證眞如豈非悟耶然皆曰不離念佛念法念僧善財叅五十三善知識第一德雲比丘即單授以念佛解脱門及至末後叅見普賢爲入妙覺善知識乃專向西方淨土云親覩如來無量光現前授我菩提記由是觀之即華嚴爲最上一乘而修稱法界行始終不離念佛十地聖人已證眞如尚不離念佛而末法妄人乃敢謗念佛爲劣行又何疑叅禪念佛爲異耶是闕多聞不知佛意妄生分别耳若約唯心淨土則心淨土淨故初叅禪未悟之時非念佛無以淨自心然心淨即悟心也菩薩既悟而不捨念佛是則非念佛無以成正覺安知諸祖不以念佛而悟心耶若念佛念到一心不亂煩惱消除了明自心即名爲悟如此則念佛即是叅禪若似菩薩則是悟後不捨念佛故從前諸祖皆不捨淨土如此則念佛即是叅禪叅禪乃生淨土此是古今未決之疑此説破盡而禪淨分别之見以此全消即諸佛出世亦不異此説若捨此别生妄議皆是魔説非佛法也

示修六逸關主

余初度嶺至五羊時菩提樹下弟子修六逸公即相率同輩歸依乃至出嶺之南嶽遊吳越相從於艱難困苦中始終二十五年未嘗

少間及余歸隱匡盧公素爲生死心切志求向上亦相從於金輪峰頂閉死關三年單提一念幸有自信之地今以省師歸故山拈香請益老人因示之曰出家爲生死求向上一路乃本分事禪人死關三年其於放下身心抖擻客塵煩惱消磨習氣乃最初一步業已自信但於叅究生死病根未能頓拔以叅禪先須識取生死病根方能用藥調治耳何謂生死病根以貪瞋癡慢皆以我見而爲根本一切聖凡二種生死皆因執我然我依見立是則妄見乃我執之本稱爲法身之刺見刺不拔生死難出是以一切凡夫執身心人我是非之見一切外道横執邪見二乘聖人執生死涅槃欣厭取捨之見一切菩薩執有生可度有佛可求之見等覺聖人未忘佛見法見故有二愚乃至祖師門下初學叅禪者則多先起待悟之見於未悟中妄起未得謂得之見及有一念狂心暫歇處即執爲妙悟便生得少爲足之見即將古人言句攀扯囘爲已解執爲玄妙之見以此藴集於懷不肯唾卻久之釀成毒藥以致悞墮邪見縱有一念頓悟自心本來無物則又墮在光影門頭以爲究竟之見所以雲門道只饒得到法身爲法執不忘已見猶存墮在法身邊謂之抱守竿頭則永無超脫之見總之但有絲毫情見未除皆是生滅邊收通是生死病根縱然悟得尚屬生死故云悟之一字亦須唾卻何況全未了悟但依希恍忽便起知見自以爲得即將古人現成語句把作自已妙悟此皆墮自欺全非眞叅實究功夫如此用心皆是未

識生死病根之過也所以古德云不用求眞唯須息見苟知見消亡不眞何待所以佛示阿難云見見之時見非是見見猶離見見不能及此其究竟窮元單以見爲生死病根以從法身而起妄見見有身心世界而沉生死故今以離見爲出生死證法身之極則也馬鳴大師示人以離念爲眞修實證以因念有見若見謝則念自離妄自泯矣是知貪瞋煩惱之病根淺唯獨見刺之病根深最爲難拔故叅究工夫煩惱易斷習氣難除習氣不除則妄見潛滋妄見滋則縱有悟處皆成習氣以成魔見矣所以楞嚴經中說見魔最深隱而難知也禪人有志眞叅寔究亶須看破切不可墮在知見網中正當做工夫時只將趙州無字與六祖本來無一物同叅於未提起時先將身心內外一齊放下放下又放下放到無可放處透底看者無字畢竟有什麼氣息纔有一念起處當下一覷覷定看他畢竟是个甚麼如此安身立命在話頭上靠定深錐痛劄一念不移如老鼠咬棺材自有透脫時也切不得將古人公案言句蘊在胸中將來比擬以擬心即錯決不是古人見處至於尋常應緣時只將話頭靠定歷歷孤明自然不被境風搖奪乃至與人接談時切不可將古人公案作自巳知見以資談柄此一種病根最深以正當說時亶圖爽快全不知不是自巳本分事以此縱心矢口全不曾回頭照看所以不知是病若養成此病則將爲大我慢魔乃狂魔之所攝持今目中所見緇白好禪者比比皆然不可不懼也古人叅禪無別

玄妙只是肯將凡情聖解一齊掃卻放得胸中空落落不留絲毫知見作主宰知見不存則眞見發光自然了無一物矣如此放下時則當人一念如大火聚一切塵情習氣一觸便燒如紅爐片雪絕無影跡可留回觀一切知見邊事如說夢耳所以道叅禪無訣法只要放得下若放下一念則一念眞實若念念放下則念念眞實若徹底放下則盡未來際徹底眞實矣公行矣能不忘此叮嚀之言則與老人眉毛撕結未甞有絲毫間隔時也嗟嗟老人老矣倘負此緣錯過此生則再求今日之緣又不知幾千萬劫也

示慧玄與後禪人

東海佛法不行之地自靈山桂峰師開化令捨邪歸正者不少老人昔居海印寺歎師法利之盛其諸弟子能說法者居多今學人興後乃嫡孫也老人别靈山二十有八年矣辛酉歲後來叅匡山攺歲後辭歸故山請益修心法要老人因示之曰佛最所訶者煩惱所知二種障爲生死根本然煩惱障乃貪瞋癡愛爲凡夫生死根本所知障乃佛法知見爲三乘聖人生死根本苟二障不除則衆苦無由得出也嗟今世人不知佛法者固無足怪即學佛法人不斷除煩惱又以所學佛法爲所知障生長我慢重增煩惱心地染汚種子觸發現行放逸身心毫無撿束循情造業豈非大謬耶學人今聞老人開示知爲生死大事發心叅求本地工夫此乃最勝願力但今叅究工夫不用别求只要將胸中舊有習氣種子一一打點乾乾淨淨不許觸發現行就

於日用對境逢緣起心動念處當下看破不許相續其用心下手只如楞嚴經所說觀音耳根圓通旋倒聞機返聞自性一則觀門最好用心若於日用見聞處果能返觀自性則不隨外境流轉如此念念返流則念念是歸真之路如此用心若習氣不除觸發現行定不得力此全在違現業一着爲最上行也然又必要爲生死心切乃肯下死工夫耳學人實爲生死真切用心乃有受用不是說了便休作一種佛法知見也

示淨心居士

徃老人過吳中淨心居士恭禮請益老人示之以念佛法門以念佛如水清珠能清濁水故以淨心爲道號别數年矣今書來云念佛難成一片復請開示老人因示之曰修行第一要爲生死心切生死心不切如何敢云念佛成片且衆生無量劫來念念妄想情根固蔽即今生出世何曾一念痛爲生死日用念念循情未甞返省今欲以虛浮信心就要斷多劫生死所謂滴水救積薪之火豈有是理哉若果爲生死心切念念若救頭然只恐一失人身百劫難復要將此一聲佛咬定定要敵過妄想一切處念念現前不被妄想遮障如此下苦切工夫久久純熟自然相應如此不求成片而自成一片矣此事如人飲水冷煖自知告訢不得佗人全要自巳着力若但將念佛做面皮如此驢年無受用時直須勇猛更莫遲疑

示仁天老宿持法華經

仁天大德誦法華經二十餘年將行請益因

謂之曰法華最上一乘乃吾佛久秘之要爲授記諸弟子之劵書也六祖云心迷法華轉心悟轉法華誦經不解意與義作讐家二十七祖云入息不居陰界出息不涉衆緣常轉如是經百千萬億卷如上二祖所說仁天畢竟如何持此經耶經云是法非思量分别之所能解如是則六祖縱許解意亦未能持又云此經開方便門以示諸法眞實之相如是則山河大地草木瓦石無非實相縱若二十七祖離出入息亦未能持然則仁天畢竟如何持耶如佛所說持品乃至展轉第五十人轉教持經功德不可思議由是觀之轉教之功不論解義不解義離息不離息但能一念信心自知本有則慧命不斷由是老人最讚青蓮法社以持法華爲妙行也以一聞此經便下成佛眞種仁天以此轉教多人能如佛所讚歎更有何法過於是乎

示沈大潔

禪淨二行原無二法永明大師示之於前矣禪本離念固矣然淨土有上品上生未常不從離念中修若曰念佛至一心不亂豈存念耶但此中雖是無二至於下手做工夫不無巧拙以叅究用心處最微最密若當叅究時在一念不生若云念佛則念又生也如此不無兩槪念就叅究念佛處打作一條要佗不生而生生即不生方是永嘉惺寂雙流之實行也何耶若論叅究提話頭堵截意根要佗一念不生如此雖是叅的工夫古人謂抱椿搖櫓只者要佗不生的一念是生也豈是眞不生耶只如念佛若將一聲佛號挂在心頭

念念不忘豈是眞一心不亂古人教人參活句不參死句正在生處見不生意如經云見刹那者方悟無生即此一語則參究念佛當下可成一條矣道人諦聽參究念佛此中易落淆譌不可忽也如何參究即念佛念佛即參究耶如今參究就將一句阿彌陀作話頭做審實工夫將自巳身心世界并從前一切世諦俗習語言佛法知見一齊放下就從空空寂寂中着力提起一聲阿彌陀佛歷歷分明正當提起時就在直下看覰審實此念佛的是誰重下疑情審之又審疑之又疑如驢覰井覰來覰去疑來疑去疑到心思路絶處如銀山鐵壁無轉身吐氣處是時忽然磕着觸着眞無生意忽然猛的現前時則通身汗流如大夢覺到此方信生即無生無生即生

參即是念念即是參回頭一看始知向來如在含元殿裏覔長安也如此做工夫最怕將心要悟才有要悟的心便是攔頭板也只管一直做將去不計工程即到做不得時則打起精彩又從新做起又切不可貪求玄妙即有一念暫息寂靜歡喜切不可當作好處直須吐卻切不可將佛祖玄言妙語來作證當作佛法又不可墮在無事甲中以此爲得總之一切聖凡迷悟都不管單單只是追求一念下落追到趕盡殺絶處久久自見本來面目如十字街頭見阿爺更不向人問覔也看來此事元是人人本分上事更無甚奇特處道人眞眞實實爲生死大事試從此下手決不相賺

憨山大師夢遊全集卷第九

音釋

滇他見切音瑱 釀女亮切孃去聲 樐郎古切音魯

憨山大師夢遊全集卷第十

侍者福善日錄　門人通炯編輯

示本懷印禪人

昔吾佛於靈山會上欲以妙法華經付囑有在令於末世受持廣宣流布無論人天百萬即得授記諸弟子竟無一人敢於娑婆世界流通此法者必待地涌之衆乃能荷擔持此法者豈易易哉以五濁惡世衆生薄福其性剛强最難調伏是以吾佛教持經者必以忍辱爲第一行故曰如來滅後欲爲四衆說是經者應入如來室着如來衣坐如來座乃可爲衆廣說此經如來室者一切衆生中大慈悲心是如來衣者柔和忍辱心是如來座者一切法空是安住是中然後以不懈怠心乃可爲衆說是法華經故佛自述其往昔求法之行如提婆達多世世之冤害及常不輕之禮拜四衆乃至辱罵或加刀杖瓦石種種苦事皆歡喜忍之無一念懈退此正教菩薩法末世持經之最勝行吾徒爲佛子苟無忍行又何以持佛慧命使不斷哉及授付囑持經之菩薩則誓之曰種種苦事皆當能忍是以佛說觀三千大千世界無有如芥子許不是菩薩爲求菩提捨身命處乃至頭目髓腦無有悋惜故教持經者先以忍行悲此法末非大忍力又何能護佛法續慧命乎老人每每以忍行開示禪人禪人能篤信老人亦能以忍力自持今不但卒保道場抑且成就已行切不可以世諦尋常觀之更於此外别求生死法也且此經乃吾佛世尊爲一大事因緣故出現於世一大事者乃衆生本有佛之知

見也佛知見者以能見諸法實相也以衆生迷眞知見但認五蘊幻妄身心而不見眞實之相若見實相則三界上下了無一法又何生死可寄耶如此豈獨叅禪能了生死而持經不能了生死乎若南岳天台皆悟實相之大宗師儻法社諸侶讀誦此經能有一人如天台悟入法華三昧者即此靈山一會儼然未散如是則護持之人具足恒沙功德不可思議矣佛爲此法刼刼生生捨此身命禪人即能捨此一生成大法益又何外慕別求佛法乎今縱不能了生死即仗此法爲舟航願力持之於生死海中亦必終有到彼岸時猶勝從前虛生浪死也禪人既信老人語從此發起大忍力大精進力是名眞法供養如來以成普賢大行切不可起生滅心立人我見而生退墮之想也

示新安仰山本源覺禪人

本源覺重興仰山道場三十餘年幻出種種莊嚴皆自心力誦圓覺梵行二經亦二十餘年精持淨行皆從宿習般若中今禮匡山請授大戒拈香請說圓覺大義老人因示之曰佛說三界上下法唯是一心作所謂圓覺流出一切清淨眞如菩提涅槃及波羅密教授菩薩是故爲佛弟子若達唯心法門則一切染淨因果皆即現前念念轉變故曰心淨則佛土淨直如仰山因緣向皆危石巉嵓荒榛茂草今一旦幻此道場如從天至皆從最初一念堅固信心故致如斯廣大佛事由是觀之則西方淨土又豈從心外得耶老人今爲禪人特授梵網金剛寶戒此戒名爲毘盧遮

那心地法門經云若受諸佛戒即入諸佛位是知一念信心即開佛知見一切佛土應念現前故諸佛淨土皆從金剛心地建立禪人果能了知此法門從此向前日用頭頭一切運爲明明了知皆從自心流出則法法皆爲淨土眞因更能將一聲阿彌陀佛念念不忘心心不昧念至動靜無二寤寐如一則現前步步皆踏淨土寶地經行即此身心已坐蓮華胎中直至臨命終時纔捨此身即花開見佛如從夢覺到此始知生死如夢淨土如幻一念之間永居不退此外更有何法出生死乎禪人久修梵行第未親聞善知識打破從前妄想夢但了法法唯心何用別求佛法努力珍重

示陳善人

楚沔稱名郡故文憲之邦但法門善知識過化者希觀智禪人杖錫於此掩關三年一時向化者衆適來善人乃舊歸依信心弟子也遠叅匡山老人爲求開示以傳白大衆老人因示之曰在家男女能持五戒謂不殺不盜不邪婬不妄語不飲酒食肉佛住世時常在法會稱優婆塞優婆夷此云近事男女以堪親近承事三寶故其所修者精持五戒免墮三途苦趣是爲天人之福故曰五戒不持人天路絕若持五戒第一要明信因果善惡報應如影隨形謂作善因福果定生人天若造惡因惡果必墮三途苦趣且觀世之高官尊爵富貴榮華者此等必是前世修福供養三寶齋僧布施印經造像修寺建塔濟貧拔苦之所感招其長壽多男父慈子孝夫唱婦隨

兄友弟恭者必定從放生不殺持齋戒中來在家有能持此五戒者即五常備矣謂不殺仁也不盜義也不邪婬禮也不妄語信也不飲酒智也儒門能此者即成德之君子矣持齋豈分外事耶其中有上智高明之士既持此戒復念人世無常如風中燭怕生死苦一失人身萬劫難復如此思惟念生死苦求出離心切更宜發心持念阿彌陀佛將此一句佛橫在胸中心心不斷念念不忘朝暮禮佛誦經回向西方求生淨土若念佛念到一念純熟一心不亂臨命終時見阿彌陀佛放光接引投托蓮花以爲父母花開見佛從此永出生死輪回之苦長揖三界是名菩薩此念佛功夫古今在家男女行持一生取辦生西方者不少故曰唯有徑路修行但念阿彌陀佛此外別求皆爲邪見邪行矣善人持此轉化同類一人一家以及一鄉一郡通都爲佛國矣但願努力修行只要信心眞切一念奉行不必別求玄妙佛法

示盛蓮生

老子云吾所大患爲吾有身若吾無身吾有何患圓覺經云我今此身四大合成當觀身中堅硬歸地潤濕歸水煖氣歸火動轉歸風四大各離今者妄身當在何處如此諦觀此心久久純熟身相忽空種種煩惱皆從妄想顛倒而生如夢顛倒本來不有當煩惱時直觀此心妄想從何處生追到本無生處則妄想不生妄想不生則煩惱空身心忽空則一切煩惱當下消滅應念即入清涼極樂國矣此觀喫緊乃脫苦之妙藥然初心觀未易成

但將阿彌陀佛審實話頭切切不忘若妄想起時提起話頭一撥則妄想自滅以尋常無有正念故專逐妄想流轉攀緣不停以滋苦耳一切諸法皆自心生心外無法若不觀心而求脱苦之路猶卻步而求前也只須發勇猛心切不可説不能乃自畫耳

示吳啓高

啓高久歸三寶齋心有年今來匡山求受戒法爲法門弟子以結未來出世之緣因諡名福常號淨心居士爲受優婆塞戒復拈香請益老人因示之曰一切世間種種業行皆是無常盡爲苦因故感生娑婆國土衆生所聚故名堪忍愚迷之人以苦爲樂轉滋貪愛更增苦本不知出苦之要是爲顛倒故舉世之人但有一念知是無常苦空發心求出離者是即大智慧人但有一念返省發起厭苦之心便是出苦之路但有一念求生淨土之願即是成佛之本所以佛説戒法教人止惡修善以惡止則心淨善修則苦滅苦滅則福增心淨則爲淨土之因苦滅則爲極樂之本福增則爲常樂之果是知一念發起受戒之心則衆苦可斷衆福可集生死可出淨土可生皆從最初一念發心爲因地也居士今日既能知此事發此心故凡所作即是出世之行雖未出家即名佛子從今果以持戒之心念佛淨除心中夙染貪瞋癡愛種種煩惱則心地清淨以此淨心念佛念念不忘心心不斷即日用現前事事皆是淨土之因即所施種種四事供養三寶者皆爲莊嚴淨土之資所謂心淨則佛土淨唯心淨土自性彌陀元不

離當人一念是爲眞寔法行所謂眞常之福從淨心中謂是故也居士果能諦信不疑何用别求佛法但不可作世間尋常事目之則道念自堅信心日長矣珍重珍重

示無知鑑禪人

出家人先須要知出家割愛辭親本爲求出生死若爲生死大事要知世間一切諸法皆是苦本身是苦聚必要發心修行求出苦之道先須看破現在身心境界當觀此身乃地水火風四大假合成形四大各離今者妄身當在何處如此看破則不爲此身謀求種種受用之樂次要看破現前見聞知覺全是妄想用事總非眞心以此妄心造種種業起心動念無非是業無非是罪即此一念便是生死苦本切不可隨佗妄想流轉日用密密觀察妄想起處就要看破當下消滅切不可隨佗相續攀缘徃而不返若觀察不定無巴鼻時但將一聲阿彌陀佛作話頭緊緊抱定念念不忘有此話頭作主但見妄想起處即提起佛來是爲正念現前則妄念不待遣而自消矣如此二六時中密密用心唯此一念爲主其餘一切妄想皆爲客客主若分久久純熟則妄想自消眞心自顯矣禪人若果有志爲生死大事但以此一念爲眞其餘世間種種伎倆作詩寫字乃至攀緣交遊放浪皆是顛倒癡迷之事也若不慕實行專事虛浮縱放六情遊談無根空喪光陰不唯虛生浪死抑恐惡業難逃千生百劫無出頭時也

示徐清之

佛說三界上下法唯是一心作言三界上者

乃出世四聖謂佛菩薩聲聞緣覺也三界下者乃六道凡夫謂天人修羅三善道及地獄畜生餓鬼三惡道也是則十法界中一切聖凡善惡因果依正莊嚴皆由一心之所造然此一心非别乃吾人日用現前分别了知之心也既然一切由心非次第造乃日用現前念念所作之業於十法界流轉若一念由貪瞋癡所作十惡身三口四意三惡業則就三途苦趣之因若一念轉十惡而為十善則為人天妙樂之因若一念善惡兩忘内不見有我外不見有人一心寂靜則為聲聞出苦之因若觀目前苦樂逆順由因緣生滅流轉還滅則成緣覺之因若一念了知人法無我因緣性空無有作受者而不妨現行布施持戒忍辱六道之行化度衆生則為菩薩之因若一念頓悟自心本來光明廣大無不包容無不濟度了無一法當情生佛平等即為成佛之因故此一心廣大無外本來清淨圓滿光明若日用念念悟此則雖居塵勞而為出世之人矣此所以維摩稱為不二法門也居士若能體此而行則一切恩怨是非人我煩惱情根應念化成光明藏矣日用一切境界試此觀看念念覺察若不能安忍為煩惱之所障礙纔見起處即將六祖本來無物一句提起如金剛王寶劍則一切煩惱當下氷消身心化作清涼池矣如此力行若能精進不退則頓證大解脫場又何此外别求佛法哉

示若曇成禪人

成禪人約同志於金沙之東禪結青蓮社以持誦法華經為業凡入社者必先熟讀此經

能背誦而後入堂不數年間能持者數十輩去住不一唯禪人一志不移遂以此爲盡形壽焉請益老人因示之曰此經乃吾師釋迦世尊特爲開示衆生佛之知見爲成佛眞種故述其往因謂於大通智勝佛時爲十六王子得聞此經展轉傳持故凡曾從聞者必生生世世共生一處以持此經爲行故昔受化者直至今生於靈山會上各各授記成佛乃的示此經爲成佛正因眞種也故委明持經之法師即於現世父母所生六根必得清淨如經具明金口親宣非虛語也此經自入中土受持者多獨南岳思大禪師所悟精深天台智者大師讀誦此經乃見靈山一會儼然未散思大師曰此法華三昧也非子莫證非我莫識故天台因之建立止觀妙門發明百界千如實相之旨向後依止觀而悟明一心者如永嘉而下非一人也是知此經爲成佛之妙行明矣唯六祖云心迷法華轉心悟轉法華此又示持此經者第一義門禪人今持此經試向未展卷軸已前突開頂門正眼爍破無明諸法實相觸處洞然則見色聞聲目前現證嘗轉如是一卷眞經頓將八識田中歷劫已來愛憎煩惱種子盡化爲光明藏如是受持是眞精進是名眞法供養如來若徒以紙墨文言爲妙法以循行數字爲持經而心地未淨煩惱未空此何異以水泡爲摩尼以蒸沙爲飯本如是則牛皮未透豈圖遮眼而已耶

示觀智雲禪人

學道人以等心死誓爲出生死第一義又放

下爲入道之要古人云志當歸一久而不退佗日必知妙道所歸此五乳爲老人歸眞之所禪人歸依老人之心一生居半今幸有此卓錐之地正是爾等放捨身命處生則同修死則同歸爾當放下諸緣一心寂靜於此集二三同志老者專心念佛精修淨業誓死爲期則法道常存慧命不斷是不負歸依之念也應念爾祖樂天公與老人有三世之誼自當以義爲質絕無二念若別存一念則非眞實爲生死人凡居常務要以法爲懷綱維叢林調和大衆内外一體賓主一心兼忘人我勦絕是非了得煩惱本空便是出生死路即此心地清涼便是淨土之要門也爾其勉哉勗哉

示凝畜通禪人

佛祖修行之要唯有禪淨二門兼以萬行莊嚴是爲正修行路比來學人參禪者多被邪師過謬引入邪見稠林墮我慢魔增外道種是大可憂況十無一人得解脱處似此不唯自誤抑且誤人可不懼哉是故老人極力主張淨土眞修世人不知都輕視爲尋常不知念佛之妙故多錯誤耳且念佛即是參禪更無二致凡念佛時須先將自己胸中一切煩惱妄想貪瞋癡愛種種雜亂念頭一齊放下放到無可放處单单提起一聲阿彌陀佛歷歷分明心中不斷如線貫珠又如箭筈相拄中間無一毫空隙處如此着力靠定於一切處不被境緣牽引打失如此日用動中不雜不亂夢寐如一如此用心念到臨命終時一心不亂便是超生死淨土之時節也若但口

說念佛心地不淨妄想不除只道念佛不靈驗如此縱到三生六十劫亦無出頭分爾其勉之

答德王問

承大王諭使者訪問山僧修行直捷法門云王已能持不殺戒齋蔬三年但念末後一着爲急有何法修持至臨終安樂後世不迷此乃大王宿習般若根深積生修習故今處富貴尊位不昧本來一念眞切叅求法要山僧愚劣敢以實對惟佛說法度人如應病之藥方便多門不是一種自教流此土古今依奉修行者有禪與教兩門人人共由禪則傳燈諸祖直貴了悟自心其下手工夫則以單提話頭叅求直至明見自心而後已此獨被上上根人一超直入又須善知識時時調護提撕方得正路在昔王臣亦有能者葢不多見是乃出家人易爲行耳今大王尊居深密不易接見善知識故不敢以此勸進其有依教修行昔有天台智者大小止觀乃成佛要門其大止觀文繁難於理會其小止觀雖簡易其實要說解明白而下手安心亦不易入即能知能行亦難得親切日用現前境界逆順處多用不上况末後大事乎此法亦非大王所易行者亦不敢進今獨有佛說西方淨土一門專以念佛一事爲要以觀想淨境爲正行以誦大乘經爲引發以發願爲趣向以布施爲福田莊嚴此實古今共由不論貴賤智愚俱能眞實下工夫故萬人修行萬人效驗此願大王留意焉謹將日用修行規則條列如左

我佛爲救度娑婆世界諸苦衆生專説西方極樂淨土法門但專以念阿彌陀佛發願往生彼國有彌陀經一卷便是證明其經中所説都是彼國及國土境界實事最是明白其修行之方亦有節次如僧家功課之法不必拘套但以念佛爲主每日早起禮佛即誦彌陀經一卷或金剛經一卷即持數珠念阿彌陀佛名號或三五千聲或一萬聲完即對佛回向發願往生彼國語在功課經中此是早功課晚亦如之如此日日以爲定課定不可缺此法教諸宫眷如法同修更妙此乃我聖宗仁孝聖母所行垂法宫闈至今不廢者是爲常行也至若爲末後一着大事其做工夫更要親切每日除二時功課之外於二六時中單將一聲阿彌陀佛横在胸中念念不忘心心不昧把一切世事都不思想但只將一句佛作自巳命根咬定牙關决不放捨乃至飲食起居行住坐卧此一聲佛時時現前若遇逆順喜怒煩惱境界心不安時就將者一聲佛提起一掇即見煩惱當下消滅以念念煩惱是生死苦根今以念佛消滅煩惱便是佛度生死苦處若念佛消得煩惱便可了得生死更無别法若念佛念到煩惱上作得主即於睡夢中作得主若於睡夢中作得主則於病苦中作得主若於病苦中作得主則於臨命終時分明了了便知去處矣此事不難行只是要一念爲生死心切單單靠定一聲佛再不别向尋思久久純熟自然得大安樂自在得大歡喜受用殊非世間五欲之樂可比也惟大王留意此法便是眞實修行捨此

更無過此直捷省事者也切不可聽邪見邪說而惑焉又大王若要末後知去向更有一妙法請爲言之其法就在念佛心中時時默下觀想想目前生一大蓮華不拘青黄赤白狀如車輪之大觀想華狀分明仍想自身坐在華中鬚臺之上端然不動想佛放光明來照其身作此想時不拘行住坐卧亦不計歲月日時只要觀境分明開眼合眼了了不昧乃至夢中亦見阿彌陀佛與觀音勢至同在華中如白日明見若此華想成就便是了生死之時節也直至臨命終時此華現前自見已身坐蓮華中即有彌陀觀音勢至同來接引一念之頃即得往生西方極樂世界居不退地永不復來受生死之苦此實修行一生了辦之實効也惟此法門非是僧談乃佛經中處處開導直捷法門所謂惟有徑路修行但念阿彌陀佛捨此別無妙法矣聞大王心不求長生但願末後明白除此再無可明白之法矣若怕疾病要學調息運氣求却病此非良法若氣不善運返至大病至不可療萬萬不可惑於此也若是念佛一法得入親切其餘總不必留心矣願大王着實諦信切莫懷疑

又

正月二十七日僧蘊眞奉大王令旨持睿語下問事件山僧伏讀再三足見大王體究生死大事要明性命根宗了達佛祖禪教旨趣山僧愚昧不敢妄譚謹按教典一一條牒來問對答分明陳列如左伏乞睿覽

一問三乘之道性命之原教禪之說達磨之道何曰無字心地何處用工人生到底怎麼下落又說有佛無佛端的何爲又說一靜之中無我無人猶如太虛到底如何可將上中下乘言語佛祖度衆生之念一一細剖解釋是所願聞

答佛教宗旨單以一心爲宗原其此心本來圓滿光明廣大了無纖塵清淨無物此中本無迷悟生死聖凡不立生佛同體無二無別此正達磨西來直指此本有真心以爲禪宗故對武帝云廓然無聖若能頓悟此心則生死永絕只在當人一念頓悟即名如如之佛不屬修證階差不屬三乘漸次此禪宗目爲向上一路從前諸祖所傳即指此心以爲宗極是名爲禪此宗不立文字只貴明心見性其修進工夫當初達磨教二祖問曰汝作甚麼二祖云乞師安心達磨云將心來與汝安二祖云覓心了不可得達磨即與印正云與汝安心竟此心不可得一語便是西來的指二祖又問豈無方便磨云汝但外息諸緣內心無喘心如墻壁可以入道此便是教叅禪最初第一著工夫達磨之道如此而已除此心外更無別法後來禪道既久學人不能頓悟故有叅禪提話頭之說其話頭不拘是誰隨將古人公案一則蘊在胸中作話頭下疑情即無之一字就是公案直者疑處便是叅究叅來叅去久久忽然心地迸開如大夢覺即名爲悟以叅究便是用工夫以正叅時心中一念不生了無一物故說無我無人猶如太虛悟處便是下落既得了悟自心則歷劫

生死情根一齊頓斷既悟此心又說甚佛與衆生故從此已去三界往來任意度生永絕諸苦不被生死拘留是稱菩薩此便是叅禪到底下落性命從此了却若不悟此心則被一生作下善惡業牽輪轉六道諸苦趣中到底没下落所謂生死苦海無有彼岸正謂此也

一問三乘之道乃是佛度衆生隨機施設權巧方便之法門也一大藏經皆是此意原夫一心之法生佛同體本無身心葢因最初一念妄動迷了此心遂結成幻妄身心即今人人血肉之軀名爲色身即今知覺思慮者乃妄想心經說五蘊是也五蘊者色受想行識也肉身即色蘊心即受想行識之四蘊以身心知苦樂等爲受分别貪求念念不斷爲想此想相續不斷爲行此三即知覺思慮之心其識即命根初未迷時但只云性既迷眞心有此幻妄身心其識連持此身故名爲命此性命之原也佛初出世只是教人了悟此心而已以迷之既久不能了悟故佛設方便先教人知此身是苦本其苦因貪瞋癡愛煩惱所集而生故要人先斷煩惱其苦可出有中下根人依之修行斷了煩惱果然得出生死之苦是稱聲聞緣覺爲下中二乘因他但能自度不能度人不知同體之意只得一半故名小乘及有大心衆生既能自度又能度人自利利他廣修六度謂能布施持戒忍辱精進禪定智慧有此六行其心廣大是名菩薩故名大乘又云上乘此二乘法一大藏經都說此事只是要人了悟此心末後會歸一心

即名最上一乘是名爲佛此教中之極則也二乘修行之法甚多説不能盡但依一法修行皆得出生死苦非止一端種種方便直是悟了此心方是末後下落處未悟此心俱在生死海中隨善惡轉若作善即生天上人中若作惡業縱貪瞋癡愛即墮三途受苦無量此三乘法若學中下乘修則一向愛戀此身貪著受用妄想之心不能斷除故不能也若學上乘人修雖能布施持戒其後四行又不能全亦不能即出生死縱修善法生在天上福盡還墜如汲井輪終無下落若求悟明此心可了生死無奈如今現前事法交錯又不能下苦心叅究縱叅亦不得眞善知識指教恐錯用心返落邪道如此豈不虛過一生雖要求个下落到底無下落以天上受福未免輪迴故也故佛别設直捷方便念佛求生淨土一門此乃一生成就臨命終時定有下落也今將念佛淨土法門爲大王陳之

一問淨土法門爲何而設因佛設三乘之法要人修行不是一生可以成就恐落生死苦海難頓出離若要叅禪可一生了悟得出生死又因妄想紛紛習氣深厚不能叅究若未悟明此心不免輪迴故别設西方淨土一門此不論上中下根及貧富貴賤但肯依而修之一生可以成就所謂惟有徑路修行但念阿彌陀佛更無巧妙何以如此以我今現住世界名爲娑婆乃極苦之處謂生苦老苦病苦死苦乃至求不得苦寃家聚會種種諸苦説不能盡雖是王侯將相富貴受用種種樂事都是苦因以此極苦難得出離故説西方

淨土名爲極樂世界以此國中但受諸樂故名極樂以彼佛國絶無穢汚故名淨土無有女人蓮華化生故無生苦壽命無極故無老死苦衣食自然故無求不得苦諸上善人俱會一處故無冤家聚會之苦以彼國土七寶莊嚴故無瓦礫荆棘便利不淨種種清淨全不同此世界彌陀經中所說一一皆是實事今一切人求生彼國者更無別法但一心念佛以爲正行日日回向又心想蓮華身坐其中故臨命終時即見阿彌陀佛放光接引見大蓮華涌現在前見自己身坐于華上一念往生既生彼國從此永不復墮生死苦趣名不退地菩薩此便一生修行結果後世下落如此分明除此之外別說臨終有甚境界皆是邪說若不念佛及臨命終時隨造惡業惡境現前悔之晚矣此是最省要直捷修行法門是佛別設接引方便也

一修淨土不必求悟明心性專以念佛觀想爲正行又以布施齋僧修諸福田功德以爲莊嚴佛土之助其念佛心中雖發願往生然必要知先斷生死之根方有速效如何是生死之根即今貪著世間種種受用及美色淫聲滋味口體一切皆是苦本及一切瞋怒忿恨之心及執著癡愛之心與一切邪魔外道邪師所說邪教之法即如今一類邪人妄稱圓頓達磨等教及妄立南陽淨空無爲等教歸家等偈一一皆是近代邪人望空揑作此等言語惑亂世人之法俱要盡情吐却乃至全眞採取陰陽等術内册外册之說都是邪法皆不可信單單只是篤信念佛一門每日

誦彌陀經兩卷念佛若干或不計數只是心心不忘佛號即此便是話頭就是性命根宗更不必問如何是性命當人本來面目及三魂七魄元辰之說者些全是在血肉軀上妄認妄指之談俱無下落若問在生怎麼樣没後怎麼樣在生造惡的没時惡境現前在生念佛求淨土的没時淨土佛境現前以遂我所求乃是好事若不是所求善心中來都是邪魔之事決不可錯信誤了百劫千生也但看楞嚴經中說的分明若說有相皆妄此言是叅禪門中的話單單只求清淨眞心不容一物故說有相皆妄以念佛淨土原是想心成就經云想澄成國土以叅禪要斷妄想心最難故今以淨想換去染想耳其蓮華現前正是觀想成就又何以妄相推之修行各有門路不同不可一槩論也已上所答皆依佛祖經教中一一考正不比妄談若叅禪則以明心見性爲主若念佛求生淨土一門不必明心見性單單只是念佛佛者覺也若念念不忘佛即念念明覺自心若忘了佛便是不覺若念至夢中能念即是常覺不昧現在若此心不昧則臨終時此心不昧即此心不昧處便是下落賢王如今國事萬機決不能叅禪惟有念佛最好不拘閒忙動靜一切處都念得只是一心不忘更無别巧法其前知乃神通之事此不必求當時佛不許學習此事若成了佛自然有神通不待求也其鬼神前知非是人可學得的切不可想此等事若念佛到臨命終時自然預知時至亦是尋常念力成就不可强也已上數條伏乞賢王詳察

留意焉

憨山大師夢遊全集卷第十

音釋

沔莫典切音𢑥　喘尺演切音舛

憨山大師夢遊全集卷第十一

侍者福善日錄　門人通炯編輯

答湖州僧海印

問古人已稟單傳直指復修淨業而欲往生者爲是悟後隨願起行耶爲是未悟二行兼修耶若兼修者墮偷心岐路心工夫那得成片如已悟則塵塵華藏在在蓮邦十方無不可者何獨樂西方乎

答承敎有言淨土有三謂常寂光土實報莊嚴土方便有餘土若諸佛菩薩與從上單傳悟心諸祖皆受自性法樂無一不歸常寂光土者是謂惟心淨土若塵塵剎剎皆淨土者乃華藏莊嚴實報土耳亦惟心所現至若求生西方淨土者名方便有餘土乃華藏塵剎中一土耳此是欲求往生者論云衆生初學懼信心難成意欲退者當知如來有勝方便攝護信心謂以專念西方極樂世界阿彌陀佛所修善根回向願求即得往生常見皈依佛故終無有退此乃未悟而修者即永明所云但得見彌陀何愁不開悟之意也若兼修此行如論所云若觀彼佛眞如法身常勤修習畢竟得生住正定故此豈偷心是未達念佛之旨不知淨土之意也是知已悟者不待求而自然往生未悟者亦非偷心念佛可生也

問叅禪貴一念不生念佛貴淨念相繼茲叅究念佛一門意在妙悟而得往生也今念佛時雖心佛分明叅時則二俱坐斷故叅功漸勝念佛漸微佗時焉得亦悟亦生耶

答參禪貴一念不生是已若言念佛貴淨念相繼者此將四字佛號放在心中爲淨念耳殊不知四字佛號相繼不斷者是名繫念非淨念也乃中下根人專以念佛求生西方正屬方便淨土一門耳今云參究念佛意在妙悟者乃是以一聲佛作話頭參究所謂念佛參禪公案也如從上諸祖教人參話頭如庭前柏樹子麻三斤乾矢橛狗子無佛性放下著須彌山等公案隨提一則蘊在胷中默默參究借此塞斷意根使妄想不行久久話頭得力忽然囫地一聲如冷灰豆爆將無明業識窠臼一拶百碎是爲妙悟即參究念佛亦如此參但提起一聲佛來即疑審是誰深深覷究此佛向何處起念的畢竟是誰如此疑來疑去參之又參久久得力忽然了悟此爲念佛審實公案與參究話頭原無兩樣畢竟要參到一念不生之地是爲淨念止觀云若心馳散應當攝來歸於正念正念者無念也無念乃爲淨念只是正念不昧乃爲相繼豈以聲聲念佛不斷爲參究淨念耶此不但不知參禪亦不知念佛矣若參究果至淨念現前則淨土不必外求而一念即至得上品上生者此行所至也

問即心即佛不外馳求之理信得及見得徹了爲便隨緣消業不造新殃任運騰騰以待夫識乾自得耶爲當更起疑情窮參力究以求妙悟耶

答信得即心即佛及只是空信須要行證若無行證徒信無益豈有但以信字便爲了徹耶古人云先悟後修是則悟後正好修行古

德云學人但得一念頓契自心是爲妙悟尚有八識田中無量劫來惡習種子名爲現業流識既悟之後即將悟得道理二六時中密密緜緜淨除現業流識名之爲修不是捨此悟外更有修也淨除現業乃爲隨緣消舊業全仗悟之之功乃能有力淨除惡習若但空信將何以消惡習乎所云疑情叅究等正是淨除現業工夫若未悟時須究業習流識起處經云靜坐山林觀自心流注等若已悟後則惡習起處一照便消自然如紅爐片雪耳悟後消業與未悟時工夫日劫相倍不可同日語也

問叅禪暫有諸念不生時其話頭便提不起亦捺不落其應緣時若管帶又被古人訶斥任之不能相續只是動靜兩間如何提究疾得相應

答叅禪暫有諸念不生時此非真不生乃是話頭得力處耳此得力處不能久常及至遇緣便打失或被境界揺奪自然動靜兩般起滅不停耳若果能用心單在一念不生以前著力久久純熟一念不生本體現前常光了了明暗不移動靜一如方爲打成一片到此應緣不須管帶自然任運合道豈有古人訶斥真無生意耶叅禪工夫只在一念不生以前著力如此提究自然疾得相應若以電光三昧爲得終落識情窠臼

問永嘉云誰無念誰無生雲居齊云不斷分別不捨心相似悟後有想念也又涌泉云不許走作仰山禪鬼不知及石霜一念萬年等竟似悟後無想念也豈應緣有而

離緣無耶有無二義願垂一決

答古人悟的就是妄想妄想就是悟的元無兩般迷人坐在妄想中故望妙悟將謂別有耳楞伽云從上諸聖轉相傳授妄想無性豈有二耶但迷時用妄想悟時用自心豈有悟後又起妄想耶

問永明云先以聞解信入後以無私契同一入信門便登祖位夫祖位甚深聞解便可登乎況雲門已透法身洞山必令盡識是證非解也玆解位稱祖當必有深義

答教有信解行證四門其解有解悟之解知解之解若以聞信入乃知解邊事若靈雲睹桃華香嚴聞擊竹頓了自心此解悟之解一解便徹自心即將解字吐却所謂入此門來不存知解便稱祖位若聞佗家屋裡事解得當爲已有豈可稱爲祖師耶已透法身若影子不忘正墮識情全存知解是以古人不貴若真實悟的豈特解不稱祖所謂初發心時即得菩提豈可與知解者同耶

問初祖示楞伽以印心黃梅令讀金剛而見性乃至俱胝準提首山法華似叅禪不礙于持誦藥山不許看經趙州不喜念佛乃至高峯曰話頭綿密便是一卷不斷頭的經又似禁絶誦持而貴在單提心印從來以叅話頭爲主兼持華嚴及念佛爲課今欲止其課一其叅惟存願力未知得否

答初祖黃梅以楞伽金剛印心乃禪道初來恐學人用心差錯故以經印正其心不致誤謬非是以經爲已解也俱胝準提是以咒爲話頭叅究亦從緣而入者若首山法華乃悟

後聊以作佛事耳所謂心悟轉法華非以誦經作功行也其不許看經念佛者正恐學人迷却自己把作實法會耳若叅禪人未悟時不妨持誦乃借法力加持以爲助行如三期懺悔古人必不可少若悟後誦經則字字心光透露盡爲妙行豈比循行數墨春禽晝唬者耶

問但愁不作佛莫愁佛不解語古訓也今之學者不務真修而務機鋒轉語過矣然自知未悟時切提撕只因見地未明恐是盲修瞎煉故以師資道友間問答醻唱此亦無傷乎儻學力不通商量必俟悟後吐語則見地尚虧從誰起行耶况陶鎔理性決擇是非如三登九上一句千山俱在悟前耶

答古時悟心之士稱爲明眼人若作家相見如兩鏡相照不拘有語無語自然目擊道存不是定要醻酢機鋒相尚爲高也後之學者狂妄馳騁口舌便利誠不足取若是叅學有疑明眼人前真誠請益披露本心亦非以口舌相見至若廣叅知識只爲決擇此心何妨落草盤桓平實商量方是本色道人若務機鋒應醻乃門頭户底非真實也真叅實悟之士決不墮此

問見自性者得自由于生死作得主者能轉業於臨終彼諸祖得自由者勿論其草堂青印禪師等那隔世便迷耶豈悟有淺深習有重輕乎抑亦大悲增上本高迹下而人自不知乎不然學者奚取信於見性法門耶

答古人所云一悟便了生死者乃悟自性法身耳尚有積劫無明習氣種子皆生死苦因未得頓盡故須多劫修行方成佛道且如七信菩薩已悟自性位登不退者又歷四十二位漸斷無明習氣方成佛道豈可以七信之悟便爲究竟了生死耶是知變易生死尚與微苦相應故云菩薩又隔陰之昏所云轉業但是道力殊勝故能轉非定消定業也其實悟有淺深習有厚薄但悟後處生死而不被生死拘留來去自在故稱變易生死是悟心之人在生死中縱迷亦易覺必不至大顛倒耳經云一成真金體不復重爲鑛豈可預憂其復迷而輕見性法門耶若本高跡下又不在此論然佛不能逃定業又非悟心之咎也答段幻然給諫

問曰圓妙真心未有不由五陰而障入如來地未有不由破陰而成楞嚴五十五位行布詳矣由淺淺而深深必由破某陰而後躋某位以破障對位次諸家解尚未分明豈學問難思推敲難到故置之耶經云受陰盡者雖未漏盡心離其形從是凡身上歷菩薩六十聖位可見破色陰決在三漸次無疑矣且又修習真修增進諸功皆在色身而起其破色陰一一可徵獨以受相等攝入六十位中尚未決別而經云又以識陰若盡如淨琉璃内含寶月如是乃超十信等可見五陰該在行布中但後人未細心耳某陰未盡則不能超十信某陰未盡則不能超十住等至於識陰銷落六十位次始超今若云破陰自破陰何必併

歸六十位位次自位次何必併歸破陰是有二種門頭矣且歷位而不併入五陰則行布内少破魔之功勛行布不成行布也破陰而不併入三賢十聖則破陰中缺修證之位次破陰不成破陰也望師一一分疏開我執迷今掠宗抄案之徒只貴眼明不貴踐履謂毘盧頂上行有何五陰有何行布大妄語成害將何極至于宗門得道之祖亦謂一了一切了不歷三祇今無論十地神通即願心住菩薩能遊十方所往隨願傳燈高賢有此手段否初發心時便成正覺恐只收入初乾慧中未必是金剛乾慧後心也次又見孤山註識陰盡文諸根互用即圓教相似七信界内思惑已盡也能入金剛乾慧者從相似位超入等覺後心也天台明圓教利根一生有超登十地與此符合甫閱其文不覺鼓掌曰識陰若盡如是乃超十信十住十回向十地等覺云云超字又不歷五十五位者也然則三漸次以後即破五陰陰若破則五十五位可盡超乎若然是行布外另有一種門頭也望師詳以語我困農望雨以日爲歲此番請益更切更深惟勿靳金玉是禱武昌段然頓首

答讀來問楞嚴破陰淺深與五十五位相對同別此乃諸佛菩薩自住三摩地中親證境界非凡情所可妄測此義從前諸師亦未疑及即宗鏡深窮性相之原然亦未談及此學者一向槩未留心即山野通議但于三漸次及結位之文小有發揮亦未詳配位次如來

問云云深爲有見山野膚淺暗昧且禪定未深五陰未破定中境界安敢妄言以居士爲法心切問意懇到故敢依聖言量畧陳其槩所言五陰乃一切衆生通受生死之苦具修行之士未有不破五陰而能超生死者故如來出世單單只是破衆生五陰生死之具即一代時教盡是破陰之談散在五時無處不說但未次第唯以楞嚴經一經收盡一代時教統攝迷悟修證因果備殫聖凡二路以便修行者爲一路湼槃門故修證位次始終詳悉且又特申定中破陰境界者以此經真修專以禪定一門深入而以破陰驗其淺深故其位次不同華嚴瓔珞等說以華嚴圓圓果海一位具足一切位雖設行布不說斷證要在藉顯圓副故初發心時更成正覺是以果覺爲因心也瓔珞位次雖詳意在分斷分證故約見思塵沙無明以定列行布如天台所明此經與彼二經逈然不同單約楞嚴大定頓悟漸修故以不生滅心爲本修因是先悟妙圓真心爲本發心即以此心漸斷習氣以定位次淺深正起信論發心修行以悟真如爲本至其斷惑論又多依相宗斷證特約六麤三細以定位次是謂先悟後修故論就破惑定位則易明此經以破陰定位則難合何也若約論則信位斷執取計名字起業三種麤惑三賢斷相續智相二惑爲麤中之細細中之麤初地至七地斷三細中現相八地至等覺斷轉相金剛最後斷業相此經中斷證之明文也今若以五陰對惑合位高下則經義大不然矣以經有明文則曰理須頓悟乘

悟併消此則不歷諸位矣事須漸除因次第盡此又約斷以明位也此經先悟後修正與論義相符若約論義先斷惑業在三賢後斷無明在登地與今經少異詳今經文三漸次中即獲無生法忍從是漸修安立聖位然無生法忍乃登地已證平等真如方得此忍是經意以三漸中專以真如爲行本且云反流全一六用不行十方國土皎然清淨譬如琉璃内懸寶月後文云識陰若盡如淨琉璃内含寶月如是乃超十信以至等覺圓明入于如來妙莊嚴海以此佛語證之則在三漸次中已超諸位應于未登位前已破識陰又不待相似信位矣又何敢妄以破陰次第配諸位耶諦觀佛意必不然矣此經正義大與諸經不同者以諸經葢隨時隨機對談修證中一段義其所破惑亦隨機偏重乃一時應病之藥耳此經總收一代時教無機不攝重在單破生死根本專指婬習爲生死之根大定乃破敵之具故經特出發業潤生二種無明是以大定直破八識根本無明而以定研窮縱八識未破而見思塵沙麤惑任運先落至若以不生滅心爲本修因正是以金剛心爲禪定本故經云是名妙蓮華金剛王寶覺由是觀之則初修定時在三漸次中以定研窮已破八識透出金剛心地正是理須頓悟乘悟併消則能超越諸位矣若云從此安立聖位則是事須漸除因次第盡乃約侵斷歷劫無明習氣特就厚薄輕重約位以判淺深高下耳斯約頓悟漸修則由破陰而入位元無二路也此義正與溈山云若人一念頓了自

心是名爲悟即以所悟淨除現業流識是名爲修非此外别有修也以衆生隨生死流流有四種謂欲流有流見流無明流今三漸次中慾愛乾枯根境不偶現前殘質不復續生乃斷欲有見三流也名乾慧地者言乾有其慧未與如來法流水接是無明流尚未乾耳此無明流乃金剛心中無明流宗門目爲真常流注故經結位文云是覺始獲金剛心中初乾慧地此言從前漸次得乾慧以來直至等覺金剛心中無明習氣之流才得乾耳由是觀之於三漸次中已破八識頓悟自心從入信以來直至等覺通斷無明習氣正是事須漸除因次第盡也所以無明必歷諸位而後盡者以從真淨界中瞥生一念無明遂起生死無量劫來起惑造業皆是無明妄想之咎以遺曠劫生死時長染著愛慾習氣深厚必須以金剛心重重磨煉方始得還本原心地故從信位即云圓妙開敷中道純真末後乃云如是重重單複十二者正顯以此大定消磨習氣之功也且如經云五陰各各皆是妄想爲本若破陰對位則經初信文中便云即以此心中中流入一切妄想滅盡無餘又安可以帶陰而入諸位耶若帶妄想而修則不名爲真修矣且三漸次中慾愛乾枯根境不偶現前殘質不復續生此則已出三界生死矣後文識陰盡則超命濁豈但破色陰耶受乃執受四大有苦樂等若受陰不破則不得正受若想陰不破則難入妙奢摩他若行陰不破則生滅不停非爲正定若識陰不破則未悟真心難立諸位由此證之則在三漸

次中已破五陰決不帶五陰而入諸位也明矣豈可單破色陰耶由五陰俱破方名真悟由破入識進修乃名真修是則破五陰乃頓悟其理其後諸位但約大定以消磨歷劫無明習氣正謂事須漸除至若五十五位諸妙功德以如來藏中具有恒沙稱性功德向被無明變作恒沙生死業習今以金剛如幻三昧磨煉業習化作神通妙用耳以所化者淺故其位下所化者深故其位高圭山云覺前前非名後後位以此觀之此經大義單以觀心研窮進破無明約位以明證入之淺深非分斷分證之可比由先破陰而後入位非約破五陰以配諸位也明矣又豈可執定破陰以併行布位次耶然破陰之說佛恐諸修行人得少爲足錯亂修習故特申明以防邪誤

非就此以明位也且識陰未破墮落二乘則可知矣若禪門頓悟自心頓出生死則不落階級乃是三漸次中頓破入識自然超越諸位然祖師雖云超越但云素法身佛未必具有相光莊嚴神通妙用即諸佛如來未有不悟自心而成佛者若一悟便了無事則諸佛又何假更歷三大阿僧祇劫耶今人蒲團未穩以世智聰明掠古人公案自逞知見妄言證聖自爲超佛越祖乃是增上慢人未得謂得墮大妄語可不懼哉此輩豈可以破陰不破陰與真修之士同日而語耶昨東行見禪者甚多而墮上慢者不少山野特舉破陰以印正之聞者嘶服頗折其邪見白衣談禪多墮此病惟今真修但以三漸次行頓悟自心頓出生死一著爲急務若自心一明識陰自

破則前四陰不待破而自破且如將頭臨白刃一似斬春風豈色陰能礙也又云老僧能轉十二時又云入息不居陰界出息不涉衆縁豈在受想行陰裏六祖臨終自知去處豈非隨願所往如是殆非妄言證聖者可擬也吾人只貴究明自心求出生死一著且不必論破陰與位次合不合以理揆之聖言證明暗劣之見如此高明有以教之

西堂廣智請益教乘六疑

一問古人判教云雙垂兩相二始同時初說華嚴本被大乘二乘絕分鹿苑轉四諦時身子目連尚未捨邪出家何故華嚴結末文中有聲聞舍利弗等若據結文二乘得聞華嚴何故斥云二乘絕分文義俱違願垂分析

答教中說十方諸佛一身一智慧故十方佛土中唯說一乘法所以菩提場中初成正覺即說華嚴爲最上一乘法獨被大根衆生是謂稱實智說爭奈衆生根機不一有中下劣解不見不聞則爲絕分故隨劣機感現小化身八相成道於鹿埜苑說三乘法所謂佛眞法身猶若虛空應物現形如水中月以但隨機感故現身耳其所說法爲權智也華嚴會上逝多林中文殊象王廻旋則舍利弗等六千比丘成道於言下是亦地上菩薩名大阿羅漢今佛既現小應身示生人間而諸外道堅執我見未易攝化故舍利等亦隨現聲聞輔揚法化爲影響衆所謂內祕外現之儔非實聲聞也其斥二乘絕分者乃斥實行執相聲聞而舍利等受呵正爲鼓簧法化耳大似

優戲場中各作一脚以發悲歡離合之情及至散場則了無干涉故菩薩利生如嬉戲然調而應偶而會豈實法耶

二問華嚴經中普眼不見普賢如是三度入定徧觀三千大千世界不見却來白佛佛教靜三昧中起念便見普眼纔起一念即見在虗空中若普賢之身是一眞法界應在三昧中見何故不見若普賢是色相身未入定時應見何故佛教起念方見耶

答法身無相饒佗普眼亦莫能覷於定中求而不見者以法身無彼此迭相見故是知可見者乃就第二門頭故起念方見耳

三問起信論中眞如内熏故有妄心厭生死苦要求涅槃妄心有二一者凡夫二乘依事識熏修二者菩薩依業識熏修今之學人叅究但依事識不能依業識叅禪本是大乘法門若依事識而叅返成凡夫二乘之行若叅時二識同用又違古人云離心意識叅願垂開決

答教說凡夫二乘依事識修菩薩依業識修乃約就依識發心取證耳今叅禪人發心雖是事識而用志直要打破業識漆桶直透向上末迷已前一著不落二識窠臼若得少爲足便不能離心意識矣

四問古人云不貴子之行履秖貴子之見地又云見地不明墮落坑塹今諸方解說有二一說博學經論依解名爲見地一說悟明後方爲見地若學解爲見地何故宗門不許看教若悟後方是見地即今初心操履以何法爲見地免離墮坑之患耶

答解爲見地有三種不同有學解有信解有悟解若從教上或祖師公案上解得佛祖究竟處不落枝岐此雖是名見地謂依佗作解其有未親言教但只決定信自心了無一物是爲信解若叅究一旦明本有是爲悟解此三皆名見地但依佗解多落知見障信解如此亦要操修以臻實證其悟解雖一念頓悟尚有無始微細惑障亦要淨除是三種見地雖貴若不行履終難究竟今古人所貴見地者但就根器爲本非全不行履古人一期之語不可作實法會也

五問古人云叅究在搬柴運水行脚處叅今之學者要在靜坐叅功有力若在四威儀中與物交接心念紛飛話頭沉没若惟靜坐又違古人操履若與物交終日散心如何令學人日用中動靜無違也

答古人做工夫要在行住坐臥四威儀中看取不是教你死死枯坐也以初入禪心多散動姑就靜坐攝心其實要將靜中做的去動處驗看如何若用心綿密自然動靜如一打成一片矣今對境心念紛飛是於話頭全不得力豈眞叅之人耶爲今只要話頭得力不拘動靜自然不被佗轉矣

六問又經云心佛衆生三無差別又云佛界等衆生界等又云度盡衆生方成佛道若生佛平等佛無度生之義如何度盡衆生方成佛道若佛菩薩度盡衆生佛界似乎漸增衆生界似乎漸減云何謂生佛平等耶

答心佛衆生本來平等以衆生是佛心中之

衆生故佛度自心之衆生若衆生相空是爲度盡衆生即成自心之佛縱一心盡作衆生乃衆生自作自心之衆生而佛界不減縱衆生界盡只是消得各各衆生界以心平等故而佛亦不增佛觀衆生界空若衆生自心不空則衆生亦不滅譬如長空雲屯霧暗而空亦不減雲散霧消而空亦不增雖終日暗終日消而空體湛然此則佛界豈有增減耶

答大潔六問

一問持律曰初學不知持律恐舉動即錯受有次第決無莽獵然其間大小區乘權實應用雖根因利鈍機隨淺深不無弊端幸提執則使利者仰遵而鈍者拓武乎

答佛所設戒律部載之詳矣本意爲衆生有八萬四千煩惱故設八萬四千律儀爲對病之藥欲令煩惱病除法身清淨因機有大小故戒有三品曰沙彌十戒比丘二百五十戒菩薩十重四十八輕戒以沙彌比丘二種戒乃因事而設名爲遮戒謂遮止過非雖大小同遵而多爲小乘但執身不行有能執心不起者即爲大乘亦在事相戒至若梵網經所說十重四十八輕戒名爲性戒乃我本師盧舍那報佛所說諸佛心地法門名金剛寶戒命釋迦文佛展轉傳化所言性戒者謂了達自性清淨本來無染頓悟本有清淨法身性自具足故名爲戒經云若人受佛戒即入諸佛位故釋迦四十九年所說者但傳此戒法而已末後拈華所示者亦示此戒性而已歷代祖師所悟者亦圓此戒光而已故觀一切衆生佛性種子本來平等以同具平等法身

故以佛性而觀衆生則凡起一念殺盗婬妄乃至說四衆過自讃毁他謗三寶者即斷佛慧命與殺佛無異矣故列十種之科若以平等法身而觀衆生則無可殺盗婬妄乃至毁謗者以乃圓滿頓戒然所重者獨在佛性種子即佛之慧命故不獨上根利智能受即黄門二根婬男婬女乃至鬼神但解法師語者皆堪受之只要信一切衆生佛性種子即是平等法身苟能作如是觀則於一切日用現前所遇境界盡是戒光明地如此不獨執身不行而於殺盗婬妄觸目念念佛性現前則頓化爲光明聚矣又豈特執心不起而已耶然持之之法在遮戒固難端在檢束三業制伏過非唯此性戒實難要以一片金剛心持之勿失但一念昧却即全身墮落豈細事哉

故華嚴十信初心持此戒者說淨行品一百二十大願則日用無滲漏處尚隨事相至若十住初心持此戒者有梵行品審觀離相便是持此戒之方法也初機常持此二品經則久久自然相應矣所云弊者在遮戒有執相自是多我慢自高憎毁戒者之弊持性戒者有未得謂得縱放任情認賊爲子之弊祛此二端無問利鈍皆名眞持戒者

二問叅禪曰守律而不知自性終屬顢頇欲求見性無過叅究其間疑悟交關子賊難判幸垂永鑒免墮迷坑

答佛說沙門所習戒定慧三學然律即戒學其叅究即定學也惟敎中所設定學乃三觀妙門爲悟心之捷徑後因禪道東來重在直指單傳見性爲禪而不言定然禪即定也初

達磨示二祖只是箇覓心了不可得名爲頓悟乃至六祖只是教人不思善不思惡那箇是自己本來面目即此返求自心便是叅究工夫初無看話頭下疑情之說後至黄檗以下乃教人看話頭以古人一則公案爲本叅相傳爲實法及至今時師家教人但叅公案不究自心因此疑誤多人故今叅禪者多未有得正知見者且又自以叅禪毁教葢爲非眞叅禪也殊不知古人爲學人難入特以一期方便權宜只要人識自本心耳佛祖豈有二心耶殊不知提話頭堵截意根不容一念生滅遷流即是入定要門而今别作奇特想故多自誤耳唯今叅究不可無話頭以初心散亂難制要此作巴鼻當未提時須要先持身心内外一齊放下放到無可放處從此緩緩極力提起話頭返看起處從何處起畢竟是箇甚麼因未明見自心故下疑情云如何是我自己本命元辰如此追求是名叅究要念念不昧心心不移日夜靠定廢寢忘飡忽然冷灰豆爆本體一念現前是謂悟自本心到此依然只是舊時人更無一毫奇特處若得一念歡喜便自爲足是名認賊爲子矣何況作種種知見說偈說頌爲奇貨耶切不可墮此魔網

三問公案曰話頭破碎後一千七百葛藤勢如破竹然一則稍譌一齊雲霧從前破碎方信鬼關不識此弊而掉弄精魂三途潛伏矣

答學人果能明見自心到不疑之地則與十方諸佛歷代祖師一箇鼻孔出氣又說甚公

案不公案此事不是初機分上事且姑置之不必在念

四問印教曰不向教上印證者不得正知見此和尚舊訓也然義路是宿習宿習難消如油入麪萬一印處有一絲意識則悟者轉落陰魔資發邪見爲害匪細幸揭關頭

答老人尋常要修行人以教印心者謂是爲自已所知所見一向無明眼人指示邪正要以佛經印正如楞嚴楞伽圓覺經中所說皆禪定工夫悟心之要將自心對照看如佛所說不如佛說故云以聖教爲明鏡照見自心不是將經中玄妙言句回爲已解也如子所問者正不知話頭落處也至若吾人種種心病唯佛披露殆盡如楞嚴七趣升沉之狀五十種陰魔之形楞伽外道二乘之邪見非佛細說又何從而知懼耶吾所謂印心者此耳只要以教照心不在義路不義路至若宿習種種又不止義路也

五問闡教曰法布施者大法供養者最因悟印教即印闡教似乎契佛知見大轉法輪然悟非真悟以印自信印非真印以闡自任抹却諸註獨逞已明是獅是狐易於自恩是闡是謗難於自知幸垂精判永奉蓍龜

答爲佛弟子念佛恩難報唯有替佛傳法爲真報恩者故古之弘法諸師有三種不同一自悟本性妙契佛心於佛言教如從自已胷中流出四辯無礙且又深入教海波瀾浩瀚如清涼圭峯天台諸大祖師是也二雖未悟

自心依佛言教印定自心廣探教海如所解說不謬佛意此雖未超言象而不敢妄以已見縱談依教敷演如從前諸大法師是也三有夙習般若種子如有禪定工夫自明已心妙契佛意但未廣涉多聞而正見不謬雖有以淺爲深之過而無謗法之愆其所弘揚皆以法施爲心不求世間名利恭敬如昔溫陵寂音諸老是也此皆法施之大者至有聰明利根但恃已見爲得排斥古今縱口横談唯以弘法爲利者此則不唯破壞佛法抑且誤墮後人如是豈可以闡法稱乎此了然易見不問可知

六問頌古曰古人悟後頌古如描畫虛空不落色相今人悟未能徹輒易頌古句出詩想機同滑稽以爲悟語悟境膾炙人口一轉墮狐恬不知懼此末法流弊乎吾輩易失此坑幸發鍼砭普荷深慈

答頌古從上有之不過發揮古人作畧聊示門庭施設以彰大機大用且出自已縱奪殺活之手非徒矢口縱情搆畫爲得也此頌古闡教二事皆非初機所急何須預設古德云但得了悟自心不愁不會說法如是初心唯以究心求明已躬大事爲急切不可懷此見也吾人苟能了悟自心縱不闡教不頌古亦是眞實出家不負在袈裟下也

憨山大師夢遊全集卷第十一

音釋

虒田黎切音題　勛許軍切音熏　瞥匹滅切音撇

憨山大師夢遊全集卷第十二

侍者福善日錄　門人通炯編輯

寂照鎧公請益八則

問經云無礙清淨慧皆由禪定生如何南岳謂馬祖曰若學坐禪禪非坐臥若學作佛佛非定相于無住法不應取捨此二說若爲是非

答祖師門下不論坐禪作佛只貴見性若見自性了了分明自無取捨纔有取捨便落是非

問圓覺經云我今四大所謂堅濕煖動各還地水風火故曰四大各離今者妄身當在何處未審此身未死各離耶抑死後各離耶

答要未死前撇得下故臨行不被佗累及至臨時要離如生龜脫殼難之難矣古人道閒時做下忙時用正謂此耳

問楞嚴經云阿難白佛言本發心路從何攝伏入佛知見佛言汝等若欲入佛知見應當審觀因地發心與果地覺爲同爲異若于因地以生滅心爲本修因而求佛乘不生不滅無有是處未審即今爲出生死叅禪學道是生滅心否

答學人叅禪先斷生滅心及發明時乃見不生滅性若以生滅心叅但逐妄想流轉非叅究也

問百丈海禪師曰叅見善知識求覔一知半解是善知識魔生語見故若發四弘誓願願度一切衆生盡然後成佛是菩薩法智魔誓願不相捨故若持齋戒修禪學慧

是有漏善根縱然坐道場成正等覺度恒沙數人盡證辟支佛果是善根魔起貪著故若于諸法都無貪染禪理獨存甚深禪定更不昇進是三昧魔久耽玩故今叅禪學道者如何出得此魔入正修行路

答諸修行人只爲心見不忘故動隨魔網若心見消忘則佛亦不立

問破四大五陰孰有先後否

答教說五陰漸破必先破色陰若叅禪打破漆桶則先破識陰識陰既破則四大無依故如割水吹光了不相觸

問金剛四句古今未有明言者或指色聲香等爲四句或指眼耳鼻舌四句或指諸相非相等或指有諦無諦等至天親則曰吾昇兜率陀天請益慈氏則曰無我相無人相無衆生相無壽者相是也六祖則曰摩訶般若波羅蜜多是也雙林大士又曰經中持四句應當不離身愚人看似夢智者見唯眞自古迄今不曾有定辭何也

答佛說般若如雪山衆草件件是藥拈來便用必定除疾故古人指出何爲四句者各拈雪山一莖草耳

問古人云直得純清絕點猶是眞常流注直得無一法當情猶遭仰山檢點直得通身是照猶在衲僧家垂手直得七佛已前威音那畔薦取猶是話會在今之學者果到此境界否

答古人垂語只是怕人落在途路邊學人縱到此亦是途路邊事況未到此便開口說禪總是欺心

問圜悟大師曰有祖以來唯務單傳直指以言遣言以機奪機以毒攻毒以用破用所以支分派別各擅家風須是向上根器有紹隆佛祖志然後能深入閫奥始可印證舍此切宜寶祕勿作容易今見學者多不審自已根器便要叅究向上事果不論根器否

答祖師取人論根器即教中佛論種性若不是者般種性終是粘皮搭骨今人根器不淨定與此事絕分若肯留心此事從此不退久久可許造進此在不定性攝

王芥菴朱白民請益

問佛說頓教漸教禪開頓門漸門二教二門是同是別

答佛祖出世本無法可說然法本無說何有頓漸差別言頓漸者特爲機設非干法也然教有頓漸者如毘盧遮那初成正覺于菩提場說華嚴經頓示平等法界心地法門直示無遺如日初出先照高山後判教者稱爲圓頓法門此佛之頓法也然此頓法惟被地上一類大根衆生于中行布四十二位是即頓之漸也其餘劣根在座如盲如聾絕然無分此則法雖大而攝機不廣所謂唯有一門而復狹小如此豈佛說法獨爲一人哉所以現應化身隨三根施設說三乘法初從漸修證所謂教之漸也後至楞伽法華涅槃頓示佛性種子是爲由漸而頓也此乃教分頓漸也其禪一門教中處處說菩薩六度中有禪智二度判教菩薩由二度開止觀二門爲修行之本此教中用頓而漸修是禪爲頓中之漸

也其達磨之禪乃世尊末後拈華迦葉破顏微笑佛乃示以正法眼藏涅槃妙心遂爲教外别傳之旨西域二十八傳達磨東來六傳曹谿而下傳燈所載諸祖乃單傳直指一心之禪又非六度之禪可比以此單示一心更無别法直下頓見自心不屬修證迷悟因果特顯佛未出世一著是謂向上一路名爲頓教大乘此禪之頓也至若歷代祖師頓悟此心者雖一言一句一棒一喝之下直提了悟此蓋多世修習般若根深因緣時至今日成熟亦有今生參究三二十年工夫然後得悟如此雖頓亦從漸來至如溈山云學人但能一念了悟自心識得自見本有是名爲悟尚有無始無明微細流注即將悟的淨除現業流識是名爲修非此外别有修也以此觀之頓中未嘗無漸也予嘗觀楞伽分頓漸四門一頓頓二頓漸三漸頓四漸漸知此不可執一而論雖頓悟而不廢漸修佛祖之心本無二也

問佛説諸經俱是稱性之譚了義之旨何謂達磨頓讚楞伽云此經是我心要至黄梅則指金剛餘經有何差别耶

答佛説諸大乘經雖是稱性了義之譚即其建化門頭不離迷悟性相對待定要返妄歸眞皆有和會方顯一眞至若楞伽一經直指一心雖有眞妄以示識藏即如來藏不必和會單顯自覺聖智境界但了自心現妄想無性即是聖智不用更轉即其修行但直觀自心流注妄想現量頓達自心亦不立地位階級故判教者名爲頓教法門是故達磨以爲

心印以此經示禪宗要訣以此經難明劣解難入傳至黄梅則以金剛印心其金剛乃八部般若之一文有六百卷唯此卷獨合祖師心印以般若乃入大乘之初門正如楞嚴所說菩薩以不生滅心爲本修因而般若乃佛之根本實智正是不生滅心也此經以無住爲宗斷疑爲用以二乘妄起衆生見佛見法見種種住著重重起疑此經盡拔疑根直到不疑之地知見消亡不立一法遣盡住著之心正與宗門解粘去縛手段相同斬斷意言分別正是宗門不許擬議不著思惟識情乾枯透法身向上故黄梅以此印心良有以也諸經都有些黏滯獨此經斬截叅禪了此則易入耳

問云有如來禪祖師禪二禪果有同異否香嚴擊竹有省呈去年窮未是窮之偈與仰山山云且喜師兄會如來禪祖師禪未夢見在依此語則見有如來禪祖師禪異也若從迦葉傳至初祖西來祖祖相承諸宗始祖即是釋迦何得有異也

答如來禪祖師禪本來無二但如來禪就迷中說悟要修而後入祖師禪直指不屬迷悟一著不假修爲要人直下頓了自心凡落迷悟關頭便是第二義也所以古德云修行即不無其如染污何是故宗門向上一路須是个裏人始得楞伽四種禪中最上一乘禪即祖師禪其實本無異也若根器不淨妄逞聰明知見把作會祖師禪如此連如來禪亦未夢見在譬如貧人妄稱帝王自取誅戮可不懼哉可不懼哉

示蕭立圃宗伯 天啓癸亥冬十月初六日從此絕筆

入道先要了悟當人心體本來光明廣大包含無外瀰滿清淨聖凡不立不爲身心世界之所拘礙此即向上一路西來心印唯此而已既能悟徹此心則於日用應緣一切境界如鏡現像來無所粘去無蹤迹如此則凡所施作皆從眞心實際中流出一一皆眞實不朽之事業不但與日月爭光也較彼區區迷夫妄想機械所爲者豈可同日而語耶此段光明人人具足本無欠闕但以我見堅固凡有所作必以爲已功執所見爲必是是非交錯終無一定之論所以然者以無廓然大公之心而欲建千秋不朽之業難矣

又

吾人心體本來圓滿光明即今不能頓悟不得現前受用者蓋因無量劫來貪瞋癡愛種種煩惱障蔽自心故漸修之功不可少耳潙山云學人有能一念頓悟自心但將所悟的淨除現業流識是名爲修不是此外別有修也若學道人但求頓悟便了將謂無功可用此則習氣深潛遇境竊發久則流入魔界矣然漸修之功亦非有次第但日用中向未起心動念處立定脚跟返觀内照于一念起處即追審此一念從何處起追到一念生處本自無生則一切妄想情慮當下氷消矣然所忌者無勇猛力不能把斷咽喉不覺相續則流而不返也

示周子寅 以下海印稿附

山居今日大衆結制海印據座說法華經爾時足下手書至且有佳果足占足下亦法會

中人乃先得道果者此非𦍑卜也前書云云日業正此不爽亦可漸入不二法門但其中日用頭頭念念皆生滅心行安能寂滅爲樂若求心地一段受用更須向讀書作文巳了時種種應緣處當下著實猛地返觀內照觀此種種作爲生滅之心畢竟向何處起即今滅向甚麼處去如此深觀久久漸入細密若更此中一切習氣潛流處煩惱無故生起處著實一覷覷定看佗畢竟是何物向何處起滅追到掃踪絕迹處如沸湯鍋裏點片雪相似如此日用念念不得放捨纔有絲毫一念懶墮懈怠偷安圖快活受用之心生時此正是病根發作便向者裡猛然剔起眉毛不可被佗纏縛住纔見纏縛切不可和身放倒與之打交滚也切忌切忌大段一聲菩薩或一

聲佛死急靠定與之厮挨若遇種種惡習起時即將此話頭奮力提起望空一揮不管是魔是佛是煩惱習氣是善惡思量一切情塵一齊頓斷如斬亂絲如此做工夫不妨讀書不妨作文讀書處看此書讀向何處寄著作文就看此文從何處流出也不妨迎賓待客喫茶喫飯痾失放尿一切處無用纖毫纔罅如此安心再與永嘉所說恰恰用心時恰恰無心用無心恰恰用常用恰恰無是一般不是一般足下不知能信海印老人不虛誑否請自試看足下儻見信不謬始知顏子心齋三月大爲可笑圓覺經一部足下讀熟每日蚤晚以當功課俟來春面時相與決擇尋常與足下書不免稍帶情識自媿爲足下未徹非不徹恐足下信心未徹耳今見足下信心

漸增日近清淨此時若不將此赤心剜與足下何時得徹若足下因循不徹則海印自徹去也何如何如人世可悲斯道可悲望足下心更可悲耳

又

來書請益甚是眞切但足下於空幻二字未得諦當故于心境不無其礙所以工夫難做今爲足下説破則了然無復疑慮矣所謂空非絶無之空正若俗語謂傍若無人豈傍眞無人耶第高舉著眼中不有其人耳所謂幻者非變怪之幻乃有而不實之謂也譬若市如弄筒子撮出許多人物一般然此筒中本無所有而忽然有之雖有而非眞實也既非眞實即是本無由本無故説空耳故曰譬如幻化人非無幻化人幻化人非眞人也人既非眞豈不是空耶佛説空字乃破世人執著以爲實有之謂非絶無斷滅之謂也誠恐世人淪於斷滅復説幻字以遣其斷滅之見是則一切身心諸法因幻故空由空故説如幻耳此二字相須而觀則頓見其妙所言空即幻有以觀空名曰眞空所謂有乃本無之幻有名曰妙有由其空故心非斷滅由妙有故境是無生境既無生則心何取著心既非斷則妄念何存妄念不存將何心而取境境本是幻將何境而牽心斯但心不取境而心非斷滅境不牽心而境自如如心境如如于何不樂此所謂心本無生因境有前境若無心亦無者但只看破如幻不實名曰若無而靈心獨照妄心頓歇名曰亦無耳是所無者妄心耳豈絶無眞心哉何以爲妄心耶境執著

不化者是何以爲眞心不取身心境界之相了了常知靈然寂照者是如此用心有何罣礙故曰自心取自心非幻成幻法不取無非幻非幻尚不生幻法云何立正所謂境緣無好醜好醜起於心心若不强名愛憎何由起斯則但情不附物物豈礙人物既不能礙人人又何礙于物耶世人所以不得自在者唯其不達心境無生如幻不實耳若了達一念無生如幻則一切苦樂憂患得失愛憎取捨情狀當下瓦解氷消矣故曰知幻即離不作方便離幻即覺亦無漸次此所謂一念頓到佛家非虛語也足下但觀一切妄念起滅處一切境界起滅處無非是幻化不實則心自然不奔境境自然不牽心矣往來應緣則一念虛明靈然獨照照見現前身心如幻如化如水中月如鏡中像如空中雲如野馬陽燄如此把定金剛眼睛再莫動轉任他一切境界觸之即消憑他甚麼妄心一覷便滅如此用心又有何妄心可以自擾又有何妄境而可擾心者哉此番說話乃海印極力爲足下通身吐露徹底掀翻足下更莫懷疑切不得思前筭後種種思量皆惡覺惡習俱是障道因緣也必若老人此語目前即是極樂人矣信手呵筆不覺郎當如許婆心漏逗如此珍重

又

一別恍忽數月流光迅速日月欺人每聞足下精進倍常歡喜沃灌心曰也初意擬尊人行後必得入山一晤相與印證既往工夫而决擇之此想實眞不覺形諸夢事可笑道人

亦墮情見乃爾來書所云因坐以求靜因靜以求心此乃入道初門最爲切當但坐中未明肯綮所以坐久而疲由不達心體之妙故靜久而欲有聞且又疑泛然若無所歸良以能求之心未得祕訣所以求之一念返覺爲勞是以心覓心正如渴鹿逐陽燄耳傳曰知止而後有定以足下心未知止故不得定承索所以治心條目如四勿三省者引此心而入持此心而定此足下精心苦切處乃鄙人所大有望于足下者今既肯心自許返乃祕吝乎第恐足下始於吾佛法中未得多聞至於名言之中多分轉爲昔日見聞之陳習致使甘露之藥不能近取還顏之効耳從上佛祖教人之法門路雖多不出戒定慧三學所謂因戒生定因定發慧其節目之詳經不過楞嚴至若祖語無如永嘉集一書足下熟讀玩味至于其中入定用心之訣如云恰恰用心時恰恰無心用無心恰恰用常用恰恰無又云忘緣之後寂寂靈知之性歷歷無記昏昧昭昭契本眞空的的此用心之神符也如四勿三省者正乃戒耳此中具悉其實修心工夫條目不出止觀等持三門而已此集中奢摩佗止也毘婆舍那觀也優畢叉止觀雙運定慧等持也姑以此塞請集中紅圈者留神消息如不解者不嫌數數寄問至于止觀捷徑之法容再書一紙以償今日之欠耳

又

此段因緣乃至易至難之事以無量劫來生生世世雜染流轉習之深且厚矣即今一念信心始發輙于旦夕而欲過永劫之長流其

勢誠不易易即此一念回頭之心亦深難發此是積劫善根靈苗遇時而萌芽始抽而開華敷實全在時時栽培而保護之否則頓見枯焦矣遇境遇緣以事處事久久純熟更加止觀之功則可斷臻解脫然以吾人本自解脫所以煩惱不解脫者非法之咎乃自心縛著不解脫耳良以向來世情濃厚習染純熟熟處難忘故觸之便發故曰吾未見好德如好色者也若以彼易此則生處自熟熟處自生生則疎疎則遠遠則澹澹則忘忘則不暇求脫而自不縛矣久之而此心泰定則目前千態萬狀視之若空華水月陽燄冰河本無可縛著又何求脫耶云肇公物不遷語得力此非足下大根器不能入此老門閫獨于日月麗天句不徹若此不徹則知肇公不徹不徹則非眞得力也此語老人疑之數年畢竟於吾心中獨然自省自爾以來應緣得力處多借此老之語足下出門即見信誠非小緣老人不惜爲說破第恐足下後日罵老僧也足下但將此句横之在心于一切動作云爲處一切聲色貨利處一切逆順境緣處一切喜怒哀樂處一切愛憎取捨處凡係流動之境即便以此印一印印定看他如何是不遷處如何是常靜處如何是不流處如何是不動處如何是不周處如此看來看去忽然爆地看破此語則知老人不欺足下而始信本眞不自欺也

示黃惟恒

足下雖云向道而此中眼目未得明徹往往將世法佛法與宗與教不免話作兩橛若此

處話作兩橛則一切憎愛逆順取捨好惡窮達動靜等宜乎一一皆作兩橛也海印頻頻爲足下道佛祖元無實法與人但只爲人說破各各分上本有之事耳宗鏡云以一心爲宗照萬法爲鏡特由吾人不能知一心故佛說教以指之吾人不能見自心故祖假禪以示之二者皆不得已也足下今云習教不免精神疲倦由宗如乘順風此足下多生般若習氣之深如此大段海印分上二皆虛誑總無難易之說苟足下不達自心則宗爲邪解邪染皆墮識情窠臼而教亦妄知妄見盡落言說話柄皆非究竟眞實處殊不知教乃佛眼禪乃佛心二非兩般豈有彼此海印教人看教參禪皆不是者等知見足下今日作此解不獨辜負海印抑且辜負巳靈耳曾記古人有問者云古人飢時喫飯困時打眠便是道今人飢時喫飯困來打眠爲什麼不是道答曰古人喫飯只喫飯打眠只打眠所以是道今人喫飯不喫飯打眠不打眠胡思亂筭所以背道耳由此看來足下日用只將眉毛剔起叱咤一聲只教神驚鬼怕天魔膽碎陰鬼魂消一喝喝退落得本地靜靜悄悄寸絲不挂赤力力淨裸裸將此一段家風要讀書便讀書不讀則拈向一邊不許挂一字要作文便作文不作便拈向一邊不許胡思筭乃至喫茶喫飯就喫茶喫飯要打眠便打眠要痾矢放尿便痾矢放尿撞著便了更不許過後思量如遊魂鬼子一般乾乾淨淨潔潔白白亦不許坐在乾淨潔白裡如此單刀直入一念向前則讀書親見古人作文也只向自

胷中一口吐出更無前後涵畜時便是吐露時吐露時便是涵畜時如此不爲動靜明暗所轉不爲種種伎倆所移此之謂挺特大人没量漢也足下信然之乎若果見信便撩起向者裡入珍重珍重

示馬居士

學道人第一要爲生死心切第二要知身是苦本心是妄想造業之本第三要眞眞看破世間功名富貴聲色貨利都是虛華不實第四要怕今生造下惡業將來一墮地獄受種種苦無人救護第五要知現在命根只此一息之間若此息一斷則再求今日參禪學道作福之事永不可求况受用富貴乎學道人但得此五種心時時刻刻藴積在懷則目前一切虛華境界自然冷澹心地自然清淨將從前一往所學知見學問口頭伎倆一切放下發菩提心永斷酒肉不貪不愛持戒修福作諸功德以爲載道之本仍讀大乘經典助發自心開佛知見方可作觀但觀此心廣大圓明清淨空寂一法不可得妄念元無亦無生滅而此根身一切動作猶幻人元無心識目前一切境界猶如空華忽起忽滅本來不有唯只圓明一念歷歷不昧此念亦無是名正念如是用心二六時中動靜閒忙如如不動逆順好惡寃親平等隨順世緣所作功德一事一法皆成圓妙淨行如是行者名菩薩行道人果能如此用心可謂不出塵勞而作佛事現宰官身而説法即此是名報佛恩報國恩者公禀性靈明發心向道故特此示之乃贈以號曰淨妙居士公其無負巳靈無忘

此說珍重

示王生求受戒更字

王生名廷佐字子瞻生意謂名俗而字犯古請幻人更新之幻人喜而告之曰異哉子之質也傳有之曰苟日新日日新又日新今子志願祛故吾而大新之不獨新子之名抑且新子之心名者實之賓心者德之實苟不務實而尚虚名非德也由是觀之非獨子俗於名抑且俗于心所謂俗者非衣冠言貌之謂也所謂狎習染汚於性德者之謂也吾人性德本明由日漸染嗜欲目蔽邪色耳蔽淫聲鼻蔽臭香舌蔽爽味身蔽妄觸心蔽邪思六者交蔽汩昏其中熏陶漸染習以成性將謂之本有謂之固然是以大馳于昏迷之境本明之德翻視為異物安知有故吾故吾哉聖人所悲悲在於此故投戒水以洗滌之且夫戒者非佗物也乃自心本有之智光即儒所謂明德也今夫人者智光不朗故明德日昏今復明德而返天眞必須朗智光而破昏蔽昏蔽破本體現智光朗諸障消此吾佛所以戒殺生以成仁戒偷盜以就義戒邪淫以立禮戒妄語以敦信戒飲酒以明智五戒具而五常足六情斂而三業清此所謂滌舊染進日新捨故吾而造新化也故幻人亦更其名曰言字曰子綸將其奉佛戒如君命也子其勉之

示周子潛

五色令人目盲五音令人耳聾五味令人口爽馳騁田獵令人心發狂此老氏之戒也非禮勿視非禮勿聽非禮勿言非禮勿動又曰

少之時血氣未定戒之在色及其長也血氣方剛戒之在鬪及其老也血氣既衰戒之在得此孔子之戒也不殺不盜不婬不妄言綺語不兩舌惡口不貪瞋癡此佛之戒也噫以吾人之性本自靈明清淨但以習染之汙日就汨昏沉迷而不省者唯在耳目口鼻身心之間與聲色香味觸法相對膠固綢繆接搆心鬪長迷而不返也故聖人愍之切爲之戒且將欲祛舊染斷塵習而復乎本然清淨眞心也由是觀之戒在我而備在心修之以身是謂道不遠人故曰聖遠乎哉體之即神吾人欲造大道之原者唯在謹謹奉持於是而已矣周子少年切志向上歸心于此故因書此以示之

示祖定沙彌

子嘗見世之市肆羅列割烹而過者靡不刮目垂涎希一臠之味此恒情也每見吾徒稱沙門釋子者身處旃檀之林足履清涼之地歷大法之肆羅無上醍醐甘露妙味則邈視之如鴆毒可不悲歟雖然葢不知味之過也藉使知之豈讓嗜臠之情哉吾佛最初出世即揭波羅提木叉以示人此即以甘露陳于周道與人人而味之同入不死之鄉矣過而味之者幾何人哉予隨緣入王舍城止慈氏園林適開甘露之肆有沙彌祖定從吳興來叅問莊嚴佛土最上法門因指入林中即得飡采此甘露法味所言甘露法者即四根本重戒也嗟乎人者久矣沉酣生死之場成就銕床苦具靡不依此婬殺盜妄四者而立至于諸佛淨土莊嚴亦皆從斷此四者而成就

故曰永斷淫心方成佛道等今沙彌將欲闢瓦礫作叢林轉穢邦成淨土若不翻破四根作四面清涼池豈能化三毒而爲三種解脫地耶是故海印老人讚言佛子若欲成就無盡功德法門應當善學此波羅提木叉爲第一義諦一切法門因從此入

示吳公敏

空生問佛云何應住云何降伏其心佛答以應如是住如是降伏其心又云應無所住而生其心又云信心清淨即生實相然實相無相于何有生良由生即無生則住本無住信心如此則五蘊清涼一念頓空諸妄圓滅如是降伏即非降伏是名降伏也公敏信心甚篤從余乞授菩薩戒且問持心之方余即告以調伏之法如此又更其字曰調伏至若相即無相則不可以無相爲無相故又刻之以定課日用不移久久純一泯絕諸相頓契無生是所謂信心清淨即生實相也

示澄鋐二公

語曰君子不重則不威學則不固又曰中無主不立外無正不行此言雖小可以喻大矣是以世出世學聖賢之道未有不自正心誠意修身而至于致知格物明心見性者故孔氏爲仁以三省四勿爲先吾佛制心必以三業七支爲本歷覩上下古今人物成大器弘大業光照宇宙表表爲人師範者未有不由此以至彼由麤以極精由近以致遠也今之學者多以口耳爲實學以巳見爲眞參以游譚爲順物以縱浪爲適情以弔靡爲容衆以恣肆爲養志以安飽爲調身以緣想爲正心

以東歛爲苦形以端莊爲恃傲以克念爲自苦以精持爲矯餙以道業爲長物以身世爲金剛以生死爲餘事身之不立心之不究道業之不成學問之不精此其所以世愈下而道愈衰心日昏而志日喪風日靡而行日薄教日頽而法日毁也捕風捉影後學無憑望吾人之修而見淳全之質者其可得乎孔子曰聖人吾不得而見之矣得見有恒者斯可矣是以周公之夢鳳鳥之歎有志君子豈容情於自已哉二子勉旃

示江吾與

與足下苦語十年如教酒人齋莊非不儼然肅恭要之肅恭亦酒態也今讀足下手書始恍然從醉夢中覺令人愴然心悲復欣然大喜以舉世皆醉假而人人如足下則不貴我獨醒耳嘗謂蘇子一口舌之夫耳其所志富貴則奮發無當每治縱怠則懸梁刺股竟疇其志况出世聖賢豈直一夫無上妙道豈多金比越王遭會稽之耻志報吳讐乃卧薪嘗膽二十餘年其竟以覇然歷劫貪愛豈直吳讐幽囚生死困辱形骸豈直會稽之耻苟足下不懷切齒之恨而忘卧薪嘗膽之心不能以懸梁刺股自勑又將何以疇初志雪大耻乎聞之太上立德其次立功其次立名足下誠能以太上自勵則貧而可樂其他又何以嬰心孔子曰士志於道而耻惡衣惡食者未足與議也古人亦云苟有道義之樂則形骸可外形骸可外此外則無事矣又何可懼心處之而不泰然耶願足下勉旃

示王牧長周世父

嘗聞天生萬物唯人最靈此古語也予則謂之不然何也蓋人與萬物皆具靈覺之性此性均賦而同稟者也曷嘗有人物之間畢竟所以異於物者以其物具而不知人則知其所具者耳知其本具而盡之者謂之聖知其當盡而不能頓盡謂之賢知而肯求其盡者謂之智知而不肯返求者謂之愚知而不眞而求之太過者謂之狂知而不明執一介爲必當者謂之狷至若不知而妄求者謂之怪與夫不知而不求則物而已矣嗟乎此人與物殊惟知與不知求與不求之間雖相去毫釐其失則千里矣竊觀三齊之君子孰不心憤憤口悱悱聊視千古咳唾風雲雖伊周事業猶不足觀及扣其心性則瞠目結舌及與談心之妙亦未嘗不謦欬擊節及與之言佛則望望然不顧噫知有心而不知有佛是猶知二五而不知十也是以道術不明而英明豪傑之士亦不免坐蔽于此此非知之過其實不知之過也又非不知之過其實不信心之過也予竊謂非眞不信心蓋未有以眞心告之者假而朝夕以眞心實語熏陶漸染之雖不能自信抑將與之俱化矣世之君子生而聞見乃耳目之常即天縱之聰明且將亦與彼俱化故曰習俗移人賢者不免斯言可畏哉嗟乎長夜之歎爲誰而興余今置身東海空山大澤之間冒險阻履危機幾不免虎口者蓋亦數矣知我者謂我心憂不知我者謂我何求此所以抱長夜之歎而飲泣與東海競流也雖然一管灰飛而大地春生一葉辭柯而滿空秋至第感之不深故應之不至

耳年來茲土二三君子具丈夫骨見信自心者津津汗浹兩腋而陽和之調將見予將骨化長波又復何憾王生牧長周生世父以癸巳冬日來入海印其道味天然畧無毫髮拘拘俗習予深歎其為奇男子矣雖然牧長牧長世文世文皆知其本有而肯求之者矣予則有望于二子不望子作佛而願其現宰官居士身而說法將見般若根深習俗濃厚熏蒸變化此土羣蒙若人若物皆位之育之而生極樂之鄉也子其勉之子其勉之何以稱子

示杜生

孔子曰三軍可奪帥也匹夫不可奪志也又曰隱居求志果何求歟軻之言曰持其志無暴其氣此聖賢教人披肝露膽處也夫螳螂怒臂以當車轍此其志果何如哉吾嘗觀世之學者每曰有志于功名或曰有志于富貴或曰有志於忠孝舉似可隹及乎稍遇挫辱憂患飢寒貧病不如意事則氣消神沮呻吟困苦不可言稍有忤逆則忿不顧身酒色淫蕩則樂以忘生是則居常所云志者未見如孔之所教不可奪孟之所教持之也此無佗蓋隱居未嘗求之耳嗟乎挫辱憂患飢寒貧病拂忤酒色不大于車轍而人不小于螳螂也竟無一怒以當之此何以故學者深求此可與言志

憨山大師夢遊全集卷第十二

音釋

鏬（虛呀切音罅）　咤（陟嫁切音蛇）　繆（莫彪切音鶖）　鴆（直禁切音沈）

憨山大師夢遊全集卷第十三

侍者福善日錄　門人通炯編輯

書問

與達觀禪師

某鈍根下劣屈于塵習適特地走人間自以無謂不期錫杖落此豈知吾師精進力所攝持耶昨禮座下辱法愛連宵徹夜眞言密語如咒病龍心心在雲雨耳即殑伽能領深恩矣惟師一一辛苦中來某一旦坐受其惠竟何以報想十方諸佛定爲此會生歡喜發讚歎耳此緣殊非小小某愚癡向謂琬公亦靈山會上人耳匪蒙攜過雲居親見肝膽則某此生幾不知此公矣承命作復琬公塔院記初不自量將謂易易遂莽鹵承當及至雷音覩其眞迹不覺氣縮即以虛空爲口大地爲舌猶不能讚其功德況方寸流注乎因懇祈請法力加庇而爲之尤難措辭馬上至潭柘思已過半及覩師手書二經莊嚴妙麗讀願贊則泮然具足矣十五日莫歸慈壽次日焚香禮禱而後操觚屬草剛完使者持法音至諷誦數過歡喜絶倒勞法身特現塵中蓋似慈悲太煞使某何以當此敬謝無量塔記謹此報命其文千二百餘言但某心血止此有則盡吐之矣其間但欲點染虛空自覺少光燄耳願師印證不吝郢削無使琬公見屈抑令觀者增深佛種惟慈攝受之某和南言

附達大師答書

眞可和南辱塔記即率衆焚香頂禮訖疾讀三四過令人無地可以寄口舌贊歎也苟非眞得琬公之心骨之苦處安能吐辭

等刀鋸剖痛情哉寧惟使琬老朽骨生春

卽某足賴之不朽矣如是扶植法道將何

以報海印主人咄一棒分死活時決不敢

作世諦流布某再和南

又

憨山大師侍者某此回出山諸人以爲突

出意外那羅堀主此回來燕圓成無量功

德豈惟諸人慮不及此卽堀主亦不意憨

頭憨腦闖入是非鬧藍做許多好事發古

德之幽光解衆人之紛糾而道人亦得託

不朽於寸管是無上供養慚何以消怖懼

怖懼懷靜送經圓贊并小敘謹奉命卽著

如奇呈正趍如所持偈不遑一爲發揮行

恐觸境逢緣終被物使奈何奈何道人行

蹤主人既還東海卽亦往石經矣然再必

一晤而別尚有數語似不可少者某再和

南

又

承慈遠問悲欣交集病病之心知在法眼望

色決脉於十年前矣惟神明之祕久默斯要

今豈逃洞見肝膽耶但令道人受病之原初

爲客邪所干中傷眞氣以致君火太盛銷鑠

肺金內外交攻上下否塞梔子益母不用而

用貝母轉使大小便利不通固結日甚庸醫

誤入肉寇熱勢益增幾悶致死賴甘草解之

而揀去肉寇得椒通和周身汗出道人幸佐

以軍蓋得蘇其同病者竟誤中狠毒良醫束

手幸元氣未損必不傷生須徐徐調理俱眞

陰水生心火漸降客邪消伏眞君泰然則可

保復元氣全生性矣感荷慈念遠問受病之

原其狀如此惟賴白毫遠照自受病以來雖大火猛燄炙身而五內清涼略無一念疲厭之心其視三界牢獄四生桎梏端若天光雲影耳向來所入海印三昧俱成水月道場空華佛事矣幸得情關迸裂識鎖頓開時將長策象王而逐金毛回步旃檀之林飢餐紫柏渴飲曹溪吾生之願遂畢於此更不敢勞移步毗耶再施甘露但願安隱那伽深入無際以待圍繞三帀耳使回謹此奉慰慈注

又

世相空華瞖目顛倒已不足論而成住壞空往來代謝有爲如是法性湛然復何加損第念法緣未溥願力未周向爲智礙今則從空霹靂一聲種種幻化雲翳蕩然且幸而今而後方爲無事道人此正火聚刀山成就清涼如幻解脫斯實聖恩於我不薄其佗一切是非泯然殆盡又何足道若能成就無上道力一切佛土隨願往生又何區區拳石勺水間耶知師同體之愛愛踰骨肉同心之憂憂入肺腑故敢以此奉慰非妄語也不慧出期不遠儻幻緣有待尚圖荷策雲山優遊末歲其法喜之樂又當如何此又天龍所遺成就第一希有功德也

又

不慧障緣深重辱師同體慈力而攝受之所勞神用種種甚微細智固超情表豈容言喻旅泊話別挂駅而西以新正五日抵桐江冐雪弔健齋晤見臺公詢休郎動定云業已東裝明發有九江之行尋卽遣書至吉水邀過桐江相聚舟中歡然道故宛若多生熟遊菩

提分法人也爾瞻問之卽迎過銕佛葊中相見機語甚投此君根器猛利況得休郎爲前茅不一言之下則向之堅壁旂鼓不覺自偃頓然翻案大非昔日鄒君也不慧過上元方行休郎送至廬陵會王性海此君天然道骨不意末法塵勞中有此上根利智將來成就法緣不淺因留連二日而別休郎卽放舟東下想見知忍別可委悉因緣矣不慧於二月三日過庾嶺旅邸壁間忽見師留題怳對法身而臨寶鏡歡喜踊悅因書偈曰君到曹谿我不來我到曹谿君已去來來去去本無心誰知狹路相逢處飽餐而去六日至曹谿禮六祖眞儀頃卽出山至五羊謁總鎭王公囚服見之此公意氣甚高親見降階釋縛乃云公物外高人況爲朝廷祈福致此奇禍何罪之有吾輩正中心感重豈可以尋常世法相遇固讓不可竟留款敘移時齋食而退且又遣力護送往戍所涂涉千五百里道殣相望雖三尺童子亦操戈挾刃殊不辯其盜非盜也至雷白其程猶半迤南山林蓊鬱咫尺迷蹤曠野高原迥無烟火窮日粒米不糝終朝滴水不啜雷地饑荒尤甚業已四年瘴癘大作時疫橫行毒氣薫天炎蒸蔽日枵腹罹災死傷過半悲慘之狀大不可言況復海岸腥風嵐烟烈日觸鼻透心神昏意醉此爲罪鄉誠非虛設私謂自非徹骨冰霜何能消此酷毒也仰庇諸所堪能調伏無生忍地卽荷戈行伍不异道場但泉涸草枯無薇可采資非禪悅何慮不爲西山餓夫惟不慧道愧先德遭時過之此業力所勝死生又何置念直以

本願未醻佛恩未報爲慚愧耳竊念諸佛以不思議神力調伏衆生非以一方便而折攝之欲其情枯智竭須知極境窮原寘葢鈍根眞慈不淺儻法緣有在異日天假有緣與師對談夢幻法門豈不以今日因緣爲實證也惟師智光圓照天南萬里不隔纖毫仰願無緣慈力時以攝之

又

江頭一別瞬息三年無時不寄情霄漢間也丁卯冬初覺音來得奉手書并荷慈惠法寶盈篋種種功德眞灑甘露於焦枯布慈雲於火宅也康祖贊點開髑髏金剛正眼讀之令人徧身毛孔熙怡喜不可知此非無緣慈力何能至此覺音云杖錫有遠遊之念自爾不知所指此心逐逐妄想每與右武聚首未嘗不對妙音色相也右武眞奇男子前冬別時頂門一鍼渠自云痛徹至踵頓然翻案不慧因贈之曰覺非居士今已大非昔人矣此公別去時復寥寥所幸諸緣屏絕四大輕安無所損惱得以閉門穹廬究竟未了公案楞伽幸以脫草去夏攝引初機數輩演法華於武塲以醻師之大願有擊節數紙此皆支離糟粕殊非眞知見力但念此餘生置身於無事甲裏彌感聖恩難報聊復以此消磨歲月且仗諸佛神力持以洗汚教之愆故不惜世諦流布也適接法音不覺歡喜絶倒瞻金剛塔如對法身讀諸祖贊如聽梵響啜昜羨春茶如灌醍醐念此瘴鄉何緣得此普令見聞隨喜獲益大義重來此亦僧中程嬰也此子信根元深第習氣不淺今幸撇來亦大損減又

荷師法力攝持卽此可望上進覺音此來大爲抖擻胸中頗有樂地惜乎志有餘而力不足亦不負此生可作金剛種子再出頭來必不負善知識因地也渠聞師在匡廬亟欲一見遂遣先歸以報計大義入夏可至至時又當委悉

又

前大義來接法音歡喜無量知動定如宜甚慰遠懷比來爲曹谿因緣想聞之必大撫掌先心尚欲令義卽自燕而晋及臨行念其二十年來跉跰佗方今其師物故已二載餘寧忍不拈瓣香撮培土乎因是遂立促還家山由楚而歸不及布體座下今夏幻軀幸無大病第爲荔枝魔發徧體疥瘍又爲假曹谿粥飯僧魔妄作鬼祟是故養病遷廬此時正欲入山且幸某公發大道心願作檀越第其人清澹如水志大力微師能以無作妙力遥伸右手過百一十城豎此金剛幢乎不知上方佛土寶威德如來何日爲衆生説法令我遥聞謦咳彈指之聲也新歲三得中甫問慰安情至深感道義同體知應徵車計秋中可抵薊門侍座下耳粤孝廉馮生昌曆乃此中弟子上首近書來云已入丈室何幸如之第不知此子去就何如儻在都門願時時拔濟知二護法大著勇猛力必致感應但聽時節因緣耳

又

堪忍土中事種種幻化正宜法眼視之耳若入鶖子之目亦未免作淨穢見也昨永順持法音來知杖錫有靈岳之行回書徑往報之

矣旃檀如來因緣已悉前問蓋佛神力不假於佗也持去楞伽筆記奉入慧目以作法供養某下劣深知此一段大事因緣皆如來所遺聖恩所賜卽此可爲報恩地但願此法普徧微塵剎土一切見聞同入自心現量卽不慧委塡溝壑則此生千足萬足夫復何憾第不審就中有少分相應否願大施金箆抉刮瞖膜其幸不在區區耳

又

春三月促覺音負病歸是時尚想紫柏與五老爭雄遣八行往訊忽順禪人持禿筆字來則知巳拖泥帶水向萬里無寸草處去也笑老癡爲底事如此忙碌碌耶昨有人說長安路上有箇没料理漢竊官家一培土揑作丈六金身令無量人生顚倒想復將丈六金身撤向十字路上令往來驢馬踐蹋若紫柏老癡過此又作麽生耶嘗憶老趙州將一莖草作丈六金身老雷陽則將丈六金身作一莖草此箇公案是同是別知在萬仞峰頭必發一笑老紅盛近來毒氣薰得耳聾眼華鼻塞咽悶不知何時向白銀界裏翻身一吐此惡習也

又

紅盛去紫柏萬里時聞說法音聲在鼓聲刁斗間如塗毒入耳轉令痺烟毒霧化作甘露日夜飽餐故當死不死更見鉢沿蝨蚋貪涎流溢大千何時三災火起燒爲煨燼吡藍飈去光音霔雨一洗劫灰淨盡無餘也曹谿舊稱西天寶林比爲魔宮鬼堀可笑紫柏老人神力不大蹔求一宿不能安今天遺紅盛特

來灑埽八年之內極盡神力一洗殆盡魔黨盡驅今將化穢邦而成淨土變業海以作蓮池老盧埋没千年今日始得轉身吐氣將來絕後再蘇頓見光明赫奕但闔門堅閉不能頓現無量莊嚴佛土只待文殊遙伸右手過一百一十餘城聊藉彈指之功便見重重無盡境界假使十方世界一一善財如佛剎微塵數衆生叅禮時可使一一頓入毗盧法界也此葢老紅盛鎗頭上佛事旂竿下工夫較老紫柏端居淨土坐蓮華中吐廣長舌爲諸化身大士說利生法門時同別何如某禪人遠來相問不減契順走惠陽老紅盛且無覺範別胡强仲氣習也某舌端時時現出紫老法身居然在目敬持梵香一瓣用伸供養唯慈照之

與妙峰禪師

某切自念鈍根下劣結習濃厚乘夙善緣天幸吾師辱以眞慈拯拔曲盡心力善巧方便面命耳提日夕無間者數年居常切覩我師黙造之心恨不能通身躍入我心頓令眼目動定若有靈聖者但土木坯胎終難變化雖然禱之既久入之既深不無感通冥應某情雖鹵莽而於潛滋密化未嘗不由吾師幻網三昧加被之力也雲聚清涼月明空界自爾形分影散隱顯同時雖於妙音謦欬勢阻關山然其實相眞身儼含心水別經五稔猶同一日道越三千不隔寸絲是則深居寂寞之濱益入圓通之境可謂迹逾踈而心逾密聲日銷而實日彰某之形神未嘗去吾師一念也然某自知形器穢濁謂斯朽骨惡氣衝天

非寥廓大谷不足以藏之塵勞塞漢非汪洋巨浸不足以洗之故甘心拌命擲此山海窮鄉而置盡絶之地且將無復人世矣不意黙承護法菩薩運通寶藏頓使一光東照大破暗冥可稱萬世希有功德原其所自與者受者又皆盡從吾師圓妙清淨眞心流出也客冬某持法旨至接讀十數通深見師心不覺涕泣交頤卽所云喜心翻倒劇嗚咽淚沾襟耳然所悲者非屬於情而在出於常情者舉目寥寥豈容多見是不容不感悲且痛也嗟乎某此生已矣竟同草木枯槁無疑至若報侍左右之心有懷未卽惟願我師眞慈不棄心心圓照而攝受之令癡子不入顛倒狂涂而安步歸圓覺路也時幸託此一枝頗稱幽勝儻識海波澄意吾師心月能自忍留光而不落影於此中乎

又

不慧平生每自尅念於此長夜得値吾師可謂再逢親友矣故自緣會三十年前卽知有向上事二十年中常勤除糞此一念苦切之心未嘗去於眉睫但恨積習深厚不能頓淨現業流識有負師友法恩大爲慚愧爰自離析以來忽十五年實以臥薪嘗膽痛自策勵未敢少惰第以幻瞖未消猶汍幻網心知被縛力不自由艮以慧劒不利不能頓裂此知痛處敢欺吾師及幸以法爲緣知報佛恩卽以幻網爲佛事其荷負之心實持九鼎而法執之病益增七重將謂不負所生敢追先哲此實狂愚非謂慧也幸亦心知非正如夢渡河念蒙聖主隆恩惠以金剛燄爍破重昏使

歷劫情根一揮頓裂回視昔遊皆同夢事是故不慧以此慶快平生心知吾師必爲我賀今雖遠投瘴海如坐道場飽飲炎蒸如餐甘露荷戈之暇唯對楞伽究佛祖心印始知從前皆墮光影門頭非眞知見力是知諸佛神力調伏有緣衆生非止一種方便若逆若順無非令入清凉大解脱門火聚刀山無非究竟寂滅道場地而今而後或可謂不負已靈亦可謂不負師友矣於會心處隨筆記之今將卒業此雖非正順解脱聊以法自娱適足以見光陰不虛度耳意吾師聞此必發一笑也大義萬里遠來以得法音爲喜第念此子持吾師一言付囑於不慧者已十五年心如一日辛苦萬狀然於禪道佛法竟未啓齒此眞出世丈夫法門奇事今復依依萬里至此豈不慧所堪況彼師親皆老何獨我爲是以促歸且以不慧行藏奉慰知已慈念也第緣有聚散法無起滅在正眼視之了無朕迹刹海不隔劫念圓收又何有去來彼此之相吾師處此久如諒不以天涯罪夫勞靜慮也儻天假以年猶當白首同歸以疇初願惟禪悦滋神以道自愛

又

惟師以法界爲心以行願爲身卽彌綸華藏莊嚴塵刹當無疲厭此遐荒雖遠正不出吾師毛孔也其攝受之心如珠網交羅光光相照更不容妄想於其間耳鈍根年來坐此瘴鄉所作佛事亦不出師幻網三昧第以情生智隔不能餐師法性之樂然亦賴此爲消熱惱作清凉地師其以爲妄乎古人爲到處家

山隨緣樂地不慧卽不能全體適足以自娛楞伽四卷誠以印心吾師慧目肅清必深照洞徹其原卽此生無對面之期而世世常爲法侶矣

又

自入瘴鄉六年不知霜風作何狀今正月六日南征宿新州客邸寒風刮面不減塞上夜深擁衲夢想正在萬丈氷雪中忽推門扣見者大義也乃驚喜絕倒所負北來諸故人書首開吾師函恍若對面坐五臺拄地菴中枕滕夜話時也歡喜可知復詢吾師種種功德種種莊嚴此家常事不假稱揚嘗讀楞嚴經見阿難望佛惠我三昧之語將謂虛談以今觀之不但身坐瘴海卽入鑊圍必蒙吾師足光先照矣所謂因緣會遇窮劫不磨豈妄語哉不慧今年五十有六不覺老至形容透俗心地日開常自私語若此形不化足以甘心苦海爲人天作橋梁臥具此狹劣之見始由吾師擴之今更見其眞耳大義之走瘴鄉誠以爲苦今遣歸家可以休竭狂心作已躬下事望吾師惡辣鉗錘銷鎔習氣是以不負吾輩亦不負其先心耳

又

不慧以業力遷謫擲此嶺外不減曼殊在鑊圍師以慈善足光時時照拂亦不減菩提場中初成正覺時也大義來具荷攝受感不在言惟師願輪日廣三昧日深顧此區區穢軀親近隨順如夙昔豈能再得不慧處此業鄉三年餘矣禪定解脫未知何如但所喜者學成眞正俗人其所消磨日月者重增文言陋

習皆多生積障今日盡發不知何日得三帀座前求懺悔耳先具數種師其爲我印正之遙憶多寶妙塔涌現虛空但昔日靈山會上釋迦分身盡集而塔戸一開多寶出現吾師分身當何時而集耶令遙聞者不禁瞻慕之思也卽有可散之華亦無神足可遺耳

寄蓮池禪師

往者某居金色界時吾師因禮曼室來承以無緣慈力攝受我於冰雪中使某得以坐瞻光相深慰夙心信宿而別自爾傾注之懷益亦勤矣某去臺山將南歷百城擬參座下復爲業力牽之東海良以耽著枯寂遂置身窮陬篾戾車地因之矢心建立三寶上報佛恩亡軀盡命鬱鬱十年於茲向以道力孱弱大爲魔擾者日月居半以致取辱法門見呵智者今且猶不自量乃戀戀堀中以臂當轍心心不退豈宿習然哉切念道法垂秋正宗澹薄賴吾師乘大悲願輪高竪法幢宗說兼暢止觀雙運毘尼獨揭淨土專門使狂子知歸淳風可挹禪者自南中來無不備詢起居知法體輕安色身康健樂說無礙應機不倦微細之制不減迦維何幸衰世末流遇斯弘範每一興懷五體勇悅毛孔皆香深愧業繫不前未遑瞻覲茲門人亂繼特致問訊薄具名香三色奉爲說戒時供養普薰四衆伏希慈内

又

惟吾師踞寂滅場以佛性戒而爲末法衆生種金剛種子此等最上因緣乃毗盧之所願釋迦之所讚宜爲天龍八部之所欽也若不

見信之深不敢有負所望略為陳之愚謂所駁若按名責實雖肇公復起不易其詞若忘言會旨卽清凉再出亦當追其武也語曰駟不及舌誠有味乎然彼造論覃思立意命名不曰無見且以不遷當俗不眞為眞由是觀綱今幸荷諸佛神力以金剛烈燄而銷鑠之今則罪性了然且賴此作懺悔地年來奔走之餘所作佛事著述數種乃藉佛祖心光以為破障之具以孤陋之見處僻遠之鄉不識果與此法少分相應否敬持獻座下乞師法眼為我印決儻不墮增益謗或可聊彌夙愆疇罔極耳

與五臺月川師

不肖鈍根波流幻海華落寒空不啻曳尾泥途自甘逃遁已也回視金色界人端居靈山一會惟時白毫東注幽邃蒙光豈不見此頭陀如是度衆生而行菩薩行耶數辱慈念惠問勤勤以人境兩奪故無片言以報諒知已者一體同觀定不心口异視也往承以駁物不遷見示鄙心將謂足下偶爾成文試入遊戲三昧故未敢加答恐當實法流布忽忽業已三秋適幻師遠來下問窮厥詢及起居具悉悲戀之情深感無已且出尊駁草本不意刀刀見血如此不肖愚昧雖非楊修幼婦而一覽頗識其妙第愧不足以當足下心由辱見信之深不敢有負所望略為陳之愚謂所駁若按名責實雖肇公復起不易其詞若忘言會旨卽清凉再出亦當追其武也語曰駟不及舌誠有味乎然彼造論覃思立意命名不曰無見且以不遷當俗不眞為眞由是觀

之是物不遷而非眞不遷也以其物有遷流故今示之以不遷爲妙若眞已不遷不遷何足云故云是法住法位世間相常住其旨良哉若以高見所摘論文皆遷流之語駁之字字無差言言有據卽肇公對語亦俛首無詞但彼亦自解云所造未嘗异所見未嘗同意恐足下責之以言而未諒其心耶抑所見未同耶故曰正言似反誰當信者若足下猶不信而信者誰其人歟且肇公明指不遷在物而足下以眞究之斯則爲門不同故道路各別宜其相左聞足下始因不肖舉清凉謂物各性住於一世之語濫同小乘無容從此轉至餘方之說遂有此駁然不肖所以舉此者意有所爲葢緣尋常以物不遷意詰諸方大德都謂物遷而眞不遷人人話作兩橛然清凉疏中自有二意且云顯文似同小乘云云其實意在大乘生卽不生滅卽不滅遷卽不遷原清凉意正恐後人見此論文便墮小乘生滅遷流之見故特揭此表而出之欲令人人深識論旨玄悟不遷之妙耳然鈔文但舉小乘一意辨之未竟大乘之說但結文此約俗諦爲不遷耳一語義則長短相形但文稍晦耳不肖在昔舉此正恐足下有今日之事是時交臂而別彈指已經八年將謂足下力窮不遷徹見諸法實相不意云云若此竊謂足下此見不獨不得肇公立論之心而亦全不得清凉表白之心不獨不得清凉表白之心而亦未得區區蓬心也此足下與肇公正謂所造未嘗异所見未常同也管見如此亦未敢爲必當間常於此潛神有日頗有自信

之地卽每每舉之亦曾爲浪子偏憐客之意耳以不肖愚心願足下善自寬姑捨是而勿較但試於諸法上努力著眼覷之果遷果不遷若於江河競注眞箇不流野馬飄鼓眞箇不動直下便見不許攀扯性空果如是則肇公此論皆爲剩語又何區區據蝸角而力爭尺寸耶適足以見不肖非扶同硬證也呵呵

與五臺空印法師

萬里炎方眞同燒鬻每一興念舊遊則千尺寒冰稜稜在目頓見徹骨清凉也第目極雲中而金毛師子不現令人熟習難忘耳昔調達推山壓佛身嬰劇地問之則曰如四禪天今日始知非大言固本分事耳且火宅中人念淨土則清凉豈淨土中人念火宅不增煩惱耶自愧下劣向從法門龍象之後志期稍有建立拈一莖草供養十方豈知定業難逃沈淪至老自達師化後此心已殞無復人間妙師攜手而歸先前絶後可無遺憾卽令人天眼目唯師獨立光明幢耳儻有餘年仰仗法力得遂一晤之緣以畢此生實爲厚幸若機緣不偶殆將不久人世卽爲永訣是有望於龍華三會耳顓愚有志衲子可惜而有斯疾儻可得瘳亦座下之白眉也近刻三種寄請印正但老子一書古無善解苦心十五年似可爲後學發蒙其金剛決疑法華品節儻有當心幸命流通亦法施也

與雪浪恩兄

前歲侍者南來手教諄切誨弟以法門爲重弟鈍根下劣向耽枯寂日沈孤陋雖一念生死之心耿耿不昧第習染深厚不能頓契無

生上友古人中心慚愧有負初志比見法門寥落若吾輩天然兄弟尚參商一方不能時復促膝究心鼓簧斯道況悠悠者乎弟自奉教以來利佗之心亦慚開發唯時自忖宗欠明悟教未精研且末學膚受貴耳賤目取信不易移風易俗之懷似難頓伸居常深思吾佛立教以三學爲宗弟每見後學如兄所云最難樹立者多不揣其本卽一二根性稍利又爲狂魔所附以至慢法輕師至於身心略無簡束根本不堅又安望其枝葉榮茂乎此正吾兄所謂千人之中無一二可語者惟此未嘗不涕下也弟奉吾兄大教業二十年今春始强勉開堂照常爲衆講演開堂之初第一瓣香先供養本師守愚大和尚弟每念剃染之初卽濫膺華嚴法席猥辱先師法愛不減於兄但弟之所以報先師者萬無一也曾憶昔年弟初行脚時與兄别於雪浪嘗叩吾兄志向所在且云待老師百年後爲立一碑建一塔以醻法乳足了生平此其本願其佗一切可任緣無礙斯言猶在耳弟明記於心亦時復以此舉似知己者但不知吾兄此願業已醻否切念與兄年登知命幻化如斯卽未死之年亦漸趨衰老縱利生之願未艾而涉世之念已灰此時若置勝緣不但泯先師之德抑且滅法門之光使後學無憑不知所自原遠流長古德所重家聲不播昔賢所恥若吾輩兄弟並名宇宙苟寥寥如此況其佗乎願吾兄及時努力謹薄具名香一炷石資若干以爲先登卽兄不柰緣恐建塔爲難若刻一八楞方幢更見古雅其文不必假手於

佗願吾兄親操是所至望

又

弟不肖罪戾無狀取辱法門爲師友憂大負慚愧先心擬過家山將布五體仰藉慈力攝受作懺罪羯磨辱吾師兄暫出那伽移步江上憐而教之使飽餐甘露頓覺五內清凉身心俱化罪福皆空此善財南遊所以從大塔廟前爲初步也別後於新正六日抵同江鄒南老迎於鋏佛菴中首出吾兄手書諸祖機緣卷展之光明赫昱照耀心目跋語縱橫殺活儼然據坐揮麈鄒君寶此卽法身常作菴中主也鄒君根最猛利幸與弟夙緣有在一語投機盡翻前案誓將迎吾兄演化西江大爲開導此葢渠信心肝膽儻有問至兄當善調伏使其增崇正信作成佛眞種因緣不淺經盧陵會王塘老所養甚佳其信向淨土精專觀其立言似非本指耳二月三日度庚嶺六日遊南華禮六祖覩其山川形勢絶勝無怪其千七百人從此流出吾徒不可不一瞻依也十九日抵廣州訪陳夷山已作故物始聞歐倫老尚在及將買舟造其舍則報云化去三月矣遐方失二知已良可悲悼向傳南海生機繁衍風氣淳厚今則凉薄太甚値歲饑异常米穀涌貴民不聊生從去秋七月至今不雨埜無農夫戶有盜賊而雷陽尤甚會城到戍所路經千五百里雷地已凶三年民物凋殘今復瘴癘大作死傷過半道路枕籍悲慘徹心季春炎蒸猶如流火弟私謂初心不以道緣不知朔雪之寒今非業力安知炎方之熱世態二涂弟已極盡然非彼不足以

破此也弟至卽從行伍寄身古寺宛是頭陀荷戟轅門居然馬卒始知幻技兒幻出種種相耳且死生患難弟心何所不安但念與兄多劫親因今幸再値以未盡宿緣弟恐沈淪瘴海永隔修涂儻岐路過逢安得如今若昔諒吾兄智光圓照必以平等慈力而攝受之定不捨此業幻衆生爲罪垢耳其佗復何所云慨斯末法念報佛恩願兄努力爲法自重自愛

又

自江干一宿蒙以甘露見灑卽走入瘴鄉皆藉以驅炎蒸消熱惱耳吾兄惠我三昧何深也弟生平於大法緣薄幼而無聞老無所知頃於荷戈之暇力究楞伽筆之成記將以此謝謗法之愆弟恃孤陋之見旣不蹈襲陳言又未及請正法眼竟爲好事災木可謂駟不及舌矣敬專侍者持請印正不識就中果有少分相應否儻於性海掠一滴之味眞空通芥孔之光庶不負此平生亦不累及法座若一言無當卽爲付之水火決不敢以此博虛名增業種自蔽妙明更障後人眼目也慨此末法正因者希弟幸與兄同生斯世同履一門苟於此法印可其心弟卽不敢稱摩耶同胞適足以結兜率共座之緣耳

與少林無言宗師

伏念祖庭秋晩舉目寥寥可爲垂涕者非一端也幸座下乘願而來鼎力荷擔正當揮戈駐日之時去秋天假良緣聚首王城一語而別及歸臥海上以觀世相若此諸念皆灰無復與起度生事業唯兀兀空山與諸幻衆種

田博飯以消磨白日送餘年耳比來風聞法雨普潤四衆雲臻想雷電之機將破重昏而啓羣蒙也痛念世道交衰人多薄信一槪不以根本爲懷且心器不淨又安可以注甘露麼大病乎惟願座下深思顧命之言廣闡最初之制使初機之士追風受勒大步隨鈎然後播眞風於性天撤迷雲於蘊谷特本分尋常輕車熟路耳狂愚之言高明以爲何若

與愚菴法師

佛說四十里外不聞法者墮謾法罪鄙人知法座咫尺而不親聽聞亦墮此罪非本心也益爲障障此緣耳昨承枉過一見甚喜旣而且悲座下過苦如此然精進堅確固乃弘法者前旄而棄本取末亦不智之第一也益身爲道本重爲輕根而座下以一食之故欲損生爲衆苦形以博名殊不智之甚此正不知輕重者耶古人有一念純眞日用斗金非分外座下見解如此豈自不安於純眞耶維摩道於食等者於法亦等此語座下把作不偏衆爲等之耶若以不偏衆平等至若供養我者不名福田此又何謂也永嘉謂幻化空身卽法身座下今自損法身虧慧命可稱知法者乎不知法而說法將何以模範人天用規來學乎有意不偏者謂曹山之不受食耳若以座下而觀假如曹山之語將欲奉行者豈將與夷齊同貫而後爲得耶可笑座下說法不知法爲已不爲人知輕不知重計亡不計存是皆顚倒見耳鄙人此謂大似雪上加霜今奉世資若干爲座下開齋之需座下若不食當不與之厮面矣且不及親往特遣如珊

代爲禮三帀勸轉法輪也

又

鄙人以苦言慰座下者以重法情深故也悲此末法寥寥舉目無親幸賴座下懷揮戈駐日之心嘉歎不容已但此中悽惋處非常情可知乃鄙人慣曾爲旅偏憐客耳念座下以二施之力一肩荷擔日月無常色力有限第恐精神不足則法喜不充將何以飽飫人天哉身爲法本此非浪語心知座下就裏密意正不在言至若幻化門頭亦借色力勇健爲增上緣耳古人未有不假借藥石榮衛四大者以四大幻物元其家具耳讀法言霜雪凛凛松柏姿也但雪解而松柏振色此不假陽春而發越乎但願座下陽春滿屋則使草木皆春矣是大有望座下爲法門重者故敢忉忉如此

又

别來忽忽四年矣誠萬里寸心千秋一日也所幸髮日白而心日赤形日化而念日消昔聞大火所燒時我此土安隱今見老胡眞不吾欺也自入瘴鄉不數日卽念楞伽爲寢食烈燄毒霧中有此家具眞水清珠令此身心如火浣布耳每坐菩提樹下深念老胡攜此一枝種子杭海而來幸得賣柴漢栽培灌溉令其扶疎廕庇人天今二千年來無復爲之料理者罪夫荷戈之暇卽營其下侵晨理荒穢帶月荷鋤歸漸覺油然生意而發茂矣曹谿原頭扼塞乃復爲疏濬其志有若干言寄法眼照之足見罪夫此中不敢忘家業負至恩耳昔被遣之日紫柏老人在匡盧對三寶

立願願誦法華百部以求加被今還著於本人因率諸弟子了願于穹廬誦持之餘爲衆敷演標其大旨名曰擊節併持請正以見天涯火宅紅爐下生計耳一笑

與交光法師

朽夫罪累爲法門辱自知慚愧無地懺悔所幸諸知識力加被之致得久活瘴鄉每思猊座萬指圍繞震海潮音作師子吼普警群迷聲光所及靡不蒙益況在法親有緣者乎頃大義回家山聞公尚駐錫中條必得瞻禮光相小刻數種奉塵慧目略見萬里懷人之意儻蒙解脫尚期把臂於孤峰月下一笑長空洗此半生塵困耳

與隱菴上人

吾佛以生死喻海喻河是則我居海濱公居河畔然海水無涯河流迅駛我已觀海十年於此未知公觀河幾時也每念令師逝而不返令人悲愴不已心喪三年又不知還念令師如區區否欲公念令師非欲公效俗情也乃欲公念生死如河耳仲尼有言逝者如斯不舍晝夜公將何憑截流而過其爲我言之以慰懸懸也茲因便致名香三種願以此薰足下信根耳此香一薰足下即汗流沾背是足以供十方諸佛矣海印以此望足下足下何以報我耶

與靜修上人

承惠乃祖翁笠子精妙絕倫鄙人時時戴之如天雖居丈室亦常自在之也公戴乃祖物如鄙人乎吾曹去佛三千年即今日心存目注如覩面金容若存想不負依教不篤則非

佛弟子公能三十年存想乃祖若我輩所以想世尊乎鄙人見佛易見公等難不是我身不能到人世卽是公心不肯如海印以身心相離故難之耳人生浮脆流光迅速公能揮戈駐白日可許不懼無常虛死也悠悠笑談作何究竟惟深省之

寄松谷師

聖人不出世萬古如長夜此語流布雖久證驗者希往不肖養痾窮谷每見毫光東照莫不皆從吾師眉間而發故使十方尋光而至者皆有所歸依卽散華供養者盡成佛事然法門有此瑞相十方諸佛豈不共生歡喜讚歎今春不肖坐惡劫中衆苦音聲痛徹心府又聞吾師疲於津梁掉臂而去此之痛處著錐也私謂吾佛居舍衛國而城東老母不願見之後之具正令者謂此婆子有大人相今觀五濁惡世諸苦土中著一明眼人不得不肖亦謂此土衆生亦皆有大人相也言及至此吾師以爲何如不肖業緣深重比又牽之入此閙藍無奈狹劣之習不忘大菩提心未發然目前不見吾師而佗方貧子堆集於長者之門無恃怙者正如衆星中無明月耳故十方暗冥豈獨佛祖無光實使覺場冷澹如此大地凝寒豈不凍殺法身耶令人悲酸不已豈直長夜之歎而已哉此心無地可寄但於吾師水月光中合掌作一讚歎耳遙觀明月山前光明石上對主山神衆說自證法門使聞之者聾見之者盲此吾師自性法樂定以此消磨日月破孤內耳

與靜堂師

十年剛一見復交一臂而失之然此心月淒淒寧不挂於階前長松之下憶吾師每率諸弟子逍遥食息乎其間豈不爲音詠之資禪定之病耶大師無縫塔想呈樣矣行實當誰爲之成時幸以見寄別後有作惟願書紙百尺頻令入我海印之光作幻人之伴也

與萬安上人

惟公爲法門樞機荷負甚重乃乘夙願力實非淺尠一自清凉別後朽夫雖妄生於人世亦未嘗忘情於公所憂非在公身而在公身所繫耳非虚語也昨以大事因緣入舍衛一見公喜不自勝此心釋然冰解始知龍象遊行固不可以蹊徑量浣慰何言周旋月餘察公眉睫間烟霞之氣栩栩然有塵垢粃糠濁世之意語默炳炳乎三昧此乃公宿植靈根般若内薰之所發所欠外緣助顯向上第一義耳良可悲悼蓋吾人所賦獨靈於萬物者豈止口體安飽而已哉真大有富貴於富貴求之在我而不假於人者存焉卽所喻如摩尼寶珠者是以吾佛世尊早見於此故不戀安富貴尊榮爾乃甘心寒巖以六年苦行博廣大之受用所以一覩明星卽如在掌握吾人固有而不見故甘心馳逐以一息之危生博無量之苦惱所以纔遇愛緣卽棄如涕唾至若較其輕重不啻以隋侯之珠彈千仞之雀者比也公自視何如哉願公自重而保持之萬勿自輕自棄沈酣躭湎爲親友所惜也朽夫自顧樗朽不材無敢旁景人世念與公見面之難且感高誼留意於朽夫者獨厚且重故敢以言爲報耳流光難繫日月欺人但

願努力寸陰自重自愛

與梅翁本師

弟子某自省罪原不通懺悔以自受身於父母受恩於君受教於師受知於朋友受法於知識受食於檀越惟此恩德殞身以報未足以醻萬一拔毛以數其罪不能計其少分也即今投荒萬里猶在葢載之間而四事安居上賴聖主下資檀越不致飢寒流離者皆仗如來白毫光中一分功德也名雖罪鄉均霑造育此人間華報猶尚可逃恐地獄真因又何以免此某日夜所腐心者也别師已來忽忽四年雖坐戈戟場中未常一念忘其本事向于楞伽一卷句不能讀幸藉此地足可究心初至戍所坐屍陁林即安心觀照隨以所得筆而記之不覺終軸今夏為衆敷宣一周其聞者亦無多舛自信頗不妄談即不敢以著書見志聊足為懺悔之資且見某於造次顛沛亦不敢忘佛事敬持一部上供師前以醻訓誨之恩願藏之房中以為子孫之寶且為异日之話柄也

囑弟子語

子行矣善自寛毋以小害大毋以人廢言其言嘵嘵將以其信求其信果若我信子其勉之無順氣無恃志順氣傷恃志狂小不忍則亂大謀人無遠慮必有近憂小事當懲細行當勤天命可畏聖言可尊定志凝神無以為易其心戰戰兢兢守口如缾防意如城惟學日積惟德日新流俗已深上求友於古人君子防未然不處嫌疑間如鳥擇木似虎靠山世路最崎嶇舉步宜艱難是以聖人生於憂

患死於放逸切問近思博學篤志逢人若愚處世如寄無恃口無飭服恬澹寂寞身如虛舟心若空谷是信我信子其勉之

與曉塵上人

足下踞天目之師子還記掌落縣崖撫松立雪之事乎想孤峰絕頂覓得古人行履處也儻持片雲不妨散我炎荒作甘露清熱惱耳

憨山大師夢遊全集卷第十三

音釋

闖 丑禁切 音趁

戍 傷遇切 音樹

迆 養里切 音以

枵 虛嬌切 音囂

扼 乙革切 音扼

憨山大師夢遊全集卷第十四

侍者福善日録　門人通炯編輯

與棲霞嬾菴師

吾師高卧煙霞燒松葉鬻鹿泉盞三十餘年矣其視塵類如緑鉢蟲耳况此瘴鄉逐客乎楞伽筆記盞紅爐下驢前馬後生涯奉供山中諸大士聊以洩此中毒氣耳聚首想發一大笑也

與密藏開公

昨日侵晨繞塔畢即抽身贊經及至竒哉是法華經藏深固幽遠無人能到此中可容無數分身諸佛是故遊戲林間相與謦欬彈指必聲震大千但此中衆生不覺不知耳公法緣若畢可來共坐食頃若未畢當究竟眞實無以疲勞生厭倦也法身不動于何不樂某和南

與悟心首座

昔調達害佛佛以慈心三昧攝之竟以成就佛之忍力達磨初至少林中毒者五思大師以弘法被害者七此佛祖之槩可見者况吾輩生末法道德愧不若佛祖其時又更遠何足怪哉但老人本心爲曹谿祖庭生平切以六祖不欠汝命一語作如幻三昧觀其定業必欲醻償期于生死路上無少罣礙果若欠渠宿債亦任醻之而已若其不欠如以禮從人其人不受耳此中大光明藏纖塵不立方是眞實大受用處子其安心勉力盡道

與體玄小師

朽夫投身火宅眞成毒海自非鐵石肝膽氷霜心地何以坐消白日諸所堪能惟浮漚脆

質幻化死生不識可能苟存一息以待諸子揪鬌長笑于高空明月間否顧多劫塵習非此不足鎔冶儻仗諸佛神力于此煆煉熏修使金剛種子脫體光明直令微細緣影蕩然淨盡成就最上因緣彌感聖恩何惜一死公萬萬勿以常情爲朽夫憂也

寄無相禪人

佛言人身難得中國難生正信難發正法難聞今座下生塵勞中具此正信臨于晚年爲佛弟子得遇善知識幸聞正法此難中之難葢無量劫來善根種子熏發故遇緣而熟非偶然也今後將念佛話頭把作命根一息不可放過閒忙動靜一切不失乃至念得夢中純熟即于大限生死頭上少分相應切要從前一切世俗煩惱習氣一齊斬斷于二六時中切不可橫發縱然發時就要照破決不記憶再結生死業又作地獄種子也

與龍華主人

甞聞菩薩捨身喂虎割肉喂鷹臨當捨時實爲難割乃作種種觀門所謂觀身如幻觀世如空百千方便而後捨者何也以其苦行難行耳今者賢師弟子捨此身肉手足喂諸菩薩之貪虎餧諸知識之餓鷹此身有限食者無窮且又歡喜無厭不假方便不生一念退墮之心若非賢師弟子以此求無上道即是來此末法疇償宿債也若疇之過當返徵其剩是則將來諸方知識定作今之龍華主人而賢師弟子定作諸大知識也此乃諸佛誠言非虛語也唯海印一人怕結來生債時時思筭現前疇償當願以法供養而準折對之

所謂于食等者于法亦等此本懷也但此時法力未充貧于法財待積蓄三年定箕踞龍華樹下作師子吼以謦欬之聲振動三千世界也是時譬如然香燒指無始宿債定要一時疇畢呵呵

與月清上人

生滅去來聚散起止皆病眼空花苟幻瞖未除不無顛倒見耳朽夫生平志向上事于徹骨氷雪中死者不一唯慱得胸中無事此外更無所有將謂修行無靈驗及經此段因緣于痛徹骨髓處搊破從前關捩子于生死臺前如入黃檗之室及遠投萬里飲瘴煙而忍饑虛日坐屍陀林中唯披閱楞伽忽見從上佛祖不是恁般知見始知從前皆沈幻化光影門頭惟此足超三十年行脚看來古人出家了生死不是等閒事作眞佛弟子者亦不是等閒人說禪道佛法亦不是兒戲朽夫所謂因王法而入佛法者是知諸佛神力調伏衆生不止一方便今日可謂將此身心奉塵刹是則名爲報佛恩也萬里無可爲信特此報公歡喜耳其他復何所云

與印菴法師

臨行相視于圄中悲喜之狀宛然在目別來雖坐瘴鄉飲毒霧時復以此高懷消熱惱耳罪夫年來此中法味不少古人云鐵輪旋頂定慧不失罪夫何敢有此盖三十年中歷此工夫差亦可見公知我者諒不以爲妄也

與方山衲雲師

惟座下踞棗柏之室受天人之供挹性海之波運悲花之檝盖巳十年于方山石堀間也

其所享法樂過于四禪尚以智眼觀迷方之客乎不慧身臨瘴蟄心入寒空遥聆梵音嘹喨幾墮無想若非座下聲震塵剎則是不慧耳聞十方也不慧墮此炎荒不減鐵圍昔聞菩薩亦向此中作大佛事而如來光照兩山黑暗之間皆成淨土此非諸佛大言也近于穹廬中所作公案聊持一葉奉供九會之衆想十方諸佛見此希有事亦再歎奇哉天南雁飛不到尺素難通獨有文殊右手可伸而至儻不捨有緣惟願攝之

與幻一律師

古云割髮宜及膚剪爪宜侵體蓋爪髮踈而膚體親也憶下劣被罪之秋法門震蕩神鬼驚泣座下辟穀飲水再四周旋恨不得以身代之非有切于肌膚者又何以至此哉是所謂關心法門有同體之休戚者是以法爲懷願以法謝楞伽一卷是足以醻之

與廬山圓通寺大衆

曹谿糞埽頭陀敬白廬山圓通合山大衆惟吾曹谿六祖大師法道由南嶽馬祖大唱于江西至有宋時最盛于廬岳而圓通甲于諸剎爲第一弘法之所訥師峻節大覺高風迄今五百餘年水鳥樹林谿聲山色不異當年諸老陞堂入室時也況殿宇巍峩鐘鼓交叅向來無恙惜乎聖人已遠此道無聞汝等諸人墮于流俗但知粥飯氣息不知有從前佛祖向上事黑業更深心光埋沒以致龍天見怒回祿生瞋一旦遂爲煨燼使琳宮梵宇委爲荒榛是雖五運使然實由汝等業火所燒變淨土而爲火宅也汝等能知及此乎所幸

佛祖有靈先得總持作汝等依皈心忘人我力合異同令汝等各捨貪癡共爲一命從前法道盛時不過合千萬人如一身耳今既如此又何患叢林不重興祖道不再振耶苟從茲以往心心不退念念專精一直向前至死不二郎可化穢邦成淨土變火宅爲蓮池況片瓦根椽咸出十方之力復何難哉所大患者心不等誓不堅耳總持長老來曹谿具述大衆懇意欲老夫權爲汝等作導師此雖法門所當爲吾徒分内事但老夫夙業未消罪根未拔安敢率意妄爲重爲法門笑具儻當佛祖冥資聖恩浩蕩使老夫頭顱光爍此時第一瓣香以祝吾皇聖壽第二瓣香以禱佛祖深恩第三瓣香則當供養南嶽盧山諸大知識定當熏及圓通是時汝等聞香悉知憨山老人降生出胎時節也汝等勉力幸勿遲疑珍重珍重

與宗玄禪人

公靈根夙植不失正因閉關藏修屏絶外緣正是吾輩眞實行履但不審曾蒙善知識開示得正修心法門否關中定非悠悠歲月者比也書中具云因看老人金剛決疑夜夢通身骨肉俱被換却但求換心不可得此是公夙習般若靈機渙發因公靜中妄念潛消不覺夢中現此境界耳雖是夢幻正是用心得力處若以此夢時時參究向必不可得處著力看覷覷來覷去久久自有眞光獨露時也豈不見二祖侍達磨乞師安心磨云將心來與汝安祖云覓心了不可得磨云與汝安心竟祖于言下大悟遂受西來衣鉢公求老人

換心正好與此公案同叅即今老人問公將心來與汝換公又作麼生把作夢中語會耶不作夢中語會耶豈不見佛言生死涅槃皆如昨夢政恐公將夢中事作實法會耳金剛以六喻爲入般若之玄門且夢爲六喻之首公能以此夢事例觀諸法則法法如夢畢竟不可得不可得處爲般若歸極公若未了但將二祖問達磨公案時時叅究自有忽然夢破時節也

與雲棲寺大衆

老朽仰慕大師三十餘年向以業牽未及一造丈室自恨生平闕緣昨持瓣香瞻禮龕前儼在常寂光中與諸法侶周旋謦欬想大師必發一熈怡微笑也老朽自還匡山緬念大師存日說法不減靈山其調衆條章因事制宜即秉時律部精詳曲盡惟諸大德受化日深根已淳熟况枝葉不存唯有眞實故叢林安逸四事充盈宛然大師踞華座時不減毫髮故大衆身心恬怡寂靜如明鏡止水何容纖塵妄想念慮哉誠如世尊言末法比丘能奉波羅提木义如親我無異由是而知山中法侶從今日去至盡未來受用大師白毫光中一分功德猶不能盡何所欠少所欠少者一片休歇心耳若人人放下身心各各單求大休歇地則大明國裏無容更覓佛法禪道矣此中纖塵不立若生一念無慚愧心則不惟負恩而自負多矣聞惠文法師在山與古德法師二友相與夾輔叢林調和大衆如侍大師白椎之日但願在諦觀法王法法王法如是一語靚面不昧即大師日夜放光動地

也老朽老矣後會無期故增忉怛言不盡意

與巢松一雨二法師

項人來知公閉關誦華嚴經數卷尚有餘功閱疏鈔此等精神入法性海舉世讓公一籌矣念老朽老矣棲息空山舉目寥寥以是于二公伯仲不能去于寤寐也自恨生逢盛世竟未覩其盛豈特佛前佛後之難今哲人俱徃獨遺朽物且幸有伯仲在況復各天欲一言笑而不可得抑恐終身無再見之日老朽此際諸念皆灰獨以伯仲爲懷者所重在法門也老朽山中雨雪連月擁衲石牀纂華嚴經要至十地品夢中偶有一偈最可爲公道或佛神力故假老朽以發伯仲悲願也別録寄覽用發一笑只作夢語看耳頃檢楞嚴通議前卷中破執文中似初機難于理會儻于中果有不通處願公爲我通之以法忘情正不當有人我見耳匡山景物最是愜心第助緣爲難頃于七賢峰下如蓮花中結一草廬可稱極奇絕處思二公相對一談亦萬古快事也有懷不禁燈下草草

與黃檗無念禪師

心光洞照爲日久矣不慧忝在法門道不勝習泛泛一生無所建立至於曹谿爲六祖道場又以障重不能卒業徃承師重念祖道託梅公爲護法比時不慧已之南嶽機緣不偶有負慈念今來曹谿但了人情非敢妄意有爲況年已衰時已過縱有夙願亦待來生耳昨過廬陵諸君子皆以青原未了公案切切痛心頃聞梅公轉虔臺舉皆相慶意將仰借文殊遥伸右手一摩其頂令其速證此莊嚴

佛土大解脱門然曹谿青原嫡骨父子惟師以未盡曹谿之願施之于青原師以荷擔此道爲心安住平等法界必不悋一彈指也何如

答博山無異禪師

老朽自愧道不勝習無補法門向爲業力遷謫于海外者二十年所遠託異國若無聞見耶令師大建法幢竟未一通消息丙辰夏避暑匡山因頑石乃能悉其道妙一班且恨未及見也頃聞令師入滅傷嗟乎法門薄怙哀悼父之比知座下開法于博山喜不自勝辱書幣遠及以令師塔銘見委喜懼交心義且不敢固讓因念我明二百年來禪道寥寥傳燈闕典何幸得令師蹶起一代之衰所係匪細苟不能開正眼綱宗則使後學無以接響此再四鄭重而不敢輕舉者也然老朽自信不謂非令師之知己故深入其三昧而略其麤迹況爲文之體亦不能冗載銘中但舉其正令其餘實行别作一録可也深愧不文聊足以寫萬一其中無一字敢苟且恐將來爲傳燈所采自有具眼者幸諭諸弟子不可妄意增换不惟傷文體且减令師之光明是可懼也幸心諒之在老朽爲法門義當讃揚辱來儀畣叠增愧多矣敬爲莊嚴三寶以重法乳之誠不盡

又

咫尺相望如在眉睫音聲相及不隔一毫乃辱惠問勤勤復承慧炬遠照破我暗冥相對灰心益我三昧法愛之厚無踰此者念兹末法宗門寥落正賴維持所悲後輩澆薄眞實

者匙多恣黠慧偷心更甚非大冶紅爐不能鎔此陋習更願不倦津梁益加鉗鎚是所至望所云若而人者以老朽爲法門故曾有口業無恠爾爾普賢以虛空舌稱讚諸佛固其本行豈在報乎公當默然再不必以此置脣吻也

與雲門湛然禪師

西來一脉至我明百餘年一絲垂絶久未見有力振者何幸得公蹶起東南建大法幢獨揚單傳之道以開羣蒙使法門後進頓捨陋習而歸之如水赴壑誠一代之偉事也老朽昨遊吴越幸覩光儀慶法道之盛讚莫能已老朽愧辱法門一毫無補且今老矣比匿迹匡山以送餘日閉關絶緣一息待盡而已廬山故稱西江名勝不惟蓮社肇基即歸宗自晉開山有唐赤眼禪師大闡宗風下至佛印眞淨諸大老三十七人皆傳燈盛烈墮荒榛者百餘年矣近以達師發啟因緣重興以來二十餘年猶然故物老朽但有慨歎而已護法汪公邢居士擬奉迎座下以光揚道場老朽聞之歡喜讚歎惟公正當盛化之時名山勝地地靈人傑因緣不偶想必欣然命錫大千掌果定不以山川遠近爲懷也

答四一授公

接老匡山掩關養痾僅存一息遠遺手書以經論二疏見示辱委爲序衰病連年眼目昏花頭重眩暈不敢展卷久視日唯昏瞶是以未能盡閱始終不得妙指安敢妄擬以此不及奉命儻天假之年衰病少愈尚當讚歎有分

與關主修六逸公

昨來一場惑亂想已平貼此事不是挾帶做得的要須斬斷命根處下手一直做將去更不當他如何我又如何纔有絲毫存在胷中便被他掉弄矣今日此段因緣乃百千劫求不得的若是早有今日之緣則不流浪到今日矣今日幸有此大因緣豈可輕易放過百年光陰頃刻耳偷此三年工夫眨眼便過咬定牙關轉頭便是得做且做待三年後憑他如何縱不悟道也了此學道初心乃是出生死第一步又豈可出門便打退鼓也從此著實放下更莫管他如何就是刀鎗劍戟中也須放身命況平地白日見鬼作顛倒想耶切莫狐疑直須斬斷快著精彩不可被他纏繞也

又

久雨苦人不能遣訊此心未常一念放下也知公安居寂靜身心泰然妄念久自銷落矣但當妄念銷落之中自一輕安快活不可以輕安爲受用也若以此爲得則從此墮于任病只圖幽幽緜緜以無事爲妙殊不知此病最毒久久抱守則毫無增進潛長無明流注業識命根不斷終是以唾擦死水銀絕無用處當此妄念銷落時正好著力提持話頭切切叅究重下疑情若疑情得力靠定話頭晝夜審究愈究愈深終有冷灰爆豆之時若認定無事不起疑情終非眞實工夫也高峰語錄正好爲師且不作玄妙道理會也勉之勉之

與漢月藏公

聞公以向上一路極力爲人此末法中最爲難得但衆生識情深固苟學人以思惟爲叅究以玄妙爲悟門恐不能透祖師關亦難出妄想窠堀也公如眞實爲人切不可以偈語引發初機直使死偷心泯知見爲第一著庶不負此叚因緣耳若曰如來禪祖師禪如何如何皆餖飣耳聞寒灰同居誠爲益友幸同以此見勉

答頑石上人

善知識爲人如師子調兒雖一欠一伸必盡全力老朽向爲公者誠不惜眉毛所幸入博山之室將謂脫體俱化矣適見來書猶然故吾悲矣足見入道之難也若此爐鞲不化則將爲不祥之金矣公其勉力哉所須無足以當法眼姑置之幸以本分著力爲望

上山東德王

伏惟賢王殿下聰明天縱善果夙培慈德内融仁恩外著深居宮壼存想山林此實般若因深誠福慧兩足者也切念貧道雲外野人屢荷垂慈眷顧殷勤馳情再四感激甚深慚愧無地昨幸親覲威光仰勞玉體問道談心超塵脫俗此實千載奇逢三生慶幸雖瞬息片時已勝多刧矣且感信心彌篤采納不疑句句投機心心在道況以有限生死爲懼無常病苦爲懷此在富貴所不留心者賢王今所刻意斯實逈出濁世之表皈依淨土之門若非多生善根何能如此伏承問日用功夫敬陳如左

戒殺生可以延年壽寡婬欲可以却疾病息妄想可以明眞心斷煩惱可以出苦趣念佛

可以生淨土寬仁可以治國家懺悔可以滅罪障慈悲可以養臣民歌唱盈耳不如念佛千聲嬉遊終朝不如靜坐一日此上功德乃却病延年多嗣永祚之妙法也眞心本來清淨因妄想染汚而苦惱旋生佛身元是自心因無明障蔽而光明不現即心是佛自心作佛念佛念心觀心觀佛一念妄心起佛做衆生一念惡心起佛即造業一念覺心起衆生即化佛一念善心起地獄即變天堂所以道三界惟心萬法惟識心造天堂心造地獄心淨則佛土淨心穢則佛土穢除此心外無片事可得是故心想穢濁則夜夢顚倒心想清淨則夢遊勝景然而生死如夜旦境界如夢幻皆從自心之所變現若人心心念佛念念淨土則現前觀想成就過去罪業消除臨終病苦不纏一念往生淨土即得見佛聞法親近彌陁與安養極樂世界諸大菩薩同遊蓮池海會將來垂悲願力轉去十方度生不被生死拘留往來得大自在此修行直捷法門除此心外皆是邪魔邪法也故曰惟有徑路修行但念阿彌陀佛切不可錯認穢濁五欲之樂遮障本有清淨眞心失却本有清淨極樂也

與蒲州山陰王

憶念往昔乞食人間持鉢大檀之門即辱法眼相看忘形屈勢使野人區區自不知其固陋出入朱户側傍玉顔若遊蓬蓽而狎鷗鷺自非達人深證無生兩忘物我者不能如此德香薰人不覺點染心骨别來十載端若須臾縱令冷地徹髓氷霜時或隱隱妄想潛輿

妙音色相儼然現我心境也自入臺山深賴妙師琢磨之力然雖上愧古人要且不失初心頗有自信之地未敢有負知己自爾雲散清凉妙師振迹蘆芽山野潛形東海亦復數年日坐海印光中安居澄平世界塵境幽然身心日遠是于大檀音問竟歸寂滅矣適萬固老衲隨緣海上入我堀中詢及大檀所證法門且云日深如幻三昧諸有併空寸心無住山野喜不自勝嘗聞輕拱壁駟馬而重坐進此道至有善入塵勞而作佛事者未見其人是今見之大檀足不負我輩知己者耳然雖山川幽邈目心光焰明纖毫不隔第恐情生故自隔耳嗟乎此生已矣言笑無期惟願大檀安心一境平視死生是則把臂寂場至無盡際豈直千里同風者比哉未遂接足故託此寂音以扣玄默冀神珠朗照不在多言

又

不覩光相屈指十五秋矣人生悠悠夢幻顧如此耶惟妙契忘言眞俗不二若檀越之于貧道兄弟者法親骨肉兩間屬目難再其人每妄想一興心光暫爾頓現法身是知三千里外不隔寸絲殆非虛語龍華譚上人來得奉法言手之三復足見深入無量義處但貧道黃楊木禪進寸退尺乃不自知量偶落語人間遂爲好事揭露不意遥塵天眼實增慚愧何敢更辱印證過譽如此儻不吝法愛并流無窮使千載之下想見同風豈直音聲相和已耶妙師齋藏往鷄足此誠一椎兩當但萬里雲遊此心不無縣縣向未有問達師當代師子也向云遊目三秦囑過門下一會未

審至否然此師風骨眞横空寶劒使人一傍則愛根永斷豈但能輕萬户耶嘗謂像代可無臨濟德山而末法不可無此老也

又

數年不通音問想檀越髮無遺黑矣人生夢幻如此豈不重增悲慨耶妙師造無縫塔已呈其様必收檀越袱帑藏中他日儻至借觀不識如何拈出山野住那羅堀中修行無力被山鬼攛弄直嚷動三十三天致驚天王震怒擲于大鞲爐中通身鍛鍊一番且使身心俱化骨肉全銷以至家破人亡迄今投之瘴海孤征萬里且喜火枷脱卸慶快行脚將補三十年前未完公案意檀越聞之必心生痛癢耳今已長髮就道恐檀越愛心不斷必作天南地北夢想顛倒撓亂禪悦特此問訊乃報喜非報憂也惟檀越與妙師眉間光明照萬八千土然此萬里猶在眉睫間不知何以攝受我也

又

一往夢事前書具見既皆顛倒夫復何言第在世相有成虧于法性無加損智眼明照諒不以之撓泰定耳山野以幻化空身投之蠻煙毒霧中如坐千尺寒巖萬年氷雪即有骨未融而亦爲之銷爍也不審異日賢王于何處索空生耶山野近在五羊得奉法旨讀之深委慈念眷注之切細披諸作皆精心中出自當光耀千古比於邸報見斷髮表誠疏此實賢王歷劫菩提習氣于此感發亦乃負荷衆生願力所持山野以爲賢王果能視生死如一髮則必能以一髮引千鈞以此上爲社

稷下爲蒼生致君堯舜夫復何難是不待越三界而取菩提儻或習發于忠以忠資習是不免于佯狂雖博名高難收實效而世出世法兩皆失之意賢王必有所以自處矣便當幸以教我翹首慰此縣切

又

塞北天南相縣萬里在智眼圓觀曾無間隔而妄情自蔽寧無去來之思乎不審比來禮越以法自娛能無衰惱耶嘗聞佛爲波斯匿王指不遷之見以觀河印之惟我賢王終日臨流睹逝者如斯而見未嘗徃者乎昔者每聆談者謂四大無常而佛性眞常則以爲祕耶今則謂之不然何也以法性徧在無情而法法皆眞是則五蘊元虛四大又何加損觀佛骨金剛舍利之光是以無生之念熏有漏之軀而成佛性常住不壞者比瞻六祖全身信乎佛言不妄矣賢王以此視幻軀如水月鏡像乎果于是中覓之而不得回視目前皆曰幻化而憂惱之情亦無地可寄矣鈍根未入此番爐鞴未免墮半生半滅之見今又撈伽法性海中則洞達昔之知見正若貫魚目耳由是知古人不肯輕易可人必到窮原絶迹之地殆非以知見凌物殊非把住放行之說此皆戲論觀永嘉之見六祖則一切狐疑頓然氷釋矣賢王智照以此爲何如耶撈伽筆記皆鈍根年來懺悔公案寄上賢王同妙師判之若此中有容鍼地則鈍根又當貶入鐵圍矣

又

計與老居士一別幾三十年瞬息頃耳信乎

念劫同一時也第恐人生浮世幻影幾何良友勝緣不能再得況復參商異路宛如隔世縱精神洞達而形迹靡從言之令人悲慨耳前大義自河中持法旨來今忽屈指又三年矣日月欺人亦至于此讀札語知法體奈老筋骨益强此老居士多劫以般若熏蒸金剛種子以爲胚胎況爲造物還流者而作眞宰于何不健深以爲慰山野幻軀入此爐冶所賴天恩陶鎔渣滓漸見消落撫心感愧無以報稱雖坐瘴鄉不敢一念忘君恩佛慈也

又

人生天地間忽如遠行客況以一息餘生持浮脆之軀而爲客中之客當此炎荒瘴海毒氣熏蒸者乎知賢王以此念我而不知我以此念賢王也自入罪鄉三接法音琅琅在耳回想舊遊不隔纖毫是知古人不遷之旨郎在當人日用中也山野年來此中法味不淺但不得與知己共之耳昨某來具悉賢王起居狀備審長殿下仁孝純至此自般若種性中來況今得入聖胎又得滋培長養之力何慮不臻其妙且又喜以貧養志以恬養知此又從願力而得燄燄火宅中求此清涼人物豈易見哉惟賢王幻遊浮世百無可心可心者惟此淡薄滋味耳妙師無縫塔一手託出其樣子又在賢王幞頭角邊郎今如從地涌而分身之衆未知集否又不知誰爲彈指開寶塔户普集人天盡見多寶全身也又不知幽暗衆生可能盡睹此段光明否

與曾健齋太常

惟公信心篤厚念道情眞殊非聲音色相者

比至若冥二利之行蘊護法之心而以斯道爲任若公與二三君子者無多讓已末法之幸何幸如之鄙人私念塵中作主最難得人以其現處五濁煩惱深坑今欲就路還家不離當處而證菩提非勇猛丈夫不敢自視若果眞爲生死大事者第一要具金剛正眼覷破目前種種幻化不爲五欲技兒之所引弄不爲是非人我之所障蔽不爲功名富貴之所惑亂不爲身心世界之所籠罩不爲妄想憎愛之所牽纏如是則處世如空居塵不染可謂善入無礙大解脫門所以慶喜示溺世尊獨以如幻三昧示之正謂此耳惟公特爲生死事切願試入此三昧若入得其眞則如大火聚觸處洞然彼何物而敢攖傍耶世人學道舉皆捨却目前別求玄妙不知妙在目前往往多作障礙不得眞實受用且又別生無量臆見横談竪說殊不知即在見聞覺知之間但只識破虛僞不被其瞞昧耳佛祖說法如猜謎之技止以空拳示人昧者不知謂將果有奇特之物生無量圖度之想若智者看破殊發一笑由是觀之則佛祖亦無奇特止是不爲諸幻誘惑之人耳故云諸優戲場中一貴復一賤心知本是同所以無欣厭看破則無欣厭無欣厭則無取著無取著則無障礙無障礙則得解脫得解脫則無法無縛無法無縛則不被生死拘留如此可稱具金剛眼大智人矣不出生死而證眞常不步程途而登佛地豈非雄猛大丈夫哉鄙人憶昔偶以無礙大解脫門一語突出公前然公著意扣之鄙人常數舉其玦觀公眼目動定似

未全身擔荷故雖去百餘城而法愛之心撲落不下不惜遥伸一手再爲舉之殊不覺舌長拖地也

又

緬惟道誼眞期頓超色相妙契忘言初無彼此良以獨居幽渺寂寞情深心境寥寥豈不依依法中骨肉頃月清上人來承動定勝常知己善于日用工夫漸增綿密逆順境緣無非佛事第恐于佛事中增益知見以爲病剌耳看來此事原一平等眞際任運現前了無遮障吾人所以不得眞實受用者誠所謂四相潛神非覺違拒者也悲夫末法五慾熾盛盡被燒然孰肯留心冷地惟公力荷擔之自非般若緣深何能篤信如此更兾順時勉圖志登彼岸庶不負法門知己所望也那延僻處東鄙爲蔑戾車衆埋沒倒置乆矣鄙人不自量適當其衝非敢振起名山抑願度諸難度自非内恃寸心外仗諸大知識神力所被則所不敢留影石室也

又

十月得接西來法音儼如色相臨我石室不獨憶念精眞抑及道心濃厚皎然徹見高抱矣欣躍何如悲夫世道交喪人心汩溺火馳而不返槃不知其誰爲己有也豈復挂齒于生死大事哉惟公所云以此事爲大且痛切如此實雄猛丈夫之所能者但不知于日用一切順逆境緣能照破否于一切煩惱習氣能消磨否然此事鄙人早年切切用志將謂萬分奇特只今十五年中窮歷氷雪冷地看來原無異樣願公但只于此身心世界圓觀

一念照破如鏡中像來無所黏去無蹤迹直令此智現前如大冶紅爐一切境界煩惱習氣妄想觸之如片雪輕霜不可依傍又如太阿當空誰敢攖其鋒者此則名爲大自在人矣何者良以吾人本體原是妙明眞心圓照法界本無身心我人世界生死之相因最初一念妄動而有生因生有滅既有生滅即名生死既有生死則有身心世界虛妄之相宛然具足被其籠罩所謂迷本圓明是生虛妄者也由是吾人認以爲實不能照破故爲生死拘留故于一切境界若功名富貴人我是非喜怒哀樂妄想情慮兒女眷屬種種意態諸生死業皆在目前念念與之打交滚矣安有一念暫息哉一念暫息且不能又安能圓觀洞照當下消滅如片雪紅爐者乎是則雖爲生死而不知生死之根本也由其不能于此照破加之求道之志與之角立便起無量欣厭思筭之念思筭日深則厭離日切苦惱日重將謂必待捨離而後能若終身不能則終身于此絶分矣豈不虛生浪死哉此葢世有志者之通弊也至若有志于塵勞境緣上作工夫者又以見聞覺知昭昭靈靈緣塵對境生滅之念認爲眞實都謂即此便是此又病中之病最難治者也良以縱滅一切見聞覺知內守幽閒猶爲法塵分別影事此正所謂識神之影明妄想之機關生死之堀穴所知之大障此尚非眞況彼緣塵擾擾者乎由其無眞知見人與之决擇大都流入此弊見之不明照之不破若是則雖爲生死而實重增生死豈不謂病中之病也惟公既爲生死

痛切則願不可坐在此中亦不可思筭厭離等待將來但只日用工夫將一切境緣煩惱身心世界一一照破目前無有一法當情單單的的于一念妄想未生已前一覷覷定任他種種變幻起滅切不可追隨譬如明鏡當臺雖現色相而無去來之迹如此鑑照久自圓明圓明則生滅無寄生滅無寄則生死何從而寄之耶此則雖非要妙乃初心第一步之要緊處也惟公以道相看即道中骨肉既爲生死痛切就當隨處下手更不可思筭等待虛拋日月也信口不知所裁願公朗照而力圖之

與汪南溟司馬

恭憶往昔叅長者于毘耶離城辱慈光洞照不以下劣授我金剛如幻三昧是時猶住音聲色相間雖其心領神會尚或眼鈍頭迷至于廣大自在無礙解脫門深信長者獨證之餘皆無入者其固識之而未能也嘗以法示我動之以定拔之以智喫緊相爲恨不能令我七日掩關一超直入爾時某雖暗鈍豈不勇猛躍然良以絲毫未透如隔千山此古人親證實到真切語也既而長者隱宰官身去復教某善事良友妙峯禪師長者無他念蓋悲法門寥落屬望區區將有以負荷耳臨行迴旋說偈叮嚀懇懇言外不啻骨肉斯豈常情哉盡皆法愛也清涼分錫某傾一命以事知識如妙師者無二志是故十年巖穴耿耿孤明一念氷霜心心獨照雖痛徹骨髓有愧古人至若比比小歇塲亦頗自信此皆自我長者大智光中所流出也敢忘所自有負于

知巳哉比知長者深證無生游戲人世某固願一振錫走繞禪林三匝以謝慈惠良爲宿業所引至于東海愛此深山大澤志卜納此枯骨以休其于長者妙音色相未嘗去于三昧也曼室老人豈不時時遥伸右手過百餘城爲一摩頂攝受乎

與周幻海天球

往從長者遊王舍城嘗坐四衢高樓共談不二爾來瞬息十年都成夢幻法門矣鄙人居五臺十七年寒徹心骨幻體不禁遠尋東海暘谷結廬以居所居二牢東海名勝乃佛經所載古那羅延堀者鄙人卜於最深幽絶處其形則背負衆山面吞滄海群峰擁抱中藏一庵天然奇妙建立禪堂數楹聊爲裝點化工容此幻衆上倚重霄下臨無際儼如蜃結長波入座魚龍繞堦而梵侶經行影沈空水端入琉璃之鏡竊意長者年高苦無濟勝之具似不能入此海印三昧敢求妙書數篇縣之高閣再得長題數篇競秀乾坤則是長者法身常住此中矣長者能如願乎

與瞿太虚

貧道往持一鉢走王舍城首叅長者重辱慧眼相照頓入不二法門連牀促膝每爲終夜之談令諸初心大士皆發無上菩提此一段般若勝緣皆吾長者宿願所持也慨兹末法斯道寥寥求之眞諦凡在色相之間者宛若陳人未嘗不拊髀深悼若夫揭疑霧于性天索玄珠于智海非長者罔象之手誰可當之西郊慰别雪满祇林片言見心痛徹骨髓直使天華錯落釋梵欽崇慧日圓明魔宫震坼

惟此因緣又非淺尠也別後三千里外跬步不移百萬法門寸心無住在路沿緣長至日方抵白下諸凡無恙所持大藏入寺之期舍利散于重霄祥光現于塔表光光北向網網交羅瓦礫叢林普皆金色人天瞻仰不可勝計感應之微一至于此豈非長者末後半偈預爲授記耶期月效事即歸海上逼除二十五日業已入堀與諸龍象誦長者無量義各各皆發正等心但不審維摩室中諸大士身心能無疲厭否

與顧朗哉

別來坐此瘴鄉飡嵐煙而飲毒霧頗與嚙雪呑氈同味每念龍華樹下細語論心海印光中長吟發嘯此境此時但一興懷炎蒸頓失是又足下洗我此心也斯又夢想所不到耳長安火宅不減炎方誰與足下清涼熱惱耶山野此中氷雪心腸受用不盡者具在新刻數種之中願與足下共之

謝毛文源侍御

鄙人初念世道寥寥自知匏落甘伏巖穴尋見末法之餘人心不古大都皮膚損益倒置故逃遯海上以自休焉不意聖澤無私法雲廣布光被海宇濫及草芽降斯盛典置此名山以垂萬世然而雖爲正治之餘實所謂治天下者將以爲真治之事爰自受命以來夙夜惶悚人微事重不能敷揚教化誠恐有負聖心湮沒聖典懼徹心骨比者天幸明公現宰官身而作佛事一彈指頃頓令海印發光須彌涌動天人忻悅魔幻傾摧使我法王正令全彰羣生向化非夫妙契靈山亦乃乘

宿願力以緣會象形鼓簧斯道者耶誠可謂世出世法眞俗交歸人非人等歡喜無量恭惟盛世功德實並山海同其高深明公法身當與社稷相爲常住矣營建之業奉承法旨獨檄鄙人一力任之此實省煩費所司尤爲便益但寺居深山道路隔絶凡百運用不無艱難幸馬即墨力任持之邊鄙書刻無人多不如法止完三碑尚有一後序即續圖之其木植南方求之未至天氣逼寒碑亭俟于春融興造姑此先報以了現前公案惟此勝緣不昜願乞明公會同大中丞各垂一機以當法施不獨山靈增重萬世之下猶闚妙音色相于孤峯片石間也草瀆威嚴不勝惶悚

與張守菴

嘗聞佛說學般若菩薩即爲擔荷如來今見我公如是用心求無上菩提誠信世尊言不虛也切念末法法門衰替若非我公全身擔荷何得慈尊光照十方且如天人多受欲樂不省發菩提心又非我公天鼓音聲無思說法何由能解佛之智慧耶是則公爲眞報佛恩者不知誰爲報公之恩耳嘗念常不輕菩薩授記人人成佛即有以惡罵捶打菩薩皆悉能忍此乃吾佛觀此末法衆生多剛强難化若菩薩願于此時弘通佛法者須具堅忍力精進力大慈悲力方能善入塵勞而作佛事若此三力不充但生一念退墮之心則不能頓超五濁矣鄙人自謂世尊現身東方安坐海印道場日每諷誦華嚴六時不斷且又善巧說法而以種種譬喻因緣演說諸法頓使天龍欣悅頑石點頭十方雲集菩薩推擁

不開但毘耶室內多有小乘每于齋時見鉢中無水竈裏斷煙人人皆生疲厭望食之想鄙人雖善談不二愧無維摩神通遣人前往香積請飯以解大衆之饑耳承慈恩重會普光明殿昨構木南方今已登彼岸其法海無涯全仗神運耳喜不可言鄙思再得充滿三千則可三展淨土可容十方分身諸佛矣若少一毫端則不免又勞彈指也

又

昔人多爲法忘身未見實事今於公見之矣今目前誰不强口高談向佛門中做地獄種子及拔一毛皆生死相關何人能似公生平解脫視生死如遊戲一切禍患了然不動于心古稱大力量人便是此等樣子也嘗聞菩薩爲一切衆生甘受三途之苦公爲大地衆生捨此身命猶是本少利多也記得與公別時語云願老和尚說法利生我安心歡喜爲法門死只此一言入在貧道金剛心中窮劫不壞直至成佛亦不能昧此非大菩薩人安能如是貧道自入瘴鄉因此一言不能頃刻怠惰專以度生爲事以佛法爲命也今將三年內所著諸書皆發明佛祖心印究明大教旨趣以此祝聖壽無疆報護法之德萬分之一也但願公仗此法力早蒙解脫尚冀未盡之年廣作無邊佛事耳

答龔修吾

尋繹所問三則皆從山僧無念一語中來然非公眞切工夫於本分事者究論不能至此大段今人作工夫多墮識情窠臼錯認光影門頭但以昭昭靈靈爲妙悟却不知昭昭靈

靈者正熠熠妄想耳且又將心待悟以爲此中實實有箇光景爲所得之地此皆未達究竟心原而以有思惟心圖度無思惟境界也然山僧所言無念如空者非是斷滅無知豁達空也論云心體離念離念相者等虛空界以其吾人心體本自靈明廓徹廣大虛寂本無纖毫妄想情慮清淨光明了無一法求離諸見本無身心世界之相但有一念妄見即是生死根本何況種種思筭計較耶吾人做工夫第一要諦信自心本來清淨光明廣大而觀此現在身心世界皆是幻化不實如夢中事如太虛浮雲倏起倏滅起滅自彼而吾心體寂滅湛然不動雖有種種分別計較之心總是妄想以清淨心中本無此事由其心本無生所以山僧說無念耳是則所無者但無一切分別妄念耳豈是斷滅頑然無知耶故老龐云但願空諸所有切勿實諸所無是以山僧示人作工夫先有的的信得自心如此而于一切時中但任運觀之凡有一念起處即是妄想當下一覷覷定勘此念畢竟向何處起不知起處莫道不疑疑至極處當自了知不知亦不許思筭亦不得相續攀緣如此看來久久純熟自然心體靈明寂滅現前一切妄想情慮如湯消氷應念化爲真心矣到此方信自心真個如此廣大靈明寂滅始信心佛衆生本來平等了然不疑無復他念耳若果無他念不妨念念而竟何念哉至此亦無光景可得即此便是工夫不用別求主宰然此段工夫切不可將心待悟亦不可向光影門頭把作實事亦不可將他古人言句

存在胷中當作自己知見亦不可作道理玄會亦不得除去目前別尋好處心境本來一如不可話作兩橛亦不可說心在腔子裏黑漫漫地古人目爲黑山鬼堀若墮此中最難出頭若心體離念即是常寂光土何用別求淨土若一念圓明心體離念觸處逢原可謂大自在人耳公果的信山僧此說則前來三疑頓斷不必分星擘兩也若一一搜求差排更增馳求妄想耳惟公爲道真切但願從今已去將前一切伎倆知見放下再將求玄尋妙佛法知見一切放下若一切聖凡情盡非真而何所謂但盡凡情別無聖解耳

憨山大師夢遊全集卷第十四

音釋

圄魚呂切音語　奮武裴切音費　壼苦本切音悃　胚鋪枚切音坏　跬邱弭切音頍

憨山大師夢遊全集卷第十五

侍者福善日録　門人通炯編輯

與陸五臺太宰

伏惟老居士親授靈山付囑來此末法現宰官身匡持像教數十年來法門九鼎一絲唯老居士一身擔荷山僧居常獨處山林每感護法深恩未嘗不涕泗交頤也徃以未得瞻禮爲闕春時祇園暫對業已慶快生平既而東歸海上復聞闡提作大法障難心甚驚怖賴我老居士以衣覆被不獨使法門安堵抑令大藏表顯人天無復驚疑某每對三寶然香煉臂以酬法施之心也致謝無量其臺山大藏因緣料已不二藏公向未有聞想奉持之心益堅固矣

與李廓庵中丞

憶昔長安月夜促膝談心香積良期飽飡不二回首風塵從兹隔絶一别幾十年所矣念忠懷道誼耿耿精明常自在高空雲漢間也嗟嗟濁世道與時違薄福衆生不能睹麟鳳之祥惟無長者政若驪龍失頷下之珠不獨九淵無光抑且孤負貧濟又安能望臻極樂以享四事之豐乎況復魔黨横行夜义四出而噉生人之肉可謂無安猶如火宅不獨炎洲赤土也伏惟長者凝神澹泊遊刃玄虛引松竹之清風發氷霜之高韻不減羲皇太古山僧比業重愆墮兹瘴海俟持一息聊復四年朔雪炎方相縣萬里追憶舊遊豈可再得雖絶徼遐荒而草木有知安能一日忘於陽春惠澤不識白毫光中曾一照及罪垢頭陀以業因緣而行佛道否

答許鑑湖錦衣

辱垂問法語數則鄙人鈍根庸流安可以副高望聊竭比量奉酬來旨所云西來意者畢竟西來有何意耶若果意自西來則祖師未來以前此土人皆無佛性耶殊不知此意人人本來具足不欠絲毫似衣底明珠向自有之佛祖但一指示元無實法與人也若作實法會則遠之遠矣所云坐禪而禪亦不屬坐若以坐爲禪則行住四儀又是何事殊不知禪乃心之異名若了心體寂滅本自不動又何行坐之可拘苟不達自心雖坐亦剩法耳定亦非可入若有可入則非大定所謂那伽常在定無有不定時又何出入之有心本無相有相則非真心矣斯皆妄想攀緣影事豈可當以爲真乎所云念佛者即是念自心也若心淨則佛土淨心土若淨無生死亦無去來所云看話頭可以入道者若道屬話頭則可人人易入亦有看之而不入者殊不知此乃古人一期方便如敲門瓦子所謂借路經過耳豈實法哉然攝引初機須是從這裏鑽過始得下手工夫古人自有方便直以單提一念爲主如寶劒横空佛魔俱斷情塵何敢攖傍如是用心若一念精純諸緣頓脱所謂一門深入久久當自信耳

與孔原之

念與足下同鄉土豈獨同五濁穢土耶推之本鄉實同一法清淨土中來山野自知歸路恐抛足下寧不把臂乎昨臨行作數語屬弼生留别足下且引王維欲知除老病惟有學無生之句此葢就文士痛處劄錐足下即不

能於此悟入願皈命三寶前受持圓覺經一卷精心熟誦字字不忘待三年後見山野以此當供養聞足下道伴信心清淨願足下教之以念佛法門求生淨土一門可以深入也計高選在即臨事冀善保重且五濁惡世非體菩薩大悲心决不能使衆生歡喜願足下體此

與郭美命太史

承命爲勉師塔銘業已草草報覆惟依樣畫葫蘆不敢妄意增減但于公所謂見悲於法門者數語此瀝公肝腸之苦第勉師無以爲辭惟是時不無流涕之嘆鄙人特爲表而出之使後之觀者亦足以感發于公今日之心也公亦以我爲增益謗乎其銘則脱然翻案此則不敢讓公矣

與吳運使

承示名公書記欲山僧印證大段世俗之學佛法者多舛駁不精難以著相定於是非之辨若非久留心佛法禪道歷叅真正知識以淘融滓穢蕩滌塵習而但取依稀彷彿學相似語資談柄作影身草者斷斷難闢實際即有真心爲生死大事且又執我見立牆壍者又沒交涉今所謂名公者多矣雲外野人又何敢妄擬其優劣幸有管東溟居士法眼存焉東溟先執業於楚侗公今觀此書所以力救楚老之弊不避斧鉞此正謂當仁不讓於師非具正法眼秉慧劍稱雄猛丈夫者不能也山僧就中畧視一過巳見大意然管君見性亦未敢許透徹要之稟教奉行苦心深慮言言有本事事有君妹非漫語且就此中亦

不能見管君長處公儻若留心此法請讀圓
覺經千萬徧字字融通心地以至忘言契會
自有一念相應處是時公自有分曉不必廣
求佛法亦不必多起知見定不隨他人脚跟
轉矣古語有云丈夫自有冲天志不向他人
行處行此非虛談公若果趨向此事切須真
實爲生死大事一著喫緊萬萬不可作戲具
增口過以公真心待三寶故山僧亦披肝露
膽不避譏嫌爲公道耳

與黃子光

時來安坐海印光中與諸幻衆揮麈黙談頃
聞賢伯仲氏炳然現我三昧也惟幽居遠市
閉户究心山色在目溪聲滿耳未必不對法
身而聆長舌耳春來動定勝常知坐進此道
歡喜無量且云燗然於中有難對俗人言者
誠哉此事惟在自知自信正如啞人食甘飲
苦耳其實何可吐露耶寄去大慧語録幸時
披剥冀足下時與此老把臂共行直使佛祖
避舍三十日來所作水月道場空華佛事隨
見影響候莊嚴有緒當迎杖舃共升法殿也
右臂不仁久矣不能公布作書一語普告

與黃梧山

惟足下夙植靈根但今成熟未深所賴信力
堅固不被諸煩惱魔之所傾動時方息肩若
趣正當頓轡先登以策萬里高步駕此津梁
不意天摧法幢一旦分崩離析遂至於此朽
夫法眼而觀了無塵迹所苦正在諸同志者
道力孱弱失此依怙爲悲戀耳朽夫雖朽惟
以利生爲事業若忘足下輩則忘自願力耳
此語非妄此行萬里其别諸君語遞相發明

幸同觀之

與黃柏山

吾佛出世全在機感因緣淺深以彰法之久近感深則久住緣淺則易壞此理固然今海印道場之在東方如日月光於幽谷耳長松巨石稠林陰翳終天莫睹今觀法之不能久住者殆非佛日照臨不深實在機感者煩惱稠林障翳不淺耳又何以常情論成壞去就乎所願障翳頓除何患慧光不朗朽夫此行萬里長空一般風月有何去來之相惟尊人無恙子光得所足可安心異日感應道交依然海印三昧也

與江吾與

善知識出現世間遊行自在如大獅子所作皆奉如來所使教化成熟一切衆生以此爲事乃至爲一衆生不避三塗劇苦刀山火聚不以爲患以朽夫今日之事觀之但願得一人能不退菩提心成就最上因緣者則朽夫實所甘心否則七寶莊嚴皆屬有漏業因耳又何取焉今朽夫擲身魔界僅僅一紀而其開發信心知有此道者多但緣未熟耳以今視昔之東鄙猶古今異代矣且一時從遊者惟足下習染最重今見足下書翻然改圖是不負此心雖萬里如面豈不欣然就道耶

與即墨父老

離合之情悲喜自昔去來之想夢寐爲勞葢心苦於知己念切於有緣在古聖賢猶然況恒品乎聞之一飲一啄皆屬前緣一貴一賤交情乃見若山野之於諸君子一紀之歡不減骨肉之愛萬里之遺重遺手足之憂其不

稱千載之知己多生之有緣乎諺語云得一世之榮不若得一世之名即山野之於山海固不能流芳適足以貽笑不知兒童稱說父子相傳於幾百年也況復布慈雲於遐地明佛日於重昏開性海之原轉文機之軸下成佛之種子孕作聖之胚胎山野心知此段公案深信上天之載自有無聲無臭者存焉又何以論空華凋謝瞖眼較得失乎苟知去彼取此則諸君子可稱出世知己矣

與陸太宰長公

惟太尊人乘悲願力現宰官身作大佛事爲一代人天眼目世出世法打成一片總歸金剛心地即山野所習知者自出世以來乃至末後垂手之際未嘗一念捨護法心度生之事業也比雖順世無常隨乎幻化而法身體堅即三災彌綸湛然常住不獨社稷之勛澤及億世而法門之功當與須彌共峙矣嗚呼法幢既折四衆何依一利大檀誰許白牛之駕悲在法門實能令人痛絕也所幸居士爲克家之子不獨世其世家而亦世其出世家聲也所悲在彼所喜在此耳山野遠處遐荒身嬰罪地恨不能持瓣香詣龕室作梵唄以讚功德而此一念業已飛越碧海長天矣遥持半偈以供真前想在寂光必歡喜攝受願居士念此片心聊引侍者代繞三匝於座下幸無以荒唐而拒之也

與汪仲嘉

憶往昔從賢伯仲遊尚在兒童一別三十餘年不知日月向何去頃貧道以業風吹墮羅刹鬼國昨南來眞州舊地相逢恍然如夢以

情視之不無悲慨以法眼觀之自不見有絲毫去來動靜也貧道坐此瘴鄉一息千日若從前造道如此可不讓古人今將總洗前愆不敢不勉力自策故於荷戈之隙力究此心始知從前知見多落光影門頭苟不蒙聖恩大施鉗鎚安知有今日事回觀天子爪牙不險於黃檗拄杖愧鈍根不若臨濟當下三拳一掌耳

與管東溟僉憲

憶昔山樓對坐每聽玄論是時尚在顓蒙雖不知維摩室中之祕葢亦心知其爲不思議人也別來三十餘年謂如食頃信乎如來出世始終不出刹那際三昧也貧道每自尅責徒生斯世枉入空門雖有志齊古人然恨不得古之知識如臨濟德山雲門諸老爲之師匠模範即能以般若之火鎔佛性之金而欲求爲真正佛祖面目者葢亦難矣是以二十餘年苦切山林個中未敢輕放一綫種種幻化之緣舉皆空中佛事亦未肯以空華翳目此一念孤光惟有如來神通天眼盡知盡見者是可與知已者道耳頃荷諸佛神力哀憐而以不思議事攝之貧道一遭世變即私自欣謂鐵圍重關非此鉗錘不足以摧碎之也爰自歷難以來獨以金剛正眼視之從始至今就中歡喜之心不減平昔且日益過之所以彌感聖慈深荷佛力此心又惟佛可知也貧道常謂古今異代聖凡異路然雖出處不同事行各別亦各有其志莫不因言宣志即事見心易演於羑里騷發於江濆道德著於出關南華作於遯世是雖性情殊途而志則

一致舉皆心假言詮志藉事表若夫貧道者自知習氣所鍾鍾於忠義居常私念丈夫處世既不能振綱常盡人倫所幸身託袈裟即當爲法正忠臣慈父孝子所以三十年來苦切此事至若千尺寒巖萬年氷雪中徹骨徹心濵一生九死者又不止今日事也所恨歷劫習氣欲頓盡於一世固其所難要且自知妙悟萬不敢望於古人而此一念精真即窮劫不退此非妄語痛念生此末法澆漓之世偶被業風吹扇好事者即以法門人數口之愧理不充行不備不足以取信天下後世復遭此逆緣類墮俗數其迹既眇其心益微尤難見信於一時至若生死大事實在已躬報佛深恩寧無有地聞之人子之事親也以不辱其身謂之孝今貧道斷髮毀形既不能爲世間孝子而羅罪辱行又不足以終出世事業真僧俗兩失之矣豈不虛此生哉實欲於九鼎一絲之秋以程嬰公孫杵臼之心臣持佛祖之命脉庶不失爲法王之忠臣是故當捶楚之餘擲此瘴癘之地不敢一息忘於度生之事一入瘴鄉不數日即以楞伽爲佛事三年之內手著諸書在干戈壁壘間不敢一息懈怠所以急欲了此公案者自念久居塞北走盡天南人間極品炎寒俱已備歷顧此蕞爾之軀何當受此燒鬻志有待而形已消日雖長而生已短苟不努力强持一息以法爲命誠恐一旦委填溝壑即與草木同枯朽矣況一失人身萬劫難復儻或緣差異路換面改頭即欲以今日之身作今日之事持今日之言求正今日之知識豈可復得是以不

知羞慚亦不計其可否但任因緣而就儻一言有契佛祖之心當知音之賞則夕死亦足何暇顧雌黄審得失以適衆口之辨哉明公知我者其不以我妄乎聞之惟聖人能通天下之志適衆人之情未聞天下能通聖人之志衆人能適聖人之情者也但稟於心不假於外耳細誦來教溢美過情深感護法精心悲在同體不敢以世諦量也即荷尊慈所以屬望於下劣者正如啞人喫黄柏難以吐露向人或於楞伽案頭幸一印正則千里覿面夫復何云第不審未死之年可能接足承顧如今日之談否

與馮具區太史

憶昔對坐龍華樹下一别二十餘年人世幻夢於此足觀矣貧道向沉幻網荷蒙法王正令以金剛寶劒而揮裂之不然何以有今日是故彌感聖恩不淺也年來瘴鄉兀坐穹廬惟以楞伽究祖師心印所幸智竭情枯於此法門頗有一綫之路隨所遊目自心境界筆而記之不覺墮增益障意將以此爲報恩地久躭下劣慧目未清不識可與此法少分相應否古人以此向上一路徧歷百城恨以業繫不前不能三匝座下謹遣侍者持請印正仰願慧光洞照徹祕密嚴大施門開頓示寶藏實所至望耳

與唐抑所太史

仰辱同體真慈多方護念向聞炎方真同火宅饑饉餓殍枕藉道路山野私念極境窮荒爲道緣爐韛苟能假此鎔冶塵垢消亡精真獨露斯實聖恩所賜良不負此生平適足以

報知巳耳又豈敢以逐境生情重取法門之玷幸爲謝諸故人仰惟照攝更願以道自重自愛

與王東白太史

嘗謂一切聖凡皆依如幻業力而得住持則去來起止聚散隱顯無非夢事今山野萬里之行良足證之在智光圓照不隔寸絲妄想瞥興淼漭雲天葢不知何方何地所云情生智隔想變體殊非虛言也山野仰藉慈被諸凡無恙惟粤中連遭饑饉乍冐炎蒸蹈湯赴火誠可爲喻山野諸所堪忍惟以幻化浮身難禁銷爍恐即塡溝壑不能再瞻天日幸爲謝諸故人努力以道自重玉磐諸公不及別裁惟慈遠攝

又

世相空華衆生顛倒所揺目者惟智眼明見端然寂滅之境耳想別來密證之功巳深入無際聞之菩提所緣緣諸苦趣憶昔長安深夜燈前一見忽若再生觀座下驚喜之狀足知未見之心與別後之懷耳古人雖云以理折情若情與理則大有不可折者此其同體之悲入於真知之境如月印寒潭人臨寶鏡自不能逃其形像耳王城比來法社零落知巳星散能無寂寞乎洞觀近日入都想重見故人心相印可自有不能言者矣下劣年來處此瘴鄉所託光攝四大清凉無諸熱惱昔談淨穢隨心苦樂在巳今實證之以法界海慧照之則又了無陳迹矣

與高司馬

承垂情遺草尤辱知巳之真可稱千載旦暮

之遇第山野人匪戴髮言不關風竊恐有玷明德耳自惟早棄筆研志探玄理窮究性原者有年至若詩文原非本業即有一二口頭語槩以應化之迹殊非作者擅場也惟禪門著述頗有數部草創竢此行南中荷戈之暇緝集成編寄請印正儻其半偈可投幸附不朽則法施之隆未必不自長者眞心流出也

與曾見臺太宰

往者同江雪夜一夕千秋臨别教言泰山九鼎不獨感道義情眞實荷慈悲慨切令此枯朽得植根株於炎方瘴海之間不爲境風搖奪者皆杖老居士一語之力也恭聞法體日益康健此天佐以黄髮耇頤之福願加珍衛愼起居節飲食省思寡慮此爲太上延年之術第念佛一門尤爲晚年凝神極樂之祕訣出世之上策也惟翁居人臣之極而世間相已視如浮塵矣其出世之功儻稍留心於此未必不爲此生究竟樂地也

與王性海大行

廬陵米價竟無可疇淨土勝縁業已深結承禪悦飽飡當不負空生託鉢也别後抵戍所其地瘴烟復逢饑饉惟此苦趣觸目心悲痛徹骨髓恨不能徧身毛孔一一如空流出利生四事耳斯貫與貧道菩提分法爲增上縁承以楞伽見委竢幻軀得所暫息塵勞定當窮神必不負囑累因縁耳

又

前北來僧乾峯已託問訊併致楞伽筆記奉求印可惟法屬有縁事如有待此經入震旦千有餘年况經三譯之手自昔弘法諸師若

清凉圭峯不少其人所註疏者汗牛充棟而獨不及此使達磨心印暗而不彰以至今日被座下拈出於急流中一語㮶破入山野鈍根之手播弄一番誠非小小因緣也豈與座下同受靈山之囑將鼓簧此法以救末代之弊耶不然何以有此難思之事乎就中不知究竟何如一旦以此大寶和盤託出光照人天未必不假神力也願指點瑕疵如奪秦庭之璧是在座下勇健耳

與傅金沙侍御

念此萬里之行得盛使周旋直登彼岸何莫而非法力此感不容聲矣自入瘴鄉心知罪狀日夜精勤懺悔不敢上負聖恩辜知己坐毒霧中以法爲懷日夜無懈頃乾峯上人來幸接法音喜不可言具聞聖心有此回向法輪大轉光被海宇而玄樞默運仗智力居多夔躍何如旃檀如來下劣荷擔艱難之狀種種不能委悉今蒙大悲手眼援出沉淪使法身不迷而下劣之心即得解脫無復成佛之想矣又何以來去見如來住相爲布施哉種種因緣而求佛道皆分內事第恐當面錯過耳

又

惟如來出世本非一種因緣必感應道交機宜冥會而後現豈獨佛界然哉法法皆爾以旃檀如來一事觀之實有不可思議者存焉但佛如來出於山野未來之前座下出於山野既放之後然此佛事非山野無以成始非座下無以成終諦視此段因緣若落衆生手則不免於枯木朽株竟入丹霞火爐即墮落

長老須眉又復河益又安能現身兜率降迹皇城使無量人天發希有心作苦海之津梁耶以此而觀諸法葢不可以思惟心測度如來境界也前作書致南韶視觀察為護法昨有報云已檄南雄擁送過嶺矣第中使者汗漫伴行者無乃隨脚跟轉耳不識何時至都門突出眉間白毫相光徧照東方萬八千也就光中種種因緣行菩薩道者縱有彌勒騰疑賴文殊智眼必一一洞徹無餘不竢疲極之人喋喋也奉寄楞伽一葉以供慧目葢此經洞明吾人日用現前境界頓令實證所謂頓教法門者也願座下二六時中不可暫忘此法耳

與張大心

老人自歷難以來直至於今迺求本心中一念動心悔心了不可得何況是非得失恩怨成壞見耶老人出世以來七歲即知有生死大事三十年來歷盡氷霜喫盡辛苦單單博得此一念奈何向沈幻化網中若非聖恩一椎打破不知又向驢年去也年來坐瘴烟中住清涼地日以楞伽印心此實聖恩所賜也想居士聞之必大生歡喜矣君甫年來德業何如凡百識以清淨寡欲勿生分外貪求馳逐之想將來受用自有廣大處間中收攝身心當以學問為事異日成就立於人前可省慚愧耳老人回觀往事真同夢中無復一一諒在大心中凡所真實功德必不退初心也

荅柯復元孝廉

聞足下病甚此心日夜縣念不已吾佛所言一切諸病從妄想生既妄想為諸病本即知

斷妄想爲一妙藥也足下有志了生死大事惜乎入此法門不深前會時草草放過將謂因緣有待不意生死逼之速如此耳足下清矌骨立即無病亦病狀況久病乎計其調理極難苟不以生死關捩子一口咬定一切世念情塵妄想思慮一時放下定難取效如燈燄燄秖見其焦枯耳當此之際只是死心一著工夫最爲省力其他伎倆都用不著一切學問文字皆使不上若將從前胷中所有之物一齊吐却則病根盡拔枝葉自然不生矣老龎云但願空諸所有此眞語也

又

佛言照見五蘊皆空度一切苦𡨴一切諸苦可苦者五蘊身心耳若五蘊皆空又何苦之有然五蘊身心本來自空但吾人未親看破若親看破則一切所有如空中華能見此身心如空華者即名觀自在菩薩矣凡在病苦中者應當作如是觀若爲苦惱逼迫心地不得清凉但就逼迫不着的一眼覷定此處著力恰似與閻老子作對頭一般定要覷透若此處一透則百千萬劫生死機關一時頓裂如此掉臂而行是名大自在人也古人皆在疾病禍患死生關頭做出來故得如此穩穩當當光明廣大也勉力圖之

與丁南羽

往昔未面足下已見其心江干既見足下則睹其神矣三世十方諸佛歷代祖師向足下一毫端頭放光動地無怪乎其然也向以大士如幻三昧惠我每掌甘露見灑頓令熱惱清凉既而覺音持康祖道影來展之瘴烟毒

霧中令人血淚迸流徧身毛孔也惟康祖吾長干祖也舍利吾師之骨肉也且貧道忝為克家兒孫既不忍祖翁田地為荆榛又豈忍睹現身於瘴海乎居士其重我之悲願哉達師之賛實有以啓之耳時時瞻其像誦其言真足令人化血肉之軀為金剛骨也此段公案無物可醻舊端研一隻可以供足下乎若令此研磨穿則足下身光當與楞伽寶山竝峙於性海中矣

與游二南

人生聚散如雲世事如夢流轉勢速如電此身不實如芭蕉此三世諸佛入理之門吾人日用現證而不覺是與足下别來親切境界不審法眼觀之作何滋味

與屠赤水

嘗謂向上事屬上上根人即有志者其根未必利根利者其志未必精貧道私念捷疾利根真能一超直入者多惜以無上妙慧作世諦流布耳間者晤德園居士於王城靡不以此興慨貧道比以夙業重愆取辱法門遺師友憂蒙恩譴炎海於丙申春仲抵戍所時值其地連遭三災真同火宅日坐屍陁林中披閱楞伽於無生之旨脫然自信始知此事不從外得本自具足回視昔日工夫大似含元殿裏覓長安即此萬里調伏差勝三十年行脚古人以火聚刀山為道緣爐韝非虛語也彌感聖主恩大難醻於此經有當於心者筆之成帙名曰觀楞伽記今已脫稿暇則檢點髑髏眼開識乾者亦不滅維摩丈室中人也然此雖為撮摩虛空適足以消炎熱報罔極

疇知已耳時與丁右武聚首五羊每談明德必出手書光明煥發恍若入寶林而視滿月清涼悅懌不言可知因知居士長齋繡佛與德園居士伯仲結制西湖之上切究此事喜得蓮師爲證盟貧道遥空合掌讚歎不已竊念利根大志如居士友如德園師如蓮池可謂諸緣具足何患不一超直入眞宇宙間千載奇事古人云若識佛性義當觀時節因緣慨斯末法此會此緣難可再見諒不虛負矣讀普陀志護法眞情字字皆從光明藏中流出貧道三復不覺感激塡心也嗟乎惟我聖慈一代弘誓累劫津梁非藉圓通手眼幾乎沉埋佛祖矣念此曹谿爲祖庭重地法海原流惜乎荒穢寥寥殆難舉目海門居士攝南韶時屬貧道纂其志安得居士俯垂一機擊塗毒鼓使鏌腹降心爲祖道之光耶

與王念西太史

般若種子在五蘊中如玉在璞珠在淵任其埋藏深厚光明自然發輝昔與座下晤語祇園眞不減荊山合浦也別來幻化如斯在智眼觀之了罔陳迹然性海波瀾惟遊泳者識其深廣耳山野年來坐此無多增進但於今事門頭目前無異法耳古人謂淨穢隨心苦樂在已心外無法眞不吾欺所入楞伽境界殆非尋常恃佛法知見可能湊泊即山野生平行脚到水窮山盡處方見佛祖鼻孔只在衆生穿衣吃飯中也寄入慧目略見此番行脚不敢辜聖恩負知已也法華擊節亦自偶爾狹路相逢處拈來益發前人所未發雖出一已之見實可諸佛之心願座下試並披剝

儻有一得幸廣法施令一切見聞頓入自心現量徹諸法實相則眉間白毫相光突出於座下一毛端頭也此中生涯具見於此無餘藴矣勺原同處經年亦深用錐劄雖識痛癢猶未徹心酸鼻大段佛性義自有時節因縁耳惟法界海慧自他不隔即此覿面無容贅談第願以法資神無忌度生事業是所至禱

與徐明宇侍御

連得手書知信道之篤其於安隱快樂之地自得受用無量矣歲除前二日行脚僧自東海持尊翰到知已還鄉兼得中丞訃音悲痛五内既讀札中語知中丞末後一段光明全在公柱杖頭放出百千萬劫大事因縁何幸於宰官身中僅得再見不覺化悲爲喜然此事雖是生平道力亦重賴善友提攜公念道情真目前有此榜樣足徵佛法靈驗矣昔歐文忠公問一僧云古人臨生死之際有談笑脫去者今何寂寥無有僧云古人念念在定慧臨終安得亂今人念念在散亂臨終安得定文忠大驚此語正吾人學道之標的也承示平時頗自簡點及至當境習念又生此正公念力真切處方能見諦如此夫子亦曰性相近也習相遠也又曰學而時習之此習字但豈文字之學所謂習於性耳性本無物清淨虛明爲物欲染習故汩昏而不明試思吾人自有知覺以來以至今日習於世故染於物欲日夜火馳未嘗暫止較自悔悟知非以來念道工夫比於欲習久近何如生熟緊慢又何如夫子嘗論弟子中能三月不違者獨顔子一人其餘則日月至焉由是觀之以日

月之工夫敵多生欲習而欲勝之是猶滴水救積薪之火勢不能也古人明言學道無他伎倆只是生處要熟熟處要生久久純熟打成一片自然念念彌陀頭頭極樂矣來紙索書謹錄淨土詩二首願公留心淨土一門倘肯於念佛公案得力久久自有受用地往時每到中丞公坐席中見其銜盃之間念佛不離口雖咳唾談笑不覺佛現舌端足見此老生平以此爲祕密行正當五欲烈燄中投此一念當下五内清凉若甘露灑心耳竊見近世學道之士秖知貪求玄妙不知向根本處下死工夫平居無事談論爽口豈不爲快及臨榮辱禍患生死之際便見手忙脚亂此非他人誤巳乃自誤耳此事一毫假借不得正似鍮石真金入火自見惟公靈根宿植今既秀發願以念佛三昧水時時灌之久久純熟開華結實自有時節耳感公見信貧道之真且篤且恨良晤之難不覺漏逗如許貧道年逼六十有漏之軀難堪十年瘴烟埋沒今鬓髮浩然無復故吾休息之心不離一念但業繩未解不敢高枕山林且於曹溪有休老之志欲借掊土掩此枯骨以了此生不知緣分何如以是與公會晤更難但有風便不妨數數致問也

又

往於海上有緣幸得一接光容睹其貌粹骨剛心知爲最上根器第機緣未熟徒有赤心一片未敢遽然吐露譬若宿種巳深特時節未至必待時雨溉灌而後發此必然之理也自爾鄙人以業力所使不得自由一墮瘴海

忽忽八年時時私念此生恐無復與公結出世緣顧鄙人悲願習氣似深凡遇具有般若種子者一見即如磁石吸鐵欲自解於心必不可得又安能忘於公乎辛丑七月望後馮王二生歸自都門持手書至不覺喜心倒劇嗚咽霑襟葢以人生知已會晤良難至於道緣知識尤其相遇之難而信根難發又難於遇知識也以其知識固有而求其大發真實信根爲生死事切如公之痛懇猛利者萬萬難得然此般若種子即吾人本有之心光一旦迷之而爲業識纏綿於軀殼之中從來止知有此血肉之身而以種種聲色香味諸塵境界埋沒如萬里奔濤杳無涯際愈溺愈深而愈見有味安肯急流中猛省回頭望彼岸乎自古迷中倍人未有不如此者公既知已躬下本有的萬古靈明之性是則此性在我本有不假外求又何懼其不能得第恐信之不篤見之不真求之之心不切耳功名富貴求之於人此个事求之在我孔子所謂未之思也夫何遠之有雖然求之在已第一先要認得真說得透看得破方不錯用心萬一知見不正見理不真不遇師友將所疑之事一一說得透或目前人我是非毀譽得失計較之心不忘或舊染習氣濃厚不能頓爭遇境觸發都把作正經道理會此便是墮疑網生退屈的時節也以我等本性元來清淨只是無量世來生生惡習染至於今熟不由人而留心此事幾曾若今生自幼至今讀書做事及日用飲食男女聲色貨利之熟哉故學道人必定生處要熟熟處要生便是入門下手

初步其次消磨習氣必定要念力爲主或古人話頭或單提一呪切切記心時時在念久久此念純熟中心有主則於過境逢緣内不出外不入中間一念炯炯孤明一切應事接物如鏡現像不將不迎來無所黏去無蹤迹此便是最初得力處也若於微細情想潛滋暗長不自覺時或已知已見恪惜護痛不肯一刀兩段此便是因循輭暖自恕自欺處者裏最要吃緊著眼决不可放過亦不可被他瞞過若輕放恕過便是自欺故孔子曰毋自欺也此便是教吾人行路把手拖步一般以吾人情昏智暗一向只在光影門頭識神影子裏弄聰明全於本地真實處不相干若者裏認得便是披沙揀金砂土若去金體自純不患不到精耀時節公留心此事較之他人更易以其根利而困横已多一切世念已被不如意處消磨許多已得便宜不少世人以爲失公必以爲得如老子所謂去彼取此是亦天之所造也且如鄙人處瘴鄉八年於此其實從前未證法門犂透許多此難與俗人言也其修行之方諸經俱有只是不要作玄妙話會若作話會多一重障耳六祖壇經最爲心地法門之指南但中下根人不能湊泊以無工夫故耳永嘉集一書實是壇經註脚若見解依六祖用工夫如永嘉何患不一超直入只恐作話會耳楞伽最是直捷只是難看獨此二書可爲羽翼願公留心念之

與陳劒南貳師

承示近日於楞伽壇經探討工夫頗進此則大爲足下慶幸古人云生平無限傷心事不

向空門何處消以諸苦皆生於有故佛說三界苦趣謂之三有所言空門非空無之空乃剗空之空龐居士云但願空諸所有謂內空諸想外空諸緣內外皆空心境俱泯則諸苦自絕此禪門出生死之捷徑也所云淨土文此又出苦海之要津安可以淺近視之試爲足下畧言之佛者覺也即吾人本有靈明性耳吾心本來是佛即六祖所云本來無一物若了此本來無物即頓見自心本來佛性是名成佛頓教法門此外非別有佛可成也言淨土者有二種謂事土理土在事則涉有相修爲種種行門即龍舒淨土文所說乃接引中下根人之祕訣所言理土乃諸佛諸祖自受用之境界名常寂光言常則不變寂則不動光則不昧即吾人自性之本體也故云惟心淨土自性彌陀又云心淨則佛土淨又云生則決定生去則實不去此乃上上根人所證境界壇經淨土之旨葢謂此也所云修淨土者以念佛爲主葢淨自心之方法耳吾人日用萬苦交錯穢濁本心如汙濁水若急流猛燄念佛一聲則五內清涼諸苦頓歇此即佛救衆生之苦也以念佛故心垢頓除一念清淨所遇之境無非極樂風聲月色無非真境觸目無非淨土舉念皆見彌陀又何待三寸氣消過十萬八千佛土之遠哉此種法門第一要決定志第二要放得下第三要隨得緣然隨緣即安命也第四要認得真即不惑也第五要厭苦切然厭苦心切則慾念自除不退屈也以此五訣單持一念如大將身陷重圍決志突出一人單刀與萬人敵勇決如

此則生死怨賊衆苦魔軍不戰而自退此所謂眞將軍也佛經云與煩惱魔死魔共戰有大功勳出三界破魔網爾時如來一大歡喜此正所謂向空門而消豪傑之氣者也貧道自幼離俗即切志此事生平所遇魔壘甚多皆力戰而退然雖未出重圍今可自稱佛門上將不啻李廣飛騎此事如人飲水冷暖自知安敢向俗人道以此事臣不得獻於君子不得獻於父又安敢爲世俗友人乎今足下猛然發此信心葢宿種有在只待時而發今見淨土一書葢春雨也如膏之澤潤已焦之芽此造化之機甚微是亦足下受福之始也貧道甞謂吾人處世日用不過一飽食一安眠耳此外皆長物也今既不得飽食安眠且又拌死營營以求悅人之耳目以增自已之苦海此可稱智人乎既不得世間受用而出世之樂又茫然不知誠可憫耳世間事求之於人出世事求之於已在我所可必得者捨之而不爲可爲癡之至矣如所云云者皆貧道生平出家所證實到境界殆非常流口舌者此今計從十九歲出家至五十八歲四十年來皆此一念即今遭此大譴於大苦猛火烈燄之中得清凉地者非别有方法耳此事非足下有此大緣必不敢道恐掩口而笑耳只如向來文字語言種種皆從此中流出自知就裏之妙亦不能言世人以文字目之特淺淺耳舉世法眼者稀貧道年來混俗和光此四字從小知妙生平力學近於十年之內苦心操切又今三年之内稍得相應可見涉世之難至人不易學不易至也此獨與足下

道耳較之此事全在逆境中做出更見受用且功更大日劫相倍此須大力量人乃可爲之昔人有言有將相之骨無出家之福此語不淺然出家之難亦非細事貧道生平之苦不啻足下萬倍然受苦之志則與足下霄壤矣貧道自出家已來凡所稱謂與人未嘗言兄弟二字何也其心志在於獨行獨步不與世俗爲伍此乃向上出世志也今三年之内方與交遊稱兄弟正是混俗和光得力最初一步功夫是知菩薩應世之心妙在無方無住爲最上乘六祖一聞應無所住而生其心則頓悟本來曠劫生死苦輪頓息此豈小丈夫哉此則貧道自知向皆住於偏枯空寂之地即若世人住於煩惱海中無二致也足下乃向住於有者與貧道住空無異今能翻然一踢便破即頓超貧道三十年功夫可稱一超直入此非抛却現前境界别求出路若捨却目前别求解脱則非愚即狂永嘉云棄有著空病亦然猶如避溺而投火正謂此也以與足下見面時難前札葢先已作臨封復讀足下來書感激過越乃對使據案草草不覺葛藤如許葢慣曾爲旅偏憐客耳足下發此無上心乃出世因緣也又安可以世俗泛泛而應故披瀝如此足下以此剳叅之以消日月未必不爲清凉散也

又

前得來書有歸心淨土之説足下猛利如此因而對使據案草草盈紙不知所云大段極言勸足下著實在不如意中討个安樂地所遇境緣難處就在難處中放下身心任他呼

牛呼馬在我無可不可此段受用惟老子能之即夫子未得此法門未免處世爲難及見老子之後被他痛處一錐直透到底當便得無量受用至若對門弟子説毋意毋必毋固毋我與夫空空如也此段皆了悟後的話頭決不是在前頭巾語也吾人心中不淨只是者些人我是非執情放不下意必固我定要依我方是好事且我既要依我而人豈不要依他人乎此皆苦海穢土中事只放下此心心中便乾乾淨淨快活無喻何爲而不可坦坦蕩蕩即此便與佛心相應以此心念佛則心心皆彌陀念念皆淨土也

又

在省臨行種種夢事據其所述了然目前雖未盡信蓋於言外已得其微旨大爲快事自古操行之士慮其人品未定罹患難者恐其功罪不明貧道今已兩得之幸之幸也即老死溝壑又何憾焉是故休老曹谿志願益堅儻徼六祖之靈借一捂土掩此枯骨更復何慕以此修崇之舉其功雖鉅不以歲月計其速成此心頗覺自寬且法門佛事如空中雲原無定相如亢陽禱雨以精誠之至無不尅應天時人事其致一也曉公天性敦篤忠實君子即名教中所難得者惜乎氣過於躁而心過於慈故於小人之言易動而無斷貧道感知已之遇且爲地方作福横身於百折之鋒而與生民除其害之大者幸亦僅僅自免今區區力已竭矣而事方無涯安能以有限之精神泛無涯之毒海豈有智者所甘心耶去歲非貧道在則地方大有可畏者今秋極

欲邀貧道往故力辭之耳貧道自視此身爲法門所繫將徼佛祖之靈託之以爲萬世功德是大有過於此者敢不自愛令多方委曲始遂藏迹之計况自今以望故吾不遠豈忍蒙不潔又爲淨土之汚辱乎鳥不厭高魚不厭深曹谿將爲丘隅也足下知我者以爲何如承示念佛須持數珠此繫念工夫最親切向日不敢言者恐足下有恥心在耳今既須之謹將自持伽南香珠一串奉上但把持已久香氣雖無而精神已滿知足下得此必能頓入歡喜藏也

答楊元孺元戎

古人云熱亂場中難當冷眼以三界無安猶如火宅出入其中者靡不爲其燒鬻若從烈燄中覓得一片清凉地非冷眼人不能得苟能當下一念清凉頓見大地皆氷自不在身心世界中作歸宿也此從上大力量人遊戲生死場中能轉塵勞作佛事化煩惱作菩提者特仗渠一隻冷眼一片冷心腸耳更有何神通妙用哉此言甚易知甚難見且如佛祖單以諸法如夢一則語爲出世要路而世之智愚例皆能言人生如夢耳其語雖似其意則非其實未曾真真實實一眼覷破人生如夢也若果覷透則自然能與一切榮辱利害得失是非關頭掉臂而去矣又誰敢攖其鋒哉其實就中無甚玄妙至於最初一步不無其方吾人處世先要將夢中事試舉向目前細細觀察定要的的省到不覺發一大笑處到此則頓覺尋常說如夢話頭逈然不同矣即將一同處一念轉將目前境界置向夢中

細細觀察看到昏沉沉重顛倒時忽然猛覺來如此則回觀生平向來歷過一切種種境界諦實求之了不可得了不可得處即是諸佛祖師出生死第一關也

憨山大師夢遊全集卷第十五

音釋

孱 鋤連切 音潺　羑 云久切 音有　淼 彌沼切 音藐　喋 達協切 音喋

鍱 弋涉切 音葉

憨山大師夢遊全集卷第十六

侍者福善日録　門人通炯編輯

與周海門觀察

頭陀蒙以甘露見灑清凉心骨頓啟沈疴此段因緣實非淺淺別後之懷大似空生晏坐石室時見法身不離心目間也嘗謂個中事須是個中人嶺南法道久湮幸得大悲手眼一發揚之使闡提之輩頓發無上善根比雖入室者希而知有者衆皈依者日益漸佳知菩提樹下與曹溪諸僧最難調伏近來回心信向者葢已十之二三矣惟此一段眞風皆從大光明藏中流出足證居士此番宦遊實是龍天推出乘大願輪而行也曹溪志今始刻完幸垂一語置之篇首發揮六祖光明點開人天眼目庶不負此嘉會也

又

柯孝廉於五月省中相見如再生人此君根性猛利能於憂愁疾病關頭頓然打破生死窠堀眞豪傑士憶居士云人人皆上根第無大爐鞴耳此君非座下何能一開發如此非上根又何能猛勇如此將來海表正法命脉實賴此君願佛力加持以色力康強不患不如古人山野年來說法如與木人聽方外弟子中近得一二人稍可鉗錘俗諦中一時信向而眞履實踐者獨順德憑生昌曆此子少年靈根頗深鄉黨一時歸重無問老少及門者咸師事之其真誠動物故孚敎如此觀此子決志則將來不退可起江門之續斯葢嶺表法道機緣運轉之會也近聞與陶石簣太史遊此公氷雪心腸非一世清淨戒中來與

山僧相會時惜機緣未深耳若得周旋更大快事屠長卿近與德園同志亦當時導引入此向上一路也鄭崑崖中丞公葢眞爲生死人近在林下深知悃懷第與山僧會時此向上一竅尚未開發居士能以此事委曲通問相慰足荷慈悲不淺也此中法緣漸開弟子中受化之機前書已具聞之尚有二三未成熟者儻天假之以三年或稍有可成就者足以不負此行諸佛所護如來所使併法門知已所望耳

答任養弘觀察

此段工夫只在急流中石火電光裏手親眼快方是大力量耳承示此中得大清凉安隱便是頓證菩提之第一義也第恐照力不堅被他流轉而不覺知若覺知則雲散雨收光風霽月其樂自不可喻矣

與祝惺存觀察 名以幽

我聞佛說一切有爲法如夢幻泡影憶昔奉教周旋今則恍忽如夢别後曹溪如命種種皆如幻事今則視之如泡然妄想心中但知影耳惟大智觀之豈外此耶曹溪中興一段因緣秋毫皆出慈心三昧即山野無量苦心總皆悲願攝持功雖未竟而大槩規模聊爲中興祖道一代事業在山野固不足録惟尊慈一段護法光明終不可泯玆弟子輩手録一往實事列爲十款敢乞法施爲文作金剛幢當與六祖法身相與無窮實千載之下中興一大事因緣惟願出廣長舌徧覆大千令見聞者普入大光明藏也

與丁右武大叅 字覺非

公與山野此段因緣固自大奇海內識者亦莫不稱奇良由我輩皆墮世出世間二種知見我慢大障習氣種子覆蔽本有智慧光明公墮此故鎩羽中途不展搏風之翼山野墮此故法幢中折不克振佛祖家聲賴諸佛廣大真慈不思議神力同以迅疾法雷而擊破之彼此人事不同而所遭爐鞴同既而所投苦趣同且竟以性命相依同豈不欲出生死同證菩提同耶故共將一篾東之一齊抛擲東洋大海直欲吾輩頓將歷刼麤浮習氣人我是非恩怨得失種種垢濁一洗殆盡耳不然何其同死同生亦至於此耶嘗謂此則公案古人難調伏者都用此一機如昌黎東坡吾門覺範諸老皆是物也若昌黎之固執非大顛不化東坡之我慢非僧耳不消覺範之見習非瓊崖不泯然此數公陶冶皆同而所遇不同故不稱千古奇事惟公固非昌黎而山野竊不敢望崖顛老山野雖有愧覺範而公不讓東坡耶其今日因緣大越前修真千載一時慶幸多矣若公無禪喜見志山僧無楞伽印心仍循故道而歸豈不負此良緣有孤天造耶所以同處經年不敢以此向上一着畧露微芒者以公之上根利器自可一超直入正如涅槃會上廣額屠見放下屠刀便作佛事殊非區區者比葢入道因緣固自有時節耳不意遽爾言别真念百劫難逢今幸相值豈肯輕易放過故山野不自知固陋而於風波之末若冀承歡喜一決死生無三水之猛省回淇之堅誓山野定不捨跬步必追至曹溪原頭水窮山盡大休大歇而後已也

所以然者惟公以菩薩信山野之心以骨肉待山野之身海内知已皆以出世奇公與山野之遇苟山野不以此段大事因緣刳心摘膽以呈公又何以慰知已之望報公非常之愛哉公不以荷擔如來爲已躬眞切事亦非所以愛山野酬知已也此段工夫萬萬不難惟公眞心本體般若光明堂堂獨露所以胸包星象氣葢乾坤直以麤浮瞋慢習氣時時發現自障妙明故吐盡肝膽而人或不見信費盡慈悲而人或不知感公諦思此外更有何事愧於人哉吾佛有言一念瞋心起百萬障門開此普賢菩薩利生之大忌以瞋與慈悲不兩立耳唯今但願消得一分習氣便露十分光明除得一分瞋慢便立百分功德古人所謂不用求眞唯須息見又云不必別求放下便是又云看得破佛也做永嘉云從他謗任他非把火燒天徒自疲我聞恰似飲甘露消融頓入不思議於此足見古人無他長只是肯將胸中不可人意的事一齊放得下只是人所不堪忍處自已忍得過始也生忍若忍至無生則頓登佛地又有何微妙伎倆以涂人之耳目哉前曾有聯云念頭起處即看破事未至時莫妄生此言雖小可以喻大此後願公第一入忍辱法門做省心工夫作放下事業回視從前半生行脚都是夢事一口吐盡不留絲毫亦力力踍跳打起精神踢翻窠窟揭出斬新日月別立生涯如此方始是大丈夫葢天葢地不負生平之氣象自有天龍拱手魍魎潛蹤此正修天爵則人爵自至以此較之虚浮想相與作眞實不朽之功

德者蓋霄壤矣如是可名覺非居士孟浪極此高明以爲何如儻知己不以爲欺則芝蘭不足比其契金石不足方其盟是乃金剛種子歷劫不磨願與公生生世世同爲出世津梁共作慈悲眷屬度盡衆生而不相捨離也山野今日之言方畢露肝膽痛絶常情出世之盟訂之於此若果見信乞將從前與公札子一火燒盡不餘一字則百念成灰請從今已去凡與公書非藥石不發字字願效吾佛眞語實語不妄不綺之戒公之所教但願以別後日用工夫省力費力處易過難過處互相激揚以成一代偉績願公先向生死關頭作一闌吏耳此關一透則可掉臂遊戲戈戟場中是非堆裏處處頭頭放光動地現宰官身作大佛事如是可稱出世雄猛丈夫殆非古今世諦豪傑可比萬一也別離不遠生死情長悵望各天葛藤徧地願慧劍一揮不留毫髮惟高明努力圖之

又

別後日復一日杳無音問去人滋遠思人滋深每見惟吾未嘗不驚叱相問以何因緣而消息頓斷如此忽得手書雲中冉冉而至開函恍見顏色且字字皆從眞心實際流出悲喜交集及觀照心時現行住坐臥不離者個數語不覺喜心倒劚不謂於今忽然得聞希有之法也嘗謂此道在人本自具足根不論利鈍悟不拘遲速只在當人自信自肯耳所謂一念囘光便同本有豈向他覓第開發自有時節因緣向所得三吳諸故人書企望居士頓入此道以同體念切故有許多擔憂似

乎居士習氣偏勝於此爲難獨山野觀居士胱體瑩徹如駭雞犀枕即有所偏皆屬客邪所感非本然也以入道如一鏃破三關耳但肯心一發則真有一夫當關萬夫莫當之勢又何敢較其遲速分其利鈍乎是則爲居士憂者如爲效邯鄲之步者憂其不成武耳從古自有出格没量漢安可與尋常比邪大槩此事直是貴在勇猛一踏到底若習氣忽發但猛的一撥如霸王之力拔山舉鼎一齊用盡又如一聲叱吒千人皆廢如此又何患習氣不能消磨纔有一毫不能消磨之念便墮怯弱就覺不丈夫氣矣此事端在關心愛憎最難打破處着力一椎若此處一破則百千萬種關棙子一時齊破若難處不破縱將百千萬種佛法知見道理一口吸盡都無半點實用世出世間通無利益何以故以病根未拔猶如鼠毒遇雷便發若病根發任作多少功名事種種伎倆都是病行大非雄猛丈夫行也既行非丈夫又何以稱丈夫負超世之量哉竊歎居士人品才華功名事業天資學問件件過人若病根不拔但能陵轢一世不能陵轢千古若肯將生平所負聰明力量一齊收束聚精會神攢簇於此一大事因緣上一旦打破則將從前萬劫千生種種恩怨榮辱是非得失煩惱業障一齊化成無上菩提光明種子矣從此一番出頭來凡有所作所爲纖毫事業皆從此段光明種子中發揮事事法法皆成不朽此吾釋迦老子棄捨王宮割斷恩愛雪山六年苦行博得底在居士一旦席捲而囊裹之豈非一大雄猛丈夫哉常

笑勾踐以會稽之恥乃二十餘年臥薪嘗膽其志止於吞吳而已何其陋哉山野每謂煩惱之賊歷劫侵吾正信不止一吳以之隳法淨土破涅槃城置身苦海漂流無涯不止會稽之恥吾人苟能切齒立勾踐之志以復歷劫生死之讎正不必二十年之功也以彼為之在人而此為之在我既為之在我又何憚而不為耶

又

承示當此逆境大得受用極為歡喜大段於逆境中得大受用皆大丈夫之能事特家常過活耳無甚奇特處只是日用現前順境熟習慣便處不覺發現被他瞞過此處為難耳且如目前無論大小不如意事此逆境也觸着便怒即被他觸動動則有苦便不受用此

正是熟處難忘耳生死機關只在此一轉處此處轉得過立地便是聖人若轉不過依然墮在煩惱窠堀裏此急流處一撥轉關棙子便是撥天關之力量非居士大力量人金剛心地斷難施展古人所謂佛法無多子正此謂也大槩煩惱處得受用快活方為真受用耳居士生平煩惱極大而快活處亦大即今若能將煩惱窠堀一椎打得粉碎全身跳入快活塲中回視百劫千生習氣影子一口唾盡此真是天上天下第一自在沒量大快活人也居士能以此為孟浪否乎今日完滿道塲目前無量快活事恨不得與居士共之聊以此報平安耳

又

貧道此萬里之行仰仗諸佛慈力聖主弘恩

坐此瘴鄉得了此一段大事眞百千萬億劫最上因緣也惟念居士與貧道同此甘苦豈不能同此法味乎諺云日出事還生塵海茫茫終無究竟得偷閒處且偷閒念此丈夫之軀撐拄乾坤除却世間事更有出世間無窮樂地豈可以目前幻化世間妄想便爲究竟乎居士別來二載想於看破處脚跟一步必能漸入佳境矣居士金剛心中一咳唾耳何如

與湯海若祠部

長干一別貶眼十年舍利身光居然在目即種種幻化之緣皆屬空華佛事耳山僧坐此瘴鄉賴三寶眞慈攝受之力無諸煩惱且以法緣消磨歲月刁斗不異折脚鐺耳無奈歷生文言習氣横發於無事甲裏千日之期除奔走行伍供役之暇諸著述不下數十萬言雖無補於至道聊見區區一念孤光不昧於羅刹鬼國耳諒知我者不以此爲迂也

與劉存赤

吾人多生積劫五欲淤泥七情業火深而且熾豪傑之士靡不爲其陷溺燒煑求一念回心了不可得況望其生遠離心求出苦道專念棲心於淨土乎此又不獨蓮出淤泥而又根從火發也何喜如之吾人欲出生死者要知生死之根欲求淨土之本殊不知淨土之本即生死之根也是在此心一念轉變之間不遺餘力耳願公諦於日用現前境界妻子團圞之際朋友交接之間義利交攻之處喜怒未發之前預先着眼覷定眞眞實實諦諦當當要見如何是生死根即當極力拔之然

而吾心本淨其所以穢濁者實此根株之弊垢也苟能力拔其根則淨土不求至而自至矣所謂一根既返原六根成解脱者正此謂也若於根本一念覷透則日用頭頭無非解脱之場盡歸極樂之境斯實身雖未到蓮華内先送心歸極樂天

與鄭金吾

貧道下劣無似第一朽株耳昨者雷霆震驚時望者如傍刼火乃承座下横放身心攘臂而援之種種方便救濟志在必生而後已不減長者之於火宅諸子也别來兀坐瘴鄉每生疲厭則與懷座下不覺頓增無量勇猛度生之願今蒙聖恩所賜餘年即其所説之法所利之生皆出於座下之金剛心地行願無窮而功德亦無盡矣下劣走入瘴鄉瞬息千餘日愧有漏之因不足以酬無相之施願以法謝謹持近來所作佛事法言數種奉慰慈念以報知已更試省覽聊見空中鳥迹以尋道人行脚事不離車塵馬足間也

與何金吾

嘗憶古人白頭如新傾葢如故與夫不言而道自存者有之至若當患難死生之際盻盻於縲絏桎梏不言而心識者葢亦希矣何者人易感於心知恩難施於不報耳往者山野以無狀上干宸怒下鎮撫鞫時雷霆在上鼎鑊在前郎昭昭耿耿之懷無容見白執事奉節監刑且低回猶豫於捶楚之間藉令形如金石豈能當其爐鞲耶幸賴足下一言而決之真若灑霈雨於烈焰投甘露於枯腸頓令五内清凉躍然生色亦不自知在刀鋸間也

在朝廷三尺之法未少假藉第側觀足下不忍之心油然現於眉睫葢已深知足下爲仁人君子矣徒銘感於心然不知足下爲誰氏也山野深入瘴鄉當饑饉之餘瀕九死之際念足下高義未嘗去懷頃值貴僚友詢之始知足下爲何君也謹修尺素用布懷德之私

答鄭崑崖開府

遠蒙白毫東照萬八千土光中苦行頭陀儼如面禮慈容親聞妙義復荷甘露見灑塵習頓空踴躍之懷非言可喻貧道聞菩薩妙行妙在歷境驗心煩惱空處不用別求般若諸塵透處即此便是玄門伏誦實際一語眞醫目之金篦也親承有願接足無時妄情依依益增傾倒惟眞慈攝受不捨有緣風便更希遥垂一手是所欽渴

又

五羊乆稱蔑戾所居壘壁非蘭若也貧道仗聖慈以萬里爲調伏兢兢執役爐錘間且幸以毒除毒其於狹劣習氣似漸銷鎔誠如飲水然終似陸魚溥沫耳嶺南曹溪乃六祖演化地禪門洙泗肉身在也貧道竊願持一培土以徼靈於寂光潛消舊業初不敢放捨身心第恐失伍時復往來行間今賴當台寬假似可息肩頃乞食凌江忽奉瑤函自天而下如天鼓音三復慈旨眞無邊大悲不捨有緣於微塵毛孔耳獵隱一語誠痛處劄錐感激熏心頂謝無量承示隨處安心此正塵塵解脫願善調伏以廣舟航是所至望

答葛自修

承示自幼即知自問心是何物將謂肉團是

心死後身尚在如何不靈於此覓心不得數語不覺驚歎不已以山野自入法向道入山修行已來今已三十餘年所閱海內緇白中初心向道者蓋未見有此等發覺初心也良以一切衆生佛性是同但以宿習般若緣分淺深不一及多生所近知識聞熏種子邪正頓漸之不同故入道之志有邪正誠僞遲速之不等耳足下所言皆多生親近真正知識聞熏無上般若種子習氣內發故自幼不覺失口吐露且此種子根深故切切橫在胸中扼塞不能暫捨是以呑不下吐不出大似一物梗槩於中只是覓不得耳由把作一物却覓不得生平思慮不能自信自決但逢人即向他尋覓見指點虛空便只當虛空會及聞一喝又作一喝會且虛空是色一喝是聲由多生在聲色裏流轉習熟所以今又被他流轉將去所以被他流轉者只是將此心當作一物把聲色當作聲色所以日用見色聞聲便與心作冤對耳此正謂含元殿裏覓長安如何能得脫樊籠哉豈不見古人道喚作一物即不中又云切忌從他覓迢迢與我踈又云見色非關色聞聲不是聲又云聲處全聞見外無法此等言句雖能令人死亦能令人活大槩生者令死死者令活耳足下自謂覓心不可得此等最是親切處如何不信自心反更別生種種思慮而他求耶豈不見達磨面壁時二祖神光曰我心未寧乞師安心磨云將心來與汝安光良久云覓心了不可得磨云與汝安心竟自此已後此語流布人間謂之單傳直指六祖已下南岳青原以至五家千七百則普天匝

地說禪說道了生死者不可稱計是皆從神光覔心了不可得一語而來足下必謂心是一物可向人覔而師資亦可授手者且看達磨將甚麼物親手遞與神光又親手接得個甚麼來且人觀光覔心了不可得一語與足下語一樣如何神光便信而足下不信若謂足下志與神光有二則衆生佛性有二若與神光無二如何神光不疑而足下更疑若謂即此不可得者就便是悟如何神光一悟永悟而足下聞喝之後既云疑團不知向何處去何以今日於祖師公案上又不通而文字又作障礙耶但看過在甚麼處且當正鬧無念喝時如何得疑團頓去見個甚麼便得瀟灑今日爲何又不灑落郎看不灑落處是誰拘縛文機不通處是誰障礙足下但着力就在痛處下錐錐到没下落處忽然親眼看破方信此心不是物不假外求始知從前錯錯到底不錯不錯到底如此時節方信山僧今日之言大似揚聲止響畫蛇添足也語不及意信筆草草不覺葛藤遍地足下覽過郎唾却燒却又不可留與後人作話欛起疑團也

與胡順菴中丞

法駕東歸之計知公肝膽決無遺策斯亦下願耳但人生福祿皆自前世預定豈可以人勝天萬一不能如此又豈可坐待解脫方能進道郎今外居軒冕内蘊佛心至若遇物臨機與慈運悲所謂觸目皆是成佛種子無盡福田但能稍加留神郎一日之間所作功德尤較區區千萬什倍且公權如天地生殺所在善惡之機諒能明察而幾微之間所係極

大運籌安攘之畧在公大智之中猶一蜆耳但以慈爲根以悲濟物廣行方便安然取乎大定之中如此即是現宰官身而作佛事豈可與爲一身之榮者同年而語耶藉斯梏桎轉爲濟勝之具矣又何汲汲却跡逃形而坐馳日月也千里之思無以爲獻此腐言用發公一唾何如

又

山野生平以直了死生爲念二十餘年苦志山林即不能徹證上齊古人至若生死關頭良已自信一切魔寃皆究竟菩提莊嚴佛果其他禍患得失是非毀譽付之自然又何攖寧故自罹難以來一念清凉心地未嘗暫移從去冬十月於濟城馬首南向徹骨氷雪於臘月至白下迎老母於江上歡然作別八日即揚帆而西也所賴情枯智竭幻影全消明鏡止水聊以自適此段因緣從大冶爐中煅煉將來幸無爲我縈抱但願靜養天和以胥至樂儻天假生還尚圖了未盡因緣相伴餘年也

又

貧道自涉難以來實濵九死直今正眼觀之然未見纖毫動靜相即萬里相懸其實不離跬步也念與居士忘形半生諒能入此法門乆矣豈復效常情馳去來想栩栩然作夢中悲酸耶貧道此段因緣不獨超三十年行脚適足以超曠劫修行雷陽炎蒸如火鑊瘴癘死者澤若沃焦貧道兀坐尸陀林中飲瘴烟如灌甘露忍饑虛若飽醍醐苟非智竭情枯何以消受近得大將軍爲護法已借一枝於

會城壘壁間荷戈之暇閉門枯坐諸緣頓斷唯披閱楞伽究西來心印了未了公案福善金剛心已化作光明幢可不忝門牆古人嘗謂祖禰不了殃及兒孫貧道所幸不墮此語矣佛謂以七寶施滿恒沙不如持此經四句知居士不忘貧子敢此以慰其他復何所云

又

山野坐蠻烟瘴霧中且喜生緣日薄道緣日厚形骸愈苦心地愈樂是則何地而非君恩何莫而非佛力耶此可與知巳者道難與俗人言也不審法體何如摩詰有言欲知除老病唯有學無生況百歲光陰如撚指能幾何哉居士春秋日高前景日窄從來濁世滋味備嘗殆盡諺云到底鹽如此鹹醋如此酸到了作何究竟古人云來時儘好只恐去時不如來時此非虛語居士諦思從前功名事業與夫兒女計皆是他家活計如何是自家活計耶若一念猛省至此不覺失聲自然着急打整自巳脚跟下生死大事若不着急打整還是不曾猛省不猛省一下又大非居士此等豪傑丈夫事山野二十年前即爲居士言此一着故不惜身命願與之遊然雖半積陰功半養身混到今日就中一點赤心大似張良始終爲韓之意與居士相與談笑十餘年只是虛華境界人情佛事而巳其實未曾打破肝膽然與居士一寸心腸炯然相照亦未嘗不知山野此段衷曲將期白首同歸共了此事豈其一旦分崩離析亦至於此即此可以觀生死矣況今同在乾坤之內縱隔萬里天眼看來猶比隣耳不能一承顏接色歡如

昔日何況生死長途一別杳冥相逢何日儻山野不能生還是與居士長別再出頭來不知可能如今生今日也與言及此大可悲酸山野受居士知己之義非此不足以報居士信山野不至此地又非所以答知己也

與周礪齋太史

向雖心竊嚮公雅量未得深語昨持鉢王城幸接公於龍華樹下睹其道念精眞喜徹心府然古人輕千金而重一諾者士誠貴在知已耳自爾山僧當盡命山海無復他慕賴公法眼圓明何當復咎瞶瞶者私念東方文運啟自我公而法運或當屬之鄙人耶世出世間交相爲用是亦兩間奇事此非狂言實所望公以道自重者如此

答周子寅伯仲

世間聚散起止成住壞空有爲法中理合如此何足爲悲可悲者長夜冥冥中失此慧炬使諸佛子無所依歸將智種靈苗日爲五欲烈焰之所焦枯不能圓成勝果耳惟六塵蔽乎性天愛草荒乎心地煩惱翳功德之林貪瞋攻涅槃之宅伐之以酒色之斧縱之以猿馬之蹤將日見荒蕪竟爲鹵莽願足下心心念念以此自悲而滋培耘耨戒勒隄防將鮮敷覺華莊嚴寶地冀普使天人各懷智種蠢蠕翹蚑齊登覺岸以足下不獨振家聲於末世適足以洗法門今日之羞非此何以望足下伯仲間也行役萬里足下體此猶比鄰耳

與焦從吾太史

念此末法寥寥龍天推公現宰官身建大法幢以作當代人天眼目非小緣也睽隔多年

昨樹下相逢儼如異世人生悠悠夢幻如此且贍道貌天形誠不起滅定而現諸威儀者自非心光密迴何以圓照如此安可以音聲色相耶歡喜無量某愧鈍根下劣二十年來苦心山林猶坐竿頭殊無放捨之地然大事因緣誠不易易别時承教一語感荷無涯歸來兀兀虛巖心心獨照敢負知已時復海湛空澄法身頓現此中豈非感應道交耶間披老莊翼乃集諸家之大成雖註疏多岐乃人人老莊非老莊老莊也唯公入此三昧甚深何不徹底掀翻耶某常論此老出無佛世竊且以類辟支加莊則法執未忘自入遊戲神通變化多端眩人眼目自非把臂共行𡸁不爲其播弄若覷破底蘊真有别解脱門此老萬世之下與公可謂旦暮之遇也某昔行脚中嘗以二老爲伴時時察其舉動頗有當心者但難以言語形容耳内篇曾有數字點綴尚未録出容當請正

與楊復所少宰

讀曹溪通志序言言皆從大慈真心流出比見聞者莫不大生歡喜況千載之下不知喚醒多少夢中人也惟我盧祖大寂定中必現熈怡合掌讚歎耳黄生來復接法言且云猶有所未安第揄揚山野者似已太過唯海門公爲入曹溪室中人敢徼一語更增光燄耳

答戴給諫

承示因果之説了然不疑毫髮無爽所謂影響耳但前知惡人之説此理最幽而難明亦易信爲必然者惟聖人之心洞然朗炤前觀無始後觀無終如大圓鏡炤徹十方一切精

麤境界無不分明影現雖八萬刼事猶未爲奇況數百千萬年乎所言善惡之人所作善惡之事此政因果昭然而易信者然百千年後惡人雖未生而其人惡業固已造就於多生之前寃對酬償固已分明定於先世矣業因未熟惡緣未至其人雖在十方世界輪迴顛倒之中不自覺知而聖人蚤已照見於大光明藏中及惡緣一熟寃家會遇惡果成就即惡果之終一如惡因之始不待生心動念自然了知所謂觀彼久遠猶若今日此聖人真常之心也且夫因果無差不昧分毫所謂假使百千刼所作業不亡因緣會遇時果報還自受此必然之理也明公能諦信於此乎由是觀之不善之人非天定也乃自作耳

與殷叅軍

與足下別來忽忽兩歲聞此時從征尚在黎中蒸暑已過玉體無恙此輩非黠鼠皆天民也殺戮過情大傷和氣知足下必不以此爲功高也昨鎮府標總劉晴海去已屬之再三矣萬無以殺爲功見時當浹洽耳舊有望瓊海拙作葢言黎乃太古民也書之箑頭以見意

答鄭孝廉

頃辱書來乃知潛心此道且云於日用中善念現前吾人性自本善但爲塵習所染故蔽其靈明於日用中祇用情習不用性真耳此所以凡民日用而不知知則聖賢可立待也公即於日用善念現前不昧處便是本來面目發現時也若時時現前念念知覺覺至純善之地則性真自復本體光明自然披露耳

答鄒南臯給諫

山野向在絶緣頃復幻病相仍養痾深居其緣益絶此實天賜爲閒人囘視塵寰擾擾勞生求無事人能得幾想知已必時時爲一鼓掌也賴此護法得以安禪寂靜於楞伽三眛所入益深頃王光禄同丁大叅赴端州制府約得書云大有流言於制府中傷山野者甚重二公爲之力辨幾於髮豎皆裂此果何謂哉以此知娑婆穢土土石諸山難與淨土地平如掌同日語也向北來徒輩相從者以無門托鉢今盡遣歸唯山野單丁寄此旅泊尤爲輕快枯木寒巖不減在昔非此無以破炎蒸消瘴毒也時惟國事艱難蒼生引領大慈悲者而津梁之願努力加飡爲國自重爲道自愛

又

屢荷手書辱慈念拳拳周至委悉自非同體大悲等心愛物者何能切切如此山野處此患難幸得以叅塵中知識兢兢自持所入法門不淺年來寂寞苦空不減深山窮谷屏絶諸緣迹不入俗城中知己獨王勛丞一人經年不三過其門所幸與右武時相往來眞天涯骨肉一食不忘非獨道義相裨即所資給亦損口分衛性命相依此段因緣大非淺淺此公肝膽炤人猶如秦鏡遇物應機洞徹五内其爲載道最稱上根利器此番天德陶鑄所進益大非尋常異日莊嚴佛土成就衆生不可思議面時想當歡喜無量也

又

粤中自庚子歲世相一變日見險詖苦海波

濤望無涯際貧道隨風漂泊畧無寧止始知古人以塵中作主大非細事隨緣解脫誠不易得每憶別時叮嚀之言及接來敎切切以此再三致意諺語有之要知山下路便問去來人自非居士深入如幻三昧何能徹法如此嘗聞煩惱烈燄正是聖賢爐冶種種執着之習非此不足以銷鑠之苟非聖恩何以臻此久而愈見恩大難酬也此中轉塵勞爲佛事更爲六祖曹溪作無量功德此葢從真切苦心中來較之昔日依無憂樹喫大家飯者實霄壤矣曹溪祖道源頭雜穢充塞久爲魔窟今已灑掃潔淨尚有未了公案奈此中力竭正欲遣致尊慈作金剛幢適辱使者至斯豈祖意攝受哉敬以此中因緣述其大槩持入慧照儻念末法斯道寂寥望震天鼓音聲普告有緣一覺夢幻耳何如

又

憂患人情皆本體也非握至真之符又何能轉煩惱作菩提轉生死作涅槃惟居士年來所處如此足知大有所轉矣非此又何以消遣哉從來學道人皆在生死關頭掉臂而過前輩不能盡知近年若羅近溪則其人也貧道身在瘴鄉心存左右無時不共周旋是故居士種種三昧洞然無隱耳嶺南自曹溪偃化大顛絕響江門不起比得楊復老大樹性宗之幟貧道幸坐其地歡喜讚歎不窮也諸生俗習稍稍破執此亦開化之基昨復老爲作曹溪志序真赤心片片可謂舌長拖地也呈上幸覽爲此羣蒙歡喜耳

與岳石䮾

別來兩奉手書知有鄒魯之闕嗟夫直道既不容於朝廷復見棄於鄉里世道可知已聞避地會城亦非乆計聞之菩薩攝伏衆生深入如幻三昧元非實法公乆入此法門幸無深搆當有排解者一笑而釋可也山野卜隱匡山甚得其宜但所云護法者荷擔有心檀門未闢未見拮据儻得文殊遙伸右手則可頓見樓閣門開也公其能無意乎

又

往辱顧視司城獄中不減慶喜之問調達於鐵圍也是時以醍醐灌口甘露灑心竟作兩間奇事屈指塵寰豈能再見比於座中覩金剛烈焰閃爍人目別來畢竟忍俊不禁發爲吐露不識遍於寂滅海中時復漚生漚滅否貧道走入瘴鄉所賴佛祖神力攝受以車塵爲華座以馬捶爲拂子時向羅刹鬼國談無生話令無數髑髏眼開光破黑暗誠不自知爲業力所使又不知爲願力所致耶諒知我者聞之必資一唾耳

與虞德園吏部

遙望居士踞天目之師子吼露地之白牛遊戲於西湖三竺之間水足草足況復師彌勒而弟無著聆性戒而覩華光其寂滅之樂知廣長舌相不能宣其萬一矣若貧道者以空華而邀空果持罪藪而入罪鄉雖於法性無虧第妄想者不無顛倒見耳如居士以法眼視我者能幾何哉覺音來持至言盈尺深荷慈念之至覩護法精心真能令人毛孔酸澀嗟此末法佛性之在吾徒如神珠之在溷廁不獨光明不露抑且惡氣逼人又豈直作夜

合花美人子哉

與樊友軒侍御

先後接手教累帙具悉起居比柯君來更審善安隱樂此中三昧如人飲水冷煖自知柯君別經年一能長進如此足見憂患困阨皆助道具耳座下癉鄉得此良朋益天緣也楞伽新疏因緣皆從無相心中變現功德今仗加被業巳苟完先致一部求正諒靜裏遊目不無漏逗萬乞指摘金篦更爲一大法施也聞門下諸生日益進我聞如來不捨一衆生以大悲爲首惟癉鄉正座下悲願地冀無倦津梁爲斯道幸

與邢梅陽孝廉

江州爲匡山諸祖近寺檀越地般若種子於此偏多或焦之者衆獨足下抽芽發榦敷華秀實傑出前輩此非願力之深亦不能固蔕如此也達師往來層雲五老之間非足下同遊山靈何以生色貧道嚮慕久矣恨無緣一把臂耳

與瞿洞觀

中甫文卿二友入京妙師巳至法喜遊泳諒不索莫念茲末法二諦無人惟公現宰官身主盟斯道可謂法施無窮願以無限大悲度諸未度令其見聞獲益下智種於今生證菩提於後世是時回視昔因未必不自今日始也前所見諸公皆信心真切者願公時以法水漑灌靈苗不負其夙種耳是須以幻網三昧普入其身以一切智善巧回轉是則非公其誰哉鄙人深知滅裂有濫袈裟然切不敢增慢所幸廖在心知真期不二慶慰何言歸

來諸念皆灰一心無寄日沈枯寂臨別數語實自圖之時方火宅燒然五熱正熾願公爲道自攝無疲津濟是所至望

又

承慈眼相視供以五燈會元即公惠我三昧也山僧時時參請深愧鈍根下劣不能親見古人然亦畧領剗除知見邊事恨不囫地一聲以爲慶快生平耳從此拈轉話頭他日或當有報知已豈敢有忘因地耶惟公塵塵按指海印發光遇物舉揚無非佛事但不知新發意中亦有堪能大事者否願公不違本誓隨宜調伏令種金剛種子耳每想威音餘勳智勝遺塵偶遇靈山一會意非此類則如來出世誰爲當機然後之視今亦猶今之視昔也尊慈以爲何如當來多寶問訊世尊無多憍慢嫉妒衆生否是當以此訊足下願時時爲道珍護

又

龍華一別直至而今回視世間真同夢事思晤語印心如初會者豈能再得惟居士利生之願日廣入理之門益深福慧兩足自他俱利之行直進乎金剛心地矣山野爲業風飄鼓一至於此且幸如幻三昧拔理障之坑此荷諸佛神力爲之勸橋想居士知我者必大爲之慶快矣丙申冬被放荷策南來時於都門別天池居士前擬取道黄岡入維摩之室不意路頭緣差竟過南康自入瘴鄉仗慈被頗能以冰雪心腸飲嵐癘之氣比及三年可免四大增損耳曾憶與居士夜談三教之宗以唯識證二氏之旨辱心印相可是時還海

上偶筆之成書曰觀老莊影響論今始菑木楊少宰稱千古定論楞伽每慨讀不能句鼻祖指此爲心印而宗教兩涂竟爲皆雠山野頂荷聖恩賜以空閒之地深悲無以贖壞法之愆荷戈之暇力究此經凡一言有得遂筆以記之不覺終軸謹併前論持請法眼決擇儻其不謬則山野不獨不虛此行實以不虛此生矣顧此乃文言之末不足以發當人之性源若夫於佛祖建立門頭曲唱傍通聊可以引一綫耳

憨山大師夢遊全集卷第十六

音釋

鎩所拜切音曬　堀苦骨切音窟　覕莫結切音滅　鑠書約切音灼

遌初寺切音厠

憨山大師夢遊全集卷第十七

侍者福善日録　門人通炯編輯

與汪靜峯司馬

憶昔長安大道把臂同遊策蹇長驅風飡旅宿此段因緣眞兩間奇事𤼵來倐忽幻化如斯惟正眼觀之端若空花夢事耳惟三昧神力無不深入諸法夢幻實際也山僧自入瘴鄉仗光被諸緣寂靜種種皆爲助道具㣲感聖恩裂破幻網重重可勝半生行脚諒知已必不以此爲妄語耳惟馬祖唱道西江而廬阜諸刹皆從上家傳演化地座下生長於黄梅開化於青原今且復爲匡山主此等行脚皆從馬祖解制時來能不重此本願乎聞歸宗近蒙聖恩頒賜大典今日因緣大非昔比地主得座下則人又非昔比也西江道法之興是有望於座下願以金剛心地爲護法檀度佇看無盡法輪皆在一微塵内轉也

又

菩提所緣緣苦衆生惟居士以大悲願力置身苦衆生界即夢想中無非利生事業知菩提種子日夜增長當無量矣華嚴五地菩薩純以利他成已妙行豈堅固我相及孤調解脫者而能及哉是則紫雲千峯未甞不列几席間也江頭晤別及濵行叮嚀首座之言字字入我甚深三昧山野二十餘年沉淪苦海即寤寐山林如想極樂世界何幸仰仗慈力攝持置身萬仞峯頭一夕之安日劫相倍到此水窮山盡處豈容更着一毫妄想耶此吾本分事是不敢勞多囑也仰承檀施爲山林護法五乳數椽去冬已就安居何意餘生得

遂高卧萬山積雪一徑雲封不減清凉寒巖徹骨時也感念護法之心眞不可以言謝

又

自聞警以來此心無日不坐馳塞上也當此小刼恨無神力以消衆生定業唯率衆口誦華嚴經以祈邊境靜謐切願老居士早遂歸來之志同究竟此生淨土之願新嵗聞法駕業已抵家喜而不寐此荷聖恩特出望外誠感佛祖神力加持以爲法門證信耳豈小緣哉每思老居士坐此二載靜觀一念不啻鐵壁銀山即三十年行脚未必有如是眞得力處過此一關則掉臂淨土又超日刼矣是知此番因緣皆助出生死海之迅駛也何快如之山野仰仗慈庇山居不及三載經營聊爾可栖即將常住交首座爲十方獨此一身閉關絶緣隨衆粥飯自中秋至今已及五月三十年所求難得之緣一旦遂之餘生豈忍輕放將一切禪道佛法置之度外單修拙度效遠公六時刻香代漏日持彌陀五萬聲以送餘生所幸衰朽色力尚可强行夜坐不卧精神覺無疲倦即一日皆老居士之惠我也

與繆覺休

與居士多世法親支離岐路今他鄉驀直喜慰何如西江一帶法緣所賴智稚先白即以貧道聊爾經過深仗旁通助顯此其王重仙陀佛欽內秘而調應偶會之機妙在節拍成令耳私謂在處法緣假令人人啐啄同時如居士者當使法幢光明照耀大地矣别後因緣具悉南皐居士書中但念居士扁舟東下見諸故舊不能無懷又不知達師錫住何方

可能一親承接足否貧道身嬰罪藪難傍孤雲儻杖屨乘秋發輿而來固所大願但跋涉艱難恐不勝其勞頓耳若有緣共坐五羊江頭相與披剥萬象亦奇事也

又

貧道以夙業力隨幻化緣濫膺形服實不稱實有𪐴真淨頃荷諸佛慈悲不棄而投之紅爐烈焰中頓使積習垢纏銷爍殆盡自慶此段因緣可超生平行脚耳近於會城棲遲壘壁間日唯閉門枯坐搜究佛祖心印了未了公案惟斯末法苦海波濤將求自度安敢望中流轉舵揚帆彼岸乎以是麈尾堆塵口角生醭比幸匀原昕夕往來可謂世外奇逢此公天然道骨凡所云為皆從金剛心中實際流出然雖道不勝習且喜習不障道更自奇特此蓋般若久熏根本脱黏累無沾帶道品中固稱勇猛丈夫上根利器若一撥便轉可日劫相倍此番造物鎔冶成就不淺觀其粃糠榮辱塵垢死生順物虛懷逶蛇濁世大非疇昔意與居士再晤之日或不復以兒事之也居士東歸吳中計此時返櫂南州儻有達師起居并諸故人消息幸示以慰爾瞻起居何如聞雲居已復江左祖道中興法輪機軸在此一轉今居士力荷擔之豈非前身為知事適來了此宿願乎右武去就因緣渠自有報可省繫念第貧道幻影浮踪尚託乾城猶然未登初地也

與賀知忍中翰

度嶺以來杳如隔世道義之知豈能忘於一日自癸卯冬聞達師訃音則山僧此心與之

俱死法幢既折有識何歸不止痛心而已切念達師生死之義將期解脫之日親往致一瓣香爾後山僧日益多難足無停影直至癸丑冬出粤擬過南岳一赴故人之約取道東歸豈期忽忽又復三載人生幾何況今年踰七十目前光景無多頃聞業已入塔益增惶懼恐即塡溝壑何面目見達師於寂光乎兹將扁舟東下秋冬可抵雙徑以踐生死之盟生前面許塔銘此願豈可再違但達師半生已前行脚事跡都所未悉須與諸法門高弟探討商榷以便執筆達師一座無縫塔樣先從諸公筆尖托出山僧不妨作依様葫蘆也

與于中甫比部

一晤千日如食頃耳雖心光洞照不若時復謦欬爲佳達師西遊無問令人重增妄想也鄙人去秋以乞法因緣幻遊王城幸接洞觀健齋諸居士極盡法喜之娛惟蓮華座畔獨少一跏趺人爲缺典耳想足下入都法門增色然長安塵聚塵塵皆是入正定處足下一一能入之乎所云唯一堅密身一切塵中現是則恐其不堅密耳鄙人時來癡憨日長嬾情益增頽然無事憶足下定中覩之未必不煕然一笑何時暫得毘離相與默談不二耶陸海無涯願智檝甞横無疲津濟是所願也

又

往一交臂之頃鄙人即敢以知足下自許然未敢許足下知鄙人既讀手書具見眞心兩相照耀若秦鏡交光肝膽盡露不獨見匠氏作者之妙蓋亦深見足下天然本色全無刀斧痕也較之鋸解不開紐理横紋雖有犯鼻

之斤亦無容施其巧矣惟念世衰道微愈流愈下非特求眞實以生死爲急務以道法爲已任若古之挺然傑出者固不可得至若具正信明白黒直心熱腸横身以當涂轍者亦不多見況夫卓然頓超濁世若足下與同參大衆一時亹亹者乎鄙人私謂時雖末法猶正法也自爾吾輩有高深堅利恃爲外護然雖將頭不猛亦足以使魔外喪魄我此涅槃大城可保坐令安堵況復經營日新有身董其役者乎吾道之幸幸何以喻常竊論吾佛世尊以一大事因縁出現於世所謂一大事者果何事耶古德云除却死生眞大事其餘都是可商量是知眞見生死了然不變而不避者方稱堪任大事耳然能果了生死不變則餘不足論以此事爲大則他皆細故是則忘生於道法與傷生於物欲者必有辨矣然用田程之心以爲法則法無不振使蘇李之志以降魔則魔無不服則安攘法土之功莫大於是此足下深抱而同參大衆共有者鄙人似深知之是故荷擔之任不容不屬之足下且令自負之矣吾輩雖堂堂直泥木之佛豈不巍然可觀是足以受燒香散華而作供養但不能度水火耳侍者歸極口足下妙契言外且辱委心相可是則凡在周防法幢者足下定以法眼洞照未然而神運力持矣茲特遣迎龍華師歸窟中且留達師主寂場是二老把住放行又在足下之手耳呵呵一笑千里同聲併入慈照

又

山野以業風南吹初擬過故都見故人豈意

溯流而西竟失良晤幸江頭與達師抵掌信宿而別屈指倏忽幾四年矣世相遷流刹那不住惟道眼諦觀了無去來之想耳始至雷陽以有漏之軀水火似不相入第以性融之則平等寂滅及回五羊得右武爲侶朝夕無間此君光明種子甚深第爲習氣所蔽山野時時鍼劄不透直至臨行痛下毒手頂門一鍼渠自謂一劄到底始知回頭轉腦因贈之曰覺非居士又爲銘以銘之渠亦自發大願此後若不痛自策勵則不當以人數目之此語出自痛腸第此事須時與善知識決擇提携乃能合轍否則惡習一發不覺墮在黑山鬼窟此從來學道人所難者要在金剛心地立定脚跟方不被他掉弄耳比得手書知座下年來所遭憂患如此人所難堪苟非以理折情何以過此一關此中波瀾皆性海汪洋料沐浴洪流優游巨浸而無涯之量自能飲縮百川吞吐日月耳即以來劄示右武讀至叮嚀語不覺舌短蓋眞氣逼人自當點首即宇宙内以此實事傾倒者亦不多見也頃楞伽已成特遣侍者賫往請正但此經境界非攀緣可到座下當哀毀之餘理極情忘必於此門深入儻有一語當心願告同志廣其法施惟此不獨區區報君恩即座下亦可酬罔極矣

又

別來忽忽如許歲月不知落向何處世間夢幻亦至此耶瘴鄉炎蒸毒霧冒觸難禁所賴一點清涼地作影身草耳炎荒朔雪火水異勢自古皆然獨去冬寒氣不減薊北新歲南

征宿新興旅邸寒凛肌骨凍不能寐夜半扣門驚起則見大義持北來諸故人書首函達師及尊札讀之恍若氷雪隨牀頭舉身毛孔清徹宛在千丈寒巖破衲蒙頭睡醒時也四月自雷廉回時法音再至手之字字心光流溢迸洒奪人居士坐此憂患病苦中而細細作書如此足見三車長者之心無時不在火宅中也年來生事何如令甥成就何似惟此末法劫火洞然此中能得一片清涼地即火裏蓮花也右武自珠江臨别頂門一錐透至脚底賴此機緣即年來居家杜門謝客修忍辱行皆仗此法門威力也第習氣勇猛不能頓入微密耳劉貽哲根器近道頴悟快便第般若不深天壤間此等奇氣目所稀覩每相見但說眼前淡話從來未敢舉着此事欲識佛性義當觀時節因緣料不負雅望耳得達師長安消息甚慰鄙懷從前門庭亦折合過半惟此不獨爲達師福亦是法門厚幸末法中有此宗匠可追像法第叢林凋弊後生薄福不識可能蒙化否曹溪傾頹之極苦心欲爲料理去秋入山畧爲整頓似亦可觀所謂水月道場空華佛事觸處皆然何必以有所住心作無相福田乎此在護法心精所樂聞者賛發一笑

與吳本如祠部

奉違光相倐逾一紀别來法門日見凋弊知識星散痛念法幢摧折慧日西沉言之腐心想在同體可勝悲愴耶昔稱寂音爲法有程嬰公孫杵臼之心今於阿師再見之矣貧道庸鄙愧無荷法之資而有破法之愆然在金

剛心中不知作何懺悔也浮沉瘴海不敢有負本懷所幸諸苦能安足慰慈念向在曹溪作六祖奴郎以供洒掃爲淨心地仰賴法庇諸畧有序唯念業繫未脫初服未遂不敢安心寂定耳儻如所願得以休老埋骨此中足了生死大事斯實惟天能育惟慈能賛之也不識文殊右手能伸過此百城乎

與曾金簡儀部

那羅延窟古佛道場毘盧親口授記處沉埋海隅千百年爲蔑戾車之所倒置山僧初以避魔至此然不知撞入魔界信乎業屬前緣無逃者此時更無神通法力可使唯只抛擲身心隨順忍受不與魔寃作對耳又何敢誇禪定解脫融通理事無礙哉嘗思法華囑累末世利生第一當起大忍力大精進力悲夫黄面老深有懼於此時也然山僧自揣非大忍力大精進力又何以拔魔幟豎法幢哉承足下見示縛解之意信乎法性原無彼此嘗謂世出世間乃生與無生之異耳然日用現前種種業幻諸流轉者皆生死因若不爲所轉不忘境界有可忍者謂之生忍不見可忍亦無忍者爲無生忍若忍至無生則無不忍矣心境如如亦爲寂滅然所稱魔業不獨寃對爲然即凡當人起心動念不順解脫戕害法身逼惱正性者皆魔屬也吾人有志做工夫出生死者不能忍此又何以稱有力大人我輩生居堪忍中若此處不破則無可破者固當直以大忍力大精進力爲第一義諦耳無論道緣前定不前定功力齊不齊也足下其信然之耶見面爲難不覺漏逗至此

又

昔承螢光照臨海印真不世良緣頓成金剛種子永刧不磨終當透骨而出此大丈夫之能事非居士大力量人一肩擔荷孰敢正視別後因緣無從委悉起居之狀諒已深入如幻三昧富動靜不二也貧道向爲山鬼所弄加之夙業障緣致兹嚴譴是雖有玷法門且幸增上道力所云大火所燒此土安穩非妄語也古人每以苦事爲助道增上緣得力處正在於此居士聞之將爲塗毒鼓耶今業已荷戈半載適當歲時大凶疫癘交作民物凋殘良可悲愍是故於菩提心轉更增勝第此幻化空身居然火宅中也毘耶法會對談不二端在何日惟同體之悲定惟此枯朽頭陀時時瞥興妄想也

與馮啓南孝廉

老人與足下遊將二十年矣如在水月光中一切逆順境界光中之影耳諸子同入而受用不同者正似天人一器受食而精麤各別此其佛性貴緣種也老人與足下諸子多生一遇猶時雨也各各種子因而發生秀實存乎人耳今老人去粤則似未至之時幸有足下爲之灌漑不至焦枯此段因緣誠非小小二乘但畏衆生難度故絕分菩提足下豈存衆生於目中耶大段此事在人之自肯肯處便是入處古人拌捨身命只是一肯心耳但願足下以肯爲人則無不肯者但思今生錯過一失人身萬劫難復此則不容不肯耳老人心知法緣爲難此行蓋爲山林狹習所使及至狂心頓歇觀南岳之靈爲諸祖所拔今

已竭矣生氣爲難今寓湖東如生公住虎丘時也善孫從北回不久將同蠢禪入粤可一悉也知足下善病此是足下慣熟法門願室中不少師子座令諸來者同入幻病三昧則此病爲精進幢也

與龍元溫

老人初入粤時足下最先入法門爲居士長同遊二十年來不在音聲色相閒老人今去粤賴足下居然爲法門長也惟足下護法精心如金剛幢但以護念付囑爲懷種種方便引攝有緣直使慧命不斷爲第一義妙在離言之指自有搽天鼻孔豈爲老人一莖眉穿却耶昔世尊不許阿難以緣心聽法宗門不許語言轉正要顯出當人作畧耳奚以實法綴人哉老人感足下殷勤爲法惓惓苦心豈忍忘情但願此道不墜即千載如一日也又何有於去來南岳山靈已竭一切道場皆委荒榛殊爲酸心恐諸老復起亦未易舉也嗟乎道與時也安可强乎

與元溫起南

足下念老人與諸子周旋十八年來大似幻師與四衢道作諸幻事雖有種種妍醜欣戚之狀總之皆歸幻化人今日觀之又夢事也老人初心妄意南岳爲大休歇地及至乃知山不宜老種種不易皆爲身心之累且衰朽又無行脚濟勝具只得隨緣放下將就湖東幸一二檀越助營蒐裘去冬誅茅結廬於逼除日已就安居當下狂心頓歇生平所志願者一旦得之二十年中跉跰辛苦化爲無上妙樂之境矣信乎淨穢隨心苦樂在已一切

處無非寂光真際也最可喜者已蒙聖恩浩蕩還我本來面目無復他慕其山門應接賴有湛公荷擔老人自此閉門飽食高眠一切禪道佛法束之高閣今日乃爲天地間一無事人即此一日之安尤勝碌碌一生也諸子聞之豈不爲我大生歡喜乎修公同居時時提撕此事恨不與諸子共之古人謂道路各別養家一般諸子果能日用於一切處以老人之樂爲己樂則老人所有亦諸子之所有老人所無亦諸子之所無也所謂一身一智慧力無畏亦然此語豈黄面老子自道哉莫謂老人今日之事與諸子絕分但於日用妄想交錯煩惱固結處便是老人現前時節若當面錯過即隔粤山楚水也今歲正是諸子願力成熟之時甞憶文殊窟中一萬眷屬常空數十座且人人脚下一片雲豈肯讓人乘之耶但有疲於津梁者啓南上座當爲大衆白椎耳

答李湘州太史

貧道一入空門即抱向上志十九披緇遂棄筆研單究已躬下事荏苒十年未有開悟遂匿迹五臺氷雪中尅苦身心甚至一字不識之地忽然四大脫落無依回觀從前山河世界皆夢中事由是得大快樂一切應緣如鏡中像了無滯礙如此八年先是諸經實未通達因思佛楞嚴以一心三觀爲宗向以文字障礙貧道澂心諦觀只以理觀爲主理觀一通餘文可畧歸隱東海潛心力究忽然有得遂直述此書自爲必信即法門疑者不無久慕玄解特請印正當有面決處此時苦以病

魔作祟儻秋爽有期當與掩關十日一決生平之素庶此道寥寥天壤不孤耳明發溯流回首徒有瞻依

寄高瀛臺太守

頃時事驚心公壯心勃勃讀尊草委悉近況然臣子爲國攄忠固本分事第非其時似違用舍之戒況當垂老之事居固窮之地正壯士失色之時豈不爲身心大累乎杜智者之於重輕必有一以審處矣山野年近八十衰病日至幸藏迹空山苟延一息待死而已枯朽之懷無以爲知已道者儻公能降心寂莫享清修之樂作出世一段因緣大爲奇事古云生平無限傷心事不向空門何處消此實意之所望者

答談復之

頃就湖東尺地結廬於灌木之陰業幸就緒於月之十八日入室高卧夢想頓空足可娱老且喜得如足下信道之士相與精神流通可謂不索莫矣行者來得足下書中語似於知見上做工夫此足下信向之篤故楞嚴云知見立知即無明本此謂衆禍之門也又云知見無見斯即涅槃是謂衆妙之門也此中云知見大非凡情妄想思算境界皆從實際工夫真參寔悟處做出殊非口頭戲論當作佛法也足下信心固篤入法未深便作如是種種知見語皆成戲論其杜善知識分上不是以佛法作人情便以冬瓜印子許可也老人所云衆生知見即佛知見者蓋推本未迷以前言之耳不是迷中妄想知見當作佛之知見也若以妄想爲佛知見則大地衆生皆

已是佛又何用修行耶若以尋常妄想情慮當作受用境界則一切世間淫殺未除貪嗔放逸者皆是佛矣若作此解即是魔說豈可以邪見作正悟耶來語種種皆非眞實受用處足下但將從前知見一切剗去纖毫不留於一念不存處稍見影響方可以言箇中事若以聰明伶俐知見把作正解恰似認驢糞作明珠若在善知識門下存此知見則善知識亦成邪魔種類矣老人於足下大生法愛故不惜眉毛以酧來意足下試自點檢果於知見上有何實際當不落此戲論場中以爲入道眞種耳深切思之

又

向上一路親近者稀不是眞正奇男子決不能單刀直入此事決不是世間聰明伶俐可能湊泊亦不是俗習知見之乎者也當作妙悟亦不是記誦古人玄言妙語當作巳解只須眞參實究向自巳胸中流出方始蓋天蓋地若有志參究只須將從前知見盡情吐却即上大人丘乙巳字脚亦不許存在胸中吐到乾乾淨淨一物不留處放下又放下放到無可放處方是入手時節此時正好著力做工夫做到做不得處如壁立萬仭纔是得力時節如此用心辟如逼狗跳牆定有從中迸出一段光景方是眞受用處殆非泛泛可到此地苟非眞正丈夫有決定之志者不能至也世間多少聰明伶俐漢都納降欵於五欲場中高者納於功名路上如此而巳幾曾有自巳活計哉以足下之根器加之篤實信心巳具根本最爲難得若效當世口鼓子禪但

資說鈴不究實際豈不孤負巳靈哉以足下信老人心決定無疑故不敢負足下歸心之望前書僭妄以恃知巳故不惜眉毛不是披剥足下願足下詰眞實際不欲向門頭戶底墮恒品耳足下自謂向棒喝下承當足見大力量處要知古人棒喝不輕施即承當亦未可草草願足下從今一切知見盡行放下就放下處提撕便見眞實受用以所望足下不淺故不惜忉怛政以足下有此大力量故以千斤擔子累足下耳讀書之下試請大慧書問一看便見老人不妄與也

與穆象玄侍御

山野向有休老南嶽之志去冬杖策而來山居之緣未就頃者暫寓衡陽之湖東亦古道場地也勤公來得悉明公比來大作佛事頓開人天眼目聞之喜不自勝嘗謂古今豪傑之士一段般若光明多被世緣蓋覆盡力納向功名富貴門頭肯於自巳性命根宗向上一路著脚者甚自難得以此大事因緣乃大丈夫究竟歸寧之地明公頓能向此回視功名事業特塵垢粃糠欣羨何如第恨不能相與決擇向上事以此爲闕耳聞明公精持金剛般若頃有決疑一本奉爲法施

答劉玉受繕部

燕關幸入維摩之室自爾音問時通第未酧公皈命之念此爲抱愧别入匡山棲遲六年壬戌長至月復有嶺南之行辱惠辛酉閏月書至癸亥二月方得開誦一書之達如此況人生多世之緣乎所示病紀細細披讀雖是病態要自參究習氣中發非業習也就中見

公歡喜不無但以爲實證則未可也且楞嚴明訓若從眞實參究禪定中來亦不敢作證若作聖解即受羣邪況病態乎雖然過此一番公當自信其心埽除從前知見不患不到家邦平貼地耳

答杭城諸宰官

山野自愧薄劣爲法門罪人漂流瘴海二十餘年骨殞神銷僅存一息將匿影窮山畢命斯世第以法門之故與達師有死生之義悲蓮師有慧日之沉特不遠數千里持瓣香以弔茲已了雙徑之願擬過殘冬有雲棲之行必取道錢塘一入毘耶之室何意辱諸大長者先施慈命晤玄津法師委悉法會之感何幸餘生再見今日感不能言擠慚無地謹此致謝容當敬受彈呵以銷狹劣

與蘄州荊王

恭惟賢王殿下睿德天成靈根夙植內蘊眞慈外現國主身處塵勞心存淨土山野枯朽山林仰德欽風爲日久矣自分無緣一餐徽問去秋遊目匡廬濵行適歸宗老衲持令旨至伏承香積之惠匆匆行脚未遑啓謝今夏復還匡山擬休老計幸故人汪司馬公以法眼相看願結十賢同入蓮社欲賢王爲上首曾託左右致意想未達睿聽然惟匡山即靈鷲蘄黃猶舍衛豈捨賢王於法門乎將期始終金湯耳頃拜使者之辱兼領法施深感慈念致謝無量且聞冢嗣之變知賢王以天倫至情難免憂苦但人生修短各有定分本屬前緣往者既不可留來者尚圖厚望豈可以不作之魂而傷生者之性此在達人以理自

遣萬無以癡念重勞五體也唯望三寶慈悲足以利存亡耳願賢王厚自保愛

答荆世子

先王上御國事多艱殿下冲齡方在勤學其內外事體皆在國太一身擔荷憂勞之念又當何如山野以此不忘於心也然須自知保重節憂省惱以靜持心以慈御下以綏天寵萬無過傷以慰羣望其於念佛誦經禮拜乃切已大事又不可以艱難退心捨此一念無可以感佛天加護者惟有至誠可以格天耳

答無錫翁兆吉廣文

公道念精純人倫師表顧開示來學務真參實究不墮光影門頭爲第一義大抵聖學一宗果能參究禪門工夫方有實際且近習多好談宗門爽快語句太爲流弊誤人不少以杜口頭非真知見也至若楞伽楞嚴金剛三經乃發明最上第一義顧以文字視非正眼也願公留心時時披究當得真正路頭以末世無明眼人賴此爲印證耳

與聞子與

念足下爲生死心真實如救頭然五欲泥中不若是堅强勇猛誠難頓拔其根若於熱腦中發一念清涼便是火裏生蓮但惜足下禀氣柔弱心力骨剛第色力不充耳居常善病足下識此病源乎他人之病從世間貪癡起足下之病從爲道貪癡起病雖不同爲病則一足下憤憤要出生死將謂脫塵網爲出生死不知離妄想網爲真出生死况父母之恩未能頓報若以遠離爲報則重增父母之憂是返苦於親也何報之有以不得脫離日夜

癡癡妄想以爲不遂其志則道未辦而苦芽先增長矣豈非大癡耶足下當自思惟妄想乃生死根即於病中覷此妄想了無根蔕則念念頓拔生死即此坐進此道法身日健心地日明不待脫而自脫矣老朽感足下信心時不能忘闊足下病尚未安故以此奉慰

與金省吾中丞

在昔豪傑之士負經世之材者但知建功立業於不朽豈知眞不朽之業哉以不達本有捨已從人故功未必成即成而未必不朽即有虛名垂之後世名存無益而黑業隨之因果昭人之耳目者古之將相類墮於此孰能如裴張白楊諸大老在世出世者乎是知有先具性眞而推緒餘於功名者亦有功成身退而歸根於性命者雖早晚不同而超然獨得世難與比者則一也惟翁嘗功成身退之日即能放下諸緣潛心一眞之地其所謂至樂於已者九鼎不易也豈非大豪傑哉惟翁即在放下處著力放到無可放處自然不被生死業繫矣即修淨土一門最要放下染緣而淨業方成然於放下處求生淨土是以彼易此博換之法耳雲棲道場清規肅靜如金剛圈但願大衆一心依教奉行即蓮師法身儼然踞獅子座也唯衆護法大檀時時加被以增精進耳復何所云

與嚴天池中翰

還山後業已具報奉慰慈念山居卜地最爲幽勝拮据誅茅數椽十月望後已就安居將三月矣歲窮則無所不窮唯有千峯積雪萬壑松濤盈耳眩目時皤然一老鬚髮鬔鬆頹

然兀坐擁衲圍爐燒榾拙火邈焉不知有人世而人世亦不知乾坤之内有此物也積劫塵勞可一洗殆盡況二十年炎蒸毒霧乎想老居士聞此必爲一撫掌

與王季和

居士言近來日多懈怠無精進力此自知之明經云知是空華即無輪轉以知爲懈怠則定不爲懈怠轉矣古德云心不與世情和合是眞精進近聞同元初讀書洞庭山中塵境遠離六根無據置身於三萬六千頃寒波浩渺之中如坐大圓鏡裏且與勝友對談不二此中何處更容懈怠乎第恐妄想不休如白日作夢自生顛倒耳

與顧履初明府

居士天然道骨稟出塵之度養素山林固稱高尚但於性命根宗超出生死一著似未留心居士根器已具所欠知識與之切磋蓋亦時節因緣未至耳山野卜居匡廬之南七賢峯下與五老相對揖讓雲中吞吐彭蠡波光雲影不減太湖雖花果難爭鄧尉而幽勝過之山野幸託棲遲逸老且願效遠公東林遺事將期邀域内高賢同修蓮社之盟居士肯留心此中幸約同契勝友各標志願竢結搆道場落成他日歸來如久客還家共老煙霞同歸極樂豈不爲最上因緣乎居士若果惠然以爲先導無竢山野饒舌也

與虞素心吏部

徃晤公於東禪覩其道貌天形敦篤厚重心知其爲有力大人所爲公惜者有道器而未聞道恐臨大事人不勝天耳苟不奮發眞實

信心於佛法中精心著力深窮超生死之學爲眞實處世俗口耳皆非究竟地也出世眞修唯楞嚴一經應世之妙無逾道德一書願公早發信心於此用力久之當有自得處也

與熊芝岡侍御

前過武昌得瞻光霽辱不鄙而厚遇之飽餐香飯深領至言歷談處逺一段精神所謂威行蠻貊氣欲吞胡截戢干戈嬰兒强虜事事全出大光明藏金剛心中聽之不覺毛孔熈怡私謂菩薩現宰官身定國安邦盡屬神通遊戲嘗聞其語今見其人卽以此心成佛眞能一超直入誠雄猛丈夫哉别後光儀時現心鏡頃聞潛心佛事此又超出世間一步古語有之生平無限傷心事不向空門何處消惟此空門寔豪傑退步若肯放身此中以大智火銷鎔意氣畜此無生利器稱師倚爲斂天長劒把定乾坤眼睛他日神通回視向者直一唾耳實所望焉髙明其有意乎

與蔡五岳使君

往幸有縁一接光容卽辱法門心契承爲六祖護法雖闡提作障而金剛種子已不磨矣既而曹溪因縁亦以獅蟲嚼食竟違本願又作未來公案山野亦脱然謝去未幾卽蒙恩度嶺初擬南岳休老未遂復有雙徑之行了達師未了因縁所經叢林處處皆公心光照耀而禪宗向上一著莫不推爲上首末法宰官能眞參力究如公者指不再屈想年來履踐眞切當過關掉臂逢縁自在一切幻化皆張般若智鐙矣

答王於凡

曇公來辱惠手書以生死一事拳拳於心發此大心甚爲希有但以念佛有漸次欲求頓悟之說此乃近世士大夫學佛者喜爲爽口之食非應病之藥也以未實有爲生死心但徒說玄妙道理口說爲生死且亦不知何者爲生死根所言生死根者即是吾人日用種種妄想人我憎愛貪瞋癡等諸煩惱業此業若有一絲不斷即是生死根本如今說要參禪頓悟了生死請自討量果能一念頓斷歷劫煩惱如斬亂絲否若不能斷煩惱縱能頓悟亦成魔業豈可輕視哉從上諸祖頓悟亦從多生積功漸修中來故頓悟一著說則似易其實爲難茍無二三十年死心工夫如何得向熱惱中一念頓悟亦要在自知根器何如耳至若念佛一門世人不知其妙視爲淺近其實步步踏著實地何也以吾人有生以來念念妄想攀緣造生死業何曾一念回光返照自心何曾一念肯斷煩惱今果能以妄想之心轉爲念佛則念念斷煩惱若念念能斷煩惱則是念念出生死若此一念不亂到臨命終時惡業消滅佛境現前一念隨佛往生淨土永超生死登不退地所謂但得見彌陀何愁不開悟又何必論頓論漸又管甚三品九品哉譬如世登黄榜即末後一名亦可又何必要鼎甲哉茍如所云參禪徹首徹尾則五濁十方無非淨土此語甚痛快第恐不能如此豈不自誤此生又墮長劫生死果能以念佛之一念不移一心不亂比參禪更有下落總之惟在一念眞切耳但參禪定要死盡世心不容一念妄想其念佛是以淨想轉

染想以想除想乃博換之法就吾人根器易爲耳其實心心念佛心心不昧此心妙樂有不可言者足下請試爲之幸無以老朽爲劣解知識也此不欺之言惟心諒之淨土三品之説嘗備淨土會語論中足下無惑於邪説請細披之無竢多贅

謝吳曙谷相國

頃承翰教知明公時中以楞伽印心昔張方平偶得其本恍是前生手書此亦明公懷中故物耳但此經文險義幽山野不揣妄爲註記不能發揮萬一承問此經何以不立九識蓋佛應機説法教有權實以初出世時化機未熟不堪受大姑爲小乘劣根説六識三毒爲生死本即八識祕未敢説直至三十年後根機漸熟方説唯識以八識爲迷悟生死之本猶恐不信佛性故於八外又別立第九名無垢識以引進之此亦未盡大乘了義過此已後觀機已熟乃説楞伽直指識藏即如來藏爲頓教大乘此經不立修證漸次名位但了一念無生頓同佛體故經雖有種種言説都是破外道小乘執言之病只教離言説妄想頓契本心故達磨西來以此經爲心印全不同餘經之説也明公但觀經中識藏即如來藏一語便是究竟極則不必更求九識爲實法也大段此經只是要離言説妄想爲入門工夫開卷即一切俱非便是佛祖正令妄意如此惟明公留意焉

答阮澹宇太守

客歲聞挂冠東歸喜慰無量惟菩薩度生固是本行當劫濁時衆生垢重即釋迦不免慼

須奈何能盡願力乎青山白雲晚年清福較之尤多若精修淨業以長揖堪忍又爲丈夫最上緣也

憨山大師夢遊全集卷第十七

音釋

藪蘇后切 戕慈良切 祟雖遂切 蠡盧啓切
音叟 音牆 音粹 音里

噆子答切
音帀

憨山大師夢遊全集卷第十八

侍者福善日集　門人通炯編輯

與王醒東侍御

壬子冬别後次年大病幾絶更生及冬即度嶺之南岳初有休老意因緣未果且達師有未了公案至丙辰夏即有吳越之行覓公音問竟不可得先至廬山結夏見其幽勝遂有終焉之志了達師事即於丁巳五月還歸匡廬卜得山南五乳峯下一丘一壑足了餘生其結構之緣皆賴護法今幸已得安居二十年所慕垂老始遂足知人生山林之福未易得也去夏若公來遠辱書惠始知公內艱家居計釋服在邇入都可期舟過落星舉首雲山一牛鳴地佳會之緣日夜望之每念嶺南法道千年以來老朽雖未大振賴公入社諸子一時之盛得馮龍二生表率人人可觀嗟哉二子繼逝斯道寥寥獨恃公荷負之力奈不能久與諸子周旋散而無統大爲可悲不意興衰之速如此惟公天縱有餘所恨法門未能深入則護法有心而於今當放捨一著似未打破故於世法佛法不無町畦若得大開重門內外洞然若揭日月于中天則曹溪衣鉢豈容陳腐若公大力量人不發無上菩提之心則大重昏終無慧炬矣老朽老矣餘日無多恒思此段因緣深爲痛悼公其念及此乎修六閉死關於金輪峯頂甚爲有望若悍令留山中姑爲打葛藤且令入智慧門二子異日得公爲護法大弘此道則老朽死且不朽多刦之緣亦不虛矣他復何言萬里如面惟公鑒之

答陳無異祠部

山居與世益遠每聞時事驚心痛徹五內不意一變至此惟冲主子立政出多門所謂醫多脉亂無怪其然即盧扁亦當束手爲之奈何此者前車巳覆惟今只當愼行謹守以固藩籬培養元氣爲上策若拘拘破器而以必完爽口快意爲尚所謂病不死人而醫死之矣此外更有何術朝廷一時固多君子縱能執經按脉恐出奇多方亦未必能取捷公釋服在邇當即出補不必以治亂爲行止所謂大火所燒時我此土安隱世事如奕棋當局者迷若有明眼傍觀即指點一著率收全功又何在於對奕耶第不宜攘臂其間令奕者厭此吾佛所說貴善巧方便行耳如何如何承示孤明時復透現第承當不勇若言透現乃自知之明若云承當不勇乃自信不及耳然透現乃念念透現豈但時復第看破透現處本無一物則念念現前者即本來面目如此念念著力念念無生全體出現又何有承當不承當耶以當人一念自信不及故起將謂別有之心所以當面錯過却道承當不勇此病在別求之心凡向道者皆以此誤公直就一念現前處看破無生無生則本來無物是則遠從無始一念未移從今而後只此一念更何別求既唯此一念更教誰承當耶六祖云若論此事輪刀上陣亦可做得願公諦信此心看破念念現前處則念念精進如此則一切處無非大解脫場又何有治亂之分耶因對晤時難不覺漏逗

答曹能始廉憲

山野早慕匡廬之勝垂老方投往丙辰歲一登此山則知有大宰官知識爲護法幢及閱龍藏募疏則心折於摩詰有斷取大千之神力也比即誅茅五乳爲休老計乃峯下倚天際七賢而望雲中五老居然自貺爲我山門護法矣藏公爲道場拮据足無停影喜無知厭且尊慈有大願力將建法筵此爲匡廬曠大因緣惟是必仗法身親臨此中乃可振大法鼓否則以一糞埽頭陀安能施無畏于十方雲來海衆乎此廣大心中必能建是希有之事也

答徐明衡司馬

日承枉顧荒山一見慧光獨露表裏洞然如氷壺玉鑑自是般若中人非一世二世善根薰修者及聞妙論所吐一片金剛心地發爲忠肝義膽但有忠君愛國一念不復知有身家計真乘願力而求救苦衆生誠現宰官而作佛事者也遠惠德音知法體多病且云心强骨弱此在有漏形骸本來浮脆理固然也顧此血肉之軀原是妄想凝結念念薰蒸故少乖調攝則大不知恩況外慾薄鐲增益病本唯佛一人純一以金剛心地念念薰變故令此身全成堅固舍利得不壞耳嘗聞聖道之真以治身其土苴以爲天下國家此乃本末之論惟今志欲利人先立其本在所養堅固深厚而後忘身從事老子云後其身而身先外其身而身存必有道矣惟座下志大願大必心大身細而後可此在中有所守而外以事試之則漸入佳境譬如架閣必先固其基耳愚意願座下從今發心單持一咒或準

提或金剛穢迹合之於心二六時中念念不忘久之發强剛毅之氣自然熏發不待强而自强矣知高明信心篤厚故敢妄談

答王東里明府

別後恒如霜天月夜對談時也此景此時都在睡夢中誰能醒眼與世外人茗碗爐香說無生話也承諭近日閱楞伽有會心處甚喜以此經離文字相離心緣相唯忘言妙契方有入處從此不疑當有深證也別諭一照即覺亦能轉境言打成一片則猶隔鐵圍此當自知不成一片過在何處以古人一片之說不是小事從初發心參禪即將一則公案作話頭如趙州狗子無佛性萬法歸一一歸何處等語以此橫在胸中塞斷意根再不放行著實疑情晝夜咬定牙關一念不捨久纔純熟方即打成一片動即十年五年此是話頭成片未是悟成一片也知公雖諦信此事已有解會處但未下死工夫如古人參話頭雖會得此道理猶在光影門頭其生滅心未曾暫歇一念故閒時無事見有道理及對境遇緣便被奪轉去是知此事不是以知見道理當得實用也又云作一合相觀以見破見以相離相以識去識以執破執此言固有理在但一合相不以兩頭湊泊可入者以心境兩忘正是悟到一片處不見有少法當情作礙頭頭消歸法法顯露如此方可入一合相今若以見識相破正如油入麪何能破得況見識乃病根非破敵之具如此作觀似有淆譌若依經教中入必如金剛般若六喻即一觀純熟自有十分相應若從楞伽入但于靜坐

能見自心妄想流注方是工夫入頭又云妄想無性一語中得力便念念消歸若宗門中叅只依六祖不思善不思惡那箇是上座本來面目此最真切日用做工夫如此時時不忘不必求一合相忽一念相應則忽然墮入一合中矣惟今願公不必求一合相亦不必怕境轉但時時隨心抱一則話頭日用中單看一念起處當下咬斷便消得去若妄想消得便不被一切境界轉若入識迸破大徹一番則無境可轉矣無境可轉則心境一如此真一合相也

又

東行幸見公真正道人可謂不虛往矣山野老年棲息青山白雲之中與世日遠公利生之願正弘晤言未有日也喜公進道工夫甚銳誠一日千里但趨修固易而忘功絕證爲難以耽著玄妙靜沉寞白久之不覺墮落知見魔網此從古學道之難過一關也若透過此關是爲百尺竿頭進一步到此一味平常更無甚奇特所謂依然只是舊時人不是舊時行履處如此則通身毛孔渾放光明決不是思量境界決不坐光影門頭此處只貴步步埽除自然得到大休歇耳

又

奉手教辱法愛惓惓心神契會不隔絲毫光明藏中本非形骸可隔信非虛語委悉近日工夫日見平貼已蹈省力安樂之境足徵大精進力所云舊時鼻孔一毫著不得正是得力處但就中一毫著不得處更有諸譌在直須透過古人謂有佛處不得住無佛處急走

過正恐坐在無事甲裏若不勘破將來轉身更難豈不見雲門道有二種光不透脫一切處不明面前有物是一透得一切法空隱隱似的有箇物相似亦是光不透法身亦有兩般病得到法身邊法執不忘巳見猶存是一直饒透得放過即不可子細檢點將來有甚麽氣息亦是病古人初以見道爲難及乎見道而法執最難遣多墮在此所謂認著依然還不是此中工夫雖無著精彩處而捨法見一著不可不知也高明以爲何如昔從念念捨去捨到無可捨亦不坐在無可捨邊自然不被見縛則通身如大火聚矣

與鮑中素儀部

黃山白岳久在鴻濛何緣山靈現瑞感大護法使蒼巖翠壁一旦幻出梵宇珠宮致黃金妙相從空而來貝葉眞詮自天而降頓令無佛之國土涌出華藏之莊嚴攝化無量人天同入極樂世界如此妙用全在尊慈一念眞心流出其功德利益豈小小哉山野欽聞遥空讚歎第恨衰老無能一瞻禮耳頃卜匡廬一壑以送餘年幸陳赤石公作山門檀越將邀海内高賢重刻蓮華之漏書來云荷長者爲祇園首唱念匡廬名勝得高賢擊節嵒壑生光第山野有愧遠公不堪作東林社主耳

又

新歲承使者遠至辱慈念惓惓欲山僧一行以結法喜之緣初心欣然前巳具悉頃得汪司馬公書云遼警甚急昨二月廿日出師四路大將巳喪其三八九萬生靈一旦虀粉大可寒心止留李將軍一路遼極難支恐其長

驅大可憂也廟堂紛紜無晝一之策徵兵轉饟急於星火此何時也吾徒山林所賴太平念此人心洶洶之時屏迹傾誠誦祝之不暇又安敢輕事遨遊乎此其一也且聞京師震動南北禁僧而遊食之徒無措足地儻聞山野所至望風而趨難必其不來恐地方不便此其二也始以一行爲快嗣有一事可虞故不敢輕進特此奉啟伏乞慈諒姑徐圖之以竢後期

又

承示近來做工夫於本地漸有入處欲得祕密一語以爲捷徑原夫此事本來無密不密但在當人一念上做即看話頭一著亦是不得已而用之但要一識破日用現前知覺之心盡是妄想用事縱有道理玄妙之知見盡是識神影子皆心意識邊事總之不曾了知離心意識一著故凡舉心動念都落妄想窠臼耳所以佛云一切衆生皆由不知常住真心用諸妄想此想不真故有輪轉此即馬鳴所言一切衆生從本已來未曾離念是知衆生日用種種妄想究竟只是一妄念耳然此一念即是最初起迷之源從無始至今但只是此一念更無第二即心意識總屬一念上起惟今做工夫能將此一念看破則一切妄想情慮當下冰清矣此所謂離念想者等虛空界然因衆生秖見得心中妄念紛紛紜紜如此之多其實不知只是一念今無奈離念紛紜故古人教人提一話頭做工夫究之即話頭亦是妄念以但將此一念話頭堵截雜念歸之於一若窮究此一念深深覷之覷來

覷去元無起處本自無生若一旦了悟一念無生則永劫情根當下頓脫此名爲悟非是別有玄妙可悟也惟今老居士做工夫提話頭著力處只看此一念著力深深追究忽然看見此一念本無生處若了得一念無生則從此一切念念皆無生矣此六祖所謂無住生心也若求玄妙便是有住矣如此直捷處最爲有力不在多求知見此中一字用不著只是先要將胸中一切妄想知見一齊放下放得心中空空地灑灑落落一絲不留看他一念起處便著力追究如此是爲單刀直入更不容思前算後種種計較才有思算遠之遠矣老居士有志此事試如此下手何如

答錢受之太史

山野深愧破器有玷法門況復久沈瘴海甘塡溝壑不謂天賜餘生尚有今日向以衰殘多病將匿影窮山適以雙徑有未了因緣義干生死不得少此一行故踉蹌而來雖不敢言善財南詢且幸得以徧叅知識久嚮居士爲當代裴楊法門保障且知慈念慇懃準擬一詣丈室昨云慈航曾待於錫山當面錯過大爲悵然適辱慈音遠及法供種種捧誦再三彌感情至益令妄想飛越足不容緩但雨雪連綿少晴出山尚有雲棲一行湖上無多留連歸次吳門必入毘耶之室先此致謝不宣

又

山野居常恒憂法門寥落即外護金湯難得眞實荷擔之人昨幸見居士大慰夙心現宰官身竪正法幢斯時大有望焉若山野朽株

爲法門棄物承法愛之深自信夙緣虞山之會匆匆未盡所懷辱聯舟遠送更感惓惓别後仲夏望後抵匡山卜居山南七賢五乳之間誅茅數椽聊爾棲息前寄八行時尚未得定止也一向老病相侵幻軀故有濕疾作楚冬來方覺小可護法編時對披讀諸老塔銘言言指歸向上一路得宗門正眼我明法運大開賴有此爲衡鑑若刻施流通利法不淺其稿俟明春當專持上

又

向致楞伽筆記此經的爲心宗正脉未審曾留意否近來東南衲子中叅究向上者多苦無明眼宗匠指示都落光影門頭掉弄識神被冬瓜印子印壞又不肯親近教乘求眞正知見實爲難得宰官中向三十年來護法大心者不少而求眞眞潛心本地工夫者亦不多得大段士大夫太煞聰明無論若禪若教一狀領過從前目中播大名者可槩見矣此時不但世諦即法門中更難言之爲可流涕方今世道澆漓法門寥落之秋非大力量人出誰爲匡持嘗謂匡世道在正人心護法門在正知見然正人心必以正知見爲本所謂不偏不黨王道蕩蕩非至公無我之心何由一羣情而定衆志哉然無我之學必從法中叅究功夫將身心世界大破一番揭露本有大光明藏方能觀身世如空華泡影視功名如夢幻水月自然齊生死一是非超毁譽如此方敢言視天下爲一家視羣生爲一身廓然大公斯則人心自正世道可淳而致君澤民之效無越於此矣諦觀宋濂溪之學實出

於此故能羽翼聖祖開萬世太平之業讀護法編未嘗不撫卷而歎也季世末習大有不可挽者必若人然後可言太平之治且天道運而不息豈斯世而絕無斯人哉山野自愧爲法門棄物生無補於世而憂法之心如出諸已故所望于居士者重且大切願乘時深畜厚養以胥天眷其於社稷蒼生引領翹足極矣安忍不發深心重願乎護法編文章不必重加批點但就諸祖塔銘開正眼處畧發一二則已爲贅幸蚤刻之爲望近拙述楞嚴通議先已令致覽此經廣博包含一代聖教迷悟因果理無不徹向來解者未盡發揮山野此作大非故轍似更易入其法華通義亦盡翻舊案不知法華則不知如來救世之苦心不知楞嚴則不知修心迷悟之關鍵不知楞伽則不辨知見邪正之是非此三經者居士宜深心究之他日更有請焉

又

護法録即禪宗之傳燈也其所重在具宗門法眼觀其人則根器師資悟門操行建立至若末後一著尤所取大今于毫端通身寫出不獨文章之妙其于護法深心無字不從實際流出其于教法來源顯密授受詳盡無遺此古今絕唱一書非他掇拾之比今但就宗門諸大老塔銘中者以正見正行爲主如居士之見者大同亦不敢更增染污其於碑記序文特文章耳則不必也今以後寄底本覆上若早刻一日則法門早受一日之惠也山僧向讀高皇文集有關佛教及諸經序文并南京天界報恩靈谷能仁雞鳴五敕建寺中

各有欽録簿中所載要緊事蹟意要集成一書以見聖祖護法之心若同此録共成一部足見昭代開國君臣一體亦古今所未有也惟居士乘此留意一尋最爲勝事實山僧所至願也

又

辱手教委悉近況且述眉公札中末後句此山野久所切心不待今也養老社蓋自慧誠首座願力山野贊歎願捨所居而已此何時也求安且不暇又可以多事自擾乎況年來衰病日至足有濕疾行履多艱山居草草聊爾棲息且懼餘日無多生死心切閉關絶緣單提一念待死而已昨於中秋業已從事念二十餘年苦海風波青山白雲時在夢想今幸一旦遂之又肯作等閒看耶今關中一切禪道佛法束之高閣一味守拙每想古人有晝夜彌陀十萬聲今愧衰老色力不充自試常能强半特效遠公六時蓮漏以香代華數月以來身心自臻極樂知垂念之深故敢以告

又

侍者回得法音知近日心地脱灑此非眞實工夫不易得也甚慰甚慰承示不二法門之要無越高座一機非特一法而已心法序誠孟浪之談辱大手改正頓成佳語眞還丹點化之工非敢言必傳但存一種法門耳承念國事艱難無肯出死力者此言固然但觀從古捨身爲國之人非臨時偶爾而發蓋此等人品有多因緣非容易可擬也一則當衆生大難之時自有一類大悲菩薩發願而來至

其作用皆神通發現非妄想思慮計較中來無論在昔即如我聖祖同時英雄皆其人也二則天生應運匡扶世道之人內禀般若靈根外操應變之具先有其本及臨時運用如探囊中百發百中此留侯諸葛與平原忠定諸公即其人也三則亦自般若願力中來負多生忠義果敢習氣剛方中正確乎不可拔者勘定大事堅持不易如文信國明之孝孺諸公生性一定而不可奪者即其人也方今目中天下人物有一於此者乎觀其發言議論有能一定戡亂扶危之識見者乎無其本而欲責其實豈非過耶故古之忠臣有一定之材操有必可爲之具不用則已用必見效即如當世才具兩全者誰其人哉故古之建不拔之功者皆預定於胸中如范蠡子房武侯進退裕如豈以空談爲寔事哉即如東坡亦文章氣節耳惟今居士乃一時所屬望者第自揣其具孰與於諸公耶其所存者特一片赤心耳苟材具不充何敢言天下大事哉此山野向者切切望居士深所養者此耳以老朽觀居士之心審處諸公可爲之事業志能爲之至若戡亂扶危操何術以爲之是豈旋旋從中煅煉而能者耶即今之事特細故耳更有大于此者在惟願居士當早畜其具幸無以軀命付之爲全策也天下皆迷豈一呼能覺以知居士將有出山之意故特遺訊幸緩前綏操具待時天必有意成就大業萬勿輕脫若素養已就相時而出一見便爲如蒼鷹拏兎不留影迹方是大手作畧豈爲以頳面從人而以軀命付之爲得耶高明以爲

何如

又

自得居士去秋出山手書云養身有待數語極慰鄙懷不意國運多故外患內憂朝野惶惶冲聖孑立鉅肩爲難幸一時夔龍濟濟上賴祖宗之靈下慰蒼生之望如居士正宜堅秉願力以負荷爲心障回狂瀾切不可以慷慨意氣爲任又難以隨時上下爲善權方便也此山林蔬筍心腸在大光明藏中必有以寢處也所謂大道之妙難以言傳耳山野年來衰病日作意非久處人世者此生無復再晤之時矣言之悲酸山野所悲不獨時事即法道寥寥目中所賴護法之心如居士者指不再屈豈特金剛幢耶山野嶺南之行所得印心弟子一人爲馮昌曆者即四先生逸書之一也惜乎早逝書尾關數行

與徐清之中翰

承委悉近況深慰惓惓之念聖人云歲寒然後知松柏丈夫處世以多難成其志居士經歷此番過則骨剛氣柔心強力健以成福壽之晚操是則彼困橫者皆天之所以造就皆我善知識也如是則慶且有餘又何有以芥蔕乎語云人有可忘不可忘然有德于我者不可忘有怨于我者可忘況人生福祿秋毫皆前定其損益非彼皆我之固有也此後正宜精持道力遠無益之友省無益之費凡所舉念但作未來之福爲心此誠沒量大人也何如何如

復段幻然給諫

連奉手書具見老居士憂國憂民及憂法門

之心且辱周處于山僧者情何至也山僧人雖草木素抱懷出世願爲法王之忠臣慈父之孝子此非虛談葢有所試至若奉佛定業之訓生平葢有年矣今不幸垂老眼見世亂此乃舉遺刼數即定業安可逃哉顧逃之而不得者乃名定業若可逃而不逃乃愚癡況不以法門爲重而固守愚癡豈智耶屢接明誨深感護法盛心非特爲山僧一人也然所教者若一聞亂即推倒禪牀喝散大衆遂抽身而去此蒼皇失措似非智者所宜有山僧不能一也若云一鉢孤遊固是高傑但山僧年近八十有愧趙州二不能也若云秋月爲養老可歸即可逃名聞秋月山塲數十里果木養生之物滋設且恐力不能守乃投獻于王府求扁于宰官彼既好名如此豈避名之所宜耶若往則彼以我爲奇貨且老朽不宇此四不能也然近名爲避名我到人到如靈龜曳尾此五不能也老居士之愛我憂我固切且深在山僧有不能奉教者五故趦趄不能自決耳前云曹溪亦不可隱若以地言之誠不可隱若以理揆之此老居士所未知也然云不可隱者以海寇爲憂然曹溪去海將千里揚颿不至此無憂者一也然山雖不深而地處偏安即天下大亂乃不必爭者此無憂者二也然道場今已千年屢經更代大亂不過唐之五年而黄巢最慘且親兵至此感六祖之靈捨營地爲供贍田至今爲黄巢莊是以魔王爲護法無憂者三也且祖庭禪堂乃山僧所與之叢林生平功業惟存此一事色色皆我之固有往如歸家不勞遠遯終南

此無憂者四也且曹溪之兒孫皆山僧作養之弟子今彼思我如慈父往則如父視子不必投人此無憂者五也然所養贍不但舊日之檀越即現在之山田可耕蔬菓可食不必遠求于世亦不必待他人此無憂者六也且六祖道骨如生乃法身常住若依此中則與法相依爲命若法身壞而衆生乃死此無憂者七也聞之忠者以身殉國若死于封疆則死且不朽今山僧願爲法王之忠臣以佛祖慧命爲重若在匡山眞非逸老之地即守定業亦死之無益若于曹溪以一日之暇開道來學以續慧命使佛法不斷山僧于此縱遇大亂即定業難逃死且不朽政若以身殉國者死于封疆則死亦得其所矣可不幸哉況遠五可憂而得七無憂抑乃取之于固有又何憚而不爲耶彼中方伯監司已三致書請回山三年矣今本府具書出帖差僧來請坐守于此山僧情不得已應命而往誠恐老居士聞之以我有違大教故敢一一備陳奉慰護法之深心萬萬不必以流言悚聽也惟心諒之

答袁滄孺使君

屢承手書知歸心淨土決定無疑不疑則決定信矣幸甚幸甚且云但于天如淨土遠近如想天竺之喻未決然此喻元不親切至引夢喻最切且又未分别淨穢之想所以于惟心之旨不明耳惟佛說諸法如夢幻又云生死涅槃猶如昨夢又云淨穢隨心又云晝爲想心夜形諸夢故以夢喻惟心之旨請試言之然想有染淨皆生死本故曰一切世界惟

想所持然叅禪要離想而淨土要顓想葢以想除想乃博換法耳以衆生日用念念染想但造生死苦業今要出苦故念念淨想想佛淨土淨想勝則染想消染想消則淨想純淨想純則變穢土而爲淨土矣如人想淫則夢有欲事然欲事雖假在夢不無即以爲眞若人白日專想淨土則夜夢化臺寶地極樂境界受用自在即爲實事此則淨土但在夢覺之分豈有近遠之實哉所以佛說惟心淨土者專在一念淨想所感變耳故曰想澄成國土然娑婆穢土全是衆生染想感結純一穢惡而螺髻梵王見之純一淨土正如恒河人見之是清泠之水餓鬼見之而爲火是以二乘人見娑婆是穢土深生猒患以不了即穢是淨故佛于法華會上三變娑婆而爲淨土要指目前日用行履步步頭頭皆是淨土如此豈有十萬億之遥耶然經說十萬億者乃佛指華藏世界娑婆之西越十萬億佛土有極樂國乃阿彌佛所居實報土令人知所歸向耳若言惟心即華藏亦是惟心況極樂耶請以近喻惟心之旨山野少年聽華嚴經聞五臺山萬年冰雪因而切切想往此山因而日夜想之久久但見目前一座雪山經行坐臥皆在此中縱經鬧市亦不見一人但在雪山中行及後到五臺儼如昔所想以此觀之則淨土遠近可知矣然五臺尚要身到而淨土只要心到若是專心念佛念念觀想淨土境界久久純熟則現前日用步步頭頭如在淨土中坐臥經行即耳聞一切音聲皆是念佛之聲矣如此念到命終時則一切世間雜

念都不現前惟有一念阿彌陀佛則精進不亂目前但見淨土境界或蓮華現前阿彌陀佛與諸菩薩親來接引神識安然直隨佛往生當下便登極樂國如前夢境無異如此豈有十萬億國之遠耶此所謂生則決定生去則實不去乃是眞眞實實地非是說道理也只是要一念淨想純熟博換得過穢想則自然變穢邦而成淨土矣然生淨土如夢之說不是譬喻乃是實話以菩薩修行乃至七地已前皆未破無明之夢一向教化衆生成就淨土皆是夢中佛事故八地菩薩如夢渡河猶未存覺直至于佛方稱大覺此乃明言具載華嚴經明明證據只是從來說者未曾拈著老居士於此會得則淨土遠近一切疑淨盡無餘矣然念佛法門彌陀經中所說只是一心不亂是究竟語其實此語亦不易到老居士自心試驗生淨土準不準只在一念亂不亂上看則默然自信如人飲水自然精進矣來云久在台宗今要淨土台宗三觀和會此事妙宗疏最是分明台宗家事所云觀雖十六言佛便周是以觀佛爲總觀也即此觀佛念佛則念存三觀矣謂正當念佛觀時要將身心内外一齊放下絲毫不存心地如空不見一法即是空觀即于此空心中提一聲佛隨舉念處即觀佛像如觀目前歷歷分明不昧即是假觀然于正觀念時返照能觀能念心體空空寂寂當空寂中又觀念不忘如此不忘不著一心靈然即中道觀然此三觀不用安排但只舉念則三觀一心一念具足此中又不可將昔日安排三觀措心則不妙

矣請試于此著力何如

又

知老居士爲己躬下一著決志甚急此念生死事大當急時也但叅究工夫一向都說提公案話頭若大慧禪師極力主張是知從前禪門悟心者皆從提話頭工夫做出但于中用心有多不同今時說提話頭更錯用心甚遠以秪知提起不知放下爲要妙古人放下之語最爲入道要是知說提之一字乃是放下處爲提不是只想著話頭爲提也馬鳴云心體離念等虛空界又云離念境界唯證相應以心體本來離念今人不知離念爲正念故執持提起一心是以轉增迷悶耳何以故下處爲提起只如以阿彌陀佛爲話頭當未提佛時先要將外境放下次將內心一切妄想一齊放下次將此放下的一念也放下放到無可放處方于此中著力提起一聲佛來即看者一聲佛從何處來今落向何處去把定金剛眼睛一覰覰定覰到没著落處又提又覰又追到一念無生處便見本來面目也初則用心覰追追到一念兩頭斷處中間自孤更向此孤處快著精彩直追忽然迸裂疑團則本來面目自現即此便是一念眞無生意也學人但得此一念無生現前則一切處得大受用乃是出生死的時節也近世不知向放下處求離念一著死死執定話頭故返增障礙加之更起種種思想先存玄妙知見此是障道根本即老居士叅究心雖切以未經說破放下一著也只被玄妙習氣影子作障礙故不得受用耳百千方便唯有放下一

著最省力當此省力處做則日用念念即眞實受用也高明省之

與袁公寥

嘗謂自古豪傑之士能建大功立大業者皆自忍辱中來即成佛亦以忍行爲第一故曰無生法忍一切聖賢未有不成于忍而敗于不忍也老朽少年讀史記至韓信張良傳見其人能建大業看他畢竟從何處來因細詳其行事忽于淮陰市上受惡少胯下之辱信熟視之遂出胯下于此見史筆下一熟字寫盡生平學力及圯橋之履三進老人乃可之其博浪之椎折于一草履是知古人得力處老朽生平以此入佛法故前書云云乃淮市之胯圯上之履耳

與周海門大僕

别來忽忽二十年矣音問不通者亦十餘年精神固無間然不若承顔接響之爲快也去春之雲棲準擬奉教于湖上久候不至悵然還山貧道天假餘生得待死于匡廬深爲厚幸念此末法獨老居士一人爲光明幢貧道老矣無復奉教之日所期當來龍華三會耳貧道荷蒙聖恩假以萬里之行于法門無補纖毫即向上一著亦不堪舉似向人所幸于教眼法明直指之宗若楞伽楞嚴法華三經大翻文字窠臼皆已梓行託汝定請證惟瑯琊山中野狐潛踪敢乞金剛正眼一爲照破暗冥又爲此法大助緣也

與賀函伯戸部

山中得奉手書知道味日深世情日遠且以楞伽究心遊泳智海觀察流注妄想久之澄

徹淵原是則借彼逆緣爲進道之資矣所不足者苦無明眼知識相伴提撕恐于文言滯礙大段此事以教印心如蠭採華但取其味不損其色故凡有看教典及古德機緣會心處領畧不會則置之勿自穿鑿久自融通則言言冥合眞心矣政不必以不會作障礙也公賦性高明當此妙齡精力有餘能蚤收攝如此不唯蹈大方坦途且爲福壽之資天之所以成公者大矣幸自保愛以副區區厚望

答吳觀我太史

吳越之緣草草了事以不耐應接故即歸匡山而山中安居殊未易就投閒入山而返爲山累衰朽之年大不宜此耳浮渡令姪肩之當省老居士之憂喜師蟲已淨繼者果得人乎法門寥落不但明眼宗匠難求即衲子中眞心實行者亦不易見奈何法門澹泊至此老居士淨業精純法味日深心見發光當洞十方矣儻有緣徐會一談亦此生之餘幸也

又

年來山居雖與世遠每聞東西多警不無驚心然在別報固有定業但衆生劫難苦不忍聞況身經塗炭者乎惟老居士心栖淨土能無悲愍耶天造大運惟我聖祖德侔三五功超百王社稷靈長當享無疆但衆生業感自不能免耳每思法門一旦陵替至此回望興盛之時難再得也切念華嚴一宗爲吾佛根本法輪清涼爲此方著作之祖其疏精詳眞萬世宏規但鈔文以求全之過不無太繁故使學者望洋而退士大夫獨喜合論明爽率皆瞽視而義學亦將絕響矣甞謂論固直捷

唯發明大旨至于精詳文義或未及的指說者之意也切慨此大法失傳其如將來法眼何不但心遊法界安于理觀即文字師亦絕無人矣山野自少留心于此法門今嗟老矣掩關山中注意研窮欲單觀疏文提挈綱要去繁取簡務明大旨在不失作者之意旣去其鈔又剗其科直取發明本文似爲易了雖不能如論之宏肆而因疏明經適有以通說者之意或于疏義不續者間亦出愚意但取脉絡貫通亦不敢附贅此亦山野老年作懺悔地且爲來者申法供養耳前二年因病不能致力幸今年無恙其功已完七八恨不能與老居士一面證之敢此附聞發一歡喜耳

又

辱示朗公因緣山僧向慕其爲人惜未一見久聞末後一著心甚偉之第未知始末今讀塔銘行實諸書果愈所聞辱命爲傳豈能更著一語然法門之誼固不敢辭但就中以蘭風爲心印恐非所聞山僧昔曾見其人號爲鐵鞭一時皆以外道稱之宗門所不收即觀機緣一語未爲超絕不若法有所住爲佳然此亦非可以盡朗公之生平也但遇紫柏之事爲法門一變而晏然不動且讚紫柏爲希有以此一節乃朗公之深心于法門有王蠋存齊之意觀末後踞華座而逝正與紫柏一鼻孔出氣故傳中獨歸重于此即朗公寂光必以我爲知已也然傳志不朽須有不朽之實者存老居士其然之乎

答吳生白方伯

曹溪僧持法旨至拜展三復深荷尊慈所以

念祖庭法道愍愚僧而拯名山者心何切至也讀之不覺痛徹五内念山僧漂零苦海二十餘年今幸投老匡山以境幽心寂諸妄皆息無復他念矣今仰體尊慈以祖庭法道爲心誼不容已但匡山道場迺諸宰官檀越特爲山僧建立爲逸老地經營尚未結局難以輕脫若安頓不妥大負一時信心有所不忍以此趑趄未能判然先遣報命容料理得宜當就道也

答李三近

來云修行感賴師友自古皆然要之力行在已師友但助發耳至若一鍼一鎚即能透悟者此非師友全力乃本分功純遇緣觸發啐啄同時譬之鐘鼓應擊而鳴若夫木而則徒勞耳若夫靈雲見桃華而悟道香嚴聞擊竹而明心何借師友哉大都學道之人病在操志不剛次則我見堅固有此兩者如病者忌醫則盧扁束手矣

答沈大潔

鄭白生來云足下有薙髮之志鄙意未敢必然不意果能勇決如此然請親命許可此是佛法中正義最難欣許此菩薩助成也覽來問六則惟首二條爲急餘似可緩力疾勉答未審能決疑否所云即欲回鄉踐拂水之約此雖護法有地第恐落寞曰禪耳足下志願廣大且不必上求古人但能取法雲棲四十年如一日則末法望足下又一大光明幢也

答郭千秋

承以令師塔銘見委愧昏耄疎陋不足以當盛意但在法門所係甚重誠不敢不申讚歎

又不可以荒唐謬悠之言取罪以塔銘即世之僧史取信千載之下古之僧史列傳則有禪師以六祖之下五宗血脉爲主有法師以賢首清涼天台教觀爲主有神僧以佛圖澄諸梵師異行爲主有高僧以遠公支公生公肇公高操爲主四科之外其餘建立有爲功行者不與也今師清修苦行山野仰慕久矣覽持來行似非所聞不敢以虛飾有累實德故單取本色任山苦行清節生平以念佛爲法門當與遠公並駕宜在高僧之列乃敢畧載其正行以取信爲主殆非敢妄意貶損惟高明裁之儻不可采不刻可也

憨山大師夢遊全集卷第十八

音釋

髑（徒谷切音牘）　譌（五禾切音吪）　饟（式亮切音向）　戡（口含切音堪）　牸（疾置切音字）

憨山大師夢遊全集卷第十九

侍者福善日錄　門人通炯編輯

序

刻方冊藏經序

萬曆丙戌秋達觀大師密藏開公遠蹈東海訪清於那羅延堀具白重刻方冊大藏因緣方且訂盟於堀中爾時清以荷法情深心重然諾豈不荷擔以洞門未開荆榛未闢意將有待而然也已而達師西遊開本二公從赴清涼以卜居質疑於曼室大士卽蒙印許以金色界未幾諸緣畢集越庚寅秋幻余本公問余來入海印出所刻東栢大論若干卷示清乃焚香稽首再拜受之喜微藏心法香薰徧毛孔及讀諸大宰官長者居士緣起語備殫始末字字真心信乎無不從此法界流也且曰方冊類俗誦固以流通爲大方便第恐執梵筴而致疑者煩頻解之至詳且盡夫復何言嗟夫人情之惑乂矣迷方者衆顧玦數舉而不能悟一愚羽況大道乎嘗試論之始吾佛聖人說法也以法界無盡身雲稱性而演普門法界修多羅塵說刹說熾然說斯豈紙墨文字而可涯量見聞知覺而可流通者哉今所傳者特大小化身四十九年三百餘會隨機施設方便法門集之龍宮六通大士猶不能盡其名目量出少分釐爲三藏十二部廣布西夏流來東土者又貝多之一葉耳付囑流通諸弘法者隨方建立曲就機宜故曰或邊地語說四諦或隨俗語說四諦或現已身或現他身或示已事或示他事種種所行皆菩薩道觀夫雜華所出諸善知識同具

生身各各法門無非毘盧遮那海印三昧神威所現故世諦語言資生業等皆順正法法本無住遇緣即宗至若水流風動盡演圓音鳥噪猿吟皆談不二翠竹眞如黃華般若斯又豈區區華梵可分紙氊長短可較哉雖然語固有之人情安於常習惑其希睹復何怪哉藉令始也契書華筴而梵策又以彼此爲是非信乎是謂朝三也是以世尊利物妙在隨順機宜應以何身何法而得度者即隨所應而度脫之故順之則依逆之則違此常情耳今夫斯藏所詮乃佛眞法身一切衆生自性也悲夫人者沈酣衆苦稠林昧之久矣故世尊自矢之曰我本立誓願欲令一切衆如我等無異非此又何以見佛身了自性出苦得樂住佛所住以適其願耶以此而度非隨順方便又何以令諦信令人人由之而悟入耶況衆生有種種欲種種好樂苟弘法者順其欲投其所好無不信樂歡喜者今所化之機有四衆計緇白之分若牛緇角而白毛能化之法若獨擅是則投緇而拒白其猶取角而棄毛何其一體異視而示吾法之不廣也如此欲令人人而得度復何望哉且眞丹云多思惟思惟多則惑重惑重則智輕智輕則根鈍舉皆是也何以知其然耶嘗試觀夫世智辯聰牽多殉耳目陸沈欲泥間有靈根夙植負英傑之氣者大都發於功名去此取彼即般若內重又道不勝習奈之何躊躇生死良亦可痛況茲末法奉教倒多俑人豈直鈍根法門所繫九鼎一絲外患內憂猶楚入郢悲夫悲夫當是時也孰能力起而振救之若

大師者斯刻之舉不啻秦庭之哭眞有奪軍拔幟之意其恢復法界之圖遠且大矣睹其金湯外護高深堅利若諸宰官居士者豈非地涌之衆親受付囑而來耶不然何以勇健如此故吾觀眞諦眞諦不有吾觀俗諦俗諦不無是役也吾輩且息肩其猶庖人不能治庖尸祝將越尊俎而代之也以彼易此兩其無幸哉雖然勿謂無人自顧所積何如耳聞之大塊噫氣萬竅怒號由其聲大而響齊故一唱而萬和同聲相應豈成虛語是知斯藏之役將計日獻捷斯刻之功將浩刦而不窮直使人人因之而見佛物物以之而明心睹法界於毫端覲毘盧於當下斯可謂人天共仰眞俗交歸隨順方便之最上第一義諦廣大威德法門也或曰方冊滅敬將無慢法之罪耶予曰性性湛然般若圓明諸流通者譬若分燈卽大地俱焚曾未擇薪而本火固然不增不減試將以此廣大法炬徧周沙界窮未來際燒盡闡提卽使衆生界空而本法猶湛然常住也二公勉矣前旌嗟予小子慚愧形服以禪弓不張慧劒不利怯弱不敢先登敢辭執鞭之後

淨慧寺喬宗紹公請方冊大藏經序

達磨航海西來由至五羊而入中國盧祖崛起新州衣鉢終止於曹溪般剌臂裹楞嚴房公筆授于制止是則南海爲禪道佛法根本地也夫何千年已來道化不敷宛若佛未出世時不知三寶爲何物始予蒙恩以逆緣來因開法於青門一時緇白翕然歸向而法性諸弟子率爲上首不數年間教化大行信乎

若識佛性義當觀時節因緣也於時淨慧弟子喬宗紹公發心結社效東林故事專修淨業十餘年來如一日也頃者公以教化未廣見聞不博願請大藏普利人天適予初歸曹溪公作禮拈香具白其事予聞而喜曰佛性之在人心如大地之水空谷之響此不待别求本自有之雖然水固本有必鑿而㴱潤響雖無形必呼而後應又如貧子衣底之珠昧而不覺須賴親友指示使自披襟而得利益是則公之結社念佛如鑿井之人今請大藏若指珠之親友也若各得利濟之益要在人拂襟解帶之間非公與之實公指之耳如是展轉無窮將見迦維之化周徧炎海之濱較其功德豈可得而思議耶

首楞嚴經通議序

首楞嚴經者諸佛如來大總持門祕密心印統攝一大藏教五時三乘聖凡眞妄迷悟因果攝法無遺修證邪正之階差輪迴顚倒之情狀了然目前如觀掌果可謂徹一心之原該萬法之致無尚此經之廣大悉備者如來以一大事因緣出現世間捨此别無開導矣自判教者局於一時一教豈非管闚蠡測哉自入中土解者凡十餘家如會解之外近世緇白各出手眼而弘通者非一披文釋義靡不叅詳精確發無餘蘊又何似蛇足哉但歷覽諸說有所未愜者獨理觀未見會通故言句雖明而大旨未暢學者未免摸寫之嘆余昔居五臺氷雪中叅究向上以此經印證堅凝正心以炤㸃之豁然有得及至東海枯坐三年偶閱此經一夕於海湛空澄雪月交光之

際恍然大悟忽身心世界當下平沈如空華影落是夜秉燭述懸鏡一卷乃依一心三觀融會一經謂迷悟不出一心究竟不離三觀以提大綱但以理觀爲主於文則略如華嚴法界之設意在得義而言可忘也說者又以文字爲障不能融入觀心猶以爲缺故予久有通議醞籍胸中及投炎荒雖波流瘴海而一念不忘者二十餘年萬曆甲寅投老南岳寓靈湖之萬聖蘭若結夏粵門人超逸侍予最久甘苦疾病患難靡不同之入室請益懸鏡觸發先心遂直筆成帙廣發一心三觀之旨題曰通議葢取春秋經世先王之法議而不辨之意所謂議其條貫而通其大綱是於向上一路實以爲贅其於初機之士可以飲海一滴而呑百川之味也或曰佛不思議法可得而議之耶曰不然法本離言而堅執邪見者非言不破佛說優波提舍名爲論議以折邪慢之幢良以此經摧九界之邪鋒折聖凡之執壘靡不畢見於廣長舌端種種堅壁一鏃而破之直使智竭情枯降心歸順而後已以經盡發其情苟不議明正令無由以淨法界之妖氛彰覺皇之大化是可以文字目之哉得意遺言是在金剛正眼

玅法蓮華經通義後序

予十九薙髮即從無極先師聽華嚴玄談於法界圓融宗旨諦信至海印三昧常住用恍然契悟遂歸心法界之宗既而聽法華經因聞此經純談實相乃不知實相爲何物且謂若了實相則文字可略矣以此懷疑甚切每叨副講終盲然也及北遊行脚凡參耆宿必

以如何是實相請益然竟無有啟發者向以志慕參禪專心向上一路遂棄文字入五臺習枯禪力究巳躬下事八年少有自信之地復之東海一日衆請說法華經至方便品感佛恩深不覺痛哭流涕者再於實相之旨恍然不疑猶於經文言未大透徹似有礙眼無幾何乃因弘法上觸聖怒遣戍雷陽達觀大師與予期禮曹溪乃先遲予於匡廬及聞予罹難報初意其必死乃對佛爲許誦蓮經百部祈庇予南行過龍江師候別予於江上告以許經之故予丙申三月至行間越戊戌乃結法社於五羊青門壘壁間集弟子數十輩諷誦法華以了前願衆請講演至現寶塔品了然如睹家中故物卽信此爲示佛知見及至神力後八品古判爲流通予深見其非也

遂以開示悟入四字判其全經後乃入佛知見也時會聽者各各踊躍歡喜罷講請筆之因爲擊節遂以四字通一經始終之旨法門間有許可者予以文遠義奥恐初學難窺越壬子歲粤弟子衆請益仍爲品節以會其義明年冬予赴南岳故人之請遂去粤至衡陽止於靈湖之萬聖寺一二護法爲營安居於寺右落成欲顔之未就夜夢一僧告予曰何不云曇華覺而知有宿因也粤弟子通岸超逸二人相從先於甲寅請述楞嚴通議菴成衆請就講演一周逸輩復請述法華通義將會品節以通全經也予自念老朽無益法門儻一言有當嘉會後學於入佛知見未必無助於乙卯六月朔屬草至八月朔閣筆但宗華嚴始終融之以理觀統一代時教而歸之

性海以見吾佛出世以大事因緣之本懷其後六品判爲入佛知見雖違古作而理實有宗非敢妄談以信佛心則不必取準於人也其文多率意矢口殊爲草略弟子性融乃从踞法壇者相與校覈三越月而成然非敢爲玅契佛心至於文字般若亦讚嘆持經之一端也智者苟不以人廢言請虛懷以觀予有望於知言者

合刻法華文句記序

毘盧遮那證窮法界踞菩提場説普照法界修多羅示佛境界佛知見地惟佛與佛乃能知之故劣根在座如盲如聾以是獨被上根攝機未盡因垂小化身入娑婆界現老比丘八相成道與民同患五性周旋三根普被故曰吾以一大事因緣出現於世所謂欲令衆生開示悟入佛之知見故然佛知見者以徹盡法界草芥微塵無非成佛眞體了無剩法是爲諸法實相普令衆生知此見此同入平等法性方稱如來出世本懷嗟乎衆生垢重信之者希況入之乎是以靈山一會英傑之士猶費敲擊四十餘年至法華會上方信佛心始有歸家之分一一授記豈細事哉及化身既隱此法獨存千年之下大教東來此經流傳三百餘年無能識者天台智者大師持此大經一日親見靈山一會儼然未散求證南岳岳曰此法華三昧也非子莫證非我莫識自是大師以三觀釋經於是九旬談玅故有玄義文句口授門人章安記之唐有荊溪釋籤以發其趣意指百界千如備彰諸法實相之旨頓顯十方佛土中唯有一乘法無二

亦無三之說觀者了然自信其於佛之知見躍然而入得此開示無餘蘊矣卽以觀心而見佛心豈假外耶向以經記各刻學者智劣難於會通前有會玄籤而略句記義有未盡紹覺法師通會一律草成未行智河行公深悲末法理觀之不明以覺公原稿合刻于經使後之覽者理觀分明由觀以達諸法實相悟佛知見其於入佛境界是猶乘萬派順流而入於海固無難矣但大師舊判經後八品爲流通分予少從講習卽有疑焉及住山多年偶爲學人演說至現寶塔品恍悟示佛境界卽以此爲示佛知見因以開示悟入各從品目則以後六品爲入佛知見此似與流通相左諦觀所流通者佛知見也惟佛知見非觀不入不入將何法以流通乎意蓋大師引而未發者也然則言似左而義實符學者苟不以人廢言了此則誠不敢是今非古以啟謗法之罪也居士顏廣曙發心力荷而刻之是與智公與先會合者皆智者之功臣如來之遺使豈同靈山一會之人耶其法施功德當與實相等矣

重刻心經直說小引

棗栢謂無明十二緣生卽普光明智以是而觀則般若無明觀體無二如乳之爲酥酪醍醐不從外得蓋得醇爲轉變之力耳今觀自在修深般若其功惟在炤之一字而已以迷般若而爲五蘊由照五蘊皆空卽成般若則觀照之用得非五蘊之醇歟以用之者希故迷之者衆假而大地人人皆用則大地通成般若普光明藏矣噫聖凡之分一念轉變之

力豈細事哉永爲楚南鄙其俗能敦詩書者則爲上至佛法則從來未聞予隱南岳會叅知馮公守兹土邀予過遊九疑一時諸子翕然信向歸依予爲開示般若之旨聞者躍然如大夢覺豈非般若種子純熟遇緣而發若時雨化門生陳某等刻而傳之四衆將爲諸人佛種之酵歟佛言驢乳不成醍醐特爲不信者言之耳

金剛決疑解序

般若眞智爲衆生佛性種子各各具足而不知故我世尊特爲此事出現世間而開示之欲令悟入以脫衆苦之縛良由衆生垢重初聞驚而不信以其出情之法不涉名言思議而常情所執我法封蔀向以名言習氣深厚動則隨語生解潛起意言分別是以隨說隨疑不能頓悟離言之旨勞我世尊多方淘汰決斷羣疑直使了達般若本智以爲成佛之眞因故此經爲入大聖之初門以拔二乘偏空之疑滯以實相眞空爲宗以斷疑生信爲用空則空其所執之情信則信其本有之智以空故行無所住信則心無所疑不疑則的信自心與佛無二無二則生佛平等我法雙忘斯般若之玄門成佛之要訣也是知從上佛祖教人了悟自心直到不疑之地自然默與本智相應故六祖初聞無住生心一語當下頓斷歷劫之疑所以黃梅單以此經爲心印然信爲入道之根疑乃害信之毒故此專以斷疑爲第一義也昔西域無著菩薩入日光三昧上昇兜率請問彌勒爲說八十頌以解其義無著以一十八住判一經之旨以授

其弟天親天親依偈造論約斷二十七疑以釋最爲顯著旣而長水作刋定記文頗浩汗初學之士似難領略卒莫定其旨趣予蚤年誦習向未徹其源頃於曹溪偶爲衆演說竊觀於意云何一語乃卽就空生隨聞其說隨起疑情處當下剿絶不容擬議擣量以破意言分别如宗門所謂截斷衆流直使纖疑淨盡方與本智相應耳于是恍然了無剩法始知其疑不必拘其二十七則卽于隨聞所起言外之計預揭於前則本經文以爲破敵之具如此始終一貫直至情忘執謝般若玄旨燦然若眡白黑矣門人如繹法性弟子超逸通烱各捐資重刻以廣其施余因序其始末將冀見聞隨喜同悟般若之正因以爲歷劫金剛種子若夫得意忘言又在具正眼者決不作區區文字見也

刻金剛決疑題辭

般若爲諸佛母菩薩之眞因衆生之佛性生靈之大本也由向背之分故有聖凡之别是知衆生日用現前見聞知覺皆般若之光端在信與不信耳故曰諸佛智海以信得入靈山一會得度弟子雖出生死而不信此法無成佛之分勞我世尊多方淘汰種種彈訶而劣解之徒展轉生疑以爲非巳智分以疑根未拔故本智不現及至般若會上如來以金剛智而決斷之直使聖凡情盡生滅見亡而本有智光豁然披露始信自心清淨了無一法爲巳障礙此金剛般若直拔疑根爲發最上乘者說殊非淺識薄德之能解故黄梅以此印心以其一法不立是爲宗門正眼也昔

天親列二十七疑解此一經以疑潛言外而此方義學執筌失指從前得意忘言者希予自幼能誦而長不解每思六祖大師一言之下頓了此心何世無超悟之人由正眼不開返爲性障因住曹溪偶爲大衆發揮一過恍然有悟而言外之疑頓彰心目信乎此法離文字相非思量分別之所能解也因拈示一班以當法施初刻之嶺南再刻於五雲又刻南岳學人方玉見而信受茲復刻於吳門將廣願四衆同開金剛正眼的信自心則成佛正因將以是爲嚆矢也

春秋左氏心法序

春秋者聖人賞罰之書也何名乎春秋古者賞以春夏罰以秋冬蓋象天地之生殺而順布之故春秋者賞罰之名也賞罰明而人心覺覺則知懼故曰孔子成春秋而亂臣賊子懼周道衰諸侯僭禮義亡而綱紀絶人之不淪於禽獸者鮮矣天生德于仲尼蹶然欲起而賞罰之故曰必也正名乎然而世卒莫之用也乃因魯史以見志故曰吾志在春秋春秋云者亦曰賞善罰惡云爾善惡之機隱而彰賞罰之權志而晦慮後世之難明也故經成假手于丘明以爲之傳冀來者因傳以明經因經以見志而善惡之機凛焉則反諸心而知懼一懼而春秋之能事畢矣由是觀之丘明之心卽仲尼之志也不求其心而求之事與詞之間無當也先儒有言左氏豔而富其失也巫譏其好言鬼神卜筮之事斯言過矣孔子曰君子有三畏畏天命畏大人畏聖人之言畏之爲言懼也卜筮鬼神吉凶之先

見善惡之昭明天命也君父大人也經聖人之言也易尊卜筮春秋尊君父皆聖人之言也易治之於未萌春秋治之於既亂易言神道之吉凶以懼之於幽春秋言人道之賞罰以懼之於顯二者相須如衣之有表裏如木之有根株豈有異哉故韓宣子聘魯見易象與魯春秋曰周禮盡在魯矣吾今而後知周公之德與周之所以王誠知言也左氏以春秋之事詞闡易之旨其所深譏者違卜蔑祀與僭君叛父同歸于敗善惡必稽其所終禍福必本其所始所謂俟諸聖人而不惑質諸鬼神而無疑者知者畏之以爲天命而不知侮之以爲巫悲夫左氏之心不明而聖人之志隱亂臣賊子復何懼乎某以丁年棄詩書從竺乾氏業將移忠孝子法王慈父既因弘法罹難幾死詔獄蒙恩宥遣雷陽置身行伍間不復敢以方外自居每自循念某之爲孤臣孽子也天命之矣因內訟愆尤究心于忠臣孝子之實偶讀春秋忽于左氏之心有當始知巫之爲言未探其本也觀其所載列國及諸大夫之事委必有源本必有末吉凶賞罰不諜而符俯而讀仰而嘆不啻設身處地每于微言密旨欣然會心輒援筆識之勒爲一書命曰左氏心法非左氏之心法也仲尼之心法也非仲尼之心法也千古出世經世諸聖人之心法也何以明之心者萬法之宗也萬法者心之相也死生者心之變善惡者心之迹報應輪迴者心之影響其始爲因其卒爲果如華實耳不出君臣父子兄弟夫婦朋友人倫日用之際而因果森然固不待三

世而後見也楞嚴彈研七趣披剝羣有而總之所以徵心春秋扶植三綱申明九法而總之所以傳心易之吉凶利害憂虞悔吝楞嚴之四生十二類生天墮獄左氏之興亡善敗與奪功罪總皆一心之自爲感應而已乃獨以左氏爲巫豈不寃哉某用是深慨憫末學之無聞特攄愚見著爲是編昔我高皇帝以春秋本魯史而列國之事錯見難究始終乃命東宮文學傳藻等纂分列國而類聚之附以左傳名曰春秋本末某服膺聖訓惜未見其書竊師其意妄以王霸二涂通纂爲七傳周王道之大統也魯王國之宗臣也五霸雖假其意在于宗周也晉乃宗藩故列五伯之首以親非以功也天王命二文專征不庭命魯公夾輔周室故晉主盟而魯主會凡討罪必書公如晉以魯先之如伐鄭之事仲尼之本意也背于桓而服於襄百七十年左氏因而終始之此其凡也暨于一國興亡之所係一人善敗之所由得失之難易功罪之重輕有一世二世而斬者有三世五世而斬者有百世祀而不絕者皆令皎然如眡黑白其中報應景響之徵鬼神幽明死生之故隨事標旨據案明斷使亡者有知爽然知聖人賞罰之微意以服其心後世觀者凜然知懼又不待辭之畢也其或事涉數國所重在一條但以當國爲主或事在彼而始于此或始于彼而終于此者不避混淆併載以見其因果若他國之事無與者則略而不録恐其枝也以意在心法不在史故不必具也舊例附傳以通經今則分經以證傳以重在傳非敢亂經

以取戾也注則因之斷則不敢讓知我罪我無辭焉始于晉而終于周猶冀枝之歸本也亦如變風之終于豳言變之可正也或曰禪本忘言何子之嘵嘵乎某曰不然禪者心之異名也佛言萬法惟心卽經以明心卽法以明心心正而修齊治平舉是矣于禪奚尤焉夫言之爲物也在悟則爲障在迷則爲藥病者衆惟恐藥之不瞑眩也迷者衆惟恐言之不深切也某將持一得之見以俟天下後世之知言者雖多言庸何傷萬曆乙巳孟夏日書于瓊海之明昌塔院

刻起信論直解後序

直指之道不待達磨西來吾佛世尊特爲此一大事出現世間所謂惟以佛之知見開悟衆生故曰惟此一事實餘二則非眞由是觀之四十九年所說一大藏教何莫而非直指一心之法耶但衆生根鈍惟佛大慈悲故婆心太切曲垂方便種種開示無非指歸第一義諦嗟乎衆生之迷也固矣當佛入滅未久而邪見橫興破壞正法無論外道卽佛弟子親習權乘執爲巳見自滅正法況其他乎故西域性相二宗各立門庭甚至分河飲水其來巳久當六百年有馬鳴大師出蹶起而大泒之乃宗楞伽等百部大乘與義著起信論以破邪執大開一心法界之門攝性相而會一源引三乘而執至極約及萬言卽㬋室復起亦不能增一語可謂修行之圓鑑也嗟夫馬鳴爲傳心印之宗師乃宗楞伽以著論達磨乃禪宗之鼻祖亦指楞伽以印心所以然者正恐末世修行正眼不明墮落邪見以破

壞正法耳夫何近世親教者不務明心但執文言爲究竟叅禪者槩以盲修爲向上痛斥教乘甘墮愚迷固守偏執爲必當卽此一論乃教禪之指南一心之朗鑑視爲文字而讎之詎非大迷也哉嗚呼西域性相之執馬鳴旣力破之卽此方教禪之偏執圭山著禪源詮以一之永明又集宗鏡百卷發明性相一源之旨如白日麗天而後學竟不一覰此豈眞究大事者哉予蚤年卽棄講義初聽諸經不知爲何物切志叅究旣性地一開回視文字眞似推門落臼於楞伽則有筆記于楞嚴則有懸鏡是皆卽教乘而指歸向上一路柰何世之習教者槩以予爲不師古叅禪者槩以予爲文字師予雖舌長拖地莫可誰何無怪乎視馬鳴龍樹圭峯永明爲門外漢謂一大藏經爲指膿涕紙也且斥發明一心之說爲文字而執諸祖機緣爲向上機緣豈非文字耶予謂固守妄想增長我慢爲叅禪又不若親持經論爲般若之正因種子也且叅禪動以離心意識旣能離心意識求向上豈不能離文字悟言外之旨乎法門此弊非學者之過良由師承正眼不明妄執巳見之過耳此論舊遵賢首疏而長水記更繁衍學者望洋杳莫可究予向纂舊疏去繁就簡爲一貫旣而語似欠順故祖疏義爲直解就本文而疏通之直欲學者從此一門而入則教可離言得義而禪亦不墮邪塗是救末法之大關鍵也此解見者多喜其直捷旣刻之於嶺南安成今復刻之新安其唱導助緣者皆一時四衆法侶也

註道德經序

予少喜讀老莊苦不解義惟所領會處想見其精神命脉故略得離言之旨及投諸家註釋則多以己意爲文若與之角則義愈晦及熟翫莊語則於老恍有得焉因謂註乃人人之老莊非老莊之老莊也以老文簡古而旨幽玄則莊實爲之註疏苟能懸解則思過半矣空山禪暇細玩沈思言有會心卽託之筆必得義遺言因言以見義或經旬而得一語或經年而得一章始於東海以至南粤自壬辰以至丙午周十五年乃能卒業是知古人立言之不易也以文太簡故不厭貫通要非枝也嘗謂儒宗堯舜以名爲教故宗於仁義老宗軒黄道重無爲如云失道德而後仁義此立言之本也故莊之誹薄殊非大言以超俗之論則駭俗故爲放而不收也嘗仲尼問禮則嘆爲猶龍聖不自聖豈無謂哉故老以無用爲大用苟以之經世則化理治平如指諸掌由以無爲爲宗極性命爲眞修卽遠世遺榮殆非矯矯苟得其要則眞妄之塗雲泥自别所謂眞以治身緒餘以爲天下國家信非誣矣或曰子之禪貴忘言乃曉曉於世諦何所取大耶予曰不然雅鳴鵲噪咸自天機蟻聚蠭遊都歸神理是則何語非禪何法非道況釋智忘懷之談詎非入禪初地乎且禪以我蔽故破我以達禪老則先登矣若夫玩世浮遊尤當以此爲樂土矣註成始刻於嶺南重刻于五雲南岳與金陵今則再刻于吳門以尚之者衆故施不厭普矣

紫栢老人全集序

太虛寥廓長風鼓而萬竅怒號殊音衆響皆一氣之所宣又奚可以大小精麤謂靈根之有間哉惟吾佛以不思議智流出一切音聲陀羅尼故世諦語言皆悉顯示第一義諦若夫塵說刹說熾然說卽水流風動皆演圓音況宇泰定而照羣情觸境而發無思而應如谷響者乎是以從上諸祖證無師自然智者卽揚眉瞬目怒罵譏訶莫不直示西來大意又可以識情語言而擬議其形容哉達磨西來不立文字而曹溪則有壇經及二派五宗雖直指向上然皆曲爲今時或上堂入室示衆舉揚機如雷電凡垂一語必緝爲錄大槩聊爾門頭若大慧中峰至我明楚石皆其類也葢借語傳心因言見道言其所絕言耳今去楚石二百餘年有達觀禪師出當禪宗已墜之時蹶起而力振之得無師智秉金剛心其荷負法門之志如李陵之血戰縱張空弮猶揮駐日雖未犂庭埽穴而一念孤忠與齧雪吞氊者未可以死生優劣議也眞末法一大雄猛丈夫哉然師賦性不與世情和合至老見客未效一額手雖未踞華座豎椎拂然足迹所至半天下無論宰官居士望影歸心見形折節者不可億計以自性宗通故隨機之談如千鈞弩發應弦而倒無非指示西來的意稱性衝口曾無刻意爲文也一唾便休弟子筆而藏之者伯什師初往來于金沙曲阿之間與于王二氏法緣最深于潤甫居士每得師片言隻字藏貯如拱璧及遊匡廬主邢孝廉來慈長杉館師之法語留邢氏者亦多師化後潤甫屬王君仲嚢結集爲一部予

久沈瘴海爲師了末後因緣過金沙之東禪潤甫捧師集示余稽首請爲其序余三讀其言喟然而嘆曰嗟乎末法降心力拔生死之根如一人與萬人敵者予獨見師其人也睹其發強剛毅勇猛之氣往往獨露于毫端如巨靈揮斤眞所謂與煩惱魔欲魔死魔共戰竟能超越死生如脫敝屣可謂戰勝有功者也故其所吐豈可以文字語言聲音色相求之者耶佛說欲爲生死根師凡所舉必三致意痛處劄錐直欲剿絕命根即此可當金鎞矣又何庸夫門庭施設哉昔覺範禪宗妙悟超絕語言典則所著自目之曰文字禪故予題曰紫栢老人集葢非墮於俗數也觀者當具金剛正眼視之于言外則思過半矣

雲棲老人全集序

言以載道文以達理其治世語言雖聖經咸稱曰文獨佛語不然以世出世間情與出情之異耳葢佛所說以實相印印定諸法凡所語言皆歸實相所謂言語道斷心行處滅不可得而思議者焉以文求之譬夫執氷而求火也豈特佛經即從上諸祖麤言及細語皆歸第一義況本于文而超于情者乎予讀雲棲大師集三復而興嘆焉師以儒發家中年離俗單究佛未出世祖未西來一著徧參諸方有所發明遂挂瓢笠匿迹雲棲以恬養知非有意于人世也況爲文乎久之聲光獨耀緇白問道而來者初則屨滿次則林立久則雲屯霧集皆有請焉以師所造者隱密所居者平常故于應機接物無門庭絕城府無崖異如鑑照物妍媸順應故無臧否無指謫一

任其本懷故來者如蠡飲海應量而足諸弟子記其語者謂之文嗟乎豈以是盡大師哉予少依講肆聞說者談佛應機之玅不知其謂何及老年讀金剛般若諸弟子從佛持鉢乞食歸來飯食洗足敷座而坐空生忽嘆希有世尊予忽然如大夢覺是知世尊處世與人周旋前二十年無人知爲何事者空生今日始乃窺之固知孔子之嘆莫我知也即顔子高弟但曰鑽之仰之而竟莫能入然則諸子所記之語豈盡孔子哉於戲聖人影響于世豈常人所能盡知耶信乎文者醩粕耳然禪門載道之言除佛經諸祖傳燈直指向上特其言者大有徑庭不近人情故望洋者衆即文字之師稱述佛祖之道而溺于情讀者如絮沾泥求其平實而易喻直捷而盡理如月照百川清濁並映使領之者如飲甘露無病不瘳如是而爲佛祖之亞者予于雲棲之文見之矣議者謂師爲老師宿儒予嘗謂師爲法門之周孔也若以文視師則贅矣嘉禾嚴君某慕師而未親炙故梓其全集以照後世其亦斯道之功臣歟

方外遺書序

昔唐宋諸賢宰官棲心禪悅者載之簡冊如裴楊張吕諸公與黄蘗大慧諸大老遊戲法喜皆扣關擊節無不發明向上一路惟在一言半句如探竿影草至若刮垢磨光敲骨打髓用本色鉗椎煅煉習氣則施者不易而受者良難故不多見丁巳莫春予立馮延齡送我吳門舟中乃祖開之太史所受達觀蓮池二大老遺書皆手蹟不惟叮嚀法門克荷大

事其於應病施藥如扁鵲之醫洞見肺肝而調劑之方不特砭膏肓起廢疾而已以此傳家子孫寶之當爲慧命非獨墨寶手澤已也

雲棲大師了義語序

了義語者乃直指一心究竟顯了之說也吾佛出世特爲衆生開示一心使其悟入徹法無遺從淺至深始于執相破相以至性相雙融三乘之設皆是遮護名爲覆相之談俱未顯了至於分明指示一心了無剩法令其直下頓悟方名了義以迷有深淺故教分頓漸至末後拈華直指離言之道達磨西來單傳此道名爲禪宗頓門然此頓宗之旨非獨一禪諸教中顯密所談者不一而足以執教者迷宗執禪者毀教皆不達佛了義之旨耳非獨于理至若所設六度萬行皆是求明一心之行較之於禪但頓漸不同及其成功一也至若淨土一門修念佛三昧此又統攝三根圓收頓漸一生取辦無越此者從上佛祖極力開示已非一矣無奈末學志尚虛玄以禪爲高薄淨土而不爲時當末法衆生垢重豈得人人皆稱上根以多自欺而不量已之德器但隨聲妄和曾無實行豈非自誤也耶嗟乎宗門久無明眼知識莫與正之至若義學之徒虛事浮談多乖實際不惟無禪而教眼不明亦無甚于今日也雲棲大師蚤悟唯心因極力主張淨土以救末法之弊自建叢林身教弟子日夜無替者幾四十年故海內緇白信從者衆大師所著彌陀疏鈔發明殆盡至于尋常開示言句提惟心以闡淨土之旨居多心空居士朱君爲入室弟子所錄此語

目曰了義誠禪宗之圓鑑一心之指南直抉末法瞖眼之金篦也頃宦遊星渚入山過訪以稿見示予三復三嘆僭爲代一轉語于編首

憨山大師夢遊全集卷第十九

音釋

剿（子小切焦上聲）眂（都奚切音低）嚆（虛交切音熇）媸（赤之切音痴）肓（呼光切音荒）

憨山大師夢遊全集卷第二十

侍者福善日錄　門人通炯編輯

淨土指歸序

淨土指歸葢指修者歸於淨土也吾佛世尊攝化羣生所説法門方便非一而始終法要有性相二宗以其機有大小故敎有頓漸之設末後分爲禪敎二門敎則引攝三根禪則頓悟一心如一大藏經千七百公案其來尚矣若淨土一門普被三根頓漸齊入無機不攝所謂橫超三界是爲最勝法門從上諸祖悟心之士未有一人不以此爲歸宿者如龍樹馬鳴極力而稱揚之説者以爲俯提中下非知淨土之旨者何耶良以十方世界一切衆生依正二報雖有勝劣淨穢之殊皆從一心之所感變故云心淨則土淨所謂惟心淨土是則土非心外淨由一心苟非悟心之士安可以淨其土耶斯則禪家上上根未有不歸淨土者此也中下之士修持淨戒專心注念觀念相續臨終必得往生雖有去來之相而彌陀相好寶樹華臺實由自心之所感現譬若夢事非從外來至若愚夫愚婦但修十善精持五戒專心念佛臨終必得往生者此以佛力加持行人念想增勝此以勝想彼以大願願與念接自心與佛默爾相應雖淨土之境未現而往生之功已成實由自心冥感之力亦非外也若十惡之輩臨終業勝地獄苦事已現在前但爲苦逼極脫苦心切極苦之心而成念力極盡悔心悔心已極卽此極處全體轉變一念與佛相應故佛力加持應念現前化刀山爲寶樹變火鑊爲蓮池故此

惡輩亦得往生然此淨土之境良因自心全體轉變之功實非外得由是觀之三界萬法未有一法不從心生淨穢之境未有一境不從心現所以淨土一門無論悟與不悟上智下愚之士但修而必得者皆由自心斯則惟心淨土之旨皎然若眂白黑矣以佛體如空自心空淨與佛㝠一惟假一念願力莊嚴而淨土之境頓現不借功勛是爲上上殊非淺智薄信者可到也中下之士依觀念相續不爲愛緣業習之所傾奪根雖少劣而志實上上且修之惟難以斷愛根爲難耳惡輩往生更難雖云帶業亦由多生夙習善根內薰所發根雖惡劣即一念勇猛之心超於上上較彼放下屠刀便作佛事又差勝矣然此萬萬無一世人若必待此而求生謬矣以愚所觀根無大小究竟必由向上一念而得成就故此法門豈特權爲中下而設耶貳師將軍愛柏徐公以文武發家說禮樂而敦詩書談兵之暇留心淨土法門所謂以慈用兵者也纂輯指歸一書宗於十六觀經以至發明難問以顯念佛本源次引蓮宗及龍舒諸說以示信願正行次列遠公以下二十六人以爲實證後開勸念以至發揮念佛之義因果畢備較前修要門盡萃於此誠所謂淨土之指南矣予謂是集也理事雙修因果並顯觀者以此爲指歸則妙樂之境昭昭心目之間不必求之十萬億土之外而受勝妙樂現諸日用行事之間不待報謝神超而後爲實證也是書之利眞苦海之慈航長夜之慧炬也豈小小哉

刻瑜伽佛事儀範序

吾佛設教以一死生之理通幽明之故達鬼神之情無生不度無苦不拔故曰慈悲所緣緣苦衆生非衆生之劇苦無以見慈悲之廣大此瑜伽之教有自來矣梵語瑜伽此云相應謂心境表裏如一也然教有顯密顯則直指衆生本元心體令其了悟以脫生死之縛密乃諸佛心印是爲神呪誦演則加持令諸衆生頓脫劇苦皆度生之儀軌也眞言本自灌頂部中其所以拔幽冥拯沈魄始於阿難尊者夜坐林中見面然鬼王遂啟施食之教至於呪水呪食普濟河沙皆出自西域神僧而流於震旦傳爲故事從不空三藏而宣密言漸至於梁武帝因郗氏夫人墮蟒身求度帝請誌公和尚集諸大德沙門纂爲水陸儀文則通三界幽顯靈祇靡不畢申其情自此僧徒相因爲瑜伽佛事其來久矣至我聖祖制以禪講瑜伽三科度僧以楞伽金剛佛祖三經以試禪講以燄口施食津濟疏文以試瑜伽能通其一方許爲僧今南都之天界爲禪報恩爲講能仁爲瑜伽遵國制也此後流俗漸弊槩爲非破律儀視爲嬉戲然深失如來度生之本懷即其疏意達孝子慈親之情悃而祕密眞言演諸如來之心印一偈而變地獄爲淨土一語而化鑊湯爲蓮池法音及而罪即滅鐘聲至而苦遂停豈細事哉失其旨不惟無益而自損之莫之省也楚僧某以瑜伽發足嗣叅雪浪諸大講師聽習經論了如來度生之意及歸乃慨其流弊遂本水陸儀文纂集科儀以隨時變分條析理章章不

忝使有所禱者各攄其情盡其誠而沙門釋子亦得展悲心披誠款而不失其本此利他之勝益集成公謝世門人某善繼公志欲刋行以廣其傳使爲佛事者無紕繆黷神之愆有懇切精誠之旨令世之孝子慈親各盡心以達神明其功德固非淺淺乞予爲序而傳之予以爲凡有益於利生者皆爲妙行故告以瑜伽之所自令知吾佛度生之遺意也

千佛懺序

原夫心佛衆生三無差別故衆生日用現行無明煩惱即諸佛之根本實智所謂諸佛心内衆生時時成道衆生心内諸佛念念證眞斯則衆生與佛不隔一毫但以無明深厚不自覺知逐妄迷眞起惑造業長淪生死而不能返誠可哀哉我世尊捨自法樂現身三界與民同患而度脫之四十九年所說諸法具有種種無量方便法門皆爲衆生出苦之具耳菩薩修行不出自利利他二種行門利他之行至廣而自利之行最捷無非了達自心以爲要妙至若了心之行有頓有漸頓則無踰忝禪漸則不出止觀即此二行若上根利智業輕惑薄者自可直入中下之士積刼生死業重罪深即有志出苦而爲惑業之所障者必積懺悔之功消惡業障方可得入是知懺悔一行最爲修行出苦第一法門無論上中下根未有不從此爲發軔者也即如華嚴圓頓法門普賢爲法界導師而所修十願必首以禮敬諸佛次重懺悔業障楞嚴爲顯密圓宗而必先以建立壇場禮十方佛勤求懺悔懺至罪滅慧生諸佛現身感應道交可許

入道法華爲實相大乘天台釋以百界千如具德圓宗列爲止觀而必精嚴懺法以踐眞修宗門永明禪師親證法界圓融而時禮法華懺儀終身不懈是知懺悔一門最爲末法入道之第一行也嘗聞釋迦本師因聞五十三佛名字發心修行得成佛果展轉開示得三千人一一皆得成無上道所以謂三千諸佛是也其有已成未成而名號具彰藏典愧未盡探其始末因緣近世之禮千佛名者但有佛號而無披露之文梁朝一懺自昔流傳陳情之文雖備而三千佛號未圓嘗謂末法衆生罪深業重如世人犯法投託王家亦可獲免地獄衆生以苦逼一稱佛名得生淨土何況現前禮敬諸佛以同體大悲感應加庇故其出苦之要無越懺悔一門矣吳門某所集千佛懺法祖梁朝之舊章增未列之佛號采教中之成言敘披露之情悃始終條貫如出一轍述而不作無胷臆之論觀其利濟之心良亦勤矣間有議其非者皆未原述者之心亦未信夫自心者也苟信自心是佛爲恒沙業垢之所障蔽則禮恒沙之佛以消之未見其多法本是心則何法而非妙行耶幸無以佛多而生疲厭也三千諸佛皆吾本師開導法味既同而同一禮敬則諸佛法身入我性我性同共如來合如鏡交光互相攝入實借多佛之慈光消我多生之積罪又奚止赫日消霜露哉十日並出大地焚燒三千佛現罪垢頓滅不待求證而必信無疑矣觀者但自求出苦之心眞信禮佛滅罪之功大而不必計作者之與否也特序之以爲眞修者勸

楞嚴接光錄序

如來始從鹿苑終至雙林四十九年所說一代時教無非開示此心之指以衆生惑有厚薄根有利鈍故設三乘之漸次以十善而免三途之苦以明有以諦緣而拔三界生死之纏以明定以三觀而破定有之執以明中然雖巧設多方必以頓證法界一心爲極則故以楞嚴大定爲究竟圓滿歸趣此我本師出世一大事因緣始終之化法也是知三觀之設散在五時而教海汪洋末法行人難究其趣若夫廓法界一心攝一代時教揭三觀妙門顯一心之旨無尚此大佛頂首楞嚴一經矣大哉頂法真頓証一心之懸鑑也以十二部經之廣演而收於十軸之文詳十法界之因果而敷陳於六萬餘言之内以無量行海攝歸三觀妙門以曠劫難成之佛而圓滿於首楞嚴一定可謂至簡至要最深最奥之法門也此經自入震旦古今解者不啻數十家雖知見不一而各有所長或尅文言而昧其通途或尚理觀而略其文言要之無非欲明佛意惟佛智海十地望洋況居有漏乎故探教者如飲海魚龍蝨蚋亦各盡巳量豈能盡海水耶然一滴巳具百川之味矣予逸老匡山閉關枯坐四一授公以所著楞嚴接光錄見示且欲予一言以弁愧予老矣目巳憒憒智之藻鑑思不關微安能發其幽奥勉力一閲則見其提掇首尾指點血脉批導文字如遊刃焉以公廓達之才縱横之筆脱落畦徑似不拘拘矩矱若以楔出楔亦從前所無愚謂有便上智圓機恐淺識者重增瞖膜也是

在觀者別具超方之眼獨得於文字之外由此悟入實非小緣倘一言有當如食金剛功德又可思議耶

重刻六祖壇經序

世尊說法四十九年乃云未說一字末後拈華迦葉破顏微笑於是有教外別傳之旨西天四七祖祖相傳是爲心印達磨東來直指一心不立文字六傳至曹溪衣鉢乃止以其信心者衆矣六祖得黃梅心印以悟本來無一物遂爲的骨子開法於曹溪以無說而說門人吠聲逐塊緝之曰壇經其所指示雖般若一心心外無法則口說者如天鼓音空谷響耳豈實法哉余蒙恩於嶺外幸作六祖奴郎聊爲料理廢墜之緒因見經本數刻多有改竄不一益以後世聰明君子將謂老盧本賣柴漢目不識丁怪其所說無文彩故妄易之耳嗟乎大音希聲至文無文況闡無言之道假舌相以宣鳴乎夫水流風動皆演圓音又何文之有予偶得古本乃爲勘訂其所記參差者復爲整齊分爲十品以雅稱經名也刻於山中適大將軍張君樂齋先開府於粵間訪予於山中嘗以此經贈之別十年公歸林下予過錢塘公一見歡若更生談及此經已重刻行感公力能荷法乃序之以見公爲禪將軍其有以發見聞之勇猛於此事者勸

刻法寶壇經序 東海遺稿

或謂吾佛四十九年末後拈華且道未談一字達磨西來直指人心見性成佛不立文字目爲單傳此經豈非文字乎然殊不知此事人人本來具足不欠一法不立一法既本具

足是則佛未出世塵塵刹刹未嘗不熾然常說祖未西來物物頭頭未嘗不分明直指如是觀之世尊終日直指達磨九年說法又何有教內教外單傳雙傳耶若人頓見自心者則說與不說皆戲論矣此壇經者人人皆知出於曹溪而不知曹溪出於人人自性人人皆知經爲文字而不知文字直指自心心外無法法外無心一味平等原無纖毫迴避處悲哉人者覿面不知知則諦信不疑本來無事無事則又何計佛祖出世不出世說法不說耶是則此刻刻空中鳥迹耳

因明入正理論瘭言序

原夫一切法界統惟一眞了然而無諸相也由迷之而成色心執之而爲我法依佗妄起種種徧計有無之見橫生圓成之性昧矣故我世尊特說三界惟心萬法惟識以直示之是爲宗極大若標月之指耳迨自金輪掩耀玉毫收彩不百年間依然邪見叅天性相割據爰有應眞大士龍樹陳那諸師蹶起拔幟立論摧邪顯正其猶建瓴之勢以大破之既而商羯羅主撮略諸論要義提挈綱維名曰因明入正理論覈實邪正量定因果三支綺互一性圓成務使離過絕非因是以明正宗之楷式可謂法界之關鑰實相之神符也得之可以闢幽扃佩之可以禦大敵諸法空座非此不足以據之慨夫東西異路南北殊涂且文略義深即匠石斫額嗟乎斯人望洋之歎久矣吾法兄雪浪恩公按轡先登蘊樸愚公從而步武萬曆庚寅秋公挂錫薊門一夕感夢金人名七銀人勝十告以遇田分介身

有官而註焉覺即探取金勝二論深窮力究既而果遇界公新解值虞公長孺激發矢心遂倚雙林而搆思斯兩月而述成宛與夢符詔曰寤言益識夢也噫微夫那蘭紀歲睹史質疑由是觀之愚公豈無謂哉余來自海上公脫稿示予予雖不敏不能洞見立微彈華摘實至謂異品無其所立遮實自相相違改品以釋是非番我以明集聚斯皆出過深潛良是寤其幽寐然因正因不待全提緣了思已過半語固有之因修者易草刱者難且夫託鵶鳴而過關假弄丸而破敵者談何容易觀者若因是以明宗由指而見月直欲睹纖塵而知大地闕一隙以見太虛則於法界之功匪直排布之方也即隱几據梧將仰天而嘆豈可以呻吟沈酣者較哉

二十五圓通圖序為王憲長弘臺顯

毘盧遮那以法界為身則根根塵塵皆徧法界於身舉一毛孔徧則毛毛皆徧在境則拈一微塵徧則塵塵皆徧於心則念包十世古今劫念同時則念念皆徧如是則無一法而非圓通又何根塵識界七大之限量可局乎惟此乃普眼大人之境界豈劣解者可能入哉是以楞嚴會上世尊特借二十五大士普為諸人傍通一綫大似含元殿裏指長安益曲為鈍根拈弄耳雖是門門有路處處皆通正眼看來未免瞖目生華居士一齊折合卷舒自在若放行則山河大地鱗介羽毛同放光明若把住則二十五人不免向弘臺居士手中乞命如是縱饒觀音大士善入圓通不免拖泥帶水也亦一場敗闕仔細簡點將來

畢竟有甚氣息明眼人自能看取

刻十無盡藏品序

毘盧遮那法界爲身以華藏莊嚴而爲報境由往昔因中稱法界心而修稱爲藏者以此心在衆生名爲藏識在佛名如來藏心故在依果名華藏世界葢藏者含攝有餘之義如王家寶藏無物不有應用無盡是以菩薩修行名無盡藏以即心妙行而爲功德法財充滿心量名無盡藏行惟此華嚴所宗法界心體而以妙行爲莊嚴圓滿具足故名爲佛然所修因行有十住十行十向十地之別此品當十行滿心將趣十向故修此十無盡藏行蘊積一心即回向三處謂衆生菩提及以實際積行以成藏行散而果成故趣佛地住行如積同向如散所謂積而能散由散以成德譬夫聖人損有餘以奉天下盛治之事也故曰有之以爲利無之以爲用是以吾佛世尊以盡法界之法藏濟稱自性之衆生貧以莊嚴惟心之果報觀夫華藏莊嚴之妙事豈向心外求之哉第以衆生狹陋自私不能擴自心之量耳予掩關靈湖之曇華精舍門人觀衡遠來相訊見予批閱此品歡喜稽首而讚歎曰大哉妙行普炤迷方誠如慧日之朗重昏也請序之刻以別行予喜作法施願見聞隨喜者即此以見自心無盡之妙行苟信而持之則華藏莊嚴步步可登而佛果菩提念念可證其狹陋自私之習亦將化爲無盡功德藏矣詎不成一大事因緣哉

重興青原山七祖道場序

佛法託之像教禪道寄之祖庭故瞻梵剎而

三寶現前指道場而慧燈發燄葢由道假人弘事因理顯是以諸祖法崛之不可泯者若人身之血脈不可一息間也任道君子可不爲之留心哉惟禪宗鼻祖西來直指最上一乘令人當下成佛此道六傳於曹溪而青原南岳爲的骨子兩人執幟大盛於江西湖南其下五燈分燄皆以二老爲燧人此道昭昭如中天日月千百年來闇然而愈章者是知玆山爲人心世道所關最重予少年曾禮七祖見其僧非扳俗寺委荒榛惟諸賢祠宇尊祀其中時則慨然歎曰諸天奉佛諸賢事天然各尊其道理或宜然恐神有所未妥也徘徊而去聞嘗與紫栢禪師言謂禪宗寥落必源頭壅塞當同疏導之師大以爲然師先候予於匡山及乙未予年五十以弘法致譴放於嶺外因得重濬曹溪之原以爲禪道重興之兆辛苦八年而祖庭始開功雖未圓中興之機已見辛亥秋日安福鄒匡明子尹氏發心重整青原持鄒給諫公書爲先談且云子尹爲七祖忠臣予聞之躍然乃先囑其妥神祠爲第一義是時因緣未遇遂寢越癸丑遂之南岳踐金簡曾儀部約公欲振之力未能也丙辰予弔紫栢有吳越之行至雙徑見禪道大振叅究者衆予歎曰此曹溪一派重衍也丁巳夏歸匡山作休老計見東林蓮社重開石門禪期已結予大歡喜不三日而給練公書亦至云大修青原冀得一指點葢子尹夙心迺子之本願其祠已妥而首爲檀度願成主佛者則劉晉卿張壽長郭陵鳥也予乃浩然歎曰六祖有言葉落歸根禪道自曹溪

一脉始於青原而傳燈諸祖至中峰之後漸微我國初不多見矣予自濟曹溪不數年而此道復振於越之天目雙徑之間今且引歸匡山石門適青原大興千年之後復見今日豈非應葉落歸根之讖哉惟昔盛時莫盛於西江馬祖今也重振再見於青原是知道運旋轉與造化同流信夫意者將來八十一人同出馬駒之下者是有望於今日斯役也檀度之功任之者衆不俟予言故特述禪道隆替之由以告諸同志不在莊嚴佛土而在光輝佛燈以助堯天舜日期與斯民共享無爲之化也又豈可以尋常建一刹拗一宇爲佛事者同日而語耶萬曆四十五年仲夏十日

續華岳寺法派序

達磨西來單傳直指以心印心妙悟者爲的骨兒孫原無名字及六傳曹溪下從南岳青原道分兩派以各從授受亦不拘拘及五宗各立門庭則稱某宗某宗者但以建立宗旨令知歸趣亦非以假名爲道脉也自後禪林日衰師資口耳天下叢林但於開山之祖原系某宗下各尊爲鼻祖以五家獨臨濟道徧天下故海内梵刹多推之特世諦流布其來尚矣衡州華藥寺本從臨濟出以重開山僧紹秀爲始祖立二十字曰紹宗希普道正克嗣通玄圓明眞性海法衍復崇原今已盡矣適予來寓靈湖且將東遊時寺住持等領大衆焚香禮請立其派予無復異即以原字爲始起續四十字偈曰原自曹溪濬燈從南岳傳廣開清淨理妙悟祖師禪頓了惟心旨歸依實智詮西來微密意福慧永無邊是足以

嗣宗風乎特以假名說實相令不昧其本原耳後之子孫其尊奉毋忽

南岳重興天台寺建諸祖影堂序

昔天台智者大師誦法華經親見靈山一會儼然未散求證南岳思大師師曰此法華三昧也於是智者乃著止觀妙門西域梵師曰此與西域首楞嚴經大旨相同大師聞之日夜西望禮拜一十九年願見此經今南岳天台寺即智者大師拜經處也千有餘年拜臺現存曾儀部金間欲石刻楞嚴經於臺上以滿智者之望大願未果此天台一段因緣也予與曾公爲法門知已久期終老南岳癸丑冬月長公扶搖檣乃翁書迎予往湖東予應命至則見諸祖道影八十八軸乃達觀禪師命丹陽弟子賀知忍資請丁南羽高士名筆也有三堂其二置五臺峨嵋此一專爲南岳者向久藏賀氏庚戌間曾公遊南海道過曲阿賀君屬其請歸南岳向以山中無可置之地故存湖東予於是展禮道容如入諸祖丈室也比即發心願建影堂以奉之乃爲募疏太僕蔡公槐亭身爲行先願竟未果丙辰東遊吳越隨投老匡山越六年辛卯弟子如繹書來云已復天台欲重興之適曾長公遵先人遺命以祖影送入天台供養及予前疏併付之予聞而喜曰此予未後未了願也嗟乎法緣與時互相爲顯晦亦運而已矣惟佛所說萬法統乎一心故有性相二宗本乎一致佛滅未幾而性相角立分河飲水從來舊矣無論西域即此土教由天台說三觀以明一心禪自拈華二十八傳達磨東來爲鼻祖五

宗列派各立門庭互相詆訾卒莫能一今也諸祖道影畢集於斯即楞嚴一經統教禪而會歸一心此二宗之究竟歸趣不期會而自會矣予居湖東欲奉諸祖而願未滿第著楞嚴通議以發明佛祖向上一路會三觀一心之旨以暢智者未見之懷如繹今得居其地復奉諸祖於其中不但了余未了之緣抑滿智者未盡之心也幸何如哉繹也果能竭力忘身從事於此予即老矣尚能坐捧石演楞嚴代我廣長舌相使千峰點首萬象低眉盧空結舌異幟盡降智者大師定側耳於常寂光中習氣猛發亦當起舞於蓮華藏海與諸祖一時謦欬彈指也其募疏已有前作故但述道影之因緣併繹興建之始末告諸檀越以爲開導前茅也是爲序

焦山法系序

傳燈所載諸祖法系惟以心印相傳元不以假名爲實法也嗟乎禪道下衰眞原漸昧自達磨西來六傳曹溪一法不立及五宗分派葢以門庭施設不同而宗旨不異及宋而元燈燈相續至我明國初尚存典刑此後宗門法系蔑如也以無明眼宗匠故耳其海內列刹如雲在在僧徒皆曰本出某宗某宗但以字派爲嫡而未聞以心印心由此觀法則大可悲矣舉世皆然豈止一方而已耶况佛制四民出家同一釋姓如衆流入海今推原五宗眞傳則法眼早入高麗溈仰絕響雲門在宋尚存而曹洞則少林獨擅方今天下僧寺法系多稱臨濟一派盛行至若正枝旁出皆莫可考葢隨人自立譬夫王綱失紀而僭者

橫出迷方者衆誰得而正之哉京口焦山某禪人遠來匡山以法系字派爲請且云茲山十菴原自始祖覺初祖心禪師本臨濟旁出爲賈菩薩者近代兒孫皆迷其源禪人憂之乃考十菴先後之次緝爲譜系正名分以垂後裔然雖假名是亦因名立教儻亦賴此以存僧徒上下之分無敢僭越而不至於蔑倫犯義者尤足以保我子孫亦存羊之意尚亦有利哉其先十六傳已盡故爲續其三十二字以從俗諦若指此爲宗則臨濟自謂正法眼藏早滅卻矣

鼎湖山詩後序

鼎湖山白雲寺其來久矣昔曹溪法道盛時出其門者皆洞明心印人天師表志常禪師乃與青原南岳諸老同侍巾缾者二老道化一方常師遂隱此山以終焉梵幢猶存靈骨藏之於此信其爲法門巢許也余少能讀書時則知有蒼梧之野鼎湖乘龍之故事將爲好事者寓言高舉以爲美談及丙申春蒙恩遣雷陽又二年戊戌冠巾說法於五羊之青門戈戟場中時門人寶貴字本淨者充第一座會罷作禮云且將隱於鼎湖余驚喜不已扣其遺迹則云久廢藩伯王公昔爲郡端州時命父老重葺今又圮矣余因力贊貴公以居之且囑其死心定志以盡生平若果余當休老焉貴公以余言遂忘形事心以常公爲任苦心勞力不堪其憂者又三年庚子余入山禮常公墖乃爲貴公作經始討定其規模務在安神靈以藏修足矣不期年而三寶重成佛像莊嚴煥然光奕余喜而嘉之癸卯秋

日之曹溪且訂明年鼎湖結夏之盟甲辰季春出山謁制府即將有雷陽之行以病作不能就道遂維舟江滸且冀避暑山中俟徂秋而往不日乃奉按臺檄不敢少留悵望雲山眉睫間不能一至豈非緣哉以一至而不可得以此觀夫常住玆山者清涼之福豈嗇人天倍萬劫耶余病小可即以登塗貴公時時相慰舟中余且愧見笑於山靈而不忍別遂賦詩五章託公以謝且問訊於常公異日者儻天假之緣吾當爲公暨窣堵波於荒榛草莽中也

徑山志序

域內名山大川方輿載籍志之詳矣及佛法入中國則琳宮梵宇皆託迹於名山勝地者在在星羅此蓋道脉潛流殊非探奇仰異者比古稱方志爲野史而佛刹之志則僧史也維雙徑乃東南奇勝自國一開山昔稱法崛以其山自崑崙而東走雄峙五岳而南幹自衡湘迤邐數千里直聳黃山白岳而蜚涌二目融結玆山以鍾靈秀故佛刹始剏唐某年間而歷宋元我明上下千載其間相繼雄長法門者八十一人非山川蘊結之厚何能若是之悠久耶國初尚不乏人頃百年來法幢傾圮僧徒寂寥萬曆己丑間達觀禪師蹶起立宗門赤幟時剏刻方冊大藏初議五臺僧徒往請者壘足數千里未幾遷於山之寂照殿宇亦因是重新乃法輪再轉之機也居頃之馮太史復議啟古化城爲藏板地當道藩臬諸公深心愜復達師入滅弟子澹居鎧公克荷其業而達師竟得塔於鵬搏峰下與大

慧同條是豈小緣哉然昔之住茲山者雖善舉揚宗乘但引法海之一滴耳今則全攝如來藏海而注於茲爲法門之全提則因緣勝前萬萬矣黄貞甫有言蕭何入關子女玉帛秋毫無犯惟收其圖籍卒以王漢今大藏乃法界之圖籍也盡收於此而拓法王之疆土者必大賴於是矣非此山之鍾氣博厚又何能負重法哉於戲因修者易剏業者難今中興法門之大業非圖籍班班後世將何考焉是徑山之志不得不作非徒紀勝而已故重緝之以便考覽而特爲之序

菩提菴妙明堂序

余坐菩提菴新構丈室主人請堂名余題之曰妙明大衆請開示老人意取楞嚴經中性覺妙明本覺明妙二語也以滿慈聞前根身器界一一清淨本然因起疑曰既是清淨本然云何忽生山河大地諸有爲法邪將謂清淨界中不容生此諸物也世尊到此實難措口故舉尋常所說性覺妙明本覺明妙二語雙關以詰之然上句不屬迷悟天然妙性本自靈者故云性覺妙明下句乃從迷中不失而修成者故云本覺明妙謂今雖修成而不從外得是各人本有之覺耳以此二路詰之者佛意將借迷悟關頭以開發之滿慈果認本覺明妙一語爲得將謂性覺本自靈妙而明不假更明者斯則但有能明之明則無所明之覺耳意在有所明之覺乃恰當耳殊不知纔有所明之覺則能所對待無窮妄法從此而生矣以一切衆生生死死生法法皆從清淨界中無故強起一念要明其覺然有明

有覺能所宛然故向下發明能所之妄法歷歷分明則深窮法性之原也茲菴名菩提梵語菩提此云覺以人人皆知修成之佛不知本有之佛老人意在眞修先要了悟不迷之性故雖修萬行不落常情則是不離當處而頓証菩提是在先悟妙明爲初心耳故以名堂

五臺山觀來石金蓮社序

清涼乃金色界文殊一萬眷屬常住其中即雜華所載東北菩薩住處也自漢開山以來震旦皈依爲人間淨土歲往復者百千萬計至則蹈氷躡雪無厭其勞非眞慈攝受何二千年來歲無虛日其山境殊勝名華異草間錯開敷如七珍布地金蓮茂發妙麗相鮮信非塵寰有也高人勝士棲眞養道者徧滿山谷列剎星羅鐘鼓相聞梵音敷奏與松響泉聲廣長舌相晝夜無間豈非人間一眞淨土乎山中在在叢林向無以社名社自普門棲賢始近有觀來石鏡亭山主結金蓮社葢由宰官李公所剏公諱茂春河南杞縣人初母夢三僧入室因叱之二僧即去惟一不行乃曰吾五臺僧欲結緣耳是夜即生公公生而善嚬母時呼曰爾僧性也至七歲猶常嚬不樂母每以僧呼之即止公長而問母母言其初夢所以後登癸未進士官至鴈平兵憲因遊樓煩忽自憶往事乃曰遠公生於此而結蓮社於匡山我何忘其故鄉耶遂願結金蓮社於五臺先聞妙峰大師遂往皈依建靜室於靈鷲以寄焉既而欲自爲念佛社因五臺僧幻住談臺山勝處言觀來石主人鏡亭有

苦行公遂歸心即捐貲屬修蓮社效匡山故事修念佛三昧余有雙徑之行鏡公特訊於山中且徵余敘其事余喟然嘆曰寥寥宇宙泛泛波流往而不返者衆矣能知歸宿者幾何人哉淨土爲苦海之彼岸若夫操舟揚馸截流而度者上下千餘載幾何人斯遠公剏匡山蓮社先後集者約一百二十三人且獨稱十八高賢現生西方遞相接引此自道法東來第一勝事李公興於百世之下抖擻濁惡揭厲樂邦非具宿世根力現宰官身何以有此余知斯社之興將與一萬眷屬同駕慈航揚馸安流而徑登彼岸又何以百什計哉是在長年振柁不惜餘力耳

重修湖州天聖寺因緣序

雜華說十方佛土如帝網孔挂於虛空成者住者壞者空者俱同一際一切諸佛與諸菩薩海會說法教化衆生種種神通妙用處處同時充滿亦如網珠交光相羅彼彼無雜亦無障礙而一切衆生於一切佛心智光中莊嚴佛土調伏衆生及造十惡五逆三界六道善惡業行而不自知故曰佛境界不可思議衆生心行不可思議今於湖之天聖寺具見之矣甲午歲暮寺僧祖定訪予京之慈氏樓閣偶談寺之因緣則曰其殿廣博猶如空虛莊嚴密緻斗栱攢簇鱗蹋重疊猶如羅網此其作者不可思議一也蓋始剏於唐其原先不可考歷宋及元至今幾千年矣而各道之上梁栱之間絕無纖塵故名之曰無塵殿此不可思議二也其兩楹露柱雕木爲龍頭角須眉爪牙飛動宛若生龍左右升降嘗遊戲

池中寺僧見而叱之其龍歸殿而左右錯盤又名之曰錯盤龍殿此其不可思議三也其殿壁縱橫二丈有奇向爲粉地昔趙孟頫讀書其中而心悅之兩壁畫瀟湘烟雨圖一幅夫人管氏畫竹一幅前此數百年豈無丹青妙筆而必待子昂夫婦點染其中將爲今之存亡舉耶此不可思議四也其殿中之佛乃以銅錢累砌成形此固成者之心不可思議矣明嘉靖間有人毀其佛者剔筋折骨斫錢網肉劈羅漢燒煮而食之其人竟感以錢笓搔癢徧身皮肉盡脫見骨且遭刑而死然世人畏神而敬佛雖顛人醉酒尚悚然知皈而若人者乃醢之而甘心焉此又壞者之心不可思議也故其今也悽然草草寥落如空太宰五臺陸公過而慨焉即與郡宰官敬菴許公繼山沈公具區馮公輩發願修復命比丘祖定爲倡導建立之初思求所以剏業爲根據者是夜大風折古桑一株且而發之根柢得古負重斷碑披而讀之乃唐中和間居士吳言捨宅爲寺其基廣九十三晦時刺史王公表請額爲景清禪院而天聖則宋時重建以年爲號者非此莫知其原斯則木石無情乃應緣而成事此情與無情感應道交如水澄月現又大不可思議者矣由是觀之其佛土成住壞空業巳不可思議即其人而知施者作者成者住者莊嚴者破壞者善惡心行種種不同今一旦炳然齊顯於諸佛大智光中如鏡現像纖毫不昧因果昭著總之皆不可思議也始也成者之心固不知有壞者之心而昔壞者之心又安知有今日成者之心

斯則成者壞之因壞者成之緣若即境觀心正所謂交光相羅如寶珠網淨穢齊現善惡同彰過去未來一際平等耳况佛境如空無所依至若因緣成就如雲起長空又豈可得而思議耶今比丘定者苦心窮慮欲建空中之樓閣嚴象外之法身演無字之真經作難思之佛事譬若晴空望彼纖雲豈不瞪目成勞吾意空華亂起必瀰滿太清滴水爲巖必横流大地是將見妙莊嚴剎建於一毫清淨法身顯於一念必使諸佛讚言奇哉奇哉吾今成佛時普見一切天人修羅宰官長者優婆塞優婆夷四衆人等各各心中成等正覺轉大法輪使一切見者聞者皆發無上菩提之心向之成者住者壞者空者一齊同入蓮華藏海此段廣大功德因緣其實種種不可得而思議也海印沙門聞此因緣歎未曾有欲重宣此義而說偈言

諸法空無相　畢竟無起滅　但以因緣故　成壞各不同　佛身如虚空　智光如滿月　其空徧一切　月光與空等　不擇淨與穢　是水皆現影　豈待清淨池　而後方照矚　一切衆生心　與佛智無二　善惡隨因緣　業行固不同　一切佛境界　生於衆生心　譬如空中華　依空而出現　初成即有壞　本自空中生　如何今日空　不能成勝事　天堂及地獄　貴賤衆果報　苦樂諸受用　無不從心造　自作自受用　莊嚴自法身　直從有相中　即登常住果　善哉諸佛子　決定信自心　各捨所愛珍　莊嚴佛自土　世間皆是苦　無常復無我　生無一物來　死無一文去　來去本是空　如何若貪着　遇此大因緣　而不發勇猛　一

破慳愛根頓成無上覺凡是有緣人俱登菩提道

築三潭護生隄引

佛說孝名爲戒謂孝順父母孝順三寶孝順至道三法孝順一切衆生然則奉佛戒者不能推及衆生自昔隋天台智者大師唐惟宣律師宋永明大師至我明獨雲棲大師而已其放生池除城中上方北園其外則自贖萬工池而弟子居士虞德園同大壑法師濬西湖三潭其廣大之心足以度恆沙衆生矣予至湖心寺知舊有三墖久廢今欲重建與所度之生作光明幢昨偶有聚沙之夢已有成議矣又覩三潭之隄甚單薄不能與所放之生作金湯外護恐春水一漲則已度之生尋復漂流苦海矣斯則不惟虛其前功抑終不能收其後效大可憂也又且聚沙不可以旦夕計正在躊躇偶至長明寺會湯養惺居士乃雲棲之内親也言及無子將求度脫予歎喜而策之曰昔佛無子以視三界衆生如一子至今人人皆稱爲慈父居士何不以念子之心念一切衆生則將來慈父之稱充滿十方世界矣爲今當念已度之生在三潭者能築保障以防護之使其中衆生如極樂國則彼現前皆稱慈父矣又何俟於將來乎願居士一唱而願爲慈父者衆矣是則天宫淨土又何捨目前而别求乎諸有智者一聞萬感不俟言之畢矣老人大有所望焉

憨山大師夢遊全集卷第二十

音釋

紊文運切音問　蟁無分切音文　㾺魚際切音藝　𢮎延之切音詒

頫方矩切音甫　坼丑格切音斥

憨山大師夢遊全集卷第二十一

侍者福善日錄　門人通炯編輯

贈無盡上人授僧錄覺義住持平陽淨土禪院序（圜中作）

聖天子在宥之二十三年以四方饑饉東西多故司農告匱命大開恩例令草野之民凡有懷才抱藝願效一割之用者聽循例輸粟各授職有差無論方之內外即二氏之徒亦預焉無盡上人晉平陽楊氏子蚤歲祝髮於郡之淨土院每志向上乃擔簦百城徧叅知識調練牛峰發明少室遯迹終南接納五頂結法社五十三人窮教海一十二部究徹一心備歷萬行因過故里其鄉宰官長者居士四衆人等願請說法乃各捐金遵明例輸授僧錄覺義爲淨土院住持上賴國家名器爲護法地將以廣布津梁大開覺路都城名藍知識若淨莽潔上人輩咸爲一方法道賀乞不慧爲文以贈之曰聞大雄氏之御世也迹現迦維道被三界其設教也主清淨出世以廣大圓融無不含攝故不擇類而應身在隨方而利物機感交映如水澄月現不涉思惟若觀音之普門善財之徧禮由是觀之其出世之法果離世哉故不壞假名而說實相者玅在圓悟一心頓融萬法即世諦而證真如因衆行而躋極果固不以端居無爲沈酣寂滅者爲得爰自法派東流由漢迄今二千餘載無論象教遐數即依法修持權實竝運而彰明其道者又非一也故歷代君天下者崇其教重其人其制不一惟我聖祖神宗剏業垂統其法度品詳該羅纖悉其徒繁衍乃立

官以綱領之兩京設僧錄以統諸郡邑郡邑各設僧綱正會以領諸寺其品有差選道行俱優者次第授職各有攸司所以然者蓋藉世法以護持佛法正要即世諦而證眞諦尸其任者大都以弘法利生爲能事即古以道扇一方者爲之殆非以名位爲榮也今無盡上人抗志塵表迹超方外其所以發明向上第一義諦者固在所祕即其四衆歸望之誠如器中鍠聲出於外豈無實而然哉是必有過人之行詎可以執假名而昧實相者比耶經云若以音聲色相求法者非見法也余故曰今此四衆若以聲色求菩提有負上人上人若執假名而說法有負四衆聞之負師者墮負衆者慢有一於此又何以明佛日報朝廷護法之恩乎上人行矣儻道經金色世界其以毘耶病叟之言質諸曼室將以普告大衆願各各即假名而證實相藉此津梁頓超彼岸也時諸比丘聞此語已作禮而去

送建上人遊八桂序

上人出家有年始因叅老人發無上菩提之心比與諸同業延歐伯羽氏共結曇華社於菩提樹借庇蔭日就清凉之樂每月半旬請老人坐樹下據菩提座揮塵爲衆說修習趣進無上菩提之法行自春徂夏已四越月矣上人作禮言將往八桂訪故人於青山白雲之間且因行脚隨方遇緣而度欲令聞者見者皆發無上菩提之心爲出世津梁之初步也老人歡喜而語之曰善哉佛子應知諸佛菩薩凡有所作常爲一事者謂以此菩提心教化衆生故爲一大事也即出生入死因此

緣此除此一事更無餘事雖身經險道備歷三塗但有能使一人發菩提心者即嬰衆苦亦所甘心故聖人所行不虛其事皆實以世出世間無有一法過此菩提心行此菩提行作此菩提事者也所言菩提者乃梵語耳此云覺也覺者乃一切衆生本有之佛性靈知寂照故曰眞覺了然自悟故名獨覺朗然大徹照破重昏故稱大覺日用而不知故云不覺不覺則爲凡民凡民即衆生也以衆生各各具此靈覺之性第日用而不知嗟乎具有而不自知可不哀與不知即不能用不能用則如持珠作丐懷寶迷方枉受辛苦驅馳生死甘墮苦海可不哀與是故聖人不哀其所不哀特哀其可哀所以出現世間種種方便而開導之所謂自覺而能覺他即先覺覺後覺也夫自覺者則於物不迷覺他者則於物不棄不迷則會物歸已不棄則捨已從人由歸已則不見有物從人則不見有已不有物則萬物皆玅不有已則一已非眞知已非眞則已即物知物皆玅則物即眞即物即眞則物非物而已非已矣物我皆非去來無相萬緣冥寂一道虛閒此大覺氏之心宗諸菩薩之玅行也如此則二覺具二利足是所謂以寂滅行現諸威儀隨事利他而爲菩提玅行者也否則驅馳險道跋涉山川勞筋骨苦形體增熱惱損善根長苦趣而非所以成就菩提教化衆生之事業也上人行矣遡流而上者蒼蒼雲山滿目皆眞境猿嘯鶴唳滿耳皆眞經獞猺猩猩所遇皆眞佛水流風動皆廣長舌天青月白皆清淨身如是而覺則處處

菩提場步步極樂國念念皆眞修事事皆眞行又何計其世出世之分自利利他之別哉上人能信能受老人之言乎儻有所疑路經湘山請以質之無量壽佛

壽僧綱一山敬上人序

余被放嶺海之四年己亥秋七月望乃法性寺住山僧綱一山敬上人六十有一歲也爾時城中宰官居士及諸比丘四衆人等各持香華而作供養以祝上人時屬休夏自恣上人亦建盂蘭法會飯十方僧效目連故事以此爲報親恩醻罔極也余時爲衆講楞伽新經罷正以此爲佛事聞上人發如是心歡喜贊嘆而作是言曰夫世人之壽不出我人衆生所謂壽者相也吾佛不取而僧亦不住然佛所取者慧命所住者法臘故古之高僧曰世壽又曰法臘盖不拘歲年而以初入受持戒品三月安居戒體無虧爲一臘由以臘不以年故有年高而臘少者有童年而耆壽者凡重臘是以戒爲本也以戒爲本即佛之慧命所係矣是故戒根淨則慧命朗戒本固則慧命長經云若人受佛戒即入諸佛數且佛壽無量而曰纔登戒品即頓獲之豈不以自性清淨而爲佛達自性清淨而爲僧耶所謂續佛慧命以是故耳惟吾佛説法四十九年末後拈華以正法眼藏付大迦葉二十八傳至菩提達磨達磨航海而來初至五羊先是宋求那跋陀攜楞伽四卷至即建剏戒壇於其地達磨來必依止之及傳二祖且指楞伽爲心印及智藥攜菩提樹來栽於壇側且曰百六十年有肉身大士於此樹下出家演最

上乘及六祖果發迹於斯若合符節迄今宗分五派道被寰中皆以此寺爲初地即達磨之道法不泯六祖之眞身猶存豈非以戒根堅固慧命延長由古及今以至永永無窮耶故經云佛子住此地即是佛受用今上人住此地繞此僧見六祖如生豈小緣哉余初入粤至其寺叩其門至再呼而不應者今予居此不三年而諸僧濟濟一時翕然無論老幼皆發菩提心煥然一新耳目是豈諸人佛性昔無而今適有耶蓋佛性人人本具但無知識開導耳開導之功又在主之者力行則四衆歡感如時雨降油然榮茂而不自知其然矣今上人年六十一一旦發如是心作如是行以佛事而報親恩以淨戒而爲壽本又能親近知識隨順修行後之弟子苟觀上人心效上人行從少至老由子及孫如此則化化無窮原原不竭萬一有六祖者出翻然如昔之盛時則此法中興之機又在今日上人功德無量即上人之慧命無窮矣又豈以區區世壽爲匹哉乃命弟子通岸居士歐起鴻輩各持香華重宣此義爲上人壽

送蘊素穩禪人還金山序

余少負遠遊之志以病未能隆慶巳巳買舟過金山余愛其萬里江流拳石掌空孤標獨立眞若丈夫挺然頂天立地氣象山主同公旻公款余居二載諸弟子從遊者衆每飯食之餘與一二高士振衣濯足於高空明月之下秋水長天空洞一色眞若履玻瓈而臨縣鏡自爾一別四十餘年恍忽思之端若夢事深沈瘴海十有二年飲蠻煙而飡毒霧馳火

宅而坐炎蒸每一興懷則肌膚生粟毛骨清涼時特以此片石長流枕漱於蘧廬壘壁之間爲消塵解煩之利劑也惜乎遠隔萬里親舊凋踈音問寥濶嘗念妙高峰頂善財石上月色潮聲可似當年風味否然亦無從問訊也丁未春莫予蒙恩在宥走端州謁制府奉檄雷陽已了前件歸五羊謁臬司以聽從事維舟珠江之滸適有上人從豫章持大參丁公書來謁開函亟讀知爲金山虚舟鉉公之孫也予感舊興懷誠所謂喜心倒劇嗚咽霑巾者也嗟乎人生一世歲月遷譌回首人間居然夢幻耳余事竣還山穩公相隨曹溪今且言歸余因叙往事紀别後之懷以謝諸故人且託問訊於山靈海若余將返櫂楊子江頭重訪三山故事幸爲驅風伯以清江流埽浮雲而放明月延我於妙高臺上坐楞伽室以説藏識海浪法身境界了蘇公與張方平未了公案穩公持此其無乾没於飯籮瓦鉢間也儻有問者爲我報道今已須髮皤然無復似當年粥飯氣矣

送吳將軍還越序

將軍少從父行入粤志在疆場經涉山海濤平寇盗無役不有無戰不克視險如夷復淵如陵凡諸島酋情形備殫東倭發難談者望重溟若登九天視其燄如入火聚兩粤節制司馬公日與群僚計畫咸束手無策時薦將軍往偵之具得底裏東事遂以平還報業已失故主將軍功竟無以自鳴惟步趨行伍無復敢言天下事矣然皆上下舉知將軍能卒不能以振將軍也每遇盜賊盤錯則當事者

莫不力言將軍將軍恨不以將軍坐隗上事既則曰非我不能也時若有言將軍者則亦皆曰將軍將軍哉故將軍竟以名生忌以能致禍幾不免者數矣時則向之稱將軍將軍者則又皆以繩墨自多且恐入將軍不深也嗚呼世故如此豈復敢言丈夫事哉南夷犯順諸肉食者色皆墨將軍時在囹圄中予思有以任疆場之肩負者舍將軍指不再屈遂力請出將軍多方調護置之前鋒將軍犯重濤陟峻嶺連戰及花封攻巢破穴楊大將軍知將軍故不蔽其能而斬馘俘擄之功最於行間將軍竟以忘身一刱心膐俱竭事竣一病而死者幾矣由是而知將軍數亦奇矣將軍至是亦深知其不偶也乃負妻戴子而歸將為五湖之遊矣將軍塵埃中人也余非以意氣許可將軍者蓋螳螂怒臂以當車轍孰不知其力不足哉然而一怒以當之非在力也余以是知將軍若九方之相馬豈可以牝牡驪黃以盡其質哉余以是感慨世之皮相者規規乎毛色之間非余所以稱將軍也行過曹溪將別余適遇於江上留連信宿乃為詩以言別非以將軍能高舉也辭不及意笑不在言

周子悟一篇序

周子希顏字如愚泰和人三世孤貧篤孝苦心堪輿海內名公大人莫不折節傾心信若谷響以其言有徵而事不爽故聽若轂音奇驗非一已卯秋杪因韶太守任使君入曹溪曹溪為六祖大師法身住處其山剏開於梁初神僧智藥大師謂與西天寶林無異不世

道場也余以凋弊竊疑之質諸周子周子曰陰陽不經故也以其左來而右去故始大而終小即此一言疑滯頓釋由是而知周子之言形家非直形也及出悟一諸篇盖見周子之得於自性之真特藉形以發其粤耳嘗讀王維詩云山河天眼裏世界法身中且眼不能著纖塵而曰容山河法身不可以色相而曰包世界繇是觀之又奚可形色言之哉此理之微誠不可言傳而在玅悟故周子之論山川必本諸真氣真氣聚而成形譬若人身必有周身之血脉脉之融會而爲穴故凡人之生也病苟砭得其穴則足以啟死生人之死也葬若阡得其穴則足以化凶吉固其理也語曰天地同根萬物一體是則大地一形也陰陽一氣也死生一致也以一氣而視大地則目無全牛以一穴而視死生則脉無遺髮若從一葉以視陽春則化工不易一縷矣由是而知周子之視形非在形也在使其形者也原夫四大各徧五行互融皆本於性情由性昧而爲空太極也空暗而結色四大五形於是乎變形之本也性變而成形天地而位矣傳曰致中和天地位萬物育此理之至也內外五行原出於一情與無情共一體也人之生也動而有知得天地之中者則於一身爲聰明利達故其死也靜而有靈得山川之和者則於子孫致福壽康寧天人合德其理至微所云葬乘生氣者其是之謂乎予以是知世惑於堪輿而妄爲禍福之論者皆不識一之故也周子之悟一非特爲形家言而其術亦非爲求形者說蓋本諸身而求乎性

也故其名曰悟一旨哉是則有形之論前無周子不能發古人之祕後無周子不能知陰陽之實余謂其書可傳故三復深飫而致意焉特序以發之

贈太和老人序

老人不知何許人揪髯壞璋肩横一杖足徧諸方隨身佛事到處指迷見形而歸心聆音而解縛者不知其無量億衆矣雲行鳥飛飄然度嶺來遊於粤余睹其短髮蕭騷雙瞳炯炯燁若明星聲音如鐘聽其議論風生機鋒電捲隨其所應而爲現身說法察其根性應以何法而得度脱即其所應而度脱之於儒則揭盡性之旨於老則啟玄玅之樞於釋則無非佛事乃至邪魔外道鐵腹水滌靡不迎刃摧鋒望旌息鼓故其道不虛授言不虛發如養由之射師文之琴括矢應弦理徹出水若此者亦不計其幾百千衆矣且其胸次豁然了無滯礙其來不將其去不留如古所稱得無礙解脱者非歟余與老人遊戲於漭瀁之墟逍遥於曠蕩之野不知此身之在天地外物之在此身也神怡心醉如兀如癡老人方將曳杖而遊於寥廓余遽然驚覺追之水濱乃歌以送之歌曰雲之旌兮前征雷之鼓兮無聲風飄飄兮吹衣樹耿耿兮含情君之心兮不生我所思兮神征望不及兮天際重歸來兮蓼鷺

壽曹溪前住持東湖賢公八十一序

曹溪前住持東湖賢公生於前丁亥歲今歷四百八十甲子矣七月二十三日乃出胎時也山中諸大弟子獨稱公爲最上耆年感公

德教素孚於衆心各各歡喜燒香散華而作供養一時作禮請予作具壽因緣以壽公余欣然爲衆而作是言曰夫壽者相出於我人衆生也故吾佛世尊斥而不許且云童壽又云無量壽是又以獨稱何耶蓋童壽者謂童年而有耆德也是以德不以年曰無量壽者是以心不以形也以共此心先天地而不爲老後天地而不爲終超四時而不遷括十方而無量故古之真人悟此心者萬古不磨千秋若在是以吾佛自謂我處靈鷲山常在而不滅若吾師六祖道骨凝然法身常住斯豈以形骸之可拘拘色相之可擬議者哉是故吾徒爲佛祖兒孫者端在悟明此心不以世數爲久近也歷觀傳燈所載千七百人盡出曹溪一脉是皆悟明此心者故以心印心如續長夜之燈以證不生不滅之果斯實由生以入無生因滅而至不滅不滅則法性常生無生則真常寂滅斯則寂滅而生則無生不生即生而滅則滅而不滅此實千聖之真傳一心之要旨也由是觀之則人同此心心同此壽無疑矣惟公生於曹溪而長於法門老於佛事由先以巳身爲衆身故今得以衆壽爲巳壽且兹山之衆千人人各有心心各具壽誠以衆壽壽公則復以公壽壽衆如是展轉以歷無窮如以一燈傳千燈燈燈相續而無窮無盡此則衆心之壽固無窮而公之壽亦無量矣以是而知八十之年如馬體之一毛太倉之一粟也今也集衆心以祝公期公以此心而爲壽以公之歲歲如今壽公之人人人不滅回睹世尊拈華之日非遥六祖

揮麈之時不遠斯較童年而耆德者猶以聶踶而注滄溟也大衆聞說歡喜作禮持此以壽

贈良醫杏山梁先生序

予放嶺海十有八年驅馳炎荒飽飲瘴烟頗有漏形骸自非金石日見衰朽諸病交作癸丑夏六月偶患背疽若覆盂楚痛難堪醫者束手談者皆推梁先生先生天性好飲凡以病告初不計利終不伐功居鄉里循循謙讓有古人風予病篤時市人告予僕曰聞尊者恙得梁先生即愈矣言未訖而先生到若神靈所邀即請先生視之曰此蠭窠疽也形如蠭竇竇日生三子若日久則層疊侵骨不可治矣幸早發藥可無慮先生治之之術多方言痛痛止言腫腫消言腐腐潰隨病應手無不立效藥無金石咸用衆草予視先生之治病瘍洞見肺腑技若弄丸剋期收功若有神焉初先生治數日或舉他醫先生欣然讓之無難色既而他醫治不可先生復來無異辭是知藝高而心虛時從醫未決請禱再三獨許先生誠天假也感先生之治予病因思古語丈夫處世達則爲良相不達則爲良醫方今天下之病百孔千瘡不啻予之一身也醫治者誰耶即有盧扁之手舉之未必信信之而未必用況諱疾忌醫欲求完復太和元氣而收回生之功難矣先生之活人若有神回生之功非一初不賴報積爲陰德願先生之子若孫推先生之術以治天下國家應手而捷則先生之澤流無窮又不止今日之活我若人也先生向未生子醫予之次月二日舉

一男咸謂寘德之報也故喜爲先生賀而贈之以言

別陳生明瞻序

萬曆初余乞食長安市會夷山陳先生衆中一見即識予爲畸人遂與莫逆予時先知嶺南有歐楨伯與先生同客燕市自爾余謝人間世先生亦遊宦塗無聞焉丙申歲余奉詔遣嶺南二月至五羊訪先生則成千古時晤明瞻爲愛弟也夷山先生豪舉超卓翩翩有出塵之思明瞻則精敏沈潛循循雅飭溶溶漠漠澹然了無世俗態余器重之每見黙無一語且於予言無不悅及乃兄勛卿菜峰公挂冠歸卜西園於龍津與浮丘光祿惟吾王公客邇時時招余齋食兩園之間一飯必以明瞻先明瞻從二老無外遊惟二老節義爲一代人倫冠不獨重嶺南明瞻生於重而長於重且習於重不獨知所重而固有所重也明瞻八歲能舉子業十歲能誦古文辭其父見背菜峰公以子視之及長而菜公且投閒日與明瞻討論古今上下人物咸指其所重者畀之以融其性習此又明瞻養得其重矣無惑乎明瞻不屑屑以輕於浮俗也子曰君子不重則不威學則不固是知君子之學固以重爲本也嘗試論之人生之性也本直質而無僞第以前識導情浮華誘志故本喪而質渝明消而暗長是則不惟托根失地抑爲所附匪親故日流於窪下渟滀其汚濁致使不磷之體漸磨不淄之質晴垢顛瞑而不寤火馳而不返者衆矣此聖人所以貴親仁釋老所以重離欲也余目睹明瞻於此十年如

一日始終如一念毀譽如一心不以離合異情不以去就貳志即其攻苦茹淡孝弟篤誠此固天性良然而實以親習有本傳曰重為輕根靜為躁君故聖人之學得其重而輕則隨之專其靜而躁則化之此仲尼輕不義之富貴如浮雲老薄萬鍾如敝屣也苟能得其重則窮達一致死生同條古今一貫以此足徵方外之學非妄談西來之宗非迂怪也余與明瞻遊一紀未嘗一言及於禪以明瞻早以重自珍又何禪之有今言別亦不外此明瞻志之

方子振奕微後序

余少知方子振童年以奕鳴而未見及余乞食長安市所遇靡不亟稱之殊無議其短長者私識其人誠若李本寧太史所言非特奕也及余被放嶺海丙午秋杪子振同蕭觀察來粵過訪曹溪一見居然心鏡中人異哉適出近與黃石甫所布奕微余固不測識及觀與蕭公對局則知子振之為奕以道而進乎技也嘗試論之道在天地凡得其精而神其化者謂之聖道德無論已若夫藝者左馬以文聖鍾王以書聖芝素以草聖何獨藝而技亦然若市僚之丸養由之射與秋之奕諸皆有述焉奕爭道也凡爭者以名相軋軋則氣勝而實德魁子振獨不然循循雅飭不以長自多臨局若無意遇敵若不知敵虛而必告以實處勝而若不爭意氣閒閒笑傲自適胸次翛然局若澄波心如皓月機先而預定神動而天隨客往而不追敵來而順應因是而知其微乎微矣說者以奕喻兵余則謂奕可

類禪蓋處乎不動而運乎動者也余因謂子振之奕以道而進乎技也余觀子振非獨技而其人亦然老氏有言夫惟不爭故天下莫能與之爭斯其品異而技亦神矣彼矜矜操刀而割者又何以稱哉予雖不知奕今見子振對蕭公局愧不若浮山之對歐陽公因棋而說法也

送堅音慈公住金沙東禪寺序

金沙東禪古剎也自達觀大師重興弟子孫氏伯仲栁其始太史王公成其終先得浪崖耀公住持莊嚴畢備乃聯諸同志結青蓮社背誦玅法華經遵戒定慧三學以爲梵行不數年而能誦者三十餘人往耀公與諸檀越特建佛種堂迎予休老丙辰冬予東遊而來睹其規矩雅肅安居精潔四事豐美人境俱佳爲末法一最勝道場也讚嘆久之予了達大師末後因緣即投老匡山耀公涕泣留之未能也及予入山之二年耀公以障緣去一時檀越皆望予令人以主之居無何堅音慈公至一衆歡喜懇請公初以歸宗爲家山未妥乃還安置今應命往過別五乳予喜而謂之曰大哉法界以緣起爲宗也故一切諸法皆緣一心之所建立佛土淨穢隨心感變而成壞亦以之是以吾佛於菩提場初成正覺其地堅固金剛所成謂以金剛心之所感結故菩薩修行必以此心而爲行本所言金剛心者即梵網所說金剛寶戒名爲諸佛心地法門故命千百億釋迦流傳此法所謂爲一大事因緣出現世間蓋特傳此金剛戒耳惟此一戒爲成佛之緣故曰佛種從緣起吾徒

爲佛子者苟不遵此戒則凡所建立世出世法皆不成就以無根本故耳即此杜規遵三學之制三藏之中經宗法華律宗梵網論宗起信是則此三皆最上一乘發明一心之旨成佛之要無出此者乃目前現成公案也公今住矣若秉佛心而爲住持即其地爲金剛所成身心寂然是爲入如來室若以法華爲佛種子則一瞻一禮舉手低頭皆爲妙行則一切因緣無非佛事了無疲厭若以智照一心了達無明則煩惱不生諸障自息日用頭頭皆眞解脱且公素持行願普門二品以專淨業苟以大悲爲心則普視同體寃親等觀了無人我之相若以普賢爲行則捐捨身命以供大衆滴水普沾何有一己之私若以大圓覺爲我伽藍十方聚會箇箇無爲又何有於子孫之業公以如是住如是持如是安居則當下轉穢成淨三學圓於一心萬行成於一念所謂佛子住此地即是佛受用常在於其中經行及坐臥如此則不負檀那亦不負自己出世一大因緣也當以此語揭之佛種堂未必不爲廣長舌相

送無言道公住持少林序

世尊出印土踞靈山以優鉢羅華爲菩提種子既達磨以震旦少林爲菩提初地十方無盡法流源源從此而出其如派多而源混故我雪庭大師總衆流而歸之其心大矣厥功懋哉自是當家種草代代而生以不生者世其業無言道公承三十世之幻休潤大師法流令人天推擁而住持其家諸大比丘刹刹宰官居士衆皆歡喜讚歎予來自東方那羅

延堀亦隨喜合掌而言曰佛未出世祖未西來現成家業人人具足由其具足而不知故黃面碧眼忍俊不禁特地出身爲人說破靈山百萬衆傳燈千百都皆一喚回頭頓知本有此則知之一字衆玅之門矣噫佛祖元無實法與人豈期人人病眼空華且又邀華結果佛祖之心然哉此則知之一字衆禍之門也吾人若不重捨金篦何以世其家業嗟乎難矣然佛祖以法界爲家大地爲業虛空爲量若不立一塵則不能現身若立一塵則不能度生今公以赤身而全荷其業拽百川而歸源豈易易哉公且行矣諦聽諦聽善思念之若不立一塵則負佛祖若立一塵則非佛祖所以望公者公其勉諸

送仰崖慶講主畫諸祖道影序

昔世尊居忉利三月優闐王思之不已乃命工者持旃檀香往刻其像鶖子慮衆工凡品無足盡其玅好遂以神力化三十二人各注一相相成請歸王城觀者與生佛等及世尊從天宮來乃拜之曰吾滅後賴爾度生無量其像亦垂手而答之故凡雕刻彩畫種種莊嚴徧十方界者皆自旃檀始噫夫豈佛然哉吾意諸祖皆同一身一智慧力無畏亦然故曰心如工畫師畫出諸形像夫形像可畫而神通玅用及度生事業又安得而畫之哉居當闕然及讀達師述丁生畫諸祖道影序并送慶公求畫是知神通玅用度生事業皆不離一毫端三昧耳嗟乎鶖子極盡神力以多人而方成一像今丁生以無作玅力從一手而現多身慶公於一念頃圓成度生事業而

達師一彈指間頓使法身彌布如雲起寒空影羅秋水如斯妙用乃法爾神通如是耶抑因緣會合而然耶觀者儻能覿面不疑始信各各當人自性本來具足如此也公行矣無倦繁興藉使於一身復現多身將遍寒虛空光流大地又不離丁生一毫端公其持此爲我告之

賀僧錄左善世超如應公住持大慈壽寺序

聖天子臨御之初年正沖太上毋憂勤鞠育惟祖宗社稷天下重器所寄思無以上酬厚德下福蒼生乃薄供養損膳羞出其貲建大慈壽寺將賴三寶弘護陰庇窮壞寺成選古風淳和尚爲住持居三年謝世上命其孫本在授僧錄左善世繼其寺事在師任事十二年上祝萬壽下接四來無厭朝莫即慈雲法雨徧滿寰區無不從此流出而師抒忠效力竭躬盡瘁以事煩務劇致形勞神枯四大交病即臞然骨立猶不忍棄事達觀禪師隨緣過慈壽見而驚曰公何爲至此哉吾人固重以忘身爲法其如生死大事何師潸然泣數行下曰在非戀戀浮名第念聖恩隆重香火無託故苟延耳禪師因問孰堪荷寺事者師即舉其弟子監寺圓應禪師請見乃大喜曰是豈乘願力而來者耶令解衣盤礴如九方相馬云此足當千里矣幸有此兒顧復何慮師聞已判然自決明日即以其事奏聖母可之旨下大宗伯檄應仍授僧錄左善世爲第三代住持諸名山大知識各各聞而歡喜屬不佞讚歎之曰惟吾佛世尊以法界爲家以

戒定慧爲業以弘法利生爲務以慈悲喜捨爲範以教理行果爲綱維三學具四心圓四維張教乃昌夫此家者以無心而住無我而持任因緣爲進退順機宜爲調伏此至人之能事豈常人可及哉故正法之代四維張而法道昌諦觀諸祖無論童耄一言之下克紹其業像法之世教流東土歷漢至唐代有其人葉葉相鮮華果茂實且曰無果至於末法則秀實希者以教理存而行果闕綱已半弛將何以綱維家業撈漉人天哉今躋末法六百餘禩矣當世尊將涅槃時有六萬億菩薩願於末法影響流通且又將佛法付囑國王大臣故歷代相承惟我國家崇其教重其人上下一體至我聖母弘通三寶超越前代琳宮紺宇棊布星分獨此寺爲天下大觀無盡法藏從此而出一切功德從此而入爲法門之樞紐知識之蘧廬當其任者持大教之綱維爲四海之觀望殊非細事應公年甫二十即掌監寺職山門衆務一切以身任之不私已不憚勞不辭怨不識身之有世不知心之有身不識不知泛應無機所謂年童而德耆外實而中虛忘機類無心汎應類無我不計利害類任緣此眞住持之能事觀禪師所稱乘願力而來者非歟余嘗私謂在師爲舟應公爲水水之積也不厚則負大舟也無力應公業已能負師十年有徵豈不能自負哉應公勉矣願造其眞履其實爲佛眞子住持其家將此身心祝我聖君慈壽如天如地普覆無窮果如是則香幢影動鐘鼓聲飛塔殿橫空鈴音鐸響晝夜無間皆廣長舌轉法輪時

也公其勉之

贈大輪端上人住持廣濟寺序

王舍城北有大精舍曰廣濟乃大知識寶藏和尚說法之處和尚初隱終南發明心印後攜其弟子雙松平公輩止於此豎大法幢人天衆集和尚據師子座平公即領住持事接納四方名傾海內三十餘年和尚臘高八十而道風與日俱大振平公謝幻緣去復以其徒端公繼山門事都城耆年龍華瑞菴上人輩咸皆歡喜乞一言以讚歎之聞之佛住迦毘羅國祇桓精舍其弟子千二百衆各推所尚爾乃以長老稱空生空生問佛所住世尊乃告以應無所住而生其心不住色聲香味觸法生心且曰應如是住如是降伏其心果何住耶雖然豈以無住爲住哉抑聞佛住大光明藏與十二大士密說圓滿修多羅門乃曰以大圓覺爲我伽藍身心安居平等性智此所謂住寂滅場修無作行又豈以有所住而住哉雖然上人親授法於寶藏和尚和尚得法大川禪師據臨濟正令揚眉瞬目一棒一喝之間五教齊收千門頓會人境俱奪理事雙忘此又豈可以王城精舍圓覺伽藍而擬議其精粗優劣耶上人果以此法住持是將可以續佛慧命上報國恩誠所謂佛子住持善超諸有也耆年聞說皆大歡喜即持此一葉以問訊上人上人其無謂我毘耶病夫非奪鉢之手也是爲序

送方山暎川法師幻遊序

幻人往遊都市遇方山子於大幻場中相與莫逆於心已而幻人從幻緣去方山子即入

如幻大解脫門依寂滅場現諸幻事揭大藏於龍宮受天人之玅供幻人方避影東海據長空大谷與煙霞麋鹿爭雄方山子聞而喜之即杖策而來搜我於窮髮幻人相與把臂而遊登金剛之峰入那羅之窟乘堅固之筏泛海印之光捫摸虛無指揮萬象倦則鋪瑶草而臥長林饑則飲醍醐而飡栗棘時或鼓腹揞頤擗辟雀躍吸鯨波而吞滄海叱大塊而噫長風直使萬竅齊鳴殊流詰驟曾不知爾我之在乾坤朝昏之為日月也又何浮光幻影野馬塵埃而點太清之量哉方山子喜而忘歸不覺兩更四序一瞬矣時則方山子蹶起而謂幻人曰聞之不死之鄉非蜉蝣之所擬廣漠之野非蟭螟之所知信乎願當與子死此耳幻緣未盡姑捨子去終當攜手同歸焉幻人於徐而進之曰譆有是哉子作去來之想耶嘗試觀夫片雲起而太虛彌布纖塵舉而大地全收不分而徧則霈澤霶施不散而周則山岳競秀由是觀之則諸法未嘗離於起立處耳子當勉矣無作去來之想也雖然空華結實瞖目之所愚水泡穿珠癡兒之所惑子其行矣試為彈而刮之若珠破瞖除其無忘我交臂之盟誓當與子死於那羅延堀

憨山大師夢遊全集卷第二十一

音釋

馘（古獲切）　蠰（式亮切　音餉）　懋（莫候切　音茂）　臞（其俱切　音衢）

潸（所姦切　音刪）　禩（象齒切　音似）　揞（旨而切　音支）　詰（渠映切　音競）

憨山大師夢遊全集卷第二十二

侍者福善日録　門人通炯編輯

記

復涿州石經山琬公塔院記

昔嘗閲藏教睹南岳思大師願文願色身常住奉持佛法以待慈氏斯已甚爲希有矣及觀光上國游目小西天見石經何其偉哉蓋有隋大業中幽州智泉寺沙門靜琬尊者恐三災壞劫慮大法堙沒欲令佛種不斷乃發刻石藏經板封於涿州之西白帶山山有七洞洞洞皆滿由大業至唐貞觀十二年願未終而化門人導儀暹法四公相繼五世而經亦未完歷唐及宋代不乏人至有元至正間高麗沙門慧月大師尚未卒業其事顛末具載雲居各樹碑幢間惟我明無聞焉何哉噫苟非其人道不虛行佛種從緣起其是之謂乎初達觀可大師於萬曆丙戌秋訪清於那羅延堀北遊雲居至琬公塔一見則淚墮如雨若亡子見父母廬墓也抱幢痛哭徘徊久之而去南遊峩嵋回至金壇爲報父母恩手書法華楞嚴二經完越六年壬辰六月走都下屬太僕徐君琰造琅函將送置蘆芽萬佛塔因暫憩潭柘聖母慈聖皇太后聞之遣侍臣陳儒齋齋具往供儒隨師再過雲居禮石經於雷音寺時忽光燭巖壑及揭殿中拜石石有函函中得銀匣銀匣盛金匣貯金瓶藏舍利三顆燦若金剛恍如故物一衆稱異悲喜交集已而再禮琬公是時塔院業已爲寺僧賣之豪家公骨將與狐兎同巢矣師愴然而悲即以聖慈所供齋襯金贖之不足中貴

人楊庭屬弟子徐法燈者助完之師因避暑上方山清亦來自東海謁師於兜率院談及此掮掌痛慨食頃師上足密藏開公持牘院劵同琰至師躍然而喜即拉清同過雲居禮讃焉冒雨衝泥窮日而至右繞三匝默存儼然凛凛生氣歎曰公其不朽哉因感遇與琰君共捐金購地若干畮爲守奉香火資達師命清記其事顧清何人唯唯而作是言曰盡大地爲常住法身唯至人能知一微塵有大千經卷唯智眼能見以如是身說如是經是法甚深奥少有能信者信之者豈易易哉是以吾佛世尊於曠大劫觀十方界無芥子許不是捨身命爲衆生故而求此法處剛求而得之即於一毛端頭現寶王刹一微塵裏轉大法輪是則所說三藏十二部言言字字皆吾佛骨血心髓也故曰此經在處皆應起墖供養不須復安舍利以此中已有如來全身故是以能持此法者則爲報佛深恩矣靈山會上佛欲以此法付囑有在是時人天百萬無一人敢吐氣荷擔者顧此大衆豈非英傑丈夫哉況親承佛教心領佛恩而猶逡巡畏縮如此必待從地湧出六十二億恒沙衆者此何以故且又但許如來滅後五百歲如是而已況待慈氏彌三災歷窮劫乎足見持法之難也如此由是觀之能起一念護法深心者則爲諸佛護念矣良由佛非法無以成正覺法非佛無以度衆生生非法無以明自心心不明無以護正法法不護又何以報佛恩稱弟子哉惟其佛滅而法滅法常則佛身常住矣佛以常身據法界建大業至若守護封

彊者固其多方惟我南岳大師總持以願輪不若琬公見之於行事雖然佛業固大非南岳無以振其綱岳願固弘非琬公無以讃其業琬公固高非慧月無以繼其志於戲因修者易草創者難續燄傳燈代有其人若夫崢嶸法界一始終同休戚苦心深慮克紹如來家業者除慶喜去童壽唯我琬公一人而已噫公功大矣窮劫衆生受其賜微公佛亦左袒矣是親承密印而來耶抑六十二億之一耶何其願力廣大如此也慨夫濁世知公者希則公者貴至若知公則公又唯我達觀大師一人而已惟公與師正謂千載旦莫之遇也嗟乎世不知公則不知佛然不知師又何以知公哉愚謂公心即佛公骨即經廣長舌相不滅不生佛法不朽賴公骨存骨與法界相爲始終令師與公生死而肉骨之業既往而又復之則是重剖一塵而出法界之經也豈小緣哉嗚呼公之骨託於師師之心刻於石後之覽斯文而不墮淚者猶人聞父母心血骨髓而不動色斷斷乎非眞子也清固謂吾徒有淚定當灑於琬公之骨

涿州西石經山雷音堀舍利記

有明萬曆二十年壬辰歲四月庚寅朔十有五日甲辰達觀可禪師自五臺來送龍子歸潭柘聖母慈聖皇太后聞之遣近臣陳儒趙贇等送齋供資五月庚申朔十二日辛未師携侍者道開如奇太僕徐琰等至石經山雷音堀堀乃隋大業中靜琬尊者刻石藏經所師見堀中像設擁蔽石經薄餾因命東雲居寺住持明亮芟刈之是日光燭巖壑風雷動

地翌日啓洞中拜石石下有穴穴藏石函縱橫一尺面刻大隋大業十二年歳次丙子四月丁巳八日甲子於此函内安置佛舍利三粒願住持永劫計三十六字内貯靈骨四五升狀如石髓異香馥郁中有銀函方寸許中盛小金函半寸許中貯小金瓶如胡豆粒中安佛舍利三顆如粟米紫紅色如金剛開侍者請至師所師歡喜禮讃既而走書付趙賓屬徐法燈者請奏聖母皇太后太后欣然喜齋宿三日六月巳丑朔迎入慈寧宮供養三日仍於小金函外加小玉函玉函復加小金函方一寸許坐銀函内以爲莊嚴出帑銀五十兩仍造大石函總包藏之於萬曆二十年壬辰八月戊子朔二十日丁未復安置石穴願住持永劫生生世世縁會再睹命沙門德清記其事清一心合掌而言曰原夫舍利者乃吾佛因地最初發金剛心演戒定慧光明熏蒸有漏無常三業變化所成而有生身法身全分之别始從發覺以至習漏淨盡三德圓滿故隨縁所現色身相好光明赩如寶山閻浮檀金紫磨光聚三業六根内外瑩徹即無常身證金剛體故大般涅槃諸大弟子諸天大衆各執旃檀沉水爲積以焚其軀則皮骨血肉髮毛爪齒隨火光流一一化爲金剛種子最極堅固入火不焚入水不溺如水銀隨地顆顆皆圓名曰舍利此云骨身比生身也分見而已是故其色但隨皮骨血肉髮毛爪齒而有紅黄白黑色色不同小者大者圓者扁者如露如珠如粟如菽又因禪定行道願力三種所熏故有流動不流動現不現異

其禪定者凝然常寂其行道者宛轉瓶盤終古不息其願力者有求必應若曰我處靈鷲山常在而不滅豈非法身全體耶噫永嘉所謂幻化空身即法身豈虛語哉由是觀之則一切衆生具有如來智慧德相但以妄想無明業行所熏而成無常敗壞之身即日用現前念念潛注真光獨露迸灑八萬四千毛孔一一光明照耀無盡即此無常身心而爲常住金剛矣若演此光明普照大地則一切山河草芥纖塵無非成佛眞體畢竟堅固不動不壞一一皆爲法身舍利豈有量哉但以隨衆生心緣力所見故舉世尊生身全體止獲八斛四斗耳且分爲三而天上人間龍宮各取建塔而供養之其流布人間者即阿育王以大神力遣使鬼神所建窣堵滿閻浮提而我震旦可目而數者一十有九則明州育王適居首焉蓋亦二智所熏者是耶其我金陵長干神僧康會所求豈願力所熏者非耶至若代代高僧凡三學圓滿者間多有之但曰堅固子耳嘗謂震旦故稱赤縣神州況其土人多大乘根器而吾佛舍利無數其所及者豈止十數而已哉竊自疑焉及讀舍利感應記見隋神尼智仙得舍利一顆文帝初生尼即舉而育之及文帝長負大業思報神尼尼但以所藏舍利付囑之曰兒當爲普天慈父重興佛法用是盡建浮圖足矣何報我爲帝受之如命凡今域內名山所至塔廟故大隋居多愚謂此掘所藏舍利者豈琬公親荷文帝授手而來者耶抑我世尊願力所持經藏將示少分眞身欲令衆生頓見全體耶今我

可禪師一至而舍利即出因以授受國母豈亦夙緣所逮也耶不然何其感應道交昭著之如此也竊謂當三吳時江左佛法未至而舍利何緣先在地中光騰霄漢僧會尋光而來吳尚異之及談此舍利且期三七懇求而至吳人由是變幻怪爲尊信法道流通爰自此始代代相承千有餘年至我聖祖神宗尊崇敬事超越百代且賴此爲金陵定鼎萬世洪基迄今浮屠光明照耀莊嚴妙麗與佛身等豈細事哉且此石經乃我琬公秉南岳願輪以待慈氏經三災歷窮劫豈值億世惟此舍利埋之久矣今我可師一至不待求而出現惟我聖母尊居九重不期見而自至豈非吾佛以大願力弘護三寶應時出現以延我宗社福庇蒼生永永無窮使正法流通佛種不斷故耶抑考琬公所刻石經由隋及元六百餘年甫成其半洎及我明則闃然無聞豈我世尊示此少分如華一葉見無邊春欲令衆生從此經藏遠續如來法身慧命於窮劫者耶不然何其出現易易之如此也故清得以詳記始末以昭後世使見聞者知聖不虚應應必有由矣豈徒然哉是爲記

大都明因寺常住碑記

惟吾佛世尊降神靈鷲説法度人而諸弟子輩非出尊姓淨行者不度非入無生者不住故所住無常但誡之曰日中一食樹下一宿以示旅泊殘生一往不復初非有意人世高廣安居豐美口體之謂也既而王城利物以給孤長者將請佛説法乃就祇陀乞園林造精舍以延之不惜布金徧地而重閣講堂於

是乎啓大衆安居亦自此始然猶逐日行乞四事未甞豐美也後因老病不能行乞者立常住是則常住葢爲老病者設豈圖今日之事哉教法東流琳宫大刹碁分星布煙火相望鐘鼓相聞去聖逾遠本旨大乖故百丈禪師起而大振之立清規以夾輔毘尼冀返初制嗟乎人者居之豈盡尊姓遺榮操淨行而埶無生者耶是故建之者不無給孤應之者未必如佛居之者未必盡老病無生者也故曰不納客僧吾法當滅是則不但非福地且翻爲毒澥矣惟此未甞不涕泗霑襟也都城之南有寺曰明因舊名三聖葢雲崖大宗師所建也師生於保定甫七歲即披緇十八遊方徧叅知識初五臺道場爲群寇擋其咽喉皈依阻絶先是有無住定大師以少林業依舊路嶺闢盜巢而建刹曰龍泉寺爲往來休息旉殊法道於是乎大昌大師年登二十即輔定師以開拓之厥功大矣豈非夙願耶公居龍泉十載始入大都登壇受具即置三聖寺以納四方又五歲入選爲大宗師奉欽命登華座傳毘尼法有年其道益昌於萬曆三年復修明因寺又十年而大師入滅又五年其孫仰崖慶公世其業然公以學行重當時據龍泉以説法内感聖母捐金重修其寺額曰護國明因葢功德本於大宗師也萬曆壬辰秋余隨緣王城會達觀禪師於大慈壽慶公從禪師謁余曰明因固吾祖所創也慶因觸目諸方梵刹往往居之者不體先聖所以建立之意至若鬻身守綱者奈業累何慶願以此爲永永常住自今而後凡山門一食與

衆同賢者可得而居之者病老安之往來者內之凡常住所須執事者許增而不許損凡我子孫許住而不許分凡所施利許公而不許私凡所田産許守而不許賣願世世香火如日月鐙明以紹隆三寶將以報佛恩祝聖壽綿遠無窮屬余紀其事余聞之歡喜踊躍而讚曰公以如來心爲住持以百丈心爲常住令後之居者以無分別爲玅行借使天下聞風而興起者處處不滅祇園矣正法嘉謨將或見於今日也公之功德可量哉聊以公心刻諸貞石以昭後世云

開錦屏山觀音洞碑記

中國名山多奇勝而太行爲天地督自首陽抵山海秀氣盤結於京師故京之西山一帶琳宮梵宇如鱗砌然皆因人力裝點化工至若天然奇秀不假雕琢而玅出恒情者唯錦屏山觀音洞一境而已山去京西百里許洞踞山之胸一聯三堀如摩醯目其中玲瓏凝聚水乳成形千態萬狀不可名目山勢環抱名華異卉開若錦屏一水淵原來自深谷曲折周廻澄渟山足故其群峰森挺如出水青蓮也父老相傳往往見雲霧中時有觀音大士現故以爲名余於癸未春杖錫遨遊諸名勝辟穀三學洞中飛木廠王公玨謁余談及此遂往觀之余一見而深愛焉公遂請開拓先捨地三十畝爲香火前導搆茶庵一所以濟往來是時余方厭遊人世未暇經營乃付法侶九峰眞玉上人以主之即東蹈瀨上矣既而某官某公奉命來督厰事力爲開山檀越掌厰某公輩同心助成拓土鳩工鑿空虛

實將高就下歷數年成巖峤數十丈洞外又搆禪室兩楹昔日荆榛今爲寶地矣余於壬辰秋持鉢王城再過此地乃喟然而歎曰信乎境隨心變道在人爲也嘗聞觀音大士圓通普應無處不現蓋在感應道交如水清月現耳況人人本是佛不修行無以成處處皆是道場不施工無以見此山固靈異若非王公與諸公仗因託緣熾然建立縱七寶莊嚴皆委荆棘又何敢望變荆棘爲叢林哉今也鐘聲梵響共談般若蒼崕石壁皆顯法身聞者不迷見者卽悟因此地證圓通者不可勝數其倡者施者作者助者之功皆永永無窮將以祝聖壽衍慈風以綿綿無盡矣澥印道人不忘其始不計其終乃爲銘以銘之曰

大地法身元無寸土巍巍蒼崕有目共睹落落圓音本不有聲湯湯流水有耳皆聞處處道場無往不在有力量人將金作由圓通大士隨類現身豈獨於此偏憐有情洞中本虛千竒萬狀自是圓通根本模樣時之未至久被塵埋時節遭逢一擬便開聲振天門光騰大地見聞功德不可思議上祝皇圖鞏安社稷聖壽無疆千秋萬祀

修五臺山鳳林寺下院方順橋大慈宣文寺碑記 并銘

五臺爲文殊道場有一萬菩薩於中說法應化無方靈異多端爰自漢永平摩騰著迹沿及三國六朝歷唐宋元累代國家帝后妃主崇奉之典班班可指我成祖文皇帝延大寶法王居之以後琳宮梵宇歲歲增崇及我今上御宇萬曆初我聖母慈聖宣文明肅皇太

后爲資先帝保聖躬大作佛事天下名山自五臺始延高僧十二員以鳳林寺二虎禪師爲首座師名德亂字徹天山西太原人始終發迹修行緣由素著中外聖母爲建鳳林寺以居之寺完以臺山去京千里山深數百里仍就保定府滿城縣方順橋邊置接待寺一所額名大慈宣文又置贍寺地十頃餘畝以護香火將垂永久仍度沙彌明理爲給侍師道重方外名達内庭聖恩隆重超越常流若供奉徐公清明王公時及諸搢紳先生大司馬吳公輩皆深重師故其道場隨處成叢林晨鐘夕梵香火星羅將以上祝聖壽無疆保皇圖億載固皆我聖母慈恩曠大實師有以感之也今斯地爲衆僧資色身與慧命堅牢其功德福利豈可以數量計哉惟我聖母慈恩與天地同其博厚而此功德亦將共其悠久必有鬼神呵護於其間後之近此地守此土者豈不推聖心所自敢忘君親之惠而取鬼神之責乎寺落成命沙門清紀其事謹稽首爲銘以銘之曰

至哉坤元萬物資生巍巍太行爲天地經卓彼清涼惟聖道場群靈堀宅爰桄北方外護藩籬内拱神京珠宫梵宇隨處叢林惟我聖母育成帝德凡所施爲無非爲國建此名藍以延梵侶從十方來如雲若堵思修慧命必藉色身不勞持鉢香積盈盈有土如膏有衆如雲聖母聖心以土爲金此地常住惟功不朽祝我帝釐天長地久

伏牛山慈光寺十方常住碑記

自迦維降迹梵刹始與白馬東來僧居肇啓

歷代修崇之典十方澥會之林由百丈弘律制之規伏牛設練魔之業無非精修一心調伏三業雲來者以法爲心安居者以和爲事世衰道微去聖逾遠不但法無專門抑且人存我相使二利之語徒存四事之緣虚費此世尊所以攢眉至人因之發慨者也恭惟我聖母慈聖宣文明肅皇太后承悲願力現國太身興隆三寶建大法幢使域内名山皆成寶地寰中勝迹盡化伽藍乃捐膳羞之資命近侍太監姜某於伏牛山建造慈光寺爲十方澥會叢林置大河川黑峪保莊田二所爲永遠供奉香火命僧智明住持寺事明初受業於京西天台寺寶珠和尚以苦行聞當代聖母素所崇重者明行日和尚因誡之曰爾以一芥凡愚叨承慈命撫心自省豈不永懷爾其以佛爲心以法爲命以十方爲常住以衆僧爲叢林一食必與衆同一事必通衆議以道德爲首領以公廉爲執事毋執己毋慢人晝夜六時磨鍊三業精勤萬行屏絶諸緣將以祝聖壽無疆報慈恩永刼其無忘我今日之言明奉戒而行以此聞聖母且以修涂爲遠慮仍命太監姜公料理之冀道場與二室爭光叢林比牛山竝峙也工竣始末業已具載於功德碑記茲以智明所以住持其業者併誌之以垂範叢林永爲後誡將來住之者又以此誡復誡後人其如薪火之傳永永無盡也是爲記

重修之罘山神廟記 并銘

登郡城東南十里許有之罘山山有神曰浮佑侯是無所考甞周覽方輿大概自崑崙東

折而渤澥注焉扶桑日出光影上下蓬萊三山隱隱雲霧間宮闕恍惚金銀而神仙率都居之稱不死之鄉秦皇以是東遊黃腄而窮成山登之罘以臨朝陽刻石記焉則玆山始封其來尚矣迄今千五百年雖往來代謝觀其故事如指掌維是黔首歸依歲時伏臘而山亦産英效靈風雨時若使物不癘而年穀熟故廟祀不絕全眞高常清者居之幾三十年躋九十而色若孺子郡人多雅事若戚將軍者尤善事之將軍視其神宇頹然出資若干鳩衆命工而一新之經始於萬曆丁亥秋殿四楹左右廊廡畢備不期年落成嘗清杖筴過澥印請予爲記廼爲之銘曰

造化胚胎大塊以成山川鬱秀育靈産英惟玆大壑百川以歸崑崙東指之罘巍巍泰始來登蓬萊彷彿漢武神人大言恍惚惟山之靈千秋萬祀奠我邦家百祥無射惟民是福惟穀是登珠宮貝闕載緝載新鯨鐘鼉鼓朝呫莫吟祝我帝釐山高澥深

住京都吉祥院無極信禪師道行法原碑記

無極禪師者臨濟二十六代孫也諱明信順德沙河宋氏子年八歲父母卽捨出家禮郡之天寧深公爲師稍長以生死爲憂年十三卽請本師以行腳事往牛山入大火聚精勤刻苦日夜煆煉者二十餘年塵勞雖覺斬謝然未有所悟入因覲省歸至郡之西山上棧坪迴絕人迹潛居六載一食朝昏諸念頓息頃之卽參諸方知識北走京師登壇受具復隱銀山之中峰避影三載日以橡栗爲食專

注禪觀時忽心境皆空根塵頓脫豁然開悟自覺當體無依翠峰大和尚據臨濟正令開法於都門師往求印證機緣契合尋即謝隱京西之金山吉祥禪院以長養為懷堅持孤硬澹然若無所寓納衣穀食二十餘年内府太監張公暹輩聞而謁之捐金重新梵宇諸方學者日益進居無何師念家山寥落有歸歟之嘆杖策西遊祖埨以謝度脫是時二三耆宿進曰惟我虛照祖翁遠承曹洞正脉其字派曰洪子有可福緣善慶定慧圓明永宗覺性今將已矣師何以續之師因說偈曰智能廣達玅用無方蘊空實際祖道崇香諸弟子唯唯志之未幾尋歸吉祥滅影人世接納四來道風日益大振一日無恙名衆說偈安然危坐而逝萬曆二年二月七日也世壽六十有三法臘三十有奇得度弟子某等奉荼毘禮收師靈骨葬於西嶺之隱寂石洞其徒某皆參少室小山和尚嗣曹洞血脉即今開法故山之天寧乃因龍華瑞庵大師持師狀乞記乃按其實以序之曰嘗聞吾佛世尊度生已畢宜乎說法四十九年未談一字末後拈花為別傳之旨自靈山迦葉破顔之後西天四七東土二三所施不可以限量計而竟不許其枝流深有旨焉及六傳之後南岳青原下則分為五宗其門庭施設建立不同猶耳目口鼻之於身雖用各有異豈可以用異而異其體哉由是觀之所散未嘗一所歸未嘗二又豈可以門庭用異易其指歸然而後世悟之者雖各因所入至若曹洞臨濟機緣迄今不泯其故何哉惟具正眼當於佛未出

世祖未西來以前剔眉以視則靈山一會少室九年皆爲餘事是則君臣互換棒喝交馳亟蓋乾坤投機暗證之說不啻若太虛閃電石火光中而趁師子遊戲也禪師其於寂滅定中振聲一喝直使大地耳聵諸有聞而不驚怖者斯即可謂將此深心奉塵刹是則名爲報佛恩矣不然則竟以何法而續之耶是爲記

重修悟山觀音菴記 并銘

牢山之西南濱瀨群峰衆岫奔騰齊峙而臨巨浸者一峰傑出曰悟山父老相傳昔有高僧藏修悟道之所因以名之明嘉靖中有僧名近悟就址結茅以居重修觀音大士殿三楹左右夾以耳室窻呑雲霧門引長波儼然坐蓮華而觀水月也菴搆成乞余爲記因歎喜讃歎而銘之曰

圓通大士隨處現身一微塵裏轉大法輪苦瀨無涯奔騰識浪大士觀之如鏡中像我依大士如幻三昧亦來於此證三摩地一草一木盡屬法身是名常住傳無盡燈照破暗冥水中火發火裏蓮生是眞實法永劫皈依如是讃歎見聞之者齊登彼岸

重修巨峰頂白雲菴玉皇殿記 并銘

牢山居即墨東南根盤二百餘里跨平原而枕溟渤岡巒起伏龍蛇逶迤衆卉連芳長林蓊鬱幽潛祕處石室巖龕故往多眞人高士咸搆迹焉群山競繞中則一峰傑出曰巨峰當二牢之尻上揷重霄下臨無際最爲奇絶頂有菴曰白雲故稱古刹就廢至我明嘉靖間全眞郭一句重起其徒李陽興繼業至孫

高來德而大新之依巖鑿石筴壁甃垣丹室圜宇左右畢備中建玉皇殿三楹邑人周氏某率萊中丞拙齋劉公助成之經營有年至萬曆巳卯甫就余癸未夏遊目澥上探索形勝策杖其顛適卜居太清乞余爲記嘗聞之澥上有三山曰閬苑蓬萊方丈宮闕咸金銀而神仙在焉故居塵埃而處混濁者聆之則神思蜚動願超脫高舉即離人世及至何無睹焉以其望洋淼漠無津涯非羽翼莫能之竟恣爲荒唐豈是然哉蓋欣厭相奪耳目貴賤者也若茲峰之秀洞宇可以息形芝朮可以充餌幽深窅眇塵坌懸絕加之殿舍莊嚴群靈託迹慕之者可望而不可即能至而不能止信目前之眞境人世之蓬壺藉能頓解天弢坐隳桎梏何必駕長虹而挾羽翰假安期而探秘術者哉無建立功德自與山澥共之又焉用記乃爲之銘曰

天地肇育山川是府群靈以歸衆甫之祖唯山之高唯澥之深允茲上帝實梁苦津紺殿崢嶸白雲繚繞爲彼瞻依斯民之保莫匪爾功莫匪爾德志彼飡霞塵機永息仰矣穹蒼俯兮谷王配言聖壽億兆無疆

重修靈山大覺禪寺記

即墨當三齊之東披山帶澥是稱雄邑左天柱而右馬嶺俯華樓而負靈山殊大觀焉靈山去治北三十里顛有大覺寺蓋唐宋古刹其來湮沒不可考至我明成化間始遷山之北麓當社之乾肘故里俗休祥以之歲久殿堂日就傾圮法身頹然荒草中里人張某輩聚族而謀之曰大覺吾之望剎也憶昔盛時

晨鐘夕梵惺吾之昏督吾之勤吾生是賴今闃然矣誰爲吾津梁之非大善知識又無以自樹立乃僉議禮請桂峰禪師尸之禪師諱性香先出平度巨族少負奇氣爲人魁梧倜儻始從學周孔家言自視生如浮切有志方外少焉棄所習扣黄老逃形之術乃曰猶在爐捶間耳遂矢心釋氏禮邑之某寺某師已而躡屩擔簦西遊上國初從曙堂曉法師受天台賢首宗旨再叅少室小山書禪師傳達磨心印學究華梵宗通性相一時義學之士莫不虚左斂袵遂東歸舊業隱約數年聞有兹山之請忻然起曰昔吾大覺氏降迹靈山法幢豎而邪風墜吾志在是矣即杖錫至院披草萊翦荆棘日與諸弟子講明所業未期年道風大振邪宗異端及門揮麈而規正者不可勝計師自居是孜孜建立捐衣鉢節飲食焦脣瀝胃儲積數年計資若干乃出與張子輩搆材鳩役鬬林拓土以某年某月首某年某月落成殿堂廊廡方丈厨庫山門鐘鼓百凡具備飛暈奪目煥然一新爲墨之巨麗焉余癸未夏避名瀨上訪師於靈山之下因屬余爲記甞試論之曰齊俗尚功利喜誇詐自古概稱之矣然其民性敦樸可教故曰一變而至魯再變而至道也吾佛氏遠自西竺來至東夏以及九州之外教法流布寰區千有餘年歷觀方策所載於齊之東則蔑無一人其俗之功利誇詐豈天性然哉葢未善導之耳禪師承百世之弊起偏辟之隅苦心勵志以吾道任子然而立不數年間頓令改觀東瀨洋洋是稱佛國之風可謂一變而至道

極其速化者也後之居是剎者安禪宴寂朝參莫禮將以祝吾君福吾民衍慈風於億世輝佛日於重昏使後之睹是剎者即事明心望風易慮闡玄音於絕響闢枳棘於康衢則是師之法身常住於溪聲山色中也余方抱幽憂之病且與師先後步武寂場故詳爲之記

旃檀如來藏因緣記并讃

震旦財富聚東南而鉅商大賈稱淵藪歙郡之溪南吳氏最著康虞居士生長其間獨傑然志向上事茍非夙習般若根深安能抽蓮華於淤泥耶士久執業達觀禪師是於法門有聞余向深知而未見也乙未冬余將之雷陽道過眞州居士延之丈室偶出旃檀如來藏瞻禮之其藏本以瀬岸旃檀香一枝高五寸徑二寸許中分爲二裂而爲三鏤諸佛如來祕密藏其像二百有奇通爲十方佛剎含攝其中其裂整半最下半寸許刊七寶池池中蓮華間敷白鶴孔雀鸚鵡舍利共命等鳥狀如巨蟻充雜華間池上峙金剛臺於蓮華中欄楯行列亦高半寸許臺上結金剛座衛之以二力士次第三級級置樓閣一重下二七楹上一五楹各高一寸許中央設毘盧主佛一尊身量如欖核伴佛十一先後圍繞以象八方上下二重閣中亦各設伴佛十五以象上下二方證法者此上餘寸半許其狀如空空雲重疊每列十佛共三十軀以象此方主剎三世十方雲來集也其兩邊柱濶二分許豎鏤香水瀬雲雲中星羅十佛以象伴剎圍繞者各各身量大小如菽如麥舉皆鱗次

重重以彰無盡此正半也其次半又分爲二即爲兩門闔則爲一闢而爲三以象總持製與正等其最下方與蓮華瀰會相若則各鏤二寶舟舟中各坐五大士合而爲十以象十地菩薩濟渡五濁惡世者此上樓臺三重每重兩辯各列八佛共四十八以象大願此上與虛空等亦各雲中列十五佛合爲三十以象他方伴刹三世十方雲來集也閣外有諸天八部持香華雲冉冉而來各各種種吉祥供養輪圍邊輻諸宮殿雲充滿羅列其異生衆内外雜沓合三十二以象隨應諸如是等身量各有差如芒如芴咸皆合掌相向曲盡威神至若樓閣莊嚴微妙纖悉靡不具足不可名言總之圓裹十虛包容三世取象三德祕藏焉主伴重重如琉璃瓶盛多芥子無邊瀰會炳然現於方寸之中此其幢也其下建立香水瀰中七寶輪圍衆山之上山高二寸許七寶間錯以爲莊嚴瀰水漩洑金沙布底宛若忩香娑竭跋陀二龍王從瀰涌出手執香華而作供養以摩尼寶雲而覆其上種種雜寶而校飾之雲中結一龕室高寸許安置毘盧變象三首六臂坐蓮華臺端嚴自在以象尊特總之佛境重重精嚴妙麗居然廣大佛刹攝入方寸間此皆狀其可狀而不能狀非可狀也嘗聞諸佛神力不可思議衆生業行不可思議今以不可思議業力而作難思之佛事觀此雕鏤容綴之技深有不可得而思議者矣識者謂非神力不能致此美觀余謂不然夫聖人所作常爲一事大都因物設象因象見心故棗柏論大經歷事表法深有

旨哉然以旃檀象法身葢取清遠潛通深入無間之意耳故曰唯一堅密身一切塵中現良以衆生本有法身爲無明業力所熏變成五蘊幻身故於日用而不覺沈冥夊矣殊不知方寸覺心含攝難思佛事也余觀作者特以旃檀五寸而表示之然離之爲三合而爲一重重佛境具在其中正令觀者心存目想即此五蘊幻妄身心於一念頃頓見本眞熏變三毒而爲三德祕藏直使十方佛土了然心目間也嗟乎觀者苟能藉此熏修一旦轉變自在睹華藏於目前見法身於當下斯則作者神力大有不可思議者存焉原此幢不知所由來意非天府不能有向在居士從子家藏夊矣余謂是必出於西域巧幻術者之手或自晉唐梵師所持來者想至宋末散失流落江南民間沿緣今日以得現身於居士前耶不然何以有此噫欲識佛性義當觀時節因緣居士得此豈非慈善根力所攝持耶非苟然也余瞻禮殷勤慶躍不已故詳記始末以俟觀者冀即境明心以作金剛種子斯則居士賈於佛性海中轉爲度生事業矣異日儻能破一微塵而出大千經卷不獨以見作者之心將亦自知功德妙利較之區區毫末大有不可得而思議者焉余欲重宣其意以偈讚曰

諸佛妙法身　墮在五蘊中　廣大神通力　變爲妄想業　流轉生死海　荼毒苦無涯　爰有大智人　巧施方便力　乃以栴檀香　修成祕密藏　無量諸佛境　含攝在其中　種種妙莊嚴　不可思議者　我今觀此幢　居然華藏海　只在一微塵

舍大千經卷況以五寸香而不具法界唯以智眼觀了此難思業攝念樓閣前願見諸佛境借此彈指力其門忽然開頓見虛空中充滿十方剎始知眉睫間方寸覺心地現此希有相不生奇特想丈夫善勇猛而於五欲中力破生死關如蓮華出水能以功德財建此難思事安置生死堀爲出世因緣日用常現前明暗不捨離不動跬步間徧叅衆知識無量法門瀰攝在一微塵願轉此法輪直至未來際見聞瞻禮者讚歎及稱揚一念隨喜心頓成無上種

憨山大師夢遊全集卷第二十二

音釋

琰以冉切　贇音賓　鐲音獨殉也　搕音厄　峪余六切　罘音孚　肧鋪杯切　坪音平地平處　峙丈几切山屹立也　甃側救切　蜚同飛　淼音藐大水　窅音杳深目也　弢他刀切弓衣也　隳音灰毀也

憨山大師夢遊全集卷第二十三

侍者福善日録　門人通炯編輯

觀楞伽寶經閣筆記

觀楞伽寶經記葢爲觀經而作也以此經直指衆生識藏即如來藏顯發日用現前境界令其隨順觀察自心現量頓證諸佛自覺聖智故名佛語心非文字也又豈可以文字而解之哉故今不曰註疏而曰觀經記葢以觀遊心所記觀中之境耳此經爲發最上乘者說所謂是法甚深奥少有能信者以文險義幽老師宿學讀之不能句况遺言得義以入自心現量乎昔達磨授二祖以此爲心印自五祖教人讀金剛則此經不獨爲文字且束之高閣而知之者希望崖者衆矣惟我聖祖以廣大不二真心御寰宇修文之暇乃以楞伽金剛佛祖三經試僧得度如儒科特命僧宗泐等註釋頒布澥内浸久而奉行者亦希清幼入空門切志向上事愧未多歷講肆甞見古人謂文字之學不能洞當人之性原貴在妙悟自心心一悟則回觀文字如推門落臼固不難矣因入山習枯禪直至一字不識之地一旦脫然自信回視諸經果了然如視歸家故道獨于此經苦不能句萬曆壬辰夏余居澥上偶患足痛不能忍因請此經置案頭潛心力究忽寂爾忘身及開卷讀百八義了然如視白黑因憶昔五臺梵師言遂落筆記之至生滅章其患即愈及乙未春因弘法罹難幽囚之中一念孤光未昧實仗此法門威德力也頃蒙恩遣雷陽丙申春過吉州遇大行王公性澥于淨土中請益是經因出前

草二章公首肯遂以正受註并三譯本稽首屬余請卒業焉余携之以行是年三月十日抵戍所於四月朔即命筆時值饑癘死傷蔽野余坐毒霧屍陀林中日究此經至忘寝食了然如處清涼國至七月朔甫完卷半與柯孝廉復元率諸父老掩骼至四千頭有奇建盂蘭會説幽冥戒普濟之時天廼雨而癘隨止遂令蕺戾車地大生歡喜心無廼借性澥一滴潤此焦枯乎已而奉鎮檄來五羊憩東郭壘壁間又首事于十月朔至明年佛成道日廼閣筆焉愚竊思多生以謗法因緣令感此報荷蒙聖慈以萬里之行而調伏之使入其難入期年之内奔走居半而能了此積劫廣大因緣非荷諸佛神力加持何能以思惟心測度如來自覺聖智境界乃爾以是彌感聖恩析骨難醻也稿成觀察澥門周公欲梓之以人賀未果戊戌冬侍御樊公友軒以建儲議謫雷陽與余同伍道過仙城問雷陽風景何如余笑曰在人不在境因出草示之曰此余雷陽風景也公嘆曰信光明幢哉願廣法施遂爲疏募衆梓之諸宰官長者居士各歡喜成之願將此勝因回向楞伽法性澥中仰憑慧光圓焰破此夙愆蚤登解脱冀見聞隨喜同入自心現量共轉此法輪直至未來際以斯功德上報聖恩下拔苦趣齊登涅槃彼岸耳此經單破外道二乘偏邪之見令生正智以一心爲真宗以摧邪顯正爲大用其所破之執各有所據皆載彼宗瘴鄉苦無經論叅考即所引證咸以起信唯識提挈綱宗務在融會三譯血脉貫通若夫單提向上直

指一心枝詞異説刷洗殆盡冥契祖印何敢讓焉因爲述其始末如此萬曆己亥季夏望日澥印沙門德清記

南華寺修建華嚴道場千日長期碑記

銘

曹溪爲天下禪林冠一脉派五宗原如洙泗第僻處嶺外道路間關故高人上士足迹罕至其徒見聞狹陋以種田博飯無復知有向上事其習俗久矣余素與達觀師深有慨焉常有願而未能及也丙申春蒙恩遣澥外取道觀六祖肉身覩其香火崇祀之嚴叢林凋落之甚不覺涕下霑衣一食而去居無幾何制臺左司馬陳公深念名山寥落欲以余託迹焉余自知取辱法門且在行間安敢事事旣而觀察澥門周公惺存祝公皆力致之余始翻然猶未遑安處戊戌秋九月淨空上人同寺僧行裕眞權淨泰輩謁余于五羊余一見蹵然而喜上人云其生西蜀近峩嵋效普賢願力因徧歷諸方以飯僧爲佛事比自北而南謁六祖于曹溪願就勝道場地結飯僧緣十萬八千計以疇本願余欣然而起曰大哉上人願力普則普矣而所施之地猶未然也且結衆緣須天下之交路人半僧之所可耳今曹溪遠隔嶺表衲子畏途足迹罕至安以一飯之故而蹈山川之險乎且不爲食來聖訓在耳法食平等摩詰傳心上人其以法爲導而以食爲資是所謂由香飯而入律儀此吾佛利世之嘉謨菩薩所修之妙行也上人聞而歡喜躍然從事乃與裕權泰輩竭力經營志結千日長期糾實行僧四十八人跪

諷華嚴大經若干部即卜是年十月爲始至辛丑十月望爲終當結制之初剎竿方豎遠近嚮風金粟雲委六時禮誦鐘梵交叅雖無華座之師而音聲色相足以感諸天而驚四衆三年如一日矣自非六祖大師寂光朗炤山靈呵衞何以至此斯亦法道之前茅也上人喜大願已疇將杖錫遠遊又願以此施者受者著名貞石用以彰往開來以垂不朽余時方執修崇之役畢期入山睹其列者如林歡喜合掌而爲之讚曰

清淨法身草木瓦礫觸目常光見者不識寶林之山其狀自別曹溪之水其味更洌祖師未來山水已開祖師既至其道乃熾祖師滅度山水露布飲啄安居不知其故不聾不瞽如盲若癡採薪汲水用之靡宜叢林秋晚草枯水涸我念歸依思之如渴枝葉雖凋逝者如斯我卓錫來將欲濬之爰有上人亦隨我願引華藏流先開一綫積粒粒米如香飯界勺滴滴水灌華藏澥食者之腹量等虛空施者之福福更無窮上人志滿我願未足一口吸盡祖師乃出

重修彭城洪福寺記

佛法引攝衆緣若合殊流而歸于澥故曰辟如四澥以澥爲極惟黃乃四河之一從崑崙東注真丹始也洪流滔天爰有神禹鑿龍門疏九河導百川而下抵徐開呂梁引衆派而歸之澥逝者如斯則治之功終古一脉耳吾法自西至東亦猶是也竊觀中國名山大剎珠宮梵宇凡所以流通道脉原原不絕者其開創之功豈直神禹且禹之所治者非性水

也有爲之迹況乃胼胝剥膚三過其門而不入必辛苦憔悴而後成功今也吾人鑿無明之堅礙疏法性之洪流攝差別之機縁而會歸覺瀨豈易爲力哉非等心死誓斷斷乎難矣彭城當黃河之要衝天上傾流建瓴至此可謂極矣其奔騰迅駛孰能當之故其爲害不淺即有神禹獨且奈之何哉東坡居士曽守是郡懐終古之憂乃築黃樓以彈壓之葢黃土也取克治之義城北乃建黃福寺以枕洪流託之棲禪然居士深有見于性相之原義取相融融則不相陵奪則溜溜安流將爲有土蒼生永永之福故今之傳者亦曰洪福其旨微矣寺今亦爲河水漂突豈非匙達性水真空者主之耶達觀可禪師北遊頻駐錫于此深慨焉因大開法社屬闍黎慈峰朝公令其精持性戒即爲疏攝衆縁普會而一新之將使徃者過來者息各各同入法性瀨中以導西來一脉期爲大地衆生永永之福惟師之心神禹哉良亦苦矣諸大宰官居士一時同發無上道縁此猶三門既開七井既鑿中流砥柱屹立頽波而千里安流風颿徃來舟檝上下則引攝之功亦易易耳朝公秉檝跋涉當不惜胼胝必等心死誓極力而蚤圖之無淹歲月雖然圖難于易爲大于細嘗謂滴水入瀨與渤瀨同枯茍不讓細流漸成深廣以此前驅則萬鈞易舉異日輪奐莊嚴如祇桓精舍吾當以廣長舌吐無盡流籌量此會人天之福

萬暦乙未長至十日余以弘法罹難詔戍嶺瀨逹大師躡足數千里北走唁余期會

于此及余至大師已買舟南下矣主人出其疏讀之憮然長慨遂秉燭信筆書此以結他日之緣語似不倫亦慣曾爲旅偏憐客耳

創建長壽庵記

粵城西三里許曰小圃園負山帶澥爲叢林奥區其地蘊靈秀由來乂矣萬曆庚辰有禪僧如受者自楚中來衍化及此一時富商大賈及居人之有名行者率多歸依咸願請爲唱導師各布金建精舍爲說法所購土人潘氏地輸財鳩工不日成之額曰長壽庵上下殿堂兩翼方丈齋厨禪室輪稛連捲丹雘煥然又以銅範如來諸大士像香華鐘磬鼓樂莊嚴靡不畢脩淖音梵唄日夜交叅居然地涌祇桓一勝道場也如受化去其徒性亮繼之賡寅亮復拓地範圍門牆巍然一新丙申春余恩遣雷陽道經此庵信宿而去明年丁卯夏余奉鎮撫來五羊亮乃率諸檀越弟子稽首作禮乞余記其事余欣然攝衣據席揮麈而普告之曰諸佛子善哉諦聽山河大地無一處非道場鱗介羽毛無一物非佛性況茲粵地爲兩間之鉅麗顧斯人類爲萬物之最靈詎不頓現淨土而見法身者乎憶昔世尊與帝釋行次偶指其地曰此處宜建梵剎乃我昔爲然燈布髮掩泥之所時長者即拈一草插之曰建梵剎竟諸天讚歎諸佛子由此觀之隨所行處皆是如來因地隨所施爲即建道場況夫瀝膏剔髓汗血泥塗而爲輪奐莊嚴者乎固在施者受者何如耳苟施者不著相則功德如空應量無際而果報不可

思議如是則束草滴水粒米莖菜皆法界性與虛空等否則計功思利雖施七寶滿恆河沙適足以增有爲業累況得無上福田爲菩提種子乎苟受之者不滯迹則唯心淨土自性彌陀觸目無非極樂如是則高巖深谷樹下塚間皆常寂光等否則假我偷安雖居兜率住梵天所秖以增生死業果況能自他二利開人天眼乎諸佛子施者受者能忘緣離相則心境俱空而所作功德亦如空所獲果報亦如空是則此庵雖小可以含法界包虛空晨鐘夕梵水月松風皆演無盡法音以祝我聖天子無疆之壽以培斯民無窮之福推之以盡大地無一處而非樂土廣之以極十方無一人而不證眞是則庵即極樂場人即無量壽如是其志之曰長壽宜矣否則水土木石有爲四相代謝遷流不啻陽燄空華又何長之有諸大衆聞說歡喜作禮而退遂以此書

重修英德縣堯山天心寺記 并銘

嶺表僻處東南與諸羌接周秦貢服不稱今也不獨爲文憲大雅之風洋洋中國即琳宮梵宇在在稱雄爰自梁朝達磨航海來于西竺有唐六祖衣鉢著于曹溪而禪林道化爲東土宗斯豈以天地限其道山川私其氣哉固在弘之得人行之以時耳韶之英德去曹溪咫尺府治之西百里許曰堯山天心寺蓋亦創自前代豈曹溪之苗裔耶湮不可考今上議東宮大禮先有採珠之令特遣乾清宮近侍御馬監太監李公至粵督其役以萬曆戊戌秋七月至青鷺未幾復以兩宮三殿災

方事大工東西軍與司農告匱再下開礦之命總歸于公公秦命唯謹入瀨犯風濤陟山冐虎兕事上育下以忠愛爲心安靜無擾邦人受公之惠亦已厚矣巳亥秋行部至英德深窮礦所道徑廢寺公乃愀然謂父老曰神者山川之靈禍福之宰也況佛聖爲世所尊梵剎爲民之福田安可荒涼若是乎遂捐廪金若干復以疏付土之良民募衆力以成其功未幾而緣果集鳩工緝梓首事于是年冬落成于辛丑秋風聲嚮應百力駢集殿堂廊廡山門僧舍煥然一新公屬爲文以勒之貞石用垂不朽余因感公德意嘉惠斯民乃爲銘以銘之銘曰

天地鍾靈山川含英鬼神來舍禍福無淫大哉慈氏兩足稱尊含齒戴髮各稟性真洋洋道化雲行八表有識歸依如風偃草顧嶺之東惟韶之陽載英之土天心惟皇惟皇于何大哉大覺釋梵之雄金口之鐸琳宮浄土在在有之蒼梧之野實惟建之歲月遷謫風薄雨蝕有形皆化況茲朽植像教日頹孰導迷涂曰惟我公握天之符山靈瀨若載欣載犇過茲窮髮投誠布金赤幟一立其應如響妙麗莊嚴地平如掌神欽鬼伏天人普集福被河沙功超百億鐘聲梵唄朝昏祝釐願吾皇壽與天地齊惟公功德山川共久帶礪同盟咸皆額手

忠勇廟碑記 并銘

粵居嶺表山瀨故多盜賊往往鉅奸大猾雄據崇山峻嶺長波巨浸環紆襟帶諸島星列恃爲金城天府從來舊矣無論倭夷內侵郎

此輩跳梁接踵而發若吳平曾一本猖獗于嘉隆間橫行澥上黃纛赭衣竊號静澥勞我王師干戈歲無寧日而澥畔蒼生死者澤若焦矣及一本就擒其餘黨若鄭大漢林道乾朱良寶許俊美林鳳紅老輩各蠭分一隅更爲流毒時越人吳天賞者先籍名諸生間屢試不售遂棄舉子業從事椽奉部檄爲制府記室司馬殷公心識其能因引爲叅軍時與籌畫諸巢穴部曲事每發無遺策司馬公大奇之遂力薦之天子先後七疏始報可部議擢賞于行間起爲招討將軍領白鴿寨軍事而將軍父子兄弟皆在軍旅從事爲先是以將軍策大樹赤幟自閩廣一帶環澥之涯嚴守條設方略即大將軍下無論諸將領士卒皆知將軍能無不嚮將軍意指者因而群盜日就擒獨道乾乘大艘逃暹羅將軍之子汝實尾其後追之未獲所遺者唯鄭大漢據栁杜澳紅老據珠池未下仍以實提兵千人襲紅老遂斬老及黨三百餘級而鄭大漢則以將軍及弟天祥力當之大漢者廣人魁梧奇偉身長八尺勇冠群盜卒徒皆精銳梟悍凡轉戰無敢當鋒者將軍以撫民二千人皆素不識兵者軍杜澳會戰天祥賈勇先登陷陣遂力戰而死將軍奮怒一呼鼓而乘之大漢遂就擒餘黨潰散自是澥上瘡痍方瘳蒼生始可安食矣司馬公大奇將軍功而哀祥死乃具報天子上嘉之下大司馬紀其勳將叙績焉時杜澳土人感祥以死易其生立廟貌歲時祀之額曰忠勇頃以倭奴犯東鄙連兵數年將軍子實猶爲兩廣制府叅軍以司馬

公命往日本間諜之關白果死實乃携碧蹏所亡火器歸諸執事奇之未及報命而朝鮮倭已退後司馬竟寢之且以廣瀨兵分屬實以禦倭奴遊盜而栁杜適當其部實因感往事痛叔祥死而草血未乾旌旗居然在目不覺髮上指冠也蒞事之初即走余乞一言以紀其事余聞土人備談其故事因嘉實之功而壯祥之死乃爲銘以銘之曰

皇皇上天福善禍淫彼桀黠者胡爲有生桀黠既生長蛇封豕噆腦吸膏日無寧已于赫皇威爰整其旅桓桓虎將郊壘是恥窮獸逃林猛虎突犇驅市而戰祥用先登以虎搏虎其力兩當牙銛爪利禿者先傷禿者既傷亦折其利遺臭流芳處死則異其芳愈流其桀愈久廟貌如生童犇婺走童犇婺走生氣益靈歲時伏臘山傾瀨吞餚山醞瀨飲之啄之千秋萬祀其福無涯

電白苦藤嶺化城菴記

萬曆丙申春二月予之雷陽道過電白西二十五里許曰苦藤嶺見茅茨施茶結緣者余以作入瘴鄉炎蒸毒人心悶力疲適見津梁欣然如入化城也乃解衣盤礴熟睡而起詢其所因乃善男子易眞潭集善士十餘輩同設以茲地爲羅旁後户昔未平時盜賊出没道路阻塞今雖平猶爲畏涂况當瓊雷喉舌地行者戒心下有湯泉滚滚履如蹈鑊故藉茶以慰往來非演法也且云期以三年余誠之曰愼無以限量心行難思事他日將建梵刹于此爲終古清凉地也秋八月制府檄回五羊越二年戊戌施茶期滿行者二人謁余

于壘壁余與授具戒仍令回其所隨具疏令真潭等募爲興建貲不二年而告成額曰化城意取前往寶所中路以止疲極之意也今年庚戌眞潭年七十婚嫁畢乃禮曹溪願乞披剃爲佛子余欣然爲薙染焉法名福城意取善財南詢叅訪知識爲發足地以葳厥事有人能垂老披緇信根不易見也以此道塲始終于眞潭一人仍令回菴專修淨業禮誦六時是余南來立一莖草度一頭陀將期傳慧燈于炎方灑甘露于瘴地作苦海之津梁濕火宅之乾燄以衍無窮之利益也故特具始末以垂貞石冀不朽云

法性寺優曇華記并銘

萬曆巳亥春王二月朔余遷粤之四年先是釋楞伽成爲菩提樹下諸弟子演法華楞嚴唯識經論各一匝緇白傾心翕然嚮風是時法性寺主延歐生伯羽爲諸沙彌教授師具禮余主盟斯道時時激揚之乃立法會于毘盧殿之玄冥所建會之先二日余適至弟子通炯告余曰庭除涌金蓮華一朶請師觀之余見而喜曰此余所聞者一而見之者今再矣斯爲法道之應其華産于蕉本抽莖而挺生其中宛若芙蕖而色若黄金其葉堅厚倍之瓣瓣叢簇含裹香蕊狀如玉簪中虚而體潔盛甘露漿吸而飲之香沃肺腑葢世所希見者如佛所云優曇華解之曰瑞應豈是之謂乎經云佛現于世間譬如優曇華時乃一出正猶麟鳳芝草之生于嘉運耳昔姚秦時連理華生于殿庭占之謂有西方聖人至因訪襄陽之道安安薦羅什長遂興鐵甲之師

十萬以呂光爲大將代龜茲而求什什至而秦之佛法自此興盇連理華即俗所稱並頭蓮耳嘗憶余齠年初棄家吾祖西林大師延守愚先師住裝師塔院先是三年殿庭忽涌金蓮産于蕉本觀者日數十萬指識者謂爲法道之瑞未幾而迎先師居其院江南法道之興果自此始余法兄雪浪迄今名播寰中不忝慈恩之窺基此余聞此華而徵之者一也及余年二十五臥病三月先于庭前手植蕉一樹其葉扶疏高丈餘其中抽金蓮華一朶大倍今之所見者每侵晨接甘露盈杯飲之清凉五内如是三月不萎痰竟以瘳長老咸謂宛如奘師塔院者余私喜曰斯豈佛法之兆耶是年冬予即棄家從遠遊以至今日而今之所見此華者再也豈無謂耶且夫麟鳳芝草爲造化之精英天地之正氣鍾之在物爲嘉祥之瑞應在人爲群生之利見故如來出世如優曇華孔子曰鳳鳥不至河不出圖吾巳矣夫由是觀之瑞不虚應應必有由矣昔者禪脉東流其于粤也跋陀建金剛于法性智藥種菩提于戒壇且曰百六十年有聖人出及達磨初至于五羊盧祖露頴于風旛寶林開基曹溪衍派光昭日月道被寰宇而此地寥寥幾千載矣豈非枝之大者披其本耶祖曰葉落歸根來時無口有情來下種因地果還生嗚呼優曇再現佛日重輝曹溪涸而復漲覺華凋而再榮是有望于今日也迺記其始末而爲之銘曰

耿耿景星燁燁慶雲瞻彼至人我心匪寧鳳兮在郊麟兮在野邈矣至人我思曷巳彼曇

者華爲蓮之瑞從空涌見豈曰無謂閻浮之金華色如之甘露之漿其味若斯連理于庭鐵甲于疆至人實來斯道孔章航澥越漠于茲立幟拔者伊何獵人之隊幟之拔矣逝之極矣無往不復優曇出矣優曇載出于窪之隆我生三見斯道何窮

重修龍川縣南山淨土寺記

南粤名山多福地其原自衡岳而下度庾嶺至韶石結爲曹溪開禪原一脉又東千里經會城而出羅浮仙蹤聖槪爲鉅麗焉又東數百里適潮惠之中曰龍川古循州也其治拒惠上遊當𨙸粤之衝地接虔漳崇山峻嶺獞猺雜處往多賊巢民獷猂而難治昔之莅茲土者鄙視爲傳舍坐瘴煙毒霧中憂悲眩瞑將自治之不暇又何暇治禮義興教化哉其俗自漢趙佗歸仁始知有君至唐韓公祭鱷始知有文其化自六祖傳衣大顛振錫始知有佛是知天地有常經造化無常準山川之待人若形之待心心真則形化人傑則地靈良有以也若循之山川猶故吾民俗猶昔人往時以遷客名未聞以吏治振者今孫公之治茲邑不三年而化成摩民以義導衆以漸因事以權置學田建梅閣造橋梁築新城皆捐俸廪爲之至若修南山佛剎則皆士夫人之簪珥奩具盡捨以作莊嚴將資淨土以修冥福是皆神道設教郎事見心爲苦澥之慈航長夜之慧炬也其山當邑南面巘峰而環大江山川奇絶林木蓊鬱其寺始于唐意創自大顛禪師法盛時也後因故址爲二賢祠以祀宋門下侍郎蘓公轍諫議大夫陳公次

升後爲羅姓者踞爲墓地嘉靖巳亥督學吳公復爲祠并宋丞相吳公潛而祀之曰三賢則寺之名幾漸蔑矣公政暇每出遊其間流觀俯仰素有慨焉及夫人卒于官邸臨訣時神情靜定端然念佛而逝超然蓮華中人公有感遂傾奩以重新其寺別祠宇爲殿三楹塑蓮池海會諸佛菩薩八部諸天像森羅雲列莊嚴妙麗光明燦爍儼然淨土眞境也其左右配列齋厨禪室靡不具備延僧某住持朝叅莫禮鐘梵交音斯則西方淨土端在目前神識往生不離當處語曰境隨心變地以人靈以其大墜山河不出此心之外也由是觀之則公之心高揭于山川夫人之靈常居于淨土上祝國釐下爲民福公之功德將垂之無窮豈區區福田利益而已哉工經始于某年某月落成于某年某月舊稱南山今名淨土志本因也公姓孫諱雲翼字圖南金沙人記之者白下長干僧德清也

休糧山社記

余昔行腳時同妙峰師過平陽之墟結霍山之陽遥望群峰蒼翠秀拔雲漢煙林蓊鬱意必有聖道場者師曰此休糧山也昔有道者啖柏于此因以爲名後建梵刹曰慈雲予未及登覽而過焉予居五臺去東海之嶺外迄今三十七年居常恍然心目間也壬子春清涼竹林空印師遣弟子悟慈持書訊余于瘴鄉因詢師法道之盛且云諸弟子輩久受法利者皆各散隱居擇名勝以養道緣因出師休糧山社約及本寧李太史序予讀之喟然歎曰嗟乎山川之勝待人而興苟非其人道

不虛行豈無謂哉緬惟釋迦降神迦維應真英傑之士萃于靈鷲因緣唱道祇桓雞園皆隨緣應化之迹此葢法社所由啟也道法東垂凡域內名山在在皆爲唱道之所從古至人未有不踞勝概託靈秀而能未垂法化者清涼觀國師創演華嚴于五臺道被寰宇爲有唐七帝之門師自爾以來寥寥千載今空師重開竹林大弘圓頓之教十方雲集萬指圍繞豈非一代之盛歟今其徒能以體道爲懷志尚幽棲心存白業追休糧之遺事布法雨于慈雲集諸緇白勝流開不二之門建平等之會六時蓮漏一念精修晝則講演以明宗夜則安禪以息念戒奉波離行遵般若頓使巘樹庭莎猿嘯鶴唳皆挺法身而宣妙義向者幽陰窮寂之鄉煥爲耀古輝今之地豈非山靈有待于人道與時行機緣會合而然耶抑啖柏之心不泯于今日也耶余因昔過其地觀望其形勝今居瘴鄉遥聞斯舉心地清涼想見其嘉會略記廢興之概以結異世之緣若夫建立之規自有主者約法在

重修獅會菴記并銘

嶺南與楚接壤曹溪望南岳相去千里皆崇山峻嶺岡巒盤鬱處處多佳山水自六祖大師道振嶺表弟子讓師開法南岳自是名僧大德肥遁之所在在有之凡經單棲者久而遂成寶坊福地爲一方觀望隨地有焉宜章當兩山之中近韶石而隸衡陽往來通涂所必由去治五里許有山名厚培峰巒奇秀叢林鬱茂居然一勝道塲也近爲里人李君業乃捨爲菴延大用弟子真潤居之以爲十方

雲水高流蹔息之所名曰濂會葺始于萬曆巳卯迄今癸卯又爲風雨所薄鐲潤之徒如堯復重新之上有佛殿山門各三楹左右方丈齋厨諸所畢備有田百畝可輸糧二石其畊可給十餘人往來雲水一飡一宿可無外求斯則猶然一化城也余居嶺外八年當道延入曹溪爲六祖大師執灑埽役菴僧如堯謁余請記因直記其事乃爲銘以銘之銘曰於維南岳奠彼荊湘抽枝發幹裔彼遐荒蜿蜒千里庾嶺高盤寶林中峙曹溪水寒曹溪之水原從西竺爰有至人濯斯道骨道骨如生水流不息散作醍醐爲霖爲澤宜章之陽厚培之麓乃涌化城爲斯民福化城不遠寶處所近接彼疲息齊來皈命皈命我師得禮真容願保斯土福祉無窮

南雄水西集龍菴記

庾嶺自衡岳聳幹東走而下南浦領江湖而北朝宗其淩水則背馳而逝入南濂雄府據上流綜百粵搤其咽喉屏翰中原實東南都會挈建瓴而督百川此其要也郡城負嶺襟江兩河合抱居然雄峙望大濂若空中乾城遡流而上者若登天摩雲可望而不可即此其山飛水走停瀦不滀則生理不留故民生遑遑逐利如逐波浪求其殷實集儲以備一歲之不時者鮮矣故天地山川如四時之不並難得而完固必賴人以裁成是以補天之說非誣也觀昔之治茲郡者稍具法眼則不免乎蒿目之憂而有輓頹波障百川之志則必爲之假人力以補之凡有事于此者則必建廟貌豎浮屠設鐘鼓以當之往往奏捷如

聲響而人竟莫知其故請試言之凡物之靈而變化莫測者爲龍故人君象之聖人猶龍而雲行雨施萬物資焉至若堪輿家言九流之不齒也且曰每龍而鍼其穴得則燀赫如燎然何耶蓋鍼灸而得其脉則擅起死回生之功如人之疾在膏肓者藥飲不能達則必以鍼艾而達之是知截風龍注地脉則必建廟貌竪浮屠設鐘鼓猶夫治膏肓以鍼艾也且而天地一身也陰陽一氣也山骨而川脉夫龍德而隱者也性啖而莫能制昔之豢龍者必有術焉操其術則望影而伏凡術之靈者必至要不知者以爲神奇然物有所好則必有所惡如人惡濕獸惡燥水火相制寒暑相剋固其理也復何難哉蓋龍好隱而惡顯畏金鐵而懼鐘鼓是以身觸則戰耳觸則震心觸則伏故古人降龍者必以鉢鉢錮鐵也故能馴其性而匿其形故以聲而隨入之則化是可以留掌握伴形影而不離此其祕者無他得其性也故地亦以之嘗竊觀夫雄郡之勢山水躍如飛龍也豈易制哉故東河上流則鍼以延祥之塔此百會也西河右腋則鍼以仁和之塔此腰腧也至若水西則命門也菴曰集龍豈無謂哉蓋若周身之脉而綜于命門包氣瀰而注精華最爲要者惜乎規模狹小而不足以當之如體大氣薄疾深而劑微況復尾閭以洩豈易提耶故昔之幾廢而再振勢使然也今夫三峰水口猶尾閭也比建塔院以鎮之如扞門然噫斯舉也非夫具法眼而操降龍之術者何以與此此塔之施艾如塞尾閭以收命門實精華而保元氣

實于雄郡生死相關者也豈特休戚已耶儻能拓其基址弘其規模考伐其鐘鼓諷誦其經聲輸精神以達神明使龍聞而伏天聞而悅人聞而感化物沾而敷榮雨暘時若災祥殄若福斯民于億兆祝皇圖于永固保斯土于無疆由是觀之福之聚龍之集也菴名集龍以龍之集集于是耳菴之剏其來不可考隆慶初僧真亮苦居之以誦經貲置贍僧田若干畝未幾化去其徒不能守于居五羊門人如鑑至此憩息跪誦雜華經精苦三年郡人信禮之欲行而固留乃大更新又三年而功苟完越癸卯冬余徃曹溪執役六祖親過此菴知不獨爲一郡要且爲嶺外雲水衝也余又將聚雲水爲龍之命脉山川之靈得人以叅賛之又溥法雨于恒沙潤靈根于浩劫斯其福利又不獨爲一郡一人而設也周覽茲土旬日而得其槪因茲菴之小以喻山川之大直發其藴以告未聞

憨山大師夢遊全集卷第二十三

音釋

泐音勒　檄音吸　挈乞結切　跫音胷人行聲　溜音忽青黑色　砥　吃上音紙下音窩　⿰馬凡音凡馬行貌　橇昌瑞切　腓音肥足肚也　蠻同蘭　淖乃教切泥也　⿱僉灬同僉　猖獗上音昌下音央　獞猺上音同下音姚　瀦音諸　滀音觸結聚也

憨山大師夢遊全集卷第二十四

侍者福善日録 門人通炯編輯

瓔瀨探奇記

予被放之十年萬曆乙巳春三月自雷陽杖策南遊天池探瓔瀨之奇且踐宗伯王公給諫許公之約寓於明昌塔院院乃許公議建以補郡城艮方之不足獨立中天高標雲漢登覽四顧若御冷風而遊空瀨潮音動天水色澄虛又若鈞天而臨明鏡巍巍然一大奇觀也居旬日諸弟子日益進盤桓閣上相與論道有間陳生於宸邀予尋毘耶之金粟求蘇公之白龍具得其真樂而忘返又數日劉參軍邀遊西湖觀玉龍泉乃欣然命策孟夏之十日也湖去郡西二十里許岡巒蔓衍一望蒼翠指石山而南二十里出郭三里許村園蔬圃連絡鱗次磊磊落落疊石爲塹壁土爲畦骨露肉藏外瘠中腴秫黍菽麥嘉蔬細粟五穀咸備觸目燦然儼若薊門西山也迤邐曲折漸入深林行數里蓊鬱蔽野不辨高下穿雲躡石步出小溪清流炤人可鑑毛髮心脾一洗炎蒸頓蘇不數十步則臨大溪度石橋俯流濯髮肌骨生栗乃拽杖散步聞雲中犬吠不見烟火小轉即入村墅居人環堵壘石爲壁形樸色古蒼蘚青藤延蔓交絡如珠瓔之挂天冠也余喜而忘倦因倚杖入門良久一老人出修眉龎首著牛鼻裩敝衣垢面捉襟肘現望之若不見問之則不應儻然若忘掉頭而入余是知秦人不在武陵也佇立須臾余掀髯長嘯出村舍西石漸巨林益深石岍夾溪則見沃壤平疇禾稻如雲流水

灌注瀠洄周匝如渭川淇澳恨無入雲修竹耳椰椶檳榔處處穿天此世所無淇澳所不易者余曳屐沿流穿田度塢不辨東西行又數里許過小溪登平岡則知爲西轉也棘刺牽衣林草塞路披雲撥霧攀蘿躡磴神怡足健經過十餘里皆磊石爲塹如丸如拳如毬如案大者小者欹者側者方如切者斜如壁者砌爲隄環密如羅紋天然峭列無不中度大如丈室巖如宮牆至有萬夫不能舉者纍纍垂垂疑其爲鬼工也登高遠望連阡徧野處處皆然異哉徘徊瞻眺隱隱出灌木末衆差列如層城四顧茫然寂無人聲幽深窈窕非人間世矣又小北轉遙見雲中華表從者指爲石湖心竊疑之其石鋪地面一平如掌色如古鐵形狀巧妙大似蓮盤小如鑪竇奇形異態行行不見其蹤小轉入石門仄徑逶迤始知爲一石天成周數十里四面皆高中凹一湖如照天明鏡又若生盤池中著玻瓈盞耳不知誰爲鑿之也相傳此地昔爲居人一日風雷大作龍從石出大水沸涌屋宇盡沒爲湖天旱水涸石有龍形嘗大旱現夢於郡守曰吾石湖龍也禱之當得雨太守往禱輒應建廟貌以祀之至今率爲常入石門百步渡小橋連一池池上古木如張幕下有古殿三楹棟梁皆石殿後有池額曰玉龍泉池上有古廟三楹即玉龍之神女像也左有龍泉自石罅中出噴薄如珠大如車軸注於方池池上有亭址池下有長灣皆有故事今亡矣池東隅小石嶺嶺下有溪曰篁溪溪下望之嵯岈嶔岭石空洞中如盤池者多奇絕林

草翳蔽不能入而水滙爲流曲折隱伏會歸一竅且曰出前村之石橋從之環繞萬山脚穿田過峡從石塔山外過郡門入南渡響水橋則直東而會大河傾瀉入瀨矣余與叅軍湯黄二生濯足清流散髮披襟盤礴池上清風四至毛骨清凉如坐廣寒對冰壺而臨玉鑑殊不知爲炎荒瘴癘也日莫返策因循水道望之則自源頭出谷曲折由西掠南直東入河似與郡城無繫屬焉窮日而歸臥高閣而恍夢遊覺而紀之因論之曰瓊自中源來脉從南岳轉西粤抽枝下桂林左右兩江夾送而南至蒼梧貫水過峡蜿蜒出靈欽入瀨爲蓬壺轉珠崖突然涌出五指叅天北向中原爲南甸鎻鑰環三千里眞天壤一大奇觀也聖祖有言南溟浩瀚中有奇甸數千里豈非天眼哉嘗歷覽方輿南衞而下脊分五嶺山水背中國而南奔入瀨故按環瀨大形左朝鮮而右安南若兩翼然日本吕宋暹羅諸島列於外瓊甸適當百粤之捍屏實瀨外一大都會也五指向拱特起中天爲瓊之祖龍山北向而水北流腰結定安水左旋右折循龍而趨横跨郡東而直入瀨山則右奔遵西瀨而北結石山舉首開口中吐眞脉盤而東倒回顧若遊龍頷下之明珠結爲郡城石山爲首左張脣入瀨爲後託小水隨之右拖長嶺方數十里中爲石湖委蛇而南横嶺爲郡案嶺後爲白水縈纒幹龍由石塔繞城西南隅過門而左抵澹爲南湖而石湖水外流包内案度響水橋古從馬坡迤東北廻繞春牛館聚東湖之廻西北轉自新橋會白水抱城

東而旋今則返跳直入河如弓以背向郡城而不顧如形家所謂氣散矣許公建明昌塔於艮方以塞水口議將引石湖之水繞城南抱東郭會白龍金粟過明昌而始入河以完生氣居然一天造也竟不遂豈擋於人哉余坐閣上每夜登塔望山川之氣索然指謂從遊諸子曰瓊必有災以山川寂寥而城若空無人者是無氣也時以爲妄余孟夏既望乃渡瀨北歸未幾月而地大震東門地坼城陷屋宇盡塌官民露處而塔亦側其半余居之閣亦傾搖颾不安者半年至今記余言者以爲徵因併記之

瓊州金粟泉記并銘

瓊郡距瀨可十里城東北隅岡足水跌有泉涌粟粒粒燦然如珠泛瀨眼人取而試之去殼出精宛如北方之布穀至冬日氣斂泉溫其粟出芽如秧鍼刺水是則實非幻出也時人怪而異之不知所從來概呼爲粟泉萬曆乙巳春三月予自雷陽渡瀨訪大宗伯王公給諫許公且探瓊瀨之奇陳生於宸博雅士也謁余於明昌塔院邀宗伯公同過天寧方丈茶話及此因杖策而觀之令僕探取沙泥中果得粟數粒撚皮出米如新穫者余甚奇之因命名金粟泉意取維摩金粟如來李白自稱爲後身今於宗伯學士若有當也汲水烹茶味甚冽啜之毛骨清涼如在毘耶方丈吃香積飯也陳生畜疑避席而問曰粟產於北土泉涌於南天相懸萬里且隔瀨津胡爲乎來哉此智者所必疑常情所未測也敢問其故余曰噫嘻此蓋難與俗言也請試論之

大地浮水上如一葉耳水之潛流四天下地如人血脉之注周身由生於心而養五臟外達四肢徹於皮膚下至涌泉上極泥洹髮毛爪齒靡不充足不充則不仁矣由是觀之天地一指也萬物一體也水火相射山澤通氣風雲呼吸潮汐吞吐乾坤闢闔晝夜往來無一息之停機如人日用食息起居耳復何怪哉昔有神僧從西域來飲曹溪水香美而甘驚曰此吾西天寶林之水也中山大悲閣閣高百尺像高八丈有唐異僧徧化金錢銅木在在納於井中及歸而取之盡從井出以足其用至今尚有一木存焉由此觀之大地之水未嘗不通物未嘗不達斯實事也昔蘇長公居儋耳嘗品三山泉謂與惠山相通因名惠通泉是則太虛寥廓萬象融通人特有心限礙耳竊觀瓊海地發於西北氣結於東南如人一指之甲耳甲乃筋之餘也血以養筋筋固則甲厚凡人甲厚者必多壽故地土厚者必多材說者咸謂中原土厚故將相多出於其間余則謂不然瓊居南離離乾體也以吸一陰外剛而內柔虛而麗照文明之象也地浮瀣中火金生水故晝炎而夜寒以乾坤之真氣極於斯而鍾於斯故山川之金銀明珠文禽名香珍奇異獸寶藏興焉百物備焉人則仙靈文名忠臣義士往往出焉此天地之一隅如太虛之一塵造化密移昧者不覺聊通一粟以示之如從一葉以辨春秋耳復何怪哉宗伯聞說躍然歡喜再歎曰奇哉時在座有沈生成德等相率再拜稽首請銘之以曉未聞乃爲之銘曰

大地一塵滄海一粟充徧十方何所不足似毛在體如血周身觸處即見於何不真坎離水火乾坤在我交垢發生有何不可地氣自北而鍾於南物亦隨之涌現其間人疑此粟不知所從來處不知何以明宗造化密移不屬聞見聊借一粒以覩其變苟知一粒芥子含空水火週徧何不相容血脉周身自頂至趾上下周流終而復始大道循環無往不復道脉潛通若此一粟淵泉混混而時出之道脉南來可卜於斯

遊景泰寺記

粵之山川發於衡岳折庾嶺而下腰結曹溪逶迤而南直抵五羊五羊之主山曰粵秀粵秀之祖龍曰白雲白雲固多奇勝而景泰爲最以踞白雲之腹而撫仙龍之城兩翼合抱如老蚌含珠孤峰絕磵深林蓊鬱奇葩異卉煙雲出沒菖蒲生於石隙樓髮披於林表大瀨如鏡壁立於眉間明月如珠光流於脣吻信天壤之奇觀南瀨之鉅麗也初寺以山名我明景泰間奏請賜額如故制府馬公昂率諸屬以新之余居五羊三年戊戌攜禪侶遊觀極爲佳勝丁未春仲奉詔還山寺僧正裔持此圖以請聊爲記之

端州寶月臺記

按志郡北百五十步爲寶月臺平地突起高二丈周一里許望之如臺是則天成非人爲也不知命名之始高嶠深谷遷變不常今爲平湖陂也殆爲有力者負之而趨山川故吾無復真宰矣萬曆甲辰嶺西憲副陳公治郡政暇歷覽形勝登高望遠慨然而嘆曰吾今

乃知寶月之臺當平湖之心也本之形家居必凴倚星巖固爲郡之屏障以前逼而後脫天造斯土爲嶺表喉舌百粤要衝揆之風氣豈若是之踈且漏耶故知斯臺之於郡城爲形家之鬼託無疑矣是可以終亡乎遂建議於湖心培隄築臺以實之鳩工集事不日而成華亭馮公元成以浙憲長量移茲土登臺周覽曰美則美矣猶未盡也且以隄爲臺名實未副月圓矩方形似失真是則人未合天也且山有仙則名水有龍則靈言得其主也故凡建久遠不拔之功者必人爲而神守恃有常主不失其祀故能與天地相爲悠久也公乃捐俸就臺殿之中楹造白衣大士像披珠纓而臨空水坐火宅而灑清凉端然如淨琉璃含寶月也予辱公見招因與公議將補前之缺畧後建閣五楹前列鐘鼓二樓葢取形圓象月勢高若臺藉大士之靈以主之始謂天人合德以還造化之全功也公慨然捐俸庀工首事始於萬曆丁未冬十月落成於戊申秋七月規模壯麗宏敞高出中天畫棟連雲丹楹映日余時登覽撫景四顧超然遐想曰美哉山河之固異哉天造之奇也因思臺始命名必形家之具法眼者間甞閱覽東粤來龍遠宗衡岳抽幹而下越懷四注鼎湖爲端郡之祖龍挺挺雲霄蜿蜒西走列障横開明堂廣衍垣應紫微融結七星奇峰洞宇千態萬狀文巖錦石雲蒸霞爍拳砆片石足爲世珍此造化之精英山川之蘊奥也星巖羅列蛛絲游蟻黙綴平川東折羚羊峽爲端捍門左逆水上遊由黄岡而西結爲郡城按

形家理則回龍顧祖轉望七星志稱斯臺乎陽突起非若驪龍頷下之珠乎意取明月之珠爲世至寶故名實月有旨哉且夫天然之巧能取而象之固已奇矣神珠既失罔象索之得於重淵以還化工又一奇也缺而補之引而伸之神以明之以爲常守惟斯舉也諸子大夫萃美一時顧盼之閒美流萬世所謂待人而興仁智之實也豈偶然哉水有龍以靈龍有珠以神若騎龍犄角搤頷批鱗而奪之者則其人也故茲土之爲靈也久矣臺翼二剎左慧日而右靜明若日夜相代炤迷方以破重昏鐘鼓交叅潮音迭奏上祝聖壽下福斯民忠孝節義乘時而興起者實馮大士之靈也若夫奠斯土以鎮華夷布慈風以翊皇度誠萬世無窮之利奚值遊觀之美而已哉是爲記

夢遊端溪記

萬曆己酉仲夏五月十有二日余以重修寶林搆材於端州往來期年事竣還山時當溽暑霖雨大作江水泛漲兩涘渚涯不辨牛馬於是乘流放舟下羚羊之峽過端溪之口倐忽四山雲合風雨颯來波濤洶涌舟不能進乃維以避之神搖目眩隱几假寐而夢焉於是乎仰望峰巒奇秀上干重霄怪石嵯岈下臨無地遠聽溪流泙湃激隙衝巖如考洪鐘而擊鼉鼓其聲自天隱隱窿窿不知所從將謂蛟龍之堀宅神人之洞府空谷之足音也余豋然而喜乃呼漁父刺船入溪以遊目焉少焉風雨蹔止霧斂山霽余乃摳衣跣足拽杖穿雲緣溪小轉百餘步歷山之麓有神壇

馬謁荒榛中少憩石上數十步近聞異響若空中發延佇良久四顧茫然窺縣巖瞰幽壑始究聲之所從出漁父曰此端溪小巖也即名硏之所產者巖穴水盈一竅如口乍闢其聲若獅子吼衆音雜沓若號群走巨者細者如雷如霆如崩如犇如篁如笙金石鏗鏗若和鑾之夜鳴者洞中流泉淙淙之聲也余踵足而立傾耳而聽掀髯而喜曰噫斯莊生所謂地籟者乎何其殊音妙響若是之奇也徘徊久之左陟層巔望山腰如雉堞者採石之署基也東過小嶺數百武一澗相繼雙嶺若翼磵之兩垂碎石纍纍如群星錯落裂錦紛披者鑿石之場也其有小者大者如掌如指如耳如齒如蠡如蜒如翅如尾而不知其幾千萬落諦視其狀若切烏玉以截瓊枝剪雲霞而散綺縠者丈石之棄涕成才之土苴也可翫而不可把可愛而不可拾目擊心怡足躡神曠攀援而東披荆棘履巑岏下嶺入溪清流如鏡毛髮可數一碧涵虛群峰倒影捫蘿俯視峭壁臨流淵深瀞黕若神龍蟠屈於其下者漁父指顧謂余曰此端溪大巖也但見蒼藤翠篠蔭蔽其上幽潛杳冥莫辨其户漁父曰門居水底亂石封固即官家採取亦待三冬水涸而啓之其中深不可測鑿空虛實積水成潭濶數十丈杳不可渡上通衆竅下接尾閭潮汐盈虛與時消息雖萬夫之力不易竭也即有事於此以車出水子夜施工以及亭午畧見崖際石工編篾而取之不易得也由是而知端硯注水而不飲者生於水也巖面而上兩山合抱中若掌心望之若古墓

馬高不能上乃命童子往視有碣苔封不辨歲月但識陳孟輔之墓傳説先朝採使卒於役遂賜葬於此若使其神守馬者余慨然曰山川如故人壽幾何此其驗也呼漁舟渡清溪探巖下亂石壘疊於水底者洞門也波光蕩漾若流霞散綵於水面可觀而不可抱者石之餘烈遺輝也余解衣盤礴披襟散髮濯足清流刺船少進則頹波激湍觸石噴珠濺面濕髮毛悚肌粟水淺舟大膠不可上遂捨舟入溪援揭潺湲數群石而嬉遊焉亂石如蟻嶙嶙齒齒巨者細者如羊如牛如豚如狗如箕如斗如拳如手然其大者肉銷骨露天然渾圓小者鎚鑿之餘盪磨光瑩而與頑石同波者難以名言咸撫摩玩弄而洗濯之拔髮刮垢凝脂膩媚燦然可觀余憮然歎曰信乎美器造物惜之是知山川之精文物之英上天所禁恒民不可得而襲取也漁者網罟樵者斧斤時過懵然而不顧者以其無所可用也其有墨卿翰史求之而不得慕之而難見者以託身邈遠不易見知於世也亦有得其形似用不稱職名不及實而遂詆之者紫奪朱也余於是乎力命童子批沙掘泥擇而簡之大者堅不能舉小者盈把可十數片懷而歸之若採紫芝而拾雲英信可樂也然皆剥啄攲斜之餘不堪雕琢知其無用而寶之者以其德合君子具體而微聊足以寄心且闕化工之一班也頃忽風雨飈至雷驅電捲余知山靈之不我與也遂沿流出溪而歸舟焉忽疾雷破山遽然驚覺頓失向來之所有推蓬太息四顧萬山烟籠雲幕群峰揷天森然若

戟彷徨躊躕魚蹤鳥迹恐尚奇者欲譚詞喪不可得而憶焉遂託之於筆

廣州光孝寺重修六祖殿記

昔佛未出世時舍衛國王祇陀太子有園林豐美足備遊觀及佛出世卜地開講堂遂選爲精舍至今稱爲祇樹園葢人以勝地名也趙佗爲南澥尉選訶林以爲園及東晉隆安中罽賓國沙門曇摩耶舍尊者從西域來愛其地勝遂乞以建梵刹名王園寺至晉永和初求那跋陀三藏持楞伽經自西國來就其寺建戒壇以待聖人梁天監初西天智藥三藏持菩提樹一枝植於壇側且誌之曰百六十年後有肉身菩薩於此開法度人無量有唐貞觀中改王園爲法性寺高宗龍朔初我六祖大師得黃梅衣鉢隱約十有五年至儀鳳初因風旛之辯脫頴而出果披剃於樹下登壇受戒推爲人天師以符玄讖自爾法幢竪於曹溪道化被於寰宇至今稱此爲根本地然佛祖之道元不二則祇樹王園亦一也豈非人以道勝地以人勝耶甞閱玄奘西域記云祇園精舍今爲荆棘之場今見訶林覺樹猶聞鐘梵之響豈南粤靈異於西天祖道有逾於佛法耶聖人相傳應運出世授受之際間不容髮第願力有淺深故化緣有延促譬若四時成功者退是則化聲相待待而有待有待而又有待也無待則應緣之迹斯亦幾乎息矣惟今去我六祖大師千年傳燈所載千七百人其化法之場隨時隆替在在淪没者多粤之梵宇百不存一獨曹溪流而不涸覺樹榮而不凋詎非斯道有所託而然耶

此又地以道存人依法住也余少事枯禪因法獲譴丙申春初謁六祖大師於曹溪瞻覺樹於光孝訪其遺事其迹邈然而人不知僧期年而乞食行三年而齋戒修放生舉五年而曹溪新戒壇復十年而教法廣信道衆益大運然也昔人以菩提樹下爲大師薙髮之所因建殿以奉法事其來遠矣風雨薄蝕亦因時興廢今僧通維率弟子行佩輩募衆而重新之余爲清其眉宇擴其門廡使道容闡然而復章慧燈朗然而不昧此又事賴人爲人因事重也然佛以六度攝有情而檀波羅蜜爲第一且即非莊嚴是名莊嚴苟事相與法性融通則世諦與眞如交徹斯則燒香散華皆爲妙行矣若通維者刻桷雕榱豈非淨土之資乎昔立壇植樹既有待於六祖今迹存而事修人亡而道在豈無待於後人耶且王國之勝較之祇園彼往而此來又有間矣是爲記

衡州府開福寺因緣記

開福寺居府城湘江之南岸里許唐大曆間無著禪師開山於此禪師法系載傳燈錄初與法照禪師結念佛社於湖東後皆遊五臺親見文殊事具清凉傳師與其弟無絶同建道場師搠開福絶於西鄉金蘭里與大悲寺實一時也開福始制規模弘敞宋淳熈間丞相趙忠定公汝愚謫永州道經衡病作爲守臣錢鍪所窘暴卒殯於此因立祠歲時祀之後郡守向子忞公有惠政歲荒全活數萬人百姓感之亦立祠於此歷乂寺廢胡元元年有福灘禪師重興并新大悲寺我明宣德間

寺又廢士民建小菴於荒址地僅一區殘僧數輩守至今幸不没於民間也隆慶壬申郡善士綦遐等重緝其菴以僧如祿守之萬曆庚戌孝廉杜君友桂居與寺比隣一夕夢老人擁上馬曰予開福土地神也是年杜君舉鄉進士乃以夢語其親曾儀部金簡公公曰考郡乘開福乃福瀨禪師重建君今號復瀨豈前後身耶君宜新此以志不昧本因也杜君欣然約鄉善士劉子濂綦遐文學劉鳴鸞等併力鼎新郡司馬尹公雅重三寶力爲之主以其地久廢多没於民間基址廹脇二祠亦湮没無能恢復其舊經營五六年間始建佛殿三楹湖東開福相望咫尺曾公重建湖東迎予主之癸丑冬予自粵中至其營開福諸善士來請予往視之愍其心而嘉其志乃爲之記曰自古佛祖說法地所建道場爲結金剛界皆有龍神護法以守之雖窮劫不泯也昔世尊與帝釋行次指其地曰此過去七佛說法處宜建梵剎時賢於長者即揷一莖於地曰建梵剎竟此其證也震旦自有佛法以來天下叢林在在琳宮如星羅棋布雖墮荒榛其名不朽即有興之者發其幽隱如覩故物葢在因果不可泯如許詢建浮屠未終而逝後裴度爲相謁其寺主者一見而言曰許玄度來何莫昔日浮屠今如故度聞語遂修之塔内石刻果有緋衣宰相之讖由是觀之開福蕪廢千有餘年而尹公與曾杜二公唱導興復皆於佛地有大因緣非偶然者昔者無著法照發迹湖東皆遊五臺並得親見文殊予今發迹五臺投老湖東適遇開福重興

之日是諸人者往往來來彈指出沒曾不離文殊尸利竹林寺金剛堀中前三三後三三因緣會合豈可思議哉諸善男子其尸祝尹公於其寺又將為後之玄度徵杜君馥澥之兆桑中之環盆較然不爽矣予故概記其始末以告來者諺云千年田地八百主人今之讚歎隨喜者豈非後之護法福田功德固有不亡者存可不信哉

遊芝山記

余隱衡之靈湖有談永州芝山之奇勝予心慕焉乙卯秋九月叅知濂公從武陵移鎮湖南駐節永州招予為九疑之遊以是月晦至則見永郡山水清勝若仙都洞府未可以塵寰概視也寓瀟江之西滸石上小樓坐覽江山之勝如在几席冬十月九日孝廉唐還和文學呂旭谷邀潭州周伯孔四明張漢槎嶺南弟子釋超逸同遊芝山寒雨連朝時則小霽乃拽杖從西江之墟沿緣里許就山麓逶迤而上又里許登小嶺望群峯崒嵂不可攀援乃下嶺入谷二百武小轉而西則奇峰獨聳縣巖秀削梵宇飛甍依巖嵌石曰芝山寺乃萬曆乙巳比丘明爵開山剏建寺前無餘地為龍首遮障不可縱觀又轉而西為觀音閣倚高巖之下則開敞昭曠衆山羅列如在眉睫下則平疇沃壤溪流曲屈羊腸九折如天衣飛帶飄颺到懷由山足入江又西轉數武為殿一楹舊縣塑三大士為闡提所毀其地最為幽勝後有洞宇可坐數人又西轉穿石磴砑從隙中登陟而上紆盤數十級為山腰平地數丈前太守王公建一虛亭遊者至

此可坐而樂焉奇峰怪石森列左右千態萬狀不可名目如纍纍太湖堆積疊甃瓊華玉蕊密葉敷榮亭左緣巖而上洞心駭目若披青蓮而挹蕊珠不能細數又上有兩石如手名合掌巖下有洞門天然透漏度門而上則爲玉皇殿至此一覽則四面山川盡在眼底城郭鋪舒宛若圖畫求之全勝畢見無遺矣竊謂柳司馬居永十餘年無幽不討而足不及此何蔑如也或指此爲西山柳文有記從染溪而西又曰特出似今目爲眞珠嶺也又或指爲群玉山志云宅仙洞下此山無仙洞是二皆非予謂茲山不遇柳不幸也柳不至茲山未盡窮也或造物祕護而有待於今日乎予與諸子相和而歎曰山川留勝蹟我輩復登臨徜徉徐行尋柳巖而歸

宜章高雲山藏經閣記

域內名山英靈奇秀鍾天地之精者五岳居尊支分四出而曹溪源根于南岳南岳曹溪相望千餘里諸峯綿亘羅列星斗自六祖開化讓師分流道脉寰中而韶陽上下肉身大士以十數迨今如生者詎非山川之蘊輿故道脉特有託焉宜章介曹衡之中治西三十里有山名高雲祝融之孫也爲靈久矣嘉靖甲戌居人歐陽氏捌蘭若迎沙金灛公居之擴建梵宇以安廣衆通邑歸依爲福田資置香燈糧八斗未幾厄於回祿灛公去隱於閩之支提山弟子悟丹革一力重修壬午歲工落成建塔於龍首迎灛公靈骨歸藏是爲開山祖弟子日益進十方往來於曹衡者莫不過而止焉邑人袁氏文憲施田三十畝供雲水齋

粥需由是諸方咸稱之僧既集深山窮谷之氓皆知有佛若僧美弟僧尚未聞有法也有法孫性成者志求大藏經於金陵苦心一十二年願始就萬曆巳酉夏六月迺迎大藏歸四衆歡睹若白馬自西來也菴居山頂林木蓊鬱雲霧蒸濕慮經藏之難久法孫眞桂等議擬建閣於山之麓曰南莊時大尹鄭公守戎童公爲檀越倡導之出信疏以告四方聞者歡悅來歸者如市工始於某年月落成於某年月將啓法會供水陸儀以宣利濟居然一大道場也事克成公弟子悟紹從余曹溪乃乞余言以記之曰古德云盡十方是常寂光土徹大地是普眼眞經斯則佛土不修而自淨經卷不展而自明雖然良由心淨而土現眼明而法彰此所謂人能弘道非道弘人也高雲之道場東來之大藏非澥公之成始諸孫之繼業檀越之成終又何能使披荆棘而爲寶樹變沙礫而成梵宮哉法幢既豎道運弘開則青山白雲法身常住猿吟鳥噪妙偈恒宣而水流風動居然出廣長舌與此境中人疇唱無盡凡在見聞隨喜者如善財之入彌勒莊嚴樓閣也惟此功德又奚可以一毫端頭而能具其涯量耶是爲記

麗江木六公奉佛記

予將逸老南岳適隱衡之靈湖馮元成先生量移守湖南過訪永州談及徃遊滇南諸勝事出武陵稿予讀六公傳乃知金馬碧雞之西有異人木六公馬公守麗江奄有疆土六傳而至公稱六公云其先在國初以忠順發家武功最著至雪山公遂以文名雅歌聲詩

翩翩有凌雲氣楊用修太史大爲稱賞相傳至王龍松鶴辭翰逸格而蓮社清修發軔覺路至六公則逈超前哲特出風塵之表矣公天性澹薄於世味一無所嗜好忠孝慈愛唯以濟人利物爲懷歸心三寶刻意禪那愛接方外法侶相與禮誦精修頹然如糞埽頭陀尤廣檀度是皆富貴之所難能而公特爲家常行履豈非多生久植善根秉悲願力而影響攝化應現者乎予初入空門不知佛法之廣大將謂單棲弔影於窮山絕壑草衣木食守枯禪而爲上乘及親大教日深讀雜華觀普賢妙行無一類而不現身無一事而非佛事以不捨一衆生乃見佛慈之廣大不棄一塵一毛方識法界之甚深由是凡對宰官相與語者不更窮玄體妙唯以了悟自心廣行

萬行即世諦語言資生業等皆順正法所謂實際理地不受一塵今事門頭不捨一法若夫浮慕虛尚高談脫屣而膠固貪癡綢繆世態者與夫身居世網志出塵埃冥心絕域若蓮出淤泥皭然而不滓者安可同條而共蔕耶是知佛性雖一而習染厚薄有迷悟之不同故論種子從貪瞋而發者資貪瞋從般若而發者資般若般若深則貪瞋薄般若現則貪瞋消如神奇化臭腐臭腐化神奇體一而用異聖凡由是而分焉了心廣大則形骸不能拘觀法界空則萬有不能礙所以達人無累於情者以其智勝而習薄也故古之悟心之士攪長河爲酥酪變大地作黃金豈有他術哉唯得自心之妙滿法界之量心外無法故也公刻華嚴大疏於難足其有得於此惟

是道路間關無大手宗匠開公頂門眼故公志慕方外欲事遠遊叅訪知識以世法纏牽而不可得愚意則不然即公能靜坐觀心六根消復則虚空殞亡洞觀法界則山河不隔將視華藏於毫端攝淨土於塵芥不動步而遊履十方不起坐而承事諸佛此自性天然本元具足曾不假於外也且公有土者也以山川之廣人民之衆即推其佛心而教化之語曰一家仁一國與仁公以精誠格物以佛事化民使家喻而户曉人各知有佛心各知有慈不令而民從不威而民服熈熈皡皡含哺鼓腹窮荒邊徼洋洋佛國之風公如坐蓮華而端居極樂即太古之治在掌股間又何勞跋涉山川視浮光泡影而爲究竟佛事者乎予因先生而知公居遐陬八難之地定爲悲願之應身第恨老矣不能持一鉢以南詢望毘耶之室如眉睫間願與公結異世緣當龍華三會中予定知公爲釋迦末法中之宰官佛子也公其無意乎

法相寺長耳定光佛緣起記

杭之山水甲天下古聖示迹刹竿相望者如林亦域内無兩法相寺居南高峯下幽深窅眇林木蓊鬱泉石清奇蓋昔人迹罕至五代有異僧棲遁於此後遂爲道場師名性真閩泉州陳氏子母夢吞日而孕師生異狀兩耳垂肩下可結頤人皆怪之七歲不語或指曰此兒啞耶師即開口曰不遇作家徒撞破額顱耳長出家叅雪峰存禪師發悟遂行脚至四明隱於山中爲鬼神説法諸天散華猿鳥獻果既而出山至錢塘隱於南高峯穎秀塢

初無水師至卓錫有泉迸流時乞食於市人皆異之小兒叢逐見師耳長左右扯之師隨轉但頹然嘻笑而已人問作何事爲好師曰作福可遮百醜乾祐三年吳越忠懿王誕日飯僧永明寺時智覺壽禪師正開大法師赴會徧身疥癩徑坐上座衆皆惡之王見之大不敬遣之即歸山中晏坐一室齋罷王問壽曰今日齋僧有聖僧降否壽曰長耳和尚乃定光古佛應身也王悔趨駕往禮曰弟子肉眼凡夫不識古佛願求懺悔師曰彌陁饒舌言訖坐逝王回禮壽壽遂化王因是建寺留師肉身至今存焉王有感以二師事併奏聞請謚賜永明宗照大師師曰宗慧大師嗚呼佛說法時往往以後五百年像法已壞衆生濁惡最難教化且曰我遣變化人處處爲諸衆生開示演說此法而度脫之是知逆行順行皆大權示現方便利物或語或默無非演說最上之法觀二師同時出現葢可知已永明悲末法性相難明故設宗鏡揭一心之旨使見聞者靡不躍然而入其長耳者以異狀利生始終無法可說唯以慈心三昧攝化衆生以衆生生死愛爲根本而以男女爲愛根欲以愛治愛故令無子衆生求者必應至今世之乏嗣者無不求之求而必應捷如影響此不說之說其說熾然而道場晏然香火綿遠則窮衆生界愛根未盡而法音常然豈不信哉是爲記

嘉禾金明寺大定堂記

金明爲嘉禾名刹其後爲范蠡湖今爲郡城滄瀣桑田也寺始於宋乾道間靜慧禪師開

山興廢不一而伽藍之地鬼神護之然竟未爲草莽也向殿宇雖傾而僧不乏祀頃於庚子歲秋潭舷公始重新佛閣未就而化禪人道顯以受業願繼其功閣竟成而佛殿觀音大士閣及天王殿併一新請耶溪法師講楞嚴經遂成叢林其寺右有地十畝許舊爲禪堂址向爲有力者所據居士包心弦沈汝納王季常沈爾僎仲貞諸君捐資贖之嗣請玄津法師講法華圓覺金剛諸經皈信者益衆復搆禪堂齋寮廚庫先所闕畧者一時完足爲道場之偉觀予來雙徑雲棲弔二大老先過吳門會耶溪法師見其道貌蒼然喜法門東南有師表馬予往居南岳著楞嚴通議成刻之姑蘇法師適應講期見而歎曰此揭義學之重雲也願請卒業以廣法施罷講歸過金明顯公向依法席執弟子役法師遂願於此弘演之及還山旬日遂物化嗚呼死生夢幻豈必於人乎觀齋志而往則有不往者存馬玄津法師耶公之適嗣實繼志而述事者予寓淨慈玄爲且過主及予還匡山玄送至金明予見其寺感其事遂命顯請玄以滿前志予因題其堂曰大定益首楞嚴大定之名也此云堅固不壞然佛始坐菩提場其地堅固金剛所成故名阿練若正修行處以此地經五百年成住壞空已經劫矣而畢竟爲道場至其興也以楞嚴爲始今已成以楞嚴爲終然楞嚴修證以金剛心地爲本始至其所證者證此而已以此觀之若心若境等爲金剛常住不壞故予名其堂曰大定信矣其居是堂者以此心而住其說法者以此心而說

其聽法者以此心而聽即鐘鼓交參梵唄相和以及市井群聲男女戲笑皆入大定之門又豈有靜亂之分山林城市之別乎諸子相送至麟溪赴沈爾侯居士齋盋亦成始成終之緣會也故爲之記如此

憨山大師夢遊全集卷第二十四

音釋

迆邐 上音以下音里行貌　梛椶 上音耶下音宗　嵯岈 上音雌下音緞

嶔岭 上音欽下音鉗　泙湃 上音平下音泒　窿 音隆穹窿　忞 音民

皞 音昊白貌　陬 將侯切阪隅也　蠡 良以切蚌屬

憨山大師夢遊全集卷第二十五

侍者福善日錄　門人通炯編輯

廬山五乳峰法雲寺記

廬山自南岳發脉逆轉湘山界西粤北轉星子臨武界東粤至桂陽界吳楚庾嶺分派抽幹東走經武功一帶緜亘二千餘里直抵潯陽前彭蠡而後九江盤踞二百餘里知出水青蓮高揷雲漢南臨吳越北眺中原直與五岳爭雄誠寰中一鉅麗也其來脉至圓通過峽突聳馬耳諸峰蜿蜒東走二十餘里特起一峰曰桃華上倚重霄爲玆山主中主由是中分兩大幹其一東行列九奇如障至含鄱口北轉起乾剛嶺實中主其勢盡東北江湖合抱迴旋盤紆其嶺首抽東南一大幹爲五老峰囬望彭湖爲西江捍門盡三疊泉最奇絕處也峰下諸蘭若中淨𢇁前五里曰白鹿洞爲晦庵書院傳有李青蓮書堂不可攷五老首拖岡嶺蹟含鄱分水遶西而南下至星渚爲南康郡城此五老之南面也其乾嶺北行至松光嶺分二派東北一幹爲蓮華峰下走爲吳障山直抵湖口内有慧日諸蘭若外衍平岡十餘里爲周濂溪墓南面蓮華峰又二十餘里爲九江郡城其嶺北幹西折爲烏龍潭下抽一枝十餘里入平原爲太平宮委蛇左轉十餘里爲東林遠公蓮社處囬望香爐峰白香山草堂在焉基尚存其烏龍西行經獅石大林水口御碑亭竹林佛手巖講經臺香爐諸勝結天池回顧桃華故爲山之主刹巖下爲石門即一山之水口其山之中曰黄龍潭如華心一蕊諸刹蘭若列布如蕊香

幢此盡東幹之形勢也其桃華南發大幹逆背來龍西走中央一谷最高者曰大漢陽峰爲南面之主山雄峙中天面吞兩湖遠挹江南一帶諸峰羅列天際如星拱北一目千里直抵湖口回抱五老此實東南一大觀也漢陽之西盡處爲谷簾泉前下平原爲柴桑淵明故里從半中而下南抽一枝腰聳一峰孤立高數百尺如空中浮屠曰金輪晉梵師耶闍尊者負鐵建壇藏佛舍利于峰頂下二里許爲董奉杏林至今稱之峰下平原爲歸宗寺乃王右軍守江州時建宅于此後遇梵師跋陀多羅遂捨宅爲寺今有墨池鵝池故寺與東林角勝自唐赤眼禪師說法于此相繼三十餘人在昔西江法道獨盛故爲玆山首刹此匡南之大勢也其五乳則自大漢陽峰

南面正中特抽一枝起伏數節即大開一障左背桃華曰石人諸峰東走而下外結爲棲賢對五老由含鄱分水而下繞棲賢曰玉淵潭水滙爲河入星渚左障內抱如倒捲蓮華中有石佛擊竹寶慶三蘭若而寶慶爲昔大慧杲英邵武月公晦寶峰悅元首座諸大老隱居處久廢今重修又西爲卧龍岡岡下一谷谷中有庵朱晦翁守南康時往來其中刻出師表于石庵廢石刻尚存此漢陽前左障也其右障列果子寨諸峰至黃巖瀑布從空而下注爲潭潭上大石多古名人刻前爲開先寺乃李中主買建伽藍爲諸祖說法處山谷書七佛偈於崖石王陽明破宸濠有題寺左轉過一岡爲萬杉寺此漢陽前之右障也其障正中獨抽一枝如馬鬣下垂峰腹特起

一峰如麟角曰胡鼻左曳如屏七峰并峙上插重霄曰七賢昔唐高士劉軻讀書于峰下後晦庵攜其子與門人陳正思陳彦忠俞季清甥魏愉時遊其中故以為名土人俗呼七尖謠也七賢之下有五突如乳故名五乳上下相連東抵卧龍潭分水而下此五乳之左龍也由胡鼻拱揖一峰連起曰石鼓冉冉而下蜿若雲中遊龍曲折緜亘數里單提環抱中開一掌為古寺基倚七賢而面五老如戟枝蓮其寺深藏如蓮中之䓘為山南半腰最幽處也其中衆水歸壑繞寺而下出石罅中約五里至山足會玉淵河流内纏玉京山入湖山乃淵明舊居處詩云我昔家玉京是也五乳水口有石峰高數丈上有磐石方丈名劉軻讀書臺至今土人稱之誌載軻有書院

後改為凌雲庵在七尖下古寺兵燹事迹不可攷遺礎存焉後見崖刻至正壬申四月重修工完其寺山塲田地至嘉靖初始為民業萬曆丙辰歲予自南岳東遊避暑于金竹探幽及此愛其一丘一壑意將息焉且卜居適黄梅孝廉𨙸懋學用值購之為予逸老地時黄梅大司馬汪公可受願為興建檀越浮梁尚寶陳公大受約某某捐資鳩材寺遂成金沙于公玉立居士繆公希雍捐置香火田故得安居工肇于丁巳落成于己未郡守袁公懋貞為文以記之由是四方衲子日益至遂成叢林居然蓮華一葉中也寺左嶺舊有望湖亭乃晦庵建基尚存其谷有蘭若一在石鼓峰下曰冲黙齋予有銘最幽勝高敞望湖外諸山一目千里羅列于前如坐華臺出廣

長舌十方雲來聽法衆也一在七賢峰下曰芙蓉庵面五老而踞卧龍群峰羅列如在几席由庵入數里大谷中名香谷有石屏前一大石面如几石下一洞異香從洞中出冉冉襲人不絶一在近寺龍水崖曰木石庵蓋見志也予亦有銘是皆區内若華心蕊也其寺左谷中有觀音庵遺址誌云有古井二口不知所在今得之荒榛中又左臂爲歸一庵即接卧龍分水會歸大河又一區也東坡云不見廬山眞面目只緣身在此山中以山似連華居者如坐華中故面目唯在山南獨五老七賢爲最勝其寺居蕊中倚漢陽諸峰爲屏帳回觀七賢五老坐于雲中彭湖繞其外湖外雲山千里内拱暗列于前儼一華藏玄都也梵侶日誦華嚴經聲琅琅鐘鼓交叅與松濤泉響共演潮音又與茲山啟生色第未能効遠公刻蓮漏禮六時耳

西湖淨慈寺宗鏡堂記

武林西湖有山曰南屏有寺居其上曰淨慈宋高宗南渡崇五山十刹而首慈焉寺始于周顯德吳越錢忠懿王建初爲永明院迎智覺壽禪師爲開山第一代住持改今額大師得法于天台韶國師爲法眼的骨孫玅契單傳心印博通三藏達佛一大藏教特顯三界唯心萬法唯識之旨以佛滅後西域唱導諸師以唯心唯識立性相二宗氷炭相攻以至分河飲水破壞正法及大教東來不三百年而達磨西來不立文字直指人心見性成佛是爲禪宗于是遂有教外别傳之道六傳至曹溪而下南岳青原次爲五宗由唐至宋其

道大盛于是禪教相非如性相相抵是皆不達唯心唯識之旨而各立門戶自梁唐而宋四百年來澥內學者嘵嘵競辯卒不能起大覺以折中之于是大師愍佛日之昏也乃集賢首慈恩天台三宗義學精於法義者百餘人館于兩閣博閱義澥更相質難師則以心宗之衡準平之又集大乘經論六十部西天此土賢聖之言三百家證成唯心爲書百卷名曰宗鏡錄因以顏堂意以一心爲宗照萬法爲鏡撤三宗之藩籬顯一心之奧義其猶懸義象于性天攝殊流而歸法澥不唯性相雙融卽九流百氏技藝資生無不引歸實際又何教禪之不一知見之不泯哉良以衆生之執迷久矣雖性相教禪皆顯一心之玅但佛開遮心病末後拈華自語而自異卒無以一之由是執筌之徒認指失月孰能正之世尊入滅二千年矣自非大師蹶起而大通之竊恐終古嘵嘵究竟了無歸寧之日也是知大師厥功大矣集吾法之大成使釋迦復起功亦無越于此者豈非夫子賢于堯舜遠耶或曰從前諸祖皆了悟自心者乃云向上一著三世諸佛不許覷著又曰一大藏經是揩瘡膿故紙又見世尊初生指天指地卽要一棒打殺乃至上堂示衆未嘗不痛斥文字不許親近教義大師今以和會性相強合一心豈非有違達磨西來之指耶抑諸古德有違一心之義耶曰此正以西來大意不明互起偏見故作今生之事耳卽古德機緣皆顯如來之大機大用未嘗非佛之作略卽如文殊起佛見法見貶向鐵圍山中又文殊亦曾持

刀殺佛其諸弟子入維摩丈室種種受呵是皆諸祖之機用但爲遮遣調伏衆生之法藥耳非實法也但今初心淺智不悟如來平等法界故不能達離相之旨惟如來說法以海印三昧印定諸法謂虚空爲帝青寶虚明如鏡大地山林艸芥人畜森羅萬象靡不現景于空鏡之中而大澥波澄虚明洞徹則空鏡之景現于澥中猶如印文如來說法以平等大慧圓照法界衆生心念皆知頭數閻浮提雨皆知其滴如此是名海印三昧由是觀之則無一物不是佛心無一法而非佛事無一行而非佛行一切諸法安有纖毫出于唯心之外者乎是知宗鏡之稱以一心照萬法泯萬法歸一心則何法而非祖師心印又何性相教禪之別乎是則毁相者不達法性斥教者不達佛心不知佛祖之妙用而執爲實法所以正法眼藏難明也可不痛哉今也寺面西湖湖水如鏡四山羅列六橋華柳樓船往來人物妍媸歌管遠近鐘鼓相㒓晝夜六時古今不斷于湖上而殿中如來安然寂黙如入海印三昧時未嘗纖毫出於宗鏡卽今松風泉響蚓吹蛙聲猶是大師坐宗鏡堂揮麈會義說法時也又何庸夫筆舌哉是知兹山之地甲于中州寺首于諸刹法超于教禪心境最勝則宗鏡之堂當與湖山相爲終始矣大師入滅四百餘年骨墖沒于荒榛萬曆某年寺僧大壑求而得之移置于堂後斯實大師法身隱而復現當與兹堂常住不朽矣堂無記壑乞予以志之

徑山夌霄峰記

按志龍遊閣居翠峰之頂畫拱璇題承雲納日而虛檐外曰凌霄之閣是峰頂有閣又記峰頂時見五色毫光因有寶光殿似閣前有殿今皆廢矣昔圓照禪師居峰頂十年有坐斷凌霄已十年匡宗扶教且隨緣之句既而古巴禪師亦居十年由是觀之則先代住山靡不愛其孤絕但峰頂無水風高迴絕非藏修地也月庭法師亦曾於此爲衆說華嚴經以此峰乃五峰之主雙徑之祖龍也頃梵懷慧公結庵于頂居十三年矣向苦于水公鑿石得泉可供百人大旱不竭手植引路松冀化龍也予于丁巳新春登之四望寥廓一目千里予因題其庵曰空中居志超世也時有詩以記之泉味甘冽以從空中出如天甘露因以名泉

澥虞尊勝庵記

澥虞僻處東隅佛化固未易及也予頃過而觀焉則彼從事三寶者獨盛于他比閭相尚葢鄉多薦紳先生素爲護法有以觀感而興起者信乎佛性本有法化普周草芥微塵皆成佛種第在開導者何如耳今尊勝庵乃月輝法師明公所剏公爲邑之陳氏子幼卽喃喃唱佛名及教習諸業皆不諳獨志出世年十七禮玉峰庵一原和尚爲師禮雲棲大師授具戒復詣南都親雪浪法師講肆習賢首教義苦志七年已亥秋歸省母氏于虞山陽露臺掩關三年叅究西來祖意壬寅復往諸方所至見老病者叢林多不納無所依歸因發願儻有把茅當與十方老病共之惜未就因循十年壬子秋邑孝廉翁兆吉願捨寺前

空地約十畝建十方禪院及養老靜室公喜以爲得地可疇宿願邑乘載有尊勝庵久廢開基入地丈餘得古井一口水甚甘冽疑即舊址也滄瀣桑田豈劫運哉故工于萬曆丁巳夏落成于戊午秋以公生平持尊勝呪遂以尊勝名走書乞予以記之曰大地衆生無一人而無佛性十方世界無一塵而非道場第在機緣會合感應道交則彈指出現以翁君之捨地何必祇園以明公之建化何俟百丈即以禪侶安居六時禮誦經聲佛號鐘鼓交參使老者佚病者安愚者智惰者勤勞者息飢者食渴者飲何莫而非尊勝功德耶便雲棲之清規不墜靈山之法道常存若天帝拈一莖草爲梵剎殊未可以思議較計求之也且以上祝堯年下與斯民共躋仁壽又爲大瀣潛流潤澤無窮予也不敏何得而名焉

錢吳越忠懿國王造銅阿育王舍利墖記

昔世尊入滅茶毘得舍利八斛四斗分作三分天上人間龍宮各建墖供養爾時阿育王親受一分散閻浮提震旦國得一十九座而明州阿育王墖乃其一也其式亦出自西域而舍利燦爛光明變現隨人各見不同亦有不見者葢因障有厚薄耳二千年後五代時錢吳越忠懿國王承先業敬事三寶如式造小銅墖八萬四千座埋藏國內名山世未有知者我明萬曆初常熟顧耿光造其父憲副塋地中掘出一小銅墖高五寸許如阿育王墖式內刻款云吳越國王錢弘俶敬造八萬四千寶墖乙卯年記一十九字外四面鏤釋

迦往因本行示相前則毘尸王割肉飼鷹救鴿後則慈力王割耳然燈左則薩埵太子投崖飼虎右則月光王捐捨寶首四事文理密緻滲以金飾顱爲錢太史之母舅因公爲忠懿王後遂以塔付之公得此自號聚沙居士志因也乃送與福蘭若寺東遊訪太史過洞聞上座覩其塔奇其事因記之曰佛以法界爲身即草葉縷結皆成佛眞體況託象者乎良以衆生迷本法身變爲三毒成八萬四千煩惱佛以普光明智薰三毒爲三德祕藏故變煩惱爲八萬四千功德育王所造葢表功德之數量也吳越王倣造銅塔如其數盡埋地中意表功德藏於衆生心地冀啟一塔則見一種功德即睹法界之全身如從一隙見無際空是可以色相視之哉法身堅固歷劫不磨隨緣應現太史此塔豈從因地示性空之一隙耶萬曆四十五年佛生日記

讀異夢記

幻人東遊吳越西還匡廬舟過蕪關關尹玉受劉君邀留信宿適吳門管茂才席之從別道來詣朝席之先至舟訊幻人即談玉受異夢事幻人驚異之及叩玉受出乾城遊草讀記異夢甚悉初玉受奉黔中聘道中病卧下雋驛亭夜夢一偉丈夫長喙突入似有所求而意氣尚陵厲不平揖玉受與之坐問其族氏其人抗聲應曰余宋將軍曹翰也以江州之役多殺不辜自貽伊戚今復何言玉受夢中未悉江州本末但憶翰與曹彬同將乃曰公受曹樞密節制仁厚不殺安所貽戚其人曰余憤江州久抗王命先殺守將胡則尋屠

其城取快一時何知死受冥譴一時同事諸人井落異道余獨爲豬葢余生時性多怒罵舌鋒猛毒既得豬報聲多嚄嚄或見擒捉呼號四徹冥中譴罰尺寸不爽乞公拯之玉受聽之悚然因云余尚凡夫何以脫公其人云公性慈悲每見予輩雅相憐愍可憶往年有所見夢荷公再生者即予也葢玉受曾于戊申春家奴以其租負數有豬償者夜夢一人乞命即命奴畜之踰年自斃夢中明憶往事即應曰實有之但不知是公耳今則余安所覓公其人云業報無定昨償一近縣人債不意有緣于此得復遇公今番又不知業運何所言下泣甚哀徐收淚云某幸在唐太宗朝爲一小吏聽一法師說四十二章經某爲設供感世世爲宰官及宋初而報盡遂作惡業轉受此果然幸有夙種善因今得遇公自今乞公凡遇我輩或見執或聞聲或見食余肉爲持準提呪或稱彌陀號余暫堪忍其苦定脫此報生人中誓不更造惡業負公也玉受曰此余夙心也矧奉教敢負約其人喜拜謝而去嗚呼異哉業報昭昭不爽如此觀曹翰之始爲小吏以聞佛法作一飯僧功德遂世世受福及至善報將盡且爲大將而恣殺業豈惡習隨福報而大耶良可畏也以殺業之慘歷受刀碪之苦又六百餘年仍以夙種善根兩現夢于劉君竟乞脫其苦趣然而劉君豈輸初身說經之法師耶觀曹翰之惡報不爽而劉君之善根亦有自來矣幻人初聞其說驚異之及觀劉君乾遊草中異夢記故爲之說普告人天以崇放生戒殺之德彰明較

著者也且聞聲見肉而持呪念佛尚冀堪忍脫其苦報況出真慈戒殺放生者乎予是于雲棲之放生所深有感焉敬書此以告本寺知事當依規則凡在所放皆有緣者時看養殷勤說法開示念誦送死皆真實事幸勿疲厭若以佛性而觀則資糧亦彼當有分者幸無匱乏令彼飢虛也

太和縣真如庵記

太和之西北四十里早禾市有真如庵者乃雲棲弟子廣果所建也果吉安人早歲茹素敬事三寶中年挈妻子出家祝髮于廬山淨業堂受戒于雲棲大師復從古心和尚調練具足歸鄉至太和孝廉羅紹奎捨地五畝建庵請居之以接納往來八年于茲矣久之雲集日益衆建殿二座雲堂齋厨諸所畢備儼然一道場也慮無以贍大衆乃集善信作百子燈會儲其資買田若干畝爲常住將以永供大衆四事無缺可以安居精修淨業無外慕也事既就緒果走匡廬乞予爲記予因謂之曰嘗聞十方淨土唯心所變心淨則土淨譬如夢事貴人夢苦事而呻吟貧人夢金寶而欣悅覺後雖空夢時未嘗不有也所謂生死涅槃猶如昨夢況世諦有爲莊嚴功德乎昔達磨對武帝云有爲之行實無功德淨智妙圓體自空寂雖然未悟空宗之體而棄有爲之行詎非枵腹以待王膳望濟其飢乎所謂有爲雖僞棄之則功行不成無爲雖真擬之則聖果難克苟能達性空而建萬行可謂理事雙修真妄一契者也又何以建立爲事行哉若果禪人居然一俗士也中年挈妻子

同出塵勞頓修淨戒不十年而道場隨建豈非淨土唯心哉且此庵昔爲荒鹵今爲道場實成于一念由是觀之則西方淨土不離于目前詎不信哉

清暘齋記

京口爲山川都會而曲阿尤當輿區惠山負郭枕流林木蓊鬱湖光瀁漾一碧如鏡岡嶺透迤萬松叢翠天風時吹萬籟齊發洞心徹耳此塵中最勝處也圖南居士誅茅結廬宴坐其間顏曰清暘意取晉徐邈節儉清修之意予丁巳初夏過惠山居士周旋問法及予歸匡廬居士走書乞記予因謂之曰夫暘者鬱之反也故天地鬱而厲氣發糞壤鬱而毒菌生人情鬱而百病作是知暘乃氣之和而情之適也嗟彼沉湎富貴躭荒物欲取快一時而爲暘是以鬱爲暘者也譬夫食毒爽口殊不知積久毒發而戕其生也昔有宦于西粵者嗜鷓鴣味以地多產此足充其欲非此不下食既而宦歸疾作舉體腫潰良醫束手有識者曰此半夏毒也謂鷓鴣以半夏爲食嗜久而毒充五臟殆不可救世之嗜美疢而發毒者皆鷓鴣類也居士軒冕桎梏富貴浮雲博學强記潛心佛理究性命之原達死生之故放情霄漢寄興雲林而與造物者遊其所暘者六通四達將廓太虛以爲舍潛極樂以爲家又豈特節儉清修而髣髴其神理者哉居士課子讀書于其間將以此暘世其業也予特爲之記

放生功德記

佛說法身非身以衆生爲身菩薩妙行以度

生爲行故總萬行以六度而首之以檀然住相之施如來所呵以其物我未忘不能平等一視所作之功多成有漏如仰箭射空固其所矣惟其離相之行體合眞空即種種莊嚴無踰放生功德爲最何也以彼胎卵濕化蠢蠉蛸翹一以佛性視之愍其沉淪苦道而必拯之刀砧火鑊捐靡焦腐之地一旦出其籠縶置之飛空潛淵優遊極樂之鄉慈出無緣悲非愛見同體等觀了無一念望報之心故其功德福量猶如虛空不可思議豈非最上殊勝行者乎然人與物鉅細雖殊佛性等也且夫人也一飯千金壺漿死報感恩懷德固所不忘況脫湯火于必死之地乎苟觀佛性而施必稱法性而報因果皎然若眠白黑固其理也況人有限物無窮今輟一飡之食而活億萬之命其所施者又豈可得而較計耶故佛教弟子以護生爲勝行此猶拘拘世外若夫涉世間統貴賤定智愚無若放生爲玅行也近世雲棲特標此行戒殺放生功德感應著之篇章澥内奉行甚廣予往過皖城觀其俗多奉佛葢由宰官吳公身以倡之家諭戶曉洋洋佛國之風矣可鏡湛公奉雲棲法舉放生社置恒產以長轉無盡大悲法輪予聞而喜之曰昔智者大師以澥爲放生池旣而天台一宗盛行澥外諸國識者謂是所放之生感報地湛公引一時宰官居士之法流度無量衆生同歸性澥果眞常不昧則棠恩者轉蛻爲人將見忠臣義士孝子慈孫萃集于一方同心護法城塹三寶建大法幢又不止諸蠻奉法而已惟是可徵于一紀二紀

之間收功不遠必有目睹其驗者功德又何爽焉

歸宗寺復生松記

佛說山河大地草本叢林皆成佛真體共轉法輪意顯三界唯心之旨及于無情成佛世所難信是不達唯心之義耳廬山歸宗寺乃赤眼禪師說法處相繼者明眼知識三十六人其地踞匡山之勝爲靈久矣旣廢之後琳宫梵宇委之草莽獨寺前古松一株挺立掌漢其根下爲樵人剝斲已去其半枝柯枯悴勢將摧折時達觀禪師過而問之歎曰此歸宗唯存此一刹竿耳奈何遭于斧斤無此則道場之迹泯矣乃率諸弟子運石甃圍以土培之爲之呪願誓曰若寺當重興此松復生如故徘徊賦槩九翁而去不數年果重長皮膚完密枝葉榮茂未幾歲大饑寺有殘僧以松易米而食匠石睥睨顧將伐之適有丐者息蔭其下願乞米以贖匠氏感之乃已不數年間果清湛公重興其寺竟感皇上頒賜大藏一時當道爲建殿宇翻瓦礫爲淨土其轉變之機其不先見于一枯株耶若謂無情能若是乎雖然草木無知是在精誠感變而唯心之義彰明矣觀孟宗哭竹而冬抽筍生公說法而石點頭以法非心外感變由人即枯龜告人以吉凶七十二鑽而無遺策唯在志誠其應如響所謂若能轉物即同如來人物同體共轉法輪於是乎徵矣因記之以告來者知此松爲法身常住也後世儻有損其一毛卽爲戕害法身斷佛慧命可不念哉

廬山金輪峰釋迦文佛舍利墖記

佛法自漢永平始入中國吳赤烏間西域梵師康僧會至建康設像行道求舍利于長干里吳王建塔以藏之剏建初寺此江南塔寺之始也東晉成帝咸康中梵師達磨多羅持禪經至時王右軍羲之守江州見而異之乃舍宅建歸宗寺以居之義熙中遠公至廬山開蓮社于東林梵師耶舍尊者至遠公邀入社乃以所携釋迦文佛舍利建塔于歸宗金輪峰頂身負鐵以爲浮屠此西江塔寺之首焉至唐元和間赤眼常禪師得馬祖心印開法于歸宗而匡南諸名剎皆門下高弟一時之勝號稱法堀西來單傳之道大振于兹山自此相繼說法者三十餘人皆載傳燈及五季而宋道漸衰寺漸頹宋景德皇祐間再重修之元豐中僧文淨復振及元末燬于兵自是塔寺廢山場田地盡爲民業矣萬曆癸丑達大師弟子果清湛公因禮塔過而嘆焉遂故慨復之志徧謁諸薦紳檀越同時一力致感皇上敕頒大藏一部劄其徒修慈爲住持當道建殿宇黃梅孝廉邢懋學捐資盡贖其山場田地居然一大道場也癸丑湛公欲重修其塔購鐵數萬觔未果即遷化甲寅修慈于吳中造毘盧大像回時塔舍利放光者三度照耀山谷寺後松結子如塔狀者五高八寸許各十三級遠近咸異之乙卯春慈秉師遺命冶鐵鑄浮屠十三級重開塔藏見舍利數百粒五色寶光眩曜人目瞻見者敬禮無不感悅是年秋九月安藏之期山谷震吼如雷者七次聞者皆知其爲舍利瑞也慈恐鐵易薄蝕外以磁灰米汁擣而護之取堅密可

垂久也予于丙辰夏自南岳來瞻禮見其奇峰峭拔獨立掌空狀若浮屠峰頂不二丈許石穴數尺僅容塔藏葢天造地設非偶然也予爲記之曰昔釋迦文佛入滅荼毗得舍利八斛四斗天上人間龍宮各分建塔阿育王分布閻浮于我震旦者一十有九唯明州建康者名最著其他未顯聞焉此豈其一耶舍利乃戒定之餘熏凝四大所成者以其血肉毛髮齒骨之不一故有五色之異其體堅剛能貫金石光明奪目超越世寶有堅凝而不動者有流動上下其狀變化不一者葢各隨感而然也噫諸佛衆生同秉此心衆生以無明三毒妄想所熏故其體臭穢終成敗壞諸佛以金剛心戒定所熏故其體堅固光明照耀常住不壞正報如此依報亦然衆生依報感五濁惡世雜穢充滿諸佛淨土七寶莊嚴故雜華云其地堅固金剛所成是所謂唯心所變豈他力哉佛非淨土不居故舍利非勝地不載維此金輪匡廬南面傑立霄漢勢壓群峰卽人世空居而佛法身舍利常住其中豈小緣哉雖眞常不壞而世相變遷故其浮屠興廢不一欲垂永久原其建立者之心與恢復者之志必有願力存焉是爲記

明州鄮山阿育王舍利塔記

梵語舍利羅此云身骨惟我世尊於曠大劫以金剛心熏修金剛三昧直至成佛曾無異念故變緣生五蘊幻身成金剛體即如來法身常住不壞永無生滅佛十身中有力持身此其一也如來應現娑婆示生迦維說法四十九年化緣已畢于拘尸羅城娑羅林雙樹

間入大涅槃時彼國王如法荼毗得舍利八斛分爲三分天上人間龍宮各起塔供養而人間八國分之摩伽陁國阿闍世王得其一分有八萬四千顆至阿育王有大神力能役鬼神乃碎七寶末造八萬四千塔徧散四洲而南閻浮提爲身教地故塔居多其來震旦者一十有九唯金陵長干與明州鄮山顯赫最著予幼出家長干屢睹光瑞種種不可名言雖未至明州鄮聞感應之徵今見理公所寄育王山志讀之感而嘆曰此我本師現在世間說法處也夫舍利者何乃一真法界常住真心廣大光明之體也諸佛證之爲清淨法身菩薩修之爲金剛心地衆生迷之爲阿賴耶識其不壞者爲佛性種子名佛知見以其衆生本具故佛出世特爲開示使其悟入

祖師西來指之爲心印是知衆生與佛無二無別第染淨熏變之不同耳以衆生無明業力念念熏蒸故感四大五蘊腥臊臭穢不淨無常敗壞之身其不壞者爲輪迴業果歷劫不忘菩薩以之爲定慧熏習得意生身調伏衆生淨佛國土其不壞者微妙功德成就莊嚴唯佛證之爲清淨法身常住寂光身土不二其現大身則無量光明相好居華藏莊嚴名實報身其現小化則丈六金身示生人間與民同患而衆生見者但見緣生之佛不見法身真體將顯法化無二無常即常故入般涅槃而留舍利攝受衆生名力持身以示金剛不壞法身常住世間本無生滅去來之相故所現光相種種瑞應不可思議隨衆生心感而應現者即法身應機說法以離言三昧

直指衆生本有佛性欲令見者當下了悟自心頓見法身不生滅性此與靈山踞座末後拈華有何異哉故佛出世說法無非指示此一大事而于法華一會開示衆生佛之知見以此知見即法身慧命故云此經在處應以七寶起塔況佛知見又爲文字所障至若諸祖直提示人而形于棒喝譏呵怒罵之間而人又以機鋒目之將謂别有玄妙故悟之者希今者親見法身如來覿面爲說不生滅法而人不悟諸已概以光明瑞相視之誠謂當面錯過矣可不哀哉嗟夫吾人沉淪多劫流轉生死今者何幸何緣一遇希有難遭之事猶自逃頭認影豈不上負眞慈自昧本有可不爲之大哀歟昔佛于法華會上自說法身壽量常住不滅此但託之空言未有若此見

諸行事之深切著明者惟普賢以十大願顯示法身乃曰請佛住世勸轉法輪常隨佛學之三者義昭于此初僧會至長干吳主孫權命求舍利期以七日不應展三七日中夜猶不應會稽首哀請曰佛以慈悲爲心苟不應則使此方衆生斷滅佛種矣于是痛舉佛號三稱徧身毛孔血汗迸灑即聽缾中鏗然有聲光燭天地啟之則舍利宛在缾中矣劉薩訶身陷地獄將無出期乃聽梵僧指求舍利爲懺罪地故感寶塔從地涌出是知康爲人劉爲已均皆普賢勸請之意也若夫種種莊嚴供養守護讚嘆者豈非常隨佛學者歟且也佛性之在衆生固其迷矣若夫般若光明常照而不昧者發于行事若世之忠臣孝子志士仁人凡所施作致君澤民而爲不朽之

事業者豈非法身所流衍乎其歷代帝王崇奉興隆者詎非法王之利見乎總之無一衆生而不具有此性故見聞隨喜禮拜供養者無異親承接足即布身命罄所有竭内外施而爲莊嚴特爲自性受用地耳若夫一睹舍利頓破無明了悟法身長揖生死永出迷途者是在上根利智夙具聞熏緣熟于當下者不無其人也由是觀之累代王臣興建于前太宰陸公重興于昔司馬郭公再振于今且託法身于毛端三昧以見不朽是又皆普賢願輪所持也理公豈佛稱空生身子爲長老乎寻自信靈山一會儼在目前説法音聲熾然無間故特書此以告見聞隨喜禮拜供養者不得以色相求之也

憨山大師夢遊全集卷第二十五

音釋

鄱 蒲禾切 鬣 力涉切 馬領毛 嘵 音鴞 懼聲 媸 抽知切 醜也 菌 音郡

眡 同視 蛻 吐内切 睤睨 上音譬 下音詣 邪視貌

憨山大師夢遊全集卷第二十六

侍者福善日録　門人通炯編輯

廬山大悲懺堂記

唯佛法身無際全體而爲衆生衆生妄想無際全體而爲生死之妄業妄業不消故衆生苦海亦無際而終莫知出自非大悲願力無由以竭苦海消妄業而出生死證本際也是故觀音大士稱法界心行大悲行潛入一切衆生妄想海中而爲之濟度說陀羅尼令其持誦薰修欲令衆生出苦海見本法身登涅槃岸此大悲懺法所由立也其咒本出灌頂部乃中道法身所流是爲毘盧心印始于四明尊者準大悲經之所刱立其來尚矣良以衆生藏識幽闇非祕密心印不足以破之是爲脫苦之良藥也直指滿公受教于雲棲藏修南岳志以懺法爲佛事信奉者衆既而之廬岳結隱單棲願廣此法以度四衆故建懺堂以示薰修之儀堂既成乞記于老人乃謂之曰一切衆生皆本法身既迷而爲生死業海令以法身心印而薰變業性是以水投水似空合空但有信者于生死苦不期出而出矣公以大悲心爲苦海舟航之慈楫以人人本有之法而指示之如以甘露灑焦枯而清凉心地不待告而自知矣法性無盡衆生界不可盡此法亦無盡又何以永永爲計哉

廬山雲中寺十方常住碑記

廬山禪林綦布山之絕頂九奇峰下最爲幽勝俗呼仰天坪以其高而無上也昔爲虎狼之巢有雲中寺乃敬堂忠公所刱建也師諱法忠本歙人年十九禮杭之靈隱達機和尚

爲弟子執爨三年思大事未了遂依講肆聽了義諸經猶以文字爲障礙渡江之少林依大千和尚參達磨西來之旨居十載尋之京師復禮徧融諸大知識印決心要因之五臺會予與妙師心知爲法門之傑予去東海妙師歸盧芽因拉師同往居三年諸所建立多咨之頃又棄去入牛山未幾而轉匡山初結菴講經臺居三年以往來爲煩仍遷五老峰又四年至雲中愛其高絕乃誅茅縛椽以居之草衣木食十方英靈衲子多集師脫形骸無爾我以道相忘不設規繩無約束人人自律不以世俗標榜四事任緣闕則親行乞以供之雖寸絲粒米咸以衆爲懷精練三業稟明一心居二十二年遂成叢林後爲團瓢以供宴息山門榜曰雲中志最高也師好栽松計十餘萬章龔化龍以紀年也予自南岳來遊茲山師與予夜話因謂予曰某老矣幻化人世任緣住此山三十年矣今浮光不久即此道場雖幻緣所成本意爲十方龍象設非爲區區一己乞師一言以爲志予喜而歎曰大哉師之心乎經云以大圓覺爲我伽藍身心安居平等性智是佛以十方爲懷也西江有言十方同聚會個個學無爲此是選佛場心空及第歸是祖以十方爲心也惟師生平志在無我故隨所建立皆無我今一旦而委之十方是究竟無我其有能克紹其業赤身擔荷者能以師心爲心苟志于道豈無豪傑之士心空及第者乎是則山色湖光水流風動皆演無我之法音師廣長舌相常住而不泯也其常住相代別有券非予所筆略記師

生平始末以告來者

廬山萬壽寺莊嚴佛像記

廬山之南刹竿相望其谷之大者曰棲賢巖壑嶔岑林木蓊鬱太乙漢陽桃林諸峰叢列雲中衆水會于巨澗中有寺曰萬壽蓋唐僧德英所建爲禪堀也歲久而毀我明正統間僧明安重修今亦圮矣禪人慧楞緝而居之古殿數楹不蔽風雨佛像金容塵坌薄蝕淒然蒼蘚古屺間也楞因發願重新乞予爲疏遣其徒本聖走故鄉新城行乞焉孝廉涂君世延以前身爲僧因字曰惧來志不忘本也見疏興心遂先倡于衆施金若干聖持歸以莊嚴金像殿宇煥然一新山光掩映若睹毫彩於靈鷲爲人天說法時也仍乞予記之曰夫佛者覺也爲生靈之大本即衆生知覺之自性也人有此心則人皆有此覺覺則衆生即佛不覺則佛即衆生故曰心佛與衆生是三無差別今之莊嚴此像匪亶飭金木之幻形實所以開自心之佛性也若涂君者宿生爲僧是欲望躋覺路者也今轉爲此身是欲覺而復昧如人酣睡將醒而復困特傍無一呼振起者耳傳燈諸祖大開爐鞲陶冶羣迷或一棒一喝之間使人頓盡凡情立登覺地即所謂一呼而醒大夢者由是觀之則予之一疏不減臨濟德山之棒喝涂君一觸而悟本來即能現八相于目前圓三秖於當下可謂捷疾利根者也斯則同施善男女等即靈山四衆之儔共結佛種之緣將來世世生生于夢宅中遞相呼斥必皆至大覺而後巳是所謂一大事因緣也又豈值施不慳之財飭

幻化之像而已哉此佛性之緣經說如人食少金剛終竟透皮而出甚言性眞之不昧也請記之以爲他日法門券

嘉興平湖縣紫清寺齋僧田記

平湖紫清道場乃見全慧公所修置齋僧田七十畝以永供三寶是爲常住丁巳歲慧公入寂遺囑弟子智達無替乃業達來匡山受戒且請老人爲記之曰凡世之稱田者以種子有所託而不朽者生生無窮也故孝順父母爲敬田拔濟貧苦爲悲田供養三寶爲福田世人捨此而修性命之福者無地矣慧公所遺之田三者具而世出世命實所係焉後之守此三田而不力耕有所荒穢者失敬則逆失悲則盜無福則佛之慧命斯斷絕矣其有不及念及此者不唯非人亦非佛弟子矣然而食此田者亦當知推此心則智種靈苗日夜秀發而菩提之果可冀否則墮爲焦芽敗種矣

全椒縣三汊河建昌化菴記

欽惟我聖祖龍飛淮甸肇迹滁陽山川之靈固已久矣全椒當郡之西雖彈丸黑子僻在一隅爲滁之奧猶寸玉也藏輝歛潤向含而未暢若陽春之發育蓋有時焉我明二百餘年嘉隆之際文運始開時猶朱明之會也今則洋洋佛國之風矣不惟附郭之間鐘鼓相聞即窮鄉下里奉佛齋心者蓋連比也豈非天地大化之運乘時而昌者耶邑城之水自西而南二十里與黃山水會三汊爲邑之水口當河之左有山蹲峙若捍門而右隄平衍則水泄無制氣散而中虛若天有闕也里人

夏讓性篤善而喜奉佛發心建佛刹於河北之滸正殿山門齋堂厨庫居然一勝道場其形勢則與山相雄峙而制其波流使瀉不傾而施有餘也菴既成走廬山言其事且問額于予予桑梓也稔知其故乃題之曰昌化意謂法化之運由此而昌即以此而祝聖壽保斯民亦大昌于王化同躋仁壽而登極樂之鄉也故略記其事且爲銘曰

聖祖龍飛兮滁之陽維兹椒丘當西之岡外磧中腴蘊靈抱奇如石之玉含潤藏輝天道默運如春在華三陽交泰發英吐葩文運一轉法化同流天機人心如水載舟三水會合捍門爲峙獨有一拳如闕右臂爰有斯人天光忽發于河之滸建兹梵刹殿宇巍峩斯民保障鐘鼓鞫鍠法音嘹喨見者歸依聞者欣悅頓置斯民于極樂國道化既流文運實昌奠兹遐福山高水長

金沙重興東禪寺緣起碑記

十方世界盡常寂光無一處而非道場諸塵勞門爲普賢行無一法而非佛事要在緣會方與得人乃見此五濁世中建立法幢之不易予觀金沙之東禪槪可見矣按邑乘治東三里許有古刹舊名新興禪院肇建于唐光啓間及宋建炎中因張忠穆公改爲忠顯慶院後名東禪廢于元末國朝重興久亦墮于荒榛茂草萬曆庚寅冬達觀禪師書經於于王二氏園偕太史損菴王公輩過而慨焉草莽中得斷碑湊而讀之乃知爲大觀間貢士路亦臨所撰鐘樓記也達師補其文而存之於是遂發興復之願達師去弟子堅音修慈

古潭如清頋肩爲十方院時麥浪中敗屋三楹爲黄冠耕藝所也清公即就處水齋以發衆信頃之遠近果集居士孫雲翼雲仍造禪堂三楹卜萬曆辛卯八月廿八日上梁雲翼登鄉薦報至遂捐坊資充修造壬辰雲仍特選應貢及癸卯太史從子琳錕捷壬子琳鋙捷坊資各如例于是建禪堂五楹伽藍祖師堂各三楹先因達師弟子密藏開公募供禪侶遂成道場清公力守之環寺經行持咒種松篁成叢林未幾清公去繼者或去或化乃請蜀高原法師原又去遂以徧弟子浪惺海耀爲住持耀則有志盡命豎立馬會修兹至遂與法侶海印道成輩議建法社尊佛三學宗經律論經則法華律則梵網論則起信先以讀誦受持爲業熟則如說修行然定主止觀妙宗專于淨土社名青蓮耀公主之此末法一最勝法緣也約既就太史從子鏡承父宇望遺命捐百金以助刱始庚戌間太史乏嗣欲捨宅爲寺乃賣别業千餘金悉捨爲修建資凡造正殿三楹西方殿三楹新禪堂五楹其制則四合一局規模軒豁一目洞見居然一大道場也殿成其像則耀公監製倣唐貫休畫本漆布爲質朊沙爲之精妙絶倫爲世一代申品初以舊堂爲主坐北遂以正殿坐東其山門利在北以太史精于形家故也癸丑秋太史不幸捐館遺命以已像供于寺願爲伽藍如南宫之于鶴林也丙辰春耀公集諸檀越致書請予主其社以休老馬予以弗達大師未了緣喜而應之以是年冬十月至居無何即之雙徑明年丁巳春予志投老

歸匡山耀公涕泣攀留竟不可會耀公以他緣欲去予在匡山聞之亟遺書留本懷印公守之未幾堅音慈公自皖城至衆信喜爲本發心人固留居之居士雲仍爲開山檀越備述始末因緣乞予爲記且請爲定規繩立法約永爲十方常住予爲憮然而歎曰自古建立成功之不易也豈獨天下國家爲然而叢林亦以之且夫法王御世以安樂行爲家範以梵網戒爲條約賞罰森嚴何昭著也所謂文武之政布在方冊者其人存政舉固在得人何如耳沙門釋子苟知吾佛歷無數劫捨身命而求菩提即今出世猶受雪山六年凍餓博得人天供養以贍後世兒孫即如茲剎建立艱難纖塵滴水皆信心之膏血一思及此身毛皆豎雖粒米莖菜皆金剛屑何忍不懼泥犁妄造黑業乎後之居此者但求明信因果不昧初心精持三學守奉經律念念以生死大事爲懷又何庸別求佛法哉是爲記

新安仰山寶誌公畫像感應記

新安四塞山奇秀甲東南而仰山特幽勝乃梁開山爲寶誌公道場顯名于唐寂禪師久廢無聞焉里俗素不知佛特奉誌公甚嚴凡禱雨祈嗣災祥求之立應故崇祀不絕隆慶初守靜暄公習頭陀行精苦異常遠近皆化原中巨姓聚族而謀請公興復仰山公從之及入山則見故址墮草莽荆榛中而區內山場皆歸有力者公乃先募衆姓山下田以易其地率弟子性玉性覺棲風沐雨披草萊翦荆棘而爲之不十餘年撤舊鼎新遂成一大道場如天降地涌四境之內人人知有三寶

矣寺既成父老相傳有誌公畫像三幅流落民間不知其所萬曆辛丑金陵報恩修舍利塔匠氏得於金頂寶缾中乃梁張僧繇手筆卷而懷歸其人乃新安績溪李氏也有三子各分其一未幾李卒仲季二子日就貧知誌公道場在仰山遂獻之玉覺二公得之以爲神物久之伯子家火速戒家人棄像而搶劵及撿之像存而劵燬如是者三遂怪以爲鬼物越數年伯子遠行歸涂失道誤至山下菴所時僧俱赴齋而靜光禪人獨留頃之一客揖而問路光指之客感而問其名報曰靜光客愕然光不知其故遲數日衆赴齋光又後頃之前客至光與之坐客曰先人爲石工修報恩塔得誌公大士畫像三幅分兄弟三人前兩弟者已歸上刹矣小子所藏者家三被火棄之而不燬以是知非我所宜有也今送師將與前二合併耳光受而展之則見額載武帝敕賜大士弟子靜光供養者因知其人前所愕者怪其名同也泰昌改元嘉平月靜光來匡山授戒具悉其因緣予聞而甚異之惟大士應身無量然皆一過而化獨現誌公比丘身久而益著初武帝命張僧繇寫大士眞屢易不肖大士以指劃破面皮現觀音大士相乃知其爲化身也傳載存日多往來于潛山太湖之間然未聞在仰山也大士入滅武帝以二瓮缸爲龕葬于鍾山之陽我聖祖定鼎建康親卜壽宮于山中上自定之啓土得瓮龕開視見肉身如生叉髮長滿手託一板題曰梁寶誌公聖祖大異之乃移葬于山東之靈谷建塔寺以奉之立像于城中雞鳴

寺設春秋祭祀以麪爲犧牲太常典禮至今如一日不謂於仰山荒榛荆棘中放光現瑞足見至人應化無方神妙而不測也予循覽三像因緣前二像其一乃生前封號敕其一乃身後武帝讚必僧繇手筆其後一額有金字敕載大士滅後武帝思之乃賜銀十萬八千兩命工部侍郎吳世良同聖師弟子靜光造殿安奉乃命刻殿式及武帝御臨上香并大士爲諸臣説戒三圖合一板成止許印二幅其一留宫中供養一賜大士之弟子靜光禪師復賜田若干未載其地是則三像元非一處也然梁至國初已千餘年所存不一而仰山父老何從聞而知之耶此其可怪一也况千百年間更朝换代兵火離亂不知其幾公府民業遞散不常何三像竟歸天府毫無虧損此二也報恩塔建于永樂宣德間内藏豈無他寶而以三像置于空中且像既歸塔頂仰山父老何從而知之乃傳言于今日耶此其三也然像安塔頂無復再見人間之理何仰山重興之時適當修塔之日此其四也縱像從塔出藉使一落他人之手則仰山何望焉豈期石工爲郡人此其五也雖像集新安二子縱歸山中而伯氏不遭三災亦竟無合併之日矣此其六也且像始于大士生前身後而歸亦如次道場成而圖乃現藉使靜光之名不同亦無以發伯氏之信心此其七也故予聞而甚異之感歎無已以見至人潛形益物法身湛然徧十方而不分經三災而不壞歷千古而不泯常住於蒼崖石壁以發蔑戾之善根新安佛刹特興于仰山僧寶始

現瞳公而誌公畫像完歸則在玉覺二公及靜光諸孫梵剎重新之日孰非我大士法身常住慈悲威神攝受之力也哉予故委記之以示永久使觀者因三像因緣知大士感應之妙庶有以發信心而續慧命也

廣東光孝禪寺重興六祖戒壇碑銘并序

佛法入中國教自白馬西來從陸而至雒陽禪從重溟由水而至五羊豈以性海一脉潛流于大地耶自晉耶舍尊者乘番舶抵仙城建梵剎種訶子成林故號訶林宋求那䟦陀攜楞伽四卷至止訶林立戒壇于林中讖曰後有肉身大士于此授戒梁普通間梵師智藥三藏攜菩提樹植于壇側記曰百七十年有大智人于此出家及我六祖大師出黄梅衣鉢剃髮菩提樹下實應其讖遂從智光律師登䟦陀壇受滿分戒乃歸曹溪禪宗實自此發原也戒為成佛之本大師開化于曹溪則以戒壇為根本地弟子往來于其中故今寺僧皆從衣鉢中出千百年來香燈供奉如生造化密移世道不古久之僧不知有戒人不知有壇清淨覺地化為狐堀歲月更歷幾易其主矣萬曆丙申春予蒙恩從海外開法于壘壁間樹下弟子通炯超逸數十輩皆從受教博士弟子亦多歸焉越七年壬寅諸弟子相聚而歎曰戒壇乃吾祖師根本地奈何湮沒蕪穢忍坐視乎炯逸募資鳩材居士王安舜等相率而謀贖壇基一隅不期年而落成予去五羊越八年逸老匡山炯逸從遊未離猶然依棲樹下時也一日二子作禮請曰戒壇因緣賴師始終之師老矣願惠一言以

記之予爲之言曰法性海中本無出没常寂光土安有去來人世變遷任運佛國淨穢隨心所謂道在人弘法因機感此千載一時起廢光前自有不期而會者矣安知今之興者詎非在昔之人後之來者寧無今日之衆耶此佛種從緣塵劫不昧燈燈相續而無盡者也乃爲銘曰

大海潛流四天下地禪宗一脈自南而至爰有至人訶林肇開戒壇刱立待聖人來菩提無樹根栽于戒佛種從緣枝葉是賴百七十年符讖不虛從獵隊出培此根株袈裟出現須髮自落堂堂應真光明透脫法雷一震法雨霶霈流潤大千重長枝柯覆蔭旣繁集者益盛聖凡不分龍蛇乃混枝柯旣枇根本不固故金剛地棲此狐兔大運循環無往不復昔人適來還我故物寶掌一開取如探囊法幢重建斯道用光葉落歸根來時無口實我祖師將心自剖此壇旣復如出礦金盡未來際將傳此心虛空可殞心光不昧惟此道場如是如是

武昌府雙峰接待寺大光月公道行碑記

楚爲漢南一大都會當天下之衝方外缾錫往來四大名山之所必由向無息景之地則長塗困頓風雨饑寒孰過而問焉非月公以身命布施則曷能爲此傳舍哉公諱真月晉之汾陽人也姓燕氏父維時母宋氏感異兆而娠年三十頓棄妻子出遊方外先至武當參不二和尚開示念佛法門遂薙髮詔名真月執侍未久即入終南百草坪巖居菜羹飲

水面壁九年未有所悟入尋出山行脚徧歷諸方叅請知識者二十二年復之伏牛煉魔場打長七三月至是心有發明乃乞印證諸方萬曆乙未至襄陽潭溪遇無聞和尚心相契可以大光字之時歸依焉公自以爲行不踐實仍打餓七者三不米食者期年已而隨師禮普陀歲丁酉至武昌因見十方衲子往來無所棲泊遂志建接待處乃持鉢行乞至東郭雙峰之下有古刹盡廢唯白衣大士像壅泥土中公悲痛良久即稱名祈禱願興復焉于是坐荒榛中不食者二七日絶而復蘇復水齋百日人見其精誠無不警動公律已甚嚴自甘淡薄粒米莖菜與衆同之接納無倦出入施利因果皎然毫髮無爽一方檀越日益信重不十年間遂成叢林予丙辰夏自南岳之雙徑舟次江上見其爲人端嚴誠慤信其爲四衆依歸也予嘗閱華嚴知菩薩利生行非一種率以廣大深心視物同已以身爲大地荷負衆生以身爲橋梁濟渡衆生乃至頭目髓腦而無悋惜雖百千劫而無疲厭始而驚異終則信其爲眞實行也原夫衆生所以常寢生死者以其有我而爲障也菩薩度生須先度我我度而衆生自度矣我人既空則衆生界盡衆生界盡則煩惱業果何從而寄耶成就妙行無踰此也一切聖凡因果依心建立隨願所成心空願固則應念現前淨土莊嚴本非分外故如公者始以如絲一命以願繫之而竟成如許廣大佛事豈非從空建立由是觀之則此有作幻化因緣又何足以盡法界之量耶雖然嘗一滴以知大海

睹一隙以見太虛由是有以知公矣因感公之行遂記之以勸貞石爲法門將來者勸

都昌縣重興佛殿山長慶寺記

都昌治東七十里許有山名佛殿奇絕處也有寺名長慶剏始于唐長慶稜禪師過化于此遂爲名剎相沿至胡元燬于兵久廢爲民業我明萬曆己酉有僧名性念者遊方至此睹其山境清絕發心重興比有塘西劉氏捨其基園洎棠山劉氏施材鳩工始剏蘭若爲藏修所越四年壬子念請達觀禪師之法孫古愚拙公遂禮爲師公竭志重建卽率其徒性聽等苦心戮力募化資佐頂之拙公之父與其弟素業儒一旦發出世心盡捨其家資數百金以助莊嚴遂成道場佛殿禪堂齋廚山門無不畢備旣而公之父弟俱剃髮披緇父名本能字學南弟名大哲字安行相與精修白業而歸依拙公者日亦至若性愍悠感忠懋忞想等皆其徒也咸有力焉寺成予至匡山拙公來叅問法要仍樂單棲誅茅結廬于五老峰下獅子巖望五乳眉目間也以不時得扣謁焉一日拈香作禮具述因緣乞予爲記予喟然歎曰法界皆從緣起也故曰一切諸法緣會而生緣會而生則未生無有未生無有則生本無也世出世法莫不皆然是知大地山河皆一眞法界處處無非道場唯在緣之會不會耳茲山當長慶未至時奇峰絕壑唯草木蒙茸猿鶴嘯唳蛇虎縱橫而已及長慶一過遂卽建法幢使見聞瞻禮頓發無上菩提之心向之山林草木一切音聲皆爲廣長舌相演說無生無二佛法矣及緣散

而滅猶然長慶未至時也今此道場之興𠜂始由于性念緣會由于拙公克成則實資于學南父子一家際會豈小緣哉經云想澄成國土今之興者施者助者居間而效力者苟非同一金剛心地安能頓成不朽之勝事使山林草木同放光明超越前修而若是耶後之居者守者能知建立之心一草一葉盡爲金剛種子則此山此地松聲泉響皆演法音永爲菩提道塲晨鐘夕梵永祝聖壽無疆矣如是建立又豈可人天有漏而擬議耶因述其始末因緣以貽來者

吳江接待寺十方常住記

雜華云毘盧遮那徧法界身以智悲行而爲莊嚴我震旦五臺峨嵋補陀三山爲三大士攝化地舉國男女之有知者靡不歸心爲實所其南海又近而易至者是以十方僧徒往來繩繩不絕如縷而中塗疲乏非化城暫息無以濟其飢渴勞苦此接待之設尤爲第一最勝行也吳江爲南北孔道津口接待寺適當其衝寺建于宋紹熙間僧寂照開山額承天萬壽元至正間僧正壽增修改名接待萬曆初僧了空重開接待院尚書五臺陸公中丞太素沈公善士吳氏等捐資建禪堂立永遠十方常住了空後得無邊海公繼之至庚戌海遷化邑縉紳居士延念雲勤公居之勤乃達觀禪師之法孫密藏開公之上首也以禪師久過化于此法緣最熟勤公立行端確不忝其嗣一方雅重之叢林日益振念法門之老者無所歸乃設養老延壽二堂建普同塔此爲最勝悲行也諸護法者爲久遠議設

長生田歲計三百六十畝于是寺有恒產以供來者緣既具勤公走書乞予以記之曰自古叢林非建立之難而守業之爲難也以佛教菩薩專以利他爲任故百丈立清規凡在伽藍衆僧之物秋毫皆爲十方常住設非若世俗子孫之業比其戒亦何森嚴也乃曰十方僧物幾如鴆毒纔沾著則通身潰爛極言其不可輕易染指也粒米莖菜尚不敢私况其多乎以乞者初心元爲衆僧而施者發心本爲福田種子佛說食者苟非良田則不免復身疇償之苦况以養貪毒滋泥犁之業乎此因果皎然之不爽者可不爲之寒心乎惟此道場之建立也苟勤公之心不普必不能成此業後之守者非若勤公之心必不能繼其緒若果潔已盡力以奉佛戒則使往來雲水飢者食勞者息病者安老者佚死者歸豈不爲永永福田爲苦海之津梁乎若明察秋毫不昧因果則爲文殊之大智守之勿失行之無倦則爲普賢之大行利濟無窮悲田益廣則爲觀音之大悲三者具足爲因圓滿毘盧法身之果是則成佛妙行無越于是矣又何庸登山涉水廣參知識別求玄妙佛法乎予昔東遊弔達師信宿其地且知勤公之操心立行歎此功德最勝故詳爲之記

普度菴記

番禺之東南沙灣宋丞相李忠簡公之故里也居族最鉅煙火萬餘家居士李宜楨字彥周幼業儒懷材不售每念人生虛幻徒碌碌耳思所以求出苦之方發心向道歸依三寶見龍舒淨土文歎曰此迷方指南也隨得雲

棲彌陀疏披閱再三益諦信不疑即發願長齋繡佛屛絶家緣專修淨業三年于兹矣因思法門廣大以普度爲心建精藍一所奉觀音大士像顏曰普度願同里長幼各各發隨喜心同結出苦之緣非漫爾也予初至曹溪居士遠來參禮請爲之記予聞而讚曰善哉廣大之心也惟此佛性聖凡同禀蠢動含靈皆共有之第迷之不覺日用而不知將此佛性變爲妄想造貪瞋癡恣殺盜淫妄種種惡業自取三塗惡道之劇苦百千萬劫無由出離且如殺他生命取其血肉以資口腹即一食之間一器之内傷百千命若計酬償因果不爽其一日之業已招百千萬生之苦矣何況一生所作耶殺業一種已無涯矣況多業乎積業既深且廣是爲苦海苟無舟航濟度何由而至彼岸耶誠可哀矣是以諸佛菩薩悲愍愚迷出于世間現種種身而爲度脱我觀音大士三十二應隨類現身應以何身度即現其身而爲說法令其出苦由是觀之居士之心即大士之心以慈悲而度衆生即大士之應身也此方居人不下十餘萬儻因此菴而得度脱即佛法化一里由此擴而充之連鄉比邑至于通都將周一國以及天下若使人人改惡遷善皆爲極樂國土矣則此普度之設如陽春一葉耳人同此心凡見聞隨喜者豈不躍然從之耶此亦一大事因緣也是爲記

寧都金蓮菴記

章貢之寧邑當三省都會山水奥區去邑之西四十里有山最高者曰蓮華峰逶迤而下

突起一巒曰寶峰林木蓊鬱清泉繞帶千峰環翠居然最勝處也其地高敞先是父老傳聞忽生金蓮數朶知可爲道場萬曆丁未了此曉公愛其幽寂因建蘭若于上額曰金蓮公一日感病恍然如夢忽見地獄種種變相頃即化爲西方淨土境覺而歎曰天宫地獄善惡隨心感變耳因而發大誓願切志修持專心持誦華嚴大經日夜精勤無倦由是一方感化予居匡廬之四年庚申冬公同難名道公來謁乞一言以紀其事予謂之曰山河大地觸目道場淨土娑婆隨心轉變故古人拈一莖即建梵刹況修崇殿宇僧坊種種具足者乎此實從金剛心之所建立也然既能以一心變荆棘而成寶坊亦可以變道場而爲業海若後之守者能體作者之心於中精勤三業專淨一心則是其地堅固金剛所成永永常住不動不壞若以安居如意四事現成縱放身心貪緣俗業以致外侮見侵損壞常住者是以袈裟換毛角以寶地易泥犁可不懼哉了此俗姓廖氏爲邑之望族十八出家法名如曉其弟子某等併記之

揚州府興教寺放生社建接引佛閣

維揚東南一大都會也法門之椒自晉謝安捨宅爲寺延覺賢尊者譯華嚴經故名小興嚴比尊者翻譯時感二童子日送水問之曰龍孫也由是道場始開相沿時代改名興教嘉隆間我先師無極和尚弘法於江南四方學者多往來首座寶堂璋公挂錫于此璋法孫靈喬燈公往受業于先法兄雪浪之門精修白業一時鄉薦紳先生雅重之由是引攝

于慈悲之行結念佛放生社以月八日爲期建接引佛閣以示歸心有地冀且垂化于永久也乞予爲記予聞而讚歎曰此吾佛所說自利利他最勝之行也聞之佛者覺也即吾人本有知覺之性上與諸佛下及衆生均賦而同稟者裴休曰血氣之屬必有知凡有知者必同體所謂眞淨妙明虛徹靈通卓然而獨存者也此性不迷而爲佛迷之而爲人顛倒而爲物惟吾佛證此愍物迷之特現世間普爲開示使令悟入方便多門唯念佛最爲簡捷然念佛非他乃呼自性天眞之佛也一念覺而一念佛念念覺則念念佛若常覺不昧則爲常住佛矣自利之功無越此者然而自既覺矣愍物更迷若夫飛潛蠢蝡何能使其自覺耶故推我同體之悲以拔之仗佛眞慈以攝之故念多佛以放多生然放一生即成一佛是則頓使胎卵濕化無量無數無邊衆生皆悉入于無餘涅槃實無有一衆生得滅度者如此豈不爲最勝二利之行耶是則以我之願仰憑佛力故設接引之像建閣以奉之令見聞隨喜者一瞻一禮興起普濟之心則同體之悲益廣而成佛之眞種益深如是功德豈可得而思議耶是爲記

高郵州北海臺菴接待十方常住記

惟三大士現身十方普度衆生無處不徧在我震旦國中以三大名山爲法身常住道場而峨眉僻處西蜀遠在一隅唯五臺普陀對峙南北爲十方衆僧之所歸宿往來道路不絶如縷當淮揚之衝高郵之間運河之畔縣絶中塗雲水所過足無停景路長人倦日莫

塗窮風晨雨夕躡雪履冰有漏之軀飢渴所逼形骸所苦者不可勝紀行脚之無告者非一人一日也有居士陸賫者發心建接待菴一座爲暫息之所慮供贍無恒募衆置田百八十畝取所獲以充鉢盂于是來往緇流勞者得息飢者得食渴者得飲故至者如歸家想此人間世第一殊勝福田也予逸老匡山居士來歸乞爲之記予欣然爲之言曰一切衆生皆執我相唯以利巳爲心雖草芥縷紵視如九鼎靡不爲子孫計孰能存一念利濟之心乎惟吾佛説菩薩大心純以利他爲任所行六度以布施爲第一其所施有内外竭盡三等之別外則資財内則身命竭盡則無遺餘此非無我之至孰能爲之方今末法衆生薄福慳貪日重此行爲難有能一念推及於此者則爲大心菩薩矣予謂三等之施皆一心也以衆生視財爲命故捨財即捨命苟貪心不竭則一毛難拔捨心纔發則爲竭盡無遺矣然心佛與衆生是三無差別故一念捨心則書法界之量而爲成佛之體能令受者一念歡喜之心亦入法界是則此心與佛及衆生界皆平等矣所以施爲成佛之本也苟能以此捨心利物念念不斷則念念中與一切衆生皆成佛之時大經云我今于一切衆生心中成等正覺謂是故也故菩薩萬行攝于六度又以施爲總持以其心大而難能故德廣而益大所以文殊之智普賢之行觀音之悲皆與法界等者蓋推無我之心之極致也是則此菴雖小足含法界即三大士常住此中而福田利益豈可得而思議哉故予

諮居士之名福田志其行也是爲記

憨山大師夢遊全集卷第二十六

音釋

圮普弭切覆也 汊丑亞切 蹲音存踞也 捍音翰衛也抵也 輷鍠上同轟下音橫 錕音昆 鋙音吾 搶七兩切爭取也 遞音第傳遞也 暄呼淵切日暖也溫也 舶音白海中大船 愨乞約切 鴆直禁切毒鳥 黌音橫學舍

憨山大師夢遊全集卷第二十七

侍者福善日錄　門人通炯編輯

塔銘

徑山達觀可禪師塔銘

夫大地生死顛瞑長夜情關固閉識鎖難開有能蹶起一擊碎之掉臂獨往者自非雄猛丈夫具超世之量者未易及也歷觀傳燈諸老咸其人哉余今於達觀禪師見之矣師諱眞可字達觀晚號紫栢門人稱尊者重法故也其先句曲人父沈連世居吳江太湖之灘缺師其季子也母夢異人授以附葉大鮮桃寤而香滿室遂有娠師生五歲不語有異僧過其門摩頂謂其父曰此兒出家當爲人天師言訖忽不見師遂能語先時見巨人跡下於庭自是不復見髫年性雄猛慷慨激烈貌偉不群弱不好弄生不喜見婦人浴不許先一日姊誤前就浴師大怒自後至親戚婦女無敢近者長志日益大父母不能拘嘗有詩曰屠狗雄心未易消蓋實録也年十七方杖劒遠遊塞上行至蘇州閶門游市中天大雨値虎邱僧明覺相顧盼壯其貌因以傘蔽之遂同歸寺具晚飡驩甚聞僧夜誦八十八佛名心大快悅侵晨入覺室曰吾兩人有大寶何以汚在此中耶解腰纏十餘金授覺令設齋請剃髮遂禮覺爲師是夜即兀坐達旦每私語三嘆曰視之無肉喫之有味覺欲化鐵萬斤造大鐘師曰吾助之遂往平湖巨室門外趺坐主人進食師不食主問何所須師曰化鐵萬斤造大鐘有即受食主人立出鐵萬斤於門外師笑食畢徑載回虎邱歸即閉戶

讀書年半不越閫見僧有飲酒茹葷者師曰出家兒如此可殺也僧咸畏憚之年二十從講師受具戒常至常熟遇相國嚴養齋翁識爲奇器留月餘之嘉興東塔寺見僧書華嚴經跪看良久嘆曰吾輩能此足矣遂之武塘景德寺掩關三年復回吳門辭覺曰吾當去行脚諸方歷叅知識究明大事遂策杖去一日聞僧誦張拙見道偈至斷除妄想重增病趨向眞如亦是邪師曰錯也當云方無病不是邪僧云你錯他不錯師大疑之到處書二語於壁間疑至頭俱面腫一日齋次忽悟頭面立消自是凌躒諸方嘗曰使我在臨濟德山座下一掌便醒安用如何如何過匡山窮相宗奧義一日行二十里足痛師以石砥脚底至日行二百里乃止遊五臺至峭壁空巖有老宿孤坐師作禮因問一念未生時如何宿豎一指又問既生後如何宿展兩手師於言下領旨尋跡之失其處至京師叅徧融大老融問從何來曰江南來又問來此作麽曰習講又問習講作麽曰貫通經旨代佛揚化融曰你須清淨說法師曰只今不染一塵融命褫師直裰施傍僧顧謂師曰脫了一層還一層師笑領之遂留掛搭知識笑巖法主暹理諸大老師皆及門去九年復歸虎丘省覺乃之淞江掩關百日之吳縣聊城傅君光宅爲縣令其子利根命禮師子不懌子一日擲二花問師云是一是二師曰是一子開手曰此花是二師何言一師曰我言其本汝言其末子遂作禮之天池遇管公東滇聞其語深器之師因拈薔薇一蒂二花問公公曰此花

同本生也師分爲二復問公公無語因罰齋一供遂相與莫逆時上御極之三年大千潤公開堂於少林師結友巢林介如輩徃叅叩及至見上堂講公案以口耳爲心印以帕子爲眞傳師耻之嘆曰西來意固如是邪遂不入衆尋即南還至嘉禾見太宰陸五臺翁心大相契先是有密藏道開者南昌人棄青衿出家披剃於南海聞師風徃歸之師知爲法器留爲侍者郡城楞嚴寺爲長水疏經處久廢有力者侵爲園亭師有詩弔之曰明月一輪簾外冷夜深曾照坐禪人志欲恢復乃囑開公任恢復之事而屬太宰爲護法太宰公弟雲臺公施建禪堂五楹既成請師題其柱師爲聯語曰若不究心坐禪徒增業苦如能護念罵佛猶益眞修遂引錐刺臂流血盈碗書之自是接納徃來後二十餘年太守槐亭蔡公始克修復蓋師願力所持也師見象季法道陵遲惟以弘法利生爲家務念大藏卷帙重多遐方僻陬有終不聞佛法名字者欲刻方册易爲流通普使見聞作金剛種子即有謗者罪當自代遂與太宰公及司成馮公夢禎廷尉曾公同亨冏卿瞿公汝稷等定議命開公董其事萬曆己丑創刻於五臺居四年以氷雪苦寒復移於徑山寂照庵工既行開公以病隱去續藏其役者弟子寒灰如奇奇子幻予本及最後弟子澹居鎧也初桐城吳公用先爲儀曹即叅師入室從容及刻藏事師遽曰君與此法有大因緣師化後吳公出長浙藩用馮司成初議修復化城爲徑山下院藏貯經版固吳公信力亦師預識云師

於嘉禾刻藏有成議乃返吳門省得度師覺公覺已還俗以醫名聞師來慴甚師僞爲賈人裝僵卧小舟中請覺診視覺見師大驚師涕泣曰爾何迷至此耶今且奈何覺曰唯命是聽師立命剃髮載去覺慚服願執弟子禮親近之師來之日覺夕飡飯盂忽墮地迸裂其誠感如此師初過吳江沈周二氏聚族而歸之至曲阿金沙賀孫于王四氏合族歸禮師於于園書法華經以報二親顔書經處曰墨光亭今在焉聞妙峯師建鐵塔於蘆芽乃送經安置塔中且與計藏事復之都門乃訪予於東海萬曆丙戌秋七月也予以五臺因緣有聞於內遴名於東海那羅延窟慈聖皇太后爲保聖躬延國祚印施大藏十五部皇上頒降海內名山首及東海予以謝恩入長安師攜開公走海上至膠西秋水泛漲衆度必不能渡師解衣先涉疾呼衆水已及肩師躍然而前既渡顧謂弟子曰死生關頭須直過爲得耳衆心欽服予在長安聞之亟促裝歸兼程至即墨師已出山在脚院詰朝將長發是夜一見大歡笑明發請還山留旬日心相印契師即以予爲知言許生平矣師返都門訪石經山禮隋琬公塔念琬公慮三災劫壞正法漸滅創刻石藏經藏於巖洞感其護法深心淚下如雨琬公塔院地已歸豪右矢復之而未果乃決策西遊峩眉由三晉歷關中跨棧道至蜀禮普賢大士順流下瞿塘過荊襄登太和至匡廬尋歸宗故址唯古松一株寺僧售米五斗匠石將伐之丐者憐而乞米贖之以存寺蹟師聞而興感樹根爲樵斧

剎斲勢將折師砌石填土咒願復生以卜寺重興兆後樹日長寺竟復其願力固如此江州孝廉邢懋學延居長松館師爲說法語名長松茹退鄒給諫爾瞻丁大叅勺原留駐錫匡山未果遂行過安慶阮君自華請遊皖公山馬祖庵師喜其境超絶屬建梵剎江陰居士趙我聞謁請出家遂薙髮於山中師諾名曰法鎧所謂最後弟子也師復北遊至潭柘慈聖聖母聞師至命近侍陳儒致齋供特賜紫伽黎師固讓曰自慚貧骨難披紫施與高人福倍增儒隨師過雲居禮石經於雷音寺啓石室佛座下得金函貯佛舍利三枚光燭巖壑因請舍利入内供三日出帑金重藏於石窟以聖母齋襯餘金贖琬公塔遂拉予偕往瞻禮屬予作記回寓慈壽同居西郊園中對談四十晝夜目不交睫信爲生平至快事徧融老已入滅爲文弔之有嗣德不嗣法之語師在潭柘居常禮佛後方食一日客至誤先舉一食乃對知事曰今日有犯戒者命爾痛責三十棒輕則倍之知事愕不知爲誰頭師授杖自伏地於佛前受責如數兩股如墨乃云衆生無始習氣如油入麪牢不可破茍折情不痛未易調伏也師與予計修我朝傳燈録予以禪宗凋敝與師約往濬曹溪以開法脉師先至匡山以待癸巳秋七月也越三年乙未予供奉聖母賜大藏經建海印寺成以別緣觸聖怒詔逮下獄鞫無他辭蒙恩免死遣戍雷陽毀其寺師在匡山聞報許誦法華經百部冀祐不死即往探曹溪回將赴都下救予聞予南放遂待於江滸是年十一月

會師於下關旅泊庵師執予手嘆曰公以死荷負大法古人爲法有程嬰公孫杵臼之心我何人哉公不生還吾不有生日予慰之再三瀕行師囑曰吾他日即先公死後事屬公遂長別予度嶺之五年庚子上以三殿工權礦稅中使者駐湖口南康太守吳寶秀劾奏被逮其夫人哀憤以繯死師在匡山聞之曰時事至此其如世道何遂策杖赴都門吳入獄師多方調護授以毘舍浮佛半偈囑誦滿十萬當出獄吳持至八萬蒙上意解得末減師以予未歸初服每嘆曰法門無人矣若坐視法幢之摧則紹隆三寶者當於何處用心耶老憨不歸則我出世一大負礦稅不止則我救世一大負傳燈未續則我慧命一大負若釋此三負當不復走王舍城矣癸卯秋予在曹溪飛書屬門人計偕者招師入山中報書亘云捨此一具貧骨居無何忽妖書發震動中外忌者乘間劾師師竟以是罹難先是聖上以輪王乘願力敬重大法手書金剛般若偶汗下漬紙疑當更易遣近侍曹公質於師師以偈進曰御汗一滴萬世津梁無窮法藏從此放光上覽之大悅由是注意適見章奏意甚憐之在法不能免因逮及旨下云着審而已金吾訊鞫但以三負事對絕無他辭送司寇時執政欲死師師聞之曰世法如此久住何爲乃索浴罷囑侍者小道人性田曰吾去矣幸謝江南諸護法道人哭師叱之曰爾侍予二十年仍作這般去就耶乃說偈訖端坐安然而逝御史曹公學程以建言逮繫問道於師師聞之急趨至撫之曰師去得好師

復開目微笑而別癸卯十二月十七日也師生於癸卯六月十二日世壽六十有一法臘四十有奇師生平行履疑信相半即此末後快便一著上下聞之無不歎服於戲師於死生視四大如脫敝屣何法所致哉師常以毘舍浮佛偈示人予問曰師亦持否師曰吾持二十餘年巳熟句半若熟兩句吾於死生無慮矣豈其驗耶師化後待命六日顏色不改及出徙身浮壟於慈慧寺外次年春夏霖雨及秋陸長公西源欲致師肉身南還啓之安然不動予弟子大義奉師龕至經潞河馬侍御經綸以感師與李卓吾事心最慟因啓龕拂面痛哭之至京口金沙曲阿諸弟子奉歸徑山供寂照庵師臨終有偈云怪來雙徑爲雙樹貝葉如雲日自屯以是故耳時甲辰秋九月也越十一年乙卯弟子塟師全身於雙徑山後司成朱公國禎禮師塔知有水囑弟子法鎧啟之俗弟子繆希雍相得五峯內大慧塔後開山第二代之左曰文殊臺卜於丙辰十一月十九日荼毘廿三日歸靈骨塔於此予始在行間聞師訃欲親往弔因循一紀未遂本懷頃從南嶽數千里來無意與期會而預定祭日益精神感孚亦奇矣師後事予幸目擊得以少盡心焉於戲師生平行履豈易及哉始自出家即脇不至席四十餘年性剛猛精進律身至嚴近者不寒而慄常露坐不避風霜幼奉母訓不坐闕則盡命立不近閫秉金剛心獨以荷負大法爲懷每見古剎荒廢必至恢復始從楞嚴終至歸宗雲居等重興梵剎一十五所除刻大藏凡古名尊宿

語録若寂音尊者所著諸經論文集及蘇長公易解盡搜出刻行於世性躭山水生平雲行鳥飛一衲無餘無容足地嚴重君親忠孝之大節入佛殿見萬歲牌必致敬閲曆書必加額而後覽偶讀長沙志見忠臣李芾城垂陷不欲死於賊授部將一劍令斬其全家部將慟哭奉命既推刃因復自殺師至此淚迸灑弟子有傍侍者不哭師呵曰當推墮汝於崖下其忠義感激類如此師氣雄體豐面目嚴冷其立心最慈每示弟子必令自參以發其悟直至疑根盡拔而後已接人不以常情爲法求人如蒼鷹攫兎一見即欲生擒故凡入室不契者心愈慈而恨愈深一棒之下只欲頓斷命根故親近者希淒然暖然師實有焉於戲師豈常人哉即其見地直捷穩密

當上追古人其悲願利生弘護三寶是名應身大士有人問師何如人予曰正法可無臨濟德山末法不可無此老也師每慨五家綱宗不振常提此示人予嘗嘆曰綱宗之不振其如慧命何原其曹洞則專主少林潙仰圓相久隱雲門自韓大伯後則難見其人法眼大盛於永明後則流入高麗獨臨濟一派流布寰區至宋大慧中興其道及國初楚石無念諸大老後傳至弘正末有濟關主其門人爲先師雲谷和尚典則尚存五十年來師絃絶響近則蒲團未穩正眼未明遂妄自尊稱臨濟幾十幾代於戲邪魔亂法可不悲乎予以師之見地誠可遠追臨濟上接大慧以前無師派未敢妄推若據堯舜之道傳至孔子孟軻軻死不得其傳至宋濂雒諸儒遥續其

脉以此證之師固不忝爲轉輪眞子矣姑錄大畧以俟後之明眼宗匠續傳燈者采焉以師未出世故無上堂普說示衆諸語但就叅請機緣開示門人輯之有内外集若干卷行於世入室緇白弟子甚多而宰官居士尤衆師生平行履不能具載別有傳乃爲之銘銘曰佛未出世祖未西來擊塗毒鼓誰其人哉鷲嶺拈花少室面壁只道快便翻成狼籍黄梅夜半老盧竊逃誰料嶺南有此獦獠南嶽青原擦膿涕漢多少癡人被他誑賺五家手快如撫舜琴南薰倐至辨者知音兒孫惡辣觸者先亡但放一線其家永昌門户孤單命在一絲有救之者定是嫡兒如漢張良爲韓報仇縱然國破宗祧可求是生吾師如石迸笋出則凌霄孰知其本爲法力戰通身汗血大似李陵空拳不怯身雖陷虜其心不亡千秋之下畢竟歸王師金剛心盡化爲骨逼塞虛空豈在山麓師不知我誰當知師一死一生春在花枝

雲棲蓮池宏大師塔銘

師諱袾宏字佛慧別號蓮池志所歸也俗姓沈氏古杭仁和人世爲名族父德鑑號明齋先生母周氏師生而頴異世味澹如年十七補邑庠試屢冠諸生以學行重一時於科第猶掇之也顧志在出世每書生死事大四字於案頭從遊講藝必折歸佛理業已棲心淨土矣家戒殺生祭必素居常太息曰人命過隙耳浮生幾何吾三十不售定超然長往何終身事齷齪哉前婦張氏生一子殤婦亡即不欲娶母强之議婚湯氏湯貧女齋蔬有富

者欲得師為佳婿陰間之師竟納湯然意不欲成夫婦禮年二十七父喪三十一母喪因涕泣曰親恩罔極正吾報荅時也至是長往之志決矣嘉靖乙丑除日師命湯點茶捧至寮盞裂師笑曰因緣無不散之理明年丙寅訣湯曰恩愛不常生死莫代吾往矣汝自為計湯亦灑然曰君先往吾徐行耳師乃作一筆勾詞竟投性天理和尚祝髮乞昭慶寺無塵玉律師就壇受具居頃即單瓢隻杖遊諸方遍叅知識北遊五臺感文殊放光至伏牛隨衆煉魔入京師叅徧融笑巖二大老皆有開發過東昌忽有悟作偈曰二十年前事可疑三千里外遇何奇焚香擲戟渾如夢魔佛空爭是與非師以母服未闋乃懷木主以遊每食必供居必奉其哀慕如此至金陵瓦官寺病幾絕時即欲就荼毘師微曰吾一息尚存耳乃止病間歸越中多禪期師與會者五終不知隣單姓字隆慶辛未師乞食梵村見雲棲山水幽寂遂有終焉之志山故伏虎禪師刹也楊國柱陳如玉等為結茅三楹以棲之師弔影寒巖曾絕糧七日倚壁危坐而巳村多虎環山四十里歲傷不下數十人居民最苦之師發悲愍為諷經施食虎患遂寧歲亢旱村民乞師禱雨師笑曰吾但知念佛無他術也衆堅請師不得巳出乃擊木魚循田念佛時雨隨注如足所及民異之相與纍纍然挈材木荷鋤钁競發其地得柱礎而指之曰此雲棲寺故物也師福吾村吾願鼎新之以永吾福不日成蘭若外無祟門中無大殿惟禪堂安僧法堂奉經像餘取蔽風雨耳自

此法道大振海內納子歸心遂成叢林師悲末法教網滅裂禪道不明衆生業深垢重以醍醐而貯穢器吾所懼也且佛設三學以化群生戒爲基本基不立定慧何依思行利導必固本根第國制南北戒壇久禁不行予即願振頹綱亦何敢違憲令因令衆半月半月誦梵網戒經及比丘諸戒品由是遠近皆歸師以精嚴律制爲第一行著沙彌要畧具戒便蒙梵網經疏發隱以發明之初師發足叅方從叅究念佛得力至是遂開淨土一門普攝三根極力主張乃著彌陀疏鈔十萬餘言融會事理指歸唯心又憶昔見高峯語録謂自來叅究此事最極精銳無逾此師之純鋼鑄就者向懷之行脚唯時師意併匡山求明而一之更錄古德機緣中喫緊語編之曰禪關策進併刻之以示叅究之訣益顯禪淨雙修不出一心是知師之化權微矣萬曆戊子歲大疫日斃千人太守余公良樞請公詣靈芝寺禳之疫遂止梵村舊有朱橋潮汐衝塌行者病涉余公請師倡造師云欲我爲者無論貧富貴賤人施銀八分而止獨用八者意取坤土以制水也或言工大施微恐難竣事師云心力多則功自不朽不日累千金鳩工築基每下一樁持咒百遍潮汐不至者數日橋竟成昔錢王以萬弩射潮師以一心力當之何術哉師道價日增十方衲子如歸師一以慈接之弟子日集居日隘師意不莊嚴屋宇取安適支閣而已其設清規益肅衆有通堂若精進若老病若十方各別有堂百執事各有寮一一具鎖鑰啟閉以時各有警策語

依期宣說夜有巡警擊板念佛聲傳山谷即倦者眠不安寢不夢布薩羯磨舉功過行賞罰凜若氷霜即佛住祇桓尚有六群擾衆此中無一敢諍而故犯者不盡局百丈規繩而適時捄弊古今叢林未有如今日者具如僧規約及諸警語赫如也極意戒殺生祟放生著文久行於世海内多奉尊之曾講圓覺經於淨慈聽者日數萬指如屏四匝因贖寺前萬工池爲放生池師八十誕辰又增拓之今城中上方長壽兩池歲費計百餘金山中設放生所捄贖飛走諸生物克牣於中衆僧減口以養之歲約費粟二百石亦有警策守者依期往宣白即羽族善鳴噪者聞木魚聲悉寂然而聽宣罷乃鼓翅喧鳴非佛性哉噫佛說孝名爲戒儒呵有養無敬師於物養而敬

且有禮者也非達孝哉師道風日播海内賢豪無論朝野靡不歸心感化若大司馬宋公陶昌太宰陸公光祖宮諭張公元忭司成馮公夢禎究公望齡次第及門問道者以百計皆扣關擊節徵賢大事靡不心折盡入陶鑄監司守相下車伏謁及應豪候叅者無加禮不設饌皆甘糲飯卧敗薦任蜥緣蚊嘬無改容皆忘形屈勢至則空其所有非精誠感物何能至是哉侍郎王公宗沐問夜來老鼠唧唧說盡一部華嚴經師云猫兒突出時如何王無語師自代云走却法師留下講案又書頌曰老鼠唧唧華嚴歷歷奇哉王侍郎却被畜生惑猫兒突出畫堂前床頭說法無消息無消息大方廣佛華嚴經世主妙嚴品第一侍御左公宗郢問念佛得悟否師曰返聞聞

自性性成無上道又何疑返念念自性耶仁和令樊公良樞問心雜亂如何得靜師曰置之一處無事不辦坐中一士曰專格一物是置之一處辦得何事師曰論格物只當依朱子豁然貫通去何事不辦得或問師何不貴前知師云譬如兩人觀琵琶記一人不曾經見一人曾見而預道之畢竟同觀終場能增減一齣否今上慈聖皇太后崇重三寶偶見師放生文甚嘉歎遣內侍賚紫袈裟齋資往供問法要師拜受以偈答之師極意悲幽冥苦趣自習熖口時親設放嘗有見師座上放如來相者葢觀力然也師天性朴實簡淡無緣飾虛懷應物貌温粹弱不勝衣而聲若洪鍾胸無崖岸而守若嚴城禦若堅兵善藏其用文理密察經濟洪纖不遺針芥即晝叢林

日用量施利酌厚薄嚴因果明罪福養老病公衆僧不滲滴水自有叢林以來五十年中未嘗妄用一錢居常數千指不設化主聽其自至稍有盈餘輙散施諸山庫無儲蓄凢設齋外別持金錢作供者隨手散去施衣藥捄貧病畧無虛日偶檢私記近七載中實用五千餘金不屬常住則前此歲歲可知已師生平惜福嘗著三十二條自警垂老自浣濯出溺器亦不勞侍者終身衣布素一麻布幃乃丁母艱時物今尚存他可知已總師之操履以平等大悲攝化一切非佛言不言非佛行不行非佛事不作佛囑末世護持正法者依四安樂行師實以之歷觀從上諸祖單提正令未必盡修萬行若夫即萬行以彰一心即塵勞而見佛性者古今除永明唯師一人而

已先儒稱寂音爲僧中班馬予則謂師爲法門之周孔以荷法即任道也惟師之才足以經世悟足以傳心教足以契機戒足以護法操足以勵世規足以救弊至若慈能與樂悲能拔苦廣運六度何莫而非妙行耶出世始終無一可議者可謂法門得佛之全體大用者也非夫應身大士朗末法之重昏者何能至此哉臨終時預於半月前入城別諸弟子及故舊但曰吾將他往矣還山連下堂具茶湯設供與衆話別云此處吾不住將他往矣中元設盂蘭盆各薦先宗師曰今歲我不與會矣有簿記師容題曰雲棲寺𠫤院僧代爲堂上蓮池和尚追薦沈氏宗親云過後始知其懸記也七月朔晚入堂坐囑大衆曰我言衆不聽我如風中燭燈盡油乾矣只待一撞一跌纔信我也明日要遠行衆留之師作三可惜十可嘆以警衆淞江居士徐琳等五人在寺令侍者送遺囑五本次夜入丈室示微疾瞑目無語城中諸弟子至圍繞師復開目云大衆老實念佛毋捏怪毋壞我規矩衆問誰可主叢林師曰戒行雙全者又問目前師曰姑依戒次言訖面西念佛端然而逝萬曆四十三年七月初四日午時也師生於嘉靖乙未世壽八十有一僧臘五十師自卜寺左嶺下遂全身塔於此其先耦湯氏後師祝髮建孝義庵爲女叢林主先一載而化亦塔於寺外之右山師得度弟子廣孝等爲最初上首其及門授戒得度者不下數千計在家無與焉縉紳士君子及門者亦以千計私淑者無與焉其所著述除經疏餘雜録如竹窻三

筆等二十餘種行於世率皆警發語師素誡弟子貴眞修勿顯異故多靈異不具載嗚呼我聞世尊深念末法衆生難度恐斷慧命靈山會上求護正法者即親蒙授記亦不敢入唯地湧之衆力任之且曰我等末世持經當具大忍力大精進力即有現身此中亦不自言其本泄佛密因但臨終陰有以示之耳觀師之行事潛神密用安忍精進之力豈非地湧之一乎抑自淨土而來乎不然從凡夫地求自利尚不足安能廣行利他護持正法始終無缺者乎予有感而來畧拾師之行事以昭來世其他具諸別傳乃爲之銘曰

三毒熖熾五熱周章孰能藥石頓使清涼慾海橫流波浪滔天誰能濟度駕大法船惟我大師實秉願力放身其中隨宜調適釜斷愛根如獅脫索纔出塵勞便露頭角開淨土門張法界網撈漉三根其赴如響以金剛鎞刮翳眼膜根本不生枝葉自落大冶紅爐慈悲忍力入此陶鎔癡狂頓息毛孔光明通身手眼從無用中法輪常轉若非付囑定是地湧豈屬尋常具大勇猛師從空來亦從空去雖善藏身欲隱彌露鐘鼓交參雲霞綺互塔影高標法身常住

勅賜清涼山竹林寺空印澄法師塔銘

諸佛法身托於文字般若故如來應世獨重持經法師欲其慧命不斷故也爰自白毫斂耀像季弘經則馬鳴龍樹無着天親性相標宗各擅其美及大法東流唯清涼大師濬法界之源綱維教網撈摝人天以其自性宗通而弘四辯之說無礙圓融圭山而下難其人

矣近代遠紹芳規傑然師表者唯我竹林空印澄公大師師諱鎮澄别號空印金臺宛平桑峪李氏子父仲武母吕氏初夢一僧持錫入室覺而遂生幼聰慧不羣爲兒嬉喜佛事蚤有出世志年十五即投禮西山廣應寺引公爲師得度爲沙彌服勤三年登壇受具一江灃西峰深守菴中諸大法師弘教於大都師尋依講肆衆窮性相宗旨融貫華嚴靡不該練如是者十餘年復從小山笑巖二大知識究西來密意妙契心印一時義學推爲上首先是予遊京師法會衆中獨目師當爲法匠既而同妙峰禪師結隱五臺將建無遮法會集海内耆碩囑妙峰力招師果至予大喜爲臺山得人時萬暦壬午歲也法會罷予與妙師分携瀕行不忍與師别夜談連宵力勸師曰時當末運法門寥落撑持者難得其人公慎勿住人間當留心此山深畜利器他時當爲金色主人師問其故予曰昔司馬頭陀相溈山以形與山相稱耳師欣然應諾予即以所居紫霞蘭若居之師住此壁觀三年大有開悟塔院主人大方廣公請修清凉傳隨留講諸經聲光赫奕四方學者日益集未幾與雪峰創獅子窟建萬佛琉璃塔遂成叢林於中講演華嚴大經學者數千指坐寒巖氷雪儼在金剛窟中也聖母皇上爲國祈福注意臺山聞師風雅重之特賜大藏尊經安供尋復命師於都城千佛寺講師自著楞嚴正觀復於慈因寺講演諸經時妙師造千佛銅殿安置大顯通寺上嘉其功行命重修改賜額永明建七處九會道場延諸大法師講演

華嚴以師主第一座會罷師以古竹林寺文殊現身處也廢久復緝所用多出内帑未幾幻出一大道場乃集諸弟子重講華嚴疏一周復修南臺爲文殊化境師自是疲於津梁矣遂謝諸弟子單提末後一著默然兀坐衆有請説法者師曰吾隨幻緣力任大法恒以生死大事爲念今老矣人世幾何學者以究心爲要豈復以播弄唇吻爲得耶爾輩當以此自勉吾將行矣居頃之示微恙危坐三日夜談笑如常中夜寂然而逝萬曆丁巳六月十四日也師生而安重寡言笑律身嚴御衆寛不肅而威説法三十餘年三演華嚴雖登華座萬指圍繞意若無人天厨日至而麄糲自如居嘗專注理觀脇不至席淵沉靜默老無惰容受法弟子以千百計出其門者率皆質樸無浮習益有以師表之其於講演提綱挈要時出新意北方法席之盛稽之前輩無有出其右者所著有楞嚴正觀金剛正眼般若照眞論因明起信攝論永嘉集諸解行於世師生於嘉靖丁未世壽七十有一僧臘五十有奇全身瘞於竹林之左上聞師遷化賜帑金建窣堵波額曰空印大法師應身之塔惟我國初禪講諸師多啟宸衷膺寵渥二百年來未有福德深厚上致眷顧隆恩之若此者豈非曼室應身而來者耶抑清涼之影響耶師得度弟子惟棟等七人受法門人遠清等數百人多能開化一方明年戊午冬法孫方茂門人大謙持師行狀遠來匡山求爲塔上之銘予與師稱法門知已銘捨予孰爲之乃爲銘曰法身無形遇物而彰文字煥發般

若之光故持經者慧命是託了達性空說不可說西天此土代不乏人爰有清涼㬅室化身性海波翻義天星爍法界圓融炳然齊現居金色界據寶華座出廣長舌雜華紛播千載而不適生大師芳規遠紹獅子的兒高踞窟中發大哮吼百獸震驚聞聲奔走雙提性相大開寶藏一雨普滋三根應量名聞九重隆恩眷顧梵剎聿興法幢高豎三十餘年誨人不倦以知見力隨順方便律身精嚴潛神澹泊廻彼狂飈還醇返樸示幻化身人天師表於末法中實爲僧寶塔影撑空法身獨露風動水流圓音彌布千尺寒巖萬年氷雪日月無窮光明不滅

憨山大師夢遊全集卷第二十七

音釋

驩與歡同　瀕與頻同　弮音拳張弓也

憨山大師夢遊全集卷第二十八

侍者福善日錄 門人通炯編輯

新城壽昌無明經禪師塔銘

佛祖之道若太虛空亘古常然非晝夜代謝之可明昧唯得之者若獲如意寶應用無窮其不思議力性自具足禀明於心不假外也從上諸祖莫不皆然何近代寥寥不曰無禪直是無師其果無也予於壽昌禪師見其人矣按狀師諱慧經號無明撫州崇仁裴氏子父某母某氏初產難祖父誦金剛經遂得娩因名經師生而頴異不羣形儀蒼古若逸鶴凌空天性澹然無嗜好九歲入鄉校便問浩然之氣是箇甚麽師異之居恒若無意於人世者年十七遂棄筆硯慨然有向道志年二十偶入居士舍見案頭金剛經閱之輒終卷欣然若獲故物即與士言其意士奇之由是斷葷酒決出世志父母亦聽之蘊空忠禪師説法於廩山遂往依之詢其本名曰慧經執侍三載凡聞所教不違如愚嘗疑金剛經四句偈一日見傅大師頌曰若論四句偈應當不離身師不覺灑然因述偈有遍界放光明之句以是知爲夙習般若熏發也時年二十有四一日閱大藏至宗眼品始知有教外別傳之旨至於五宗差別竊疑之迷悶八閲月若無聞見時以爲患癡乂之有省於是切有叅究志遂辭廩山欲遯迹乃訪峩峯見其林壑幽邃誅茅以居誓不發明大事決不下此山居三年人無知者因閱傳燈見僧問興善如何是道善曰大好山師罔措疑情頓發日夜提撕至忘寢食一日因搬石堅不可舉極

力推之豁然大悟即述偈曰欲淼無上菩提道急急疏通大好山知道始知山不好翻身跳出祖師關因呈廩山山知爲法器師生而孱弱若不勝衣及住山極力砥礪躬自耕作鑿石開田不憚勞苦不事形骸每聞空山境喧乃曰老僧不采無窮遂居不閉門夜獨山行年二十有七向未薙髮人或勸之師曰待具僧相乃爾至是始剃染授具影不出山者二十有四年如一日也邑之寶方乃宋師寶禪師故刹也請師重興乃應命先之廩山掃師塔而後往有倏然三十載忘却來時道之句時師年五十有一萬曆戊戌歲也師住寶方日益增精進力凡作務必以身先形枯骨立不厭其勞不數年百堵維新開田若干佛殿三門堂厨畢具四方衲子聞風而至者日

漸集有僧問師住此山曾見何人師曰揔未行脚僧激之曰豈以一隅而小天下乎師善其言遂荷錫遠遊乃過南海訪雲栖復之中原入少林禮初祖塔問西來單傳之旨尋往京都謁達觀禪師深器重之入五臺淼瑞峯和尚峯門庭孤峻師一見而契乃請益曰某甲於古德公案數則有疑乞師指示峯曰請道師曰臨濟道佛法無多子畢竟是個甚麼峰云向道無多子又是個甚麼師曰玄沙謂靈雲敢保老兄未徹在何處是他未徹處峯云大是玄沙未徹師曰趙州云臺山婆子我爲汝看破了也勘破在甚麼處峰云却是婆子勘破趙州師更請益峯云知是般事便休師作禮遂相印契峯返詰師各以頌答語載別録末後趙州頌云暗藏春色明露秋光有

眼莫鑑縱智難量到家不上長安路一任風花雪月揚峰深肯之觀師語忌十成機貴回互妙叶五位是知洞上宗風由此必振自是師心亦倦遊矣乃返錫寶方始開堂說法以博山來公爲第一座師資雅合簧鼓此道激揚宗旨四方衲子望風而至者益衆戊申邑之壽昌乃西竺禪師所創也久頹衆請師居之舊傳有讖師與竺同鄉同姓咸以師爲竺再來云師住壽昌不攀外援不發化主隨緣任用數年之間所費萬計道場莊嚴煥然鉅麗叢林所宜纖悉畢具不十年間千指圍繞豈師以無作妙力而幻成者耶惟師之生也賦性直質氣柔而志剛心和而行峻雖邊幅不修而容儀端肅嚴霜加日不怒而威衲子一見失其故有隨機善誘各得其宜每遇病

僧必親調藥餌遷化則躬負薪荼毘凡叢林鉅細必自究心不謀而合度不擇淨穢必盡心力而爲之胸次浩然耳目若無所睹聞者迨七旬尚混勞侶耕鑿不息必先出後歸躬率開田三剎歲入可供三百衆故生平佛法未離钁頭邊也四十餘年曾無一息以便自安雖臨廣衆未嘗以師道自居至於應酬偈誦法語川流雲湧誠所謂般若光明如摩尼圓照無思而應者耶自古傳燈諸老雖各具無礙解脫其不疲萬行者獨永明一人然未及其麄若師者可謂道契單傳心融萬法何發强精進之若此耶益王嚮師道德深加褒美因歎曰去聖時遥幸遺此老其見重若此丁巳臘月七日自田中歸語大衆曰吾自此不復砌石矣衆愕然除夕上堂曰今年只有

此時在試問諸人知也無誠語諄諄後云此是老僧最後一着分付大衆切宜珍重戊午元旦三日示微恙遂不食云老僧非病會當行矣大衆環侍欣若平昔衆不安以偈諭之曰人生有受非償莫爲老病死慌七日以偈示博山次第寫寶方壽昌遺囑乃曰古人護惜常住如命根老僧不惜命根爲安常住十四日寫書遠近道俗且勉進道十五日吉水蕭孝廉來叅師開示但看箇萬法歸一勉其力究十六日分付荼毘自作舉火偈命侍者徹宗唱偈舉火次辰取水漱口洗面拭身囑曰不必再浴費常住薪水也誡衆無得效俗孌孝違者非吾弟子乃索筆大書今日分明指示擲筆端坐而逝萬曆戊午正月十有七日未時也荼毘火光五色心燄如蓮花其細辮如竹葉頂骨諸牙不壞餘者其白如玉重如金文五色塟於某建窣堵波師生於嘉靖戊申世壽七十有一僧臘四十有奇得法弟子若干人其上首元來今開法博山其餘守三山常住有三會語錄予嚮聞師風丙辰避暑匡山有門人持師圓相眞者予展之即知師爲格外人而恨未及見也因爲之賛有突出大好山千里遙相見之語博山見之以予爲法門知師之深者乃具述師行狀請爲塔上之銘予痛念禪門寥落向未有以振起者衘絃將絕響矣今師之行履其見地穩密機辨自在不唯法眼圓明一振頹綱而峻節孤風誠足以起末俗至其大精進忍力又當求之古人雖影不出山而聲光遠及豈非尸居龍見淵默雷聲者耶觀其昭然生死實踐可

知因次序其實行乃爲之銘銘曰大道廓然如太虛空聖凡幻葉影落其中即有求者竟不可得擬議思量掉棒打月瞿曇熱亂達磨忙來到頭落得一隻皮鞋建塗毒鼓全彰正令如有擊者喪身失命不用命者時來一擊三日耳聾晴空霹靂身心俱碎魔佛潛蹤摩尼光耀八面虛通惟我壽昌誤中其毒遍身毛孔三昧出没化生死窟作光明聚日用頭頭無處不是提起钁頭似金剛劍煩惱稠林佛祖出現四十餘年墾土掘地瓦礫荆棘純七寶砌身心世界碎爲微塵塵塵佛刹坐卧經行佛法禪道拈向一邊有來問者直指目前如大圓鏡五色齊至不出不入死生遊戲自墮其中未常住世即今便行亦未曾去不信但看草芥纖塵何有一物不是全身青山塔影松風長舌說法音聲常無間歇

九華山無垢蓮公塔銘

公諱性蓮字無垢太平僊源王氏子生而不羣幼喜爲佛事早有出世志初其地佛法未流時諸外道羣聚宣揚其說公每往觀聽一日謂衆曰此夢語也其如生死何因决志出俗年二十有二遂棄妻子破家散産而去之金陵攝山栖霞寺從素庵節法師薙染受具依栖講席習諸經論義置卷嘆曰吾爲生死大事故出家此豈能了大事乎遂棄去復得故鄉之牛頭山誅茆以休刀耕火種專以已躬下事爲念久之未有所入遂棄去至清河謁法堂和尚授以念佛三昧乃深信入尋參遍融老於都下融一見而器之遂留入室久之妙峰和尚開法於蘆芽公特往見大有所

陶冶復歸故鄉之大山四方緇白聞風而至嘆曰吾出家兒豈爲滴水波流把茆遮障此生平乎復棄去誓歷盡名山遍叅善知識多方行脚備嘗辛苦如是者七年偶冬日涉河氷裂作聲墮水寒徹忽然有省乃曰眉元來横鼻元來直渴飲飢飡更有何事於是生平之疑泮然氷釋即歸卓錫於池陽之杉山十方衲子日益至公遂開梵刹以接待爲事至者無他技但精潔粥飯茶湯而已了無禪道佛法觀者諦信不疑九華聖道場地迎公爲叢林主公治已精苦忘身爲衆凡化惡性必委曲方便跪拜周旋甚至詈罵必俟大信而後已時人稱爲常不輕如是幾廿年遠近緇白傾心如佛祖故凡所須未常發一街坊化主應時如響凡足跡所至或一食一宿之所

皆爲道場若池陽之杉山九華之金剛峯觀音山之金堂大山之草庵連嶺之静室金陵之花山餘若秦頭峯婆娑壠岑峰洞白沙山吉祥諸天隨地各建蘭若數十所以修隱静者居之咸有其徒主其業豈非忘身爲物無心而成化者耶丙申仲春二月應衆請於三祖之皖山不數月百廢俱舉遠近風動公復歸九華越明年皖山四衆固請公去公首肯曰去即去矣尚須三日明日偶過九龍訪一菴主四顧欣然乃謂衆曰吾至此山大事畢矣衆不解其意二日示微疾竟終於此全身塔於蘭若之右萬曆丁酉九月三日也公生於甲辰之四月八日世壽五十有四僧臘二十有五公弟子甚衆各領其叢林事其優婆塞就乞佛法者獨邵季公兄弟查汝定蕭伯

穀相與莫逆爲方外死生交公遷化月餘汝定即走嶺南訪余於行間持公行實乞爲銘以余三復感公之操存可謂精於忘巳者也故爲銘曰

忘身爲物如蟲禦木視物爲巳水不洗水物我兩忘不犯鋒芒石人晝舞金烏夜光惟公之身飄若行雲惟公之心止若谷神不來不去誰死誰生九華參天觀者耳聾皖山戔漢聽者眼盲亭亭一塔卓彼虛空覔公行處問取九峯

棲霞影齋珠公塔銘

攝山自梁武開山至唐而盛往諸名德說法其中荒廢久矣嘉靖中五臺陸公遊目慨然屬僧統請先雲谷大師習靜其中嵩山善公重興其寺延素庵法師大開法席海內學者一時雲集座下弟子若干人其上首則影齋珠公也公安陸李氏子生而頴異父敬事三寶公幼從父入寺聞僧誦華嚴經有感遂請出家禮邑之月公爲弟子執事數載有遠遊志乃棄去之金陵棲霞從素庵弟子錫法師受具戒聽講諸經論窮性相宗旨精心教觀十有五年一日向師請問教外別傳之旨師曰此向上事自有師承幻休老人正主法少林汝可往參公遂之少室見休即問如何是向上事休曰五乳峰頭月單傳殿內燈公不契乃請挂搭同衆久參入室一日舉石霜公案有省呈偈曰出門便是草寒林花發春歸早堪笑無足人解行却把須彌橫踏倒休曰聲前一句妙叶潛通刼外眞風幽微綿密從上佛祖授手之事非思量意識可到又非玄

路可通子無以世諦流布也公作禮凡執事四年復歸棲霞自爾心不涉緣跡不入俗日夜精修一心無懈一日無疾索浴更衣儼然而逝萬曆某年某月某日也公世壽幾十幾歲法臘幾十夏得度弟子若干人全身塔於山之某處予少事雲谷大師每過棲霞愛公道骨崚嶒知爲法器竟不負生平得向上巴鼻是豈可以尋常學解束縛死生者同日語哉乃爲之銘曰

山川精英人文斯著道脉潛流雲來壑赴兹攝之靈久蘊其妙爰有哲人鑿開一竅法化斯彰玄風日扇適生珠公高標霞燦教海義龍宗門神駒顧盼千里電捲星馳握向上符執言前幟匿耀韜光深入無際抱道凝神蒼巖翠壁坐脫其中孤光赫奕塔影撑空眞風披拂法身堂堂雲霞出没

耶溪若法師塔銘

公諱志若字耶溪山陰姚氏子母晏氏初禱白衣觀音夢跣足頭陀謂曰吾與汝作獅子兒覺而有娠生而機穎幼喜趺坐念佛父早喪母孀居甫七歲母病日夜悲泣母臨危囑曰汝宿僧也無負本願言訖而逝師以母遺命尋禮會稽華嚴寺賢和尚出家年十七始薙染居常切念生死大事即之牛頭山立志叅究未幾從荆山法師聽法華經於天台即隱山中憤力向上事單棲六載偶觸境有省年二十六聞雪浪恩公開法於南都乃瓢笠而往先從棲霞素庵法師受具遂依雪浪座下執業十有二載研窮諸經論深造玄奧萬曆巳丑檇李郁慧華菴沈司馬岳水部延公

居之庚寅公年三十六陸太宰五臺管僉憲東溟劉柱史子威請講楞嚴於吳門壬辰講法華於杭之靈隱明年講楞伽於淨慈壬寅棲息武林之飛來峰北有永福寺故址廢入民間潘太常贖建佛閣禪堂以成菴居三吳兩浙皆宗公教化隨在到刹開演諸經論者三十餘處會五十餘期稱一代師匠云予與雪浪爲同門兄弟恩兄開法南都公爲上首弟子予聞其夙解有年矣丁巳予以雙徑因緣過吳門晤公於如意觀其蒼然道骨喜法門尚有典刑也及公歸予往弔雲棲抵武林月之九日公先示微疾手予書曰本意追大師歸今予將長往不能待矣囑弟子曰我留最後供必爲獻之明日索浴自起更衣端坐而逝嗚呼公秉夙慧童眞出家即志向上事及有發明力窮教典爲人天師豈非願力然哉生平清節自守應世皭然三衣之外無長物臨終脫然無罣礙葢般若根深人未易察識也嗟予老朽三十餘年慕公止一面且未後不忘非宿緣哉乃叙公行履之槩而爲之銘曰

死生膠固靡不牽纏公何視之如此脫然以般若種生生熏習是故去來全不着力戒月悲華慈雲法雨自利利他潔無塵滓洞契佛心播廣長舌法音經耳功報彌劫嗟哉末法公爲法幢願久住世魔外自降生死去來法身寂滅公實灑然是眞解脫塔倚孤峰松聲不絕日夜圓音熾然常說

雲中普興禪院開山第一代住持古鏡玄公塔銘

日月麗天生盲獲益春回大地幽谷陽生故吾佛世尊法身彌綸凡在有情無不具足雖邊地篾戾苟因緣會遇無不使令入佛知見轉腥羶而為淨土者是在開化之功何如耳予於玄公深有感焉公諱義玄別號古鏡雲中賈氏子父林母李氏生有異徵髫年厭俗禮郡定盛和尚出家志向上事長辭師操方初至京師於萬壽戒壇受具足戒徧禮海內名山參訪知識決策已躬下事有所發明念福慧未圓功行不具中年還鄉廣作佛事結飯僧緣不以數計造滲金像莊嚴佛土繪水陸以拔幽冥修橋梁以濟厲揭建窣堵以標人天跪誦往生咒三十六萬遍以資淨業凡在利益靡不精心竭力以導利多人由是四衆歸依王臣敬仰雲中邊地遍虜民情慓悍以公之教化轉殺機為善種詎非現比丘身說法者耶公體豐厚而性柔和見者欣說景從內典外書無不該涉學富而行高故感代藩國主三世崇重吉陽端惠諸王咸為外護建普興禪院遂為開山第一代住持公生於嘉靖丁亥入滅於萬曆乙巳世壽八十僧臘四十有奇塔於雲中郊外予於丙辰長至月弔紫栢老人於雙徑大都龍華故人月清潭公走書持狀乞銘乃為之銘曰

法身普遍無處不周如月現水清濁同流是故衆生有情皆具善惡雖殊其性不二轉化之機係於善導以水投水不妙自妙是故至人隨處示現若是無緣對面不見倘以妙用入衆生心如月在水愈清愈深能以善化轉彼殺機以無我故知之者希日照中天春回

大地時若至時無處不是公以緣現而以緣滅生滅去來了不可說表剎凌空法身常住是知我公眞機獨露

勅賜龍岡寺大方還禪師塔銘

禪宗傳燈所載皆本五家法脉修短不一其系自有元雪庭禪師揭洞上一宗於少林二十四傳至大章書禪師中興其道今還公爲的嗣也師諱如還字大方別號松谷陝西鳳翔岐山人族李氏父諱鐸母張氏師生於落星里幼喜佛事每至佛寺則如舊居愛戀忘歸蚤入社學肄儒業心不喜每向父母曰兒聞佛教乃出世因志願出家年十七父母不能回其志乃捨禮本郡無踪本公爲師剃染居三載發志操方遠訪知識決擇巳躬下事首叅悅菴喜和尚授具指示向上一路尋入青峰山弔影單棲有所開悟聞大章宗師開堂少林徃求印證嘉靖辛酉謁章於立雪庭遂留依止朝夕入室陶鎔從上機緣乃蒙印可有針頭玊線海底鐵牛日夜辛勤記伊保守之囑由是知洞上宗風五位正偏之旨至是猶未泯也師得法巳腰包一鉢遍遊海內名山回至京師歷諸講肆深窮性相宗旨後至懷慶鄭世子讓國潛修白業聞師至致禮叅請深相印契乃建精舍於龍岡延師晏寂時四方學者聞風遠至萬曆丁亥應大都慈雲菴請舉揚宗旨戊子千佛寺請講諸經日遠萬指庚寅奉聖母慈聖皇太后懿旨於慈壽寺開淨土法門在會者千二百衆欽造鍍金大佛像賜大藏經䕶勅御書大法寶藏四字甲午春請回龍岡創寺安供戊戌秋八月

十有一日先示微恙端然而逝師生於嘉靖戊戌世壽六十有一僧臘四十有奇全身葬於寺之西原師歿後二十二年萬曆巳未弟子海雲走匡廬謁予求塔上之銘予昔晤師於天都慈壽見其孤標凛凛如立雪長松衲子叅請不假辭色拈提宗教必指向上爲極則應機接物純一至誠動止未嘗少怠有先德典刑與予對談旬日夜無不抵掌擊節居恒謂學人憨師當代宗門正眼也予被放嶺外師歸故山時對弟子言有萬里之思故其銘待予有以也予感師爲法門知巳乃爲之銘曰

一花五葉二派五宗門庭施設各擅家風洞上眞源機貴回互玉線金針正偏不住雪老重拈書師繼業至我還公親承骨血海底鐵牛當機印定遇緣即宗全提正令隨方指示明鏡當臺妍媸不隱八字打開二十餘年和泥入水把手爲人渾忘自巳名達九重道光末運法藏自天龍神欽敬忘功罷業休老林泉身心寂滅慧光渾圓幻縁巳盡撒手便行本來不滅又何有生塔鎖龍岡法身常住問末後句天曉不露

廬山千佛寺恭乾敬公塔銘

公諱仁敬字恭乾別號幻識襄陽吳氏子生而不羣髫年有出世志於伏牛山福田寺禮高菴法師祝髮受具聽講經論叅窮性相宗旨日夜無怠者三載於教觀深有信受師曰學者志宜遠大無以管窺蠡測爲自足也遂如京都東園暹理諸大法師皆一時師匠公依講肆盡得其奧義大章宗師開達磨單傳

之旨於少林公盡棄教義復往叅究依棲十餘年歎曰此口耳也道在心證奚事空言哉遂棄去之伏牛煉魔場大爐鞴中放捨身心打長七者三年有所悟入隨遍叅知識以求印證道過金陵守心禪師隱居弘濟操履密行爲一時推重一見大奇之乃爲公曰道在心悟守在靜密登山涉水徒費草鞋錢耳乃留公閉關相與切磋日造深奧盡掃其玄解如是者三年及破關即判然入廬山將結隱以終身焉時萬曆七年巳卯歲也公初入山卜地至金竹坪見其寬衍歎曰此五百人安居處也因與山靈誓願以身命布施於此以結十方衲子緣遂誅茆縛廬弔影居之負舂執役弟子智聯爲之助公得以絕跡者三年明年庚辰達觀可禪師來遊見而異之曰公能安心寂莫如此其所操進當不可量遂爲莫逆盤桓月餘而去歲癸未應黃梅五祖寺之請演法華經又三年乙酉應興國吳公國倫請演楞嚴經彼方素稱剽悍人多感化焉吳公首唱爲建殿堂經營五年歲巳丑三殿禪堂廚庫告成公之南昌募造千葉寶蓮毘盧大像太史定宇鄧公爲唱導功未及半公示微恙遷化萬曆十九年辛卯歲六月初七日也世壽五十有一僧臘三十有奇聯自山中奔赴哀號不欲生鄧公勉以繼志述事卒乃師願乃完大像負師靈骨還山塟於寺後時萬曆丙申某月某日也公得度弟子九人獨聯侍公最久公之願輪有所托焉入滅二十八年歲丁巳諸孫各捐衣鉢建窣堵波請予爲銘銘曰

大道如空無處不通但離質礙靡不包容淵深若海潛流大地有鑿之者必至實際故載道者在乎形器心量若空其道自備我觀我公忘已爲物布心如地其願乃足相彼空山誅茅一把擬覆十方任其來者有願未終賫志而訣有子克家卒振其業梵剎聿興集者雲赴飢飡勞息莫知其故公心常住法身不滅直窮未來石爛海竭塔影高標松聲泉響如是法輪在知音賞

廬山雲中寺敬堂忠公塔銘

佛以無數方便調伏衆生菩薩以種種因緣而求佛道是知爲佛弟子續佛慧命者非特踞華座拈槌竪拂爲向上事即抗志煙霞潛行密用未嘗不以泉響風聲爲廣長舌相也若雲中忠公者豈非白毫光中晏坐山林而求佛道者耶師諱法忠別號敬堂新安歙縣曹氏子母程氏公生而頴異齠年好端坐不與羣兒嬉弱冠厭儒業不喜治生產蚤有出世志年十九遊錢塘靈隱寺遇雲水僧大機和尚即求出家爲剃染執侍三年二十一登壇受具即依講肆久之多所忝承然未自信遂行脚至少林大千潤禪師開堂說法師依之扣單傳之旨未幾走長安謁徧融月心二大老指示心要尋歸五臺予同妙峯禪師居北臺之龍門師訪於氷雪中一見而心相印契乃留居期年萬曆壬午妙師與予別之蘆芽拉師同往尋開叢林諸所創立師有力焉居三載棄去入伏牛火塲調煉三業南還登匡廬愛其幽勝遂誅茅於講經臺居三年復遷五老峰弔影四年一日登覽仰天坪乃匡

山絶頂喜其高勝遂居之單丁數載漸緝屋宇久之衲子亦漸集師手植松十餘萬本蕻成叢林師居恒坦夷無緣飾御衆不立規矩凡細務必以身先至老不倦隨緣自守一衲之外無長物粒米莖菜必與共之視衆如一平等行慈無論智愚賢不肖浸久默化而不自知故來者如歸家侍父母凡出語句慨切痛至聽者無不心領神會是以雖不上堂入室而一衆森嚴儼然一大爐韛盖以身教也予於丁巳歲投老五乳訪師於雲中欣然道故師一日過予連牀夜話屬予撰十方常住記越三年庚申秋示微疾臨終端坐謂其徒曰吾見紅日當空金蓮遍地吾其行矣言訖寂然而逝時七月廿一日也師生於嘉靖辛丑世壽八十法臘六十晚年得度弟子三人

能幻能握皆歛人能撑虔州人握奉師荼毘收靈骨塔瘗於桃花峰下持狀請銘予憮然而嘆曰當師訪予五臺時見師飄然如凌風孤鶴心甚愛其高舉比即堅留且云能同埋此中乎師曰有緣必遂自後別去將謂無復再晤之期豈意垂老同歸且爲述師之生平耶銘曰大道如空萬法體同能善用者遇緣即宗逆順隨宜了無虧欠是在智者種種方便松聲泉響出廣長舌況復當機豈非善說是故至人以身爲教客行全彰事事皆妙壄土掘地搬柴運水大用現前何拘彼此有緣而遇無心而作法法頭頭都成解脫弔影重巖如臨廣衆二十餘年巍巍不動通身毛孔遍布十方有入之者脫體清凉剎建雲中僧來世外粥飯如從香積世界是在吾師無作

妙力用而不藏從空一擲大願未終幻緣消歇掉臂而行了無言說一塔撑空靈跡是寄法身常住盡未來際

宣城華陽山道者法振鐸公塔銘

公諱大鐸字法振宛陵某氏子生而超羣神清韻朗幼從鄉校讀論語至朝聞道夕死可矣乃曰道何物耶聞而可死遂大疑之每每以此問諸先達皆不愜意一日逢行脚僧問曰如何是道僧曰此吾佛氏無上妙道非世之仁義禮智而已也公由是篤信佛道遂禮其僧薙髮時年甫二十其僧囑曰吾非爾師當往叅雲棲公徑造焉得沙彌戒依衆未幾即從雪浪法席叅諸教義居恒求悟自心不得其指復歸雲棲進具戒請益修心之要示以念佛法門以一心不亂爲的旨付禪關策進一書爲叅究之訣公佩服還本郡石瀧巖閉關三年單提一念久之有省復往雲棲求印可遂依衆淘汰數年辭歸本郡之華陽山誅茅以居華陽祖於黃山白嶽縱廣一由旬周環四邑菴當萬山之中最爲幽僻公居之唯種芋栽茶拾橡栗採松花以充食竟絕意人間唯一沙彌智浩執侍焉浩讀楞嚴至徵心處問曰七處徵心皆不可得畢竟心在甚麼處公撫几一下良久問曰會麼浩曰不會乃示二祖公案久之令浩參諸方去公單居焉緇白請公說金剛般若要義公拈凡所有相皆是虛妄若見諸相非相即見如來問衆曰會麼衆曰不會公曰一切有爲法如夢幻泡影如露亦如電應作如是觀乃曰大衆各自珍重吾將行矣即沐浴更衣端坐念佛而

逝時萬曆戊午七月十八日也公生於萬曆甲戌八月二十四日世壽四十有五僧臘二十有八塟於菴之某處智浩恭方歸省公已入寂三年矣浩乃匍匐匡山乞予爲塔上銘予覽狀知公始以聞道可死一言發心頓棄人間世雖親教義不尚名言絶意於空山寂寞之濱單提一念以死生爲大事至其操行孤絶超然似古隱山之流此末法之難能者嗟乎若公之風可使吾徒之貪者廉狂者息躁者靜也又何事踏華座爲説法哉予有感於斯乃爲之銘曰

般若靈根如種在地遇緣而發若時雨溉聞道一言夙習固然偶一觸之應念現前死既可矣復生何戀頓捨世縁入山修煉不事語言單提向上一念孤明吾我俱喪橡栗松花以療形枯浮雲幻化視之若無寂寞空山孤風絶侣莫問其賓者主中主死生不變太虚閃電寂滅空中超情離見撩起便去似不曾來空花翳目野馬塵埃塔影團團霞蒸霧瑣問末後句青山朶朶

比丘性慧塔幢銘

比丘性慧毘陵潘氏子性愛離俗童時聞月珠法師講楞嚴遂發心出家禮守光法師於華山求剃度授以淨土法門專心一志雅修梵行喜看老病心無厭倦習音聲佛事後遇滇南僧性玉結伴遊南海誅茅同居十餘載玉患病頻年慧看侍殷勤如事父母畧無怠容玉竟無恙萬曆巳未同禮匡山授具戒回普陀而玉病復作慧益加調護庚申歲慧感法乳復來省匡山舟次荻港偶微恙遂坐脱

於舟中囑同行三人荼毘於紫沙洲萬曆庚申五月一日也玉聞之乃奔負靈骨歸甦普陀復走匡山具述其因緣乞志之予聞而感之曰詩云兄弟鬩於牆世有骨肉而仇讐者多矣况二姓乎若慈與玉也驀爾相逢以道相親一心莫逆看病十年如一日慈能盡心力於生前玉乃感恩義於身後誠所謂一死一生乃見交情者耶予故次序其事又以啓法門之義當以看病爲第一行也慈生於癸巳年正月十七日世壽二十八歲玉爲滇南昆明徐氏子世業儒故併記之乃爲銘曰

宿具道緣無心而遇形異心同難兄難弟視身若已死生不二出情之情故乃如是骨埋白花心凝實際試問大士果何來去

新安黃山擲鉢菴寓安寄公塔銘

公諱廣寄字寓安衢州開化余氏子生而聰慧有出塵志年十五白父母聽出家投郡張公山無爲法公爲沙彌好學多能博雅游藝恒往來於休婺之間一時士大夫無不器重樂與爲忘年交年二十四嘆曰人生過隙駒耳泛泛若此何以出家爲遂决志遊方参訪知識屢行爲親知羈留不果乃宵遁單瓢隻杖徑造雲棲大師見而器之爲授具戒開示念佛法門曰念佛無他伎倆專在一心不亂公服膺遂以克維那居常刻意精修單持一念謹束三業嚴整威儀調和内外悦可衆心大師一日臨衆曰朝廷設官以稱職爲最豈惟國家叢林亦然梵語維那此云悦衆若寄維那可謂稱職矣由是一衆咸推重之一坐八年以省師歸故山閉關三年萬曆庚戌入

黄山之丞相原誅茅藏修精進自策一念不移若忘人世夕之一方緇白歸信者衆圖南汪公爲結菴以居之一坐十二年偶嬰眞疾竟不言動止如常人莫知之久之疾篤鄉人請醫診視公曰死生如客耳當行即行又何爲乎竟勿藥唯安然端坐如不有身一日召弟子曰吾行矣末後一事汝等識之言訖跏趺而逝時天啓元年辛酉二月二日也初弟子不意公遽化未理龕室乃置坐於几上且恐形變急積薪茶毘值天大雪不能動轉如是者七日遠近緇白聞而破雪奔弔見公顏色如生喜容可掬唇紅不改手軟如綿咸曰此生人也安忍化固止之乃借佛龕收斂供於所整之丈室雪乃止弟子相謂曰此豈末後事耶於是亦不敢火經夏秋炎熱形氣不變意欲奉三年乃瘞明年壬戌三月弟子太守走匡山具白其事且請爲銘予聞而嘆曰吾沙門之行貴眞修實証不在衒名聞立門庭爲得也以公之高明多藝博識廣聞一入法門即盡情屏絶精心爲道如愚若訥居常一念密密綿綿見人不發一語問者唯唯一笑而已至若處同袍忘人我脫畧形骸無不愛而敬之豈非威儀攝生正容悟物無言而説法者耶嗚呼若公之於生死神往形留化臭腐爲神奇豈非戒定熏修精心融貫而然耶即佛祖之金剛不壞常住不朽亦由斯而致否則不崇朝若豚子之食於死母也予於是有感焉乃爲之銘曰

三界萬法爲心所造壞與不壞揔在一竅螢火蚌珠其光雖小亦是精妙圓明之實何況

佛性寶覺明心在我固有豈不甚深戒定所熏金剛種子故舍利羅其叢如蟻既有幻形寧免幻病果縛現存業由前定如公形骸乂而不臭想是其中心光無垢從此精鍊生生不退決定至於金剛之地或焚或存無可不可且待三年再來報我我作此銘非爲公立普告諸人大家努力

憨山大師夢遊全集卷第二十八

音釋

杉音杉 𪘁音嚼 檇遵爲切醉平聲

憨山大師夢遊全集卷第二十九

侍者福善日録　門人通炯編輯

徑山化城寺澹居鎧公塔銘

歴觀古今豪傑之士有戡亂之才而不能降心有拔山之力而不能割愛是知能透情關掉臂生死者非宿種深根雖丈夫亦未易爲力也予於鎧公有異焉公諱法鎧字忍之别號澹居江陰人姓趙氏世稱巨族母夢僧趺坐於堂上遂生公公生而穎慧爲兒嬉喜佛事倜儻逸羣長習舉子業才名奕奕乃塵視世榮志性命之學父母爲聘竟不顧父卒乃杖策孤遊登太和山遇羽士授長生之術過武昌遇講良知學者皆掉頭棄去一日入僧舍見金剛經讀至如來說諸心皆爲非心忽有省乃曰是吾所歸也還過浮山坐三曲洞瀝血寫孝經癸巳遊皖城達觀禪師過江上公往叅未面門外作禮再謁乃見求度未許師登馬祖菴公偕阮公自華至是夜師夢披白鎧人侍其側及公至着白衣懇求剃度師許之因命今名薙髮授具戒時年三十有三師命叅巳躬下事公即辭入天目誅茅於分經臺弔影藏修單提向上極力叅究蔬食不繼單衣露肘每降妄心燃香爇臂如是者三年大有開發石帆岳公入山見公弊衣鬔頭垢面跣足腰鐮採薪因問你是澹和尚甚麼人應曰我是他使的岳公大笑曰真道人也久之下天目復過宣城掩關於西樂乃習荷重負肩試四十斤經行以苦筋骨調昬睡其道益進後出關行脚至匡廬每過叢林坐廊下忽焉達旦寤寐一如也辛丑至都門省本

師於慈壽初入室便問某甲爲生死大事願師指示師即痛棒如是者再一日又問曰永嘉云了即業障本來空只如師子尊者二祖肇公等是了得也未聲未絕師連棒曰會麼會麼公曰不會師曰本來空是甚麼乾屎橛公猛省但點首而已自是見地即穩密壬寅秋南還入浮山會聖巖乃宋遠錄公與歐陽六一因碁說法處久爲俗業皖城澹宇阮公聚族復之請公以居重新遠公塔瀝血書梵綱經日課金剛般若爲母壽戊申應太史觀我吳公請住持浮山大華嚴寺居常以本分爲佛事四方衲子至者唯示直捷處乃集諸祖入道因緣梓之初達師刻大藏以雙徑寂照爲刻場師靈龕亦歸之公欲滿本師願遂往庚戌公至山見多霧濕下有化城故址乃宋佛日宣禪師道場太史具區馮公議修復爲藏板處公簡得其手札示左方伯本如吳公吳公按址畫界奪諸豪右之手仍爲佛地又贖臨安太平寺田百畝供贍常住於是藏事有歸焉甲寅吳公開府於蜀公以刻藏因緣往議遂登峩眉禮普賢乙卯春同直指若谷徐公出蜀是年秋還徑山大師靈龕已入土司成文寧朱公禮師塔按形家言知地有水議改葬公與師護法弟子仲淳繆公行求善地改卜於鵬搏峯之陽丙辰冬予自南嶽來赴弔盡法門死生之義至金沙爲文以祭預定於長至月十九日及至會是日荼毘予因舉火請靈骨入塔以酬生平知己達師末後一段光明公之力也諺曰棒頭出孝子公實以之予歸匡山公疲於津梁以寂照付杲

公以化城爲十方接待常住囑諸弟子曰汝等袈裟下各有一坐具地何戀戀於此耶辛酉秋七月過辭諸檀越過白門以藏事托本如吳公冬十月歸雙徑一日倚杖立堂下顧謂衆曰羚羊挂角不出十二衆罔測至晚爇香禮佛沐浴更衣趺坐默然至旦忽脫去天啟辛酉十二月十三日也弟子某某等荼毘塟於某其處公生於嘉靖辛酉三月二十一日世壽六十有一僧臘二十有八予每見達師門庭峻絕恒思後難其人及予雙徑見公貌粹骨剛稜稜英氣四方會塟者麇至百凡蝟集公擘畫遊刃指揮如意意氣閒閒不動聲色其於以送死復生盡形畢命繼志述事光前絕後斯爲達師末後弟子無忝的骨者也私謂公之才足以應世力足以荷擔其爲道也艱難辛苦靡不備歷其於事也見義勇爲不避刀鋸其視利養如空花水月死生之際超然如脫獘屣噫非大丈夫夙根披露心契無生寢處於有形之外者曷能如此哉公弟子元亮具狀走匡山乞予爲銘予念法門之誼乃爲銘曰

叢林秋晚大法頹綱歲寒霜雪紫栢用光其道既光門庭益峻壁立懸崖大有徑庭望之者慄親之者退辣棒一條全無忌諱窟中獅子爪牙纔露是獅子兒略無回互一棒之下翻身踍跳大步遊行廻途復妙渾身荷擔不遺餘力恒沙法藏信手揮斥法輪無窮轉之未盡津梁既疲隨緣究竟旅泊安居乾成行處一切盡爲十方常住生前不有末後亦無一塵不立本自如如羚羊挂角分明指示撩

起便行撒手歸去一塔孤標空中建立法身彌露風聲月色

南岳山主瑞光祥公銘

盡法界量無一物而非法身諸塵勞門無一行而非佛事況乎調練三業精專一心遠離世間而勤淨土之行者乎故吾佛白毫光照東方萬八千界光中菩薩種種因緣而求佛道若南岳祥公者豈非光中所現攝念山林一心勤求佛道者乎按狀公諱法祥字瑞光別號隱南越嵊縣周氏子生而超曠業儒不第慨然有出世志從其叔遊京師往叅嘯巖老人巖示以向上公曰弟子塵勞中人未敢承當巖曰即念佛法門最爲捷要公領之居項南還決志出家禮本邑喜菴愷公薙髮時年三十有二矣謁棲霞素菴法師受具依棲講肆三年遂棄去北遊大都叅遍融和尚一見問曰汝作麽生公曰某甲爲生死出家一向修念佛法門不審是第一義諦否融曰更不容念佛外別求第一義諦公領旨作禮慈聖皇太后大作佛事建淨業期請居首座三年期罷遊五臺之伏牛遍叅諸老宿時栢松和尚牛山耆舊也公見與語心契留住石室弔影絕跡木食三年一日趺坐雪積滿牀火絕衣濕侍者往見驚走報松松往視見公定乃擊磬警覺問曰煙寒灰冷作麽境會公曰山原是石氷原是水雪飛滿崖不知所以松曰此是暫息塵勞得輕安耳若躭着此境即墮偏空勿滯於此宜行脚去逢南即止授以鉢袋囑曰禪和往南走報道七十九我也不多時大家相厮守公遂瓢笠徑造峨嵋禮普

賢住大峨石八越月苦切叅究心地未安因憶松栢逢南之記遂之南嶽登祝融峰頂望古大明山林崇茂即往卜居未幾赤帝峰僧悲然請主閱藏公至一宿夜半恍惚夢中告曰此非師所居速去詰朝將他住適僧大寬留住側刀峰公應諾行三日藏經殿燬公以嘯巖開示念佛法門志終身從事欲以豆爲數寬願克化主募豆四十八石公從此放下身心影不出山日夜精勤以豆爲珠淨念相繼至終身焉由是稱爲豆兒佛云公住山絕無外緣聲光日露十方衲子遠歸之四事不思而至叢林不作而成南嶽寂寞多年得公一振起居常誡諸弟子汝剃除鬚髮不知有生死大事但倚墻靠壁業識茫茫與作甚麽豈非吾佛所呵衲衣在空閒假名阿練若苟

不專心淨業大限到來將何抵對閻老子乎聞者感泣公雖絕意人世當世君子聞風景仰廣西方伯劉公謁廟遣書請一見力謝不往衡州郡丞盧公祀廟點失期者罰約三十餘石送公公曰老僧豈以一鉢飯斂衆怨乎竟不納長沙吉王嚮公差内使往請公曰山僧行脚倦遊息肩於此誓死效遠公跡不入俗不敢奉命王遣前使賫送華嚴經二部大疏鈔一部齋資百兩公領令旨以齋資散合山以廣王惠餘留鎮山門王益加重焉公接納往來不擇臧否一味平等慈悲荆襄大盜賈二唐九等七人被捕急來歸發露懺悔哀乞活命公憐其誠納之冠以道巾令隨衆作務捕官至見公慈心藹然又聞念佛音聲有感乃解腰纏三金辦齋而去其盜亦化爲苦

行僧辛丑歲饑大衆絕糧三日采蕨而食公日夜禱於護法神有少年僧於山下檀越家化米豆百數十石送至詢問前僧無有也公自居側刀峰精修淨業三十餘年未常暫輟居常脇不至蓆不設方丈唯坐一龕於佛殿不安庫房笥無長物滅之日唯胡椒一瓶舊布數片而已無勞侍者不發化主不結外援不交權貴所食麁糲常以糠麧爲餅克飡僧有投之地者公拾取煨而啖之每經行念佛必荷鋤出遊凡見遺穢必以土掩之或曰師何過勞如此公曰一片清淨地恐山神見穢矣公生平隨衆年七十餘尚無法嗣臨江居士傅某向貫於江湖一旦棄妻子出家峨嵋名同融萬曆壬寅冬來叅心相印契即付衣鉢偈曰西來大意問如何直至於今見也麽心上不生何有九蘇嚕嗘唎娑婆訶融即依棲以終焉公向與衆周旋無倦一日索浴禮佛告衆曰瓜子熟也正落蒂時堂中無知之者時融居毘佛洞乃遣人往喚融至峯前聞音樂聲入室寂然公趺坐融作禮公曰我行矣先以鉢袋累汝今以念珠柱杖留別善自護持良久令首座領衆念佛公趺坐誡衆曰毋得虛張捏怪誑惑世人獨一味老實念佛言訖合掌端坐而逝萬曆庚戌二月初六日寅時也公生於嘉靖壬辰九月望日世壽七十有九法臘四十有三大衆供於堂中七日顏色不變全身瘞於峰之右建窣堵波憶昔在東海時儀部曾公爲言公苦行高操不減古人予時心識之矣公入滅後十有四年癸亥予歸曹溪融公具狀來乞塔上之銘予撫

狀喟然而嘆曰嗟乎去聖時遠法門凋弊叢林典刑幾至掃地汎汎波流率汩汩於聲利以喪本眞法道之衰亦至於此若夫淸操苦節一念終身始終不易如公者可謂以身說法矣又何俟登曲彔木拈槌豎拂爲向上哉觀公死生去來了無罣礙豈非以念佛心入無生者耶愧不能發公之蘊秘乃爲之銘銘曰

十方世界法身普應諸塵勞門是爲妙行何況一心淨念相繼始終不移日夜無替嗟哉末法逐物失眞何如我公爲道忘身一入千峰如履刀刃故得三昧名爲無諍逈絕外緣以豆爲珠光明歷歷心境如如影不出山跡不入俗苦節稜稜清風拂拂四衆來歸隨緣粥飯一味平懷人人自辦以念佛心直入無生故末後句撩起便行赤律一身寸絲不挂七十九年脫體放下來無所粘去不留跡故我稱爲眞善知識塔影橫空光流南嶽廣長舌相熾然常說水流風動念佛念法此是我公迷津寶筏

勅建大護國慈壽寺開山第一代住持

古風淳公塔銘

世尊說法三藏所談則曰隨類現身皆爲實相拈花示衆迦葉微笑則曰觸物明心單傳直指古之學佛者明此可謂具正法眼若古風禪師者始以居士身終爲比丘相隨緣利物人莫測其潛符此豈可以二諦求之哉謹按師狀諱覺淳保定新城人也父宋欽母張氏師生即性不茹葷酒爲兒好趺坐及長不喜治生產業父母爲娶師雖强從即善觀空

修離欲行每集諸善男子作般若圓覺法會師爲衆中長天然頴悟年二十七棄家遠遊如京師登壇受白衣戒大善知識寶藏成公開法於王城師往叅謁有所感契即從披剃執弟子業師最居下板雖執爨負舂未嘗不以身先成公有不可師事志益堅居三年公方命其受具從守心無礙二法師聽華嚴圓覺楞嚴諸經於四大分離妄身何處之語有所領契自爾隨處建立華嚴圓覺道場歲無虛日王城感化若迦維攺觀洋洋中外如此者十餘年嘉靖辛酉司禮監黃公錦衣焦公輩重修普安寺迎師居之幾二十年師唯據丈室延一江大千止菴諸法師弘天台賢首兩宗旨隆慶壬申先帝始崇佛道就普安建吉祥道場師主壇筵精誠感格恩渥頒隆齋饋盡從中出今上元年兩宮聖母爲社稷祈福大作佛事凡建立齋壇多就師所嘗賜千佛錦袈裟凡內經廠諸效爲佛事者率皆從之萬曆丙子今上奉聖母慈聖宣文明肅皇太后德意勑建大慈壽寺成即遷師爲住持命度沙彌一人爲弟子及勑校續入大藏師首領之凡所弘闡佛事無不稱旨是時海内法門盡皆知師爲大法幢矣居常接納四衆但舉圓覺知幻即離不作方便離幻即覺亦無漸次之偈及楞嚴如幻三昧或拈提古人向上公案以警發之暇則行住坐卧每咄咄作私語見聞即爲之攺容舉莫識其爲密行者生平履歷不離當處而大播宗風竟莫究其涯涘多稱爲肉身大士一夕召諸弟子告有微恙端坐三日熙然集衆念佛隨聲寂然

而逝萬曆九年四月十有七日也師生於正德辛未卒於萬曆辛巳世壽七十有一僧臘四十有奇得度弟子十五人孫八十餘人本在爲欽依僧録善世領今慈壽住持奉師全身塟於寺之後園聖母悼之乃賜金若干建塔以表旌之銘曰

法身如空非聲非色應物現形如水中月觸處皆然何眞何俗即比丘身亦同空谷伊維古風聿生像季卓爾襟期作大佛事眞俗雙彰形神俱妙不離市鄽而弘至道感應昭昭天人穆穆默運環樞龍降虎伏精格紫宸誠廻北斗法道用昌和盤珠走梵刹纔興琳宫初建風滿寰區翕如雷電一管春生蒹葭灰起大地揚輝實從兹始師維何人爲化爲幻詎受密遺來行方便七十餘年師如食頃觀者痴疑熱夢未醒彈指歸空破顔微笑萬丈深潭只垂一釣表刹夌空長松帶霧月色風聲眞機獨露

金臺龍華寺第八代住山瑞菴禎公塔銘

師諱廣禎字瑞菴金臺孫氏子生性多奇識幼不齒羣兒中見者異之心喜佛事時喃喃作出家語龍華榮菴茂公居僧録左闡教有重行偶從孫氏齋次見師甫七歲有奇氣因乞爲沙彌遂命與上足璽公爲弟子少長即喜以音聲爲佛事調練三業精修六時居常切志向上事年三十登壇受具大通法師敎化昌隆勤事之多聞法要隆慶改元大宗伯舉爲龍華住持師大開法社延禪講宗師集四方學士披閲大藏闡少室天台兩宗旨若

大千潤禪師中興曹洞凡爲諸方師匠者多發跡於斯妙峰登禪師微時以大藏因緣謁師師爲引重於公卿間道風大著妙師爲法門堆漸亦藉資焉今上崇尚三寶海内名藍知識凡爲佛事者多出師門大都稱爲功德藏丁丑春妙師與予隱居清涼師傾心慕之遊五頂搜訪於氷雪中居無何杖錫南遊禮普陀大士入天台隱於通玄峰頂鳥棲鷇食者三年專精一行三昧有所發悟尋謝去囘策東吳禮長干舍利泝長江陟九華登匡廬馴黃龍白鹿揖五老而望香爐遶文殊經臺三匝滌除玄覽以休過黃梅求印證焉復遊月武當抵南岳求悟法華三昧處囘入伏牛練磨衆中居三月以歸萬曆九年辛巳春師年五十有四矣居頃之妙師與予建大會清涼師與雙林平公無遮允公齊入法社壬午春會罷師復與予結隱太行及冬初師還故居明年予亦東蹈海上且誓與師同歸又明年甲申奉聖母慈聖皇太后命同妙師皈僧秦晉伊洛諸名山因出關走蘆芽渡河登華嶽覽長安閱鴈塔留影尋草堂羅什翻經處結夏圭峯望太白太乙略崤函而東再入伏牛訪嵩少參鼻祖單傳哭潤公扣白馬以歸居無何復奉慈旨賫大藏往天台廬嶽復遣清涼還報師喟然嘆曰一介微僧數叨慈命撫心顧德愧何以當乃引疾獨居屏人絶跡山門事久付弟子輩居常自足無意於世生平後巳先人不以物爲事戒珠心月秋露寒空貌古神清長松孤鶴淒然暖然可親而不可近可愓而不可忽雖非法眼之英固一代

薮林師表也達觀可師嘗謂予曰吾門之龍華猶如秦鏡眞能照人肝膽又若絮裹如意信手取之無不足者一時賞鑑如此師抱疾期年予從海上往問之師把臂泣謂予曰死生夢幻去來夜旦非予所悲但不能與公同歸有負山海之盟一旦長訣當引領望公于淨土中至若所棄土苴諸弟子輩屬當事公如我生公其視我不死耶又曰法門寥落重予所悲妙達二師客藏諸公輩皆當代俊逸忝我眞期願當忘心爲法幸爲我謝居無何召諸弟子曰吾頼爲弟子愧無補法門但生平此心不敢辜負佛恩耳生謂我不足死當我有餘爾其勉之予行矣爾其無忘東海也爲我裁衣以謝言訖而逝萬曆十有七年五月廿三日也師生于嘉靖戊子世壽六十有

二法臘三十有奇得度弟子二人孫智潭奉師龕室全身瘞于京西北海店之隆禧寺左是歲冬十月智潭奉師命持衲衣一襲匍匐海上訃予聞之嗟乎悲哉生耶死耶師何人耶因具述行實如左乃爲銘曰

盡法界身修普賢行海印威神炳然齊映或現頭陀或居鄽肆塵市山林無非佛事曰惟我師化比丘相戒目悲華爲人榜樣圓覺伽藍十方聚會來者應知無内無外如如意珠似功德藏出生妙利恒沙供養上方擎來香飯一鉢見者聞者皆蒙度脱擘破天台踏翻廬嶽如蓮華開似大夢覺歷遍寰中囊收沙界赤手歸來無錢買賣六十餘年死生夜旦喚不回頭先登彼岸撇下髑髏埋之沙聚塔表長空影沉秋水是師常身昭然若此

五臺山龍泉寺正光居士徐公願力塔

碑記銘

觀夫眞界凝然應化之徵靡一聖凡異路利他之跡有殊所以幻影多端浮光萬態至若憑願力以持心假窣波而表願者是於正光居士見之矣居士姓徐氏霸州保定縣人父伸母高氏士生而有異徵週歲能言前世事動止度若天人嘉靖三十四年甫七歲應選進入宮闈列内翰局讀書進局官教内則儀掌秘閣即能明習故事隆慶改元陞御前勤愼有功萬曆初今上御宇紀勛陞乾清宮内奏事牌子歷事三朝小心翼翼奉聖母起居朝夕惕厲調和樞紐贊理化機有大力焉德位日崇篤信三寶于都城崇文門外建明因寺一區印施佛大藏經一部延沙門永慶爲住持于山西五臺舊路嶺重修龍泉寺奏聞聖母度沙彌遠徒授僧録左覺義爲本寺住持又于眞定曲陽縣北重修鳳祥寺一所置地三項餘畝以供龍泉香火接待十方域内名山大刹凡聖母功德所被者靡不黙助皇猷敷揚慈化一雨普霑含生獲福矣居士雖處深宮衣唯布素甘心蔬食每厭生死志求出離朝叅暮禮寒暑不易刺血書金剛般若經普賢行願法華心品若干卷建窣堵波于龍泉之東南麓以表願力持心功流浩刼逕斯猛燄永宅清涼期來世以歸依效一生而取辦以爲金剛種子靈苗福田常住矣噫若居士者非夫親承付囑而來耶抑以幻化人天而作佛事耶何其智深志固之若此也功德既成乃命家臣程進持杖稽首海印道人

乞紀其事乃爲銘曰

乾坤造化毓靈産秀乃降哲人畐分左右哲人伊何唯徐之子氣亶丈夫幻形維女維女謂何内訓寔祖不有其人孰匡聖母歷事三朝位班九列贊化調元著茲偉績蕩蕩慈風輝輝佛日率土普天無非爲國在在道場處處賚所但願莊嚴孰分人我身處塵勞志求淨王禀受三皈普修六度書寫受持大乘經偈誓捨此身徑登佛地嗟彼夢夫長夜冥冥偉矣達人視死如生跡繫王宮心存邱壑勁節凌雲長松孤鶴偃師化人誰假誰眞獻珠龍女其事若神塔表長城奠安畿輔上祝聖鼇天長地久

普濟菴始祖寶藏成公塔銘

寶藏大師者諱自成山東德州劉氏子幼習爐業在鉗鎚間即知以念佛從事如佛教金師之法如是用心有年父蚤喪其母孀居天性至孝供養竭其心力年三十有出世志從本省鍾樓寺潭公薙染即立禪習止觀門師將志行脚母老無養師以具稱其母荷擔之遠遊四方每乞食奉母於樹下塚間上壽爲歡不減鼎俎後至京之西山百花中峪往來數年土人重之其供養日益贍師惟以一瓢之外無餘糝以此終母天年以茶毘法瘞之建窣堵波以表孝義今尚存焉已而結庵居大峪岳家坡中貴傅公集衆請師住都城之普安寺未幾白衣檀越張某建普濟菴於阜城關外四里園接待十方往來嘉靖庚戌秋八月大虜犯京師都城三面無隙率多奔潰唯西郭一面將合圍適虜酋引胡兒數千騎

馳至菴首飲馬盤礴酋驟入菴衆擁其後師望之頹然憨笑且駡曰酋奴毋妄動我物師頙羅鮮菓於堦下酋長見柹如火欣然取噉師大駡曰此不可食酋將爲責已强食之甚苦澁師乃奪其柹以蘋梨與之虜噉而甘之驩呼以爲不欺已嚙指誡衆曰有人於此毋妄殺也乃插令箭而去頃一虜追王氏子入菴其人奔潛佛座下虜窺得之刃將下師以手挈虜奪刃擲地其人竟以生居頃虜亦稍稍引去逹觀可禪師常贊之曰師以一身當虜一面指麾談駡所全活者數萬是即現天大將軍身而爲説法豈直一大將催之力哉杭人韶善士者夢伽藍爲師摧供養傾心皈依建彌勒菴以延師師居常不事口腹衲衣糞掃一鉢無餘每得施利米麪盡皆傾囊以濟貧者若空無一粒亦不徃白檀越唯以坯堵門面壁忍餓而坐久有知之者爲送供食盡則堵門如故率以爲常後修普安寺成師復歸院弟子日漸進初淳公執業甚勤師於衆中獨苦淳公祁寒溽暑陸沉賤役唯公以身先之百不一可無人識其意者師將終日顧謂衆曰吾之有淳猶樹之有幹至若枝葉繁茂扶疎而庇蔭多矣汝等知之乎未幾無疾而逝嘉靖三十九年二月朔日也師世壽八十有九僧臘五十有竒公滅後淳公大興普安於先帝顧命之時今上聖母建慈壽寺成延淳公爲住持以公弟子了寧爲替僧公化後又以其孫本在爲住持在以疾告退院又以其徒圓應世其業聖慈復建慈恩寺爲在別院以休老焉公之子孫枝葉繁茂一如

公言豈非天道冥冥報德之驗與萬曆甲午冬日余隨緣王城其孫了鑑與在等持狀乞余爲記乃爲之銘曰

天道無親常與善人明明在上豈曰不眞維眞不朽視身非有不有至人安見其久伊惟我師積彼孝思出塵離俗其德寔基應化門頭其功匪一以異方便著兹偉績因悟不生所以不死枝幹扶疎寔由種子覆庇人天埋根千尺一刹峩然千秋萬禩

慈慧寺無瑕玉和尚塔銘

公諱明玉字無瑕西蜀安岳龍居劉氏子公生不愛治生産業性倔强不與世情和合長娶汪氏女舉三子長兒聰慧篤孝公雖心愛之亦不爲兒女子計居常以佛爲事每供養二老必以齋蔬爲盡孝二老以此自安公以超塵脫俗爲念無頃刻置也二老謝世去公年四十六即判然棄妻子從方外遊是時長兒年十二躑躅相隨至播州之樓頭山於東洋海菴主所父子俱薙髮爲沙彌授具戒隆慶三年五月五日也自爾公携長兒行脚即督課業爲弟子父子相從雲遊萬里遍歷名山叅叩知識苦行絶倫每日中一食糠菜不糝樹下塚間隨遇順適自是終身脇不至席萬曆初謁普陀過金陵至都下遊履五臺寓三塔寺禮華嚴經經六十萬字一字一拜每晝夜必稽首三千如是者經三匝至十二年復至京之碧峰寺禮法華經六萬餘字一字一拜晝夜不倦如前者十二匝長兒爲沙彌者年德日亦長多親講肆聽習華嚴法華楞嚴圓覺唯識諸經論善開曉發蒙而事公日

益謹一時稱詫謂有師弟子如此者業已風動中外矣十七年内官監太監王公輩欲開精舍延公弟子爲弘法所且爲公休老地乃卜阜城關外二里許捐資創寺以居寺成請額聖母嘉之賜曰慈慧太宗伯棠軒李公記其事一日公謂弟子曰吾以業繫娑婆七十二年侵尋老病久住何益吾將歸矣爾當以法爲懷勿生愛戀遂不食念佛不絶者旬日聲響如鍾顏色若壯弟子請問生死大事公但曰嘻嘻呵呵呵呵嘻嘻不是妄念不是眞知良久云你說是個甚麽自代云大通橋上交糧客原是南方送米人臨危索浴更衣端坐持珠念佛益哀促連大叫佛佛佛倒駕鐵牛歸佛土聲絶而逝萬曆乙未春王正月十九日也公生于嘉靖甲申七月世壽七十有二僧臘二十有六以某月某日奉全身于黄村塔弟子一人眞貴即今爲慈慧法師者子持鉢王城住慈氏樓閣貴持行實哀乞海印狀其事公生不識一丁臨行快便如此豈非脚跟線斷就路還家者耶乃爲銘曰

生死機関只在一竅善來善逝木人戴帽父子團圞形影相顧世出世間有何回互昔日老龎破家散宅今日看來大似未撤何如此公一竅不通生拗鐵强直出樊籠龎不嫁女公不捨兒一般生意各得便宜七十二年半僧半俗今日風光千足萬足一塔陵空十方常住空壞塔存法身彌露

三角山勉菴幻法師塔銘

謹按狀師諱如幻字勉菴莆田林氏子父環師倜儻負奇氣幼業儒年十四即列諸生里

有夏生治時者通内典師與遊從最善生一日謂師曰公唇掀齒露非壽相也師驚問何爲而可生曰聞之誦觀音大士禱無不應第持其號自當驗師遂依持勤懇二年而唇果胞合年十九倭夷寇閩父母俱喪於兵師大泣曰人命固如是乎何戀戀鄉井爲遂拂衣遨遊江湖間二載入廬山叅徧融大師融問曰大德何處人來作甚麽師曰小子閩人來爲求長生融曰有長必有短何不學無生曰無生作麽學乞師指示融曰汝試剃除鬚髮屏息諸緣咬嚼一句無義味話久久得個下落乃可爲爾道無生師即剃染命名如幻依棲頃之遂去蘄水馬牙山叅無爲藏王居三載次隱斗方山又五載遂荷策北遊上都謁諸大知識依暹理二法師聽諸經奥義諸老

皆深器之已而有田將軍者蘄人也見師雅量因湧之以世諦業師笑曰海龍肯入溝渠遂拽杖歸九峰衲子駢集每以楞嚴爲衆發明心要翰林郭公正域以太夫人憂居謁師於九峰相得歡甚公因進而請曰竊見當世談禪者動以棒喝機鋒爲向上自多及察其操存則未也若是又不若守教乘精戒律離欲苦行以慈利物若師之爲隹耳師曰然非禪之過乃學禪者之過耳奈何去聖愈遠法門下衰誠若公言可爲流涕也師律身清苦生平無嗜好有所施輙以施人每有所往唯一鉢三衣跣足草屨而已楚藩臬大夫洗君與師交最密弟子輩欲置香火地以券白師于洗公師大斥曰方寸福田不力耨區區安向洗官人弟子不聽私請之師知之即拽杖

去九峰走武曲憇吉陽寺閉關誦華嚴經三載往潭州三角山爲馬祖門人總印開山處不幾年煥然一新法席大振師一日謂衆曰趙州八十尚行脚我脚底豈乏草鞋一具耶遂拂袖之匡廬入黄龍寺留講楞嚴至二卷終師謂衆曰姑舍是無論且有末後一句子當與大衆商量即示恙六日告終衆有請留偈師曰辭世本無偈癡人覓夢踪虚空無而目面目問虚空弟子有問師靈骨可更之蘄乎師曰愛重娑婆苦無情極樂天何須懷舊影寂照滿三千言訖遂逝時萬曆十九年某月日也師生于嘉靖癸巳世壽五十有九僧臘三十有奇門人火浴遂以骨石瘞於黄龍山之某處弟子性詮以遺命走江夏郭太史乞狀其行寔萬曆壬辰秋九月因郭太史紹介于余爲塔銘乃按狀以叙而爲銘曰

大海汪洋味全滴水娑竭噏之爲雲爲雨惟此一滴無内無外卷入毛端散周沙界霈然雱霈乾地普洽三草二木酸甘苦辣各得生長抽芽發幹除非無根自遭塗炭曰惟我師娑竭之子毒氣逼人觸之者死噓氣成雲縮氣成冰或寒或熱順時稱尊以身爲水以水爲命變化無方去來不定流行坎止遇緣即宗不是如幻安能合空來無所從去無所著倒騎黄龍踏折三角潭州之水匡山之雲彌滿六合是師全身

憨山大師夢遊全集卷第二十九

音釋

戡（苦含切克也）　皖（華版切地名也）　琟（胡公切大也）　禩（同祀詳里切音似祭也）

憨山大師夢遊全集卷第三十

侍者福善日録 門人通炯編輯

傳

南京僧録司左覺義兼大報恩寺住持高祖西林翁大和尚傳

祖翁諱永寧別號西林六合縣郭氏子幼出家禮報恩無瑕玉公爲師翁生性耿介持重言動不妄少即爲衆所推年二十即持金剛經至老不輟武宗駕幸南都駐蹕本寺大宗伯處僧無可承旨者遴選皆不稱先是翁與僧名惠遠者號東林相與莫逆兩人狀貌魁偉喬白巖爲大司馬久與翁善遂舉兩人宗伯大喜即以遠爲僧録右覺義以翁爲本寺提點及上駕駐寺明日登大殿禮佛畢百官朝罷上諭作誦經佛事命呈疏草宗伯議須翰林祖翁曰佛疏別有體制須僧家當行可耳即舉遠公具疏草呈上覽之喜曰朕家有此僧耶宗伯即以僧録印付遠掌便行事也上至塔殿見地下一孔問執殿役僧曰此何物應曰金井上不懌祖翁跪奏曰此氣眼上曰何用祖翁曰有佛舍利藏於塔下留此以通氣耳上意解做道場七日其主壇場法事皆遠公其承旨内外一切事宜皆祖翁至上駕行竟無一缺由是宗伯甚重之嘉靖十年衆舉爲本寺住持綜理山門事二十年陞僧録右覺義又五年陞左覺義先是江南佛法未大行翁雖居官秩切以法門爲憂每見僧徒見輕於士林歎曰爲僧不學故取辱名教玷汚法門耳初請先師雲谷和尚住三藏殿教諸習禪者於是始知有禪宗數年先師去

隱棲霞適守愚先師南來五臺陸公為祠部主政謂祖翁曰頃見高僧守愚法師講演甚明當請至寺教習僧徒翁即禮請先師居三藏殿設常住供贍選僧數十衆日親領徃聽講從此始知向佛法雲谷先師居棲霞陸公遊攝山見而雅重之即欲重興請師為住持師堅辭不可乃屬祖翁舉嵩山善公為棲霞住持由是重興道場復寺業開法社為接待叢林自是禪道佛法乃大行方知有十方接待皆吾祖翁力興起也先是僧多習俗不能對士君子一語翁居常謂僧徒以禪教為本業然欲通文義識忠孝大節須先從儒入乃延儒師教其等十餘人讀五經四書子史某所以麤知讀書文義及披剃即知聽講習禪即雪浪中興一代教法皆翁慈心攝持教養之力也翁掌僧録印二十五年諸山一體奉法惟謹山門事務一草一葉不敢輕棄視常住如眼睛故山門興而法運昌也每率衆僧上殿祝延聖壽見僧有懶墮不至者翁切責之曰此殿乃天宮淨土爾等懶慢如此他日求一瞻禮不可得也翁於嘉靖四十三年臘月除日集諸子孫敘生平行履因屬後事乃撫其背囑之曰吾年八十有三當行矣門庭多故一日無老人則支持甚難此兒雖年少饒有識量我身後汝等一門大小凡有事當立我像前聽此兒主張庶幾可保無虞耳少祖艮山厚公已下皆唯唯受命明年正月七日翁具袈裟巡寮遍謝合寺耆舊十日持僧録印謁禮部大宗伯請以老辭大宗伯慰留不允翁歸即封其印明日示微疾請醫進藥

翁曰吾已矣竟不藥其侍翁病中聞誦金剛經不絶至十五中夜令舉衆大小圍遶念佛某扶翁坐懷中寂然而逝十四年正月十六日也翁素無畜積簡篋不滿三十金喪禮葬送約費三百餘金皆借貸既葬合房舉無所措少祖憂之乃集大小於祖翁像前議無所出於是某力主張將翁所遺衣鉢什物凡可值者計之盡估以償貸者儻不足當以田變價盡償之茍無負累則衣食易爲耳衆如議乃設齋盡集諸貸主各執券照子母分給所負貸券一夕盡焚於是率保其房門子孫不散少祖始稱翁爲知人是年二月方丈燬明年二月十五日大殿災奉旨以本寺官住頭首執事下法司者十五人以本寺爲朝廷家佛堂凡物皆出内帑事干重典法當論死合寺僧懼盡逃去某獨身往法司看管鹽菜饘粥荷擔往來於中多方調護設法解救竟末減坐罰囚糧於是合寺安堵皆感誦翁爲知人翁生於成化癸卯世壽八十有三今西林庵乃存日所修退居也全身葬於智安寺其年十二棠翁度脫出家乃命以梅齋俊公爲師教習經書十九披剃侍翁十年行事微細多不能記憶但見逐日侵晨持誦面向西方未甞少廢每隨行履見其端莊挺特足不挽衣鐵面威嚴未見輕一啓齒笑容奉雲谷守愚二先師如對大賔至敬盡禮即諸山尋常僧來謁不整衣冠不見其撫其等讀書如慈母之嬰兒也懷感祖恩五十餘年向在東海詎翁行實甚詳因被難失草今老矣忘者十九切念後之子孫不知先人所自記其大畧

以詔後裔賡先德典刑世世如在也

贊曰天道循環與時升降而法道亦然故道將興也必應真乘時以啓之非偶然也觀江南佛法草昧如舍利未湧出時今則法雨充滿洋洋佛國之風孰致之耶吾翁雖非任道而道實因之詎非功侔作者耶

雲谷先大師傳

師諱法會別號雲谷嘉善胥山懷氏子生於弘治庚申幼志出世投邑大雲寺某公為師初習瑜珈師每思曰出家以生死大事為切何以碌碌衣食計為年十九即決志操方尋登壇受具聞天台小止觀法門專精修習法舟濟禪師續徑山之道掩關於郡之天寧師往參扣呈其所修舟曰止觀之要不依身心氣息內外脫然子之所修流於下乘豈西來的意耶學道必以悟心為主師悲仰請益舟授以念佛審實話頭直令重下疑情師依教日夜參究寢食俱廢一日受食食盡亦不自知碗忽墮地猛然有省恍如夢覺復請益舟乃蒙印可閱宗鏡錄大悟唯心之旨從此一切經教及諸祖公案了然如覩家中故物於是韜晦叢林陸沉賤役一日閱鐔津集見明教大師護法深心初禮觀音大士日夜稱名十萬聲師願効其行遂頂戴觀音大士像通宵不寐禮拜經行終身不懈時江南佛法禪道絕然無聞師初至金陵寓天界毘盧閣下行道見者稱異魏國先王聞之乃請於西園叢桂庵供養師住此入定三日夜居無何予先太師祖西林翁掌僧錄兼報恩住持往謁師即請住本寺之三藏殿師危坐一龕絕無

將迎足不越閫者三年人無知者偶有權貴人遊至見師端坐以爲無禮謾辱之師拽杖之攝山棲霞棲霞乃梁朝開山武帝鑿千佛嶺累朝賜供贍田地道場荒廢殿堂爲虎狼巢師愛其幽深遂誅茅於千佛嶺下影不出山時有盜侵師竊去所有夜行至天明尚不離庵人獲之送至師師食以飲食盡與所有持去由是聞者感化太宰五臺陸公初仕爲祠部主政訪古道場偶遊棲霞見師氣宇不凡雅重之信宿山中欲重興其寺請師爲住持師堅辭舉嵩山善公以應命善公盡復寺故業斥豪民占據第宅爲方丈建禪堂開講席納四來江南叢林肇於此師之力也道場既開往來者衆師乃移居於山之最深處曰天開巖弔影如初一時宰官居士因陸公開

導多知有禪道聞師之風往往造謁凡參請者一見師即問曰日用事如何不論貴賤僧俗入室必擲蒲團於地令其端坐返觀自己本來面目甚至終日竟夜無一語臨别必叮嚀曰無空過日再見必問别後用心功夫難易若何故荒唐者茫無以應以慈愈切而嚴益重雖無門庭設施見者望崖不寒而慄然師一以等心相攝從來接人軟語低聲一味平懷未嘗有辭色士大夫歸依者日益衆即不能入山有請見者師以化導爲心亦就見歲一往來城中必主於回光寺每至則在家二衆歸之如逵華座師一視如幻化人曾無一念分别心故親近者如嬰兒之傍慈母也出城多主於普德耀鶴悅公實稟其教先太師翁每延入丈室動經旬月予童子時即親

近執侍辱師器之訓誨不倦予年十九有不欲出家意師知之問曰汝何背初心耶予曰第厭其俗耳師曰汝知厭俗何不學高僧古之高僧天子不以臣禮待之父母不以子禮畜之天龍恭敬不以爲喜當取傳燈録高僧傳讀之則知之矣予即簡書笥得中峯廣録一部持白師師曰熟味此即知僧之爲貴也予由是決志薙染實蒙師之開發乃嘉靖甲子歲也丙寅冬師慜禪道絶響乃集五十三人結坐禪期於天界師力拔予入衆同參指示向上一路教以念佛審實話頭是時始知有宗門事比南都諸刹從禪者四五人耳師垂老悲心益切雖最小沙彌一以慈眼視之遇之以禮凡動靜威儀無不耳提面命循循善誘見者人人以爲親已然護法心深不輕初學不慢毁戒諸山僧多不律凡有干法紀者師一聞之不待求而往救必懇懇當事佛法付囑王臣爲外護惟在仰體佛心辱僧即辱佛也聞者莫不改容釋然必至解脱而後已然竟罔聞於人者故聽者亦未嘗以多事爲煩久久皆知出於無縁慈也了凡袁公未第時參師於山中相對默坐三日夜師示之以唯心立命之旨公奉教事詳省身録由是師道日益重隆慶辛未予辭師北遊師誡之曰古人行脚單爲求明已躬下事爾當思他日將何以見父母師友愼毋虚費草鞋錢也予涕泣禮别壬申春嘉禾吏部尚書默泉吳公刑部尚書旦泉鄭公平湖太僕五臺陸公與弟雲臺同請師故山諸公時時入室問道每見必炷香請益執弟子禮達觀可禪師常

同尚書平泉陸公中書思菴徐公謁師扣華嚴宗旨師爲發揮四法界圓融之妙皆嘆未曾有師尋常示人特揭唯心淨土法門生平任緣未嘗樹立門庭諸山但有禪講道場必請坐方丈至則舉揚百丈規矩務明先德典刑不少假借居恒安重寡言出語如空谷音定力攝持住山清修四十餘年如一日脇不至席終身禮誦未常輟一夕當江南禪道草昧之時出入多口之地始終無議之者其操行可知已師居鄉三載所蒙化千萬計一夜四鄉之人見師庵中大火發及明趨視師已寂然而逝矣萬曆三年乙亥正月初五日也師生於弘治庚申世壽七十有五僧臘五十弟子眞印等荼毘葬於寺右予自離師遍歷諸方所參知識未見操履平實眞慈安詳之若師者每一興想師之音聲色相昭然心目以感法乳之深故至老而不能忘也師之發跡入道因緣蓋常親蒙開示第末後一著未知所歸前丁巳歲東遊赴沈定凡居士齋禮師塔於棲眞乃募建塔亭置供贍田少盡一念見了凡先生銘未悉乃槩述見聞行履爲之傳以示來者師爲中興禪道之祖惜機語失録無以發揚秘妙耳

釋德清曰達磨單傳之道五宗而下至我明徑山之後獅絃將絶響矣唯我大師從法舟禪師續如綫之脉雖未大建法幢然當大法草昧之時挺然力振其道使人知有向上事其於見地穩密操履平實動靜不忘規矩猶存百丈之典刑遍閱諸方縱有作者無以越之豈非一代人天師表歟清愧鈍根下劣不

能克紹家聲有負明教至若荷法之心未敢忘於一息也敬述師生平之槩後之觀者當有以見古人云

勅建五臺山大護國聖光寺妙峯登禪師傳

師諱福登別號妙峯山西平陽人姓續氏春秋續鞠居之後也師生方七歲父母值凶歲亡無殮具薦蓆而已師失怙恃年十二投近寺僧出家不得善視年十八遂逃携一瓢至蒲坂郡東山有文昌閣萬固寺僧朗公居之師至日乞於市暮宿於閣朗公憐之居無何山陰王出遊見師奇之謂朗公曰當善視此子他日必成大器公遂留爲弟子居頃之值地夜大震民居盡塌師被壓將爲必死朗公亟搜之幸無恙王因謂師曰子臨大難不死此非尋常何不痛念生死大事乎師時年二十二即奮志遠遊王曰未可姑就中條山之棲巖寺修蘭若令師閉關師請益近之法師示以法界觀於關中依習禪觀日夜鵠立者三年心有開悟乃作偈呈王王見之曰此子見處早如此不折之他日必狂因取敝履割底封寄之乃書一偈曰者片臭鞋底封將寄與爾並不爲別事專打作詩嘴師見之對佛作禮以線繫於項上自此絕無一言矣三年破關往見王則具大人相王甚喜乃曰子雖知本分事但未聞佛法恐墮邪見介休山中有講楞嚴經者促師往聽授具戒師年二十七王謂師曰子爲僧未出山門如井蛙耳南方多知識子當往參他日歸來可當老夫行脚也乃親爲師緝理揆方具解自著絨衣襪

外襏以藍縷手授之曰此防寒也師受教即單瓢隻杖南詢遍參知識至南海禮普陀回寧波染時症病幾死旅宿求滴水不可得乃探手就浴盆掬水飲之甚甘詰朝視之極穢濁遂大嘔吐忽自覺曰飲之甚甘視之甚濁淨穢由心耳即通身大汗病乃痊而遍體疥腫至南都時隆慶元年冬月也適先大師講法華經於天界予居副講師執淨頭役予每早起見廁潔即知行者爲非常人宵偵之見師執燈灑掃洗籌杖近窺之乃一黃病頭陀耳心異之久之師病卧於客寮予往視則瘡腫遍身手不能舉因問師安否師曰業障身病已難當饞病更難治予曰何謂也師曰但見行齋饅頭恨不都放下予心知爲有道者明日袖餅果往候以手投師欣然咽之大快

予笑曰此真道人也因坐談師曰每聞師講心開意解英年妙悟如此予曰此非本分事志將從師遠遊參究向上一著耳不旬日覓師不得知潛行恐以予爲累也師歸王見甚喜旦詢所見法門人物師述先德知識在初學則以予爲一人王由是亦念之師既歸無意人間世乃於中條最深處誅茅弔影以居辟穀飲水三年大有發悟即以宗鏡印心深入唯心之旨王日重三寶於南山建梵宇成延師居之且欲求北藏經於大内促師親往師居山日久髮長未剪乃隨宦遊者至京師時予已乞食長安師於馬上偶識予於燕市舍館定乃物色於西山一見曰識得麽予熟視之見雙瞳炯炯忽憶爲天界病行者也曰識得師曰改頭換面也予曰本來面目自在

師笑而作禮齋罷别去明日往候連牀夜談具述求藏因緣予曰自别師無日不念今特相尋適來觀光上國以了他日妄想耳師曰儻不棄其當爲師前驅打狗耳即别隆慶壬申冬月也明年春三月予遊五臺志居之以不禁氷雪復回都門行乞左司馬伯玉汪公語予曰法門寥落大自可悲觀公骨氣異日當爲人天師幸無浪遊小子覶方今無可爲公師者捨妙峯公無友矣予曰夙有盟公曰果同行小子當爲津之是年秋師造藏完已束裝予適至師即命登車未一言遂同行及至蒲王見甚歡安藏畢乃留結冬萬曆元年癸酉也師居常以二親魂未妥欲改葬山因國主分守查公平陽太守順庵胡公各助葬明年甲戌春正月予同師結隱五臺東行便道過里合葬二親予爲卜城東高敞地葬之作墓誌銘事畢遂至臺山卜居北臺之龍門氷雪堆中得老屋數椽共棲之越三年予恒思無以報二親乃發願刺血泥金書華嚴經師亦刺舌血硃書各一部經將完師欲建無遮大會遂下山募資具期年緣畢集欲演大華嚴擬萬曆九年辛巳冬日開啓先是慈聖聖母爲薦先帝保聖躬修五臺塔院寺舍利塔時工將竣求皇儲遣官於五臺時會方集於新寺予與師議曰吾徒凡所作爲無非爲國報本也宜將一切盡歸之實方外臣子一念之忠耳師然之以是年冬十一月啓會明年壬午春三月圓滿期百二十日九邊八省緇白赴會者道路不絶每食不減數千人會罷將所餘金穀封付常住與師一鉢飄然長

別矣予東蹈海上師往蘆芽結庵以居期年聖母以求儲因緣訪予二人獨得師就蘆芽賜建華嚴寺頃成一大道場於山頂造萬佛鐵塔一座高七級初蒲坂萬固寺爲師故山有唐聖僧舍利十三級高三百尺及大佛殿皆傾圮鄉大司馬見川王公議重修延師居三年塔殿鼎新頃之三原大中丞廓庵李公請建渭河橋梁師往二年工旣竣回蘆芽過寧化見石壁千仞一平如掌師喜之乃鑿爲龕深廣高下各三丈五尺雕華藏世界十方佛刹圖萬佛菩薩像精密細妙遂成一大道場居無何宣府西院議建大河橋師應命至度之水濶沙深乃建橋二十三孔亦竟成師素願範滲金三大士像造銅殿三座送三大名山己亥春杖錫潞安謁瀋王王適造滲金普賢大士送峨嵋師言銅殿事王問費幾何師曰每座須萬金王欣然願造峨嵋者即具輜重送師至荆州聽自監製用取足於王殿高廣丈餘滲金雕鏤諸佛菩薩像精妙絶倫世所未有殿成送至峨嵋大中丞霽宇王公撫蜀聞師至請見問心要有契公即願助南海者乃采銅於蜀就匠氏於荆門工成載至龍江時普陀僧力拒之不果往遂卜地於南都之華山奏聖母賜建殿宇安置遂成一大刹師乃造五臺者所施皆出於民間未幾亦就乙巳春師躬送五臺議置臺懷顯通寺上聞遣御馬太監王忠聖母遣近侍太監陳儒各賫帑金往視卜地於寺建殿安奉以丙午夏五月興工鼎新創立以磚壘七處九會大殿前後六層周帀樓閣重重聳列規模壯麗

賜額勑建大護國聖光永明寺工竣乃建華嚴七處九會道場上下千二百衆請十法師演華嚴經所費皆出內帑道場之盛蓋從前所未有也師初入臺山以道路崎嶇於是溪設橋梁石鋪大路三百餘里修阜平縣橋賜額普濟建接待院爲往來息肩之所又於龍泉關外忍草石建茶庵勑賜惠濟院捨藥施茶歲常賜金若干隨蒙頒賜龍藏建磚閣安供後創七如來殿又於阜平立長壽莊奉聖母建殿閣前後七層範接引彌陀像高三丈六尺山門鐘鼓兩廊寮舍規模宏敞又爲一大道場賜額慈佑圓明寺置供贍田數頃師居五臺當建立時亦應他緣山西撫臺請修崞縣要路滹沱河大橋晉王請修省城大塔寺殿宇完修會城橋長十里工未成壬子秋九月師以疾還山乃料理所建道場上下立爲十方常住各得其人向來眷屬各令歸故山不留一人臘月十九日卯時端然而逝師生於嘉靖庚子入滅於萬曆壬子世壽七十有三法臘四十有奇師既化上聞之賜葬建塔於永明之西問師功德未完者悉令完之聖母賜千金布五百匹爲葬事初侍御蘇公雲浦按山西因入山訪師問心要相契往返酬酢多語句未録師示恙公遣醫致藥石及遷化公爲製塔銘常曰人以妙峯師爲福田善知識實不知其超悟處也嗚呼師果何人哉起於孤微卒能於人天中作一代廣大佛事以予早歲物色師於陸沉賤役中及年三十同行脚刺志修行既而臺山一別三十餘年始以小王助道終至聖天子聖母諸王爲

檀越凡所營建法施應念雲湧投足所至遂成寶坊果何緣而能致耶苟非心遊法界圓融性海所流不思議力而能若此也耶師自發跡操方住山行履從來一衲之外無長物恒隨侍者無一人如所建立皆秉明一心而金錢施利曾未染指隨立隨去畧無介懷所成大刹十餘處無一弟子爲居守住則隨緣一毫不私去則若忘寸絲不掛飄然若浮雲之聚散孤鶴之往來豈非深證唯心遇緣即宗者耶師貌古骨剛具五陋面嚴冷絶情識孤勁無緣飾終身脇不至席予深感切磋之力名雖道友其實心師之也雖别三十餘年時時居然在目如臨師保生平不忘所自豈非宿緣哉悲予老矣不能致瓣香於龕室以因緣障道世多肉眼槩以福田視師而不知其密造故述師生平之槩使後世知我明二百餘年其在法門建立之功行亦唯師一人而已豈易見哉

贊曰古人一得金剛正眼則能攪長河爲酥酪變大地作黄金非分外事然於法性空中特野馬塵埃師之自視也亦若是而已予常竊謂假能以似師之緣攝歸一際作助道具建刹如那蘭陀性相並樹禪淨雙修則四十餘年足不離影而於法門之功當與清涼東林比隆矣綱目華藏淨土莊嚴又不止三山十刹而已也嗟乎往矣其或俟師再來耶

雪浪法師恩公中興法道傳

自白馬西來像教東輿羅什淨名振其綱遠公涅槃挹其緒而大法始昌明於中夏六朝盛矣然其眞宗猶未大樹立自天台標三觀

以成一家有唐賢首始開華嚴法界之宗清涼獨擅其美玄奘闡唯識之旨窺基專業其門由是性相二宗之淵源一心三諦之旨始橫流於大地吾佛一代聖教如大海潛流於四天下教義幽宗如揭日月於中天矣自是著述多門標定非一無非探其本源而攝歸眞際總皆遊泳如來之性海撈摝法界之魚龍不異覩白毫於靈山聽圓音於覺苑也自達磨西來立單傳之旨直指一心不尚文字由是教爲佛眼禪爲佛心禪教齊驅並行不悖及六祖而下禪道大興則不無尚執之呵而教禪始裂圭峯力挽未能永明會性相歸一心目爲宗鏡而佛祖全體大用彰明大著矣惟我聖祖龍飛廓清寰宇開萬世太平之業初至建康剙甲未解即崇重佛氏洪武三年詔天下高僧安置於天界寺建普度道場於鐘山靈谷名流畢集大闡玄宗御駕躬臨親聞法喜而法道之盛不減在昔何其偉與由是於一門制立三教謂禪講瑜珈以禪悟自心講明法性瑜珈以濟幽冥乃建三大刹以天界安禪侶以天禧居義學以能仁居瑜珈汪汪洋洋天下朝宗自北遷之後而禪道不彰獨講演一宗集於大都而江南法道日漸靡無聞焉正嘉之際北方講席亦唯通泰二大老踞華座於京師海內學者畢集而南方學者習於軟暖望若登天惟我先大師無極和尚自淮陰從師一鉢往依焉飲氷嚙雪廢寢忘飡者二十餘年具得賢首慈恩性相宗旨旣而南歸至金陵魏國公子見而悅之遂爲檀越請講圓覺經唱而不和聽者寥寥

祠部主政五臺陸公往謁謂先太師翁西林和尚曰頃見北來高僧無極眞人天師也聆其講說妙義深契佛心吾念報恩乃聖祖所設之講教僧徒居此安可絕無聞乎公爲住持誠能禮請歸寺大演法道開誘羣蒙法門之幸也師翁唯唯即盡禮致幣敦請時嘉靖三十二年也師至安居於寺之三藏殿以玄奘大師髮塔在焉常住歲設常供太師翁乃選寺僧數十人躬領座下日聽講諸經附近諸山耆宿稍有應者久之則京城善士日集知供四事善化之風漸開時有居士黃公某者夫婦久持齋一日公攜幼子六郎往設供六郎即雪浪法師恩公也公生性超邁朗爽不羣唯好嬉戲作佛事及入社學先生訓句讀畧不經心督之第相視而嘻固無當也是日設供值講八識規矩公一聞即有當於心傾聽之留二三日父歸喚公公不應父曰若愛出家耶公笑而點首父强之竟不歸父歸數日母思之切促父往攜之父至强之再三公暗袖剪刀潛至三藏塔前自剪頂髮手提向父曰將此寄與母父痛哭公視之而已由是竟不歸父回告母遂聽之公時年十二也從此爲沙彌出入衆中作大人相一日大衆齋公先至飯堂坐第一座頃首座至咄曰小沙彌何得居此座公曰此座誰當居座曰通佛法者公曰如是則我當居之座曰汝通何佛法公曰請問座曰且問今日法座上講箇甚麼公隨口而應了了大意一衆驚嘆曰此子再來人也公每聽講即嬉戲及問之無遺義焉公出家之明年予十二歲亦出家太師

翁携予叅先大師公坐戲於佛殿一見予而色喜若素親狎人視爲同胞然予以㓜從讀誦未知義也公少居講肆見解超羣一衆敬服年十八即分座副講聞者悚悟然公天性不覊畧不爲意予十九薙髮先大師於本寺演華嚴玄談予即從授戒聽講心意開解如夙習焉時公器予即以法爲兄弟莫逆也公尚未習世俗文字予偶作山居賦一首公粘於壁公姪博士黄生見之羙曰阿叔有愧此公多矣公曰是彫蟲技耳俗足益哉公年二十一佛法淹貫自是勵志始習世間經書子史百氏及古辭賦詩歌靡不搜索遊戲染翰意在筆先三吴名士切磨殆遍所出聲詩無不膾炙人口尺牘隻字得爲珍秘甞謂予曰人言不讀萬卷書不知杜詩我説不讀萬卷書不知佛法甞閲華嚴大疏至五地聖人博通世諦諸家之學方堪涉俗利生公之肆力於是豈無意乎予從雲谷先師習禪於天界切志叅究向上事公每見予枯坐即呵曰用如三家村裏土地作麼頻激以聽講予曰各從其志耳古德云若自性宗通回視文字如推門落臼固無難也公曰若果能此吾則兄事之自是予於山林之志益切以始閲華嚴知有五臺山心日馳之年二十五志將北遊别公於雪浪庵公曰子色力孱弱北地苦寒固難堪也無已吾姑携子遨遊三吴操其筋骨而後行未晚予曰三吴乃枕席耳自知生平軟暖習氣不至無可使之地決不能治此固予之志也公曰若必行俟吾少庀行李之資以備風雨予笑曰兄視弟壽當幾何公曰

安可計此予曰兄即能資歲月計安能終餘日哉公意戀戀不已予詒之曰兄如不釋然試畧圖之公冐大雪方入城予即携一瓢長往矣公回山不見予不覺放聲大哭以此知公生平也予遂孤杖北遊公亦遊目嵩山至伏牛結冬而歸居常曰清兄去吾無友矣既聞予在都下公瓢笠而尋至則予行脚他方公遂留京師及予同妙峯師入五臺結茅以居公聞之即登臺山問予於氷雪堆中夜談因扣公志公曰吾見若此心如氷誓將同死生耳第念本師老矣奈何予曰不然人各有志亦各有緣察兄之緣在弘法以續慧命非枯寂比也江南法道久堙幸本師和尚受佛付囑而開闢之觀座下似未有能振其家聲者兄乃克家的骨子將來法道之任匪輕且師長暮年非兄何以光前啓後幸速歸無久滯他方也公即理策歸濵行予囑之曰兄素未以法自任此回乘本師老年就當侍座以收四方學者之心他日登壇則吾家故物耳幸無多讓公既歸則挺然以法爲任久叅夙學皆郤步矣先師弘法以來三演大疏七講玄談公盡得華嚴法界圓融無礙之旨遊泳性海時稱獨步公素慕宗大章宗師開堂於少林公束包往叅竟中止既而遯庵昂公從少室來至棲霞拈提公案公折節往從商確古德機緣得單傳之旨人或耻公公曰文殊爲七佛師何妨爲釋迦白槌自爾凡出語言頓脫拘忌從此安心禪觀及先師遷化公據華座日遶萬指一旦翻然盡掃訓詁俗習單提本文直探佛意拈示言外之旨恒教學人

以理觀爲入門由是學者耳目煥然一新如望長空撥雲霧而見天日法雷啓蟄羣彙昭蘇聞者莫不歎未曾有先是講肆所至多本色無文所入教義如抱樁搖櫓畧無超脫之機及公出世如摩尼圓照五色相鮮隨方而應一雨普霑三草二木無不蒙潤且以慈攝之以威折之一時聰明特達之士無不出其座下始終說法幾三十年每期衆多萬指即閑遊山水杖錫所至隨緣任意水邊樹下稱性揮麈若龍驤虎嘯風動雲從自昔南北法席之盛未有若此先師說法三十餘年門下出世不二三人亦未大振公之弟子可數者多分化四方南北法席師匠皆出公門除耶溪三明明宗巳徃現前若巢松浸一雨潤大唱於三吳蘊璞愚晚振於都下若昧智獨揭於江西心光敏宣揚於淮北海内凡稱說法者無不指歸公門非具四攝之力何能有此嗚呼豈尋常可測哉公每撤座則修壁觀嘗於長興山中結茅習靜入定二日林木屋宇爲之振動此人所未知也天性坦夷不修城府不避譏嫌以適意爲樂來去翛然如逸鶴凌空脫畧拘忌達觀禪師頗有慊於公予曰師固不知雪浪吾觀其因地聽唯識而發心向藏塔而剪髮此再來人窺基後身也達師首肯曰吾自今不敢易視此公矣嘉靖末年本寺雷火災殿堂一夕煨燼予與公相對而泣曰嗟乎佛說大火所燒淨土不毀何期與之俱化耶傷哉難矣方今之世捨爾我其誰歟惜乎年輕福薄無道力從此決志修行他日長養頭角崢嶸終當遂此興復之願由是

子北遊固志在生死大事其實中心二十餘年未甞一日忘即五臺東海皆若子房之始終爲韓也不幸而竟以賈害信乎大事因緣固未可以妄想求也及予罹難被遣過故鄉公別予於江上促膝夜談及初志予曰事機已就若不遭此蹶指日可成今且奈何予往矣兄試相時先唱當躬行乞於南都以警衆之耳目予早晚天假生還尚可計也公頷之明發遂長往萬曆乙未冬十一月也予度嶺之三年戊戌公見本寺塔頂傾側遂奮志修理一時當道助發給諫祝公首唱公親領衆數百次第行乞於都市一時人心躍然興起金錢集者動以千百計大役遂舉塔高二十五丈其安塔頂管心木約長七丈架半倍之則從空而下如芥投針其勢難矣公心苦極忽嘔血數升時管木即入在架之人如鳥棲桑條竟無小恙豈非心力所致哉會計所費數萬緡唯聖母賜三千金其餘皆出民間未動公家一髮也公生於富室人皆視爲性習軟暖及中年操履篤於苦行於江東大市立捨茶庵公自擔水日供不倦門人相從說法不輟即弱骨者日益强矣居常思結十方粥飯緣暮年就吳之望亭開接待院接納往來躬操薪水執作具領學人作務日則齋飯晚則澡浴夜則說法二利並施三吳之士翕然信向即闡提亦轉爲護法未幾示微疾一日告衆曰汝等善自護持吾將行矣弟子乞師垂示公曰如空中花本無所有說箇甚麼問曰師即不諱用坐龕用棺木公曰坐死用龕子卧死用棺材相錫打瓶且莫安排言訖頃

即索浴更衣端坐而逝弟子輩迎葬於雪浪山化之日悲感載道學人如喪考妣也公生於嘉靖乙巳九月九日入滅於萬曆丁未某月某日世壽六十三歲法臘四十五夏得度弟子雖多獨孫慧經字緣督者盡得心要且善相宗其唯識一論實從開發惜乎早夭傳法弟子出世者如前所列隱約者尚多多也嗟乎予與公猶同胞也三十睽携老未合併時爲永歎每思當世知公者希況没世乎因述公生平之槩爲法道中興所係且令後之學者知大法因緣有自來也

贊曰聞之菩薩往來人天留惑潤生尚有隔陰之昏而不通於宿命唯自驗之於夢中智者觀之以習氣毫無爽也予以公出家因緣是知必爲再來人至人潛行玩世逆順無方豈常情可測哉龍象蹴踏固非跛驢所堪無怪乎肉眼忽之也苟非乘夙願力豈能光流末世起百代之衰哉觀其生死脫然可知矣

皖城浮山大華嚴寺中興住山朗目禪師智公傳

公諱本智初號慧光曲靖李氏子先爲金陵人後徙居滇南生而倜儻不羣負出塵之志曲城之陽有朗目山公之父出家居此號白齋和尚公年十二即往依出家遂薙髮爲驅烏後行脚遇黄道月舍人與語投機爲更其號曰朗目云白齋以華嚴爲業公以聞熏發起即從事焉居常以生死大事爲懷切志向上年十九受具白齋將順世公請益齋曰是惡知不旦暮爲人壻也公發憤即決志操方北遊中原遍歷名山參訪知識足跡半天下

氣吞諸方八九矣南北法門諸大老若伏牛之大方印宗南嶽之無盡廬山之大安薊門之遍融月心皆一時教禪師匠咸及其門經爐冶鉗鎚故若宗若教得其指歸第於叅究巳躬一著以未悟爲切於是立禪一十二載始得心光透露由是機辯自在行脚北遊過六安大夫劉公爲新中峯華嚴蘭若居之未幾去白下給諫宇淳鍾公爲人傲物素少法門無櫻其鋒者一日至天界寺問主者曰善世法門可有禪者麼主者推公出見請問禪師天界寺還在心内心外公曰寺且置借問你把甚麼當作心鍾默然公曰莫道天界即三千諸佛只在山僧拂子頭上鍾良久作禮自是始知法門有人矣陶公允宜宦比部相與莫逆陶左遷廬州别駕署篆六安創鏡心精舍以待公皖之東九十里曰浮山昔遠公與歐陽公因棋説法處有華嚴道場古刹爲一闡提所破廢太史觀我吳公每慨之欲興而未能也公自泗水飄然一錫而來吳公一見與語相印契再拜而啓曰浮度固爲九帶宗乘近爲古亭和尚演化地華嚴道場即重豎刹竿也今爲有力者負之而趨其如兹山何古亭爲滇南人師豈後身適來豈非理前願耶公聞而愕然曰予少時每對古亭肉身瞻戀無巳抑聞開法浮度不知即此山也因思華嚴乃出家本始皆若宿契遂欣然心許之於是拈香禱於護法善神遂腰包而去太史猶未知所向往也公至淮陰泗水劉中丞東星建節於淮夙慕方外友邂逅於龍興寺覩公機警喜愜素心乃館之公暇與語間及

浮度因緣劉公欣然曰此彈指之力耳即檄下郡邑令一行闌提懾伏盡歸我汶陽之田百五十年之廢墜一言而興起之豈非願力耶寺既復遂北入京師會神廟爲慈聖皇太后勅頒印施大藏尊經公乃奉璽書持大藏歸浮山始自戊戌迄於壬寅五年之間而浮山護國大華嚴寺巍然如從地湧豈人力也哉叢林就緒即付囑其徒圓某感劉公護法之恩走沁水致弔焉瀋王爲佛法金湯刹利中最聞公入國欲致一見公語使者曰佛法付囑國王久嚮賢王深心外護法門若以世法相見則不敢辱王之明德使者覆王曰願聞法要也詰朝王坐中殿延公入長揖問王曰善哉世主富有國土貴無等倫作何勝因感斯妙果王曰從三寶中修來公曰既從三寶中修來因何見僧不禮生大我慢王悚然下座請入存心殿設香作禮請問法要因問華嚴梵行品云身語意業佛法僧寶俱非梵行畢竟何者是梵行公曰一切俱非處正是清淨梵行王聞歡喜遂執弟子禮所供種種獨受一紫伽黎及水晶念珠留鎮浮度山門王亦竟爲華嚴檀越公雖往來都門與紫柏老人未接面於癸卯冬老人亦遭王難惑者驚眩公歎曰紫柏不唯逆行方便超脫生死甚爲希有即以一死酬世主四十年崇教之恩法門無此老豈不盡埋沒於一鉢中耶識者謂公親見紫柏吳太史曰知師者何必在弟子耶自法門一變京師叢林震驚人人自危即素稱師匠者皆鳥驚魚散獨公晏坐金剛地爲魔陣之殿然竟無知公微意者詎非

代紫柏一轉語耶居二年乙巳冬慈聖聖母周三百六十甲子建法會於都南之廣慈爲增上祝延懿旨請公講演楞嚴公初不應命强之及講二軸未終至同別妄見處忽告衆曰生死去來皆目眚所見耳吾行矣華藏莊嚴吾所圖也今歸矣跏座端然而逝時萬曆乙巳十二月二十四日也公得力俗弟子唯墨池居士王舜鼎官兵部職方郎中先三日前公以書報別云行圖一晤了此寥廓且托以後事王答書有云滴水滴凍時目下如何逾日而化訃聞聖母悼恤有加賜金若干返靈骨於浮度妙高峯之南麓從公志也始末因緣具載吳太史塔銘予居嶺外聞公名動一時往來衲子喧傳悉公人品魁梧奇偉胸中無物目中無人自少行脚橫趣諸方如脫索獅子豈規規腰包篛笠者比觀其機辯迅捷蓋夙根慧種亦秉願輪而來耶以遠公開浮山百餘年而墜久則古亭振起之古亭振百年而公適中興之由是觀之古亭非遠公之後身公非古亭之影響耶觀公之行事若幻化人太史公云古亭歸路爲來路遠錄宗乘入教乘此實錄也然公雖未匡徒即末後一著而舌根不壞矣贊曰聞之諸佛不捨衆生界菩薩不斷生死根故孤調解脫受焦敗之呵豈以守斷滅爲眞修耶況善財所參知識皆毘盧遮那眉光所現是以華嚴法界草芥塵毛皆菩薩行是知從上佛祖出沒三有之海以一滴而見百川之味也以是觀公始終以華嚴爲究竟能幻化死生是則從緣無性以達無生者公實有焉

淨明沙彌傳

沙彌錢塘黃生也以臨終求剃髮作僧形坐脫故得沙彌稱俗諱承惠字元孚先皈依雲棲大師法名淨明生平性介不合俗不治生産居鄉里多忤衆即親友會獨頹然瞠目而已澹無嗜好山水翰墨外無事父死無遺資僅能贍八口性至孝事祖母生母嗣母即窘不能繼甘旨多方爲之盡心焉祖母死病篤卧牀褥間極力治喪事盡禮鄉人稱之性好施隣媪寒無衣即解衣衣之隣人貧無食傾囊止百錢盡與之其妻弟聞某見其孤硬可與入道頻說之喜而不入因導歸雲棲得名焉壬子冬得吐血症積三歲不痊乙夘春病劇厭家居乃移於城東邵氏園聞氏兄弟引之念佛意不屬以素無志於此猶未甘死心也聞撫然厲聲曰汝眼光落地後即今知痛知疼的畢竟落甚麼處生悚然起色曰將奈何聞即力教以念佛生曰教我念自性彌陀耶念極樂彌陀耶聞曰汝將謂有二耶明瞿然有省請慧文法師至設觀佛像爲說淨土因緣法音入耳生甚欣然乃亟請聞主張剃髮受沙彌戒披法服引鏡自照曰吾今得死所矣因屏家屬極力念佛默觀蓮華經七日舉族皆聞蓮華香臨危忽破顏微笑口喃喃說偈曰一物不將來一物不將去高山頂上一輪秋此是本來眞實意乃命家人作齋供佛請侶念佛回向願文至放光接引垂手提携歡容可掬乃起端坐開眼諦視佛像安然而逝時某年某月某日也

幻人曰聞之般若如大火聚太末蟲處處能

泊獨不能泊於火聚之上衆生心處處能緣獨不能緣於般若之上是知火宅中人性剛介而不與世情合者此夙習般若內熏之力然也第迷不自照耳觀黃生素不念道及病苦之劇仗親知力指歸正道臨危遂發心出家作沙彌披法服就死念佛七日即能感佛接引端坐而逝此非般若熏習之驗與所謂一念回光頓同本有生實以之孰謂生死難出哉

聞仲子小傳

仲子姓聞氏名啟禎字子與浙之錢塘人孝廉啓祥之弟也仲子幼善病故早戒舉子業素有出生死志無意於室家乃歸依雲棲受淨土法門篤信而力行之予弔雲棲仲子作禮白言其爲生死大事願薙髮而從知識後予曰不然佛性四大不能拘豈毛髮可礙乎況親在不可遠遊佛子容爲不孝乎仲子遂已比歸匡山知仲子病篤且死心甚哀之及讀伯氏傳乃大喜曰信哉雄猛丈夫也初仲子自恃信力强勝雖久病心力甚壯決以爲往生無難及至臨危方生方死之際積習現前心神恍惚方知淨業未純往來不易乃蹶起大呼曰亟請知識念佛助我知識既集念佛連日而習境昏擾乃復呼曰生死根株知非他人可能拔也遂立起著衣盥洗對佛焚香煉臂懇倒懺悔苦切哀誠徹夜無倦頃則自知夙障氷消心安神逸淨土眞境朗在目前怡然靜定急令剃髮披袈裟爲僧伽相安然別衆端坐而逝嗟乎此豈常人所能哉常聞涅槃諸佛之安宅也非僧祇勤苦而不能

證至若廣額屠兒放下屠刀立地便登淨土衆生之故家也至有身陷鑊湯一念回光即變而爲八德蓮池之二者吾聞其語未見其人也予觀仲子臨終習境現前詎非惡道之先見歟何其勇猛蹶起大呼一怒而拔歷劫生死之根變苦趣爲淨土豈非烈丈夫哉斯道也又可以音聲笑貌爲耶仲子行事具載伯子傳故特表著大畧令談往生法門者於仲子有良驗焉

憨山大師夢遊全集卷第三十

音釋

鐔音覃 饒音讒 泳音詠 箬音箸